이 책은 2021~2022년도 정부(교육부)의 재원으로 한국고전번역원의 지원을 받아
수행된 '권역별거점연구소협동번역사업'의 결과물임.

This work was supported by Institute for the Translation of Korean Classics - Grant funded by
the Korean Government.

한국고전번역원 한국문집번역총서／성균관대학교 대동문화연구원

삼연집 3

三淵集

김창흡 지음　金昌翕

이승현 옮김

일러두기

1. 이 책의 번역 대본은 한국고전번역원에서 간행한 한국문집총간 165~167집 소재 《삼연집(三淵集)》으로 하였다. 번역 대본의 원문 텍스트와 원문 이미지는 한국고전 종합DB(http://db.itkc.or.kr)에서 확인할 수 있다.
2. 내용이 간단한 역주는 간주(間註)로, 긴 역주는 각주(脚註)로 처리하였다.
3. 한자는 필요한 경우 이해를 돕기 위하여 넣었으며, 운문(韻文)은 원문을 병기하였다.
4. 맞춤법과 띄어쓰기는 한글 맞춤법과 표준어 규정을 따랐다.
5. 이 책에서 사용한 부호는 다음과 같다.
   ( ) : 번역문과 음이 같은 한자를 묶는다.
   〔 〕 : 번역문과 뜻은 같으나 음이 다른 한자를 묶는다.
   " " : 대화 등의 인용문을 묶는다.
   ' ' : " "안의 재인용 또는 강조 문구를 묶는다.
   「 」 : ' '안의 재인용을 묶는다.
   《 》 : 책명 및 각주의 전거(典據)를 묶는다.
   〈 〉 : 책의 편명 및 운문·산문의 제목을 묶는다.

삼연집 제6권

시 詩

삼연집 제7권

시 詩

음식을 차린 자리였고 종형이 바야흐로 임소로 돌아가야 했으므로 전별
자리이기도 했다. 술자리에서 시령(詩令)을 행하면서 '추' 자 운을 얻었
다 종형은 김성최이다 中元日 會于宗兄 盛最 潭府伯宅中 有酒食 云是春行嘉禮
之餘 而兄方還官 又是餞席也 酒所行令 得秋字 • 377

삼연집

제6권

詩시

시詩

조 정랑에 대한 만사[1] 조 정랑은 조경망이다. 을해년(1695, 숙종21)
趙正郎 景望 挽 乙亥

제1수

집안의 문묵 이어받아 흉금이 청아하니	承家文墨雅胸襟
풍계와 죽음이 외가와 친가로다[2]	內外楓溪與竹陰
의루에 핍진한 시는 훌륭한 맏이가 떨치고[3]	詩逼倚樓佳胤振

---

1 조……만사 : 조경망(趙景望, 1629~1694)은 본관은 임천(林川), 자는 운로(雲老), 호는 기와(奇窩)이다. 사헌부 감찰, 동복 현감(同福縣監), 태인 현감(泰仁縣監), 호조 정랑, 합천 군수(陜川郡守) 등을 역임하였다.

2 집안의……친가로다 : 조경망은 시명(詩名)이 높았던 죽음(竹陰) 조희일(趙希逸, 1575~1638)의 손자이며, 마찬가지로 시명이 높았던 근수헌(近水軒) 조석형(趙錫馨, 1598~1656)의 아들이다. 집안의 문묵과 죽음이 친가라는 말은 모두 이를 가리킨 것이다. 또 조경망의 모친은 삼연의 증조부인 김상헌(金尙憲)의 손녀이자 김광현(金光炫)의 딸이다. 풍계가 외가라는 말은 이를 가리킨 것이다. 풍계는 인왕산의 청풍계(靑楓溪)를 말하는데 삼연 집안 소유로 족회(族會)가 열리던 곳이기도 하다.

3 의루(倚樓)에……떨치고 : 조부의 훌륭한 시명을 조경망이 이어받아 떨쳤다는 말이다. 의루는 누각에 기댄다는 뜻으로 당(唐)나라 때의 시인 조하(趙嘏)를 가리킨다. 조하의 〈장안추망(長安秋望)〉에 "몇 점 남은 별 아래 기러기는 변새를 기로질러 날고, 긴 젓대 한 소리에 사람은 누각에 기대었네.〔殘星幾點雁橫塞, 長笛一聲人倚樓.〕"라는

청간 높은 당[4]은 좋은 사람이 찾누나	堂高聽澗好人尋
홍동에서 고운의 글씨 탑본해 오고	搨來紅洞孤雲筆
피향에서 백로의 시에 화운하였지[5]	和過披香白露吟
벼슬한 발자취가 아득히 주조의 아래에 있더니	宦迹微茫朱鳥下
북두성처럼 높은 명망 마침내 침체하였도다[6]	斗魁聲望竟消沉

구절이 있는데, 두목(杜牧)이 이 구절에 탄복한 나머지 조하를 조의루(趙倚樓)라고
부르기 시작하면서부터, 조씨(趙氏) 성을 가진 사람을 의루인이라고 칭하게 되었다.
《全唐詩 卷549 長安秋望》《詩人玉屑 卷10》 이수광(李睟光)의 《지봉집(芝峯集)》 제7
권 〈장신풍이 보내준 시에 차운하여 사례하다[次張新豐贈詩韻以謝]〉에서는 조희일을
가리켜 의루인이라고 한 표현이 보인다.

4 청간 높은 당 : 서울 백악산 기슭에 있던 조경망의 집이 바로 청간당이다.

5 홍동(紅洞)에서……화운하였지 : 모두 조경망의 지방 관직을 말한 것이다. 홍동은
합천의 홍류동(紅流洞)으로 이곳의 바위에는 고운(孤雲) 최치원(崔致遠)의 시구가 새
겨져 있다. 조경망은 1684년(숙종10)에 합천 군수에 임명되었다. 피향은 태인(泰仁)에
있는 정자인 피향정이다. 백로의 시는 명종(明宗) 때 인물인 석천(石川) 임억령(林億
齡)이 피향정을 지나다가 "원량은 이제 막 땅에 묻혔고 고운은 옛날에 하늘에 올랐네.
부질없이 못에는 물만 남았는데 흰 이슬은 가을 연꽃에 맺히누나.[元亮新埋地, 孤雲舊
上天. 空餘池水在, 白露滴秋蓮.]"라고 읊은 시구를 가리킨다. 《燃藜室記述 卷11 明宗朝
故事本末》 삼연의 부친 김수항(金壽恒)은 《문곡집(文谷集)》 권2 〈태인 사또 박숭고에
게 주다[贈泰仁守朴崇古]〉에서 "가을 연꽃 흰 이슬은 옛 그대로인데, 누가 멋진 시구로
석천의 뒤를 이을까.[秋蓮白露應依舊, 佳句何人繼石川?]"라고 읊은 바 있다. 삼연의
시구는 바로 조경망이 태인의 피향정에서 석천의 시에 화운하여 아름다운 시를 지었다
는 뜻이다. 조경망은 1679년(숙종5)에 태인 현감에 임명되었다.

6 벼슬한……침체하였도다 : 주조는 남방을 뜻하는 주작(朱雀)이다. 조경망의 마지
막 벼슬 자리가 경상도의 합천 군수였다. 이후 체직되어 기사환국(己巳換局)을 맞이한
조경망은 벼슬에 뜻을 끊고 은둔하여 여생을 보냈다. 《丈巖集 卷14 郡守林川趙公墓誌銘》

제2수 其二

큰 바위 구름 낀 곳 시냇가에서	大巖雲物澗之濱
지난날 모시고 노닐며 일마다 아뢰었네	疇昔陪遊事事陳
드리워진 버들은 멀리 상여를 전송하고	垂柳送將旌翣遠
떨어진 매화는 자주 궤연으로 날아드누나	落梅飛赴几筵頻
저승에서 부인과 만날 것이로되[7] 고자는 저버렸고	重泉家合捐孤子
이름난 골짝에 봄은 돌아왔으되 주인을 잃어버렸어라	
	名洞春還失主人
집 옆의 반송은 참으로 늙었거니	軒側盤松嗟爾壽
만가 소리 속에 용비늘 같은 솔을 어루만지노라	薤歌聲裏撫龍鱗

---

7 저승에서……것이로되 : 조경망의 부인 숙인(淑人) 진주 유씨(晉州柳氏)는 조경망
보다 석 달 먼저 세상을 떠났다. 《丈巖集 卷14 郡守林川趙公墓誌銘》

김 참봉에 대한 만사[8] 김 참봉은 김성대이다
金參奉 聲大 挽

제1수

너그럽고 화락하게 향리에 거하며 덕으로 알려지니	寬樂鄉居以德聞
반평생 연곡[9]에서 사슴과 무리지어 살았네	半生燕谷鹿爲群
참봉 벼슬 미관말직 황발[10]에 영화롭고	齋郎官小榮黃髮
진사의 이름 이루고서 백운에 누웠어라	進士名成臥白雲
문전옥답(門前沃畓)은 온갖 복이 고루 갖추어졌고	門外良田諸福等
뜰 앞의 착한 아들은 오화의 문양이로다[11]	庭前好子五花文

---

8 김……만사 : 김성대(金聲大, 1622~1695)는 본관은 안산(安山), 자는 이원(而遠)
이다. 《사마방목(司馬榜目)》에 그의 거주지가 영평(永平)으로 되어 있다. 그의 나이
72세 때인 1693년(숙종19)에 진사시에 3등으로 합격하여 숙종이 어필로 그의 성명을
써서 내리며 특별히 참봉을 제수하였다. 삼연의 형 김창협(金昌協)이 1679년(숙종5)
8월에 부친의 명을 받들어 영평 백운산(白雲山) 기슭 응암(鷹巖)에 은거하기 위하여
집을 지을 당시, 나라에서 벌을 받은 죄인의 가족이라 하여 세상 사람들로부터 소외를
받았으나 김성대는 주변의 눈을 의식하지 않고 도와주어 삼연 집안과 각별한 관계를
맺었다. 《農巖集 卷29 祭金參奉文》

9 연곡(燕谷) : 영평에 있는 지명이다. 《農巖集 卷24 淸淸閣記》

10 황발(黃髮) : 노인의 머리가 하얗게 쇠었다가 다시 더욱 노쇠하여 황색으로 변한
것을 가리킨다.

11 뜰……문양이로다 : 김성대의 자식이 훌륭한 자질을 지녔다는 말이다. 오화는 다
섯 가지 색깔의 알록달록한 털을 가진 준마를 뜻한다. 두보(杜甫)의 시에 "히이잉 울며
천 리를 내달리는 말이여, 하나하나가 오화의 문양 같도다.〔蕭蕭千里足, 箇箇五花文.〕"
라고 하였다. 《杜少陵詩集 卷21 題柏大兄弟山居屋壁》

명정에 쓰인 몇 글자를 이웃 사람이 자랑하니   銘旌數字隣人詑

무덤에 한이 맺힌 유분과는 다르다네[12]   不比劉蕡恨結墳

제2수 其二

막다른 길목에서 이 몸 붙일 곳 없어   窮途無地寄吾顏

구름 낀 산골에서 덩굴 끌어오며[13] 식구들 먹고살기 힘들었네

       雲峽牽蘿百口艱

기댈 만한 벽은 장자의 깊은 은혜요[14]   長者恩深堪隱壁

옛날 나누었던 산은 선인의 시 있어라[15]   先人詩在舊分山

12 명정에……다르다네 : 유분은 당(唐)나라 때 사람으로 현량과(賢良科) 대책(對策)에 응하여 당시 환관들이 권력을 전횡하는 폐단을 신랄하게 직언하였는데 시관(試官)이 환관을 두려워하여 그를 낙제시켰다. 이후로도 유분은 환관들의 핍박으로 조정에 진출하지 못하고 낮은 지방 관직을 전전하다가 객사하였다. 《新唐書 卷178 劉蕡列傳》 이 구절은 김성대 역시 늦은 나이에 진사시에 합격하고 높은 벼슬에 오르지는 못했지만 핍박을 받아 한을 남겼던 유분과는 달리 임금의 특별한 대우를 받고 향리에서 조용히 복을 누리며 여생을 잘 마쳤음을 말한 것이다. 명정에 쓰인 글자란 아마도 임금의 특별한 대우나 그의 이러한 면모에 대한 글자가 적혀 있었고 이를 이웃 사람이 자신의 마을에 이런 사람이 있었노라 자랑스러워했다는 뜻으로 쓰인 듯하다.

13 덩굴 끌어오며 : 몹시 궁색한 상황을 근근이 미봉하고 있는 것을 형용한 말이다. 두보(杜甫)의 〈가인(佳人)〉 시에 "시비는 구슬 팔아 양식을 사서 돌아오고, 덩굴을 끌어와 띠 지붕 기운다네.〔侍婢賣珠迴, 牽蘿補茅屋.〕"라고 하였다. 이는 안사(安史)의 난리를 만난 미인의 궁색한 상황을 읊은 것이다.

14 기댈……은혜요 : 영평에 있는 거처가 김성대의 도움으로 이루어진 것임을 말한 것이다.

15 옛날……있어라 : 삼연의 부친 김수항(金壽恒) 때에 김성대와 교분을 가지고 함께 이웃해 살고자 했던 내용이 김수항의 시에 있다는 말이다. 김수항의 《문곡집(文谷集)》 권3 〈백운산에서 김군 성대에게 남겨주다〔白雲山 留贈金君聲大〕〉가 바로 그 시이다.

삼 년 동안 물고기와 콩을 계속 대주신 덕택 봤고[16]   三年魚菽資相續

열 이랑 밭 매는 호미와 곰방메 아끼지 않고 빌려주셨지

十畝鋤櫌借不慳

맑은 강물 유유히 저와 같이 흐르나니   白水悠悠有如彼

우리 두 집안이 한집안처럼 지내기를 길이 원하노라

兩家長願一家看

그 시에 "모동에서 이웃 됨은 이제부터 시작이니, 그대와 함께 물가의 동과 서를 나눠 가지리.〔茅洞卜隣從此始, 與君分占水東西.〕"라고 하였다. 산을 나눈다는 것은 은거하여 함께 인접해 산다는 말이다. 송(宋)나라 장영(張詠)이 젊었을 때 화산(華山)에 은거하고 있던 희이(希夷) 선생 진단(陳摶)을 알현하고는 화산에 은거하고 싶어 하자, 진단이 "다른 사람은 몰라도 공이라면 내 마땅히 산을 분반(分半)하여 바치겠다."라고 하였다. 《夢溪筆談 卷20》

16 삼……봤고 : 삼연이 영평에서 김수항의 삼년상을 치르면서 김성대로부터 도움을 받았다는 말이다. 물고기와 콩은 변변치 않은 제수(祭需)를 가리킨다. 《春秋公羊傳 哀公 6年》

김 울산에 대한 만사[17] 백씨를 대신해 지었다. 김 울산은 김호이다
金蔚山 灝 挽 代伯氏

한 마리 독수리가 일백 마리 새 앞에서 용납되기 어렵거니

一鶚難容百鳥前

춘명의 지척 거리에 바다가 하늘에 잇닿았네[18]　　春明咫尺海連天

부질없이 남은 부러진 난간은 구름 사이에 비껴 있고[19]

17　김……만사 : 김호(金灝, 1651~1695)는 본관은 연안(延安), 자는 여습(汝習), 호
는 심락재(尋樂齋)이다. 지평, 사간 등을 역임하였으며 고시(考試)를 잘못한 대제학
박태상(朴泰尙)을 엄히 추고해야 한다고 논계하였다가 이조 판서 유상운(柳尙運)에
의해 울산 부사로 좌천되어 임소에서 세상을 떠났다. 《丈巖集 卷17 府使金公墓碣銘》

18　한……잇닿았네 : 김호가 직언을 하다가 조정에서 쫓겨나 멀리 바닷가 고을인 울산
으로 좌천된 것을 형용한 말이다. 독수리와 새는 뛰어난 인재와 범용한 인물을 가리킨
다. 후한(後漢) 때 공융(孔融)이 예형(禰衡)을 천거하면서 "사나운 새가 수백 마리
있어도 한 마리의 독수리보다 못하니, 예형을 조정에 세우면 필시 볼만한 점이 있을
것이다.〔鷙鳥累百, 不如一鶚, 使衡立朝, 必有可觀.〕"라고 하였다. 《後漢書 卷80下 文苑
列傳 禰衡》 춘명은 당(唐)나라 때 도성인 장안성의 문 이름이다. 멀리 바닷가 고을에
떨어져 있지만 바다가 하늘에 이어져 도성도 지척처럼 느껴진다는 말이다.

19　부질없이……있고 : 부러진 난간은 신하의 직언을 뜻한다. 한(漢)나라 성제(成帝)
때 괴리 영(槐里令) 주운(朱雲)이 성제에게 "상방참마검(尙方斬馬劍)을 주면 간신 한
사람을 참수하여 나머지 사람들을 경계하겠습니다."라고 하였는데, 성제가 그것이 누구
냐고 묻자 바로 성제의 사부 안창후(安昌侯) 장우(張禹)라고 대답하였다. 이에 성제가
크게 노하였으나 주운은 굽히지 않고 직간하며 어전(御殿)의 난간을 잡아당겨 부러뜨
렸다. 성제가 뒤에 주운의 말이 옳음을 깨닫고 부러진 난간을 그대로 두어 직간하는
신하의 본보기로 삼게 하였다. 《漢書 卷67 朱雲傳》 구름은 궁궐을 뜻한다. 본집 권10
〈이 지평 동언에 대한 만사〔李持平 東彦 挽〕〉에 "우뚝이 꺾인 난간은 운폐에 비껴 있

空留折檻橫雲際

진실로 거문고 줄처럼 곧은 사람이 길가에서 죽었도다[20]

信有如絃死道邊

하곡[21]의 장기(瘴氣)는 여츤(旅櫬)[22]에 쪄오르고   河曲瘴煙蒸旅櫬

한성의 견우성과 북두성은 새 무덤길 비추누나   漢城牛斗照新阡

넋을 불러도 다시 수문으로 들어오지 않으니[23]   魂招不復脩門入

복부를 읊조림에 마음 좋지 않아라[24]   鵩賦吟來未爽然

다.〔嶙峋折檻橫雲陛〕"라는 구절이 보인다.

20 진실로……죽었도다 : 직언을 하다 좌천되어 먼 변방의 울산에서 죽은 김호를 말한
것이다. 이백(李白)의 〈소가행(笑歌行)〉에 "그대는 보지 못했나. 갈고리처럼 굽으면
고인이 그가 공후에 봉해질 줄을 알았네. 그대는 보지 못했나. 거문고 줄처럼 곧으면
고인이 그가 길가에서 죽을 줄을 알았네.〔君不見曲如鉤, 古人知爾封公侯. 君不見直如
絃, 古人知爾死道邊.〕"라고 하였다. 《李白詩集 卷6》

21 하곡(河曲) : 신라(新羅) 경덕왕(景德王) 때 사용한 울산의 옛 이름이다.《新增東
國輿地勝覽 第22卷 慶尙道 蔚山郡》

22 여츤(旅櫬) : 타향에서 죽어 고향으로 옮겨지는 관이다.

23 넋을……않으니 : 수문은 초(楚)나라 수도 영(郢)의 성문으로 도성 문을 가리키는
말이다.《문선(文選)》권33 〈초혼(招魂)〉에 "넋이여 돌아와 수문으로 들어오라.〔魂兮
歸來, 入脩門些.〕"라고 하였다.

24 복부(鵩賦)를……않아라 : 김호가 화를 만나 울산으로 좌천되어 불행하게 죽은
것을 슬퍼하는 뜻이다. 복부는 한나라 때 가의(賈誼)가 지은 〈복조부(鵩鳥賦)〉이다.
가의가 장사왕 태부(長沙王太傅)로 좌천된 지 3년째에 올빼미가 날아와 가의의 곁에
앉았는데, 올빼미는 불길한 조짐의 새였다. 이에 가의는 자신이 오래 살지 못할 것이라
고 여겨 슬퍼하면서 〈복조부〉를 지었다.《史記 卷84 屈原賈生列傳》

북막의 막료로 나가는 이중강을 전송하며[25] 이중강은
이건명이다

送李仲剛 健命 出佐北幕

제1수

인간세상 영욕과 시비 어지러우니	人間榮辱是非繁
북쪽 바다 간 뒤의 일은 감히 말할 수 없네	北海前頭未敢言
남아는 평소 스스로 활과 화살 쏘나니	男子平生自弧矢
산하는 안팎이 한 천지로다[26]	山河表裏一乾坤
여정에 오른 기러기처럼 길 떠나며 한강수 이별하고	
	行期旅鴈辭江漢
뜬구름 같은 벼슬살이 변경으로 나가누나	宦迹浮雲出塞門
곧장 곤이 붕으로 처음 변한 곳[27]에 이르러	直到鯤鵬初變處

---

25 북막(北幕)의……전송하며 : 북막은 함경도 경성(鏡城)에 설치된 북병영(北兵營)이다. 이건명(李健命, 1663~1722)은 본관은 전주(全州), 자는 중강(仲剛), 호는 한포재(寒圃齋)・제월재(霽月齋), 시호는 충민(忠愍)이다. 교리, 헌납, 이조 판서, 좌의정 등을 역임하였으며 경종(景宗) 때 연잉군(延礽君)의 세제(世弟) 책봉을 주청한 노론사대신의 한 사람으로 사사되었다. 삼연이 시를 지은 이 당시 이건명은 북평사(北評事)로 북병영에 갔다.

26 남아는……천지로다 : 활과 화살을 쏜다는 것은 원대한 포부를 지닌다는 말이다. 옛날에 남자아이가 태어나면 앞으로 천하에 원대한 포부를 떨치라는 뜻으로, 뽕나무로 활을 만들고 봉초(蓬草)로 화살을 만들어 천지 사방에 쏘던 풍속이 있었다. 《禮記 內則》 남아는 원대한 포부를 지니고 있으므로 그곳이 도성이든 멀리 북변(北邊)이든 변치 않아야 한다는 말이다.

머리 돌려 남쪽 끝에 천근이 드러난 것을 보겠네　回看南極露天根

제2수 其二

강 굽어보고 산에 오름에 눈물 자주 흐르니　　臨水登山涕淚頻

가을의 쓸쓸한 회포 가슴에 가득해 봄인 줄을 모를레라[28]

秋懷滿腹不知春

그윽한 계곡 솔가지를 드릴까 생각했더니　　思將幽澗松枝贈

이정의 버들빛 새로움을 기운 없이 이야기하네[29]　懶說離亭柳色新

청해성[30] 위에서 검에 기대 쉬는 일일랑 그만두고　青海城頭休倚劍

---

27 곤(鯤)이……곳 : 북쪽 바다를 비유한 것이다. 《장자(莊子)》〈소요유(逍遙遊)〉
에 "북쪽 바다에는 곤이라는 물고기가 있어 그 크기가 몇천 리나 되는지 알 수가 없고,
이 고기가 변화하여 붕이라는 새가 되는데, 붕새의 등 너비는 또 몇천 리나 되는지
알 수가 없다.〔北冥有魚, 其名爲鯤, 鯤之大, 不知其幾千里也 ; 化而爲鳥, 其名爲鵬, 鵬
之背, 不知其幾千里也.〕"라고 하였다.

28 강……모를레라 : 이는 《초사(楚辭)》의 표현을 빌려 떠나는 이에 대한 이별의 서
글픔을 표현한 것이다. 《초사》〈구변(九辯)〉에 "서글퍼라. 가을의 날씨. 쓸쓸해라.
초목은 낙엽 져서 시드는도다. 처량해라. 먼 길을 떠나는 듯하네. 산에 올라 물을 굽어봄
이여. 돌아가는 이를 전송하도다.〔悲哉秋之爲氣也. 蕭瑟兮草木搖落而變衰. 憭慄兮若
在遠行. 登山臨水兮送將歸.〕"라고 하였다.

29 그윽한……이야기하네 : 이정(離亭)은 성 밖의 길가에 행인이 잠시 휴식하도록
세웠던 정자로, 옛사람들이 모두 여기에서 서로 송별하였다. 이 구절은 이건명과 산중
의 거처에서 만나 함께 즐기리라 생각했는데 뜻밖에 이건명이 외지로 나가게 되어 이정
에서 이별하게 되었다는 말이다.

30 청해성(青海城) : 대구(對句)가 되는 다음 구의 동도가 중국의 지명이므로 청해성
역시 중국 서북 변새인 청해로 볼 수도 있겠고, 함경도 북청(北青)의 옛 이름이 청해이
기도 하다. 무엇으로 보든 이건명이 북평사로 간 것을 상징하는 말이다.

동도 문 밖에 수레바퀴 묻어야지[31]　　　　　　東都門外合埋輪

넋이 나가는 것이 어찌 그저 이별 때문만이랴　　　消魂可但緣離別

문통이 한을 품은 사람임을 알아야 하리[32]　　　須識文通是恨人

31　동도(東都)……묻어야지 : 이건명이 도성에 남아 직언을 올려야 한다는 말이다. 후한(後漢) 때 장강(張綱)은 직언을 잘하였는데, 황제가 장강에게 지방의 실정을 순찰하고 오라는 명을 내리자 수레바퀴를 낙양 도정(洛陽都亭)에 묻으면서 "큰 도둑이 요로를 차지하여 권세를 떨치는데, 좀도둑을 찾아 무엇하랴?"라고 하고는 당시의 권신 양기(梁冀) 등을 탄핵하였다. 《後漢書 卷56 張綱傳》

32　문통(文通)이……하리 : 문통은 남조(南朝) 양(梁)나라 때의 저명한 문사인 강엄(江淹)의 자(字)이다. 강엄은 위로 왕후장상(王侯將相)에서부터 아래로 재자(才子), 가인(佳人), 서민, 천민에 이르기까지 모든 사람이 죽음에서 벗어날 수 없으며 결국에는 모두 한을 품은 채 통곡 속에 생을 마감한다는 내용의 〈한부(恨賦)〉를 지었는데, 거기에서 "이에 나는 본디 한을 품은 사람이라 마음이 놀라는 것을 그칠 수 없네.〔於是僕本恨人, 心驚不已.〕"라고 하였다. 삼연은 강엄에 자신을 빗대어 지금 자신의 넋이 나가 있는 것은 단지 이건명과의 이별 때문만이 아니라 본디 가슴속에 한을 품고 항상 마음이 안정되어 있지 못하기 때문에 그렇다고 말한 것이다.

홍 정에 대한 만사[33] 홍 정은 홍구서이다. 백부를 대신해 지었다
洪正 九敍 挽 代伯父

지루하게 세상 살피는 백발의 이 몸만 남아   支離觀世白頭存
그대 집안 아비와 아들과 손자를 다 곡했구려[34]   哭了君家父子孫
지하에서 만약 우리 외손 만나거든   泉下若逢吾宅相
내 지금 창자 끊어진 원숭이[35]와 짝한다 말해주오   道吾今伴斷腸猿

33 홍……만사 : 홍구서(洪九敍, ?~1695)에 대한 자세한 행력은 미상이다. 다만 시
에서 외손을 언급하고 있는데, 삼연의 백부 김수증(金壽增, 1624~1701)의 딸은 홍문도
(洪文度, 1650~1673)에게 시집갔고, 이들 사이에서 낳은 아들이 바로 삼연이 아끼던
제자인 홍유인(洪有人, 1667~1694)이다. 김수증의 외손인 홍유인은 이 시가 지어지기
한 해 전에 젊은 나이로 세상을 떠났다. 홍문도의 부친은 홍구성(洪九成, 1629~1657)
이고 그의 동생이 바로 홍구서이다. 《杞園集 卷23 外舅學生洪公外姑孺人金氏合窆墓誌
銘》《本集 卷27 洪仁甫墓誌銘》《畏齋集 卷8 進士洪君墓表》《萬家譜》

34 그대……곡했구려 : 자신과 인척 관계인 홍구성, 홍문도, 홍유인 3대를 모두 자신
이 살아서 곡했음을 말한 것이다.

35 창자 끊어진 원숭이 : 자식을 잃은 슬픔을 뜻한다. 여기에서는 외손을 잃은 김수증
의 슬픔을 표현한 것이다. 환공(桓公)이 촉(蜀)에 들어가 삼협(三峽)에 이르렀을 때,
원숭이 새끼를 잡자 그 어미가 병선(兵船)을 바라보며 슬피 울부짖다가 배로 뛰어들어
죽었는데 배를 갈라보니 창자가 마디마디 끊어져 있었다고 한다. 《世說新語 黜免 第28》

정관재 선생을 추억하며 이공 단상이다. 병서

追述靜觀齋先生 李公端相 ○幷序

정관재 선생이 돌아가신 지 거의 서른 해가 되었는데 문하 제자들의 뜻은 게을러지지 않았다. 나 소자는 썩은 나무와 거름흙 같은 사질[36]로 또한 선생의 이끌어주시는 은혜를 입었는데 시사(時事)에 무지하여 빗자루를 잡고서 마당이나 쓸 줄 알 뿐이었으니 무슨 기술할 만한 문견이 있겠는가. 오직 동강(東岡)[37]의 고개에 복건(幅巾)을 쓰고 청려장(靑藜杖)을 짚고 다니시던 선생의 모습만이 아직도 눈에 또렷하다.

대개 소자가 문하에 나아갔을 때는 선생이 은거하신 지 얼마 안 된 때였다. 형문(衡門)[38] 아래에는 밥 짓는 연기도 피어오르는 일이 별로 없었다. 외부 사람의 눈으로 보자면 그저 그 생활이 감내하기 어렵다는 것만 보일 뿐이었겠으나 선생께서 편안히 거처하시면서 담소하시는 모습은 분명코 자락(自樂)한 사람이었다. 또 독서하고 사색하며 강론하고 가르치시면서 종일토록 부지런한 모습은 곁에

---

36 썩은……자질 : 도저히 가망이 없는 쓸모없는 사람을 뜻한다. 《논어》〈공야장(公冶長)〉에 공자의 제자 재여(宰予)가 낮잠을 자자 공자가 재여를 향해 "썩은 나무는 조각할 수 없고, 거름흙으로 쌓은 담장은 흙손질을 할 수 없다.〔朽木不可雕也 糞土之墻, 不可杇也.〕"라고 하였다.

37 동강(東岡) : 이단상이 관직에서 물러나 은거했던 양주(楊州)의 지명이다.

38 형문(衡門) : 나무를 가로질러 만든 보잘것없는 문으로, 안분자족(安分自足)하는 은자(隱者)의 거처를 뜻한다.

있는 사람들마저도 배고픔과 목마름을 잊게 만들었고, 이러한 여운(餘韻)이 미쳐서 농부와 물고기 잡는 아이들도 왕왕 농사와 낚시를 멈추고 와서 참여하였다. 그리하여 학문을 강마하고 문을 나설 적에 자못 그 가르침을 말할 줄 알았으니, 인심(人心)이 위태롭고 도심(道心)이 은미함과 기영(氣盈)과 삭허(朔虛)에 대해 말하는 것[39]이 쟁쟁하게 내 귀에 들리던 것이 어제 일처럼 느껴진다. 소자가 선생의 문하에 대해 말할 수 있는 내용은 이와 같다.

나이가 조금 들어 세상일을 많이 겪어 무엇이 맑고 옳은 일인지 무엇이 탁하고 그릇된 일인지에 대한 분별이 충분해지고 나서 당세의 아름다운 명망과 우뚝한 절조를 가진 이들로서 혹은 청렴과 겸손으로 명성을 세운 이, 혹은 초야에 은거하여 고상한 뜻을 기른 이, 혹은 강석을 열어 드높은 위치에 오른 이들을 두루 뽑아보았더니 뛰어난 풍격은 있었지만 그 기상의 진실하고 정성스러움과 풍류의 드넓고 장구함을 따져보면 선생 같은 자는 없었다. 소자는 이미 하늘

---

39 인심(人心)이……것 : 《서경》〈우서(虞書) 대우모(大禹謨)〉에 "인심은 위태롭고 도심은 은미하니, 정밀하게 살피고 한결같이 지켜야 진실로 그 중도를 잡을 것이다.[人心惟危, 道心惟微, 惟精惟一, 允執厥中.]"라고 하였다. 기영과 삭허는 《서경》〈우서요전(堯典)〉의 기삼백(朞三百) 부분에 나오는 내용으로, 채침(蔡沈)의 주석에 "1년에는 12달이 있고, 한 달에는 30일이 있으니 360일은 변하지 않는 1년의 날수이다. 따라서 해가 하늘과 만나면 5일과 940분의 235일이 많게 되는데 이것이 기영(氣盈)이 된다. 그리고 달이 해와 만나면 5일과 940분의 592가 적게 되는데 이것이 삭허(朔虛)가 된다. 이 기영과 삭허를 합하면 윤달이 나온다. 따라서 1년의 윤율(尹率)은 10일과 940분의 827이다. 3년에 윤달을 한 번 두면 32일 940분일의 601이고, 5년에 윤달을 두 번 두면 54일 940분일의 375이고, 19년에 윤달을 일곱 번 두면 기영과 삭허의 분수(分數)가 맞아떨어져서 1장이 된다."라고 하였다.

에 죄를 얻어 어버이를 잃은 통한을 끌어안고서 비록 눈과 코와 귀와 입을 갖춘 사람 얼굴을 하고는 있으나 곤궁하고 의지할 곳도 없는 처지인지라 당세의 장자로서 부친의 붕우였던 분들을 다 꼽아보니 살아 계신 분이 없었다. 더군다나 선인에게 선생과 같은 분이 애당초 어찌 많았겠는가. 지난날의 아픔과 참혹함을 하늘에 다 하소연하지 못한 것과 지금의 억울함과 분함을 더욱이 차마 이 세상에 풀 수 없는 것들은 오직 선생께 이를 아뢸 수 있었거늘 지금 돌아가시고 계시지 않으니 아아, 길이 잊을 수가 없도다. 장자(張子)의 옥성(玉成)의 가르침[40]을 외고 자사(子思)의 소리(素履)의 뜻[41]에 느낌이 일어 일찍이 가만히 눈물을 흘리며 스스로를 돌아보며 말하기를 "진실로 나의 충정을 선인께 바친다면 이는 이른바 가문의 연원을 욕되게 하지 않는 것이다."라고 하고서 거의 밤낮으로 노력하면서 쇠잔한 이 바람을 이루려 하였다. 그런데 오직 만년이 되어갈수록 남은 시간은 얼마 되지 않는 이때에 갈림길 속에 또 갈림길이 나오니 이에

---

40 장자(張子)의 옥성(玉成)의 가르침 : 송(宋)나라 장재(張載)의 〈서명(西銘)〉에 "빈천함과 근심은 너를 옥처럼 다듬어 완성시키는 것이다.〔貧賤憂戚, 庸玉汝於成也.〕"라고 하였다.

41 자사(子思)의 소리(素履)의 뜻 : '소리'는 본분대로 행한다는 뜻으로, 《주역》〈이괘(履卦) 초구(初九)〉에 나오는 말이지만 자사의 말이라고 하였으므로 여기서는 《중용장구》 14장에 "군자는 현재의 본분 위치에 따라 행하고, 그 밖의 것은 원하지 않는다. 부귀에 처해서는 부귀대로 행하며, 빈천에 처해서는 빈천대로 행하고, 이적에 처해서는 이적대로 행하며, 환난에 처해서는 환난대로 행하니, 군자는 들어가는 곳마다 스스로 만족하지 않음이 없다.〔君子素其位而行, 不願乎其外. 素富貴, 行乎富貴, 素貧賤, 行乎貧賤, 素夷狄, 行乎夷狄, 素患難, 行乎患難, 君子無入而不自得焉.〕"라고 한 구절을 가리킨 것이다. 《주역》의 이 말과 《중용장구》의 이 말은 그 뜻이 같아 자주 병칭된다.

배회하며 개연히 사모하는 마음을 그칠 수가 없어 이에 거닐며 읊조리는 시구 안에 혹 이런 마음을 드러내기도 하였다.

선생의 훌륭한 맏아들인 희조(喜朝) 동보(同甫)가 나에게 이러한 감회가 생긴 것을 알고는 근자에 내게 명하기를 "그대가 우리 선친 유고(遺稿)의 전체에 대해 응당 한마디 말을 해야 할 것인데 오래도록 그런 말이 없소. 지금도 늦지 않았소."라고 하였다. 내가 개연히 응낙하고 마침내 비(比)의 문체로 선생의 행적을 흥기하여 아래와 같이 서술하였는데 감정이 번만하고 말이 넘쳐서 나도 모르는 사이에 숱한 종이와 묵을 쓰게 되었으니, 쓸데없이 어지럽기만 하고 제대로 뜻을 드러내지 못했음을 진실로 잘 알겠다. 요컨대 나의 감정을 펼쳤을 따름이라고 하는 것은 가하겠거니와, 선생의 기상의 만분지 일이라도 전하여 그려내고자 한 점에 있어서는 참으로 한을 남긴 채로 글을 끝마치는 것[42]이라 하겠다.

제1수

| 부귀는 참으로 자신의 소유였고 | 富貴眞吾有 |
| 문장 또한 대대로 전해왔으니[43] | 文章亦世傳 |

42 한을……것 : 자신의 부족함으로 인하여 자신이 말하고자 하는 바를 다 담지 못하고 글을 끝낸다는 말이다. 육기(陸機)의 〈문부(文賦)〉에 "언제나 한을 남긴 채로 글을 끝마치니, 어찌 가슴 가득 만족할 수 있겠는가.〔恒遺恨以終篇, 豈懷盈而自足?〕"라고 하였다. 《文選 卷17》

43 부귀는……전해왔으니 : 이단상이 부유하고 문장으로 이름이 난 명문가에서 태어났음을 말한 것이다. 이단상의 조부는 좌의정을 지내고 문명(文名)이 드높았던 월사(月沙) 이정귀(李廷龜)이고, 부친은 역시 판서를 지내고 문명이 높았던 백주(白洲) 이명한

부가자제(富家子弟)의 습기를 많이 지녔을 터인데	肧胎多習氣
훌훌 벗어나 도리어 신선이 되셨네	蛻脫却神僊
뭇사람 다투는 조정에서 자취를 거두어	斂迹群爭地
불혹의 나이에 용퇴(勇退)하시니	停身不惑年
잠룡은 흔들 수 없는지라	潛龍未可拔
진보하여 날마다 힘쓰도다[44]	進步日乾乾

제2수 其二

어찌 굳이 주역을 풀이해야 하겠는가	奚其爲解易
나아가고 물러남이 다 주역의 도와 맞는 것을	進退道偕驅
몸은 이미 이천의 역전(易傳)이요	身已伊川傳
마음은 소자의 도설과 같도다[45]	心猶邵子圖

(李明漢)이다.

44 잠룡(潛龍)은……힘쓰도다 : 《주역》〈건괘(乾卦) 문언(文言)〉에 "세상을 피해 숨어 살면서도 근심이 없고, 남의 인정을 받지 못해도 근심이 없다. 즐거우면 행하고 걱정되면 떠난다. 그의 뜻이 확고해서 흔들 수가 없다. 이것이 잠룡이다.〔遯世無悶, 不見是而無悶. 樂則行之, 憂則違之, 確乎其不可拔, 潛龍也.〕"라고 하였고, 〈건괘 구삼(九三)〉에 "군자가 종일토록 힘쓰고 힘써 저녁까지도 두려워하면 위태로우나 허물이 없다.〔君子終日乾乾, 夕惕若, 厲無咎.〕"라고 하였다.

45 몸은……같도다 : 이단상의 몸가짐과 마음가짐이 이미 주역의 도에 부합했다는 말이다. 박세채(朴世采)의 《남계집(南溪集)》 권80 〈홍문관 부제학 정재 이공 행장(弘文館副提學靜齋李公行狀)〉에 "《주역》 읽기를 더욱 좋아하여 소자(邵子)의 《황극경세서(皇極經世書)》에까지 미쳤는데, 무릇 긴요하고 난해한 부분에 대해 낱낱이 풀어내지 않는 것이 없어서 스스로 깨닫는 것이 많았으며, 음양이 소장하는 기미와 치란이 왕복하는 시운에 대해 누차 반복해 읽으며 감탄하지 않은 적이 없었다.〔尤喜讀易, 以及邵子經世書, 凡係肯綮難解者, 無不紬繹剖柝, 多所自悟, 其於陰陽消長之幾, 治亂往復之會, 未

마침내 함께 유전하여	終將與流轉
잠시도 떠나지 않고자 하였으니	不欲離須臾
대충 기우고 모아놓은 양웅의 무리는	補湊揚雄輩
모두가 다 썩은 유자로다[46]	滔滔是腐儒

제3수 其三

바닷새처럼 가볍고 파리한 몸이요	海鶴輕臞骨
빙호[47]처럼 밝고 맑은 정신 지니시니	氷壺炯朗神
마음 항상 또렷이 깨어 있어 경을 허비할 일 없고	惺惺那費敬
흉중이 쇄락하여 절로 속진(俗塵) 벗어나셨네	洒洒自超塵
야기[48]는 마음에 오래도록 깃들어 있고	夜氣棲心久

嘗不三復感歎.〕"라는 말이 보인다. 이천은 북송(北宋)의 정이(程頤)이고 소자는 소옹(邵雍)이다.

46 대충……유자로다 : 《주자어류(朱子語類)》권100에 "역(易)이 있은 이래로부터 단지 소강절(邵康節)만이 이 선천도(先天圖)의 내용에 대해 이와 같이 정연하게 풀이하였다. 양웅의 《태현경(太玄經)》같은 경우는 대충 기우고 모아놓아 가소롭다.〔自有易以來, 只有康節說一箇物事如此齊整. 如揚子雲太玄, 便令星補湊得可笑.〕"라고 하였다. 원문의 '도도(滔滔)'는 강물이 휩쓸려 내려가듯 나쁜 방향으로 사람들이 휩쓸려가는 모습을 가리킨다. 《논어》〈미자(微子)〉에 공자가 길을 가다가 자로에게 나루터를 묻게 하자, 장저(長沮)가 자로가 공자의 문인이란 말을 듣고는 "도도한 것이 천하가 다 이러하니, 누구와 함께 세상을 바꾸겠는가.〔滔滔者, 天下皆是也, 而誰以易之?〕"라고 하였다.

47 빙호(氷壺) : 고결한 정신을 비유할 때 자주 쓰인다. 송(宋)나라의 등적(鄧迪)이 이동(李侗)의 사람됨에 대하여 주송(朱松)에게 말하기를 "원중(愿中)은 마치 얼음으로 만든 호리병과 가을 달과 같아 한 점 티 없이 맑게 비치니 우리들이 미칠 바가 아니다.〔愿中如氷壺秋月, 瑩徹無瑕, 非吾曹所及.〕"라고 한 데서 온 말이다. 《宋史 卷428 李侗列傳》

48 야기(夜氣) : 외물과의 접촉이 없는 한밤중에 청명(淸明)한 양심의 기운을 가리

고서는 눈에 닿는 대로 의미 새로우니　　　　　　　陳編觸眼新

청명한 기운 이미 나에게 있는지라　　　　　　　　淸明已在我

옥경(玉磬)으로 거두려면 이 한 몸을 성실히 해야 하네[49]

　　　　　　　　　　　　　　　　　　　　　　　玉振待誠身

제4수 其四

구만리 길에 솟구쳐 오른 붕새　　　　　　　　　　九萬搏鵬路

장대한 포부에 환해가 비었나니[50]　　　　　　　長圖宦海空

천지에 황곡 날아올라[51]　　　　　　　　　　　　圓方黃鵠擧

킨다.《孟子 告子上》

49　청명한……하네 : 이미 맑은 기운을 보존한 채 수양의 완성을 보려면 자신을 성실히 하여 실천궁행(實踐躬行)해야 함을 말한 것이다. 옥경으로 거둔다는 것은 음악을 연주할 때 옥경을 쳐서 마치는 것으로,《맹자》〈만장 하(萬章下)〉에 "공자를 집대성한 분이라고 하니, 집대성이란 음악을 연주할 적에 쇠북으로 소리를 퍼뜨리고 옥경으로 소리를 거두는 것이다. 쇠북으로 소리를 퍼뜨림은 조리(條理)를 시작하는 것이요 옥경으로 소리를 거둠은 조리를 끝내는 것이니, 조리를 시작하는 것은 지(智)의 일이고 조리를 끝내는 것은 성(聖)의 일이다.〔孔子之謂集大成, 集大成也者, 金聲而玉振之也. 金聲也者, 始條理也, 玉振之也者, 終條理也. 始條理者, 智之事也, 終條理者, 聖之事也.〕"라고 하였다. 몸을 성실히 한다는 것은《중용장구》제20장에 나오는 말로, 먼저 지(知)의 영역에서 선(善)을 분명히 아는 명선(明善)을 거쳐 이를 실천에 옮기는 행(行)의 단계를 말한다.

50　장대한……비었나니 : 환해(宦海)는 바다처럼 풍파가 많은 벼슬살이를 뜻한다. 이 단상이 붕새와 같은 원대한 포부로 말년에 벼슬길에서 용퇴하였다는 말이다.

51　천지에 황곡 날아올라 : 황곡이 비상하여 천지를 조망한다는 뜻으로 혼탁한 세상을 벗어나 고고히 처신함을 비유한 말이다.《초사(楚辭)》〈석서(惜誓)〉에 "황곡이 한 번 날아오름이여. 굽이굽이 산천을 보이도다. 다시 날아오름이여. 천지의 둥글고 네모짐을 바라보도다.〔黃鵠之一擧兮, 見山川之紆曲. 再擧兮, 睹天地之圓方.〕"라고 하였다.

한번 둘러보고 하늘의 본성에 통하였도다[52]　　　　　一覽性天通

도의를 보존함이 깊은 바람이었고　　　　　　　　　道義存深欲

총명을 쓴 곳은 지둔(遲鈍) 공부였나니[53]　　　　　聰明用鈍功

어이 알았으리 전약수가　　　　　　　　　　　　那聞錢若水

광풍제월의 경지였음을[54]　　　　　　　　　　　霽月與光風

제5수 其五

도에 즐겁지 못하면 군자가 아니요　　　　　　　不樂非君子

52 하늘의 본성에 통하였도다 : 하늘이 사람에게 부여한 본연의 순수한 본성을 온전히
하였다는 말이다. 명(明)나라 때 학자인 설선(薛瑄)이 만년에 지은 시에 "일흔두 해
동안 한 가지 일도 한 것 없었으되 이 마음이 오직 하늘의 본성과 통함을 깨닫도다.〔七十
六年無一事, 此心惟覺性天通.〕"라는 말이 보이는데 이 구절과 맥락이 상통한다. 《明儒
學案 發凡 薛敬軒瑄》

53 총명을……공부였나니 : 지둔 공부는 자신의 지혜를 믿고 빨리 성취하려 하지 않고
노둔하고 더딘 자세로 힘을 다해 신중하게 공부를 해나가는 것을 말한다. 《주자어류(朱
子語類)》 권8에 "대저 학문을 할 적에는 비록 총명한 자질이 있더라도 반드시 지둔
공부를 해야지 비로소 된다.〔大抵爲學, 雖有聰明之資, 必須做遲鈍工夫, 始得.〕"라고
하였다.

54 어이……경지였음을 : 마흔 즈음에 벼슬에서 물러난 이단상을 전약수에 비긴 것이
다. 전약수는 송(宋)나라 때 인물로 그가 젊었을 적에 화산(華山)에서 도사 진단(陳摶)
을 만났는데, 진단이 전약수를 평하여 "이 사람은 급류 속에서 용감하게 물러날 사람이
다."라고 하였다. 후에 전약수는 나이 40에 과연 벼슬을 버리고 물러났다. 《聞見前錄
卷7》 광풍제월은 맑고 깨끗한 기상과 인품을 비유하는 말이다. 송(宋)나라 황정견(黃庭
堅)의 《산곡집(山谷集)》 권1의 〈염계시(濂溪詩)〉 병서(幷序)에서 주돈이(周敦頤)의
인품을 평하기를 "인품이 매우 고상하여 흉중이 씻은 듯 깨끗한 것이 마치 비 갠 뒤의
맑은 바람과 밝은 달과 같다.〔人品甚高, 胸中灑落, 如光風霽月.〕"라고 한 말에서 유래
하였다.

실천을 잘함은 도리를 분명히 아는 데 달렸건만	能行在灼知
사람들 많이들 마음이 바깥일로 치달리니	人多向外務
누가 중도에 피로해짐을 면할 수 있으랴	誰免半途疲
간기[55]는 맑은 기운으로 응하고	間氣應淸氣
참스승은 스스로 스승을 얻는 것이니[56]	眞師自得師
고량진미는 예전에 실컷 맛본 것이라	膏粱曾所飫
새로 즐기는 이 맛[57]이 그보다 나은 듯하도다	新嗜似過之

제6수 其六

전야(田野)로 돌아온 뒤 일대사	歸來一大事
공부가 큰 단약 빚어냄과 다투었네[58]	功競大丹還
박문약례(博文約禮)는 추첨법처럼 하였고[59]	博約抽添裏
심신은 상쾌함과 번민을 겪었어라[60]	身心快悶間
공은 바야흐로 속도를 배로 붙여 진보하였건만	公方倍道進

---

55 간기(間氣) : 빼어난 위인이 태어날 때 받는 천지의 기운을 가리킨다. '간(間)'은 세대를 격하여[間世] 나온다는 의미이다.

56 참스승은……것이니 : 자득(自得)의 공부를 말한 것이다.

57 새로……맛 : 성현(聖賢)의 학문을 비유한 것이다.

58 공부가……다투었네 : 큰 단약을 빚어 먹어 그것으로 환골탈태하여 신선이 되듯 이단상이 범부가 성인이 되는 큰 공부를 그에 필적하게 했다는 말이다.

59 박문약례(博文約禮)는 추첨법처럼 하였고 : 단약을 제조할 때 불이 느슨하면 땔감을 더 넣고 불이 급하면 땔감을 빼는 것을 추첨법이라고 하는데, 이와 같이 완급을 조절하며 박문약례의 공부를 했다는 말이다.

60 심신은……겪었어라 : 이 구절은 뜻이 자세하지 않으나, 전체적인 문맥으로 볼 때 공부를 하면서 공부의 진척과 막힘에 따라 심신이 상쾌함과 번민을 겪었다는 말일 듯하다.

하늘은 끝내 몇 년의 수명⁶¹을 아꼈어라 天竟數年慳

선생이 떠나신 후 산림에서는 去後山林日

유자들이 그릇되게 한가한 세월을 보내는구나 諸儒枉擲閒

제7수 其七

고금에 물러나 쉬는 의리를 今古斂休義

곁에 있는 사람은 알는지 모를는지 傍人知不知

돌아오셨을 때에 감동한 바를 살피고⁶² 歸時觀所感

쉬는 곳⁶³에서는 무엇을 하는지 물어야 하네 歇處問何爲

작록을 사양한 것은 겉으로 드러난 자취이니 爵祿辭惟迹

중용을 강마(講磨)하는 이 누구런가⁶⁴ 中庸講是誰

61 몇 년의 수명 : 이 말은 특히 공부를 완성하는 시간을 의미한다. 《논어》〈술이(述而)〉에 공자가 "나에게 몇 년의 수명을 더 빌려주어 50세에 주역을 공부하도록 하였다면 큰 허물이 없을 것이다.〔加我數年, 五十以學易, 可以無大過矣.〕"라고 하였다.

62 감동한 바를 살피고 : 《주역》〈함괘(咸卦) 단(彖)〉에 "천지가 감동하면 만물이 화생하고, 성인이 인심을 감동시키면 천하가 화평하니, 그 감동하는 바를 살피면 천지 만물의 정을 볼 수 있다.〔天地感而萬物化生, 聖人感人心而天下和平, 觀其所感, 而天地萬物之情可見矣.〕"라고 하였다. 이단상에게서 그러한 점을 살펴 알아야 한다는 말이다.

63 쉬는 곳 : 명리(名利)를 초탈하여 의리에 입각한 곳이다. 송나라 때 상채(上蔡) 사양좌(謝良佐)가 "명리의 관문을 통과해야 비로소 조금 쉴 수 있는 곳이니, 지금 사대부들은 굳이 말할 것이 있겠는가. 말만 잘하는 것이 참으로 앵무새와 같다.〔透得名利關, 方是小歇處. 今之士大夫, 何足道? 能言, 眞如鸚鵡也.〕"라고 하였다. 《心經附註 卷4》

64 작록을……누구런가 : 이단상의 겉으로 드러나 보이는 훌륭한 자취는 작록을 사양하고 조정에서 용퇴(勇退)한 일이지만 그것은 그저 겉으로 드러나 보이는 두드러진 자취일 뿐이고, 실제로 이단상을 높이 칠 점은 바로 중용을 강마한 점이라는 말이다. 《중용장구(中庸章句)》 제9장에 "천하와 국가를 균평하게 다스릴 수 있으며, 작록을

재야에 참과 거짓 섞여 있으니[65]　　　丘園眞贋混

거듭 우리 선생님 위해 탄식하노라　　　重爲我師噫

제8수 其八

구름 속에 기러기 지나듯 벼슬길 거치시니[66]　宦迹雲鴻過

이력이 많음을 사람들이 보도다　　　　　人看履歷多

사간원에 계실 때는 직언의 기풍 드날리시고　臺風揚謇諤

경연에서 강연하실 적엔 온화한 기색으로 대하셨네[67]　筵講待溫和

급암이 하남의 곡식 구휼하듯 했고[68]　　　汲黯河南粟

사양할 수 있으며, 흰 칼날을 밟을 수 있으되, 중용은 능히 할 수 없다.〔天下國家可均也,
爵祿可辭也, 白刃可蹈也, 中庸不可能也.〕"라고 하였다.

65　재야에……있으니 : 재야에 은사(隱士)라고 하는 이들이 많지만 그 가운데는 참된
이와 거짓된 이가 뒤섞여 구분이 되지 않는다는 말이다. 바로 앞의 구절과 연관 지어보
면 높은 작위를 사양하는 고고한 행위로 자신을 높이는 사람이 많지만 실제로 덕이
닦여져 있는 참된 사람은 찾기 어렵다는 말이다.

66　구름……거치시니 : 이단상이 홍문관, 사헌부, 사간원 등의 청요직(淸要職)을 두
루 거쳤음을 비유한 것이다.

67　경연에서……대하셨네 : 경연 자리에서 온화한 기색으로 임금을 잘 인도했다는
말이다. 송(宋)나라 때 시강(侍講) 벼슬을 지낸 범조우(范祖禹)에 대해 정이(程頤)는
"온화한 기색으로 시비를 개진하여 임금의 뜻을 잘 인도한다.〔色溫而氣和, 尤可以開陳
是非, 導人主之意.〕"라고 하였다.《宋名臣言行錄 後集 卷13》범조우의 온화한 기색은
삼연이 이단상을 배향한 인천서원(仁川書院)의 상량문을 지을 때도 사용한 표현이다.
《靜觀齋集 別集 卷5 仁川書院上樑文》

68　급암(汲黯)이……했고 : 급암은 한(漢) 무제(武帝) 때 인물로, 하내(河內) 지방
에 화재가 나서 천여 호가 불타자 황명으로 시찰을 나갔는데, 도리어 하남(河南) 지방에
홍수와 가뭄으로 고생하는 백성이 만여 호나 되는 것을 보고는, 스스로 편의에 따라
부절(符節)을 써서 하남의 관곡(官穀)을 풀어 백성들을 구휼하고서 무제에게 부절을

언유가 무읍에서 노래하듯 하셨어라[69]　　　　言游武邑歌

여러 훌륭한 인물들이 재상의 자리를 공에게 양보했건만　群龍台輔讓

초야에 고상하게 누운 공을 어이하리오　　　　　　高臥奈公何

제9수 其九

주불이 바야흐로 옴에 부끄러웠더니　　　　　　　朱紱方來梀

화전에서 밟는 바가 평탄하였네[70]　　　　　　　花甎所履平

늦은 시간 동쪽 성곽에서 의젓이 계시면서[71]　　　　委蛇東郭晩

임의대로 사용한 죄를 청한 일이 있다. 《史記 卷120 汲黯列傳》 이단상은 1658년(효종9)
에 호남 암행어사가 되어 호남으로 가서 열읍(列邑)의 창고의 곡식을 내어 기민(饑民)
을 구휼한 후 사후에 조정에 이 사실을 보고하였다. 《靜觀齋集 卷15 行狀》

69　언유(言游)가……하셨어라 : 언유는 공자의 제자인 자유(子游)이다. 그가 무성의
읍재로 있을 때 공자가 무성에 들렀다가 현가(絃歌) 소리를 듣고는 빙그레 웃으면서
이르기를 "닭을 잡는 데에 어찌 소 잡는 칼을 쓰리오.〔割鷄焉用牛刀〕"라고 한 고사가
있는데, 이는 예악으로 백성들을 교화한 것이다. 《論語 陽貨》 이단상은 1661년(현종2)
에 청풍 부사(淸風府使)로 나가서 학문을 권장하고 사풍(士風)을 일신하였다. 《靜觀齋
集 卷15 行狀》

70　주불(朱紱)이……평탄하였네 : 이단상이 본디 관직에 대해서 큰 뜻이 없고 분수에
넘친다 생각했으나 조정에서 관직 생활을 하면서는 본분의 직임에 충실하며 평탄하게
했다는 뜻이다. 주불은 고대 관리의 예복 가운데 붉은색 폐슬(蔽膝)을 가리키는 것으
로, 관직을 뜻한다. 《주역》〈곤괘(困卦) 구이(九二)〉에 "술과 음식에 곤궁하지만 주불
이 바야흐로 오리니, 향사에 씀이 이롭다.〔困于酒食, 朱紱方來, 利用享祀.〕"라고 하였
다. 화전은 궁중에서 사용하는 꽃무늬 벽돌이며 당(唐)나라 때는 한림원(翰林院)의
앞길이 이 벽돌로 되어 있었다.

71　늦은……계시면서 : 공무를 마치고 집에서 편안히 쉬는 이단상의 모습을 형용한
것이다. 관원의 검소한 생활을 읊은 《시경》〈소남(召南) 고양(羔羊)〉에 "관청에서 물러
나와 밥을 먹으니 그 모습 의젓하고도 의젓하도다.〔退食自公, 委蛇委蛇.〕"라고 하였다.

가벼이 부는 북풍 읊조리며 바라보았어라[72]	吟望北風輕
질환으로 인하여 뜻을 굳히시니[73]	介石仍淸疾
세상 영화 본디 뜬구름 같은 것이로다	浮雲自世榮
벗들이 보낸 편지 몇 상자나 되던가	親朋書幾篋
얼른 도성으로 돌아오라 많이들 권했지	多勸早還京

제10수 其十

만력제는 사옹의 황제이고	萬曆沙翁帝
삼한에는 효종이 계셨도다[74]	三韓孝廟宗
어진 손자가 철장을 도우니[75]	賢孫贊鐵杖

72 가벼이……바라보았어라 : 관직에서 물러나 은거하고자 하는 마음을 품었다는 뜻이다. 《시경》〈패풍(邶風) 북풍〉에 "북풍이 차갑게 불어오고, 함박눈이 펑펑 내리도다. 사랑하여 나를 좋아하는 이와 손잡고 함께 떠나리라.〔北風其涼, 雨雪其雱. 惠而好我, 携手同行.〕"라고 하였는데, 본래 이 시는 나라가 어지러워지자 떠나고자 하는 뜻을 노래한 것이나, 좋은 벗과 함께 은거하고자 하는 뜻만을 취하여 쓰기도 한다.

73 질환으로……굳히시니 : 이단상은 동강으로 물러난 뒤 다시 조정으로 나오라는 임금의 부름을 사양하면서 자신의 기질(奇疾)을 이유로 들었다. 《靜觀齋集 卷15 行狀》

74 만력제는……계셨도다 : 사옹은 이단상의 조부인 월사 이정귀를 가리킨다. 이정귀는 명(明)나라 만력제(萬曆帝) 연간에 주로 벼슬을 했으며 이 시기에 사신이 되어 중국을 다녀오기도 하였다. 만력제는 임진왜란 때 조선에 파병하여 원조한 황제이다. 효종은 이단상이 조정에서 활동하던 때의 임금이다. 만력제나 효종 모두 조선에 침입한 외적에 대한 저항의 뜻을 나타내는 바, 이단상의 집안이 이러한 국난의 시절에 모두 힘을 쓴 집안임을 드러낸 것이다.

75 어진……도우니 : 이단상이 효종을 잘 보필했음을 형용한 말이다. 남송(南宋) 효종은 여진족의 금(金)나라에 설욕하기 위해 궁궐 앞뜰에 목마를 세워 말타기와 활쏘기를 익히고, 철장으로 힘을 단련한 고사가 있다. 남송의 효종을 조선의 효종에 빗댄

성대한 시절에 구름과 용이 모였어라⁷⁶　　　　　盛際鬱雲龍

화양의 노인과 우익이 되고　　　　　　　　　　羽翼華陽叟

석실의 소나무에서 서성였네　　　　　　　　　盤桓石室松

해사의 시가 마음을 격동시키니　　　　　　　海槎詩激越

천고에 가슴을 적시도다⁷⁷　　　　　　　　　千古有沾胸

제11수 其十一

동국의 풍속 졸렬하니　　　　　　　　　　　　鹵莽靑丘俗

서하에서 은미한 의리를 강론하였도다⁷⁸　　西河講義微

청아⁷⁹는 국학에 없고　　　　　　　　　　　　菁莪非國學

것이다.

76 성대한……모였어라 : 훌륭한 임금과 어진 신하가 모였음을 말한 것이다. 《주역》
〈건괘(乾卦) 문언(文言)〉에 "구름은 용을 따르고 바람은 범을 따른다.〔雲從龍, 風從
虎.〕"라고 한 데서 유래하였다.

77 화양(華陽)……적시도다 : 화양의 노인은 화양동에 거처했던 송시열(宋時烈)을
가리킨다. 효종의 조정에서 송시열과 우익(羽翼)이 되어 정사를 돌보았음을 말한 것이
다. 석실의 소나무는 곧 삼연의 증조부인 김상헌(金尙憲)을 비유한 것이다. 이단상이
김상헌의 고거(故居)를 지나면서 지은 시가 있는데, 이 시는 제주도에 표류해온 한인
(漢人)을 조정에서 북경으로 압송하는 사건이 일어나자 지은 시이기도 하다. 그 시에
"남극에서 떠다니던 뗏목이 바닷가에 오니, 붉은 구름 한 덩이가 해 옆에 걸렸어라.
천추의 대의를 아는 사람 없으니, 석실산 앞에서 통곡하고 돌아오네.〔南極浮槎海上來,
紅雲一朵日邊開. 千秋大義無人識, 石室山前痛哭廻.〕"라고 하였다. 해사(海槎)의 시는
곧 이 시를 가리킨다. 《靜觀齋集 卷3 有感偶吟寄尤齋·卷15 行狀》

78 서하에서……강론하였도다 : 서하는 공자의 제자 자하(子夏)가 공자 사후에 제자
들을 모아 강학하던 장소이다. 이단상이 조정에서 물러나 제자들을 가르친 것을 비유한
것이다.

느릅죽 먹는 사람[80]은 산거(山居)에 있어라 　　　　　楡粥卽山扉

밝은 거울이 어찌 비추는 것을 피곤해하랴[81] 　　　　鏡炯寧疲照

맑은 종은 기틀에 잘 응하는도다[82] 　　　　　　　鐘清善應機

천하에 왕 노릇 하는 것과 오히려 같나니 　　　　猶然王天下

이 즐거움이 배고픔 잊기에 가장 좋았도다[83] 　　此樂最忘饑

79 청아(菁莪) : 청아는 인재 양성의 즐거움을 노래한 《시경》 〈소아(小雅) 청청자아(菁菁者莪)〉의 준말이다. 곧 제대로 된 인재를 양성할 훌륭한 군자가 국학에 없다는 말이다.

80 느릅죽 먹는 사람 : 이단상을 비유한 것이다. 당(唐)나라 때 명신(名臣) 양성(陽城)은 흉년이 들었을 때 자취를 감추어 이웃 마을에도 가지 않고 들어앉아서 느릅나무 가루로 죽을 끓여 마시면서 경전 강론을 중지하지 않았다고 한다. 《新唐書 卷194 卓行列傳》 《佩文韻府 卷97 楡粥》

81 밝은……피곤해하랴 : 이단상이 남들을 가르치는 일을 피곤해하지 않았다는 말이다. 동진(東晉)의 효무제(孝武帝)가 《효경》을 강독하려고 하자 사안(謝安)과 사석(謝石)이 사람들과 함께 강습하였는데, 이때 차윤(車胤)이 사씨(謝氏)를 귀찮게 할까 걱정하면서 질문하는 것을 어려워하자 원교가 "밝은 거울이 자주 비춰준다고 피곤해한 적이 언제 있겠으며, 맑은 강물이 온화한 바람을 마다한 적이 언제 있었던가.〔何嘗見明鏡疲於屢照, 清流憚於惠風?〕"라고 대답하였다. 《世說新語 言語》

82 맑은……응하는도다 : 이단상이 제자의 수준에 따라 학문 지도를 잘하였다는 말이다. 《예기(禮記)》 〈학기(學記)〉에서 "물음에 대한 훌륭한 응대는 종을 쳤을 때와 같다. 작게 쳤으면 작게 울리고 크게 쳤으면 크게 울리는 것이다.〔善待問者如撞鐘, 叩之以小者則小鳴, 叩之以大者則大鳴.〕"라고 하였다.

83 천하에……좋았도다 : 이단상이 제자들을 교육하는 즐거움이 천하에 왕 노릇 하는 것만큼이나 즐거운 일이었다는 말이다. 맹자가 "군자에게 세 가지 즐거움이 있으니, 천하에 왕 노릇 하는 것은 여기에 끼지 않는다. 부모가 다 생존하고 형제가 무고한 것이 첫 번째 즐거움이요, 위로는 하늘에 부끄럽지 않고 아래로는 사람에게 부끄럽지 않은 것이 두 번째 즐거움이요, 천하의 영재를 얻어서 교육시키는 것이 세 번째 즐거움이다.〔君子有三樂, 而王天下不與存焉. 父母俱存, 兄弟無故, 一樂也; 仰不愧於天, 俯不

제12수 其十二

대학에 공안이 남아 있으니	大學留公案
분명한 십자로로다[84]	分明十字衢
사물과 앎은 함께 이르는 것이고	物知同所到
명칭과 이치는 또한 서로 필요한 것이네[85]	名理亦相須
횃대와 시렁은 기이한 비유를 다투고[86]	桁架爭奇喩

作於人, 二樂也; 得天下英才而教育之, 三樂也.〕"라고 하였다. 《孟子 盡心上》

84 대학에……십자로로다 : 공안은 불가에서 화두를 참구할 때의 명제들을 가리킨다. 곧 《대학》 안에 학자가 깊이 연구해야 할 화제들이 담겨 있고 이것들은 사통팔달의 십자로와 같이 막힘없이 이치에 두루 통하는 내용이라는 것이다.

85 사물과……것이네 : 앞 구절은 사물의 이치를 궁구하여 나의 인식작용을 지극히 하는 《대학》의 격물치지(格物致知)에서 사물의 이치와 나의 인식작용이 함께 지극한 지점에 도달한다는 말이고, 뒤의 구절은 겉으로 드러난 명칭과 그 안에 담긴 이치를 모두 다 담지해야 한다는 말이다.

86 횃대와……다투고 : 횃대와 시렁의 비유는 율곡(栗谷) 이이(李珥)가 처음 말한 것이다. 사물의 이치란 본디 극처(極處)에 있는 것인데 어찌하여 사람이 반드시 사물의 이치를 궁구한 후에야 극처에 이르는 것이냐고 묻자, 이이가 "비유하면 어두운 방 안에 책은 시렁 위에 있고 옷은 횃대 위에 있고 상자는 벽 아래 있는데 어두워서 물건을 볼 수 없는 상황이라면 책과 옷과 상자가 어느 곳에 있다고 말할 수 없다. 그런데 누가 등불을 가져다 비추어 보면 책과 옷과 상자가 각기 그곳에 있는 것을 분명히 볼 수 있다. 그런 후에야 책은 시렁에 있고 옷은 횃대에 있고 상자는 벽 아래 있다고 말할 수 있는 것이다. 이치는 원래 극처에 있으니 사물의 이치를 궁구하기를 기다려야만 극처에 이르는 것이 아니며, 이치가 스스로 이해되어 극처에 이르는 것이 아니라 나의 인식작용이 밝기도 하고 어둡기도 함이 있기 때문에 이치가 이르고 이르지 않음이 있는 것이다."라고 하였다. 이 비유를 가지고 이단상은 송시열과 서찰을 통해 논변한 바 있다. 《栗谷全書 卷32 語錄下》《靜觀齋集 卷9 答宋尤齋》 기이한 비유를 다툰다는 것은 곧 매우 뛰어난 비유라는 말이다.

조롱박의 졸렬한 모사 비웃었어라[87]　　　　　葫蘆笑拙摸

정밀하게 통달함이 대개 이와 같나니　　　　　精通類如此

만 가지 변화가 하나의 기추로다[88]　　　　　萬化一機樞

제13수 其十三

태을의 청려 지팡이 누각이요　　　　　　　太乙青藜閣

포산의 옥자서로다[89]　　　　　　　　　包山玉字書

87　조롱박의……비웃었어라 : 사람들이 《대학》의 참뜻을 이해하지 못하고 전인(前
人)들이 말한 내용만 답습하고 있는 것을 이단상이 비웃었다는 뜻인 듯하다. 송 태조(宋
太祖)가 한림학사(韓林學士) 도곡(陶穀)을 조롱하기를 "듣건대 한림학사는 제서(制
書)를 초할 때 옛사람의 작품을 베껴가며 조금씩 말만 바꾸었을 뿐이다. 이는 바로
세속에서 이른바 '조롱박 모양만을 본떠서 그려낸다.〔依樣畫葫蘆耳〕'라는 것일 따름이
니, 힘쓴 것이 뭐가 있다고 하겠는가."라고 하였다. 《東軒筆錄 卷1》

88　만……기추로다 : '기(機)'는 문지방이고 '추(樞)'는 문고리로 사물에서 가장 중요
한 부분을 가리킨다. 곧 《대학》의 이치를 통달하여 온갖 변화를 하나의 관건으로 꿰뚫
는다는 말이다.

89　태을(太乙)의……옥자서로다 : 이단상의 학문이 마치 신인(神人)의 도움을 받은
듯 뛰어나다는 말이다. 한 성제(漢成帝) 때 유향(劉向)이 천록각(天祿閣)에서 서책을
교정하고 있던 어느 날 밤에 청려 지팡이를 짚은 노인이 나타나 지팡이 끝에서 불을
일으켜 유향을 비춰주고 홍범오행(洪範五行), 천문지도(天文地圖) 등의 글을 유향에게
전해주었다. 유향이 누구신지 묻자 노인은 "나는 태을(太乙)의 정기이다. 상제께서 유
씨 자식 중에 박학한 자가 있다는 말을 듣고 내려가서 살펴보게 하였다."라고 했다고
한다. 《三輔黃圖》오(吳)나라 왕 합려(闔閭)는 우(禹) 임금의 고적(古跡)이 있는 우산
(禹山)을 유람하다가 영위장인(令威丈人)이라는 선인(仙人)을 만나 동정(洞庭)의 포
산으로 들어가서 우 임금의 장서를 가져왔다고 한다. 《吳郡志》《太平御覽》옛날 우
임금이 창수사자(蒼水使者)로부터 받은 치수(治水)의 비기를 금간옥자(金簡玉字)라
고 하였다. 《吳越春秋 越王無餘外傳》

드넓게 받아들인 가슴은 바다와 같고   洪涵胸是海
두루 다 구비한 배는 수레가 되었네[90]   該載腹爲車
널리 배운 뒤에 요약됨으로 돌아오고   博後言歸約
늘어나면 자주 덜어내고자 하였어라   乘來數待除
한공은 글 보는 안목이 좁았나니   韓公文眼窄
불교를 배척한 것은 소활했도다[91]   斥佛也還疎

제14수 其十四
소싯적에 무지개처럼 찬란한 문장이었더니   少小煙虹藻
돌아와 쉬심에 숙속의 글이어라[92]   歸休菽粟文

---

90 드넓게……되었네 : 이단상의 학문의 폭이 광대함을 말한 것이다. 수레는 곧 책을 싣는 수레를 말한다. 《장자》〈천하(天下)〉에 "혜시의 학술은 다방면에 걸쳐 있으며, 읽은 책이 다섯 수레나 된다.〔惠施多方, 其書五車.〕"라고 하였고, 소식(蘇軾)의 〈2월 19일에 백주와 노어를 가지고 첨사군을 찾아가 냉면을 먹다〔二月十九日携白酒鱸魚過詹使君食槐葉冷淘〕〉시에 "잠시 연잎만 한 큰 술잔을 빌려다가, 텅 빈 배 속의 다섯 수레 책에 한번 들이붓노라.〔暫借垂蓮十分盞, 一澆空腹五車書.〕"라고 한 표현이 보인다. 《蘇東坡詩集 卷39》

91 한공(韓公)은……소활했도다 : 한공은 당나라 때의 문인인 한유(韓愈)이다. 한유는 평소 유교를 높이고 불교를 배척하여 〈진학해(進學解)〉에서는 "이단을 배척하고 불교와 도교를 물리쳤다.〔觝排異端, 攘斥佛老.〕"라고 하였으며, 헌종(憲宗)이 부처의 사리를 맞아들이려 하자 이를 비판하는 〈불골표(佛骨表)〉를 지었다가 헌종의 노여움을 사서 조주 자사(潮州刺史)로 좌천되기도 하였다. 이 구절은 이러한 한유와는 달리 이단상은 불서(佛書)에 이르기까지 학문의 폭이 넓었다는 말이다. 이단상은 유학을 근본적인 종지로 높였지만 이단의 여러 서적들도 섭렵하고 열람하여 궁리(窮理)와 격물(格物)의 방도로 삼았다. 《靜觀齋集 別集 卷4 遺事》

92 돌아와……글이어라 : 이단상의 문장이 평이담박(平易淡泊)해짐을 말한 것이다.

설루는 허공 속에 그늘 드리우고 　　　　　　雪樓空裏翳

영각은 꿈속의 구름 속이로다[93] 　　　　　　瀛閣夢中雲

단지 이 마음을 수습함이 급하니 　　　　　　直爲心齋急

숙속의 글은 콩과 조처럼 일상생활에 유용하게 쓰이는 평상적이고 평범한 문장을 가리킨다. 《송사(宋史)》 권427 〈정이열전(程頤列傳)〉에 "마침내 끊어진 공맹의 학문을 터득하여 뭇 유자들의 영수가 되었는데, 그가 말한 뜻을 보면 모두 포백숙속과 같았으므로 덕을 아는 이들이 더욱 그를 존숭하였다.〔卒得孔孟不傳之學, 以爲諸儒倡, 其言之旨, 若布帛菽粟然, 知德者尤尊崇之.〕"라고 하였다.

93　설루는……속이로다 : 이 두 구절은 미상이다. 다만 김익겸(金益兼)이 쓴 이단상의 만사에 이와 유사한 구절이 있는데 다음과 같다. "백설루 시는 백설의 소리 나고, 봉산의 은혜로운 휴가에서 재명이 성대했네.〔白雪樓詩白雪聲, 蓬山恩暇盛才名.〕" 이때 백설루 시는 이단상이 진사시(進士試)에 장원할 때 지은 시를 가리키는 듯하다. 이단상의 연보에 이 사실을 기록하기를 "시제가 백설루였는데, 선생이 지은 시가 당세에 회자되었다. 이공 행진이 일찍이 선생을 평하여 말하기를 '그대의 재주는 이 누각에 두어 마땅하다. 이 작품은 비록 왕세정(王世貞), 이반룡(李攀龍) 등 여러 공이라 할지라도 응당 한 자리를 비껴 설 것이다.'라고 하였다.〔詩題白雪樓, 先生所製, 膾炙一世. 李公行進嘗謂先生曰 : "君才合置玆樓, 此作雖王李諸公, 亦當讓一頭地云."〕"라고 하였다. 이는 이단상의 시가 명대(明代) 후칠자(後七子)인 왕세정과 이반룡의 기풍이 있음을 말한 것이다. 이단상은 어렸을 때는 당시(唐詩)를 배웠고 중년에는 황명제가(皇明諸家)의 문장을 학습하여 "왕세정과 이반룡이 다시 살아도 이보다 뛰어나지 않을 것이다."라는 평가를 들었다. 그렇다면 이때 백설루는 이반룡의 서실을 가리킨다고 봐야 할 것이다. 이반룡은 이곳에서 왕세정 등과 교유하며 문장을 지었다. 영각(瀛閣)은 보통 홍문관을 지칭하는 말인데, 김익겸의 시에서 말한 봉산 역시 같은 뜻이다. 관각의 학사를 보통 봉산학사(蓬山學士)라고 표현한다. 이단상은 관각에서 근무하던 1655년(효종6)에 대제학 채유후(蔡裕後)의 추천으로 김수항(金壽恒), 남용익(南龍翼) 등과 함께 사가독서(賜暇讀書)를 하였다. 김익겸의 시에서 은혜로운 휴가란 바로 이것을 가리키는 것이다. 만약 본문의 두 구절이 김익겸 시의 뜻과 상통한다면 이 두 구절은 바로 과거에 이단상의 문장이 드높았고 관각 시절의 영예가 꿈만 같다는 뜻으로 볼 수도 있을 듯하다. 《靜觀齋集 卷15 行狀·年譜 卷1·續輯 卷9 遺事續·續輯 卷10 挽詞》

어찌 어지러운 외물의 유혹 용납하랴 　　　　寧容外誘紛
높은 숲에 맑은 이슬 방울질 제 　　　　　高林淸露滴
한가로이 앉음에 한 마리 매미 소리 들리네 　閑坐一蟬聞

제15수 其十五

또렷이 흉중에 담으신 일 　　　　　　　　了了胸中事
천명(天命)과 인사(人事)와 고금의 자취로다 　天人與古今
서찰이 오면 직접 말씀하시는 듯 유창하고 　書來筆有舌
담론할 때에는 얼굴에 마음이 그대로 드러났네 　談處面猶心
몽천[94]의 형세를 과감히 터주시고 　　　　果決蒙泉勢
부옥의 그늘[95]을 맑게 열어주셨어라 　　　　淸開蔀屋陰
어이하면 다시 세상에 나가시어 　　　　　如何更出世
부정한 말들을 쓸어 없앨까 　　　　　　　一爲掃詖淫

94 　몽천(蒙泉) : 어리석어 가르침을 구하는 형상이다. 《주역》〈몽괘(蒙卦) 상전(象傳)〉에 "산 아래에서 샘물이 나오는 것이 몽이다.〔山下出泉, 蒙.〕"라고 하였는데, 정이(程頤)의 전(傳)에 "산 아래에서 샘물이 나오는데 험한 지형을 만나 갈 곳이 없는 것이 몽의 상이니, 마치 사람이 몽매하고 어려서 갈 곳을 모르는 것과 같다.〔山下出泉, 出而遇險, 未有所之, 蒙之象也. 若人蒙穉, 未知所適也.〕"라고 하였다.

95 　부옥의 그늘 : 이 역시 몽천과 마찬가지로 자신의 어리석음을 뜻하는 말이다. 《주역》〈풍괘(豐卦)〉의 육이(六二)와 육사(六四)에 모두 "그 떼적을 많이 한다.〔豐其蔀〕"라고 하였는데, 떼적은 막고 가리움을 상징한다. 또 상육(上六)에 "집을 크게 짓고 집에 떼적을 쳐놓았다.〔豐其屋, 蔀其家.〕"라고 하였는데 이는 자만하고 어리석음을 상징한다.

제16수 其十六

남을 헤아릴 때에는[96] 자애와 진실함으로 하시고 　　　體物慈良用

기미를 살펴 알 때에는 광명정대함을 보존하셨네 　　　知幾炯介存

대그릇 밥과 표주박 물 먹으며 비록 홀로 즐거우셨으나 　單瓢雖獨樂

교목의 집안이라 말을 잊지 아니하셨어라[97] 　　　　喬木未忘言

가의는 청명한 시절에 곡하였고[98] 　　　　　　　賈誼淸時哭

---

96 남을 헤아릴 때에는 : 원문의 '체물(體物)'은 대체적으로 《중용장구》 제16장에서
처럼 사물의 근간이 된다는 뜻으로 많이 쓰이나, 여기에서는 남의 마음을 체인(體認)한
다는 뜻으로 쓰였다. 이는 본집 권30 〈선비행장(先妣行狀)〉에서 "대개 인서로 남을
헤아리고 엄밀함으로 집안을 꾸렸다.〔蓋仁恕體物, 嚴密持家.〕"라고 한 것과 같다.

97 대그릇……아니하셨어라 : 이단상이 안빈낙도(安貧樂道)하면서 은거하여 지내면
서도 대대로 나라에 높은 벼슬을 한 교목세신(喬木世臣)의 집안으로 시사(時事)에 대
한 근심과 조언을 놓지 않았다는 말이다. 이단상은 임종 날까지도 임금에게 올린 여러
충언을 담은 유소(遺疏)를 수정하여 자신이 죽은 뒤 올리게 하였는데, 그 상소의 시작에
"삼가 생각건대 신은 교목세신의 집안으로 고질병을 앓고 있는지라 조정에서 종사하지
못하고 전야에 물러나 있으면서 아침저녁으로 이 목숨이 다하기를 기다리고 있습니다.
〔伏以臣以喬木世臣, 因痼疾纏身, 不得從仕於朝, 退伏田野, 朝夕待盡.〕"라고 하였다.
《靜觀齋集 年譜 卷2》대그릇 밥과 표주박 물은 공자의 제자 안회(顏回)의 빈한한 삶을
나타내는 말이다. 《논어》〈옹야(雍也)〉에 "어질구나, 안회여. 한 대그릇의 밥과 한
표주박의 물로 누추한 골목에 있는 것을 다른 사람들은 그 근심을 견뎌내지 못하는데
안회는 그 즐거움을 변치 않으니, 어질구나, 안회여.〔賢哉回也, 一簞食一瓢飲, 在陋巷,
人不堪其憂, 回也不改其樂, 賢哉回也.〕"라고 하였다.

98 가의(賈誼)는……곡하였고 : 훌륭한 임금이라고 평가되는 한 문제(漢文帝) 때에
가의는 시국의 폐단을 바로잡는 치안책(治安策)을 올리면서 "신이 삼가 사세를 생각해
보건대 통곡할 만한 일이 한 가지요, 눈물을 흘릴 만한 일이 두 가지요, 길이 한숨을
쉴 만한 일이 여섯 가지입니다.〔臣竊惟事勢, 可爲痛哭者一, 可爲流涕者二, 可爲長太息
者六.〕"라고 하였다. 《漢書 卷48 賈誼傳》이단상도 가의처럼 시국에 대한 근심을 놓지
않았다는 말이다.

임종은 선한 부류와 돈독하였도다[99]　　　　　林宗善類敦

지금 조정에는 진췌의 애통함[100] 있고　　　　今朝殄瘁痛

저승에서는 참으로 가슴이 아프시리　　　　泉下定傷魂

제17수 其十七

오직 선생은 때마침 가셨으니[101]　　　　　適去惟夫子

초연히 안석에 기대 읊조리셨도다[102]　　　　儵然隱几吟

병드셨을 때는 고운 대자리 없었고[103]　　　　病時無睆簀

---

99 임종(林宗)은……돈독하였도다 : 임종은 후한(後漢) 때 은사(隱士)인 곽태(郭泰)의 자(字)이다. 곽태는 낙양으로 가서 하남 윤(河南尹) 이응(李膺)과 교분을 맺고 명망이 경사를 진동하였는데, 후에 곽태가 벼슬을 버리고 향리로 돌아갈 때 그를 전송하기 위해 수많은 관리와 유생이 황하까지 마중을 나와 그 수레가 수천 대나 되었다고 한다. 《後漢書 卷68 郭太列傳》 특히 곽태는 42세에 세상을 떠났는데 이는 이단상의 졸년과 같다.

100 진췌(殄瘁)의 애통함 : 나라의 현인(賢人)을 잃어버린 슬픔이다. 《시경》 〈대아(大雅) 첨앙(瞻卬)〉에 "선인(善人)이 없으니 나라의 명맥이 끊기고 병들리라.〔人之云亡, 邦國殄瘁.〕"라고 한 데서 온 말이다.

101 오직……가셨으니 : 이단상이 자연의 순리를 따라 세상을 떠났다는 말이다. 《장자(莊子)》 〈양생주(養生主)〉에 "때마침 온 것은 선생께서 오실 때여서 온 것이고, 때마침 간 것은 선생께서 조화를 따른 것이다. 때를 편안히 여기고 순리에 따라 처신하면 슬픔과 즐거움이 끼어들 수 없다.〔適來, 夫子時也; 適去, 夫子順也. 安時而處順, 哀樂不能入也.〕"라고 하였다.

102 초연히……읊조리셨도다 : 이단상이 임종을 앞두고 남긴 〈유시(遺詩)〉를 가리킨다. 《靜觀齋集 卷3》

103 병드셨을……없었고 : 임종하여서도 도리에 어긋난 일이 없었다는 말이다. 증자(曾子)가 병이 위독하여 임종이 닥쳤을 때 곁에 있던 동자가 "선생님이 누우신 대자리는 화려하고 고우니, 대부가 사용하는 대자리인가 봅니다.〔華而睆, 大夫之簀與.〕"라고 하

염하는 날에는 삐딱한 이불 있었네[104]   敍日有斜衾

밝디밝게 시사를 근심하는 소를 올리고[105]   炯炯憂時疏

낭랑하게 자제들 훈계하는 음성 남기셨어라   琅琅訓子音

산이 무너짐에[106] 사람들이 문전에 늘어서 눈물 흘렸더니   山頹繞門淚

이제는 피눈물 되어 옷깃에 가득하구나   今作血盈襟

자, 증자가 선비의 신분으로 대부에게 받은 화려한 대자리에서 죽어서는 안 된다 하고, 즉시 다른 자리로 바꾸게 하여 그 자리에서 운명한 고사가 있다.《禮記 檀弓上》참고로 이단상은 임종을 앞두고 여사(廬舍)에서 우거하고 있었는데 그곳은 군자가 임종할 장소가 아니라고 하면서 즉시 들것에 실어 도성 동쪽의 구제(舊第)로 옮기게 하였다. 자제들이 위급한 상황에서 무리가 될까 염려하여 만류하였으나 이단상은 이를 듣지 않고 자신을 옮기게 하였고, 구제로 돌아온 이튿날 세상을 떠났다.《靜觀齋集 卷15 行狀》

104 염하는……있었네 : 이단상이 지극히 청빈하게 살았음을 나타낸 말이다. 춘추 시대 노(魯)나라의 은사(隱士)인 검루(黔婁)는 몹시 빈한하였는데 그가 죽었을 때 시신을 가릴 만한 이불도 없었다. 마침 증자(曾子)가 조문을 가서 보니 베 이불로 검루의 시신을 덮는데, 머리를 덮으면 발이 나오고, 발을 덮으면 머리가 나오므로, 증자가 "그 이불을 귀퉁이 쪽으로 삐딱하게 당겨서 덮으면 가릴 수 있겠다.〔斜引其被則敍矣〕"라고 하자, 검루의 아내가 "이불을 삐딱하게 당겨 덮어서 여유 있게 하는 것이 반듯하게 덮어서 모자람만 못하다.〔斜而有餘, 不如正而不足也.〕"라고 하였다.《古列女傳 卷2 魯黔婁妻》이단상이 죽었을 때 집에 제대로 된 옷 한 벌도 없어서 염습할 때 사용할 여러 물품들을 친척과 벗들이 마련해둔 것을 사용하였다고 한다.《靜觀齋集 年譜 卷2》

105 밝디밝게……올리고 : 53쪽 주97 참조.

106 산이 무너짐에 : 현인(賢人)의 죽음을 말한다. 공자가 아침 일찍 일어나 뒷짐을 지고 지팡이를 끌고 문 앞에 한가로이 노닐며 노래하기를 "태산이 무너지고 대들보가 부러지고 철인(哲人)이 죽겠구나.〔泰山其頹乎, 梁木其摧乎, 哲人其萎乎.〕"라고 했는데, 그 후 곧 세상을 떠났다.《禮記 檀弓上》

제18수 其十八

정자는 태극의 상을 품었고	太極亭含象
동네는 영지라는 이름 지녔네[107]	靈芝洞有名
뜻은 삼수를 따라 드러나고	志隨三秀見
자취는 일원을 품고서 드러나네[108]	迹抱一圓呈
붓이 멈춘 못은 텅 비어 고요하고	絕筆池虛靜
선생의 정신인 양 달은 밝고 환하구나[109]	傳神月晶明
장대한 생각 접고 어찌 서둘러 가셨는가[110]	壯思寧草草

107 정자는……지녔네 : 이단상은 벼슬에서 물러나 양주(楊州)의 영지동 동북쪽 언덕에 태극정을 세웠다.

108 뜻은……드러나네 : 태극정과 영지동에 기인하여 이단상의 뜻과 자취를 말한 것이다. 삼수(三秀)는 영지를 상징하는 말로, 진(秦)나라 때 상산사호(商山四皓)가 난리를 피하여 상산에 들어가 숨어 살면서 지초를 캐 먹으며 "빛나는 자지는 요기할 만하도다.〔燁燁紫芝, 可以療飢.〕"라고 노래하였고, 진(晉)나라 때 혜강(嵇康)은 〈유분시(幽憤詩)〉에서 "빛나는 영지는 일 년에 세 번 맺힌다.〔煌煌靈芝, 一年三秀.〕"라고 하였다. 곧 이단상이 벼슬에서 물러나 은거한 뜻을 말한 것이다. 일원(一圓)은 태극으로, 이단상이 말년에 태극정에 머물며 학문을 닦은 것을 말한 것이다.

109 붓이……환하구나 : 이는 이단상이 죽기 사흘 전에 읊은 〈유시(遺詩)〉의 구절을 가지고 이단상을 형용한 것이다. 이 〈유시〉는 두 가지 본이 있는데 이 구절 다음 구절까지 염두에 둘 때 삼연은 두 번째 본의 시 구절을 차용한 듯하다. 첫째 본의 마지막 구절은 "천년 세월 영지동의 달이 부질없이 정관재의 못을 비추누나.〔千年芝洞月, 虛照靜觀池.〕"라고 하였고, 두 번째 본의 마지막 구절은 "오직 영지동의 달만 남아 천고에 텅 빈 못을 비추리라.〔惟餘芝洞月, 千古照虛池.〕"라고 하였다. 《靜觀齋集 卷3 遺詩》

110 장대한……가셨는가 : 장대한 뜻을 품었던 이단상이 어찌하여 서둘러 세상을 떠났느냐는 말이다. 이단상의 〈유시〉 두 번째 본의 구절에 "서둘러 뜬세상을 작별하니, 아득히 장대한 생각은 막혀버렸네.〔草草辭浮世, 茫茫鬱壯思.〕"라고 하였다. 《靜觀齋集 卷3 遺詩》

후학을 열어주는 마음이 무궁하여라   無限啓來情

제19수 其十九

묘지명은 선인이 지은 것이니[111]	幽誌先人筆
형용한 것이 실상을 벗어나지 않았네	形容不放題
어찌 한 터럭만큼의 어긋남이 있으랴	何曾一髮爽
한평생을 함께하였기 때문이로다	以有百年携
포숙(鮑叔)과 관중(管仲)의 알아줌이 이와 같았고[112]	管鮑知如此
진번(陳蕃)과 서치(徐穉)는 자취가 같지 않았어라[113]	陳徐迹未齊
산을 나누기로 한 만년의 약속[114]	分山歲暮約

---

111 묘지명은……것이니 : 김수항의《문곡집(文谷集)》권19에 〈부제학 정관 이공 묘지명(副提學靜觀李公墓誌銘)〉이 있다.

112 포숙(鮑叔)과……같았고 : 삼연의 부친 김수항과 이단상이 서로를 알아주는 지기였다는 말이다. 춘추 시대 제(齊)나라의 포숙과 관중은 어렸을 때부터 막역한 벗이었는데, 포숙은 관중의 어짊을 잘 알아주었지만 관중은 워낙 빈곤하였기 때문에 포숙을 항상 속이곤 하였다. 그러나 포숙은 끝까지 그를 잘 대우해 주었으므로 관중이 뒤에 말하기를 "나를 낳아준 분은 부모요, 나를 알아준 이는 포자였다.〔生我者父母, 知我者鮑子也.〕"라고 하였다. 이들의 막역한 사귐을 관포지교(管鮑之交)라고 한다.《史記 卷62 管晏列傳》

113 진번(陳蕃)과……않았어라 : 모두 후한(後漢) 시대의 인물로, 환관(宦官)이 전횡을 일삼는 시기에 진번은 두무(竇武)를 도와 환관을 몰아내고 나라를 바로잡으려다가 화를 입어 죽임을 당하였고, 서치는 진번 등 당대 인사들의 천거를 받았지만 벼슬에 나아가지 않고 은거하며 지내다가 화를 입지 않았다. 여기에서는 조정에서 벼슬을 하다 화를 당한 김수항과 벼슬에서 물러나 은거하며 지내다 세상을 떠난 이단상을 비유한 것이다.

114 산을……약속 : 두 사람이 한곳에서 같이 은거하자는 약속을 의미한다. 25쪽 주15

무릉의 시내에 한이 가득하도다　　　　　　　　恨滿武陵溪

제20수 其二十

선생께서는 남을 잘 열어주셨거니와	先生善開物
소자가 어리석으니 무엇을 알았으리	小子駿何知
하물며 뒤미쳐 선생의 덕 말할 수 있으랴	矧可追言德
참으로 먼 시대 떨어진 것 같아라	眞如曠後時
날씨 싸늘해 눈이 석 자나 내리는데	天寒三尺雪
날 저물고 갈림길은 만 갈래로다	日暮萬條歧
선생을 직접 다시 모시고 배우고 싶어도	更擬成親炙
꿈속에서나 기약할 수 있는 일인걸	其惟夢裏期

참조. 김수항이 지은 이단상에 대한 제문에도 "형이 이미 영지동에 거처를 마련해서
짓고, 나 역시 토계(兎溪) 가에 전답을 구해 분산(分山)의 옛 언약을 이어서 말년을
기약하며 서로 함께하기를 바랐습니다.〔兄旣卜築於芝洞之中, 我亦求田於兎溪之湄, 庶
幾尋分山之宿約, 指暮景而相隨.〕"라고 하였다. 《文谷集 卷23 祭李副學幼能文》

산으로 돌아오며

還山

해 질 무렵 산으로 돌아올 때	還山落日時
말 머리에 저녁 바람 분다	馬首夕風吹
쌓인 낙엽으로 길은 예전 모습 아니거니와	積葉非前路
먼 봉우리는 완연히 옛 자태로다	遙峰宛舊姿
시냇물에 명암이 드러나니	溪流明暗見
가을 날씨를 깊고 얕음에서 알겠어라[115]	霜候淺深知
홀연 띠풀 지붕 솟아 나온 것이 보이니	忽已茅茨出
소슬한 황벽 울타리 내 집이로세	蕭然黃蘗籬

---

115 시냇물에……알겠어라 : 시냇물에 명암이 드러났다는 것은 가을이 되자 시내의
수량이 줄어들어 물에 잠겼던 바위의 명암이 드러났다는 말이고, 깊고 얕음이란 물의
깊고 얕은 정도를 통해 가을이 되었음을 안다는 말이다.

소요곡으로 들어가며[116]

行入逍遙谷

사랑스러울사 소요곡	可愛逍遙谷
다시 오니 끝없는 마음 일어나누나	重來無限心
구름은 푸른 봉우리에 걸쳐 있고	雲依蒼巘在
계곡물은 숲속 늙은 등 넝쿨에서 나와 깊도다	水出老藤深
아침 햇살은 일천 골짜기 단풍에 비치고	旭日楓千壑
높이 부는 바람은 온 숲의 떡갈나무를 스치네	高風槲一林
느릿느릿 소를 타고 가는 덕분에	騎牛賴爾緩
산중에서 좋은 시구들 얻는도다	數句向山尋

116 소요곡으로 들어가며 : 소요곡은 삼연이 거처했던 양주 벽계 근처에 있는 계곡의 이름이다. 《三淵先生年譜》

지평에서 원주로 향하며

自砥平向原州

가을 소리[117]가 내 불평스런 얼굴에 감응하니	秋聲感我不平顔
말을 몰아 유유히 동쪽으로 관문 나서네	驅馬悠悠東出關
쓸쓸한 세상 누가 호걸의 선비인가	落落世間誰傑士
아득한 길 위에 이름난 산 적구나	蒼蒼路上少名山
풍상에 뒤섞이니 쑥과 난초 구분할 수 없고[118]	蕭蘭莫辨風霜雜
기러기 오리 힘겨우니 벼와 기장 맺히지 않음이라[119]	
	粱稻無成鴈鶩艱
천운이 불우함이 이와 같으니	天運蕭條乃如此
완적(阮籍)의 수레 끝난 곳에서 곡하고 돌아오네[120]	阮車窮處哭而還

117 가을 소리 : 가을바람에 의해 숲속에서 일어나는 여러 스산하고 처량한 소리를 뜻한다. 《古文眞寶 後集 卷6 秋聲賦》

118 풍상에……없고 : 쑥과 난초는 《초사(楚辭)》〈이소(離騷)〉에 "난초와 지초는 변하여 향기를 잃고, 전초(荃草)와 혜초(蕙草)는 바뀌어 띠풀 되었네. 어찌하여 옛날엔 향기롭던 이 풀들이 지금은 어찌 이처럼 쑥 덤불 되었는가.〔蘭芷變而不芳兮, 荃蕙化而爲茅. 何昔日之芳草兮, 今直爲此蕭艾也.〕"라고 한 데서 가져온 것이다. 쑥은 잡초를 상징하여 지조를 잃은 사람을 상징하고 난초는 절개를 상징하는데 이 구절에도 은연중에 이러한 뜻을 담은 듯하다.

119 기러기……않음이라 : 곡식의 낟알이 없어 기러기와 오리가 먹이를 구하기 힘들다는 말이다. 두보(杜甫)의 시에 "그대는 양지 찾아 떠나는 기러기 철새를 보았나. 각자 벼와 기장 찾는 꾀를 가지고 있다네.〔君看隨陽雁, 各有稻粱謀.〕"라고 한 표현에서 가져온 것이다. 《杜少陵詩集 卷2 同諸公登慈恩寺塔》

120 완적(阮籍)의……돌아오네 : 진(晉)나라 죽림칠현(竹林七賢) 중의 한 사람인 완

적은 천성이 활달하고 걸림이 없어서 때로는 마음이 내키는 대로 홀로 수레를 타고 아무 곳으로나 가다가 더 이상 갈 수 없이 길이 막히면 문득 통곡하고 돌아왔다고 한다. 《晉書 卷49 阮籍列傳》

안창강을 건너며 감회가 일어[121]

渡安昌江有感

어버이 잃은 고아의 길 나선 옷에 서리 이슬[122] 젖는 가을이니

孤子征衣霜露秋

말 앞으로 낙엽이 원주에 나리누나　　　　　馬前黃葉下原州

안창강 강물은 맑기가 깁을 펼쳐놓은 듯하니　安昌江水澄如練

선인께서 낚시하고 노니시던 곳[123]을 어이 차마 건널까

忍涉先人所釣遊

121　안창강(安昌江)을……일어 : 안창강은 강원도 원주에 있는 강이다.

122　서리 이슬 : 돌아가신 부모에 대한 사모의 감정을 일으키는 매개물이다. 《예기(禮記)》〈제의(祭義)〉에 "가을에 서리와 이슬이 내리면 군자가 그것을 밟아보고 반드시 슬픈 마음이 생기나니, 이는 날이 추워져서 그런 것이 아니다. 또 봄에 비와 이슬이 내려 땅이 축축해지면 군자가 그것을 밟아보고 반드시 섬뜩하게 두려운 마음이 생기면서 마치 죽은 부모를 곧 만날 것 같은 생각이 들게 된다.〔霜露旣降, 君子履之, 必有悽愴之心, 非其寒之謂也. 春雨露旣濡, 君子履之, 必有怵惕之心, 如將見之.〕"라고 하였다.

123　선인께서……곳 : 안창은 삼연의 부친 김수항(金壽恒)의 외가 선영(先塋)이 있던 곳이다. 김수항은 어렸을 때 외조모의 손에서 길러졌다.

빗속에서 치악산을 바라보며
雨中望雉嶽

아득히 안개 낀 교외를 말이 가는 대로 가니 　　　漠漠煙郊信馬行

단구역 역로에 도롱이가 가볍다 　　　　　　　丹丘驛路一簑輕

멀리 치악산 까만 봉우리 바라보니 　　　　　　遙瞻雉嶽中峰黑

우기는 이곳에서 많이 생겨나누나 　　　　　　雨氣多從是處生

역촌에서 밤에 앉아
驛村夜坐

시든 잎 둘러 있는 역사에서 등불 밝히고   驛舍張燈黃葉中
구가[124]를 다 읊조리고 나서 추풍 속에 앉았네   九歌吟罷坐秋風
곁에 있는 동자는 산길을 의논하니   傍邊童子論山逕
한 줄기 시내가 구름길 속에 상원[125]과 통하누나   一澗沿雲上院通

---

124 구가(九歌) : 《초사(楚辭)》의 편명으로 굴원이 지은 〈동황태(東皇太)〉, 〈운중군(雲中君)〉, 〈상군(湘君)〉, 〈상부인(湘夫人)〉, 〈대사명(大司命)〉, 〈소사명(小司命)〉, 〈동군(東君)〉, 〈하백(河伯)〉, 〈산귀(山鬼)〉, 〈국상(國殤)〉, 〈예혼(禮魂)〉이 들어 있다.

125 상원(上院) : 오대산(五臺山) 상원사(上院寺)이다.

이중배와 나란히 말을 타고 신흥사로 가다 이중배는 이자이다
與李仲培 礏 並轡向新興寺

군재에서 서쪽으로 나옴에 마음이 사뿐 날 듯하니   郡齋西出意飄然
두 마리 말 나란히 가며 얕은 시내 건너네   雙馬連嘶度淺川
절에 도착하기도 전에 길에서 시구가 나오니   未到招提詩在路
몇 떨기 붉은 국화는 들녘 다리 곁에 있구나   數叢紅菊野橋邊

일출암에서 면벽 수행하는 승려를 방문하다 산을 내려가지 않은 지 서른 해인데 나이는 여든셋이었다

日出菴訪面壁僧 不下山三十年 厥臘八十三

서른 해라는 긴 세월을 산에서 내려가지 않고	三十年深不下山
흰 구름 속에서 백설 같은 흰 눈썹을 하고 있도다	厖眉如雪白雲間
객이 와도 함께 말을 섞지 않고서	客來無復相言語
반듯한 섬돌에 낙엽 지는 중에 폐관만 하고 있네	黃葉平堦但閉關

산을 나서며
出山

산문에 단풍 떨어지니 오솔길은 붉은빛으로 가득   楓落山門赤滿蹊
계곡 따라 몇 걸음 걷자 절이 보이지 않누나   沿溪數步失招提
승려들은 한 줄기 물 앞에서 그간에 정이 깊어   諸僧一水情深淺
다투어 아슬한 다리 건너 떠나는 말을 전송하네   爭過危橋送馬蹄

상원사[126] 당나라 함통 연간에 창건되었다

上院寺 唐咸通中所創

가을바람 부는 오래된 계수나무 숲	桂樹秋風老
연꽃 핀 청정한 절이 높은 곳에 있도다	蓮花淨界崇
높다란 고려 시대의 대는 작고	臺危高麗小
아득히 먼 대당의 탑은 허공에 있다	塔遠大唐空
이름난 절은 마음에 맞는 완상 많으니	名下諧心賞
피로함 속에 눈이 탁 트이누나	疲餘得眼通
떠나가는 한 쌍의 옷소매를	羞將雙別袂
흰 구름 속에 흔들기 부끄러워라[127]	搖颺白雲中

---

126 상원사 : 함통은 당나라 의종(懿宗)의 연호로 860년에서 874년 사이에 사용되었다.

127 떠나가는……부끄러워라 : 청정한 곳을 떠나 속세로 떠나가는 자신이 부끄럽다는 말이다.

다시 읊다
又賦

구름 낀 산맥은 아득히 영남까지 끝도 없이 이어지고

　　　　　　　　　　　　　　　　　　　雲山不盡嶺南遙

마주 선 두 석탑은 드높이 속진(俗塵) 벗어났네　　石塔雙撑世外標

앉아서 느끼노니 천 길이나 쌓인 긴 바람에　　　坐覺長風千仞積

골짝 안 삼나무 회나무가 스산한 소리 내누나　　壑中杉檜韻蕭蕭

중배와 이별하는 서글픈 감회
與仲培分袂悵懷

산사에 석양 질 제 비둘기도 둥지로 들려 하니　　諸天晚景鴿將棲

바람에 나부끼는 우리 옷소매 동과 서로 나뉘누나　風袂飄然東復西

선경 떠나 인간세로 돌아감과 만나고 이별함을 탄식하니

　　　　　　　　　　　　　　　　　歎息仙凡與離合

각자 여운 지닌 채 구름 속 사다리를 내려오네　　各持餘意下雲梯

고개를 넘어 영원동 어귀로 내려가며

踰嶺下靈源洞口

영원동으로 걸어 내려오자 피곤이 배가 되니 　　步下靈源倍覺疲

물길 따라가며 바위에 앉아 몇 번이나 그리워했던가

　　　　　　　　　　　　　　　　沿流跋石幾回思

돌아가는 말 위에 푸른 산 그림자만 함께하니 　歸鞍獨帶蒼山影

지금쯤 고개 너머 그대도 말에 올라 있겠지 　　隔嶺知君上馬時

다시 용문산을 지나며

還過龍門山

사립문 앞으로 흐르는 물 연원이 있으니	柴門流水有淵源
구름과 안개를 뚫고 먼 마을로 돌아가네	穿得雲嵐返遠村
산꼭대기 고승이 나그네를 굽어보니	山頂高僧低看客
말 위에서 용문산을 다 보았음을 모르는구나	不知鞍上了龍門

저녁에 양근 읍내에 투숙하다
暮投楊根邑底

일없이 오랫동안 여정에 있으니	無事長于役
아 내 나그넷길 어떠할런고	嗟吾道若何
말 위에서 시구 얻어지고	詩應馬上得
면전에서 산들을 지나치기도 하네	山或面前過
참새들은 숲을 향해 날개를 펴고	鳥雀趨林翼
어부와 나무꾼은 고을로 돌아오며 노래하누나	漁樵返邑歌
먼 강은 석양빛으로 물들고	遙江生暮色
달빛 비친 시내 물결 일렁인다	澹澹月溪波

새벽에 출발하는 감흥
曉發感興

아득히 뻗은 산과 강을 말 빌려 타고 가노니 　　　水遠山長借馬騎
약속이나 한 듯 반 천 리 여정을 돌아가누나 　　　半千程路返如期
용문산 새벽빛에 차가운 안개 걷히니 　　　　　　龍門曉色開寒霧
중봉에 시든 단풍 벌써 보이는구나 　　　　　　　已見中峰紅葉衰

말고개[128]

馬嶺

말고개 벌써 다 넘었나	馬嶺已盡未
바람 드높고 시냇물 근원 보이네	風高溪見源
힘든 발걸음 쉰다고 기뻐했더니	方欣艱步歇
장쾌한 풍광 있을 줄 생각 못 했어라	不謂壯觀存
가을빛 그득한 중에 말 타고 가고	鞍馬憑秋色
아침 햇살 떠오르며 이 몸 비춘다	衣冠上早暾
빈양[129]은 참말이지 작은 땅이라	濱陽眞小境
산기슭에서만 인가 연기 피어오르네	煙火只山根

---

128 말고개 : 강원도 홍천에 있는 고개 이름이다.

129 빈양(濱陽) : 경기도 양근(楊根)의 옛 이름이다.

벽계에서 새벽에 읊다

檗溪曉吟

제1수

속세와 먼 솔문을 도로 닫으니	却掩松門逈
시내 여울 소리 온 숲에 가득 울린다	溪灘響滿林
사경 되어 비바람 소리는 귓전에 들리고	四更風雨耳
홀로 누워 눈서리같이 티 없는 마음 품고 있노라	獨臥雪霜心
밤 되어 사슴은 고요히 무리와 함께 머물고	夜鹿依群靜
가을 되어 곰은 깊은 동굴 찾아드네	秋熊得穴深
황정[130]은 나와 인연 없나니	黃精我無分
한수 가에서 생계를 꾸려나가네	家計漢之潯

제2수 其二

기근이 올해 들어 심하니	飢饉今年甚
부평초마냥 몇 군데나 날려 다니려나	萍蓬幾處翻
사는 것이 이 모양이니	生涯也如此
세상의 운수 어이 또 논하랴	世運更堪論
이 넓은 땅에 무릎 들이기도[131] 어려우니	大地難容膝

---

130 황정(黃精) : 선가(仙家)에서 복용하는 약초의 이름으로 이것을 먹으면 장수를 누린다고 한다. 두보(杜甫)의 〈장인산(丈人山)〉에 "백발을 물리치는 황정 있으니, 그대 후일 내 신선 같은 용모를 보게 될 걸세.〔掃除白髮黃精在, 君看他時氷雪容.〕"라고 하였다.

어느 산인들 오랫동안 두문불출할 수 있으랴   何山久閉門
번민에 한층 불안만 더하노라니   心煩增輾轉
고갯마루 달빛은 거친 전원을 비추누나   嶺月照荒園

---

131 무릎 들이기도 : 무릎을 겨우 들여놓을 정도의 작은 집을 뜻한다. 도잠(陶潛)의
〈귀거래사(歸去來辭)〉에 "남쪽 창가에 기대어 도도한 마음을 부치나니, 무릎만 겨우
들여놓을 작은 집도 편안한 줄을 알겠네.〔倚南窓以寄傲, 審容膝之易安.〕"라고 하였다.

도토리 줍기

拾橡

곡식이 귀하다고 어이 대책 없을쏘냐	穀貴寧無策
백성들 궁핍하여 유소로 돌아오네[132]	民窮返有巢
구름 낀 숲에서 광주리 들고 내달리고	雲林筐筥走
들판 밭에서는 낫을 던져두누나	田畝銍鎌抛
맨발로 바람에 날린 낙엽 바스락 밟고	赤足鳴風葉
겨울옷은 이슬 맺힌 가지에 걸린다	寒衣礙露梢
도토리 줍고 돌아와 신나게 노래하니	歸來歌嘯盛
먹이 잃은 곰이 멀리서 포효하누나	失食遠熊咆

---

132 유소로 돌아오네 : 기근으로 곡식을 구할 수 없게 된 백성들이 옛날 유소씨(有巢氏) 시절처럼 산으로 들어와 나무 열매를 줍는다는 말이다. 《사략(史略)》 권1 〈태고(太古)〉에 "인황씨 이후에 유소씨가 나타났으니, 나무 위에 집을 꾸미고 나무 열매를 먹었다.[人皇氏以後, 有曰有巢氏, 構木爲巢, 食木實.]"라고 하였다.

목식동에서 국화를 읊다[133]
木食洞詠菊

목곡으로 돌아온 밤	歸來木谷夜
국화가 향기로 당을 가득 채우네	菊有滿堂香
등불 밝혀 소박한 너의 자태 감상하고	疎態憑燈火
술잔 당겨 참다운 너의 풍취 느끼노라	眞風近酒觴
근심을 잊는 데는 이 꽃이 제격이니[134]	忘憂應此物
세상에 홀로 깬[135] 향기 뉘 너와 같으랴	蘇世孰同芳
참으로 너의 높은 절조 알고자 한다면	定欲知高節
된서리 내릴 때 온갖 꽃들 모습 보면 된다네	繁英待厚霜

133 목식동에서 국화를 읊다 : 목식동은 양주(楊州) 율북리(栗北里)에 있는 지명으로 삼연의 선영이 있는 곳이기도 하다.

134 근심을……제격이니 : 국화를 따서 술에 띄워 마시며 근심을 잊는다는 말이다. 도잠(陶潛)의 〈음주(飮酒)〉 시에 "곱게 핀 가을 국화, 이슬 머금은 그 꽃잎 따다, 시름 잊게 해주는 술에 띄우고서, 세상 잊은 나의 맘을 더욱 멀리하노라.〔秋菊有佳色, 裛露掇其英. 汎此忘憂物, 遠我遺世情.〕"라고 하였다.

135 세상에 홀로 깬 : 원문의 '소세(蘇世)'는 《초사(楚辭)》〈구장(九章) 귤송(橘頌)〉에서 "세상에 홀로 깨어 서서 시류를 따르지 않네.〔蘇世獨立, 橫而不流兮.〕"라고 하여 귤의 고고한 모습을 형용할 때 사용한 말인데, 여기에서는 국화를 비유하였다.

비를 무릅쓰고 광릉을 지나며

冒雨過廣陵

가을비 추적추적 춘초정에 내리고	秋雨蕭蕭春草亭
광릉 안개 낀 강엔 작은 고깃배	廣陵煙水小漁舡
이내 처량한 근심을 기러기 떼가 물고 가	群鴻銜我淸愁去
날아서 현성에 이르러 물가에 흩뿌리네	飛到玄城散落汀

뚝섬에 정 용천을 찾아가[136]
纛島訪鄭龍川

지금 변경엔 전란이 그쳤으니	時淸關塞靜風雲
뚝섬 모래사장엔 갈매기가 무리 지어 있구나[137]	纛島沙鷗也有群
저녁 빗속에 고깃배 서너 척 떠 있는데	暮雨漁舟三四泛
도롱이 쓰신 분이 옛 장군 아니신가	一蓑誰是故將軍

136 뚝섬에……찾아가 : 정 용천은 용천 부사(龍川府使)를 지낸 정시응(鄭時凝, 1628~1704)이다. 본관은 초계(草溪), 자는 여적(汝績), 호는 지지와(知止窩)이다. 효종이 북벌(北伐)을 준비할 때 정시응의 무예를 훌륭하게 여겨 후하게 대우하였고 정시응 역시 이러한 기대에 부응하여 북벌을 꿈꾸며 무예를 연마하였으나 효종이 죽고 나서는 뜻을 잃었다. 이후 그의 재주를 아낀 김수항(金壽恒)의 천거로 여러 변방 고을 자리를 맡았다. 노년에는 노량진 강가에서 살면서 사냥하고 술 마시며 항상 효종 때의 일을 그리워하고 북벌을 이루지 못한 것을 아쉬워했다.《研經齋全集 卷10 龍川府使鄭公行狀, 卷56 鄭時凝宋將軍》

137 지금……있구나 : 뚝섬은 조선 시대에 관마(官馬)의 목장이 있었고 군사 훈련을 하던 곳이기도 하다. 효종이 북벌을 추진하던 때와는 사세(事勢)가 달라져 변방에서 전쟁을 벌일 일이 없어졌으므로 뚝섬의 군사 훈련도 그쳐 갈매기만 떼 지어 있다는 말이다. 이는 효종의 북벌 때 쓰임을 받았다가 지금은 한가하게 한강에서 늙고 있는 정시응을 비유한 것이기도 하다.

연경으로 가는 우사 이공에게 삼가 드리다[138] 이공은

이세백이다

奉贈雩沙李公 世白 赴燕

제1수

온갖 감회 이는 동호에서 작은 누각에 누우니[139]	百感東湖臥小樓
저녁 모래사장 안개 속에 빈 배 하나 있어라	晚沙煙景帶虛舟
갈대섬 달빛 속에 기러기 떼 자주 우는데	群鴻屢叫蘆洲月
그 가운데 만 리 연경 갈 시름이 들어가누나[140]	中入燕山萬里愁

제2수 其二

궁박한 골짝 황량한 강에 사는 이 몸이	苦峽荒江見在身
우연히 도성 왔다 먼 길 가는 수레 전송하네	偶來京闕送征輪
막다른 길에서 큰 중원 땅을 더욱 그리노니	窮途轉憶神州大

---

138 연경으로……드리다 : 이세백(李世白, 1635~1703)은 본관은 용인(龍仁), 자는
중경(仲庚), 호는 우사·북계(北溪), 시호는 충정(忠正)이다. 도승지, 한성부 판윤,
대사헌, 우의정 등을 역임하였다. 저서에 《우사집(雩沙集)》이 있다. 이해 11월에 동지
사 정사(冬至使正使)로 청나라에 사신 갔다. 삼연의 부친 김수항은 이세백의 외숙이며
후에 이세백의 문집 산정(刪定)을 삼연이 맡았다.

139 온갖……누우니 : 이세백은 기사환국(己巳換局) 때 파직되어 갑술환국(甲戌換
局)으로 복귀할 때까지 저자도(楮子島)에 우거한 적이 있다. 이때의 누각도 아마 저자
도의 누각일 듯싶다.

140 시름이 들어가누나 : 멀리 길을 가는 기러기 떼의 울음에 먼 연경을 가는 사람의
마음을 이입한 것이다.

우리 형님 타고 가는 말 뒤 먼지라도 되길 원하노라

願作吾兄後騎塵

제3수 其三

우뚝 솟은 화표주(華表柱)에서 신선 노래 부르고[141]　昭嶢華表神仙曲

둘러 뻗은 만리장성에서 태사의 문장 외리라[142]　繚繞長城太史書

읊조리며 백발로 아득히 바라보다 보면　　　　　吟到白頭勞遠目

구름 비긴 중원 천하에 기주가 보이기 시작하리　雲橫四海冀州餘

제4수 其四

백보와 황기 길게 뻗은 새 길에[143]　　　　　白堡黃旗新路長

---

141 우뚝……부르고 : 화표주는 성문의 기둥을 가리킨다. 한(漢)나라 때 요동(遼東) 사람 정령위(丁令威)가 영허산(靈虛山)에 들어가 신선술을 배워 신선이 되었는데, 뒤에 학이 되어 요동으로 돌아와 성문의 화표주에 앉자 한 소년이 활로 쏘려 하였다. 그러자 학이 날아올라 공중을 배회하며 노래하기를 "이 새는 바로 정령위이니 집 떠나 천 년 만에 이제야 돌아왔네. 성곽은 옛날과 똑같은데 사람은 다르구나. 어찌 신선술을 배우지 않고 무덤만 저렇게 즐비한가.〔有鳥有鳥丁令威, 古家千年今始歸. 城郭如故人民非, 何不學仙冢纍纍?〕"라고 노래하며 떠나갔다고 한다.《搜神後記》

142 둘러……외리라 : 웅혼하게 뻗어 있는 만리장성에서 그와 같은 기상이 있는 사마천(司馬遷)의 문장을 욀 것이라는 말이다.

143 백보(白堡)와……길에 : 백보와 황기는 곧 백기보(白旗堡)와 황기보(黃旗堡)이다. 연행로(燕行路) 상에 경유하게 되는 역참의 이름으로 심양(瀋陽) 가까이에 있다. 새 길이라고 한 것은, 일반적으로 숙종대 이전에 심양을 거치지 않고 연경으로 직행하는 경로를 따르면 요양(遼陽)에서 길을 틀어 심양으로 향하지 않고 연경 방향으로 가던 것이 지금은 심양을 거쳐 북으로 이동하는 새로운 길을 따르므로 이렇게 말한 것인 듯하다.

추위 무릅쓰고 갖옷에 말 탄 채 흑산[144] 곁을 지나시리

冒寒裘馬黑山傍

우리 조부 양 돌보던 자취[145] 찾고자 하시거든　　若求吾祖看羊迹
쌓인 눈[146]이 아직까지 심양에 가득하다오　　　積雪今猶滿瀋陽

제5수 其五

예의지국 동방도 결국 이리되었으니　　　　禮義東方乃若斯
의관과 순역(順逆)의 이치 다시 누가 알리오　　冠裳逆順復誰知
압록강 건너 요동 벌판 한번 밟아보시면　　　渡江試踏遼東野
큰 땅이라 아직 도리가 땅에 떨어지지 않고 남은 것 있으리

大地還應未盡隳

제6수 其六

외로이 도성에서 관복 차려입고서 시름겹게 대궐 문 열리길 기다리고

踽踽朝簪愁待漏

단정하게 찬 자리에 앉아 권태로이 변방일 보셨으니[147]

---

144 흑산(黑山) : 백기보와 이도정(二道井)을 지나면 있는 소흑산(小黑山)이다.

145 양 돌보던 자취 : 타국에 포로로 잡혀 있는 처지를 말한다. 한 무제(漢武帝) 때 흉노(匈奴)에 사신 갔던 소무(蘇武)가 억류되어 북해(北海)로 보내져 양을 치며 지낸 데서 유래한 말이다. 《漢書 卷54 蘇武傳》 삼연의 증조부인 김상헌(金尙憲)이 병자호란 이후 심양으로 압송되어 억류 생활을 하였다.

146 쌓인 눈 : 이 역시 타국에 포로로 잡혀간 상황을 비유하는 말이다. 소무가 흉노에 억류되어 있을 때 먹을 것이 없어 눈을 녹여 마시면서 버텼다. 《漢書 卷54 蘇武傳》

147 단정하게……보셨으니 : 이세백이 동지사로 가기 전에 오위도총부 도총관(五衛

사천 리 길을 말 달려가서　　　　　　　　疎疎冷席懶籌邊

문연각 봉각¹⁴⁸을 살펴보는 것이 더 나으리　不如走馬四千里

　　　　　　　　　　　　　　　　　　　　觀采文淵鳳閣前

都摠府都摠管)의 서반직(西班職)도 겸하고 있었으므로 이렇게 말한 것이다.

148 문연각 봉각 : 문연각은 연경의 자금성(紫禁城) 안에 있던 장서각의 이름이고
봉각은 중서성(中書省)의 별칭이다.

동주 가는 길에[149]

東州道中

접역[150]에 탁 트인 곳 없는데	鰈域無空闊
동주에는 들판 경치 많아라	東州野色多
한창 겨울이라 풍광은 배나 쓸쓸하고	方冬倍寥落
쌓인 눈은 우뚝하기만 하다	積雪但嵯峩
저 멀리 숲은 사람 발길 드나든 지 오래고	遠樹看人久
차가운 날씨에 까마귀는 말 곁을 지나 날아가네	寒鴉傍馬過
고개 돌려 충렬묘[151]를 바라보니	回瞻忠烈廟
강개한 마음에 비가가 나오려 하누나	慷慨欲悲歌

---

149 동주 가는 길에 : 동주는 강원도 철원(鐵原)의 이칭이다.

150 접역(鰈域) : 가자미 모양으로 생긴 지역 또는 가자미가 많이 나는 지역을 뜻하는 말로 우리나라를 일컫던 표현이다.

151 충렬묘(忠烈廟) : 철원의 홍명구(洪命耉 1596~1637)를 제향한 충렬사(忠烈祠) 이다. 홍명구는 본관은 남양(南陽), 자는 원로(元老), 호는 나재(懶齋), 시호는 충렬이 다. 이조 좌랑, 좌부승지, 대제학, 평안도 관찰사 등을 역임하였다. 병자호란 당시 근왕 병(勤王兵)을 일으켜 남한산성으로 진격하던 도중 철원의 김화(金化)에서 적병과 접전 하여 승리를 거두었으나 자신은 전사하였다. 병자호란 당시 조선군이 승리한 것은 김준 룡(金俊龍)의 광교(光敎) 전투와 이 전투뿐이다.

차운하여 해사에게 주다[152]

次韻贈海師

제1수

산하가 비록 허망하나[153] 암자는 아직 있으니   山河雖妄菴猶在

뜬구름 같은 인간세상에서 손이 다시 왔다오   人世如浮客再來

야밤에 펼쳐진 특별한 풍광에 박수 치노니   拍手夜來奇特相

온 숲엔 하얗게 담복[154] 꽃이 피었네   滿林詹蔔白花開

    당시 큰 눈이 내렸다.

제2수 其二

연비어약(鳶飛魚躍) 색즉시공(色卽是空)[155] 어찌 하나로 섞이리

---

152 차운하여 해사에게 주다 : 해사는 법명(法名)이나 법호(法號)에 '해(海)'가 들어
간 승려를 가리킨 것인데 정확히 누구인지는 미상이다.

153 산하가 비록 허망하나 : 불교의 일반적인 관점으로, 일체 세간의 모든 유위(有爲)
한 것들은 생멸(生滅)을 벗어나지 못하는 허망한 것들이고 산하대지(山河大地) 역시
여기에서 벗어나지 못한다는 말이다.

154 담복(詹蔔) : 원문의 '첨(詹)'은 '담(薝)'으로 읽어야 한다. 담복은 치자의 인도식
표현으로 담복(詹蔔)으로 표기하기도 한다. 향기가 빼어나 부처의 공덕을 비유하는
표현으로 쓰이기도 하며 승사(僧舍)를 비유하기도 한다.

155 연비어약(鳶飛魚躍) 색즉시공(色卽是空) : 연비어약은 솔개는 하늘에서 날고 물
고기는 못에서 뛴다는 뜻으로, 《시경》〈대아(大雅) 한록(旱麓)〉에 나오는 표현을 《중
용》에서 인용하여 상하에 이치가 밝게 드러남을 표현한 말이다. 이는 유가(儒家) 철학
의 대표적인 개념이다. 색즉시공은 눈으로 보이는 생멸(生滅)을 반복하는 일체 현상
세계의 모습과 실체가 없는 우주의 실상이 서로 다르지 않은 하나라는 뜻으로, 《반야심

우선은 유불(儒佛)의 차이 놓아둡시다   鳶魚空色豈通融
그저 원공께서 내가 술잔 잡게 해주신다면[156] 且置儒禪有異同
병석[157]을 따라서 구름 산에 머물고저   但使遠公容把酒
                              願隨瓶錫住雲峰

경(般若心經)》에 나오는 말이다. 이는 불가 철학의 대표적인 개념이다.

156 그저……해주신다면 : 원공은 동진(東晉) 때의 고승인 혜원(慧遠)이다. 혜원이 여산(廬山) 동림사(東林寺)에서 승려와 일반인 18인과 더불어 백련사(白蓮社)를 결성한 뒤에 도연명(陶淵明)을 초청했는데, 도연명은 술 마시는 것을 허락하면 응하겠다고 하여 허락을 받고 찾아갔다고 한다. 《蓮社高賢傳》

157 병석(瓶錫) : 승려들이 행각(行脚)할 때 지니고 다니는 물병과 지팡이를 병칭한 말이다.

명촌 팔경[158]

明村八景

만년에 조용히 어른을 곁에서 모셨나니[159]　　　晚境從容几杖間

높다란 집 한쪽으로 푸른 산이 마주했네　　　高軒一面卽蒼山

아침마다 솟아 나오는 층층구름 눈길 끌더니　　　朝朝目導層雲出

때때로 다른 교외 가서 비 뿌리고 돌아오네　　　時向他郊作雨還

　　이상은 관악산(冠嶽山)의 아침 구름이다.

한적한 창가에서 읽던 야사 잠시 멈추고　　　閒牕野史暫停披

머리 들어 멀리 남쪽 성곽 바라보니 감회 이누나　　　翹首南譙有感思

하늘 저편 저녁놀이 붉은빛을 뿜어내니　　　天外夕霞紅彩放

온 성에 비단 깃발 두른 듯하여라　　　滿城如匝錦旌旗

　　이상은 남한산성의 석양이다.

홍백의 부용이 못 가득 돋아나니　　　芙蓉紅白滿池生

여름 정원 살랑 부는 바람에 이슬 맺힌 잎 기운다　　　夏院風微露葉傾

붉은 정자를 물가에 바짝 붙여 높이 세울 것 없나니

　　　　　　　　　　　　　　不必朱欄偏壓水

---

158 명촌 팔경 : 명촌은 옛날 과천의 지명이다. 지금의 서초동 일대로 삼연 집안의
전장(田莊)인 반계(盤溪)와 인접하였으며, 삼연의 외숙인 나석좌(羅碩佐)와 나양좌
(羅良佐)가 살던 곳이기도 하다.

159 어른을 곁에서 모셨나니 : 정확히 누구를 가리키는지 미상이다.

염옹은 멀리까지 맑은 향기를 본디 사랑했어라[160]　　濂翁自愛遠香清

　　이상은 연지(蓮池)의 여름 향기이다.

된서리 내릴 제 선친께서 손수 뜰에 심으신 것　　霜重先人手種園

새벽에 일어나보니 붉은 밤이 사당 문에 가득하다　　晨興紫栗滿祠門

가을 제사에 사용할 밤을 광주리에 모자라지 않게 담고서

　　　　　　　　　　　　　　　　　　　　　　　筐來不乏秋嘗用

그제야 이웃집 아이놈들 시끌벅적 모여들게 놔두네　　始許隣童爛漫喧

　　이상은 율원(栗園)의 가을 결실이다.

쭉 펼쳐진 푸른 밭에 호미 깊이 비[161] 내린 뒤　　漠漠青畦過一鋤

날아든 백로는 그 뜻이 어떠한고　　飛來白鷺意何如

고기를 노리다 사람들 비웃음과 손가락질 받을까 두려워

　　　　　　　　　　　　　　　　　　　　　　　窺魚恐被人嗤點

홀연 다시 솟구쳐 올라 푸른 허공으로 날아가네　　忽復翻身上碧虛

　　이상은 수전(水田)을 나는 백로이다.

시냇물 흐르는 평야 언덕 풀 우거졌는데　　野水平郊墾草肥

도롱이 입은 농부는 밭갈이 멈추고 가네　　輟耕人去一蓑衣

상촌과 월리[162]로 희미하게 뻗은 길　　霜村月里微茫路

160　염옹(濂翁)은……사랑했어라 : 염옹은 송(宋)나라 때의 염계(濂溪) 주돈이(周敦
頤)이다. 그의 〈애련설(愛蓮說)〉에 "향기는 멀수록 더욱 맑다.〔香遠益清〕"라고 하였다.
161　호미 깊이 비 : 호미 날이 땅을 한 번 팠을 때의 깊이만큼 적신 비를 뜻한다.

송아지 데리고 돌아오는 검정소를 비가 보낸다[163]　　雨送烏牛帶犢歸

　　이상은 야교(野橋)에서 목우(牧牛)하는 광경이다.

옆 산에 연기 피어올라 띠풀 지붕에 머무르니　　傍山煙起逗茅茨
앞마을에 보리 찧기 늦었음을 앉아서 알겠어라[164]　坐識前村麥杵遲
어디메서 호미질 멈추고 자주 일어서나　　何處停鋤頻起立
들밥은 물닭 우는 때를 넘겨버렸거니[165]　　饁筐蹉過水鷄時

　　이상은 고촌(孤村)의 밥 짓는 연기이다.

은은한 소리가 안개 너머에서 나부껴 오니　　隱隱聲來煙外飄
바람 부는 난간에서 멀리 저녁 산 향해 앉노라　風軒坐向暮山遙

---

162 상촌(霜村)과 월리(月里) : 모두 명촌이 있는 과천의 지명인 듯하다. 현재 서초동
의 옛 이름 중에 상초리(霜草里)가 있었으며, 삼연이 쓴 나석좌(羅碩佐)의 묘갈명(墓碣
銘)에 나석좌가 과천 명월리(明月里)에서 태어났다고 한 기록이 보인다.《本集 卷29
季舅內侍敎官羅公墓碣銘》

163 송아지……보낸다 : 저 멀리 비가 내리고 있는 곳에서 검정소가 이쪽으로 돌아오
고 있다는 말이다.

164 옆……알겠어라 : 옛날에는 보리의 껍질을 까지 않은 채 저장해두었다가 밥을
짓기 전에 찧었다. 여기서 보리 찧기가 늦었음을 알겠다는 것은 이제야 지붕에 밥 짓는
연기가 피어오르는 것을 보니 들밥을 늦게 준비하고 있음을 알겠다는 말이다.

165 어디메서……넘겨버렸거니 : 이 역시 들밥을 내갈 때가 지나서 들에 나가 있는
농부가 들밥이 언제 오는지 자주 일어나서 살펴본다는 말이다.《사숙재집(私淑齋集)》
권11〈선농구(選農謳)〉에 "물닭이 우니 술잔을 들어야지.〔水鷄鳴當擧卮〕"라고 하였는
데 그 해석에 "들밥을 내어가는 사람이 술을 올릴 때는 항상 물닭을 기준으로 삼았다.〔饁
者進酒, 常以水鷄爲節.〕"라고 하였다. 이를 보면 과거에는 물닭이 우는 때에 맞추어
들밥과 농주를 먹은 것이다.

인간세상 듣기 싫은 소리 한량 있을까만   人間惡籟知何限
낙엽 진 빈숲에는 호소[166]가 있구나   黃葉空林有護韶

　　이상은 먼 숲 나무꾼의 노래이다.

166　호소(護韶) : 좋은 소리를 비유한 말이다. 《춘추좌씨전(春秋左氏傳)》양공(襄公)
29년에는 소호(韶護) 자체를 은(殷)나라 탕왕(湯王)의 음악이라 하였고, 《문선(文選)》
의 〈상림부(上林賦)〉의 주에는 소는 순(舜)의 음악, 호는 탕왕의 음악이라 하였다.

삼가 오 충렬공이 집에 부친 여러 시의 운을 차운하다[167]

오 충렬공은 오달제이다. 병자년(1696, 숙종22)

謹次吳忠烈公 達濟 寄家諸詩韻 丙子

삼한 일역 크기가 부평초 같은데[168]   三韓一域大如萍

예의의 중화와 나란히 함께했도다   禮義中華與並行

황제의 공덕 없었으면 섬오랑캐 옷 입을 뻔했거늘

     不有帝功淪卉服

어찌 우리 왕 무릎을 되놈 궁정에 꿇리랴   胡令王膝跪龍庭

열사가 인을 구하는 뜻[169]을 보려거든   要看烈士求仁意

간신이 나라 팔아먹는 마음 먼저 따져봐야지   先究奸臣賣國情

사후에 역사가 평가할 적에   靑史黃泉相偶處

---

167 삼가……차운하다 : 오달제(吳達濟, 1609~1637)는 본관은 해주(海州). 자는 계휘(季輝), 호는 추담(秋潭), 시호는 충렬(忠烈)이다. 병자호란 이후 청나라로 끌려가 죽임을 당한 삼학사(三學士) 가운데 한 사람이다. 오달제가 집에 부친 시들은 《충렬공유고(忠烈公遺稿)》에 실려 있다. 삼연은 《충렬공유고》의 〈간첩발문(簡帖跋文)〉을 쓰기도 하였다.

168 크기가 부평초 같은데 : 이는 바다로 둘러싸인 해국(海國)과도 같은 한반도의 모습을 형용한 말인 듯하다. 가령 맹교(孟郊)의 〈봉동조현송신라사(奉同朝賢送新羅使)〉에는 "아득히 펼쳐진 바다의 먼 나라 바라보니, 부평초 하나가 가을 바다에 있구나.[森森望遠國, 一萍秋海中.]"라고 하였다.

169 인(仁)을 구하는 뜻 : 살신성인(殺身成仁)의 자세를 말한다. 절조를 지키며 수양산(首陽山)에 들어가 주(周)나라 곡식을 먹지 않고 굶어 죽은 백이(伯夷)와 숙제(叔齊)에 대해 공자는 "인을 구하여 인을 얻었으니 또 무엇을 원망하겠는가.[求仁而得仁, 又何怨?]"라고 하였다. 《論語 微子》

치욕스러운 삶과 영광스러운 죽음 중 누가 편한가　辱生榮死定誰寧

　　이상은 노친(老親)에게 부친 시운을 차운한 것이다.

외딴 나라 남아가 우뚝이 절조 세우니　　　　頂立偏邦男子身

신종 황제[170]에게는 충신이 있음이라　　　　神宗皇帝有忠臣

우리 증조와 한마음이던 세 인자의 자취[171]　同心吾祖三仁迹

문산[172]과 시대 다르나 같이 입전할 사람이라　異代文山合傳人

혼은 용만 건넜으되 뼈는 어디 있는고[173]　　魂度龍灣何處骨

피 뿌려진 연 땅 풀에 봄은 몇 번이나 돌아왔나　血沾燕草幾回春

공의 시말 살피건대 머리털 쭈뼛 서니　　　　觀公始末頭毛竪

하염없는 눈물로 글 맺으며 노친 영결하였도다　淚失終篇訣老親

　　이상은 백씨(伯氏)에게 부친 시운을 차운한 것이다.

병자년 갑자가 지금 다시 돌아오니　　　　　丙子今回甲

세월은 마치 한 해 지난 듯 빠르게도 흘렀어라　流年迅若朞

170　신종 황제 : 임진왜란 때 조선에 파병했던 명(明)나라의 황제 만력제이다.

171　우리……자취 : 증조는 삼연의 증조로 심양에서 포로 생활을 했던 김상헌(金尙
憲)이고, 세 인자는 심양에서 순절한 홍익한(洪翼漢), 윤집(尹集), 오달제 등의 삼학사
이다.

172　문산(文山) : 남송(南宋)의 문신(文臣)으로 남송이 원(元)나라에 항복하자 근왕
군(勤王軍)을 일으켜 원나라에 대항하다가 처형된 문천상(文天祥)이다. 문산은 문천상
의 호이다.

173　혼은……있는고 : 용만(龍灣)은 의주(義州)의 별호이다. 오달제는 심양에서 처
형된 뒤 시신을 수습하지 못했다.

외려 만절의 한[174]을 남겼거니와   猶留萬折恨

한 번 맑아질 기약[175] 언제이려나   寧復一淸期

세도는 인경이 사라졌고[176]   世道麟經廢

천심은 오랑캐의 운수에 머뭇거리네[177]   天心虜運遲

그대 충렬공의 간첩(簡帖)을 볼지니   君看忠烈帖

남아를 면려할 수 있도다   可以勵男兒

　　이상은 아내에게 부친 시운을 차운한 것이다.

174 만절(萬折)의 한 : 변함없는 충정을 의미한다. 《순자(荀子)》〈유좌(宥坐)〉에
"물이 만 번 꺾여도 반드시 동으로 흐르는 것은 굳은 의지가 있는 것 같다.〔其萬折也必
東, 似志.〕"라고 한 데서 온 말이다. 보통 조선에서 명(明)나라에 대한 존숭의 의미로
쓰였다.

175 한……기약 : 청나라가 망하고 한족이 중원을 수복하여 세상이 다시 맑아질 기약
이다. 삼국 시대 위(魏)나라 이강(李康)의 〈운명론(運命論)〉에 "황하가 맑아지면 성인
이 출현한다.〔夫黃河淸而聖人生〕"라는 말이 나오는데, 그 주(註)에 "황하는 천 년에
한 번 맑아지는데, 그 상서(祥瑞)에 응하여 성인이 나온다고 세상에서 전한다.〔世傳黃
河千年一淸, 淸則聖人生於此時也.〕"라고 하였다.

176 인경(麟經)이 사라졌고 : 춘추대의(春秋大義)가 사라졌다는 말이다. 인경은 공
자가 지은 《춘추》의 별칭이다. 공자의 《춘추》는 상서로운 짐승인 기린이 포획되었다는
구절에서 끝이 나므로 이렇게 부른 것이다. 이 책은 공자가 노(魯)나라 역사를 중심으로
은공(隱公) 원년부터 애공(哀公) 14년까지 모두 12공(公) 242년 동안의 역사를, 왕도
(王道)를 높이고 이적(夷狄)을 물리친다는 '존왕양이(尊王攘夷)'의 사관에 입각하여
기술하였다.

177 천심은……머뭇거리네 : 하늘이 오랑캐의 운수를 얼른 거두지 않고 유예하고 있
다는 말이다.

대유의 병상에서 병에 담긴 꽃을 읊다[178]
大有病榻詠瓶花

빈 병에 꽂은 꽃 생생하지 않더니	花揷空瓶色不揚
숨통 트일 물 붓자 이슬에 향기 어리네	添來活水露凝香
뿌리 끊어졌어도 물 부어 적셔주는 덕 보니	根斷猶資涵漑力
그대 지황탕을 계속 들기를 권하노라	勸君連進地黃湯

---

178 대유의……읊다 : 대유는 삼연의 아우 김창업(金昌業, 1658~1721)의 자이다.

임창계에 대한 만사[179] 임창계는 임영이다

林滄溪 泳 挽

제1수

사람이 도를 넓힐 수 있거니와[180] 도를 찾기란 어렵거늘

人能弘道道難尋

지금 세상에 오직 그대만이 여기에 크게 마음 썼네 今世惟君大著心

한나라 때 청운의 선비 《태현경(太玄經)》 지으며 일어난 듯[181]

漢代靑雲玄草起

당나라 때 네 호걸 중 양형(楊炯) 한 사람 사라진 듯[182]

---

179 임창계에 대한 만사 : 임영(林泳, 1649~1696)은 본관은 나주(羅州), 자는 덕함 (德涵), 호는 창계이다. 이조 정랑, 대사헌, 개성 유수(開城留守) 등을 지냈다. 저서에 《창계집》이 있다.

180 사람이……있거니와 : 《논어》〈위령공(衛靈公)〉에 "사람이 도를 넓힐 수 있는 것이요, 도가 사람을 넓히는 것은 아니다.〔人能弘道, 非道弘人.〕"라고 하였다.

181 한나라……듯 : 한(漢)나라 때 《주역》을 본떠 《태현경》을 지은 양웅(揚雄)에 임 영을 비유한 것이다. 양웅이 《태현경》을 지었을 때 사람들이 알아보지 못하고 비웃자 "세상에서 나를 알아주지 않는 것은 상관없고, 후세에 다시 양자운이 있어 반드시 좋아 할 것이다.〔世不我知無害也, 後世復有揚子雲必好之.〕"라고 했다고 한다. 자운(子雲) 은 양웅의 자이다. 《五百家註昌黎文集 卷17 與馮宿論文書》

182 당나라……듯 : 당나라의 네 호걸이란 왕발(王勃), 양형(楊炯), 노조린(盧照 鄰), 낙빈왕(駱賓王)이다. 이들은 모두 초당(初唐) 시절의 저명한 문장가들이다. 이 가운데 양형에 임영을 비유한 것이다. 양형은 어릴 때부터 천재로 일컬어졌고 문장이 뛰어났는데, 임영 역시 어릴 때부터 문장의 재주가 있었으며 젊었을 때에는 문장으로 이름이 알려졌다. 《滄溪集 卷2 辭正言疏·附錄補 滄溪先生年譜草》

唐家四傑一楊沉

드넓은 흉금은 뭇사람 마음 다 받아들일 만큼 깊고

洪襟淵納群情盡

평이한 말은 태극에 깊이 뿌리내리고 있었도다[183]　平語根盤太極深

후일에 더 진보했더라면 분명 벽이 선 듯했을 텐데[184]

進步他時須壁立

하늘은 유림에게 유감 남겨놓으셨네　　　天留餘憾在儒林

제2수 其二

도성 거리에서 끝내 초혼하게 되니　　　長安陌上竟招魂

만월대 앞에서 병의 근원 생긴 것이라[185]　滿月臺前病有源

청명한 시절 만나고도 세상을 저버리고　身遇淸時猶闔眼

---

183 평이한……있었도다 : 겉으로 보면 임영의 말이 평이하고 심상하여 무슨 기특할 것이 없는 듯하지만 그 저변은 이치의 궁극이라고 할 수 있는 태극에 깊이 기반했다는 말이다. 이는 형이상학적인 이치가 무슨 특별하고 기이한 행위를 통해 발현되는 것이 아니라 일용행사(日用行事)의 평범하고 심상한 사이에 드러난다는 성리학적 기본 개념과 궤를 같이하는 것이다.

184 벽이……텐데 : 암벽이 앞에 우뚝하게 서 있는 듯이 선비의 기상이 드높은 경지를 이룬 것을 비유한 말이다. 이러한 기상을 만 길의 절벽이 우뚝 서 있다는 벽립만인(壁立萬仞)이라고 하여 주희(朱熹)가 증자(曾子)를 일컬을 때 사용하였으며, 공자의 드높은 경지를 일컬을 때도 "그 도가 내 앞에 우뚝 선 듯하였다.[如有所立卓爾]"라고 표현하였다. 《朱子語類 卷93 孔孟周程張子》《論語 子罕》

185 도성……것이라 : 병이 깊던 임영이 질병을 무릅쓰고 1694년(숙종20) 개성 유수(開城留守)에 부임했다가 결국 1696년(숙종22) 도성에서 세상을 떠난 사실을 말한 것이다. 《滄溪集 附錄補 滄溪先生年譜草》만월대는 개성에 있는 고려 궁지(宮趾)이다.

성상의 학문 근심터니[186] 아무 말이 없구려　　　　憂存聖學却忘言

금빗치개로 맹인들 눈 벗겨주지 않으니　　　　　　金篦未刮群盲膜

복사꽃 오얏꽃은 응당 사람들 떠듦을 꺼렸으리[187]　桃李應嫌萬口喧

이미 연평의 깊은 기미를 안 터라　　　　　　　　已識延平深氣味

금성(錦城) 강촌에 섣달 매화 고운 자태 품었네[188]　臘梅藏艶錦江村

186 성상의 학문 근심터니 : 임영이 남긴 상소문을 보면 특히 임금의 학문에 대해 개진한 말이 많은데 《창계집》 권3의 〈병을 이유로 물러나기를 청하고 이어 성상의 학문을 논한 소[引疾乞退仍論聖學疏]〉가 대표적이다.

187 금빗치개로……꺼렸으리 : 금빗치개와 복사꽃 오얏꽃은 모두 임영을 비유한 말이다. 곧 임영이 이미 사람들에게 그 명성이 알려져 임영을 흠모하고 따르려는 사람이 많음에도 성대하게 문호를 세워 문하에서 사람들의 어리석음을 깨우쳐주지 않고 조용히 살았던 것은 사람들의 구설에 오르내림을 꺼리고 홀로 조용히 도를 추구하려는 성품이 있었기 때문이라는 말이다. 금빗치개는 고대 인도(印度)에서 의사가 각막(角膜)의 흐린 부분을 긁어서 제거해주는 도구로, 불가에서는 중생의 어리석음을 깨우쳐준다는 의미로 쓰였다. 복사꽃과 오얏꽃은 덕 있는 사람을 비유하는 말로 《사기(史記)》 권109 〈이장군열전(李將軍列傳)〉에 "복사꽃과 오얏꽃이 말을 하지 않아도 사람들이 알고 찾아와 그 아래에 자연히 길이 이루어진다.[桃李不言, 下自成蹊.]"라고 하였다.

188 이미……품었네 : 연평(延平)은 주희(朱熹)의 스승인 이동(李侗)의 호이다. 이동이 재주를 감추고 덕을 기르는 문제에 대해 말하면서 귀산(龜山)이 호문정공(胡文定公)에게 준 기미(氣味)가 심장(深長)한 매화 시를 외워보는 것이 어떠하냐고 말한 것을 가리킨다. 귀산이 준 매화 시란 귀산이 호인 송(宋)나라 때 인물 양시(楊時)가 호안국(胡安國)에게 보낸 〈저궁관매기강후(渚宮觀梅寄康侯)〉 시이다. 그 시에 "섣달 남은 추위 몰아내고 춘풍으로 바꾸려면, 단지 겨울 매화를 앞세워야 하리라. 성긴 꽃송이로 경솔히 눈과 다투지 말고, 맑고 고운 자태 밝은 달빛 속에 품어야 하리.[欲驅殘臘變春風, 只有寒梅作選鋒. 莫把疎英輕鬪雪, 好藏淸艶月明中.]"라고 하였다. 이는 함부로 세상에 나가 시비를 겨루지 말고 자신의 덕을 감추고 덕을 함양하라는 뜻을 담고 있다. 《延平問答》 금성은 임영의 고향이자 임영이 출사하지 않고 오랜 기간 머물렀던 나주(羅州)의 옛 이름이다.

제3수 其三

낮 물시계 시간 흐르고 궁궐 버들 새순 나니	晝漏添籌御柳黃
금화전 봄날에 강연도 길었어라[189]	金華春日講筵長
붉은 명정은 뒤편으로 궁궐 지붕 가리키고	丹旌背指觚稜闕
상여 끄는 말은 물과 대나무의 고장으로 울며 돌아가누나	素駟嘶歸水竹鄕
천지에 역풍 부니 붕새도 요절하고[190]	風逆天池鵬亦夭
지주에 파도 높으니 봉새가 먼저 숨네[191]	波高砥柱鳳先藏
조정에선 남금[192] 없어짐을 배나 애석해하니	朝班倍惜南金盡
공경(公卿)들이 한강 북녘에 가득 나왔도다[193]	青紫繽紛滿漢陽

---

189 낮……길었어라 : 이는 임영이 임금의 부름을 받아 대궐에 나아가 경연관(經筵官)으로 경연에 참석했던 지난날의 광경을 말한 것이다. 금화전은 한나라 때 미앙궁(未央宮) 안에 있던 전각으로, 황제가 신하들과 학문을 강론하던 곳이다.

190 천지(天池)에……요절하고 : 시운을 만나지 못하여 임영이 자신의 재주를 다 펼쳐보지도 못하고 요절하였다는 말이다. 《장자(莊子)》〈소요유(逍遙遊)〉에 북명(北溟)의 곤(鯤)이라는 거대한 물고기가 거대한 붕새로 변하여 바람을 타고 천지로 날아가는 우화가 나온다.

191 지주(砥柱)에……숨네 : 이 역시 앞 구와 마찬가지로 제때를 만나지 못해 뜻을 펴지 못한 임영을 비유한 것이다. 지주는 중국 하남성(河南省) 삼문협(三門峽)을 통해 흐르는 황하의 한복판에 있는 산 이름이다. 여기에서 황하의 물길이 갈라져 물살이 거세진다. 봉새가 곤륜산(崑崙山)을 지나 바로 이 지주에서 물을 마신다고 한다. 《太平御覽 卷915 鳳》

192 남금(南金) : 남쪽에서 생산되는 보통 금보다 두 배의 가치가 있는 금으로, 훌륭한 인재인 임영을 비유한 말이다.

193 공경(公卿)들이……나왔도다 : 고향인 나주로 돌아가는 임영의 상여를 전송하기 위해 조정의 공경대부(公卿大夫)들이 한강 북쪽 기슭에 모두 나왔다는 말이다.

제4수 其四

비록 동시대에 태어나지 못해도 풍모 받들기 원하는 법인데

生雖曠世願承風

같은 시대 우리 동방에 함께했으니 얼마나 다행인가

何幸同時落我東

하룻밤 터놓고 대화한 것이 독서보다 나은 줄 알았더니[194]

一夜劇談知勝讀

십 년 만에 재회하려던 계획 물거품 되었구나   十年重會計淪空

깊은 골짝 새 재잘대도 이 봄에 어이 만나며[195]   嚶嚶幽鳥春何及

신령스러운 무소뿔 밝고 밝지만 바다에는 통하지 못하네[196]

炯炯靈犀海未通

옥류동(玉流洞) 솔과 구름 수창하던 곳이 바로 여기인데

---

194 하룻밤……알았더니 : 과거에 삼연과 임영이 만나 흉금을 터놓았던 때를 회상한 것이다. 고시(古詩)에 "그대와 하룻밤 이야기를 나눔이 십 년 독서보다도 낫구나.〔共君 一夜話, 勝讀十年書.〕"라는 구절이 있다. 《二程遺書 卷18 劉元承手編》

195 숲속의……만나며 : 더 이상 벗인 임영을 찾을 수 없다는 말이다. 《시경》〈소아 (小雅) 벌목(伐木)〉에 "나무 찍는 소리 쩡쩡, 새들은 재잘재잘. 깊은 골짝에서 훌쩍 날아, 높은 나무 위로 옮겨 앉네. 재잘재잘 우는 새들, 벗을 찾는 소리로다.〔伐木丁丁, 鳥鳴嚶嚶. 出自幽谷, 遷于喬木. 嚶其鳴矣, 求其友聲.〕"라고 하였다.

196 신령스러운……못하네 : 무소의 뿔에 있는 흰색의 문양 하나가 선처럼 두 뿔의 사이를 관통하기 때문에 신령스러운 감응이 있는 것으로 여겨지는데 서로 마음이 통하는 것을 비유할 때 이 표현이 자주 쓰인다. 이상은(李商隱)의 〈무제(無題)〉 시에 "몸에 는 쌍으로 나는 채봉의 두 날개가 없고, 마음에는 서로 통하는 한 점 무소뿔이 있네.〔身 無彩鳳雙飛翼, 心有靈犀一點通.〕"라고 하였다. 바다에는 통하지 못한다는 것은 임영의 장지가 멀리 나주의 바닷가에 있음을 말한 것이다.

玉洞松雲酬唱是

물소리[197] 가운데 만시 짓는 일 견디기 어려워라　　不堪題挽水聲中

---

197 물소리 : 문의상 물소리라고 번역하였으나 옥류동과 붙어 있는 수성동(水聲洞)의 의미도 들어 있다.

한여중에 대한 만사[198]

韓汝重挽

제1수

인후한 마을의 어진 이들이 그대에게 노성함 양보하니

仁里諸賢讓老成

향리에 돌아와서도 선인의 이름 보존했네[199]　　　歸鄕猶保善人名

밭에서 농사지으며 경전 공부 끝나지 않은 터라　　田間未了鋤經業

성안에 약 팔러 가는 일 항시 드물었지[200]　　　城裏常稀賣藥行

장수가 허송세월 만회한다는 말 참으로 부질없는 소리이니

壽補蹉跎眞謾說

198　한여중에 대한 만사 : 한여중은 한위(韓瑋, 1641~1696)이다. 본관은 청주(靑州)이고 여중은 그의 자이다. 《농암집(農巖集)》권4에도 〈한여중을 곡하다[哭韓汝重]〉가 있다.

199　향리에……보존했네 : 한위가 향리에서 한가롭게 욕심 없이 지낸 모습을 형용한 말이다. 후한(後漢) 때 인물인 마소유(馬少游)가 사촌 형인 마원(馬援)의 뜻이 큰 것을 보고는 "선비가 한세상을 살아가는 데는 배불리 먹고 따뜻하게 옷 입고서 달구지에 올라앉아 느릿느릿 걷는 말을 몰며, 고을의 작은 관리가 되어 선조의 무덤을 지키며 향리에서는 선인이라고 불리면 충분합니다. 더 많은 명리를 추구한다면 스스로를 괴롭힐 뿐입니다.[士生一世, 但取衣食足, 乘下澤車, 御款段馬, 爲郡吏, 守墳墓, 鄕里稱善人, 斯可矣. 求益盈餘, 但自苦耳.]"라고 하였다. 《後漢書 24卷 馬援列傳》

200　밭에서……드물었지 : 한위가 은거하면서 산 것이 성시(城市)보다는 전야(田野)에서였음을 말한 것이다. 성안에서 약을 파는 것 역시 은자(隱者)의 한 행태이다. 후한 때의 은사인 한강(韓康)이 장안(長安)의 저자에서 약초를 팔면서 살았던 것으로 유명하다. 《後漢書 卷83 逸民列傳 韓康》

병이 상 치르느라 생겨 마침내 삶을 저버렸어라[201]　　病緣攀棘遂無生

늘그막의 고관 자리가 경박한 도척(盜跖)에게 다 가니[202]

　　　　　　　　　　　　　　　飢鮐金紫輸澆跖

노련한 안목의 푸른 하늘도 오래도록 밝지 못하구나[203]

　　　　　　　　　　　　　　　老眼蒼天久不明

제2수 其二

흐르는 시내와 사립문 의구하니　　　　　依然流水與柴門

사람은 가고 남은 정만 골짝 어구에 있어라　人去餘情谷口存

봄버들가지에 물고기 꿰어 손님 맞던 물가　春柳貫魚迎客渚

201　장수가……저버렸어라 : 그동안 세상에 크게 드러나지 못한 채 실의한 한위가 그래도 장수를 누릴 줄 알았는데 상을 치르느라 병으로 세상을 저버린 것을 탄식한 말이다. 장수가 허송세월을 만회한다는 말은 당(唐)나라 때의 시인 유우석(劉禹錫)의 〈세밑 밤에 회포를 노래하다〔歲夜詠懷〕〉에 보인다. 그 시에 "해가 갈수록 뜻을 얻지 못했으니 새해에는 또 어떠하려뇨. 지난날 함께 노닐던 이들을 생각하자니 지금 몇이나 남아 있는가. 한적하게 사는 것을 자유자재한 경지로 여기고 장수를 가지고 허송세월한 것을 만회하노라.〔彌年不得意, 新歲又如何. 念昔同遊者, 而今有幾多? 以閑爲自在, 將壽補蹉跎.〕"라고 하였다. 이는 그동안 뜻을 이루지 못하고 세월만 헛되이 보내온 것을 장수함으로 벌충하겠다는 의미이다. 《농암집》권4〈한여중을 곡하다〉의 "백발이 되도록 과거에 낙방하여 높은 재주가 안타깝게 초야에 묻혔네.〔白首公車困積薪, 龍泉鬱鬱閉窮塵.〕"라는 구절을 보면 한위는 노년까지도 뜻을 얻지 못한 것으로 보인다.

202　늘그막의……가니 : 노성한 사람이 앉는 높은 벼슬이 경박한 도척 같은 소인배에게 다 가버렸다는 말이다.

203　노련한……못하구나 : 하늘이 재주 있는 사람이 성공하도록 돌봐주지 못했다는 말이다. 두보의 〈혜이가 고거로 돌아가는 것을 전송하며〔送惠二歸故居〕〉에 "하늘이 노련한 안목이 없어 빈 골짝에 이 사람이 머무는구나.〔皇天無老眼, 空谷滯斯人.〕"라고 하였다.

여름 규화 이슬 젖을 제 어버이 봉양하던 뜰   夏葵滋露養親園
지난날 그대 맑은 술동이를 나에게 권했거늘   他時君有淸樽勸
오늘에야 나는 흰 말 타고 달려옴이 부끄럽구려   今日吾慚白馬奔
장마인 이때 고양[204]에 어이 장사 지내나   積雨高陽何以葬
만가를 지어서 작은 영원[205]에 부치노라   薤詞題寄小鶺原

---

204 고양(高陽) : 한위가 살던 곳이다. 《농암집》 권4 〈한여중을 곡하다〉에 "중년 들어 고양 땅에 거처를 마련하여 형제가 밭을 갈며 부모님 봉양했네.〔中歲高陽去卜居, 弟兄耕釣奉潘輿.〕"라는 구절이 보인다. 장지 역시 고양이었던 듯하다.

205 작은 영원(鶺原) : 영원은 《시경》 〈소아(小雅) 상체(常棣)〉의 "저 할미새 들판에서 호들갑 떨 듯, 급할 때는 형제들이 서로 돕는 법이라오. 항상 좋은 벗이 있다고 해도, 그저 길게 탄식만을 늘어놓을 뿐이라오.〔鶺鴒在原, 兄弟急難. 每有良朋, 況也永歎.〕"라는 말에서 유래한 것으로 우애 있는 형제를 뜻한다. 《사마방목(司馬榜目)》에 따르면 한위에게는 형 한전(韓𡊠), 동생 한준(韓堼)이 있었던 것으로 확인된다. 자세한 사정은 알 수 없으나, 아마도 이때 형 한전도 세상을 떠나고 동생 한준만이 남아 있었으므로 '작은 영원'이라고 표현한 것이 아닌가 한다.

이자동과 이낙보의 〈자연으로 들어가다〉 시에 뒤미처 차운하다[206] 이낙보는 이하조이다

追次李子東樂甫 賀朝 入紫煙韻

쓸쓸한 강가 거처에서 온갖 상념 쉬노라만	寥落江居萬念休
님 그리워 흰 마름[207]에 눈길 가는 가을일세	懷人流目白蘋秋
인간세상 재자가 시상 찾아 떠나니	人間才子求詩去
바다의 신선 산은 파도에 그림자 비치리라	海上仙山倒影留
신기루는 새벽 운무 속에 어른거리고	蜃氣徘徊晨霧內
용이 노는 파도는 저녁 물가에 밀려왔다 쓸려갔다	龍流近遠暮湖頭
배 돌리면서 풍파 때문이라 해명하지 말지니	船廻莫以風波解
문 닫고 있는 나도 건덕에서 노닌다네[208]	閉戶吾猶建德遊

---

206 이자동과……차운하다 : 이자동은 이해조(李海朝)이다. 이자동에 대해서는 이미 앞서 나왔기 때문에 소주(小註)에 언급하지 않은 것이다. 〈자연으로 들어가다〉 시는 같은 제목은 아니지만 이하조(李賀朝)의 《삼수헌고(三秀軒稿)》 권2 〈구양수 문집의 시운을 차운하다[次歐陽集中韻]〉 시가 같은 운자로 되어 있다. 이 시는 이하조가 형 이해조와 함께 인천 앞바다의 자연도(紫煙島)로 유람 가면서 지은 시이다. 자연도는 지금의 영종도로 《신증동국여지승람(新增東國輿地勝覽)》에는 '자연도(紫燕島)'로 표기되어 있기도 하다.

207 흰 마름 : 그리움을 상징하는 시어이다. 송(宋)나라 구준(寇準)이 〈강남춘(江南春)〉에서 "강남에 봄 다하도록 이별 간장이 끊어지는데, 마름이 물가에 가득해도 사람은 돌아오지 않는구나.〔江南春盡離腸斷, 蘋滿汀洲人未歸.〕"라고 하였다.

208 건덕(建德)에서 노닌다네 : 건덕은 《장자(莊子)》〈산목(山木)〉에 나오는 가상의 나라로 덕을 확립한 사람들이 사는 곳이다. 《장자》에 이르기를 "남월에 한 고을이 있으니 이름을 건덕국이라 합니다. 그 백성들은 우직하고 소박하여 사욕을 적게 하고,

욕심을 줄여서 묵묵히 일할 줄만 알고 자기 몫을 챙길 줄 모르며, 남에게 주기만 하고 그 보답을 바라지 않으며 도리에 꼭 맞출 줄 모르고 예법을 받들 줄 모르고 미친 듯 제멋대로 행동하는데도 대도(大道)를 벗어나지 않아서 삶을 즐길 만하고 죽음을 거두어 간직할 만하니, 저는 임금께서 나라를 떠나 세속을 버시고 도(道)와 더불어 서로 도우면서 이 나라로 떠나가시기를 바랍니다."라고 하였다.

또 풍 자 운에 차운하다[209]

又次風字

푸른 물가에는 흰 이슬 줄지어 깔리고	滄洲橫白露
약목[210]은 서풍에 흔들리누나	若木振西風
약초 캘 산[211] 멀지 않고	采藥山非遠
진주 캘 바다에도 통할 수 있도다	探珠海可通
붕새같이 큰 구름 낀 가을 산 푸르고	鵬雲秋嶠碧
용이 뿜는 기운 서린 저녁 파도 붉어라	龍氣晩潮紅
온갖 골짝에서 물이 흘러 모여듦을 살필지니[212]	百谷觀輪會
시상의 근원은 아무리 써도 다하지 않는다네	詩源用不窮

---

209 또……차운하다 : 내용상 이 시 역시 앞 시와 마찬가지로 이해조, 이하조 형제의 시에 차운한 것인 듯한데, 두 사람의 문집에 해당 운자는 보이지 않는다.

210 약목(若木) : 전설상의 신목(神木)으로 해가 지는 서쪽에 있다고 한다.

211 약초 캘 산 : 바다에 있는 선산(仙山)을 가리킨 것이다.

212 온갖……살필지니 : 바다의 모습을 살피라는 말이다. 《노자(老子)》에 "강과 바다가 온갖 골짜기의 왕이 될 수 있는 것은 아래로 잘 내려가기 때문이다.〔江海所以能爲百谷王者, 以其善下之.〕"라고 하였다.

송암에서 묵으면서 주인의 정성스러운 권유를 받아 삼가 율시 한 편으로 빚을 갚다[213]

松巖歷宿 被主翁勤勸 謹以一律償債

저녁에 내가 깊은 골짝에 오니	晚我來幽谷
연꽃 지고 흰 이슬 떨어지는 때로다	衰荷白露時
누대에 눕고 나니 달빛 밝게 비치고	樓明臥後月
샘물은 야심한 시각에 못으로 흘러드누나	泉入夜深池
물기운은 거문고와 서책을 맑히고	水氣琴書淨
가을 소리는 대와 측백에 불어나네	秋聲竹栢滋
온갖 감정 겪다 보니	經過百端感
차마 지난 시에 화답치 못하겠어라	不忍和前詩

---

213 송암에서……갚다 : 본집 습유(拾遺) 권5의 〈송암에서 묵으며 새벽에 일어나 율
시 한 수를 짓다[松巖歷宿曉起一律]〉의 소주(小註)에 따르면 송암은 이운(李澐)의
거처이다.

이자정에 대한 만사²¹⁴ 이자정은 이성조이다

李子正 成朝 挽

제1수

대대로 연성에서 옥 심은 밭에　　　　　　奕世延城種玉田

옥 가지 찬란하게 해동의 하늘 비추었네　　瓊枝輝映海東天

그대 이러한 자질에 다시 깊은 국량 가지니　在君更著淵深度

청운의 발걸음으로 척오²¹⁵를 향해 나아갔네　尺五靑雲步武前

제2수 其二

아아 인물을 찾아보기 힘든 때에　　　　　　吁嗟人物眇然時

그대처럼 헌걸찬 사람 훌륭한 일 할 듯했건만　魁碩如君若有爲

가슴에 가득 찬 재주 한번 시험해보지도 못하니　滿腹才猷無一試

죽은 뒤에 사람들은 훌륭한 의원을 잃었다 말하네　死來人道失良醫

---

214 이자정에 대한 만사 : 이성조(李成朝, 1648~1696)는 본관은 연안(延安), 자는 자정(子正)이다. 부여 현감(扶餘縣監), 호조 정랑(戶曹正郞), 사복시 첨정(司僕寺僉正) 등을 역임하였다.

215 척오(尺五) : 고관이 되어 임금을 가까이에서 모신다는 뜻이다. 당(唐)나라 때 위씨(韋氏)와 두씨(杜氏) 가문에서 대대로 고관이 나오자 민간에서 "도성 남쪽 위씨와 두씨, 하늘과의 거리가 1척 5촌이라네.〔城南韋杜, 去天尺五.〕"라고 했다고 한다. 《辛氏三秦記》

제3수 其三

화양정²¹⁶ 아래에서 푸른 망아지 점고하니　　　　　華陽亭下閱淸駒

길들인 일천 말발굽을 어구에 씻누나　　　　　　　調得千蹄洗御溝

궁궐 마구간 비룡 같은 말은 스스로 으스대거니와　天廐飛龍身自跨

장대한 마음 지닌 그대는 끝내 소금 수레에서 곤궁하였도다²¹⁷

　　　　　　　　　　　　　　　　　壯心終是困鹽車

제4수 其四

세도가 어떠한가 취할 만한 세상인데²¹⁸　　　　世道如何可醉鄉

헌기는 일이 많아 깊은 술잔 경계했어라²¹⁹　　　軒歧多事戒深觴

---

216 화양정(華陽亭) : 한강 북쪽 교외에 있던 말 사육 목장이다. 이성조가 말 사육을
담당하던 사복시 첨정이었으므로 언급한 것이다.

217 장대한……곤궁하였도다 : 이성조가 사복시 첨정이라는 미관말직에만 머물다가
끝난 것을 말의 비유를 들어 탄식한 것이다. 춘추(春秋) 시대 때 말을 보는 안목이
높았던 백락(伯樂)이 우판(虞坂)을 지나가고 있을 때 훌륭한 준마가 소금 수레 아래
엎어져 있다가 백락을 보고는 길게 소리 내어 울므로 백락이 수레에서 내려 눈물을
흘리니 준마가 머리를 숙여 하소연하고 다시 울었다고 한다. 《戰國策 楚策4》

218 취할 만한 세상인데 : 원문의 '취향(醉鄉)'은 술에 취해 세상의 온갖 근심과 걱정
을 잊는 별천지의 경계를 말하며, 당(唐)나라 왕적(王績)의 〈취향기(醉鄉記)〉에 보인
다. 당시 세태가 혼란하므로 술이나 마셔서 근심을 잊을 만한 세상임을 말한 것이다.

219 헌기(軒歧)는……경계했어라 : 세상은 술에 취할 만한 세상이지만 이성조는 병
든 아우와 노모를 모시며 집안을 돌보느라 취할 수 없었다는 말이다. 이성조의 동생은
불치병에 걸려 이성조가 지극정성으로 돌봤는데, 이러한 상황 속에서 이성조가 세상에
더욱 뜻이 없었지만 노모를 모시기 위해 억지로 벼슬길에 나섰다고 한다. 또 이성조는
평소 의술에 능통하여 왕후의 질병에 자문할 정도였으며 수많은 사람을 살렸다고 한다.
헌기는 고대 의술의 시조로 알려진 헌원씨(軒轅氏)와 그의 신하 기백(岐伯)을 병칭한

숱한 사람 살린 뒤에 자신은 되레 병들고서　　　　千人活後身還病

웃으며 주머니 속의 칠엽 처방[220] 던지누나　　　　笑擲囊中漆葉方

제5수 其五

얼음 속에서 물고기 구하다 피눈물 흘리며 바닷가에서 목이 메고[221]

　　　　　　　　　　　　　　　　　　氷魚泣血滄溟咽

비녀장의 봉황이 그물에 걸려 변경에서 추위에 떨었네[222]

말로 이성조를 가리킨다. 그의 묘지명에서 그가 의술에 능통했음을 표현하면서 헌기술
(軒岐術)에 통달하였다고 표현하기도 하였다.《芝村集 卷23 從氏僉正公墓誌銘》

220　칠엽 처방 : 화타(華佗)의 제자 번아(樊阿)가 화타에게 불로장생하는 처방을 청
하자 화타가 칠엽 가루와 청점(靑粘) 가루를 섞은 칠엽청점산(漆葉靑粘散)을 처방해
주었는데 번아가 이 약을 장복하여 100살 남짓 살았다고 한다.《三國志 卷29 魏志 華佗
列傳》

221　얼음……메고 : 얼음 속에서 물고기를 구했다는 것은 지성으로 모친을 봉양했다
는 말이다. 진(晉)나라 왕상(王祥)이 어머니가 산 물고기를 먹고 싶어 하자 추운 겨울에
옷을 벗고 얼음에 누워 체온으로 얼음을 녹이고 물고기를 잡으려 했는데, 얼음이 쪼개지
면서 잉어 두 마리가 튀어나왔다는 고사가 있다.《小學 卷6 善行》피눈물을 흘리며
바닷가에서 목이 메었다는 것은 그렇게 지성으로 봉양하다가 모친상을 당했다는 의미인
듯하다.

222　비녀장의……떨었네 : 이성조가 뜻하지 않게 모함을 받아 먼 북쪽 변경으로 유배
간 사실을 말한 것이다. 이성조는 기사환국(己巳換局) 이후에 벼슬할 뜻이 없어 두문불
출하고 있었는데 마침 자형(姊兄)의 병을 살피기 위해 왕래하던 것을 모의를 꾸민다고
당국자가 모함하여 정주(定州)로 유배 가게 되었다. 비녀장의 봉황이란 곽광(霍光)의
수레와 관련된 고사이다. 한 선제(漢宣帝)가 수레 한 대를 곽광에게 내렸는데 매일
밤마다 수레 비녀장 위의 금봉황 장식이 어디로 갔는지도 모르게 날아갔다가 새벽이면
돌아오는 것을 수레 지키는 사람이 알게 되었다. 그런데 남군(南郡)의 황군중(黃君仲)
이 북산(北山)에서 그물로 새를 잡았는데 작은 봉 새끼였고 손에 잡자 곧바로 금장식으

轄鳳嬰羅塞徼寒

6년²²³ 만에 다시 만남에 성곽은 그대로인데　六載重逢城郭在

몸은 쇠약해져 모두 다른 사람처럼 보이누나　殘骸俱作異人看

제6수 其六

거문고 사라지고 그대 계방 홀로된 것 가련하니²²⁴　琴亡憐爾季方孤

애끊는 박태기 꽃 핀 나무 반쯤 말라버렸구나²²⁵　腸斷荆花半樹枯

로 변했다고 한다. 《太平廣記 卷4》

223 6년 : 이성조가 두문불출하기 시작한 1689년(숙종15)부터 갑술환국(甲戌換局)으로 유배지에서 다시 돌아온 1694년(숙종20) 사이를 가리키는 듯하다.

224 거문고……가련하니 : 거문고가 사라졌다는 것은 형제 가운데 형의 죽음을 나타낸 표현이다. 진(晉)나라 왕휘지(王徽之)가 그의 형 왕헌지(王獻之)가 죽었을 때 빈소로 달려가 곡하지 않은 채 곧장 영상(靈牀) 앞으로 가서 왕헌지의 거문고를 끌어당겨 연주하였으나 아무리 오래 타도 조화로운 소리가 나지 않자 "아, 자경이여, 사람과 거문고가 모두 사라졌구나.〔嗚呼! 子敬. 人琴俱亡.〕"라고 탄식하였다는 고사가 있다. 《世說新語 傷逝》계방(季方)은 한나라 진식(陳寔)의 아들인 진심(陳諶)의 자로 훌륭한 동생을 뜻하는데, 여기에서는 이성조의 아우 이해조(李海朝)를 가리킨다. 진식은 그의 형 원방(元方) 진기(陳紀)와 덕행으로 크게 일컬어져 "원방은 형이 되기 어렵고, 계방은 아우가 되기 어렵다.〔元方難爲兄, 季方難爲弟.〕"라는 난형난제(難兄難弟)의 성어가 만들어졌다. 《世說新語 德行》

225 애끊는……말라버렸구나 : 박태기는 형제간의 우애를 상징한다. 남조(南朝) 양(梁)나라 때 경조(京兆) 사람인 전진(田眞)에게 두 아우가 있었는데, 부친이 사망한 이후 삼형제가 모든 재산을 서로 나누었다. 그런데 오직 집 앞의 자형나무 한 그루만 남게 되자, 세 형제가 의논하여 다음 날 이것마저 쪼개서 나누기로 하였다. 다음 날 자형나무를 나누려고 가서 보니 나무가 마치 불에 탄 것처럼 말라 죽어 있었다. 이에 세 형제가 크게 뉘우치고 다시 재산을 합하기로 하니, 그 나무가 금방 다시 살아났다고 한다. 《續齊諧記》

선인들의 지난날 의리 느끼고 생각하니　　　　　感念先人疇昔義

매번 지동이 청호를 생각하며 우는 것을 보았어라[226]

　　　　　　　　　　　　　　　每逢芝洞泣靑湖

제7수 其七

그대를 곡하고 돌아온 뒤 교외 들판에 누워　　　哭君歸後臥郊原

만가를 짓고 나니 눈물이 다시 쏟아지네　　　　薤露腔成淚更翻

차마 어이 말할까 중양절 상여가 멀리 떠나는 날　忍說重陽爲遠日

누른 국화 붉은 영정이 가을 마루에 나란함을　　黃花丹旐映秋軒

---

226 매번……보았어라 : 지동(芝洞)은 양주의 영지동에 지동정사(芝洞精舍)를 짓고
살았던 이단상(李端相, 1628~1669)이고, 청호(靑湖)는 이성조의 부친인 이일상(李一
相, 1612~1666)의 호이다. 이일상은 이단상의 형이다. 이는 과거에 이성조의 부친인
이일상이 죽었을 때 동생인 이단상이 형을 생각하며 항상 눈물 흘렸듯이 지금도 선대와
마찬가지로 이성조를 잃은 이해조가 이성조를 슬퍼하며 울고 있음을 말한 것이다.

석실 강당에서 공경히 증조부 문집에 있는 시운을 차운하다[227]
石室講堂 敬次曾王考集中韻

차가운 강이 높은 누각 두르니	寒江帶高閣
저녁 눈 어이 없으리	暮雪何可無
환히 빛나는 창문의 문자[228]	炯炯牕間字
따뜻이 데워지는 숯불 위 술병	溫溫炭上壺

---

227 석실……차운하다 : 차운한 시는 김상헌(金尙憲)의 《청음집(淸陰集)》 권1 〈작일(昨日)〉이다.

228 환히……문자 : 창문의 문자란 곧 창밖에 펼쳐지는 눈 내리는 풍광을 뜻한다. 위응물(韋應物)의 〈화하명(荷花明)〉에 "돌아와 창문의 문자를 보니 휘황찬란함이 눈에 가득 들어오네.〔歸視窓間字, 熒煌滿眼前.〕"라고 하였는데, 이때 창문의 문자란 곧 창밖에 연꽃이 핀 풍광을 가리킨다.

우연히 읊어 제생에게 보여주다
偶吟示諸生

제1수

밤눈 아득히 내려 천지 어둡고	夜雪茫茫天地陰
강바람은 강당 뜰 깊이 흘러드누나	江風滾入講庭深
쌓인 눈 거둬다 깨끗한 그릇에 담으니	收來積素歸淸椀
큰 움에서 견디던 그때 마음[229] 분명히 알겠어라	洞見當年大窖心

　　이때에 우연히 눈을 먹었으므로 한 말이다.

제2수 其二

병마가 세월과 함께 침노하여 이미 나태해진 몸	病與年侵懶已成
아득히 먼 수사의 여정[230] 겁이 나누나	迢迢洙泗怯遐程
글방의 새벽달에 고독한 감회 돋는데	黌堂曉月生孤感
눈 속에 방방마다 글 읽는 소리	雪裏房房有讀聲

제3수 其三

| 높은 서재에서 태극과 음양 자세히 강론하노라니 | 高齋細講極陽陰 |

229　큰……마음 : 한(漢)나라 때 소무(蘇武)의 고사를 말한 것이다. 소무가 흉노에 사신 갔다가 억류되어 굴복하지 않자 흉노가 그를 큰 움 안에 가두고 음식을 주지 않으니 소무는 눈과 깃발의 모직물을 뜯어 먹으면서 연명하였다. 《漢書 卷54 蘇武傳》
230　수사(洙泗)의 여정 : 수사는 수수(洙水)와 사수(泗水)로, 노(魯)나라에 있었던 강 이름인데 공자가 이곳에서 제자들과 학문을 강론하였다. 곧 학문의 여정을 뜻한다.

창밖엔 하늘 가득 새벽 눈 내려 깊이 쌓인다   牕外漫天曉雪深

강 반쯤 맑은 달빛 비추는 것 볼지니   看取半江淸月在

본래의 맑은 마음 어둡게 하지 말지어다   莫敎昧却本來心

제4수 其四

새벽빛 강빛 한 덩어리로 합쳐지니   曙色江光一滾成

석실산(石室山)으로 돌아오려던 뜻 정히 길을 헤맸어라

石山歸意政迷程

한가로운 창가에 다시 맑은 마음으로 앉아   閒牕且復澄心坐

서재 학동들이 눈 치우는 소리를 귀 기울여 듣노라 細聽齋童掃雪聲

석실서원

石室書院

구름과 눈이 강 가득 불어나는데	雲雪渾江漲
석실산 봉우리 외로이 맑다	孤淸石室峰
뜰에는 비석이 우뚝이 남았고	庭留碑突兀
자리에선 차분히 강론이 열리네	席有講從容
야기는 산목을 보존하고[231]	夜氣存山木
흉금엔 시냇가 솔 기운 모여드누나	風襟會澗松
오류의 집[232]에 돌아와	言歸五柳宅

231 야기(夜氣)는 산목을 보존하고 : 밤중에 외물과 접함이 없는 청명한 기운을 보존한다는 말이다. 《맹자》〈고자 상(告子上)〉에 "사람에게 보존되어 있는 것에 어찌 인의의 양심이 없겠는가만 낮에 그 양심을 버리기를 도끼로 나무 베듯이 매일매일 없애버리니 그것이 아름다울 수 있겠는가? 밤사이에 자라나는 것과 새벽녘의 청명한 기에 그 좋아하고 싫어하는 감정이 남과 가까운 게 얼마 되지 않는데 낮에 하는 소행이 이를 해친다. 그 해침이 자꾸 쌓이게 되면 야기를 보존될 수 없고, 야기가 보존되지 않으면 사람이 금수와 그리 멀지 않게 된다.〔雖存乎人者, 豈無仁義之心哉? 其所以放其良心者, 亦猶斧斤之於木也, 旦旦而伐之, 可以爲美乎? 其日夜之所息, 平旦之氣, 其好惡與人相近也者幾希, 則其旦晝之所爲, 有梏亡之矣. 梏之反覆, 則其夜氣不足以存; 夜氣不足以存, 則其違禽獸不遠矣.〕"라고 하였다.

232 오류(五柳)의 집 : 삼연의 증조부 김상헌(金尙憲)이 청(淸)나라 심양(瀋陽)에 포로로 잡혀 있을 때 〈옛일을 생각하며 느낌이 있어〔懷古有感〕〉라는 시를 지어 오류선생(五柳先生)이라 불렸던 도잠(陶潛)이 혼란한 세상을 피해 은거한 것을 사모한 뜻을 드러낸 적이 있었다. 후에 양주(楊州) 석실(石室)의 도산정사(陶山精舍) 아래에 소나무와 버드나무를 심고 그 곁에 석문(石門)을 세워 '도산석실려고송오류문(陶山石室閭孤松五柳門)'이라는 글자를 새겼는데, 이 글씨는 송시열(宋時烈)의 글씨라고 한다. 오

다시 선조의 발자취 지키고 싶어라　　　　　　　　　更欲護先蹤

류는 도잠이 자신을 빗대어 지은 〈오류선생전(五柳先生傳)〉에 집에 버들 다섯을 심었
다고 한 말에서 취한 것이고, 고송은 〈귀거래사(歸去來辭)〉에 "외로운 솔을 어루만지며
서성대노라.〔撫孤松而盤桓〕"라고 한 구절에서 취한 것이다. 《淸陰集 卷11 懷古有感復
用前韻》《谷雲集 卷3 書陶山精舍記後》《農巖集 卷4 子益在石室賦盆梅十數篇……》

둘째 형님의 시운을 차운하여 유군사와 이별할 때 주다[233]
次仲氏韻 贈別兪君四

제1수

대설이 거듭 올 때 이별 술잔 드니	大雪重來動別觴
왕탄[234] 한 줄기 아득히 감아 도네	王灘一路繞微茫
동재의 글벗은 더욱 슬퍼하는데	東齋書伴增惆悵
빈 창에 야기가 자라남을 홀로 사랑하노라	獨愛虛牕夜氣長

제2수 其二

성시에서 한잔 술 마련키 어렵지 않겠지만	城市非難辦一觴
도성 대로에서 갈팡질팡하기 쉽다네	九街多路易蒼茫
강산에 달 돋고 하늘은 눈발 더하니	江山有月天增雪
수사의 풍류[235]가 이곳에서 자란다네	洙泗風流是處長

233　둘째……주다 : 차운한 시는 김창협(金昌協)의 《농암집(農巖集)》 권4 〈순서의 시에 차운하여 서울로 들어가는 유군사를 전송하다[次舜瑞韻 送兪君四入京]〉이다. 유군사는 유명악(兪命岳)이다.

234　왕탄(王灘) : 오늘날의 왕숙천(王宿川)이다. 경기도 남양주와 구리를 지나 미호(渼湖)에서 한강과 합류한다.

235　수사(洙泗)의 풍류 : 117쪽 주230 참조.

대곡에 들러 조카를 문병하며
過大谷問姪病

어스름 지는 가운데 내 그림자 끌고	暝色携吾影
살얼음 밟으며 숲으로 들어가네	輕氷步入林
잔잔한 못에는 이로가 몰하였고[236]	池平李老沒
차가운 뜰에는 해송이 빽빽하다	園冷海松森
흰 구름 속에 한 마리 개 머물고[237]	白雪留孤犬
붉은 화로는 이불 한 자락 지켜주네	紅爐護一衾
중용[238]은 본래 방달한 성품이니	仲容元放曠
어찌 병을 마음 쓰리오	寧以病關心

236 이로가 몰하였고 : 무슨 뜻인지 미상이다.

237 흰……머물고 : 깊은 산중에 개를 데리고 사는 조카의 거처를 묘사한 것이면서, 한(漢)나라 회남왕(淮南王) 유안(劉安)이 신선술을 터득하여 하늘에 오를 때 집에 있던 닭과 개도 그릇에 남아 있던 단약(丹藥)을 핥아 먹고 하늘에 올라가 구름 속에서 닭과 개의 울음소리가 들렸다는 고사를 떠올리게 하는 구절이다. 《神仙傳 劉安》

238 중용(仲容) : 진(晉)나라 죽림칠현(竹林七賢)의 한 사람인 완적(阮籍)의 조카 완함(阮咸)의 자이다. 삼연의 조카이므로 완적의 조카인 완함으로 비유한 것이다.

송백당의 매화를 읊다[239]

松栢堂詠梅

제1수

성시에는 지기가 드물어   城市稀知己

나를 따라 먼 숲에 왔구나   隨吾到遠林

청고한 모습 마주하기 부끄럽거니와   淸高羞對影

쓸쓸했던 내 마음 너로 인해 즐겁다   寥落以娛心

얼마나 되는지 꽃송이 세어보고   數萼知多少

얼마나 뿌리내렸나 물 주며 헤아리노라   澆根量淺深

꽃 피자마자 언제 질까 걱정이니   開時便憂落

지금이 널 읊기에 좋은 때로다   於此可長吟

제2수 其二

새벽에 유경[240]을 읽다 말고서   幽經曉誦歇

처마 달빛 아래 잠깐 서성이다가   簷月暫徘徊

---

239 송백당의 매화를 읊다 : 송백당은 양주의 석실서원(石室書院) 안에 있던 당호(堂號)이다.

240 유경(幽經) : 《상학경(相鶴經)》이라고도 하는, 신선이 될 수 있는 경서이다. 《문선(文選)》〈무학부(舞鶴賦)〉에 "유경을 흩어서 사물을 징험하니, 태화(胎化)를 한 위대한 선금(仙禽)이었도다."라고 하였는데, 그 주석에 부구공(浮丘公)이 저술하고 왕자진(王子晉)에게 전수하였으며 최문자(崔文子)라는 사람이 그 글을 얻어 숭고산(崇高山) 석실(石室)에 간직해두었던 것을 회남(淮南)의 팔공(八公)이 약초를 캐다가 얻어 세상에 전해졌다고 하였다.

창 안에 누군가 있는 듯했더니   牕內誰如在

상 앞에서 눈이 번뜩 뜨이네   床前眼乍開

무심히 사람을 기쁘게 하고   無心使人悅

말없이 봄기운 불러오누나   不語喚春來

차갑고 적막한 중에 풍도를 보존하니   冷寂存風度

나는 눈 속에서 술잔 들리라   吾其雪裏杯

또 읊다
又賦

제1수

조용하고 쓸쓸한 송백당에서	寂寂寥寥松栢堂
독서하는 경상에 찬 매화 가까이하네	寒梅親近讀書床
달 밝은 석실에 누가 찾아오겠나	月明石室誰能訪
눈 가득 내린 양주에 너 홀로 향기롭다	雪滿楊州獨自香
고고히 성글게 뻗은 가지는 속태를 멀리 벗어났고	落落疎橫超俗遠
한가로이 반쯤 터진 꽃망울은 봄기운 가득 차지했네	悠悠半綻占春長
분화241의 한 생각 근래 별로 없으니	芬華一念年來薄
복사꽃 오얏꽃242 필 적에 나는 바쁠 일 없어라	桃李開時我不忙

제2수 其二

신묘한 음양의 조화가 온기를 거두지 않아	玄化氤氳不輟溫
국화 울타리 시든 후에 또 매화 화분에 피어나네	菊籬凋後又梅盆
빙설이 눈에 가득해도 매서움은 빠뜨렸고243	雪氷滿目嚴威缺

---

241 분화(芬華) : 꽃이 향기롭게 핀다는 뜻인데, 전하여 영달(榮達)을 비유하기도
한다.

242 복사꽃 오얏꽃 : 봄이 되어 화려하게 피는 꽃으로, 전하여 영달을 다투는 모습을
비유하기도 한다.

243 빙설이……빠뜨렸고 : 빙설이 가득한 추운 날씨지만 극도로 엄하게 굴지는 않아
서 매화가 필 수는 있도록 했다는 말이다.

천지가 무심해도 몹시 애호하는 매화는 남겨두었구나

天地無心苦癖存

정 위의 한 원이 흰 꽃술에 흐르고[244]

貞上一元流素蕊

텅 빈 가운데 오묘한 색채가 검은 뿌리에서 돋아난다

虛中妙色發玄根

깊은 방에 앉아 개화의 참소식 구하노니

深房坐討眞消息

쓸쓸한 상이 바로 작은 정원이로다

床榻蕭然卽小園

제3수 其三

감실 속에 좋은 인연 맑게 기르며　　　　　　龕中淸養好因緣

납일 지나 더딘 개화 갈수록 가련터니　　　　背臘開遲轉可憐

한밤중 촛불 아래 선명한 꽃 소식 드러나고　　芳信表明宵燭下

새벽 창 앞에 하얗게 윤기 나는 얼굴 떠오르네　晩顏浮白曙牕前

만년에 벗이 없지 않음을 바야흐로 알겠고　　方知晩世非無友

평소 신선 못 만난 것 한스럽지 않아라　　　不恨平生未遇仙

늘 괴이하기는 서호의 임 처사가　　　　　常怪西湖林處士

아내 팔아 일백 집의 돈을 거둔 것이라네[245]　賣妻收得百家錢

---

244 정(貞)……흐르고 : 《주역》의 4덕인 원형이정(元亨利貞)은 각각 춘하추동(春夏秋冬)에 대입된다. 겨울이 지나고 다시 봄기운이 돌아와 매화 위에 흐르고 있다는 말이다.

245 늘……것이라네 : 임 처사는 송(宋)나라 때의 임포(林逋)이다. 임포는 서호의 고산(孤山)에 은거하여 살면서 처자 없이 매화와 학을 기르며 살았으므로 당시 사람들이 매처학자(梅妻鶴子)라고 일컬었다. 《宋詩鈔 卷13 林逋和靖詩鈔》임포가 매화를 판 일에 대한 원출전은 미상이나, 이덕무(李德懋)의 《청장관전서(靑莊館全書)》권63〈윤

제4수 其四

산으로 돌아와 말에서 내려 처마 향해 돌아가며	還山下馬向簷巡
매화 벌써 피었는가 남에게 묻지 않네[246]	梅已開乎不問人
지게문 지나 적막한 중에 은은히 향기 풍겨오고	經戶寂寥微有嗅
책상 마주해 가까이한 채 자세히 봄을 논해본다	對床親近細論春
소매에 묻은 속진의 먼지 외려 자주 털어내고	緇塵在袖猶頻拂
감실에 비쳐오는 밝은 달빛 또 새로운 풍광이라	朗月窺龕又一新
잠들었다 오경 되어 정신이 또렷하게 깨어나니	睡到五更魂炯炯
차가운 심회 청아한 꽃술이 둘이 아닐레라	冷襟清藥未分身

제5수 其五

황량한 강가 먼 들판에선 쇠잔해지기 쉬우니	荒江逈野易摧殘
오류와 고송 있는 이곳[247] 매화에게 편한 곳이로다	五柳孤松得所安
방에 들어와 교분 맺으니 군자의 담박함[248]이요	入室論交君子淡

회매십전(輪回梅十箋)〉에서 매화를 파는 문권을 임포가 매화를 팔던 일〔鬻梅〕을 본받은 것이라 하였고, 명(明)나라 이일화(李日華)의 《육연재필기(六研齋筆記)》 삼필(三筆) 권3에 "임포가 매화를 판 것은 이미 그 꽃을 감상하고서 또 그 값을 취하여 마치 노비를 보내듯 하였으니 잔혹한 사람과 매한가지이다.〔林逋賣梅, 旣玩其花, 又取其値, 似同遣婢, 一例忍人.〕"라는 기록이 보인다.

246 산으로……않네 : 두보(杜甫)의 시에 "처마 돌며 매화의 웃음을 함께 찾는데, 싸늘한 꽃술 성긴 가지도 반쯤 웃음을 참지 못하네.〔巡簷索共梅花笑, 冷藥疎枝半不禁.〕"라고 한 이미지를 차용한 것이다. 웃음을 참지 못한다는 것은 매화가 피었다는 뜻이다. 《杜少陵詩集 卷21 舍弟觀赴藍田取妻子到江陵喜寄》

247 오류와……이곳 : 석실(石室)을 가리킨다. 119쪽 주232 참조.

248 군자의 담박함 : 매화와 삼연의 사귐이 사심 없는 담박함으로 이루어졌다는 뜻이

서로의 정신 투영하니 옛사람도 어려운 일이라 　傳神寫照古人難

그림자 속 꽃잎은 푸른 가지 따라 흔들리고 　影中花逐靑枝動

몸을 벗어난 넋[249]은 흰 눈과 함께 차가워라 　身外魂和白雪寒

풍류 찾아보기 어려운 궁벽한 골목 안이니 　寂寞風流幽巷裏

긴 젓대 소리 난간에 이를까 걱정하지 말거라[250] 　莫愁長笛到闌干

제6수 其六

천지의 빼어난 기운 받은 매화 우연히 만나니 　乾坤鍾秀偶然遭

동황[251]이 꽃 틔우는 수고를 어찌 기다릴 것 있으랴 　豈待東皇剪刻勞

빙호[252]에서 몸을 씻어 고운 자태 이루고 　濯自氷壺成綽約

다. 《장자(莊子)》〈산목(山木)〉에 "군자의 사귐은 담박하기가 물과 같고, 소인의 사귐은 달기가 단술과 같다. 군자는 담박함으로 서로 가깝고, 소인은 달아서 끊어진다.[君子之交淡若水, 小人之交甘若醴. 君子淡以親, 小人甘以絶.]"라고 하였고, 《예기(禮記)》〈표기(表記)〉에 "군자의 만남은 물과 같고, 소인의 만남은 단술과 같다. 군자는 담박함으로 교제가 이루어지고, 소인은 달콤함으로 교제를 망친다.[君子之接如水, 小人之接如醴. 君子淡以成, 小人甘以坏.]"라고 하였다.

249 몸을 벗어난 넋 : 매화의 넋이다. 송(宋)나라 소식(蘇軾)의 시에 "나부산 아래 매화 마을에는, 옥설이 뼈가 되고 얼음이 넋이 되었네.[羅浮山下梅花村, 玉雪爲骨冰爲魂.]"라고 하였다. 《東坡全集 卷22 十一月二十六日松風亭下梅花盛開》

250 긴……말거라 : 매화가 떨어지는 것을 노래한 〈낙매화(落梅花)〉 곡조를 연주할 일이 없으니 낙화를 근심하지 말라는 뜻이다. 악부(樂府) 횡취곡(橫吹曲) 가운데 〈낙매화〉가 있는데, 이백(李白)의 시에 "황학루 위에서 옥 젓대 부니, 강성의 오월에 낙매화 곡조로다.[黃鶴樓中吹玉笛, 江城五月落梅花.]"라고 하였다. 《李太白文集 卷20 與史郞中飮聽黃鶴樓上吹笛》

251 동황(東皇) : 봄을 주관하는 신의 이름이다.

252 빙호(氷壺) : 빙호는 보통 얼음을 담은 호리병이라는 뜻으로 사람의 고결한 인품

석실에서 나와 짝해 청고한 기운 기르도다 伴來石室養淸高

싱싱한 꼴 한 다발에 사람은 옥과 같고[253] 生芻一束人如玉

흰 소매 차림 삼경에 학이 못에 선 듯하네[254] 縞袂三更鶴立皐

천추의 미사여구 쓸어버리고 掃去千秋香粉語

매형은 바야흐로 벽계의 호걸을 인정했구나[255] 梅兄方許檗溪豪

제7수 其七

창 안에서 매화 보느라 뜰을 내다보기 귀찮으니 看梅牕裏懶窺園

밥을 먹을 때도 향기롭고 자나 깨나 곁에 있어라 飮食芳菲寤寐存

을 뜻할 때 많이 쓰이는데, 여기에서는 차가운 날씨에 정결하게 담긴 매화 병을 비유한
것이다.

253 싱싱한……같고 : 이 구절은 《시경》〈소아(小雅) 백구(白駒)〉에 나오는 구절을
그대로 쓴 것이다. 《시경》의 뜻은 현인(賢人)이 타고 온 백구에게 꼴을 주면서 그 사람
이 떠나지 말기를 바라는 마음을 담은 것이다. 여기에서는 매화가 자신의 곁을 떠나지
말기를 바라는 마음을 말한 것이다.

254 흰……듯하네 : 이 역시 매화의 자태를 비유한 말이다. 특히 흰 소매는 소식(蘇
軾)이 흰 매화를 읊은 시에 "달빛 어두운 숲속에서 흰 소매 옷차림한 이를 만나니,
술 취한 패릉위가 누구냐고 잘못 묻네.〔月黑林間逢縞袂, 霸陵醉尉誤誰何.〕"라고 하였
다. 《東坡全集 卷18 次韻楊公濟奉議梅花 十首》또《시경》〈소아 학명(鶴鳴)〉에 은자의
덕이 멀리까지 미치는 것을 비유하여 "학이 구고의 늪에서 우니, 그 소리가 하늘에
들린다.〔鶴鳴于九皐, 聲聞于天.〕"라고 하였다.

255 천추의……인정했구나 : 매형(梅兄)은 황정견(黃庭堅)이 〈수선화(水仙花)〉시
(詩)에서 "향기로운 하얀 꽃잎 경국지색이니, 산반화는 아우요, 매화는 형이로다.〔含香
體素欲傾城, 山礬是弟梅是兄.〕"라고 한 데서 온 말로 매화를 뜻한다. 이 구절은 지난
세월 수많은 문인이 매화를 미사여구로 읊었지만 매화는 그 모든 것을 치워버리고 벽계
에 있는 삼연 자신을 허여하여 함께한다는 뜻이다.

흰 나비는 선리의 베개에서 봄을 맞이하고[256]　　　素蝶迎春仙吏枕

비췻빛 새는 주막 문에서 새벽에 놀라게 하네[257]　　翠禽驚曉酒家門

속진의 태를 벗은 몸은 완전히 차갑고　　　　　　塵氛脫蛻身全冷

색상이 공으로 돌아간 방은 뒤집히려 한다[258]　　色相歸空室欲翻

이제부터 모든 인연을 다 놓아버리니　　　　　　從此萬緣都遣遣

한 꽃[259]을 잊은 후엔 참된 근원으로 돌아가리　　一花忘後返眞源

제8수 其八

현회[260]에 신경 씀은 논할 것이 못 되니　　　顯晦關心莫與論

256 흰……맞이하고 : 선리는 한(漢)나라 때 남창 현위(南昌縣尉)를 지낸 매복(梅福)을 가리킨다. 매복은 평소 직언을 잘하였으나 받아들여지지 않았고 마침내는 벼슬을 버리고 처자를 떠나 산으로 들어가 신선이 되었다고 한다. 《漢書 卷67 梅福傳》 이러한 이유로 문학 작품에서 매복을 신선위(神仙尉) 또는 신선리(神仙吏)라고 지칭하는 경우가 많으며, 또 매복의 성이 매씨인 관계로 매화를 말할 때 매복에 빗대는 경우도 있다.

257 비췻빛……하네 : 이는 나부산(羅浮山) 매화를 말한 것이다. 수(隋)나라 개황(開皇) 연간에 조사웅(趙師雄)이라는 사람이 나부산 송림(松林) 사이의 주막에 들렀다가 소복(素服) 차림의 한 여인으로부터 영접을 받았다. 이때 황혼인 데다 아직 남은 눈이 달빛을 마주하여 희미한 밝은 빛을 띠고 있었다. 조사웅이 매우 기뻐서 그녀와 더불어 얘기를 나누어보니 꽃다운 향기가 사람을 엄습하고 말씨 또한 매우 맑고 고왔다. 마침내 그녀와 함께 술을 마셨는데 푸른 옷을 입은 동자가 나와 노래하고 춤을 추기도 하였다. 조사웅이 술에 취해 쓰러져 잠들었다가 새벽에 일어나 보니 그곳은 바로 큰 매화나무 밑이었는데, 위에서는 비췻빛 새가 울고 사람은 간데없어 서글피 탄식만 할 뿐이었다고 한다. 《柳先生集 龍城錄 卷上 趙師雄醉憩梅花下》

258 색상이……한다 : 아무것도 없이 텅 빈 방 안이 매화로 인해 분위기가 바뀌려 한다는 뜻인 듯하다.

259 한 꽃 : 매화를 가리킨다. 매화는 봄이 오기 전 추위 속에서 백화(百花)에 앞서 먼저 꽃을 피우므로 일화(一花)라고 한 것이다.

맑은 얼음과 차가운 달빛 속에 말없이 상심했어라　氷淸月苦默傷魂

상나라 주나라의 광주리와 솥에 있던 향기는 멀고　商周筐鼎芬芳隔

당나라 송나라의 붓과 먹에 꾸며진 것 많기도 하지[261]

唐宋毫煤粉飾繁

끝내 천추의 세월에 너의 덕 아는 이 적었으되　畢竟千秋知德少

쓸쓸한 이 한 방에 널 감상하는 내 마음 있도다　蕭條一室賞心存

백아(伯牙)의 거문고 끌어다 서로 좋아하는 마음 펼치려 했더니

牙琴欲取宣相悅

솔바람이 벌써 저녁 정원에 가득하구나[262]　已有松風滿夕園

260　현회(顯晦) : 세상에 드러남과 드러나지 않음이다.

261　상나라……하지 : 옛날 상나라와 주나라 때 읊어지던 매화의 향기는 시대적으로 아득히 멀어 지금 가까이할 수 없고, 당나라와 송나라 문인들이 매화를 읊은 시는 넘쳐 난다는 말이다. 상나라와 주나라, 광주리와 솥은 정확하게는 상나라의 솥과 주나라의 광주리이다. 상나라의 솥이란 《서경》〈상서(商書) 열명 하(說命下)〉에 상나라 고종(高宗)이 재상인 부열(傅說)에게 "내가 만일 국을 조리하거든 그대가 바로 소금과 매실이 되어달라.〔若作和羹, 爾惟鹽梅.〕"라고 한 것을 가리키고, 주나라의 광주리란 《시경》〈국풍(國風) 소남(召南)〉에 "떨어지는 매실이여. 광주리를 기울여 모두 담도다. 나를 찾는 남자들은 말하는 때를 놓치지 말지어다.〔摽有梅, 傾筐墍之. 求我庶士, 迨其謂之.〕"라고 한 것을 가리킨다.

262　백아(伯牙)의……가득하구나 : 백아는 춘추 시대 거문고를 잘 탔던 사람으로 그가 산을 생각하며 거문고를 타면 그의 벗 종자기(鍾子期)가 "좋구나. 우뚝 솟은 것이 태산 같도다."라고 하고, 물을 생각하며 거문고를 타면 종자기가 "좋구나. 물이 넘실넘실하는 것이 강하 같도다."라고 하여 그 뜻을 잘 알았던 데서 지음(知音)의 고사가 되었다. 《列子 湯問》 여기서는 삼연이 거문고로 매화를 사랑하는 마음을 표현하려 했으나, 이미 그보다도 더 자연스럽고 멋진 소리인 솔바람이 정원에 불고 있어 거문고를 굳이 연주할 필요가 없다는 말이다.

제9수 其九

반쯤 터진 여린 꽃부리에 꽃잎 몇 장 달리니　　　　　半綻輕英數瓣懸

차가운 가지에서 고운 꽃 어이 폈나　　　　　　　　冷槎何自著嬋娟

가지 끝 안엔 매화의 정기 다하지 않았고　　　　　神精不盡枝梢內

궤안 앞엔 매화의 운치 항상 감돈다　　　　　　　影韻常流几案前

긴긴밤 대유령의 무리 그리워하고[263]　　　　　　遙夜懷群應大庾

맑은 새벽 봄보다 먼저 기운을 단련하네　　　　　清晨鍊氣自先天

매화 곁을 서성이다 되레 나의 몰골 추함을 깨달으니

　　　　　　　　　　　　　　　　　　　　周旋轉覺吾形穢

하얗게 센 머리로 마주 봄이 이미 여러 해로구나　頭白相看已閱年

제10수 其十

거울같이 텅 빈 당에 새벽빛 맑은데　　　　　　　虛堂若鏡澹晨光

고요한 중에 창가의 매화 자라남을 알겠어라　　　靜覺梅牕氣味長

하얀 진액은 가지에 올라 꽃잎에까지 흐르고　　　素液升枝流至萼

맑은 구름은 매각(梅閣)[264]을 통과해 향기 어리네　清雲透閣結爲香

어리석은 아이는 걸핏하면 꽃이 폈다 알리는 통에 다시 촛불 켜는 일

많고　　　　　　　　　　　　　　　　　　　癡童慣報多回燭

어여쁜 소녀는 매화를 힐끗 보자마자 세수하고 단장하려 하누나

263　긴긴밤……그리워하고 : 삼연의 방 안에 홀로 핀 매화가 대유령에 이미 흐드러지
게 핀 매화들을 그리워한다는 말이다. 대유령은 중국 남방의 오령(五嶺) 가운데 하나로
당(唐)나라 때 장구령(張九齡)이 이곳에 길을 내면서 매화를 많이 심은 이후 매화로
이름이 나서 매령(梅嶺)이라고도 불린 곳이다. 《淵鑑類函 卷24 山3 梅嶺》

264　매각(梅閣) : 매화 분재를 키우는 감실을 가리킨다. 매합(梅閤)이라고도 한다.

거기에다 노복이 매화 키우는 일을 잘 도와   姹女纔窺欲洗粧
뭉근한 불로 방의 온도 잘 조절해 싹을 기르네   亦有胡奴能贊化
    養芽文火善調房

제11수 其十一

선명한 가지 끝을 묵묵히 쳐다보니   的的枝頭默默看
이슬이 전체에 동글동글 맺혔구나   已看全體露團團
별마냥 삼광265의 흰빛 드문드문 찍혔고   疑星疎點三光白
눈 뜯자 다섯 차가운 꽃잎 기이하게 피었네   減雪奇英五出寒
봄빛의 담박함을 보존하려 해야 할 것이요   要欲春光存簡淡
사람은 시듦을 싫어함도 알아야 하리라266   亦知人意厭闌珊
홀로 변변찮게 읊조리는 이 시가 수작할 만하지만   孤吟劣可通酬酢
매화는 오랫동안 어울리기 어려운 듯하여라   花若多時應副難

제12수 其十二

참대와 겨울 솔도 참된 기운 지녔으나   苦竹寒松亦抱眞
푸르면서도 봄기운 이루지 못함이 꺼려지노라   猶嫌蒼翠不成春
맹렬한 추위 속에 눈 떨어내니 생생한 얼굴 드러나고 玄陰拂雪開生面
혼탁한 곳에서 먼지 털어내니 청정한 몸이 나타난다 濁界披塵出淨身
몇 개의 꽃잎 펴지려 하니 어떤 것도 비길 수 없거니와

    數萼將舒傾萬品

---

265 삼광(三光) : 뭇별 중에서도 큰 방성(房星), 심성(心星), 미성(尾星)이다.
266 봄빛의……하리라 : 이는 모두 매화에게 당부하는 말이다.

매화 한 가지 꺾어본들 뉘에게 주랴　　　　　　一枝雖折贈何人
궁벽한 집에서 그저 혼자 즐기노라니　　　　　幽居但自聊怡悅
언덕 위 높이 뜬 구름이 친근하게 곁에 머무네　隴上高雲左右親

제13수 其十三
동창에 해 돋을 제 붓에 먹을 적시고서　　　　　染筆東牕旭日初
매화를 앞에 두고 그 모습 그려내고저　　　　　臨花方欲著形模
가벼운 흰 깁 자른 듯 화사하며 정결하고　　　　輕綃剪素華而潔
꽉 찬 옥이 온기 머금은 듯 차가워도 마르지 않누나　密玉含溫冷不枯
천상의 녹화[267]는 매화의 맑은 풍골 샘내고　　　天上綠華猜淑骨
신선 두자[268]는 매화의 맑은 피부에 부끄러움 느끼리　僊中杜子愧淸膚
그러나 매화의 정신은 따로 말이 끊어진 곳에 있나니　神情別在忘言處
달 밝은 새벽 나부산에 자취는 있고 없고[269]　　月曉羅浮影有無

제14수 其十四
한 가지에 꽃이 피어 봄날을 미리 보이니　　　一枝花發犯春天
일천 구의 시 완성되어 납일 전에 가득하다　　千句詩成滿臘前
천기를 먼저 누설하는 것은 당치 않은지라　　　不合天機先漏洩
매화가 완전하게 피지 않게 하누나　　　　　　便敎花意未精專

267 녹화(綠華) : 도교의 여자 신선인 악록화(蕚綠華)이다. 푸른 매화를 이 신선에
비기기도 한다. 《古今事文類聚 後集 卷28 梅花 梅譜》
268 두자(杜子) : 누구를 가리키는지 미상이다.
269 달……없고 : 130쪽 주257 참조.

시구는 추율[270]을 따라 자주자주 노래하고 　吟隨鄒律頻頻唱

혼백은 나부산으로 가서 늘상 잠드네 　魂往羅浮故故眠

좋을시고 감료[271]를 들어 나에게 먼저 따르니 　好把柑醪先酌我

매형이 주는 벌주를 거절키 어려워라 　梅兄難拒罰觴傳

---

270 추율(鄒律) : 난율(暖律)이라고도 한다. 여기에서는 매화의 봄기운을 담은 시구
를 비유한 것이다. 전국 시대 제(齊)나라 추연(鄒衍)은 음률에 밝았는데 연(燕)나라
소왕(昭王)의 초빙으로 연나라에 갔을 때 북방 땅의 기후가 추워 오곡이 나지 않자
추연이 율관(律管)을 불어 따뜻하게 하니 화서(禾黍)가 자라났다고 한다. 《列子 湯問》

271 감료(柑醪) : 감귤로 빚은 술인 황감주(黃柑酒)로, 입춘에 마시는 술이다. 《古今
事文類聚 卷6 五辛盤》

둘째 형님이 미호에서 매화시를 달라 하여 보시고서 차운하
여 율시 두 편을 지어 보내주셨기에 다시 차운하여 올리다[272]

仲氏自渼湖索覽梅詩 步次兩律以寄惠 輒又次呈

제1수

매화를 체악 삼아 같은 집에서 지내니	梅爲棣萼與同堂
진짜 형님과 마주하지 못한 지도 오래되었어라[273]	久矣眞兄未對床
단란한 모임에 그림자는 세 개인 듯하고[274]	團會若爲三箇影
창수할 때 한 화분의 향기 함께하네	唱酬聊共一盆香
얼음 낀 여울과 옥 젓대 소리 어울리는데	氷灘玉笛聲應協
눈 덮인 나무와 바람 부는 물결 가운데 생각은 하염없다	
	雪樹風波思更長
미호로 옮겨 와 힘찬 걸음 늦추면서	移向渼湖遲健步
읊조리는 시와 활짝 핀 꽃 속에 분주함을 잊도다	詩鳴花笑且休忙

---

272 둘째……올리다 : 김창협(金昌協)이 지은 시는 《농암집(農巖集)》 권4 〈자익이
석실에서 분매시 10여 편을 지어 차례로 보여주므로 그 가운데 몇 수를 차운하는〔子益在
石室賦盆梅十數篇次第見示就次其一二〕〉이다.

273 매화를……오래되었어라 : 삼연이 김창협을 오랫동안 만나지 못하고 대신에 매
화를 형님 삼아 함께 지낸다는 말이다. 매화의 별칭을 매형(梅兄)이라고도 하는데,
매형에 대해서는 129쪽 주255 참조. 체악은 아가위 꽃의 꽃받침이다. 꽃과 꽃받침은
한 가지에서 나왔으므로 형제를 뜻한다. 《시경》 〈소아(小雅) 상체(常棣)〉에 "아가위
꽃이여, 꽃받침이 화사하지 않은가. 무릇 지금 사람들은, 형제만 한 이가 없느니라.〔常棣
之華, 鄂不韠韠. 凡今之人, 莫如兄弟.〕"라고 한 데서 유래하였다.

274 단란한……듯하고 : 삼연과 김창협의 만남에 매화까지 함께하는 듯하다는 말이다.

제2수 其二

따뜻한 오령[275] 일천 나무에 흐드러지던 꽃이	千樹花繁五嶺溫
어이하여 냉담하게 외로운 화분에 붙어사나	何如冷淡寄孤盆
살랑살랑 내리는 눈송이는 성근 가지에 와서 붙고	輕輕片雪疎枝著

일렁일렁 넘치는 봄기운은 한 줌 흙에 보존되어 있네

盎盎全春尺土存

아름다운 꽃이 그 안에서 흘러나옴을 잠깐만 보고서도

乍看英華流自內

태극이 근저에 묘하게 작용함을 깊이 알겠도다[276]	深知太極妙爲根
늘어져 반쯤 터진 꽃과 은은히 취하는 것	垂垂半綻微微醉
이 뜻이 소자의 뜨락에 심장하도다[277]	此意深長邵子園

275 따뜻한 오령 : 132쪽 주263 참조.

276 태극이⋯⋯알겠도다 : 음기가 가득한 추운 날씨에도 매화 화분 안에서 양기(陽氣)가 발동하여 꽃을 피우는 것을 보고 음양이 순환하는 태극의 도리를 알겠다는 말이다.

277 늘어져⋯⋯심장하도다 : 송(宋)나라 때 역리(易理)에 정통했던 소옹(邵雍)의 〈안락와에서 읊다〔安樂窩中吟〕〉에 "좋은 술을 거나하지 않고 은은하게 취한 뒤요, 좋은 꽃을 반쯤 피었을 때 보는 때로다.〔美酒飮敎微醉後, 好花看到半開時.〕"라고 하였다. 이는 어떤 사물에 한껏 집착하지 않음을 말한 것이다. 《擊壤集 卷10》

다시 읊다
又賦

미포에서 편지가 와 문답에 바빴더니   渼浦書來問答忙
매화가 어제 이미 하얗게 상에 가득하네   梅花昨已皎盈床
한 방 안에 향기 얼마나 되나 말하지 말라   休言一室香多少
천 리에 이름 알려져 절로 향기로우니   千里聞名也自香

매화를 읊은 시의 속편
詠梅續題

제1수

나무꾼도 돌아오고 새도 둥지에서 쉬니 마을이 적막한데

樵歸鳥息闃村隣

가부좌하고서 오직 매화 한 그루 가까이하네   跌坐惟將一樹親

유마에게 시자 없다 말할 것 없나니   可道維摩無侍者

군복에게 아내 있음을 내 알고 있도다[278]   自知君復有家人

캄캄한 가운데 빛깔 찾아도 하얗게 드러나고   暗中摹色猶爲白

고요한 곳에서 향기 맡으니 이야말로 참된 향이로다 默處聞香始是眞

남은 경전 읽고서 등불도 방으로 들어오니   讀了殘經燈亦入

밤 깊어 나와 매화 그림자 함께하겠네   夜深應復影相因

제2수 其二

꽃 필 제 어찌 어여쁜 모습만 사랑하랴   花開可但愛嬋娟

---

278 유마에게……있도다 : 유마와 군복은 모두 삼연 자신을 비유한 것이다. 《유마경(維摩經)》〈문수사리문질품(文殊師利問疾品)〉에 문수보살이 유마힐(維摩詰) 거사를 병문안 와서 어찌하여 이 방에는 시자가 없는 것인지 묻는 장면이 나온다. 군복은 송(宋)나라 때의 처사 임포(林逋)의 자(字)이다. 임포는 서호(西湖)의 고산(孤山)에 은거하여 살면서 장가를 들지 않고 처자 없이 매화와 학을 기르며 살았는데 당시 사람들이 이를 매처학자(梅妻鶴子)라고 하였다는 기록이 《송시초(宋詩鈔)》 권13 《임포화정시초(林逋和靖詩鈔)》에 보인다. 즉 이 구절은 유마힐 거사처럼 시자도 없이 홀로 외로이 지내지만 임포처럼 매화를 아내 삼아 지내고 있다는 말이다.

꽃 아래 펼쳐지는 모든 일들 신선처럼 청진하다	花下淸眞事事仙
뿌리에 물 댈 단지의 샘물은 달빛 속에 길어 오고	漑本瓶泉乘月汲
방 덥히는 솔불은 창문 너머로 연기 오르네	點房松火度牕煙
속세의 찌든 때는 왕탄[279] 밖에서 씻어 없애고	緇塵歇減王灘外
아름다운 글은 미포 곁에서 계속 이어졌어라	瓊藻聯翩渼浦邊
이 뜻을 다른 사람이 어이 알랴	此意外人那得會
편지 봉하고서 서글피 곡운[280]을 바라보네	緘書悵望谷雲前

제3수 其三

적막하게 홀로 사는 사람의 베개맡에 피었으니	寂寞幽人枕下開
어이 이것을 가지고 춘대에 올리랴[281]	那堪持此獻春臺
한수 물가와 파수 언덕에서 그윽한 자취 거두고[282]	漢濱灞岸收幽躅

---

279 왕탄(王灘) : 121쪽 주234 참조.

280 곡운(谷雲) : 삼연의 백부 김수증(金壽增)이 있는 화천의 계곡이다. 속세를 벗어난 초연한 뜻을 알아줄 만한 사람이 김수증이기에 언급한 것이다.

281 춘대에 올리랴 : 정확한 뜻은 미상이다.

282 한수……거두고 : 한수와 파수는 모두 매화를 읊은 시와 관련이 있다. 당(唐)나라 시인 왕적(王適)의 〈강빈매(江濱梅)〉에 "문득 추위 속 매화나무 보니, 한수 물가에서 꽃을 피웠네. 춘색이 일찍 이른 것을 모르고서 구슬 가지고 노는 선녀인가 했다네.〔忽見寒梅樹, 開花漢水濱. 不知春色早, 疑是弄珠人.〕"라고 하였다.《御定全唐詩 江濱梅》또한 당나라 시인 맹호연(孟浩然)은 매화를 구경하기 위해 눈발을 무릅쓰고 파수 위의 다리인 파교(灞橋)를 지났는데 이 장면은 '답설심매(踏雪尋梅)'라는 제재로 시와 그림의 소재가 되었다. 송나라 때 소식(蘇軾)의 시에 "또 보지 못했는가, 눈 속에 나귀를 탄 맹호연이 눈썹을 찌푸리고 시를 읊느라 어깨가 산처럼 솟은 것을.〔又不見雪中騎驢孟浩然, 皺眉吟詩肩聳山.〕"이라고 하였다.《東坡全集 卷6 贈寫眞何充秀才》

각월과 능풍에서 뛰어난 자질을 부끄러워하네[283]　　却月凌風愧上才

때가 되어 피는 꽃은 객을 끌어들이니　　花發有時能引客

시가 너에게서 이루어져 비방 부를까 두렵구나[284]　　詩成於爾恐招媒

바람 부는 처마에 왕왕 잔설 날리니　　風簷往往翔殘雪

창 사이로 추위에 떠는 나비 날아오는 듯　　看作牕間凍蝶來

283　각월과……부끄러워하네 : 각월과 능풍은 모두 중국 양주(揚州)에 있는 누대의
이름이다. 남조(南朝) 양(梁)나라 시인 하손(何遜)이 매화를 읊은 시에서 "가지는 각월
관에 뻗어 있고, 꽃은 능풍대를 둘러쌌네.〔枝橫却月觀, 花繞凌風臺.〕"라고 하였다. 《何
水部集 詠早梅》

284　시가……두렵구나 : 매화를 보고 감상에 젖어 시를 짓게 되어, 모자란 시가 사람
들에게 알려져 비방을 빚을까 두렵다는 말이다. 원문의 '초매(招媒)'는 예컨대 《채근담
(菜根譚)》에 "매얼의 화를 부를까 두렵다.〔恐招媒糵之禍〕"라고 한 말의 뜻과 같다. 이
때 '매(媒)'는 술밑이고 '얼(糵)'은 누룩인데, 술밑과 누룩으로 술을 빚어내듯 비방과
모함이 빚어지는 것을 말한다. 《한서(漢書)》 권62 〈사마천전(司馬遷傳)〉에 "그 단점을
모함한다.〔媒糵其短〕"라고 하였다.

매화꽃 하나의 꽃잎이 이지러진 것을 탄식하며
歎一花有缺瓣

매화의 개화 너무도 기뻐 잠도 제대로 못 자고서　喜甚花開睡不成

일어나 매합(梅閤)[285] 열어보곤 되레 깜짝 놀랐어라　起來開閤却還驚

반쪽의 달 같은 매화꽃에 빛깔 이지러졌고　　　　半邊月貌輝光缺

한 점의 천심에 후회와 부끄러움 생겼네[286]　　　一點天心悔吝生

옛말처럼 싹 자라도록 도왔기 때문인 듯하니[287]　恐是助苗如古語

새로운 곡조가 긴 젓대에서 나왔기 때문은 아니로다[288]

　　　　　　　　　　　　　　　　　　　非緣長笛動新聲

그래도 층층이 앞으로 필 꽃망울의 남은 봄기운 있는 데다

　　　　　　　　　　　　　　　　　　　層層換面餘春在

돌아가며 꽃 피워 향기 끊이지 않음에랴　　況有輪回未斷馨

285 매합(梅閤) : 132쪽 주264 참조.

286 한……생겼네 : 매화는 장차 올 봄의 기운을 추운 날씨에 다른 꽃보다 앞서 드러
내어 만물을 다시 소생하려는 하늘의 뜻이 담긴 꽃이므로 한 점의 천심(天心)이라고
한 것이고, 그러한 매화꽃의 꽃잎이 제대로 피지 못하였으므로 후회와 부끄러움이 생겼
다고 한 것이다.

287 옛말처럼……듯하니 : 《맹자》〈공손추 상(公孫丑上)〉에 송(宋)나라 사람이 자
신이 키우는 곡식의 싹이 잘 자라지 않을까 걱정하여 빨리 자라나게 하려고 싹을 뽑아
올리는 바람에 도리어 싹이 말라 죽어버렸다는 예화가 나온다. 이는 억지로 빨리 성취를
보려다가 도리어 해를 초래함을 말한 것이다. 즉 삼연이 매화꽃이 피기를 너무도 간절히
바란 나머지 과도하게 매화를 관리하여 매화꽃이 이지러지게 만들었다는 뜻이다.

288 새로운……아니로다 : 128쪽 주250 참조.

늦은 개화를 조롱하는 것에 대한 해명

解晩開嘲

춘풍에 눈이 밀려나는 소식 많은 때에　　　　　條風褪雪報多時

깊숙한 감실 열었다 닫았다 몇 번을 엿보나　　　　開闔幽龕幾度窺

여러 해 교분 깊었거늘 늦게 핀다 비웃음 터뜨리고　閱歲交深方發笑

추위 두려워 몸 움츠렸다 함은 얄팍하게 안 것이로다

畏寒身縮淺爲知

고상한 뜻은 속진에 물듦이 없다 자신하건만　　　高情自信塵無染

쇠한 세상은 행적이 지나치게 기이하다 오히려 의심하네

衰世猶嫌迹太奇

되레 걱정은 산창에 바람이 휩쓸고 지난 후　　　却恐山牕飄盡後

문 앞의 다섯 버들이 어깨를 나란히 하지 못하는 것이라네[289]

門前五柳未肩隨

---

289 되레……것이라네 : 바람이 휩쓸고 지나가면 버들꽃은 모두 흩어져 사라지지만 늦게 핀 매화는 오히려 모습을 보존할 것이라는 말이다.

석실에서 세밑 저녁에 중유의 시운에 차운하다 중유는 족제
성후이다
石室除夕 次仲裕 族弟盛後 韻

눈 덮인 집에 한기 도는 야심한 시각   雪屋寒生午夜天
벽에 걸린 풍등[290]에 그림자 쓸쓸하다   風燈倚壁影蕭然
뜻 맞는 벗과 만남이 금년에 적었다가   同人會面今年少
회포 풀려 했더니만 올해도 벌써 안녕일세   及欲論懷已別年

---

290 풍등(風燈) : 바람막이가 있는 등불이다.

둘째 형님과 함께 매화를 감상하다 꽃 하나가 혼자 선명히 핀 것이 어여뻐 정축년(1697, 숙종23)

與仲氏同賞梅 愛其一花孤明 丁丑

제1수

다정스런 매화나무 한 그루 오랫동안 함께 지냈더니	獨樹多情久伴居
꽃 한 송이 어여뻐 더 바랄 것 없어라	孤花堪愛不求餘
하도의 수점은 천일에 부합하고	河圖水點符天一
명협의 봄빛은 월초 되자마자 생기네²⁹¹	蓂莢春光競月初
거문고와 서책에 은은히 스며든 향기 있고	細裹琴書香有在
아가위 꽃과 꽃받침²⁹² 마주하여 서로 친근하구나	交輝棣萼影相於
그동안 시편에 매화가 일찍 올랐더니	向來篇什飛騰早
결국에 꽃다운 시어가 헛말 되지 않았구나²⁹³	畢竟芳言未落虛

---

291 하도(河圖)의……생기네 : 하도의 1에서 10까지의 점들 가운데 천수(天數) 1을 나타내는 점은 생수(生數)로서 오행 가운데 수(水)에 해당한다. 그리고 명협은 요(堯) 임금 때 조정 뜰에 났다는 서초(瑞草)인데, 매월 1일부터 15일까지 하루에 한 잎씩 나오고, 16일부터 그믐날까지 하루에 한 잎씩 떨어졌으므로, 이것으로 날을 계산하여 달력을 만들었다고 한다.《竹書紀年 卷上 帝堯陶唐氏》이는 모두 가장 처음을 뜻하는 말로, 홀로 선명하게 피어난 매화꽃을 비유한 것이다.

292 아가위 꽃과 꽃받침 : 삼연 형제를 뜻한다. 136쪽 주273 참조.

293 그동안……않았구나 : 섣달 들면서 매화가 피기 전부터 매화를 읊은 시들을 지어 왔는데, 과연 그동안 지은 시어가 헛되지 않게 매화 한 송이가 일찍 아름답게 피었다는 뜻이다.

제2수 其二

한 매합(梅閤)이 참으로 뭇 오묘한 이치 모인 곳이니

　　　　　　　　　　　　　　　　　一閤眞成衆妙關

작은 분재 가까이하며 봄 돌아옴을 징험하네　　小盆親切驗春還

냉기와 온기 변천해가는 속에 뿌리가 떠오르고　根浮冷煖推移上

진리와 정기 묘하게 합하는 중에[294] 향기 뿜어져 나온다

　　　　　　　　　　　　　　　　　香出眞精妙合間

시상을 어찌 억지로 힘써서 이룰 수 있으랴　詩思詎宜容力就

천기는 사람에게 인색한 적 없도다[295]　　　天機曾不向人慳

이내 마음 전부 다 매화에 쏠렸으니　　　　都將肺腑輸花內

매화 말고 허다한 만사가 한가로워라　　　花外悠悠萬事閒

---

294 진리와……중에 : 이 표현은 주돈이(周敦頤)의 《태극도설(太極圖說)》에 보인
다. 진(眞)은 곧 무극(無極)의 참된 이치이고, 정(精)은 곧 음양오행의 정기이다.
295 시상을……없도다 : 억지로 힘을 써서 시상을 쥐어짜서 시를 지을 것이 아니라
자연스럽게 발동하는 천기(天機)를 통해 시를 지어야 한다는 말이다.

숙휘공주에 대한 만사[296] 우사 이공[297]을 대신하여 지었다

淑徽公主挽 代雩沙李公

제1수

영릉[298]의 자애로운 보살핌 하늘처럼 높았으니	寧陵慈覆與天隆
큰 저택은 구름 이어진 심수 가운데였도다[299]	盛第連雲沁水中
덕이 갖추어졌으되 끝내 눈자위에 차는 복도 없었으니[300]	
	德備竟無盈眥福
원통함 깊은 채 그저 궁저에서 눈을 감고 지냈어라	冤深只是閉眉宮
쓸쓸한 반쪽 나무[301]는 서리 머금은 지 오래고	蕭條半樹含霜久

---

296 숙휘공주에 대한 만사 : 숙휘공주(1642~1696)는 효종의 넷째 딸로 인평위(寅平尉) 정제현(鄭齊賢)에게 하가(下嫁)하였다.

297 우사 이공 : 이세백(李世白, 1635~1703)이다. 본관은 용인(龍仁), 자는 중경(仲庚), 호는 우사·북계(北溪)이다. 이세백의 부인은 인평위의 누이이다.

298 영릉(寧陵) : 효종의 능호(陵號)이다.

299 큰……가운데였도다 : 숙휘공주가 효종이 심양(瀋陽)에서 볼모 생활하던 중에 태어난 사실을 말한 것이다.

300 눈자위에……없었으니 : 살아생전에 눈자위에 찰 정도의 작은 복도 누리지 못했다는 말이다. 한(漢)나라 때 반고(班固)의 〈답빈희(答賓戲)〉에 "복은 눈자위를 채우지도 못했으나 화는 세상에 넘칠 지경이었다.〔福不盈眥, 禍溢於世.〕"라고 하였다.《文選 卷45 答賓戲》숙휘공주는 남편과 자식들이 모두 일찍 세상을 떠나 쓸쓸한 삶을 살았다.

301 반쪽 나무 : 남편을 사별하고 홀로 남은 숙휘공주의 처지를 말한 것이다. 당(唐)나라 한유(韓愈)의 〈양국혜강공주만가(梁國惠康公主挽歌)〉에 "오동나무는 반쪽만이 봄이로다.〔梧桐半樹春〕"라고 하였는데, 그 주석에 "오동나무가 반은 죽고 반은 살아 있다는 뜻인데, 공주는 죽고 남편 왕계우(王季友)만 살아 있음을 말한 것이다."라고

영락한 세 구슬[302]은 모두 사라져 없구나 　　　零落三珠掃迹空

어가가 한번 왕림하여 적막함에 놀라니[303] 　　鸞輅一臨驚寂寞

봉소 소리도 이 자리에서 끊어지도다[304] 　　鳳簫聲逐此筵終

제2수 其二

당체의 빛 보는 것[305]을 옛날과 근자에 겪으니 　唐棣觀光昔近經

아름다워라 공주 시집간 곳이 재상의 집안[306]이로다 猗歟歸妹卽台庭

바닥까지 맑은 빙호 같은 삼세이고[307] 　　氷壺徹底淸三世

하였다. 《五百家注昌黎文集 卷9 梁國惠康公主挽歌 二首》

302 영락한 세 구슬 : 세 구슬은 보통 남의 훌륭한 자식을 비유할 때 쓰이는 말이다. 《신당서(新唐書)》 권201 〈왕발열전(王勃列傳)〉에 "당나라 초기에 왕면, 왕거, 왕발 삼형제가 재능으로 명성이 자자해서 두이간이 이들을 '삼주수(三珠樹)'라 불렀다."라고 하였다. 숙휘공주는 2남 1녀를 두었으나 모두 요절하였다.

303 어가가……놀라니 : 숙휘공주가 병들어 누웠을 때 숙종이 공주의 저택에 병문안 간 사실을 말한다.

304 봉소……끊어지도다 : 숙휘공주가 먼저 간 남편을 따라 세상을 떠난 사실을 말한 것이다. 진 목공(秦穆公)의 딸 농옥(弄玉)은 음악을 아주 좋아했고, 소사(蕭史)라는 사람은 퉁소를 잘 불어서 봉새가 우는 것 같은 소리를 냈다. 이에 목공이 농옥을 소사에게 시집보내고 누각을 지어 주었는데, 이들 두 사람이 퉁소를 불면 봉황이 날아와서 모였으며, 그 뒤에 봉황을 타고 하늘로 날아갔다고 한다. 《列仙傳》

305 당체의……것 : 왕녀(王女)의 하가를 뜻한다. 천자의 딸이 제후의 아들에게 시집 가는 것을 노래한 《시경》 〈소남(召南) 하피농의(何彼襛矣)〉에 "어쩌면 저리도 성대한 가. 당체(唐棣)의 꽃이여. 어찌 엄숙하고 화락하지 않으리오. 우리 공주님의 수레로 다.〔何彼襛矣, 唐棣之華. 曷不肅雝? 王姬之車.〕"라고 하였다.

306 재상의 집안 : 숙휘공주의 시조부인 정유성(鄭維城)은 우의정을 지냈다.

307 빙호 같은 삼세이고 : 숙휘공주의 시댁 삼세가 모두 청한(淸閑)한 가풍으로 알려 졌기 때문에 이렇게 말한 것이다. 시조부 정유성은 숙휘공주에게 자기 집안의 가풍인

하늘 감도는 은하수에 두 별이 빛나도다[308]　　　　銀漢回天爛二星

금련만 맛보던 입이 비름 먹던 위에 부끄럽더니[309]　　禁臠偏嘗慚莧胃

아름다운 덕 익히 접하여 왕실의 후손 앙모하도다[310]　芳徽稔挹仰璿扃

반양의 오래된 감회[311] 지니고 차가운 무덤 찾아가　　潘楊宿感行楸冷

아득한 하늘로 향하는 구름 수레를 전송하도다　　　　又送雲軿向杳冥

청빈함을 지킬 것을 당부하기도 하였고, 시아버지 정창징(鄭昌徵)은 속태를 싫어하고 전아하고 고상한 성품이었으며, 남편 정제현은 송준길(宋浚吉)로부터 청진(淸眞)함이 속태를 벗어나 마치 설중한매(雪中寒梅)와 같다는 평을 듣기도 하였다. 《宋子大全 卷 158 右議政鄭公神道碑銘》《文谷集 卷19 高陽郡守鄭公墓誌銘》《霞谷集 卷6 從兄寅平尉 鄭公墓表》

308 두 별이 빛나도다 : 어떤 의미인지 자세하지 않다. 숙휘공주의 장남과 딸은 모두 요절하였는데 혹 이를 가리키는 것인지, 아니면 일찍 죽은 남편과 장남을 뜻한 것인지 알 수 없다.

309 금련(禁臠)만……부끄럽더니 : 귀한 음식만 먹고 부유하게 자란 공주가 청빈한 가풍을 지닌 인평위의 집안에 시집와서 부끄러움을 느낀다는 말이다. 금련은 황제가 먹던 돼지의 목덜미 살인데, 전하여 매우 진귀한 고기를 뜻한다. 진(晉)나라 원제(元 帝)가 개국 초기에 재정이 궁핍하여 돼지 한 마리를 잡으면 진귀한 음식으로 여겼는데, 그중에도 특히 목덜미 부위의 고기 한 점〔一臠〕이 더욱 맛있는 것이어서 번번이 황제에 게 바치고 신하들은 감히 먹지 못하였으므로, 당시에 이를 '금련'이라 불렀던 고사에서 온 말이다. 《晉書 卷79 謝混列傳》

310 아름다운……앙모하도다 : 숙휘공주가 시집온 후에 아름다운 부인의 덕을 펼쳐 보여 그 모습을 다른 사람이 앙모했다는 뜻인 듯하다.

311 반양의 오래된 감회 : 이세백과 인평위의 집안이 혼인 관계로 맺어져 구교(舊交) 가 있는 사이라는 뜻이다. 반양은 진(晉)나라의 반악(潘岳)과 양중무(楊仲武)이다. 반악의 아버지와 양중무의 할아버지가 구교가 있었으며, 반악의 아내가 바로 양중무의 고모로 대대로 친의가 화목하였다. 반악이 지은 〈양중무뢰(楊仲武誄)〉에 "반양의 친목 본래 유래 있었지.〔潘楊之穆, 有自來矣.〕"라고 하였다. 《文選 卷56 楊仲武誄》

사우당에서 유숙하며 주인 중유에게 보여주다

四友堂留宿 示主人仲裕

싸락눈 내린 뜰에 객이 돌아가지 않으니	微霰留庭客不歸
도성 거리 종루 소리 깊숙한 사립문 저 너머라	九街鐘漏隔深扉
한기 도는 대 두른 섬돌은 술 마시기 그만이요	寒生竹砌宜添酒
향기 퍼지는 매화 핀 방은 옷 풀어헤치기 좋구나	香動梅房好解衣
달빛 휘영청 밝아 이 밤의 대화를 돋우고	月色全應供夜話
시정은 반나마 천기의 발동이로다	詩情半是涉天機
외려 가엾기는 골짝 어귀 창랑자³¹²가	還憐谷口滄浪子
학이 병들어 바람 타고 날아오지 못하는 것이라네	病鶴風頭未奮飛

---

312 창랑자(滄浪子) : 홍세태(洪世泰, 1653~1725)이다.

주인의 매화시 시운에 차운하다
次主人梅花詩韻

높은 집에 상빈 된 것 부끄럽더니 　　　　　　　　　愧向高齋作上賓

차가운 매화 나보다 먼저 그대와 친하였네 　　　　　寒梅先已與君親

이끼 낀 몸 출중하게 학처럼 파리하고 　　　　　　　苔身矯矯癯如鶴

옥 같은 손 고결하게 아리따운 사람인 듯 　　　　　　玉手亭亭嬣似人

들판에 눈 내릴 때 호지의 젓대 소리에 쉬이 놀랐더니313

　　　　　　　　　　　　　　　　　　　　　　　野雪易驚胡地笛

시내 다리에 오히려 말발굽에 이는 먼지 있도다314 　溪橋猶有馬蹄塵

돌아가자 작은 매각(梅閣)에 맑고 어여쁨을 감추어 　歸歟小閣藏淸艶

삼청동에 가장 먼저 찾아온 봄을 몰래 흘려야지315 　暗洩三淸第一春

313 들판에……놀랐더니 : 오랑캐인 강족(羌族)의 젓대 곡조에 매화가 떨어지는 것을 연주한 〈낙매화(落梅花)〉란 곡이 있다. 곧 〈낙매화〉 곡을 듣고 매화가 떨어질까 놀랐다는 말이다.

314 시내……있도다 : 매화를 보러 찾아오는 사람이 있다는 말이다.

315 돌아가자……흘려야지 : 매각은 매합(梅閤)의 뜻으로, 매화 화분을 넣어 보관하는 작은 감실이다. 매각에 매화를 가지고 삼청동으로 돌아가 삼청동에 찾아온 봄기운을 매화가 발출하게 한다는 말이다.

사우당에서 밤에 모여 입으로 읊어 주인에게 주다

四友堂夜會 口占贈主人

도성의 찌든 때가 내게 무슨 상관이랴	京闕緇塵奈我何
삼청동 골짝 어귀 눈이 높이 쌓였구나	三淸谷口雪嵯峨
그대 서실 더욱 맑고 깨끗하여 이상타 했더니	怪君書室增淸淨
임종이 어젯밤에 다녀갔다 하네[316]	云是林宗昨夜過

　둘째 형님인 농암공(農巖公)이 전날 저녁에 들러 묵고 갔다.

316 임종(林宗)이……하네 : 임종은 후한(後漢) 때의 은사(隱士)인 곽태(郭泰)의 자
이다. 곽태가 길을 가다가 여관에 묵을 때마다 몸소 물 뿌리고 청소하여 깨끗이 하였으
므로 그가 떠나간 뒤 사람들이 그 장소를 보고 "이곳은 분명 곽태가 어젯밤에 묵은
곳이다."라고 하였다. 《古今事文類聚 別集 卷25 宿處輒掃》

다시 읊다

又賦

서산에서 이곳으로 옮겨와 자니	移我西山枕
동교에는 새 벌써 둥지에 깃들였다	東橋鳥已棲
매형은 깊숙한 집에 몸이 묶였고	梅兄鎖深屋
사백은 차가운 시내 너머 있도다[317]	詞伯隔寒溪
담장에 쌓인 눈은 막 뜬 달빛 머금고	墻雪含新月
창가의 등불은 새벽닭 울기를 기다린다	牕燈待曙雞
적적하게 고요히 오래 앉았노라니	寥寥清坐久
우연히도 시 한 수 지어지누나	詩亦偶然題

---

317 매형(梅兄)은……있도다 : 매형은 매화를 나타내는 말이다. 매화 분재가 야외가
아닌 사우당의 깊은 방 안에 있는데 이것을 제대로 읊어줄 문장의 대가는 시내 너머에
있다는 말인 듯한데, 사백(詞伯)이 누구를 가리키는지는 미상이다.

종족 조카인 사수에게 주다 사수는 시민이다

贈宗姪士修 時敏

삼동에 고생스레 눈빛에 비춰가며 공부하니[318]　　三冬映雪苦
입안에 가득한 것은 요순(堯舜)의 말이로다　　喉裏滿唐虞
매화를 짝으로 삼지 말지니　　　　　　　　　　休將梅作伴
지나치게 맑고 파리한 것이 아니겠는가[319]　　無已太淸癯

318　눈빛에 비춰가며 공부하니 : 진(晉)나라 때 손강(孫康)이 가난해서 등불을 밝힐
기름이 없자 눈빛에 비추어서 책을 읽으며 고학(苦學)했다는 고사가 있다.《蒙求 卷上
孫康映雪》
319　매화를……아니겠는가 : 김시민의 기상이 이미 맑고 고고하므로 거기에서 더 나
아가 매화를 짝하여 지나치게 맑고 파리해지지는 말라는 말이다.

중습이 상산의 현감으로 나가는 것을 전송하며³²⁰ 중습은 종제 창열이다

送仲習 從弟昌說 出宰常山

제1수

그대가 만나서 이별하는 내 얼굴을 대신할 시를 지어달라기에

君索吾詩替別顏

여러 날 읊조리느라 마음이 어지러웠네　　　　沈吟累日攪心肝

상전벽해 9년 세월³²¹ 쇠잔한 몸으로 남아　　　滄桑九載殘骸在

떠나고 머무르며 슬프고 기뻤던 일들 모두 말로 하기 어려워라

去住悲懽摠說難

제2수 其二

잠깐 사이에 인간세상이 시냇물이 흘러가듯 변하여　俯仰人間世閱川

필운대 앞의 괴당은 적막하기만 하네　　　　　　　槐堂寂寞弼雲前

다섯 마리 말³²²이 교목 앞에서 히히잉 울 때에　　蕭蕭五馬嘶喬木

320　중습(仲習)이……전송하며 : 상산(常山)은 충북 진천(鎭川)의 옛 이름이다. 김창열(金昌說)은 삼연의 중부(仲父) 김수흥(金壽興)의 아들로, 중습은 그의 자이다. 김수흥이 사사된 후 이때에 이르러 음직으로 진천 현감이 되었다. 《농암집(農巖集)》 권22〈진천 현감으로 부임하는 중습을 송별하는 서문[送仲習宰鎭川序]〉에 전후의 사정이 자세하다.

321　9년 세월 : 기사환국(己巳換局)으로 서인들이 대거 축출당하여 삼연의 부친 김수항(金壽恒)과 김창열의 부친 김수흥(金壽興)이 유배된 후 사사된 1689년(숙종15) 이후의 세월을 가리킨다.

고로가 담장 머리에서 혹 눈물을 흘리리라 　　　故老墻頭或涕漣

제3수 其三

눈이 남은 뜨락에 푸른 원추리³²³ 돋아나니 　　殘雪堦庭吐翠萱

머리 센 모친 부축하여 어헌³²⁴으로 나아가네 　扶將鶴髮就魚軒

천추의 세월 속에 함께 아름다운 〈동정부〉 　　千秋並美東征賦

편 안에 자식을 경계하는 말 응당 더하리라³²⁵ 　篇內應添戒子言

제4수 其四

두려운 마음으로 근심 깊게 부친상 치르던 때에 　懍懍憂深荼毒初

화육에 동어가 비칠 줄 어찌 기약했으리³²⁶ 　　寧期花肉映銅魚

---

322 다섯 마리 말 : 한(漢)나라 때 태수(太守)가 다섯 필의 말이 끄는 수레를 타고 부임하였던 데에서 유래하여 지방 수령을 뜻한다.

323 푸른 원추리 : 원추리는 모친 또는 모친이 계신 곳을 상징하는 말이다. 《시경》 〈위풍(衛風) 백혜(伯兮)〉에 "어이하면 원추리를 구하여, 집 북쪽에 심을 수 있을까.〔焉得諼草, 言樹之背?〕"라고 하였는데, 옛날에 모친이 북당(北堂)에 거처했던 데서, 전하여 원추리는 곧 모친을 비유하게 되었다.

324 어헌(魚軒) : 어피(魚皮)로 장식한 부인의 수레이다. 옛날에 귀족 부인들이 이 수레를 탔다고 한다.

325 천추의……더하리라 : 〈동정부(東征賦)〉는 후한(後漢) 때 반고(班固)의 누이동 생인 반소(班昭)가 그의 아들이 지방관으로 나갈 때 따라가면서 지은 글이다. 여행 중의 감상과 자식에게 당부하는 말이 담겨 있다. 《文選 卷9 東征賦》이 구절은 옛날 반소가 〈동정부〉를 지었듯이 김창열의 모친 또한 그에 필적하는 〈동정부〉를 지어 자식 을 경계하는 말을 첨언하리라는 뜻이다.

326 화육(花肉)에……기약했으리 : 화육은 얼굴에 꽃이 피칠 정도로 맑은 젊은이의 피부를 뜻한다. 두보(杜甫)의 시에 "홍안의 하얀 낮, 꽃이 살결에 비쳤네.〔紅顔白面花

옥가락지 옥귀고리 같은 아이 둘[327]이 나와서 　　瑤環玉珥雙童出

다섯 마리 말 앞의 수레 하나에 타겠네 　　　　五馬前頭占一車

제5수 其五

호수의 물고기와 늪의 꿩은 모두 없지만 　　　湖魚澤雉率皆無

담박하게 맑은 냇물이 효성으로 봉양하는 주방 둘렀네

　　　　　　　　　　　　　　　澹泊淸渠繞孝廚

고을 사람들은 그저 보리 이삭을 노래하게 하니[328] 　但使邑人歌麥穗

높은 당에 계신 모친의 기쁜 기색 날마다 펴지도다 　高堂喜色日敷腴

제6수 其六

간이함이 참으로 뭇 번다한 정사 다스려낼 수 있거늘

　　　　　　　　　　　　　　　一簡眞能理衆煩

映肉]"라고 하였다. 《集千家注杜工部詩集 卷20 暮秋枉裴道州手札率爾遣興寄遞呈蘇渙侍御》 동어(銅魚)는 한(漢)나라 때 지방관이 차던 물고기 모양의 부신(符信)이다.

327 옥가락지……둘 : 김창열의 훌륭한 아이들을 가리킨 것이다. 한유(韓愈)의 〈전중소감마군묘지(殿中少監馬君墓誌)〉에 "어린 아들이 아름답고 예쁘며 조용하고 빼어나서, 마치 옥가락지나 옥귀고리와 같고 난초 싹이 돋아난 것 같았으니, 그 집안의 아들에 걸맞았다.〔幼子娟好靜秀, 瑤環瑜珥, 蘭苕其芽, 稱其家兒也.〕"라고 하였다. 《韓昌黎文集注釋 卷7 殿中少監馬君墓誌》

328 고을……하니 : 김창열이 고을을 잘 다스려 풍년이 들어서 백성들이 공덕을 칭송할 것이라는 말이다. 후한 때 장감(張堪)이 어양 태수(漁陽太守)가 되어 선정을 베풀자, 백성들이 칭송하여 노래하기를 "뽕나무엔 붙은 가지가 없고, 보리 이삭은 한 줄기에 두 이삭이 나네. 장군이 고을을 다스리니, 즐거움을 이루 헤아릴 수 없네.〔桑無附枝, 麥穗兩岐. 張君爲政, 樂不可支.〕"라고 하였다. 《後漢書 卷61 張堪列傳》

섶을 묶고 미늘 끼운 낚시질하는 이들이 널려 있도다[329]

束薪鉤距漫多門

뜨락까지 들어온 열 이랑 거울 같은 못에 　　　　侵庭十畝池如鏡

하늘하늘 팔랑이는 채찍으로 쓸 부들[330] 기르겠네 　養得鞭蒲獵獵翻

제7수 其七

봄날 아침에는 뽕나무 들판으로 자주 순시 나가고 　春朝桑野頻頻駕

밤에는 촛불 켜고 공문서를 자세히 검토하니 　　　夜燭官書乙乙詳

눈 같은 하양화[331]는 논할 것도 없이 　　　　　　遮莫河陽花似雪

한가로이 깊은 술잔 잡을 여가 없으리로다 　　　　定無閒手把深觴

---

329 섶을……있도다 : 아전과 백성을 너그럽게 대하지 않고 엄혹하게 대하는 혹리(酷吏)가 세상에 많다는 말이다. 한나라 때의 혹리인 영성(甯成)은 상관이 되어서 하속(下屬) 다루기를 마치 젖은 섶을 꽉 묶듯이 했다고 하며, 영천 태수(潁川太守) 조광한(趙廣漢)은 미끼를 한번 물면 빠져나갈 수 없는 미늘 낚시를 하듯이 은밀하게 일의 정황을 탐지하여 백성들이 꼼짝하지 못하도록 다스렸다고 한다. 《史記 卷122 酷吏列傳 甯成》 《漢書 卷76 趙廣漢傳》

330 채찍으로 쓸 부들 : 김창열이 너그러운 정사를 펼칠 것이라는 말이다. 후한 때 유관(劉寬)이 남양 태수(南陽太守)로 있으면서 관리와 백성들이 잘못을 하더라도 형벌 대신 부들 채찍으로 다스려서 스스로 부끄러움을 느끼게 하여 감화시켰다고 한다. 《後漢書 卷25 劉寬列傳》

331 하양화(河陽花) : 진(晉)나라 때 반악(潘岳)이 하양의 수령이 되어 복숭아와 오얏 나무를 온 고을에 두루 심으니, 당시 사람들이 "하양 온 고을이 꽃이다.〔河陽一縣花〕"라고 했던 고사가 있다. 《白氏六帖 卷21》

제8수 其八

청렴한 가훈을 잘 지켜야 할 것이요   廉淸家訓宜持守
엄숙하고 공경하는 관아의 규범을 어찌 방만히 하랴

                                                嚴穆衙規詎放寬
단지 담대가 와서 법령을 읽게 할 것이요   只可澹臺來讀法
동정란 같은 문객이 있게 하지 말지어다[332]   莫教門有董庭蘭

---

332 단지……말지어다 : 공자의 제자인 자유(子游)가 무성(武城)의 읍재(邑宰)가
되었을 때 공자가 인재를 얻었느냐고 묻자, 자유는 담대멸명(澹臺滅明)이라는 사람을
언급하면서 그가 공적인 일이 아니면 사사로이 자신을 찾아오지 않았다고 칭찬하였다.
주희의 집주(集註)에서는 이때의 공적인 일이란 바로 향음주례(鄕飮酒禮), 향사례(鄕
射禮), 독법(讀法) 따위와 같은 것이라고 풀이하였다. 《論語集註 雍也》동정란(董庭
蘭)은 당(唐)나라 때 두보의 친구이기도 한 방관(房琯)의 문객으로, 동정란이 방관의
세력을 믿고 방자하게 굴면서 법을 어기자 방관도 이에 연좌되어 재상직에서 파직되었다.
《舊唐書 卷111 房琯傳》

아호를 건너며

渡鵝湖

근심과 걱정으로 추운지 더운지도 모르다가	憂患迷寒暑
봄날 되니 적막하고 쓸쓸한 마음이로다	春來抱寂寥
매화 창가에서 저녁나절 몸을 빼내어	梅牕出身晚
황벽 계곡에서 멀리 구름 바라다본다	檗谷望雲遙
느릿느릿 말을 몰아 방초 찾다가	緩轡尋芳草
가벼운 두건 쓰고 작은 배에 기대노라	輕巾倚小橈
푸른 강물 콸콸 흘러 내려오는 걸 보니	綠江來活活
금강산의 눈이 녹은 것이리라	楓嶽雪應消

망우령에서 아사자를 읊다

忘憂嶺詠餓殍

제1수

애당초 어디에서 온 사람인가	始自何方至
끝내는 누구인지 이름도 모르겠네	終迷誰子名
바가지 쥔 유민들 이와 같은 경우 많으니	持瓢多若此
소매로 가린 것[333]이 언뜻 살아 있는 듯도 하여라	蒙袂乍如生
동포라는 말의 덕을 보지도 못했으니	無賴同胞說
온갖 새들 놀라는 것 참으로 부끄럽다[334]	誠慚百鳥驚
죽은 사람 지나치자마자 웃으면서 말하니	經過便笑語
행인들 중에 어진 마음씨 가진 이가 적구나	行路少仁情

제2수 其二

굶주림과 추위 때문에 죽고 나서는	一死緣飢凍
구천에 가도록 성명도 모르누나	窮泉沒姓名

333 소매로 가린 것 : 굶주린 사람의 모습을 형용하는 말이다. 제(齊)나라에 큰 흉년
이 들었을 때 검오(黔敖)가 길가에서 음식을 만들어 굶주린 자들에게 죽을 먹였는데,
어떤 굶주린 자가 소매로 얼굴을 가리고 발을 절룩거리며 기운이 빠져서 걸어왔다는
말이 《예기(禮記)》〈단궁 하(檀弓下)〉에 보인다.

334 동포라는……부끄럽다 : 같은 사람들은 굶주린 이를 돌보지 않아 죽게 만들고
죽은 뒤에도 아무도 신경 쓰지 않아 동포라는 말이 무색한데, 새들은 죽은 사람을 보고
오히려 놀라는 것이 사람으로서 매우 부끄럽다는 말이다. 장재(張載)의 〈서명(西銘)〉
에 "백성은 나의 동포이다.〔民吾同胞〕"라고 하였다.

하늘에 유감스러운 일 예로부터 많았거니와	天多從古憾
봄이 만물 소생함은 누굴 위한 것인가	春欲爲誰生
집에 돌아가 나는 차마 밥 먹기 힘드니	返舍吾難食
길 가로지르는 말도 죽은 이 보고 놀라네	橫途馬亦驚
죽기 전에 미처 인을 베풀지는 못했지만	施仁初不及
시신 가려주는 것도 인정이로다	掩骼亦人情

제3수 其三

만물 가운데 귀한 것이 사람이라	萬物中爲貴
천년 세월 뒤에 이름을 세우기도 하지	千秋後立名
허나 물거품같이 쉽게 변하기도 하고	泡漚亦易化
취한 꿈처럼 허망한 삶이기도 하여라	醉夢或虛生
저 숱한 죽음들에 감회가 이니	感彼悠悠死
스스로 돌아보며 혀를 차며 놀라네	循躬咄咄驚
인을 추구하는 것이 남자의 사업이니	求仁男子事
이 슬픈 마음을 의당 확충해야지	宜擴此哀情

삼가 백부께서 보내주신 시운에 차운하다

伏次伯父下寄韻

제1수

천추의 세월 속에 무릉계³³⁵ 이야기 많지만 千秋漫說武陵溪

다른 기이한 것 모르겠고 그저 험한 산길일 뿐 未見他奇只險蹊

천상의 신선들은 설악산을 높이 치고 天上神仙尊雪嶽

인간세상 평가는 인제를 작게 보네 人間殿最小麟蹄

제2수 其二

복사꽃 피고 햇살 따사로운 창운계³³⁶ 桃花暖日漲雲溪

은미하고 그윽한 약속이 송아지 끌어안는 산길³³⁷에 있도다

---

335 무릉계 : 시의 전체적인 내용을 볼 때 일반적인 무릉도원을 이야기하는 것이 아니라 오대산의 무릉계를 가리킨 것이 아닌가 한다.

336 창운계 : 이 역시 오대산의 창운담(漲雲潭)을 가리킨 것이 아닌가 한다. 혹 창운담이 아니라면 '구름 자욱한 계곡'으로 풀어야 할 것이다.

337 송아지 끌어안는 산길 : 송아지를 끌어안는다는 것은 보통 깊은 산중의 은거지를 뜻한다. 제 환공(齊桓公)이 사슴을 쫓아 산골짜기에 들어갔다가 한 노인에게 지명을 물으니 우공(愚公)의 골짜기라 하였는데, 그 산마루에 평탄한 분지(盆地)가 있어 난리 때에 피란민이 송아지를 안고 올라가 화를 모면했으므로 포독복지(抱犢福地)라 하였다. 《太平御覽》 한편 김수증(金壽增)의 《곡운집(谷雲集)》 권3 〈곡연기(曲淵記)〉에서 곡연으로 통하는 매우 험준하고 좁은 산길을 형용하면서 "만약 송아지를 끌어안는 것이 아니라면 우마는 들어올 수가 없다.〔若非抱犢, 牛馬不可入.〕"라는 말이 보이는데, 이때는 매우 좁은 길을 지칭한 것이다. 뒤 구절의 표현을 감안할 때도 이는 매우 깊은 산중의

隱約幽期抱犢蹊

한 번 들어가 진흙 덩어리로 만고의 세월을 봉하니[338]

一入丸泥封萬古

산 밖에 거마가 왁자하게 다니는 줄 알지 못할레라　不知山外沸輪蹄

제3수 其三

평범한 벽간과 화계[339]에서　　　　　　　平凡檗澗與花溪

단구[340]로 걸어 들어가니 별다른 산길 나오네　進步丹丘別有蹊

격령과 폐암의 천 길 폭포에는　　　　　　隔嶺閉巖千仞瀑

신선의 흰 사슴도 발길 닿지 않도다　　　　仙人白鹿不容蹄

　격령과 폐암은 모두 곡연(曲淵)에 있다.

장소를 가리킨 것으로 보인다.

338　한……봉하니 : 매우 깊어서 누구도 쉽게 들어올 수 없는 곳이라는 말이다. 후한
(後漢) 때 외효(隗囂)의 부장(副將)인 왕원(王元)이 "제가 흙덩어리 하나를 가지고
대왕을 위해 동쪽으로 함곡관(函谷關)을 봉해 버리겠습니다.〔元請以一丸泥, 爲大王,
東封函谷關.〕"라고 하였는데, 이후 진흙 탄환은 험준하여 지키기 쉬운 지세를 뜻하였다.
《後漢書 卷43 隗囂列傳》

339　벽간과 화계 : 벽간은 삼연의 양주 거처인 황벽계(黃檗溪)이고, 화계는 김수증의
화천 거처에 있는 곡운구곡(谷雲九曲)의 제1곡인 방화계(傍花溪)이다.

340　단구(丹丘) : 신선이 사는 곳이다. 굴원(屈原)의 〈원유(遠遊)〉에 "신선을 따라
단구에서 노닒이여, 죽지 않는 옛 고장에 머물렀도다.〔仍羽人於丹丘兮, 留不死之舊
鄕.〕"라고 하였다. 《楚辭 卷5》

삼가 막내 외숙부의 〈강정감흥〉 시운에 차운하다[341]
伏次季舅江亭感興韻

가슴에 품은 일 뜻을 얻지 못하여	落拓胸中事
경륜의 재주 지니고 강가 거처로 나아갔네[342]	經綸卽水居
원룡이 침상에 누운 뒤요	元龍臥床後
서새에서 배를 막 산 때로다[343]	西塞買舟初

341 삼가……차운하다 : 막내 외숙부는 나석좌(羅碩佐, 1652~1698)이다. 강정(江亭)은 나석좌가 조정에서 내리는 내시교관(內侍敎官)의 벼슬을 사양한 이후 동호(東湖) 가에 고기를 잡으면서 노년을 보내기 위해 지은 정자이다. 《本集 卷29 季舅內侍敎官羅公墓碣銘》

342 가슴에……나아갔네 : 나석좌는 평소 뜻이 커서 외면만 수식하는 시원찮은 유자를 보면 모욕을 주고 싶어 할 정도였고, 천하의 호걸들과 함께 나라를 일으켜 살릴 사업을 하고 싶어 했으나 동국에는 이러한 사실을 같이 말할 사람이 없음을 개탄스럽게 생각하였다. 결국 뜻을 제대로 실현하지 못하고 기사환국 이후에는 과거에 대한 생각마저 잊었으며, 갑술환국으로 서인이 다시 등용된 후 조정에서 천거되었을 때도 이를 사양하고 동호에 정자를 짓고 여생을 보내려 하였다. 그러나 나석좌는 이 시가 지어진 다음 해인 1698년에 동호의 거처에서 갑자기 세상을 떠나고 만다. 《本集 卷29 季舅內侍敎官羅公墓碣銘》

343 원룡이……때로다 : 나석좌가 당세의 정치하는 이들을 하찮게 보고 출사할 뜻을 접은 뒤 강호에 은거하기로 작정하고 강가의 정자로 나왔다는 말이다. 원룡은 중국 삼국 시대 때의 인물인 진등(陳登)의 자(字)이다. 당시 국사(國士)로 이름이 높던 허사(許氾)와 유비(劉備)가 형주 목사(荊州牧使) 유표(劉表)와 함께한 자리에서 천하의 인물을 논하였는데, 허사가 "진원룡(陳元龍)은 호해(湖海)의 선비라 그 호기가 없어지지 않았다."라며 불평하였다. 이에 유비가 무슨 일이 있었느냐고 묻자, 허사가 "지난날 난리를 만나 하비(下邳)를 지나다가 그를 방문하였는데 손님을 맞는 예(禮)도 갖추지

강 언덕에 새들 모이니 기심을 잊어서요[344]	岸集忘機鳥
여울에 물고기 뛰니 그 즐거움 알도다[345]	灘跳知樂魚
읊조리노라니 안개 달빛 좋은 경치 펼쳐지는데	吟餘煙月好
어부 무리는 십 리 강가에 흩어져 있구나	十里散群漁

않고 오랫동안 아무 말도 하지 않은 채 자신은 큰 침상 위에 올라가 눕고 손님은 침상 아래에 눕게 하였소."라고 대답하였다. 이에 유비가 "나 같으면 100척의 누각 위에 자고 그대를 땅에 재울 것이니, 어찌 침상의 위와 아래의 차이뿐이겠는가."라고 하여 진등의 호방한 기상을 말한 고사가 있다. 《三國志 卷7 魏志 陳登傳》 서새에서 배를 샀다는 것은 당(唐)나라 때 장지화(張志和)의 고사이다. 서새는 중국 절강성(浙江省) 호주시 (湖州市) 서남에 있는 산이다. 장지화는 잠깐 벼슬을 하다가 물러 나와 강호에 은거하여 노닐면서 '연파조도(煙波釣徒)'라 자호하고 낚시로 소일하였다. 그가 지은 〈어가자(漁 歌子)〉 시에 "서새산 앞에 백로가 날아가니, 복사꽃 흐르는 물에 쏘가리 살졌네. 푸른 갈대 삿갓에 도롱이 입고, 비긴 바람 가랑비에 돌아가지 않으리라.〔西塞山前白鷺飛, 桃花流水鱖魚肥. 青篛笠綠蓑衣晚, 斜風細雨不須歸.〕"라고 하였다. 《新唐書 卷196 張志 和列傳》《御定全唐詩 卷308》

344 강……잊어서요 : 기심(機心)은 이익이나 목적을 도모하는 마음이다. 어떤 사람이 바닷가에 살면서 매일 갈매기와 놀았는데 갈매기들이 그를 피하지 않았다. 어느 날 그의 아버지가 갈매기를 한 마리 잡아 오라고 하여 그가 갈매기를 잡으려는 마음을 가지고 바닷가에 나갔더니 갈매기들이 멀리 피하고 오지 않았다. 전에 갈매기가 피하지 않았던 것은 그가 기심을 잊었기 때문이고, 후에 갈매기가 오지 않은 것은 그에게 갈매기를 잡으려는 기심이 있었기 때문이다. 《列子 黃帝》

345 여울에……알도다 : 이는 《장자(莊子)》 〈추수(秋水)〉에 나오는 장자와 혜시(惠 施)의 대화에서 그 표현을 가져온 것이다. 다리 위에서 물고기를 보며 물고기의 즐거움을 알겠다고 하는 장자에게 혜시가 물고기도 아니면서 어떻게 그 즐거움을 알 수 있냐고 반문하자, 장자가 그대가 내가 아니면서도 내가 물고기의 즐거움을 아는 것을 느꼈듯이 나도 물고기가 아니지만 물고기의 즐거움을 느낄 수 있다고 대답하였다.

합강정[346]

合江亭

제1수

두 물길 서로 만난 자리에	邂逅相逢水
우뚝하게 정자가 서 있네	昭嶢自起亭
단청은 아스라이 뜬 구름이요	丹青雲縹緲
거문고 소리는 맑게 울리는 시냇물 소리라	琴筑瀨清泠
봄날 골짝엔 멀리 꽃이 피어나고	春洞遙花出
가을 모래사장엔 조각달 머무누나	秋沙片月停
초연히 태곳적 성군 다스리던 때로 돌아간 듯하더니	超然上皇意
읊조리길 마치자 그저 텅 빈 물가로세	嘯罷但虛汀

제2수 其二

아득하게 인간세상 훌쩍 벗어나니	迥勢超煙火
훨훨 날아온 학이 깊은 물가에 서 있구나	翩然鶴立皐
이에 오만한 관리[347]는 정자에 누웠고	於焉臥傲吏

---

346 합강정 : 강원도 인제에 내린천의 물줄기와 서화강과 한계천이 합류한 물줄기가 만나는 지점에 있는 정자이다. 당시 삼연의 족형인 김성대(金盛大)가 인제 현감(麟蹄縣監)으로 있었고, 이해 가을에 삼연이 합강정을 유람하였다.《三淵先生年譜》

347 오만한 관리 : 김성대를 가리킨 말이다. 오만한 관리란, 세상을 오시(傲視)하고 자잘한 예법에 구애받지 않는 관리를 말한다. 옛날 장주(莊周)가 칠원(漆園)이라는 고을의 관리로 있을 때 초(楚)나라 위왕(威王)이 그를 재상으로 맞이하려 하자, 장주가

좌우에는 맑은 물결 소리 울려 퍼지네　　　　　　左右響淸濤

구름은 주렴에 부는 바람에 부딪혀 흩어지고　　　　雲觸簾風散

물고기는 정자 기둥 그림자에 놀라 도망간다　　　　魚驚檻影逃

멀리 산 아지랑이 사이로 설악산이 드러나니　　　　遙嵐呈雪嶽

수원이 높은 데 있음을 잘 알겠어라　　　　　　　更覺水源高

제3수 其三

만 리 뻗은 증수 상수에 핍진하니[348]　　　　　　萬里蒸湘逼

영호남 일천 정자가 무색하여라　　　　　　　　千亭湖嶺空

우리 형님 밝은 안목 지니시어　　　　　　　　吾兄有明眼

황량한 고을에 신선 풍모 드날리시네　　　　　荒縣抗僊風

못 그림자는 사람 마음을 맑게 해주고　　　　　潭影令人淡

여울 소리는 정사와 통하는구나[349]　　　　　灘聲與政通

웃으면서 "나를 더럽히지 말고 빨리 가라. 나는 차라리 더러운 시궁창에 노닐며 스스로 즐거워할지언정 나라를 소유한 자에게 얽매이지 않겠다. 종신토록 벼슬하지 않은 채 나의 뜻을 즐겁게 할 것이다."라고 하면서 물리쳤다. 이를 두고 진(晉)나라 곽박(郭璞) 은 〈유선(遊仙)〉 시에서 "칠원에 오만한 관리가 있다.〔漆園有傲吏〕"고 하였다. 《史記 卷63 老子韓非列傳》《文選 卷21 遊仙 遊仙詩 七首》

348 만……핍진하니 : 인제의 합강정의 풍광이 중국의 합강정이 있는 증수와 상수의 경치에 핍적한다는 말이다. 한유(韓愈)의 〈합강정〉 시에 "붉은 정자는 상강을 베고 있고, 증수가 그 왼쪽으로 모여드네.〔紅亭枕湘江, 蒸水會其左.〕"라고 하였다. 상강과 증수는 중국 호남(湖南)의 상음현(湘陰縣) 북쪽에 있다.

349 여울……통하는구나 : 김성대가 여울처럼 맑은 정사를 펼친다는 말이다. 이는 예컨대 두보(杜甫)의 시에 "연못물에서 정사 하는 것을 살핀다.〔池水觀爲政〕"라고 한 것과 같은 뜻이다. 두보의 시는 연못물의 맑고 고요함을 살펴 정사도 그와 같이 펼친다

촌백성은 그림 같은 풍광 속으로 들어오니　　　　村氓來畫裏
창밖으로 모래사장 풍경을 완상하노라　　　　沙際玩㹠櫳

는 뜻이다. 《杜詩詳註 卷9 題新津北橋樓》

성천으로 부임하는 윤중강을 전송하며 윤중강은 윤세기이다
送尹仲綱 世紀 之任成川

세상살이란 것이 쓸쓸한 가을바람 같은데	世路秋風蕭索同
구름 낀 골짝으로 검은 덮개 수레³⁵⁰ 유유히 가네	悠悠皁蓋峽雲中
강선루³⁵¹ 아래 강물은 깁을 펼친 듯하리니	降僊樓下江如練
만사의 성쇠(盛衰)가 그곳에선 다 부질없으리	萬事乘除到此空

---

350 검은 덮개 수레 : 지방 관원이 타는 수레이다. 《후한서(後漢書)》〈여복지 상(輿服志上)〉에 "중 2천 석과 2천 석은 모두 수레 덮개를 흑색으로 한다.〔中二千石, 二千石, 皆皁蓋.〕"라고 하였다.

351 강선루(降仙樓) : 평안도 성천읍에 있는 누각으로 관서팔경(關西八景)의 하나이다.

기쁘게 동해를 보며

喜見東海

문득 명파역[352] 지나 　　　　　　　　　　忽過明波驛

모래사장 따라서 날아갈 듯 말 달리네 　　遵沙馬欲飛

공활한 하늘 아래 온갖 근심 사라지고 　　天空百愁盡

거대한 바다 앞에 이 한 몸 미미하다 　　海巨一身微

조각배는 가없는 망망대해 떠다니고 　　葉舸飄無壁

안개 속 갈매기는 기심 없어 자유롭구나 　煙鷗浩不機

높이 치는 파도는 길까지 밀려들고 　　　高波來犯路

바람에 옷깃은 번번이 말려 오른다 　　　風輒捲征衣

---

352 명파역(明波驛) : 강원도 간성(杆城)에 있던 역참이다.

삼가 백부께서 보여주신 시운에 차운하다
伏次伯父下示韻

그윽한 기약을 늦게서야 이 산에서 이루니	幽期晚踐此山中
감히 암서에서 부자가 함께하기를 바랍니다	敢望巖棲父子同
밝은 달빛 비치는 차가운 못 다니기에 좋거니와	明月寒潭好行止
광자인지라 채미옹[353]을 배우기는 어렵다네	爲狂難學採薇翁

---

353 채미옹(採薇翁) : 주(周)나라 무왕(武王)이 신하의 신분으로 천자인 은(殷)나라
주왕(紂王)을 토벌하는 것을 반대하여 수양산(首陽山)에 들어가 주나라의 곡식을 먹지
않고 고사리를 캐어 먹다가 굶어 죽은 백이(伯夷)와 숙제(叔齊)를 가리킨다. 《史記
卷61 伯夷列傳》

진주 이 사군을 이별하며[354] 이 사군은 이익태이다

奉別晉州李使君 益泰

원악지가 많은 것도 아닌데	遠惡無多地
탐라와 진주로 부임하였네[355]	耽羅若晉州
조정에서 사군을 쓸 데가 있어서이지	朝廷有用處
공이 어찌 구한 적 있으랴	公輩曷嘗求
귤과 유자에 이가 시릴 것이요	橘柚經酸齒
광랑[356] 열매 삼키기 어려우리라	桄榔又棘喉
신선의 자라가 두 산을 지고 있으니[357]	神仙鰲背二
처한 상황 따라 근심 잊기 충분하도다	隨遇足忘愁

---

354 진주……이별하며 : 이익태(李益泰, 1633~1704)는 본관은 연안(延安), 자는 대유(大裕), 호는 야계(冶溪)이다. 장령, 정언, 순천 부사(順天府使), 공주 목사(公州牧使), 제주 목사(濟州牧使), 진주 목사(晉州牧使) 등을 역임하였다. 저서에 제주 목사 당시의 견문을 기록한 《지영록(知瀛錄)》이 있다.

355 탐라와 진주로 부임하였네 : 이익태는 1694년(숙종20)에 제주 목사로 부임하여 1696년(숙종22)까지 있었고, 곧이어 1697년에 진주 목사로 부임하였다.

356 광랑(桄榔) : 야자과에 속하는 상록교목의 일종으로 열매에서 매운맛이 난다.

357 신선의……있으니 : 삼신산(三神山)인 봉래산(蓬萊山), 방장산(方丈山), 영주산(瀛洲山)을 큰 자라가 떠받치고 있다는 전설이 있다. 《列子 湯問》이익태가 부임했던 제주의 한라산과 진주의 지리산이 각각 영주산과 방장산에 비견되기 때문에 이렇게 말한 것이다.

기쁘게 대유³⁵⁸와 같이 조계³⁵⁹를 찾아갔는데 이웃 친구가
있어 같이 따라나섰다. 어른과 아이 모두 아홉 사람이 소와
말을 타고서 서로 섞여 가는데 암이는 다섯 살 먹은 아이로
뒤를 따랐다 암이는 바로 종자인 신겸의 소자이다

喜同大有訪曹溪 亦有隣友相從 長幼凡九人 牛馬騎者相錯 巖也以五歲
兒隨焉 巖卽從子信謙小字

소와 말 탄 아홉 사람 줄지어 함께 산으로 향하는데　九騎聯翩共向山
소 등에 탄 어린아이 구름 보며 한가롭다　　　　　看雲牛背小童閒
속세에서 이 몸뚱이에 얽힌 뜨거운 온갖 번뇌들을　區中熱惱腸千結
한 줄기 차가운 조계에다 쏟아 넣으리　　　　　　瀉入曹溪一派寒

358　대유(大有) : 삼연의 아우 김창업(金昌業)의 자이다.

359　조계(曹溪) : 북한산의 계곡이다.

대유에게 보이다
示大有

제1수

말 머리 앞으로 연화봉 푸르니	馬首蓮峰碧
채찍 휘둘러 말 몰아가는 홍이 여기 있도다	搖鞭興在斯
삼 년을 병석에 있던 네가 자리 털고 일어나니	三年爾起疾
만사에 나는 슬픔을 잊었노라	萬事我忘悲
눈 쌓인 계곡엔 서늘한 기운 부딪혀오고	雪澗衝陰沍
구름 속 걸린 다리는 위태로운 곳에 떡하니 놓였다	雲梯傲險危
매미가 허물 벗듯 이불을 벗어버리니	床衾等蟬蛻
두 마리 용을 타기에 용이하여라360	容易二龍騎

제2수 其二

산과 바다 유람할 제 홍이 나지 않더니	溟嶽曾無興
질나발과 젓대로 이제야 서로 시를 짓네361	壎箎始有詩

---

360 매미가……용이하여라 : 김창업(金昌業)이 병석을 털고 일어나 두 사람이 말을 타고 유람한다는 뜻이다.

361 산과……짓네 : 예전에 김창업이 병석에 누워 있어 삼연 혼자 유람할 때에는 홍이 나지 않았는데, 지금 형제가 함께 유람을 즐기면서 시를 창수하게 되었다는 말이다. 질나발과 젓대는 형제간의 우애를 나타내는 말이다. 《시경》〈소아(小雅) 하인사(何人斯)〉에 "형이 질나발을 불고, 아우가 젓대를 분다.〔伯氏吹壎, 仲氏吹箎.〕"라고 한 것에서 유래하였다.

이 기쁨 돋우려 객들을 불러오고   助懽仍拉客
네가 건강한 이때에 비로소 높은 산 오른다   聞健始登危
솔과 계수는 가지가 연이어졌고   松桂連枝得
시내와 못에 짝지어 비친 ´그림자 아름답다³⁶²   溪潭儷影奇
기쁨이 넘쳐흘러 내키는 대로 춤추거니와   喜過如意舞
술잔에 가득 따를 술이 끝내 부족하구나   終少酒盈卮

---

362 솔과⋯⋯아름답다 : 이어진 가지와 짝지은 그림자는 모두 삼연과 김창업 형제를
비유한 것이다. 특히 이어진 가지는 한 뿌리에서 갈라져 나왔다는 의미에서 형제를
비유하는 말로 자주 쓰인다.

보허각에서 지난날에 왔던 자취에 감흥이 일어[363]
步虛閣感曩迹

예와 같이 구름 속 다리는 천 길 높은 곳에 걸쳤는데

依舊雲梯千仞斜

더위잡고 오르며 몇 걸음 내딛자 슬픔과 탄식 일어난다

躋攀數步起悲嗟

차가운 허공 가운데 화각은 높이 섰고　　　　　　天寒畵閣憑虛立

오래된 바위에 새긴 붉은 글씨 물살에 깎였어라　石老丹書被水磨

반나절 유람도 끝내 허깨비 같은 자취거니　　　半日扶藜終幻迹

백 년 인생 살다 가는 여관 같은 세상 누구의 집이라 하겠나

百年傳舍定誰家

예전에 지은 시[364] 기억하려 해도 아득히 오래전인 것을

前詩欲記蒼茫久

벌써 저녁놀 지는 그늘진 벼랑에 눈길이 쏠리누나 注目陰崖已晚霞

---

363 보허각에서……일어 : 보허각은 북한산 조계동(曹溪洞)의 인평대군(麟坪大君)의 별장인 송계별업(松溪別業)에 있던 누각이다. 송계는 인평대군의 호이다.

364 예전에 지은 시 : 삼연은 30세 되던 1682년(숙종8)에 보허각에 대한 시를 지은 적이 있다. 본집 권1의 〈보허각〉이 바로 그 시이다.

퇴락한 절을 탄식하다
歎寺殘

탄식하노니 인간세상이   歎息人間世

절간과 더불어 어느 쪽이 옳은가   禪宮與是非

솔잎 먹던 중들은 다 흩어졌고   食松僧散盡

술병 든 나그네 찾아오는 일 드무네   携酒客過稀

시냇가의 고목은 병이 들었고   老樹臨溪病

탑 옆의 까마귀는 굶주렸구나   寒烏傍塔饑

이끼 긴 절 마당 십 년 전 자취   苔庭十年躅

다시 옴에 눈물이 더욱 나누나   重踐倍沾衣

저녁에 동구를 나갔다가 눈을 만나
暮出洞口逢雪

바싹 수척한 산중에 돌시내 소리 울리고	山氣癯然石澗鳴
용 비늘 같은 부러진 나무 종횡으로 누웠네	龍鱗壞木臥縱橫
차가운 구름은 말을 휘감는데 위태로이 걸린 다리는 짧고	
	寒雲擁馬危橋短
싸라기눈 옷을 적시는데 석양은 밝게 빛나라	微霰沾衣返景明
머리 돌려 일천 봉우리 보니 어느새 캄캄하고	回首千峰俄黛色
정이 쏠리는 산허리엔 종소리 울리누나	凝情半嶺有鐘聲
시냇물은 빙 둘러 도성 가는 길 가로지르는데	溪廻截過長安路
멀리 교외에 피는 검은 구름에 근심이 돋는다	愁逐遙郊暝靄生

고벽당에서 매화를 읊어 백부에게 올리다[365]

苦蘗堂詠梅上伯父

제1수

신선의 풍채로 임하에 있더니	僊標定林下
옥 같은 용모로 도성에 왔구나[366]	玉貌却城中
도성의 눈발 속에 빛깔 선명하고	色正長安雪
산기슭 바람 타고 향내 짙어라	香高嶽麓風
천추에 이 같은 풍취 드물고	千秋同調少
한 방 안에서 만 가지 인연을 쉬도다	一室萬緣空
우연히 수선화를 만나	邂逅水仙子
서로 함께 한 무리 맑은 향기 이루네[367]	清芬交一叢

---

365 고벽당에서……올리다 : 고벽당이 정확히 어디인지는 미상이나, 본집 습유(拾遺) 권6의 〈고벽당의 눈 내리는 밤에 침상에서 모시면서 시 두 편을 지어 삼가 백부에게 올리다[苦蘗堂雪夜 陪寢枕上 得二篇敬呈伯父]〉 시의 "도성에 한 자 눈이 가득 내리고[洛城盈尺雪]"나 "도성에서 모여 되레 등불을 밝히고[會洛還燈火]"의 시구나, 김수증(金壽增)의 《곡운집(谷雲集)》 권1 〈성도술회(成都逑懷)〉에 "백악산 남쪽의 첫 번째 방에 옛집이 서쪽으로 필운대 언덕을 마주했네. 섬돌의 꽃과 뜰의 나무가 다 한가로우니 아름다운 의리는 모쪼록 고벽당을 살필지라.[拱極山南第一坊, 舊廬西對弼雲岡. 階花庭樹渾閑物, 美義須看苦蘗堂.]"라고 한 것을 보면, 도성 안에 있던 거처로 보인다.

366 신선의……왔구나 : 이는 혹 양주 벽계의 삼연의 산중 거처에 있던 매화 분재를 도성의 고벽당으로 옮겨온 것에 대한 표현이 아닌가 한다.

367 우연히……이루네 : 고벽당에 본래 있던 수선화를 가리킨 듯하다. 수선화와 매화는 향기와 흰 빛깔로 병칭되는 꽃이다. 129쪽 주255 참조.

제2수 其二

산을 나와서도 외려 짝이 있으니	出山猶有伴
서로 함께 인간세상 머무는구나	相與住人間
눈발 휘감긴 골목은 쓸쓸하고	擁雪蕭條巷
등불 달린 문은 적막도 하다	懸燈寂寞關
성글게 핀 꽃 바로 묘리이고³⁶⁸	花疎仍妙理
오래된 가지 바로 창안³⁶⁹이네	槎古是蒼顏
매화를 보면 흉금이 맑아지니	卽此襟期淡
산으로 돌아가는 꿈도 응당 드물리라	應稀夢返山

---

368 성글게……묘리이고 : 137쪽 주276 참조.

369 창안(蒼顏) : 노인의 여윈 얼굴을 형용하는 말이다.

일가 형수 류 유인에 대한 만사[370]
宗嫂柳孺人挽

제1수

부자께서는 규장의 인망 있으셨고[371]	夫子圭璋望
풍계의 특출한 자손이셨더니	楓溪特出孫
장도에 준마는 병들고	長途騏驥病
깊은 갑에 거문고 넣어두었네[372]	幽匣瑟琴存
거안제미(擧案齊眉)[373] 폐하지 않으시고	不替眉齊案

---

370 일가……만사 : 류 유인(柳孺人)은 삼연의 팔촌 형 김성운(金盛運)의 부인 전주
류씨(全州柳氏)이다. 이해 9월 17일 63세의 나이로 별세하였다. 《安東金氏世譜 卷5》

371 부자께서는……있으셨고 : 여기에서 부자는 선생이 아닌 지아비의 뜻으로서,
《맹자》〈등문공 하(滕文公下)〉에 "지아비의 뜻을 거스르지 말라.〔無違夫子〕"의 경우이
니, 곧 류 유인의 남편인 김성운을 말한다. 규장은 옥의 명칭으로, 특출하고 고귀한
인품을 비유하는 말이다. 《시경》〈대아(大雅) 권아(卷阿)〉에 "존귀하고 엄숙하며 규와
같고 장과 같네. 아름다운 명망 있는지라 화락한 군자여. 사방이 기강으로 삼도다.〔顒顒
卬卬, 如圭如璋. 令聞令望, 豈弟君子, 四方爲綱.〕"라고 하였다.

372 장도에……넣어두었네 : 뛰어난 자질을 지닌 김성운이 세상에 쓰이지 못하게 된
것을 탄식한 말이다. 김성운은 어릴 때부터 출중한 재주가 있었고 나이 스물에 생원시와
진사시에 동시 합격하였으며, 삼연의 부친 김수항(金壽恒)이 자신도 미칠 수 없는 재능
이라고 하기도 하였으나, 그만 희귀한 질병에 걸려 폐인이 된 채로 살다가 세상을 떠났다.
《茅洲集 卷10 季父墓誌》

373 거안제미(擧案齊眉) : 남편을 지성과 공경으로 받들었다는 말이다. 후한(後漢)
의 현사(賢士)인 양홍(梁鴻)의 처 맹광(孟光)이 밥상을 들고 올 때에도 양홍을 감히
마주 보지 못하고 이마 위에까지 들어 올렸다고 한 데서 온 성어이다. 《後漢書 卷83
逸民列傳 梁鴻》

진실한 마음으로 구하였지 입으로 말하지 않았네　　　誠求口未言

진실로 동관의 자태를 이루셨으니　　　眞成彤管懿

효자 충신의 가문을 빛내시도다　　　有煒孝忠門

제2수 其二

함께 늙다가 낮에 촛불을 켜니[374]　　　晝燭經偕老

과부로 지낸 것이 6년 세월이었네[375]　　　霜閨又六年

정신은 꽃과 바위 위에 있고　　　精神花石上

형체와 그림자는 노송과 단풍 앞에 있도다[376]　　　形影栝楓前

오래 묵은 물건이 완전한 물건이 되니[377]　　　故物爲完物

생이 다하도록 남편을 그리워했어라　　　終天仰所天

엿을 물고[378] 한창 만년을 보내실 때에　　　含飴方晚境

---

374 함께……켜니 : 낮에 촛불을 켠다는 것은 대낮에 켠 촛불이 아무런 의미가 없듯 남편을 잃고 혼자 살아남아 인생에 아무런 의미가 없다는 말이다. 《장사업집(張司業集)》 권2 〈남편이 전장에 나간 부인의 원통함〔征婦怨〕〉에 "부인은 자식과 남편에 의지하여 가난하나 천하나 함께 마음 편히 살려 했건만, 남편은 전장에서 죽고 자식은 배 속에 있으니, 첩의 몸이 살아 있은들 대낮의 촛불 같구나.〔婦人依倚子與夫, 同居貧賤心亦舒, 夫死戰場子在腹, 妾身雖存如晝燭.〕"라고 하였다.

375 과부로……세월이었네 : 김성운은 류씨가 사망하기 6년 전인 1691년(숙종17)에 세상을 떠났다.

376 정신은……있도다 : 류씨가 과부로 지내면서 정원의 꽃과 바위와 나무 등을 벗하며 마음을 달랬으므로 류씨의 정신과 기운이 정원의 식물에 어렸다는 말이다.

377 오래……되니 : 무슨 뜻인지 자세하지 않다.

378 엿을 물고 : 늘그막에 손주들의 재롱을 보며 즐겁게 지낸다는 말이다. 후한(後漢)의 마황후(馬皇后)가 "나는 그저 엿을 물고서 손주 재롱이나 보면서 다시는 정사에 관여하지 않을 것이다.〔吾但當含飴弄孫, 不能復關政矣.〕"라고 한 데서 온 표현이다.

검이 만나는 것³⁷⁹ 지체하지 않으셨네   會劍莫遲延

제3수 其三

동서 간에 화목하게 잘 지내고   娣姒通融意

자손들을 하나같이 자애롭게 대했네   兒孫一視慈

생전에 은혜로움 이와 같았으니   存時恩若此

사후에 그 유풍 따르리로다   身後事因之

북당의 섬돌에 차가운 원추리 시들고³⁸⁰   北砌寒萱謝

서산의 짧은 해도 저무는구나   西山短景移

서글피 만사를 요청하러 오니   悽然求挽語

이랑³⁸¹의 슬픔을 깊이 알겠어라   深見二郞悲

《後漢書 卷10 皇后紀 明德馬皇后》

379 검이 만나는 것 : 죽어서 부부가 다시 만난다는 뜻이다. 진(晉)나라 때 뇌환(雷煥)이 용천(龍泉)과 태아(太阿)라는 두 보검을 얻어 그중 하나를 장화(張華)에게 주었는데, 후에 장화가 주살(誅殺)당하자 그 칼의 소재를 알 수 없게 되었다. 뇌환이 죽은 뒤 그 아들이 칼을 가지고 연평진(延平津)을 지날 때 칼이 갑자기 손에서 벗어나 물에 떨어져 사람을 시켜 물속을 찾게 하였더니, 두 마리 용이 서리어 있을 뿐이고 보검은 보이지 않았다고 한다.《晉書 卷36 張華列傳》이 고사는 다시 만나는 인연이나 부부가 죽은 뒤 합장되는 것을 비유할 때 자주 쓰인다.

380 북당의······시들고 : 류 유인의 죽음을 비유한 것이다. 원추리는 모친을 뜻한다. 156쪽 주323 참조.

381 이랑(二郞) : 김성운과 류씨 사이에는 자식이 없었다. 여기에서 말하는 이랑은 아마도 김성운의 조카인 김시걸(金時傑)과 김시보(金時保)를 가리키는 듯하다. 이는 다음 수에서 이랑과의 교분을 언급한 것을 미루어 볼 때도 그렇다. 삼연은 김시걸 형제와 교분이 깊었다.

제4수 其四

규방 의범 갖추심을 익히 들었나니　　　　稔聞閨範備

이랑과 교유했기 때문이라네　　　　　　　以與二郎游

못가의 자리에서 넘치는 덕택 입었고　　　飽德臨池席

촛불 켠 누각에서 빛나는 모습 받들었어라　承暉秉燭樓

만가를 지어 오늘 곡하고　　　　　　　　虞歌今日哭

유향(劉向)의 전은 후일 지으리[382]　　　　劉傳異時修

양주의 장지로 흙 짊어지고 따르길 원하니　負土楊山願

아득한 언덕에 눈이 가득하구나　　　　　蒼茫雪滿丘

---

382 유향(劉向)의……지으리 : 한(漢)나라 때 유향은 여인들의 전기를 모아 《열녀전
(列女傳)》을 지었다. 삼연이 류 유인의 전기를 지을 것이라는 말이다.

인제 관아로 가서 머무는 양겸을 전송하면서 곡구의 판잣집을 살펴보게 하다

送養謙往留麟衙 仍使視谷口板屋

제1수

큰 눈이 일천 골짝 파묻었는데	大雪平千峽
외로이 솟은 산 하나뿐	孤尖只一山
구름 낀 벼랑엔 여기저기 곰이 살고	雲崖熊館錯
얼음 언 잔도엔 말이 나아가기 어려우리	氷棧馬蹄艱
인제에 당도하면 지낼 날 많으리니	到郡容多日
침상 나란히 하고서 정다우리라	連床定解顔
한가로운 밤 서로 읊조리노라면	伊吾得閒夜
합강정383에서 시가 이루어지겠네	詩在合江間

제2수 其二

설악산에 새로 집을 옮겨 지었으되384	雪嶽新移築
한계산385과 아주 연을 끊지는 않으리	寒溪未絶緣
왕래하는 이는 바로 아비와 아들이요	往還仍父子

---

383 합강정 : 167쪽 주346 참조.
384 설악산에……지었으되 : 설악산 백담 계곡에 세운 백연정사(百淵精舍)이다. 이 시를 지은 이듬해에 백연정사가 완공되었다.
385 한계산 : 인제에 있는 산이다.

숨었다 나타났다 하는 것은 바위와 샘이로다 　　　幽顯自巖泉

판잣집은 구름이 응당 지킬 것이요 　　　　　　　板屋雲應守

금헌[386]은 꿈에서 보이리라 　　　　　　　　　　琴軒夢有牽

아득한 녹문의 계책[387]을 　　　　　　　　　　　蒼茫鹿門計

끝내 언제나 이루려나 　　　　　　　　　　　　　畢竟在何年

---

386 금헌(琴軒) : 아들 김양겸(金養謙)이 머무는 인제 관아를 말하는 듯하다. 수령이 머무는 관청을 금각(琴閣) 또는 금당(琴堂)이라고 하는데, 이는 공자의 제자인 복자천 (宓子賤)이 선보(單父) 고을의 수령이 되었을 때 관아의 마루 아래로 내려오는 일 없이 거문고만 연주했는데도 고을이 잘 다스려졌다는 고사에서 유래한 것이다. 《呂氏春秋 察賢》

387 녹문의 계책 : 온 가족을 이끌고 산중에 들어가 은거할 계책이다. 후한(後漢)의 은자 방덕공(龐德公)이 원래는 남군(南郡)의 양양(襄陽)에 살았는데, 형주 자사(荊州 刺史) 유표(劉表)가 초빙하자 나아가지 않고 가솔을 모두 거느리고 녹문산(鹿門山)에 들어가 다시는 세상에 나오지 않았다고 한다. 《後漢書 卷83 逸民列傳 龐公》

조수를 타고 감로사로 향하며[388] 무인년(1698, 숙종24)

乘潮向甘露寺 戊寅

아득히 전포[389]를 떠나니	微茫錢浦去
출향대에서 산이 끊어지네	山斷出香臺
흥취는 긴 조수를 따라 나아가고	興逐長潮進
배가 가니 멀리 있던 나무도 가까워진다	船令遠樹來
흰 물결은 아래에서 넘실대고	浪花低激灩
유빙 조각들은 고정된 범위 안에 이리저리 움직인다	凘片滯徘徊
봄바람은 살랑살랑 불고	澹澹春風色
놀란 기러기는 배 너머에 빙빙 도누나	驚鴻櫓外廻

---

388 조수를……향하며 : 감로사는 개성 천마산(天磨山) 오봉봉(五鳳峰) 아래에 있던
절이다. 고려 때 이자연(李子淵)이 원(元)나라 조정에 들어가서 윤주(潤州) 감로사에
올라갔다가 그곳의 풍광을 사랑하여 이에 자신을 따라간 뱃사공에게 그곳의 형세를
잘 살펴 기억해두라고 하고서 고려에서 그곳과 비슷한 곳을 10년을 기한으로 찾아보게
하였다. 6년 뒤에 개성 서호(西湖)에서 알맞은 곳을 찾아 누각과 지대(池臺)의 제도를
한결같이 윤주를 모방하여 지었다. 《국역 신증동국여지승람 제4권 개성부 상》

389 전포(錢浦) : 개성부 서쪽에 있던 포구이다. 이곳에서 북쪽에 감로사가 있었다.

감로사 누각에 올라

登甘露寺樓

강산은 만 리에 뻗어 있는데	萬里江山勢
적막한 이 절은 쇠하였구나	蕭條此寺殘
고려조에 이루어졌다 쇠하였고	成虧麗代了
윤주와 같기도 하고 다르기도 하네	同異潤州看
우물을 둘러싼 대숲 푸르고	護井叢篁碧
누각 앞 고목은 싸늘하다	當樓古木寒
하루 종일 배를 정박할 수 없으니	停船不終日
개연한 마음 천 갈래로 하염없어라	興慨浩千端

　　중원의 윤주에 감로사가 있다.

강 가운데에서 정토와 동대를 바라보다[390]
中流望淨土東臺

완연히 은빛 시내에 떠 있으니 　　　　　　　　　宛在銀川泛

천마산은 반은 어둡고 반은 밝구나 　　　　　　天磨半晦明

양쪽 고을은 모두 비 내릴 기색이요 　　　　　　兩州渾雨色

　어떤 본에는 "모두 빗방울이 떨어지고〔交雨點〕"로 되어 있다.

세 절 너머로 조수 소리 들린다 　　　　　　　三寺隔潮聲

배는 드넓은 강 가운데 있고 　　　　　　　　舟楫中間闊

물새들은 가볍게 오르내리누나 　　　　　　　鳧鷺上下輕

가는 곳마다 천기가 흐르니 　　　　　　　　天機隨地步

눈에 닿는 대로 흥취가 가득하다 　　　　　　觸目興盈盈

---

390 강……바라보다 : 정토는 다음 시의 정토사일 것이고, 동대 역시 이 시 안에 '세
절〔三寺〕'라고 한 것을 보면 절의 이름일 듯하다.

정토사를 둘러보다
淨土寺周覽

산은 저 너머 고을에서부터 솟았고	山自他州聳
파도 소리는 이편 기슭으로 들려오네	潮來此岸聞
빼어난 소나무는 풍성한 가지 드리우고	飄蕭松側蓋
그윽한 절벽은 문양이 나 있구나	幽潤壁含文
우물은 용들이 사는 굴로 통하고	井洞群龍窟
누대는 한 마리 학이 나는 구름까지 뻗었어라	臺凌一鶴雲
훗날 달빛 좋은 밤에 이르러	異時乘月至
읊조리고 바라보면 틀림없이 경치 출중하리	吟望定超群

우다동391

于多洞

바닷가 기운은 끝없이 뻗었는데	海濱氣坱軋
움푹 팬 괴석이 빽빽하여라	嵌空怪石稠
길가에 있는 우다굴	路上于多窟
손가락으로 가리키노니 끝내 누가 찾으려나	指點竟誰搜
홀로 만고의 정취 머금고	獨含萬古意
입 벌린 채 수양392의 모퉁이에 있구나	開口首陽陬
행인은 그저 뚫어지게 쳐다보기만 하고	行人但凝睇
늙은 토착민은 머리가 온통 새하얗네	土叟漫白頭
말하길 여기에서 나무를 태우면	猶云樵火爇
그 연기가 다른 고을에서 나온다 하네	煙氣出他州
이 일은 이치가 매우 깊으니	玆事理至深
귀와 눈으로는 혹 두루 다 살필 수 없어라	耳目或不周
종유석에 맺힌 물방울 상상해보고	側想鍾乳滴
박쥐가 날아다니는 것 완연히 보도다	宛見蝙蝠遊
인간세상에 기재되지 않은 것이니	人間所不載

---

391 우다동(于多洞) : 해주목(海州牧) 동쪽 30리에 우다굴이 있는 곳이다. 굴에서 불을 지피면 10여 일 만에 구월산의 구멍으로 연기가 빠져나온다고 한다. 《新增東國輿地勝覽 卷43 黃海道 海州牧 古跡》

392 수양(首陽) : 해주목에 있는 산 이름이다. 《新增東國輿地勝覽 卷43 黃海道 海州牧 山川》

그윽한 동천이 따로 있다네   別有洞天幽
옥 상자를 행여 징험해볼 만하니[393]   玉笥倘可徵
내 저곳에서 머물고자 하노라   吾欲于彼留

393 옥……만하니 : 우다굴에서 신선술을 닦아보겠다는 말인 듯하다. 옛날 신선술을 좋아했던 한 무제(漢武帝)가 신선들의 흔적을 찾다가 영험한 기운이 도는 한 산의 정상에 단을 쌓고 밤낮으로 기도를 올리자 하늘에서 백옥으로 된 상자를 내려 단 위에 두었는데, 무제가 사람을 보내 그 상자를 가져가려 하니 갑자기 큰바람이 불어서 옥 상자를 휘감아 사라졌다는 고사가 있다. 《太平御覽 卷41 玉笥山》

고주판에서 수양산성을 바라보며
高注坂 望首陽山城

푸른 산줄기가 여러 고을에서 와	蒼山諸郡來
기세가 해서에서 좁아지다가	氣勢海西窄
장차 우뚝한 수양산 되려	將爲首陽屹
평지에 드높이 몸을 세웠네	平地立額額
멀리서 달려오다 여기에 수레 멈추자	遙騖斯弭節
빙 두른 산성 어지러이 달려와 맞이하니	拱衛紛趨逆
일천 수레가 말안장 정돈한 듯하고	千車儼鞲鞗
일만 기병이 창을 치켜든 듯하구나	萬騎奮戈戟
바라봄에 경탄할 만하여	望之吁可畏
빽빽한 무기고가 앞에 바짝 있는 듯하니[394]	森然武庫逼
먼 언덕에서부터 눈이 놀라고	駭目自遠坂
나아가자니 털은 쭈뼛 마음도 위축되네	欲進悚毛魄
서서히 손으로 가리킬 곳 나타나	徐徐有指點
화려한 높은 누각 멀리 흰 빛깔로 둘렀으니	麗譙繚遙白
구름은 반달 모양으로 떠받치고	雲扶却月形
새는 바람 가르던 날개 거두고 쉰다	鳥斂凌風翮
금성탕지 참으로 하늘이 만들어놓은 것이요	金湯信天設

---

394 빽빽한……듯하니 : 각종 병장기가 빽빽하게 갖추어져 있는 무기고처럼 온갖 형
승(形勝)을 갖춘 수양산성이 위용 있게 눈앞에 바짝 다가온다는 말이다.

세찬 폭포는 높다란 절벽에 걸쳐 있는데	怒瀑仍峻壁
안개 속에 방책(防柵)이 드러나니	浮煙表儲胥
입을 벌리듯 남문이 열리누나	呀然南門闢
묻노니 이 산성 생긴 이래	借問設此來
강적을 얼마나 물리쳤던가	曾摧幾勍敵
인화는 예로부터 한 말이거니와[395]	人和古有說
토붕의 형세는 당장에 닥쳤어라[396]	土崩今見迫
조정의 깊은 계획 담긴 산성을	深沉廊廟算
서책과 검 지닌 길손[397]이 올려보고 내려보니	俯仰書劍客
한참을 감상하다 말에 올라타	延賞且一騎
조금씩 일천 척의 산을 오르네	冉冉上千尺

---

395 인화(人和)는……말이거니와 : 천연의 요새가 인심의 화합만 못하다는 말이다. 《맹자》〈공손추 하(公孫丑下)〉에 "시기를 잘 이용하는 것이 성지의 험고함만 못하고, 성지의 험고함이 인심이 화합함만 못하다.〔天時不如地利, 地利不如人和.〕"라고 하였다.

396 토붕(土崩)의……닥쳤어라 : 작금의 나라의 상황이 흙더미가 무너질 듯 위태롭다는 말이다.

397 서책과……길손 : 삼연 자신을 빗댄 말이다. 옛날에 문인들은 서책과 검을 휴대하고 사방을 떠돌아다녔다. 시에서는 대체적으로 정처없이 허송세월하며 떠도는 이미지가 있다. 예컨대 당(唐)나라 맹호연(孟浩然)의 시에 "분주히 다닌 삼십 년, 서책과 검의 문무(文武) 둘 다 이룸이 없구나.〔遑遑三十載, 書劍兩無成.〕"라고 하였고, 고적(高適)의 시에 "동산에 한번 은거하여 흘려보낸 삼십 년 봄, 서책과 검이 풍진 속에 늙어갈 줄 알았으랴.〔一臥東山三十春, 豈知書劍老風塵?〕"라고 하였다. 《孟浩然集 卷3 自洛之越》《高常詩集 卷5 人日寄杜二拾遺》

은적암에서 비에 갇혀[398]

隱寂菴滯雨

산성은 높은 지대에 걸쳐 있고	山城據地高
운무는 암자에 자욱한데	嵐霧滯梵宮
게다가 비바람으로 어둑해져	況玆風雨晦
아무것도 분간할 수 없는 곳에 이 몸 두었네	置身泱漭中
침석에 가득 낀 구름은	枕席大抵雲
손으로 잡아도 공허하게 잡히는 것 없거늘	攬來雲則空
자나 깨나 인간세상의 일이 아닌 듯하니	寤寐非世事
아득한 운무 속에서 밤새다 새벽 종소리 맞는다	溟洞度曙鐘
동쪽에 해 벌써 떴을 터인데	東方應已作
창가의 어둠 여전하여 여명은 더디고	遲黑尙牕櫳
문 열었다 서글피 다시 닫으니	開戶悵復閉
귓전을 때리는 빗소리 그칠 줄 모르누나	屬耳聲不窮
후드득 비바람에 온갖 나무 젖어들고	颼爲萬木濕
철퍼덕 뭇 골짝에 물줄기 합쳐지는데	澎卽衆壑漴
낙숫물에서 폭포가 어떨지를 알겠으니	簷霤知瀑布
눈 무지개[399] 얼마나 보태었을까	幾許添雪虹

---

398 은적암에서 비에 갇혀 : 은적암은 황해도 구월산에 있는 암자이다.
399 눈 무지개 : 눈발처럼 부서져 떨어지면서 햇살을 받아 무지갯빛으로 반짝이는
폭포의 물방울을 형용한 것이다.

기이한 구경거리가 나아갈 길에 가득하건만   奇賞滿前程

빗속에 체류하며 시름만 맺히니   滯愁結溟濛

승려 불러 몇 번이고 성가퀴에 기대   呼僧屢倚堞

동쪽으로 흘러가는 구름 살펴보노라   試看雲行東

석담구곡400

石潭九曲

구곡에 시작과 종착 있으니	九曲有源委
천천히 순서 따라 길 밟아가네	循序在徐遵
나는 인도하는 사람 없이 온 터라	我來無嚮導
깊이 찾다 혹 길을 잃기도 하네	窺深或迷津
운무가 다시 자욱하게 끼니	嵐靄復氛氳
석문에 자주 말을 멈추노라	・石門駐馬頻
은병은 아늑하고 고요한 정취 간직했고	隱屏蘊幽靚
송애는 가파르게 우뚝히 솟았구나	松厓抗嶙峋
암천이 또한 절로 아름답거니와	巖泉亦自佳
주인에게는 외려 부끄러운 듯해라401	猶恐媿主人
형체가 정해진 사물이 아니겠는가	將非囿形物
가장 신령한 몸에는 비기지 못하리로다402	不比最靈身

---

400 석담구곡(石潭九曲) : 황해도 해주 고산(高山)에 있는 관암(冠巖), 화암(花巖), 취병(翠屏), 송애(松崖), 은병(隱屏), 조계(釣溪), 풍암(楓巖), 금탄(琴灘), 문산(文山)의 구곡을 말한다. 1575년(선조8) 율곡(栗谷) 이이(李珥)가 주희(朱熹)의 무이구곡(武夷九曲)을 본떠 구곡에 각각 이름을 붙이고 〈고산구곡가(高山九曲歌)〉를 지었다.

401 암천이……듯해라 : 석담의 풍광이 비록 아름답지만 이이의 덕의 아름다움에는 미치지 못한다는 말이다.

402 형체가……못하리로다 : 이 역시 석담의 풍광이 아무리 아름답다 해도 틀에 갇힌 사물에 불과하여 천지 만물 가운데 가장 신령한 기운을 타고난 사람의 몸에는 비기지 못한다는 말이다. 여기에서 사람의 몸은 이이를 가리킨다고 봐도 무방하다.

선생께서 이곳에서 고상히 지내셨는데	先生於是高
청진의 뒤에 온 것이 더욱 한스러워라[403]	彌恨後淸塵
배회하며 참으로 돌아가는 것도 잊으니	低徊信忘歸
드리운 숲 그늘에서 온종일 사모하도다	蔭映戀昏晨
빈집에서 짧은 병풍 펼치니	空院披短屛
그림 속에 맑고 참된 기운 모였네[404]	粉墨會淸眞
빙빙 두른 솔 아래 길은	繚繞松下道
아득히 해변을 향해 이어지누나	微茫漸海濱
두루 다 살펴보기에는 겨를이 없어	遍搜則未暇
구곡가를 불러 정신을 상쾌하게 하네	九歌以暢神
여운 속에 계곡물은 일렁이는데	餘韻水澹澹
건너 기슭 개암나무 숲에는 바람 높아라	對岸蕭風榛

403 청진(淸塵)의……한스러워라 : 후세에 태어나 이이와 함께하지 못함을 한스러워
한 말이다. 청진은 인품이 고결한 사람을 비유하는 말이다.

404 빈집에서……모였네 : 여기에서 빈집은 석담에 이이가 강학의 장소로 세운 은병
정사(隱屛精舍)를 가리키는 듯하다. 그림이란 혹 〈고산구곡도(高山九曲圖)〉를 가리키
는 것이 아닌가 한다. 송시열(宋時烈)이 이 그림을 그려 김수항(金壽恒)과 삼연 등의
여러 사람에게 시를 받아 함께 장정(裝幀)한 일이 있다.《文谷集 卷6 高山一曲次朱子武
夷一曲韻》《栗谷全書 附錄續篇 高山九曲詩》

고택에 들러
過故宅

분명하게 드러난 밭의 용이요	顯顯在田龍
희고 깨끗한 빈 골짝의 망아지라[405]	皎皎空谷駒
선생은 진퇴에 있어	先生進退間
도와 함께하지 않음이 없으셨어라	靡不與道俱
귀를 씻는 것을 어찌 평소 숭상했으랴	洗耳豈素尙
솔과 사슴도 함께할 무리 아니거니[406]	松鹿亦非徒

---

405 분명하게……망아지라 : 모두 석담에 은거해 있던 율곡(栗谷) 이이(李珥)를 비유한 말이다. 《주역》〈건괘(乾卦) 구이(九二)〉에 "나타난 용이 밭에 있으니 대인을 보아야 이롭다.〔見龍在田, 利見大人.〕"라고 하였는데, 이는 아직 뜻을 얻지 못했으나 장차 크게 쓰일 인재를 비유한다. 또 《시경》〈소아(小雅) 백구(白駒)〉에 "희고 깨끗한 망아지 저 빈 골짜기에 있구나. 싱싱한 풀 한 다발을 주노니 그 사람은 옥처럼 맑도다.〔皎皎白駒, 在彼空谷. 生芻一束, 其人如玉.〕"라고 하였는데, 이 역시 세상에 쓰이지 않고 재야에 은둔한 현인을 비유한다.

406 귀를……아니거니 : 이이의 은거가 세상을 잊고 아주 떠나버리려는 것이 아니라 도에 따라 진퇴하였음을 말한 것이다. 귀를 씻는다는 것은 요(堯) 임금이 천하를 물려주려 하자 추한 말을 들었다며 영수(潁水)에서 귀를 씻고 떠나버린 허유(許由)라는 고사(高士)의 일을 말한 것이다. 또한 고시(古詩)에 "귀를 씻어 인간사를 듣지 않고서, 푸른 소나무와 벗이 되고 사슴과 친구가 된다.〔洗耳人間事不聞, 青松爲友鹿爲羣.〕"라고 하였다. 이 시는 이이와 선조의 문답 때도 사용되었는데, 이이가 병이 많아 벼슬에서 물러가길 청하자 선조가 이 고시를 인용하여 어찌 즐거운 일이 아니겠냐고 말하였다. 그러자 이이가 아뢰기를 "예전 은사(隱士)는 군신 간의 약속이 없었기 때문에 서로 잊을 수 있었고, 또 병이 없어 좋은 산수에서 노닐었습니다. 그러나 신은 은혜를 많이 입었기 때문에 시골에 있다 하여도 마음은 성상에게서 떠나지 못하고, 또 병이 있으니

성주께서 우연히 귀전(歸田)을 허락하시어	聖主偶許歸
호연히 임하의 몸 된 것이로다	浩然林下軀
조화 타고 돌아가신 지 홀연 백 년 세월 흘렀으되	乘化忽百載
구원에는 아직도 낡은 집 남았네	丘園尚弊廬
반 이랑 밭도 있었던 적 없거니와	曾無半畝田
한 상자 속의 책은 썩지 않았도다	未朽一笥書
호호백발의 손자는	皤皤白首孫
적막 속에 《잠부론》⁴⁰⁷ 초하고 있네	寂寞草潛夫
문 두드리고서 선생 남기신 말씀 얻으려니	叩門得遺聞
문헌이 어찌 없지 않으랴	文獻其不無
녹거를 우러름에 덕이 같나니	鹿車仰同德
아아 정려문이 모범이 되었도다⁴⁰⁸	棹楔嗟刑于

숨어 산들 무슨 낙이 있겠습니까. 다만 하는 일 없이 녹만 타 먹기가 어렵기 때문에 물러나지 않을 수 없습니다."라고 하였다. 《高士傳 許由》《陳一齋先生文集 隱者》《石潭日記 卷上 萬曆二年甲戌》

407 잠부론(潛夫論) : 후한(後漢) 때 왕부(王符)가 난세(亂世)를 만나 강직한 지조 때문에 세상에 용납되지 못함을 분개하여 은거하면서 당시의 폐정(弊政)을 통절히 비판하며 지은 글이다. 《後漢書 卷49 王符列傳》

408 녹거(鹿車)를……되었도다 : 녹거는 부녀자가 타는 작은 수레로 여기에서는 이이의 아내인 노씨(盧氏)를 가리킨다. 노씨가 이이와 같이 덕을 함께하여 아녀자의 훌륭한 모범을 남겼다는 말이다. 노씨는 이이가 죽은 뒤 집안을 잘 다스려 이이가 살아 있을 때와 똑같이 하니 사람들이 그녀가 보고 배운 데가 있어서 그렇게 하는 것이라 여겼으며, 임진왜란이 일어나자 피난 가지 않고 파주에 있는 이이의 산소로 가서 그곳을 지키다가 왜적에게 살해당하였다. 이후 조정에서 정려문을 내려주었다. 《栗谷全書 卷35 附錄3 行狀》

감동하고 사모하는 마음 이에 깊어지니　　　　感慕於玆深

계당에서 서글피 머뭇대도다　　　　　　　　溪堂悵踟躕

섬돌 따라 푸르른 낚시터로 나아가니　　　　循砌跋蒼磯

저녁연기에 냇물 빛은 비었네　　　　　　　暮煙川光虛

지팡이 짚고 신 끄시던 저녁을 사모하노니　依依杖屨夕

식사하시고 이곳에서 물고기 구경하셨으리　飯後此觀魚

선생의 자취 보존된 곳　　　　　　　　　　要識迹所存

그 모두 도가 남겨진 곳임을 알아야 하리라　一皆道之餘

가공암에서 지난 자취를 찾아보며 감회가 일었다. 또한 능허대가 있었다[409]

架空菴撫迹興感 亦有凌虛臺也

가공암 보기 위해	求觀架空菴
옷자락 걷어쥐고 높은 벼랑 오르니	攝衣上迢遞
첩첩 쌓인 바위들 거꾸로 쏟아질 듯	礧礧石垂崩
오래된 길 한 가닥 가느다랗게 나 있네	古道一線細
벼랑 끝나자 몸은 이미 높은 곳	崖窮身已高
흘러가는 큰 시내 굽어보노니	俯閱大川逝
능허라는 이름 어찌 헛되랴	凌虛豈漫號
아스라이 세상을 벗어날 만하구나	縹緲可遺世
유유히 초은[410] 노래하며	悠然招隱詠
저녁 빗속에 솔과 계수에 기대었노라니	暮雨倚松桂
동쪽 언덕 차츰 날이 개고	東皐稍霽色
촌락은 자욱이 운무 속에 있네	村墟間杳靄
계곡 길 비록 이리저리 꺾여 있어도	澗道雖曲折
상류를 다 가리지는 못하니	上源無盡蔽

---

409 가공암에서……있었다 : 가공암은 1571년(선조4)에 이이(李珥)가 갈공사(葛公寺)라는 절의 이름을 고쳐 석담에 세운 암자이다. 석담구곡(石潭九曲)의 제4곡인 송애(松崖)의 조금 북쪽에 있었다.

410 초은(招隱) : 한(漢)나라 때 회남왕(淮南王) 유안(劉安)이 지은 〈초은사(招隱士)〉이다. 은자의 거처에 대한 내용이 많이 나온다.

강학하던 소리 넘쳐나던 곳	洋洋絃誦所
내 눈 아래 그 형세 펼쳐 있구나[411]	目下列體勢
높고 깊은 형세 절로 바위와 시내라	高深自巖泉
그 속에서 고심한 것 모두 경세제민이었으니	布置捴經濟
작은 암자가 또한 벼랑 틈에 있는지라	小菴亦崖隙
부서진 기와에서 옛 제도를 살피도다[412]	殘瓦考遺制
이곳에서 북 치고 책을 꺼내며[413]	玆其鼓篋棲
뜻을 살피고 예에서 노닐었으니	觀志且游藝
전하는 말이 이와 같되	傳說蓋如此
지금은 황폐하여 침체되었어라	今也則荒替
외로이 높은 곳에 있어 승려도 지키지 못하는지라	孤高僧莫守
서글퍼져 눈물이 흘러내리려 하니	愀悄吾欲涕
선생께서 마시던 샘물은	先生所飮泉
깨진 우물 벽돌에 덩굴 뻗어 있네	缺甃延薜荔
누가 깨끗하게 청소하여	誰能滌以清
활맥이 끊어지지 않게 할까	毋使活脉閉

411 계곡……있구나 : 지금 높은 곳에서 석담의 구곡을 바라볼 적에 계곡이 굽이굽이 휘돌아 시야를 가리지만 그것으로 인해 상류가 보이지 않을 정도는 아니며, 옛날 이이가 강학하던 장소들이 눈 아래로 펼쳐진다는 말이다.

412 작은……살피도다 : 과거에 이이가 이곳에 와서 갈공사의 옛터를 찾아보고 가공 암을 새로 지은 사실을 말한 것이다. 《栗谷全書 卷13 松崖記》

413 북……꺼내며 : 이이가 제생(諸生)들과 학문을 강론했다는 말이다. 《예기(禮記)》〈학기(學記)〉에 "입학하여 북을 쳐서 울리고 책을 꺼내는 것은 그 학업을 공손히 받기 위함이다.〔入學鼓篋, 孫其業也.〕"라고 하였다.

저녁 되어 서글피 내려가려다   惆悵暮將下

백 년을 지키고 선 나무 아래 쉬노라   百年樹下憩

정사에서 유숙하고 출발하려 할 때 감회가 있어

留宿精舍 將發有感

제1수

어제 남기신 글을 외다	昨日誦遺書
오늘 석담에 당도하니	今日到石潭
분비한 심정⁴¹⁴ 열어주는 듯하고	憤悱若有啓
황홀히 금옥 같은 음성 받드는 듯해라	怳承金玉音
바람 쐬고 읊조리는 단⁴¹⁵ 서성이고	周旋風詠壇
여울 살피며⁴¹⁶ 다시 호연히 읊조리니	觀瀾復浩吟
바위에 흐르는 물은 이치의 오묘함 흩뜨리고	巖流散理妙

---

414 분비한 심정 : '분(憤)'은 마음속으로 통하려고 노력해도 잘되지 않아 답답한 마음
이고, '비(悱)'는 입으로 표현하려 해도 잘되지 않아 답답한 마음이다. 《논어》〈술이(述
而)〉에 "분발하지 않으면 열어주지 않고, 고심하지 않으면 깨우쳐주지 않는다.〔不憤不
啓, 不悱不發.〕"라고 하였다.

415 바람……단 : 공자의 제자인 증점(曾點)이 세속의 때를 벗고 천리(天理)가 유행
하는 오묘함을 즐겼듯이 이이(李珥)가 바람을 쐬고 읊조리던 석담(石潭)을 가리킨 것
이다. 증점이 "늦은 봄에 봄옷이 만들어지면 관을 쓴 사람 대여섯 명과 아이들 예닐곱
명을 데리고 기수에 가서 목욕을 하고 기우제 드리는 무우단에서 바람을 쐬인 뒤에
노래하며 돌아오겠습니다.〔暮春者, 春服旣成, 冠者五六人, 童子六七人, 浴乎沂, 風乎
舞雩, 詠而歸.〕"라고 자신의 뜻을 밝히자, 공자가 감탄하며 허여한 내용이 《논어》〈선
진(先進)〉에 보인다.

416 여울 살피며 : 물의 여울을 보면 그 물의 근원을 알 수 있듯이 도의 근본을 추구한
다는 의미가 담긴 말이다. 《맹자》〈진심 상(盡心上)〉에 "물을 관찰하는 방법이 있으니,
반드시 여울을 살펴야 한다.〔觀水有術, 必觀其瀾.〕"라고 하였다.

재사에는 도심이 모이누나　　　　　　齋舍會道心

참으로 오래 머무를 수 있다면　　　　誠能辦久留

선생이 남기신 가르침 찾을 수 있으련만　遺緒庶可尋

숱한 어려움 들어찬 흉금을 어지러이 꺼내었다가　紛披衆難胸

적막 속에 홀로 옷깃을 여미노라　　寂寞獨斂襟

금탄에는 밤중에 비가 내려　　　　琴灘夜來雨

흰 물결 화암에 일렁이는데　　　　浪痕蕩花巖

다리 앞에서 말이 우니　　　　　　臨橋有嘶馬

머리 돌려 봄 숲을 서글피 바라보네　回首悵春林

누가 나의 말을 매어두어　　　　　誰能縶我馬

홍록이 짙어질 때까지 있게 하려나　以待紅綠深

버드나무 낚시터 이야기[417] 깊이 생각하노라니　沈思柳磯話

다시 그윽한 물가가 그리워지려 하누나　復欲戀幽潯

제2수 其二

말세에 사우의 도 폐해져　　　　　晩世師友廢

세도가 적막하니　　　　　　　　蕭條此世道

밝은 하늘의 뜻 어떠한 것인가　　皓天意如何

아아 제자는 벌써 늙어버렸어라[418]　弟子嗟已老

417　버드나무 낚시터 이야기 : 버드나무 낚시터는 곧 과거에 이이(李珥)가 이기(理氣)를 탐구하던 곳이다. 《율곡전서(栗谷全書)》권10 〈성호원에게 답한 편지〔答成浩原〕〉두 번째에 이이가 버드나무 낚시터에 나가 손으로 물을 치면서 이(理)와 기(氣)의 관계와 작용에 대해 사색한 일이 보인다.

418　밝은……늙어버렸어라 : 천도가 회복되지 못한 암울한 시기에도 힘써 학문을 이

그윽한 석담으로 돌아와	歸來石潭幽
하얗게 센 나의 머리털 씻는다면	濯我衰鬢皓
단서를 구함이 거의 여기에 있나니	求端庶在此
잠깐 사이에 가슴속에 감회가 가득 차네	俛仰感盈抱
석담의 선생 자취 따라가보는 일은 금세 끝나거니와	循迹亦易窮
마음에 얻은 것은 넉넉한 즐거움 있으니	會意有餘好
시내 구름 사이로 새들은 오가고	溪雲往來禽
벼랑에 내리는 비는 풀을 차례대로 적신다	崖雨次第草
풍성하게 계곡 가득 들어찬 봄을	藹然滿谷春
선각께서 진즉에 완상하셨거니	先覺玩已早
내 참으로 뒤늦게 옴을 탄식하고	方嗟來苦晚
귀전(歸田)하고픈 마음으로 번뇌하누나	又被歸意惱
산어귀에서 곧 길이 갈리는데	山門便歧路
가려 하니 온통 진흙탕이라	欲往泥浩浩
선생의 집 지키는 종을 부러워할 만하니	堪羨守院奴
아침저녁으로 물 뿌리고 땅을 쓸도다	朝夕供洒掃

어나가야 하는데 자신은 이미 늙어버렸음을 한탄한 말이다. 이는 《순자(荀子)》〈성상편(成相篇)〉의 "밝은 천도(天道)가 회복되지 않으니 근심은 끝이 없어라. 천년 세월이 지나면 반드시 돌아옴은 옛날의 떳떳한 이치이니, 제자들이 배움에 힘을 쓴다면 하늘이 잊지 않을 것이다.〔皓天不復, 憂無疆也. 千歲必反, 古之常也. 弟子勉學, 天不忘也.〕"라는 말을 염두에 둔 것이다.

오사[419]

五祀

동방의 주자 계시니	東方有朱子
무이산[420]은 바로 고산이라	武夷則高山
신산 아홉 굽이 시내가	神山九折溪
뜻밖에 또 같은 물굽이로다[421]	邂逅又同灣
성명의 도[422]에 이미 계합하고	誠明道旣契

419 오사 : 황해도 해주 석담의 소현서원(紹賢書院)에 배향된 다섯 인물을 가리킨다. 소현서원은 이이가 세운 은병정사(隱屛精舍)가 후에 사액된 이름이다. 소현서원에는 주희(朱熹)를 주벽(主壁)으로 하여 조광조(趙光祖), 이황(李滉), 이이(李珥), 성혼(成渾), 김장생(金長生), 송시열(宋時烈)이 배향되었는데, 삼연이 찾았던 당시에는 김장생까지 배향이 이루어져 있었다. 송시열의 배향은 후대인 1781년(정조5)에 이루어졌다.

420 무이산(武夷山) : 주희가 학문을 닦던 곳으로 복건성(福建省) 숭안현(崇安縣)에 있다. 주자는 이곳에 무이정사(武夷精舍)를 짓고 강학하였으며, 무이산의 아홉 굽이 시내를 무이구곡(武夷九曲)이라 하였다. 이이의 석담구곡도 여기에서 온 것이다.

421 신산……물굽이로다 : 무이구곡처럼 석담에도 구곡이 있음을 말한 것이다.《회암집(晦庵集)》권9〈무이정사를 가서 보고 짓다〔行視武夷精舍作〕〉에 "신산 아홉 굽이 시내 따라 거슬러 오르니 여기가 중간일세.〔神山九折溪, 沿泝此中半.〕"라는 구절이 있다.

422 성명의 도 :《중용장구(中庸章句)》제21장에 "성(誠)으로 말미암아 밝아짐을 성(性)이라 하고, 명(明)으로 말미암아 성실해짐을 교(敎)라 이르니, 성실하면 밝아지고 밝아지면 성실해진다.〔自誠明, 謂之性, 自明誠, 謂之敎, 誠則明矣, 明則誠矣.〕"라고 하였다. 성(誠)을 통해 밝아진다는 것은 천도(天道)를 가리키는 말로, 진실하고 완전한 성(性)을 타고난 성인이 그 성을 통해 천하의 도리를 환히 알게 된다는 것이고, 명을 통해 성실해진다는 것은 인도(人道)를 가리키는 말로, 배워서 아는 현인이 공부하는 과정을 통해 먼저 어느 것이 선인가를 환히 안 다음에 자신의 선한 본성을 더욱 원만하게

인지의 좋아함⁴²³에 어울리셨어라 　　　　　　　　仁智樂相關

그럼에도 삼가고 피하는 뜻 품으시니 　　　　　　　猶懷逡巡意

물러나 처함이 황이⁴²⁴와 같았도다 　　　　　　退處黃李班

여사를 가까이에서 취하되⁴²⁵ 　　　　　　　　　餘師取諸近

두루 선택함에 또한 신중하고 어렵게 하였네 　　歷選亦愼難

도산(이황(李滉))의 기미 심장하고 　　　　　　　陶山氣味淵

정암(조광조(趙光祖))의 모범 곧았어라 　　　　　　靜菴模楷端

종장과 현철⁴²⁶의 신주 갖추어 펼치고 　　　　宗哲展也備

인사⁴²⁷의 기둥이 세워지도다 　　　　　　　　仁祠啓橡欒

구현하게 된다는 것이다. 곧 자신의 본성을 구현하는 성리학의 핵심적인 도를 말한 것이다.

423 인지의 좋아함 : 산수를 좋아함을 뜻한다. 《논어》〈옹야(雍也)〉에 "지혜로운 자는 물을 좋아하고 인한 자는 산을 좋아하며, 지혜로운 자는 동적이고 인한 자는 정적이며, 지혜로운 자는 즐겁고 인한 자는 장수한다.〔知者樂水, 仁者樂山, 知者動, 仁者靜, 知者樂, 仁者壽.〕"라고 하였다.

424 황이 : 누구인지 미상이다.

425 여사(餘師)를 가까이에서 취하되 : 여사는 배울 스승이 많다는 뜻으로, 전국 시대 조(曹)나라 임금의 아우인 조교(曹交)가 맹자에게 수업하기를 청했을 때 맹자가 "무릇 도란 큰길처럼 환한 것이니 어찌 알기 어렵겠는가. 사람이 도를 찾지 않는 것이 병통이니 자네가 조나라로 돌아가서 이 도를 찾기만 한다면 배울 만한 스승이 많으리라.〔夫道若大路然, 豈難知哉? 人病不求耳, 子歸而求之, 有餘師.〕"라고 하였다.《孟子 告子下》여기에서는 제향할 선현(先賢)을 이이의 가까운 앞 시대에서 구하였다는 뜻으로 썼다.

426 종장과 현철 : 종장은 주희를 가리키고, 현철은 조광조와 이황을 가리킨다.

427 인사(仁祠) : 석가모니를 한역(漢譯)할 때 능인(能仁)이라고 하므로 인사는 보통 사찰을 가리키지만, 여기에서는 인(仁)으로 대표되는 유교, 즉 유현(儒賢)의 사당이라는 뜻으로 썼다.

파산의 벗을 불러와	招招坡山伴
내 한가로울 때 학문을 강마했도다[428]	講研迨我閒
대도의 근원은 유유하고	悠哉大道源
석인의 넉넉함은 드넓네	浩然碩人寬
궁상은 자세히 맞추기를 기다리고	宮商待細叶
패불은 둘을 두고자 하였도다[429]	牌拂擬雙安
삶과 죽음으로 갈려 함께하고자 하는 바람 어그러졌으나	
	存沒願雖違
남기신 법규를 이에 살필 수 있도다	遺規斯可觀
사당에 나란히 제향함에	因仍俎豆並
제수의 향기가 난초처럼 퍼지도다	芯芬臭惟蘭
현철들이 성대하게 줄지어 모심에	誾然森列侍
자양(주희(朱熹))께서 얼굴을 활짝 펴시도다	紫陽其怡顔
소현서원에 임금의 사액이 걸리니	紹賢揭璿題
찬란한 광채가 산중에 발하네	煥彩發巖巒
도가 보존됨에 이 한 골짝이 위대해지고	道存一壑大

---

428 파산(坡山)의……강마했도다 : 파산의 벗은 파주의 우계(牛溪)에 살던 성혼(成渾)을 가리킨다. 즉 이이가 해주 석담으로 물러나 은거하면서 은병정사를 짓고 성혼과 함께 강학하였다는 말이다. 은병정사가 지어진 후 성혼은 은병정사에 와서 강론하기도 하였으며, 이이가 세상을 떠난 뒤에도 은병정사에서 제생들을 이끌고 사당의 건립을 주관하기도 하였다.

429 궁상(宮商)은……하였도다 : 패불은 '괘패승불(掛牌乘拂)'로도 쓰는데, 패는 일종의 게시판으로, 서당을 열어 제자들을 가르치는 것을 말한다. 불은 고승이나 도사가 설법이나 청담을 할 때 드는 불자(拂子)로, 어리석음을 털어내는 것을 상징한다. 이 구절은 아마도 이이와 성혼 두 사람을 강석에 조화롭게 두고자 했다는 뜻인 듯하다.

세상이 피폐했어도 오사는 완전하여라   世弊五祀完

후대의 사람들로 하여금   能令後來人

이곳을 사모하여 오래도록 서성이게 하도다   戀境久盤桓

용용한 도가[430]의 운치 속에   春容棹歌韻

은병 사이에서 굽어보고 올려보노라   俯仰隱屛間

풍류가 이로써 넓고 장구해지니   風流以弘長

기상은 이와 같이 볼지니라   氣像如是看

훌륭하시다 석담의 주인이여   猗歟石潭主

산처럼 서 계시니 더위잡을 수 없도다   山立不可攀

---

430 용용한 도가 : '용용(舂容)'은 문장의 기운이 한아(閒雅)한 것을 가리킨다. 도가
는 주희가 무이구곡(武夷九曲)을 노래한 〈무이도가(武夷棹歌)〉로, 여기에서는 이이가
지은 〈고산구곡가(高山九曲歌)〉를 비유한 것이다.

신광사를 구경하며[431]

神光寺隨喜

천하에 어찌 절이 없으랴만	天下豈無寺
신광사가 가장 볼만하다네	神光最可觀
안타까운 것은 후대에 침체되어	可惜鬱攸後
전각이 많이들 완전치 못한 것이라	梵宇多未完
그래도 벽 가득 불화가	猶有滿壁畵
보는 이가 감동하는 얼굴을 하게 하도다	聳動觀者顔
화려한 누각은 위풍이 당당하고	金樓儼像容
보배로운 당번(幢幡)은 법당에 나부낀다	寶幢飄堂壇
향기로운 구름에서 부처의 광명 받들고	香雲捧佛日
환희하는 대중에게서 전단향 풍겨온다	悅可聞栴檀
사리[432]를 따라 절 구경하며	隨喜跟闍梨
굽이굽이 아로새긴 난간 지나네	曲折度雕欄
회랑은 깊은 불전으로 통하는데	回廊達幽殿
모습을 바꾸며 저마다 단청을 칠했구나	換面各彩丹
화재를 면한 몇 개의 불상은	逃燼有數佛

---

431 신광사(神光寺)를 구경하며 : 신광사는 황해도 해주 북숭산(北嵩山)에 있던 절이다.

432 사리 : 아사리(阿闍梨)의 준말이다. 교수(敎授), 사범(師範), 정행(正行) 등으로 의역한다. 제자를 바르게 이끌어 가르치는 고승의 경칭으로, 선문(禪門)에서는 수행 경력이 5년 이상인 승려를 말한다.

눈썹 끝에 고색이 창연하다   古色結眉端

깊고 높이 자리한 나한전 고요하고   幽峭羅漢寂

그윽하고 아름다운 관음전 편안해라   窈窕觀音安

옷깃이 출렁이니 바람이 언뜻 불고   衣波風乍動

연꽃을 잡아보니 이슬 마르지 않았어라   握蓮露不乾

가지가지 묘하게 장엄하니   種種妙莊嚴

사람이 도솔천에서 노니는 듯하구나   人游兜率間

오랑캐 원나라 이곳에 공들였더니[433]   胡元於此勞

탑에 새겨진 지정 글자 마모되었네   塔刻至正殘

퇴락한 절에 홀연 서글픈 마음 든다만   頹院忽惆悵

보지 못했던가 천태산의   不見天台山

석량 아래 시내에는 반달이 잠기고   石梁半月淪

경대에는 식은 재가 싸늘한 것을[434]   瓊臺死灰寒

본디 허깨비 속의 허깨비이거늘   由來幻中幻

지금 이미 반복됨이 있도다   今已有所還

---

433 오랑캐……공들였더니 : 신광사는 원나라 마지막 황제인 혜종(惠宗, 順帝) 지정
(至正) 2년(1342)에 황제가 원찰(願刹)이라 칭하고 태감(太監) 송골아(宋骨兒)를 보
내 목공과 장인 37명을 거느리고 와서 고려 시중 김석견(金石堅), 밀직 부사 이수산(李
壽山) 등과 함께 감독하여 설계 건축한 것이다.《新增東國輿地勝覽 43卷 黃海道 海州牧
佛宇 神光寺》

434 보지……것을 : 석량이나 경대는 모두 천태산에 있는 지명이다. 불교 성지로 유명
한 천태산에도 시간이 지나 폐허가 된 자취가 있듯이 신광사도 세월 속에서 어찌할
수가 없다는 뜻이다.

공의 이치를 여기에서 탐구할 만하다만　　　　　　　　空理因可討
옛날 풍간[435]이 없음이 한스러워라　　　　　　　　恨無古豐干

---

435 풍간(豐干) : 당(唐)나라 때 천태산 국청사(國淸寺)에 있던 승려로, 시를 잘 지
었고 기이한 행적이 많았으며 아미타불의 화신으로 여겨졌다.

비를 맞으며 소요봉에서
冒雨逍遙峰

맑은 샘이 해서에 드문데	淸泉海西稀
돌구유 가운데 시원하게 솟아나니	洒落石槽中
입 헹구고서 근원을 찾아 거슬러 오르며	漱之仍溯源
무성한 숲 헤치고 들어가노라	披拂向蔥朧
탁 트인 두 나무 사이로	豁然雙樹間
둥글고 수려한 여덟아홉 봉우리	圓秀八九峰
그중에 소요봉 가장 기이해	逍遙峰最奇
푸른 이내 자욱하게 반쯤 덮었어라	半身嵐翠濃
완상하노라니 싫증 나질 않고	玩賞未云厭
조카아이 노래하며 따르는데	姪兒詠而從
천천히 걸으며 봉우리 이름 묻고	散步問峰名
비에 몸 젖은 채 구름 모습 바라본다	沾體望雲容
구름은 어지러이 온갖 자태 나타내며	雲容紛萬態
멀리 절 동쪽에 떠 있는데	窅映蓮宇東
천태산 사라져 보이지 않는 곳에	天台山滅處
우두커니 서서 떠나질 못하도다	佇立不移筇
멀리 암자는 별다른 봉우리에 있고	遙菴在別巘
좋은 스님네는 교목 사이에 숨었는데	好僧隱栝楓
대가마 타고서 가보려니	筍輿欲有往
해 저무는 솔숲에 자욱이 비 내리네	松雨晚濛濛

서글피 회랑을 대면함에   悵然面回廊

그윽한 뜻 일만 겹으로 쌓이니   幽意積萬重

어둑어둑 마침내 저녁 되어   陰淡遂成夕

남루에는 벌써 종소리 들려온다   已有南樓鐘

문헌서원[436] 고려의 최문헌공 충을 향사하였다

文憲書院　麗朝崔文憲公沖饗祀

소나무 상수리 덮인 숭산 밑	崇山松櫪根
울창한 숲에서 몽천 흘러나오네	翳翳出蒙泉
물줄기 흘러 문헌당에 이르러	流到文憲堂
일렁일렁 드넓은 못이 되도다	演漾爲廣淵
병풍 같은 푸른 절벽은 드높이 서서 굽어보고	蒼屛俯崢嶸
흰 바위 위로는 맑은 물결 흐르네	白石承淸漣
강기슭 건너에서 누구를 향사하나 물었더니	隔岸問揭虔
나무꾼이 벌써 말을 전하누나	已有樵夫傳
산중 빗발 속에 내 말 머무르고	山雨我馬駐
도롱이 하나 사당 문에 걸었어라	一蓑廟門懸
종종걸음 배알을 어찌 감히 게을리하랴	趨謁豈敢怠
이분 역시 유현이거늘	斯人亦儒賢
지난 왕조 풍속 이미 질박하였고	勝國旣椎朴
해주는 더욱 밝고 환했네	海鄕益顚顚
홀연 서하의 풍조[437] 일어나	倏然西河風

436　문헌서원(文憲書院) : 1549년(명종4)에 주세붕(周世鵬)이 황해도 해주에 건립한 서원으로, 이듬해에 사액(賜額)되었다. 고려 시대의 문신 문헌공(文憲公) 최충(崔沖)과 그 아들 최유선(崔惟善)의 위패를 모셨다. 《新增東國輿地勝覽 卷43 黃海道 海州牧》

437　서하의 풍조 : 서하(西河)는 중국 용문(龍門)의 지명이다. 서하의 알천산(謁泉山) 석실(石室)에서 공자의 제자인 자하(子夏)가 많은 제자를 가르쳤다고 한다. 《史記

서실에서 파천황이 나타났도다[438]	塾序破荒天
붉은 휘장을 벽성에서 걷자[439]	絳帳捲碧城
소금 굽던 백성들 반이 글을 읽었네	鹽戶半誦絃
학업 개창한 공을 논하자면	論其草創功
석담[440] 이전에 어려운 일 타개하신 분이로다	驅難石潭前
은혜로운 가르침 어이 잊으랴	惠訓何可忘
제향하여 마침내 천년 전하리	俎豆遂千年
서원의 터가 크고도 넓으니	局除蕭弘敞
아스라한 전망을 가슴에 받아들이도다	襟抱納杳綿
길게 놓인 다리를 행객이 건너니	長橋度游人
멀리 물가에 작은 배 멈췄어라	逈漵滯小船
흐린 날씨에 홰나무 은행나무 윤기 흐르니	天陰槐杏潤

卷67 仲尼弟子列傳》

438 서실에서 파천황이 나타났도다 : 원문의 '숙(塾)'은 본집에는 '돈(墪)'으로 되어 있는데, 문맥을 살펴 바로잡아 번역하였다. 파천황은 전에 없던 일이 일어난다는 뜻이다. 중국 형주(荊州)에서 해마다 향시(鄕試)에 합격한 공생(貢生)을 서울로 보내도 대과(大科)에 급제한 사람이 나오지 않았으므로 '천황(天荒)'이라고 불렸는데, 유세(劉蛻)가 처음으로 급제를 하자 천황을 깨뜨렸다는 의미에서 '파천황'이라고 일컬었다 한다.《唐摭言 海述解送》최충이 세운 사학(私學)에서 많은 학생이 배출되어 과거에 급제하였으므로 이들을 문헌공도(文憲公徒)라고 불렀다.《高麗史 卷95 崔沖列傳》

439 붉은……걷자 : 붉은 휘장은 스승이 제자를 가르치는 자리를 가리킨다. 후한(後漢)의 마융(馬融)이 붉은 휘장을 드리운 채 학생들을 가르친 고사에서 유래하였다.《後漢書 卷60上 馬融列傳》벽성(碧城)은 해주의 옛 이름이다. 곧 최충이 해주에서 강석(講席)을 열었다는 말이다.

440 석담(石潭) : 해주 석담에 은거했던 율곡(栗谷) 이이(李珥)를 가리킨다.

무성한 봄기운 장차 펼치겠구나　　　　　　春意藹將宣
해변가로 걸어가며 서원 떠나니　　　　　　疊疊傍海去
한 줄기 시내 아련히 잊지 못해라　　　　　倦倦戀一川

허정⁴⁴¹

許亭

441 허정(許亭) : 황해노 해주성 서쪽에 있는 성자이다. 해주 사람인 허희(許曦)의 소유였으므로 허정이라 하였다. 또 다른 이름은 읍청정(挹淸亭)이다. 《八谷集 卷1 次挹 淸亭韻》《性齋集 卷14 挹淸亭重修記》

겸재 정선의 〈해주허정도〉

사람 알기 본디 쉽지 않거니와	知人固未易
산수 또한 알기 어렵다네	山水亦難知
오묘한 감상 거리는 눈도 깜빡이지 않고 담거니와	妙賞存不瞬
적실하게 이를 논할 사람은 참으로 누구런가	篤論眞有誰
문인들은 질펀하게 흥을 취하고	詞人漫取興
관리들도 많이들 바삐 찾았네	官輩多忙馳
이 때문에 허정의 명성이	所以許亭名
예전부터 경사에 진동했어라	由來動京師
이곳에 모여든 이 모두가 명현이고	趨輳盡名賢
지은 글 두루 다 현판에 걸렸네	品題遍軒楣
양식 싸 들고 내 비로소 이곳에 왔더니	贏糧我始到
전해 듣던 것과는 끝내 많이 다르구나	聞見竟參差
황량한 수풀은 바다 빛을 퇴색시키고	荒藪海色損
못난 돌은 못 가운데를 엿보는 형상이라	醜石潭心窺
위태할사 늙은 소나무 가지	危哉老龍幹
한쪽 공간에 의지해 버티고 있구나	一區賴撑持
아무리 찾아봐도 취할 것은 없고	索莫竟何取
그저 이렇게 쓸쓸한 광경뿐	蕭條止於斯
가소로워라 천금의 값어치라더니	可笑千金價
헛되이 이름만 높아 부질없어라	虛高徒爾爲
말을 몰아 버리고 떠나노니	驅馬捨之去
동방에는 맑고 기이한 곳 넘쳐난다네	東方富淸奇

삼짇날에 송백당에 있으면서 곡연으로 들어가는 백부를 한스럽게도 따르지 못했던 일이 떠올라 감흥이 일어 시를 지어 삼가 이렇게 뒤미처 올리다

三三日在松栢堂 憶伯父入曲淵而恨不得從焉 感興成詠 謹此追呈

오늘 생각하노니 어디에 계신가	今日憶何處
동쪽 바라봄에 연하만 아득하다	東望渺煙霞
봄빛 찾아든 깊은 일만 골짝	窈窕萬峽春
그윽한 일이 곡연에 많으리	幽事曲淵多
백부께서 바야흐로 수레 타고서	伯父方命駕
홀로 가실 적에 그 마음 어떠하셨나	獨往意如何
대가마는 누가 인도하려나	筍輿誰導者
산새들 지저귀며 찾아오리라	山鳥鳴相過
멀리 숨어 있는 폭포 찾아 나서	遙探水簾隱
드높은 석문으로 막 들어서리	初入石門峨
완상하며 점점 깊이 들어가고	賞玩隨淺深
굽이굽이 돌며 얽힌 덩굴 속으로 들어가시리로다	曲折入雲蘿
솔바람에 학창의 나부끼니	松風吹鶴氅
물에 비친 서리 같은 수염은 하얗게 세었어라	霜鬓向水皤
그윽할사 총계의 글[442] 읊고	幽幽叢桂詞

---

442 총계(叢桂)의 글 : 속세를 떠나 산중에 은거한 정취를 담은 글이다. 《초사(楚辭)》〈초은사(招隱士)〉에 "계수나무 무더기로 자라나니 산골 깊은 곳이로다. 꼿꼿하고

고고할사 채미의 노래[443] 부르도다	落落採薇歌
이미 티끌세상과 떨어짐을 깨닫고	已悟塵世隔
이내 마음을 나누는 벗과 멀어졌음을 탄식하리	更嗟心期遐
하얀 나의 판잣집 어루만지니	撫我白板屋
이곳과 어긋남을 얼마나 애석해했던가	幾回惜蹉跎
머리 들어 혹 청산을 바라보고	矯首或嵐嶺
의지하는 지팡이는 바로 뜰의 나뭇가지로다	倚策乃庭柯
송백당에서 백부의 모습 상상하니	興想松栢堂
하나하나가 한가롭고 고운 자태일세	一一像婆娑
백부의 말씀과 기운에서 멀어진 적 없나니	音咳未始睽
시로 표현함에 어찌 다른 것이 나오랴	品題豈殊科
붉게 쓴 여덟 개의 큰 글씨	丹書八大字
바라건대 바위 언덕에 남아 있기를	千萬留巖阿

굽은 가지 서로 얽히었네.〔桂樹叢生兮山之幽, 偃蹇連蜷兮枝相繆.〕"라고 하였다.

443 채미(採薇)의 노래 : 이 역시 속세를 떠나 은거하는 심정이 담긴 글이다. 주(周)나라 무왕(武王)이 은(殷)나라를 멸망시키고 천하를 차지하자, 백이(伯夷)와 숙제(叔齊)는 주나라의 녹봉을 먹는 것을 부끄러워하여 수양산(首陽山)에 은둔하여 노래하기를 "저 서산에 올라가 고사리를 캐도다. 폭력으로 폭력과 바꾸면서 자기의 그릇됨을 모르도다. 신농과 우순과 하우가 이제는 없으니, 나는 어디로 돌아갈까.〔登彼西山兮, 採其薇矣. 以暴易暴兮, 不知其非矣. 神農虞夏忽焉沒兮, 我安適歸矣.〕"라고 하였다. 《史記 卷61 伯夷列傳》

윤 첨정에 대한 만사[444] 윤 첨정은 윤평이다

尹僉正 坪 挽

적막한 천대[445]에서	冥漠泉臺事
참으로 부자가 함께 노닐게 되었네[446]	眞能父子游
한평생 눈물 참기 어려우니	百年難制淚
긴 밤 자주 고개를 돌린다오	長夜屢回頭
고락 함께 나눌 이 사라져버리고	苦樂無從較
바라보고 의지하는 것도 영영 끝이구려	瞻依永此休
아름다운 인연 한 가닥이 쇠잔해졌으니	嘉緣殘一線
과부가 된 여식이 눈앞에 남았어라	孀女目前留

444　윤……만사 : 윤평(尹坪, 1600~1698)은 삼연의 사돈이다. 삼연의 딸이 윤평의 아들인 윤세량(尹世亮)과 혼인하였다. 윤평의 본관은 해평(海平), 자는 숙평(叔平)이다. 1654년(효종5) 생원시에 합격하고 장악원 첨정(掌樂院僉正)을 지냈다. 《司馬榜目》《本集 卷31 祭尹僉正文》《萬家譜》

445　천대(泉臺) : 무덤, 저승을 가리킨다.

446　참으로……노니네 : 김창협(金昌協)이 1697년(숙종23) 4월 4일 김시좌(金時佐)에게 보낸 편지에 윤세량의 죽음을 슬퍼하는 내용이 있는 것으로 볼 때, 윤평에 앞서 아들 윤세량도 세상을 떠난 것이다. 《農巖眞蹟 金集》

이어서 짓다

續題

제1수

아득한 백 년 전부터 대대로 이어온 정	世誼蟬聯百載賖
오랜 세월 금란처럼 지낸 우의로 혼인을 맺었어라	金蘭夙好講婚家
문장 논하면 으레 선조의 풍아에 미쳤으니	論文例及先風雅
책상을 마주한 청음과 백사로다447	對榻清陰與白沙

제2수 其二

아침에 무릎 앞에서 봉 두 마리 울더니	朝來繞膝鳳雙鳴
저녁 뜰에 서리 일찍 내려 홀로된 고니 소리448	夕已霜庭寡鵠聲

---

447 문장……백사로다 : 청음(清陰)은 삼연의 증조부인 김상헌(金尙憲)의 호이고, 백사(白沙)는 윤평(尹坪)의 조부인 윤훤(尹暄)의 호이다. 김상헌과 윤훤은 함께 인조(仁祖)의 조정에서 벼슬했다. 윤훤의 문집은 남아 있지 않으므로 관련된 글을 알 수 없으나 김상헌의 《청음집》에는 윤훤과 관련된 시들이 보이며, 특히 권9 〈평양에 머물 때 백사 영형에게 남겨주다〔留箕城日留贈白沙令兄〕〉는 1626년(인조4) 김상헌이 성절겸사은진주사(聖節兼謝恩陳奏使)가 되어 북경에 갈 때 당시 평안도 관찰사로 있던 윤훤에게 준 시이다.

448 아침에……소리 : 봉은 훌륭한 아들을 상징하고 고니는 과부를 상징한다. 윤평에게 훌륭한 두 아들이 있다가 한 아들이 먼저 죽어 과부만 남기고 떠났다는 말이다. 윤평에게는 윤세헌(尹世憲)과 윤세량(尹世亮) 두 아들이 있었고, 이 가운데 삼연의 사위인 윤세량이 먼저 세상을 떠났다. 춘추 시대 노(魯)나라의 도영(陶嬰)이라는 여인이 젊은 나이에 과부가 되었는데, 어떤 이가 도영을 배필로 구하자 도영은 짝을 잃고 홀로된 고니가 슬피 울면서 수컷을 그리워하는 내용의 황곡가(黃鵠歌)를 지어 개가(改

낭패라 아름다운 인연 바람에 꺼지는 촛불 같으니　狼狽嘉緣風散燭
지하에서 이 말에 혼이 놀라리로다[449]　　　　　　　說來泉下也魂驚

제3수 其三

슬픔에 휩싸인 괴로운 말에서도 정이 느껴졌으니　悲中苦語語中情
상 치른 뒤에 만나봄에 더욱 반가웠어라　　　　　　喪後逢迎眼倍靑
한 해 지나 상자에 가득한 서찰을 훑어보니　　　　　點檢隔年盈篋札
모두가 과부 된 내 여식 위해 간곡히 말한 것이었네　摠緣孀女費丁寧

제4수 其四

천대에서 남면의 즐거움 다함없겠지만[450]　　　泉臺南面樂無窮
이승에서 서하의 사랑은 사라졌어라[451]　　　　人世西河愛卽空

嫁)하지 않고 수절하겠다는 의지를 드러내었다. 《列女傳 魯寡陶嬰》

449 낭패라……놀라리로다 : 이미 삼연의 사위인 윤세량이 세상을 떠났는데 거기에 더해 사돈인 윤평마저 세상을 떠나 사돈가와의 인연이 다 사라지려 하니, 이 소식을 먼저 떠난 윤세량이 지하에서 듣고 놀랄 것이라는 말이다.

450 천대(泉臺)에서……다함없겠지만 : 천대는 무덤, 저승을 뜻하고, 남면은 임금이 되어 남쪽을 향해 앉는 것을 말한다. 남면의 즐거움이라고 말했지만, 정확히는 남면의 즐거움보다 더한 즐거움을 뜻한다. 곧 고통이 가득한 이승을 떠나 아무런 고통이 없는 저승에서 즐겁게 지낼 것이라는 말이다. 《장자(莊子)》〈지락(至樂)〉에 "죽으면 위로 임금도 없고, 아래로 신하도 없으며, 또한 사계절의 변화도 없이 편안히 천지와 수명을 같이하니, 비록 남면하는 제왕의 즐거움이라도 이보다는 못할 것이다."라고 하였다.

451 이승에서……사라졌어라 : 자식에 대한 사랑이 지극한 윤평이 세상을 떠났다는 말이다. 서하(西河)는 공자의 제자였던 자하(子夏)를 말한다. 자하가 서하에 살 때 아들이 먼저 죽자 너무 슬피 곡한 나머지 눈이 멀었던 고사가 있다. 《禮記 檀弓上》

미망인 돌보는 일 모두 나에게 맡기니　　　　料理未亡都屬我

공을 곡하다 때때로 공을 원망하기도 한다오　　哭公時復怨乎公

제5수 其五

성산에 옥을 묻고서⁴⁵² 어느새 봄이 돌아오니　　成山埋玉奄回春

무성하게 자란 무덤 풀은 푸른 물풀과 합쳐지네　墓草萋萋合綠蘋

한 줄기 맑은 강에서 멀리 바라보며 그리워하노니　一道澄江延望思

효자의 혼백이 응당 상여를 뒤따르리라　　　　孝魂應復逐靈輴

제6수 其六

달빛 희고 서리 살짝 내린 백문⁴⁵³에서 서글퍼하니　皎月微霜愴白門

봄 강에 동트려는데 삽정⁴⁵⁴이 펄럭인다　　　春江欲曙翣旌翻

벗들의 곡소리도 강가에서 끊어지니　　　　　親朋一哭臨流斷

아득히 상류에 있는 장지로 떠나가네　　　　　泉路遙遙卽上源

---

452 옥을 묻고서 : 자질이 뛰어난 사람이 죽어 땅에 묻었다는 말이다. 여기에서는 윤
평의 아들 윤세량의 죽음을 비유한 것이다. 진(晉)나라 유량(庾亮)이 땅에 묻힐 즈음에
하충(何充)이 "옥수를 땅속에 묻으니, 사람의 슬픈 정을 어찌 억제할 수 있으리오.〔埋玉
樹箸土中, 使人情何能已已?〕"라고 하였다. 《世說新語 傷逝》

453 백문(白門) : 서남방을 뜻한다. 여기에서는 문맥상 상여가 나가는 서대문을 가리
킨 듯하다.

454 삽정(翣旌) : 삽은 네모난 화포(畫布)에 자루를 붙여 상여 옆에 세우고 가는 것이
고, 정은 죽은 사람의 관직과 성명 등을 쓴 명정(銘旌)이다.

삼주[455]

三洲

정자가 조만간 완성되리니	亭成應早晩
높은 강가 언덕이 장차 평상 되겠네	高岸且平床
전망에 들어오는 모래톱 탁 트였고	望裏沙洲曠
이야기 중에 기러기가 나래를 편다	談間鴻鴈翔
가을바람은 고목에 자주 불어오고	秋風頻老木
지는 해는 맑은 술잔에 잠시 머무누나	落日暫淸觴
앉아서 돌아가는 배 보기를 다하니	坐閱歸舟盡
여울 소리 오래도록 귀에 가득하여라	灘聲滿耳長

455 삼주(三洲) : 양주 석실(石室) 부근의 지명이다. 지금의 경기도 남양주시 수석동 미음나루에 해당한다.

겸재(謙齋) 정선(鄭敾)의 〈경교명승첩(京郊名勝帖)〉 가운데 삼주 삼산각(三山閣)이 나온 부분

연경으로 가는 이중강을 삼가 전별하며[456]

奉贐李仲剛赴燕

제1수

분개하던 당초의 뜻	忼慨當初意
우뚝했던 항소 소리[457]	崢嶸抗疏聲
조정의 부림 받으니	朝家有驅使
이번 사행에 비방을 나누도다[458]	分謗在玆行

제2수 其二

| 주나라 곡식 보기를 똥처럼 했으니 | 周粟看如糞 |
| 백이 숙제 의리가 어떠한가 | 夷齊義若何 |

---

456 연경으로……전별하며 : 중강(仲剛)은 이건명(李健命, 1663~1722)의 자이다. 이건명은 이해 6월에 사은사(謝恩使)의 서장관(書狀官)으로 연경에 갔다.

457 분개하던……소리 : 이해 6월의 사은사는 청나라에서 구휼미를 보내준 것에 대한 감사의 표시였다. 당초 서쪽 지방에 기근이 들어 청나라에 구휼미를 요청했는데, 이해 4월 구휼미를 수송해온 청나라 이부 시랑(吏部侍郎) 도대(陶岱)가 조선 국왕에게 보낸 글에서 자신을 인척간 동년배에 대한 겸칭인 권제(眷弟)라고 칭하는 등 내용이 매우 오만무도하였다. 이에 당시 사간으로 있던 이건명 등이 청나라 사신의 오만방자함을 논하고 사신 접대를 담당했던 최석정(崔錫鼎)을 파직해야 한다는 소장을 올린 일이 있었다. 이 일로 최석정은 파직되어 문외출송(門外黜送)되었다. 《肅宗實錄 24年 5月 1日》《陶谷集 卷20 議政府左議政寒圃李公墓表》

458 이번……나누도다 : 이번 사은사가 매우 치욕적인 것이지만 신하 된 도리로 나라의 명을 받았기에 그 비방을 나누어 가진다는 말이다.

시름겨워라 그대 사신 가는 길　　　　　　愁君玉帛路

난하를 피할 방도 없구나⁴⁵⁹　　　　　　無計避灤河

제3수 其三

분주히 애쓰며 궁려⁴⁶⁰에 절하고　　　　僕僕穹廬拜

두려운 마음으로 사행 마치고 돌아오네　　振振畢使廻

몸을 씻을 곳이 동해에 있으니　　　　　　澡身東海在

깨끗한 재 일백 섬을 쓰리라⁴⁶¹　　　　　百斛用純灰

　　마지막 구는 어떤 본에는 "학포의 정자가 좋아라.〔鶴浦好亭臺〕"라고 되어
　　있다.

459　난하(灤河)를……없구나 : 난하는 영평부(永平府) 서쪽에 있던 지명으로, 백이
와 숙제의 사당인 이제묘(夷齊廟)가 있던 곳이다. 의리에 입각해 백이와 숙제처럼 산속
에 숨어 살지 못하고 치욕스럽게 청나라에 사신으로 가고 있으니 이제묘를 지나칠 때
부끄러울 것이라는 말이다.

460　궁려(穹廬) : 천막을 둥글게 둘러쳐 만든 집으로, 북방 유목민이 생활하는 거처인
데 여기에서는 청나라 조정을 비유한 것이다.

461　몸을……쓰리라 : 오랑캐의 나라에 사신으로 갔다 와 더러워진 몸을 동해에서
씻는다는 말이다. 동해는 이본(異本)의 또 다른 구절을 참조하면 이건명이 속세를 떠나
머물고자 했던 안변(安邊)의 학포(鶴浦)를 가리키는 듯하다. 이건명의 《한포재집(寒圃
齋集)》권1〈박익경의 장안사 시에 차운하다〔次朴益卿長安寺詩〕〉에 "연하가 숨긴 학포
로, 내가 찾아갈 때 누가 따르려나. 선경이 속세와 떨어져 있어, 한번 가서 길이 생을
마치려 했건만, 이 뜻을 지금 이루지 못한 채, 구름바다가 천 겹으로 덮였네.〔煙霞秘鶴
浦, 我往誰能從? 仙境隔塵寶, 一去擬長終. 此志今滾落, 雲海空千重.〕"라는 구절이 보
인다. 깨끗한 재 일백 섬은 자신의 속까지 다 씻어낸다는 말이다. 후조(後趙)의 석호(石
虎)가 아들들이 차례로 죽임을 당하자 "나는 깨끗한 재 세 섬으로 내 뱃속을 씻어내고
싶다. 뱃속에 더러운 것들이 차 있었기에 흉한 자식들을 낳은 것이다.〔吾欲以純灰三斛
洗吾腹. 腹穢惡, 故生凶子.〕"라고 하였다.《晉書 卷107 石季龍載記下》

금호(錦湖)와 동은(峒隱)⁴⁶²

嵐臺侍坐伯父　值大雪新霽　話及錦湖峒隱二事而亹亹焉　退遂演繹其旨
各賦七言律以呈

남대⁴⁶³에서 백부를 모시고 앉았다가 펑펑 내리던 눈이 막 그쳤다.
이야기가 금호와 동은에 이르러 지루한 줄도 모르고 계속 이어졌다.
물러나와 드디어 그 뜻을 연역하여 각각 칠언 율시를 지어 바쳤다

제1수

호당의 문사들 모임에 큰 선비들 가득했으니　　　　文會湖堂列彦儒

그 가운데 호탕한 말로 홀로 수염 치켜세웠네⁴⁶⁴　　當中豪話獨掀鬚

462　금호(錦湖)와 동은(峒隱) : 금호는 중종 때의 인물인 임형수(林亨秀, 1514~
1547)의 호이다. 본관은 평택(平澤), 자는 사수(士遂)이며 부제학, 제주 목사 등을
역임하였고, 1547년(명종2) 양재역(良才驛) 벽서(壁書) 사건이 일어나자, 소윤(小尹)
윤원형(尹元衡)에게 대윤(大尹) 윤임(尹任)의 일파로 몰려 절도(絶島)에 안치(安置)
된 뒤 곧바로 사사(賜死)되었다. 저서에 《금호유고(錦湖遺稿)》가 있다. 동은은 명종과
선조 때의 인물인 이의건(李義健, 1533~1621)의 호이다. 본관은 전주(全州), 자는
의중(宜中)이다. 광해군 때 공조 정랑에 올랐으나 곧 벼슬을 버리고 물러났다. 당시
명사들과 교유하며 시명(詩名)을 떨쳤고 후학 양성에 전력하였으며 글씨에도 능하였
다. 저서에 《동은고(峒隱稿)》가 있다.

463　남대(嵐臺) : 필운대(弼雲臺) 부근에 있던 청남대(靑嵐臺)라는 누대로, 김수증
(金壽增)이 이름을 붙였다.

464　호당(湖堂)의……치켜세웠네 : 임형수는 이황(李滉), 김인후(金麟厚) 등과 함
께 호당에서 사가독서(賜暇讀書)하였다. 그는 기운이 호방하고 담론과 해학에 뛰어났
으며, 나쁘고 간사한 것을 배척할 때는 준열하여 조금도 주저하거나 피하는 것 없이

벌레 새기는 글 짓는 그대들은 못났고	雕蟲翰墨君曹劣
짐승 쫓아 산 누비는 내 말은 건장해라	逐獸山岡我馬驤
상수리나무 불 피워 신선한 고기 던져 넣으니 풍미 특별하고	
	櫟火投鮮風味別
계곡 구름에서 눈발 휘날리니 술 취한 얼굴 깨어난다[465]	
	壑雲飄雪醉顔蘇
천년 세월 증점의 비파 쟁그렁 한 뒤로	千秋點瑟鏗然後
도산이 금호를 허여하는 것을 비로소 보았도다[466]	始見陶山許錦湖

늠름하였다.《文谷集 卷18 錦湖林公墓碣銘》수염을 치켜든다는 것은 입을 벌리고 웃을 때 수염도 따라서 위로 치켜 올라가는 것으로, 호방하고 격동적인 모습을 형용한 것이다.

465 벌레……깨어난다 : 벌레 새기는 글이란 조충전각(雕蟲篆刻)이라 하여 벌레 모양이나 전서(篆書)를 새기는 것처럼, 미사여구(美辭麗句)로 문장을 꾸미는 작은 기예라는 뜻이다. 이 구절은 임형수가 생전에 한 말을 시로 표현한 것이다. 임형수가 이황과 같이 서당에 있을 때 술에 취해 노래하면서 남자로 태어나 기이하고 장쾌한 일을 말하기를 "온 산에 눈이 가득 펑펑 쏟아질 때 검은 담비 갖옷을 입고 백우전(白羽箭)을 차고 백근(百斤)의 각궁(角弓)을 끼고 철총마(鐵驄馬)를 타고 채찍을 휘둘러 계곡으로 달려들어가면 긴 바람이 계곡에 불고 모든 나무가 진동한다네. 그때 갑자기 큰 돼지가 놀라서 달려가면 화살로 쏘아 잡아 말에서 내려 칼을 뽑아 고기를 저며 늙은 상수리나무를 쪼개 불을 피우고 긴 꼬챙이에 그 고기를 꽂아 굽지. 그러면 고기의 기름과 피가 뚝뚝 떨어지는데 상에 걸터앉아 고기를 잘라 먹고 큰 은주발에다 술을 가득 따라서 호쾌하게 마시고 거나하게 취한다네. 그러고서 위를 쳐다보면 계곡의 구름에서 눈이 내려 취한 얼굴로 날아드니 이러한 경계 속의 맛을 그대는 아는가? 그대가 잘하는 것은 그저 글이나 짓는 작은 기예일 뿐이라네."라고 하였다.《錦湖遺稿 附錄 諸家雜記》

466 천년……보았도다 : 증점(曾點)처럼 호쾌한 기상을 가진 임형수를 이황이 허여했다는 말이다. 도산(陶山)은 이황을 가리킨다. 이황은 항상 임형수의 사람됨에 감탄하며 기남자(奇男子)라고 하였고, 만년에 그를 떠올릴 때마다 "어찌하면 사수(士遂)를 마주 대할 수 있을까?"라고 하였다.《錦湖遺稿 附錄 諸家雜記》《文谷集 卷18 錦湖林公

제2수 其二

적막하게 홀로 백운촌[467]에 우거하니	蕭條孤寄白雲村
동은 노인 눈에 눕는다는 말을 길이 남겼어라[468]	峒老長留臥雪言
흰 눈이 온 산 다 파묻으니 그나마 있던 오솔길도 끊어지고	
	白盡千崖餘逕斷
청아하게 방 하나에 돌아와 거하니 이 몸이 드높다	清歸一室此身尊
성근 울타리 범 발자국 얼마나 되는지	疎藩虎迹知多少
텅 빈 정원 솔바람 소리 그저 나는 대로 두도다	虛院松聲任寂喧
알겠어라 원안은 오히려 평온치 못했나니	便見袁安猶不穩
끝내 번거롭게도 낙양 윤이 잠깐 문에서 부르게 했네[469]	

墓碣銘》공자가 여러 제자들에게 각자의 뜻을 말해보라고 했을 때, 증점이 가장 마지막에 비파를 타다가 쟁그렁 소리와 함께 비파를 놓고 일어나서 대답하기를 "늦은 봄에 봄옷이 이루어지거든 관을 쓴 성인 대여섯 사람과 동자 예닐곱과 함께 기수(沂水)에서 목욕하고 무우(舞雩)에서 바람을 쐬고 노래하면서 돌아오겠습니다."라고 하니, 공자가 증점을 허여한 일이 있다. 《論語 先進》

467 백운촌(白雲村) : 이의건이 젊은 시절 한때 은거했던 경기 영평현(永平縣) 백운산(白雲山) 아래의 마을이다.

468 동은(峒隱)……남겼어라 : 이의건이 젊은 시절 친구들과 자신의 뜻을 이야기하면서 "깊은 산속에 집을 지어 나무를 심은 울타리가 시내를 감싸고 있는 가운데 살면서 눈이 온 뒤에 모든 길이 다 끊어진 속에서 문을 닫고 누워 지낸다면 아주 즐거울 것이다."라고 한 것을 가리킨다. 《清陰集 卷33 峒隱先生李公墓誌銘》

469 알겠어라……했네 : 원안(袁安)은 후한(後漢) 때 인물이다. 어느 날 낙양에 큰 눈이 내려 낙양 영(洛陽令)이 순찰을 나가보니, 다른 백성들은 모두 눈을 치우고 나와서 먹을 것을 구하러 돌아다니는데 원안의 집 문 앞에는 사람의 자취가 없었다. 원안이 얼어 죽었을 것이라 생각하고 낙양 영이 눈을 치우고 들어가보니 원안은 방 안에 드러누워 있었다. 낙양 영이 왜 밖으로 나오지 않았느냐고 묻자 원안은 "큰 눈이 내려 사람들이

'호(呼)'는 어떤 본에는 '개(開)'로 되어 있다.

모두 굶주리고 있는데 남들에게 먹을 것을 요구하는 것은 옳지 않다."라고 하였다.《後漢書 卷45 袁安列傳》 원안이 도성에 있는 것이 깊은 산중에 은거해 눈 속에 누운 이의건만 못하다는 말이다.

벽계잡영

檗溪雜詠

제1수

골짝에 지금 범 많기에	峽裏今多虎
은자에게 산 나오라는 말 더 많아졌네	新添招隱言
숲속 생활 어이 그만두랴	林棲焉可廢
티끌세상은 시끄러운 일 많은 것을	塵世亦多喧
여산에는 선인의 살구나무 있고[470]	廬岳仙人杏
기주에는 졸렬한 선비의 울타리 있구나[471]	夔州拙士藩
높고 낮은 행위에서 지혜와 술책을 보았나니[472]	高低見智術

470　여산에는……있고 : 선인은 삼국(三國) 시대 오(吳)나라 사람인 동봉(董奉)이
다. 동봉은 여산에 은거해 살면서 의술(醫術)에 정통하여 사람들의 질병을 치료해주었
는데, 질병을 치료해주고도 돈을 받지 않고 사람들에게 자신의 정원에 살구나무를 심게
하여 살구나무가 10만 그루에 달하였다. 그는 또 그 살구나무 숲속에 작은 창고를 짓고,
살구를 사려는 사람이 있으면 곡식 한 그릇을 그 창고에 갖다 두고 대신 살구 한 그릇을
가져가도록 하여 그것으로 생활했다고 한다. 《神仙傳 董奉》

471　기주에는……있구나 : 졸렬한 선비는 당(唐)나라 때의 시인 두보(杜甫)이다. 두
보는 자신의 처지나 계책에 대해 그의 시에서 '졸(拙)'이라는 표현을 많이 썼다. 또한
두보의 이러한 표현이 아니더라도 앞의 '여산의 선인'이라는 표현과 대비되는 의미로
졸렬한 선비라고 한 것이기도 하다. 이는 다음 구절에 오는 '저(低)'나 '술(術)'의 의미와
연결된다. 두보는 말년에 기주에서 생활하였는데, 산에 있는 범을 막기 위해 하인들을
시켜 벌목을 해서 집 주위의 울타리를 보수하였다. 이때 지은 시가 〈벌목을 시키다[課伐
木]〉라는 장편시이다. 《杜少陵詩集 卷19》

472　높고……보았나니 : 동봉의 행위는 멀리 앞을 내다본 높은 지혜에서 나온 것이고,

눈보라 몰아치는 때에 우선 문 걸어 닫아야지　　　　風雪且關門

제2수 其二

거취를 결정할 방법은 많고 많은데　　　　悠悠去就義

완고한 나는 동봉에 연연하네　　　　頑自戀東峰

성시에서는 모두 범을 이야기하지만　　　　城市談皆虎

운림에 누운 것은 바로 용이로다[473]　　　　雲林臥是龍

사립의 삼면에 눈이 에워싸고 있는 가운데　　　　擁扉三面雪

골짝의 오경 무렵 솔을 읊조리노라　　　　吟壑五更松

평탄함과 험난함이란 본디 정해진 기준 없나니　　　　夷險元無準

나의 호기로운 흉금을 중히 여기도다　　　　尊吾浩氣胸

제3수 其三

산의 해 점점 어둑해지는데　　　　稍稍山光暝

텅 빈 창에서 먼 봉우리 마주하노라　　　　虛牕對遠峰

끝끝내 시내를 건너는 사람 없고　　　　竟無人渡澗

자주 소나무에 날리는 눈 바라본다　　　　頻見雪飄松

고요한 것이 경전 사서 읽기 그만이거니와　　　　靜地應書史

추운 날씨에도 우물 긷고 절구질하네　　　　寒天尙井舂

두보의 행위는 당장 눈앞의 호환(虎患)을 방비하기 위한 낮은 술책에서 나온 것인데, 삼연은 이 두 행위에서 모두 자신이 앞으로 어떻게 해야 할지를 알았다는 의미이다.

473 성시에서는……용이로다 : 도성 사람들은 모두 벽계에 범이 출몰하는 것을 걱정스러워하지만, 벽계의 숲에서 지내는 것이 때가 되지 않아 자신의 재주를 감추고 초야에 은거하는 와룡(臥龍)의 의취가 있다는 말이다.

초가집 이미 수리하였으니 　　　　　　　衡茅已就理

범과 표범을 어이 들이랴 　　　　　　　　虎豹肯相容

제4수 其四

매양 산방의 따뜻함에 연연하여 　　　　　每戀山房燠

밤에 나가느라 옷 찾는 일 드무네 　　　　求衣罕及星

새벽빛은 빗질을 재촉하고 　　　　　　　晨光催櫛髮

야기[474]는 공부하는 데 쓰노라 　　　　　夜氣用硏經

궁벽한 데 있으니 무슨 사우가 있으랴[475] 　處僻何師友

그저 혼자서 성령을 성찰한다 　　　　　　回光只性靈

문을 열자 소나무와 눈 있으니 　　　　　開門松雪在

여기에서 다시 마음을 또렷이 깨우도다 　於此又惺惺

474　야기(夜氣) : 119쪽 주231 참조.

475　궁벽한……있으랴 : 궁벽한 곳에 홀로 사느라 자신을 이끌어주고 도와줄 스승이
나 벗이 없다는 말이다. 이군삭거(離群索居)의 뜻과 통한다.

다시 읊다

又賦

황량한 산 소슬하니 떡갈 울타리 앞에 있는데 　荒山蕭瑟槲籬前

숯 만드는 봉우리마다 저녁연기 피어오르네 　作炭峰峰有暮煙

눈보라 몇 차례에 겨울 일이 시작되니 　風雪數番寒事及

문 닫고서 다시 올해를 마쳐야지 　閉門將復了今年

새벽에 읊다

曉吟

산사에 닭이 없어 시각을 알지 못하니	山舍無雞不辨更
꿈에서 깨자 멀리 여울 소리만 들린다	夢回唯有遠灘聲
삼성이 이르는 곳을 마음으로 알겠으니	參星所到心知處
월협의 서남쪽 일만 나무 늘어선 곳이로다	月峽西南萬木橫

삼주에 눈 내린 후
三洲雪後

황혼 녘에 눈을 쓸고 물가에 섰노라니	黃昏掃雪立亭皐
펄펄 내린 눈이 다시 도포에 가득하다	雪下霏霏又滿袍
흰빛 쌓인 모래톱은 몽환적인 형세요	積素汀洲形勢幻
높은 곳에 선 사람은 호쾌히 노래하누나	憑虛人物嘯歌豪
대낮에 꺾어 도는 물살은 평원의 여울에 쏟아지고	光中曲折平灘瀉
밤 되어 둥글고 밝은 달은 우뚝한 언덕에 드높아라	暝後圓明絶岸高
안개 긴 모래사장에 서 있는 것이 무엇인고	滯在煙沙是何物
산음의 먼 흥취 떨어진 고깃배로다[476]	山陰遠興落漁舠

---

476 산음의……고깃배로다 : 삼주의 물가에 체류하고 있는 고깃배를 왕휘지(王徽之)
의 고사에 비긴 것이다. 왕휘지가 산음에 살 때 밤에 큰 눈이 내리자 갑자기 섬계에
있는 대규(戴逵)가 생각나 배를 타고 찾아갔다가 그의 문 앞에 이르러 뱃머리를 돌려
돌아왔다. 어떤 사람이 그 이유를 물으니, 왕휘지가 말하기를 "내가 본래 흥이 나서
갔다가 흥이 다하여 돌아오는 것이니 굳이 대규를 볼 것이 있겠는가."라고 하였다. 《世
說新語 任誕》

다시 읊다
又賦

제1수

구름과 눈으로 강 언덕 희미한데	雲雪糢糊岸
여울에 부는 바람 소리 커졌다 작아졌다	風灘大小聲
창 열고 바야흐로 홀로 서니	開牕方獨立
밤 깊어 시간은 얼마나 되었나	視夜定何更
서원의 불빛477은 별빛 반짝이는 듯	院火疑星點
마을의 삽살개는 표범처럼 짖누나	村狵作豹鳴
가만히 있으면서 온갖 감정 이는데	靜言生百感
한 달밖에 남지 않은 올해에 홀연 놀라네	殘臘忽余驚

제2수 其二

천고의 흥망사 담긴	千古興亡事
서적들이 이 누대에 쌓여 있네	群書積此樓
강산은 밤 되어 한창 적막하고	江山夜方寂
아녀자는 이야기를 주고받는다	兒女話相酬
곤월은 규방에 돌아가고	袞鉞歸閨閤

---

477 서원의 불빛 : 원문의 '원(院)'을 무엇으로 볼 것인가 하는 것은 이론의 여지가 있다. 다만 석실서원과 바로 인접한 삼주에서 보는 풍광이니만큼 이를 감안해 서원이라고 한 것이다.

구원에는 황제와 제후가 함께하네[478]

계속 이어져 당세의 일에 미치니

눈보라 속에 아득히 수심 어리누나

丘原共帝侯

邐迤當世及

風雪莽生愁

---

478 곤월(袞鉞)은……함께하네 : 곤월은 화곤(華袞)과 부월(斧鉞)의 약칭으로 역사에 대한 포폄(褒貶)을 뜻한다. 범녕(范寧)이 지은 《춘추전(春秋傳)》 서(序)에서 공자가 《춘추(春秋)》를 지어 역사를 포폄한 것을 두고 "화곤보다 영광스러운 것은 곧 한 글자의 포양(襃揚)이요, 부월보다 엄한 것은 바로 한 글자의 폄척(貶斥)이다.〔榮於華袞, 乃一字之襃. 嚴於斧鉞, 乃一字之貶.〕"라고 한 데서 온 말이다. 이러한 곤월이 규방에 돌아간다는 것은 지금 아녀자와 함께 역사에 관한 이야기를 주고받고 있어 아녀자들도 역사의 포폄에 참여하고 있다는 말이고, 구원(丘原)에 황제와 제후가 함께한다는 것은 지금 삼연이 있는 초야에서 중국의 역사를 말하고 있으므로 이렇게 표현한 것이다.

둘째 형님의 매화시에 답하다

仲氏念玆寂寞 投示以梅詩十餘篇 其中有以疏影橫斜水淸淺分韻 爲五言
古詩 尤堪諷誦 余愁中讀之 爲之破顔 不待索和而欣然於效嚬 蓋不惟繼
志 亦以對屬 不可不完爾

둘째 형님이 내가 적막하게 지내는 것을 염려하여 매화시 10여 편을
보내주었다. 그 가운데 '소영횡사수청천(疏影橫斜水淸淺)'⁴⁷⁹을 운자
로 나누어 오언 고시를 지은 것이 있었는데 더욱 외울 만하였다.
내가 수심 가운데 읽고서 마음이 풀어지기에 형님이 화답하라고 하
기도 전에 기쁜 마음으로 부족하나마 따라 지었다. 이는 형님의 뜻을
이은 것뿐만 아니라 대속(對屬)⁴⁸⁰한 것이기도 하니 빙그레 웃지 않
을 수 없을 것이다

제1수

| 지난해 송백당⁴⁸¹에서 | 去年松栢堂 |
| 매화와 함께 담박하게 지냈어라 | 梅與共冷淡 |

---

479 소영횡사수청천(疏影橫斜水淸淺) : '성근 그림자 뻗었는데 물은 맑고 얕아라.'라
는 뜻으로, 송(宋)나라 임포(林逋)의 〈산원소매(山園小梅)〉의 함련(頷聯) 중 한 구절
이다. 《농암집(農巖集)》 권5 〈매화를 읊으면서 '소영횡사수청천'을 운자로 삼다〔賦梅用
疏影橫斜水淸淺爲韻〕〉가 김창협(金昌協)이 삼연에게 보낸 시이다.

480 대속(對屬) : 시문에서 두 구절을 엮어 대우(對偶)를 이루는 것이다. 여기에서는
삼연의 시가 김창협의 시에 짝이 되게 했다는 뜻으로 쓰였다.

481 송백당(松栢堂) : 양주의 석실서원(石室書院) 안에 있던 당호(堂號)이다.

단출한 몇 송이 하얗게 피어나니　　　　　單疎數瓣白

그 빛이 방 안의 어둠 몰아냈었지　　　　炯破一室暗

풍계에 만년에 의탁해 살면서　　　　　　楓溪遲暮託

잠깐이 아닌 긴 시간 좋게 보내리　　　　永好不爲暫

맑은 향기는 보잘것없는 내 복이거니와　　清芬眇余福

마른 나무는 유감을 품은 듯하리라[482]　　枯樹抱餘憾

제2수 其二

오래도록 목마른 듯 매화 생각에　　　　　憶梅若久渴

옛 시를 뒤적이며 매화 읊었네　　　　　　詠梅閱舊章

곱디곱게 한 해 지나 핀 자태를　　　　　娟娟隔年姿

강가 누각에서 향기롭게 다시 만났구나　　復接江樓香

사람과 꽃이 다 형이요[483]　　　　　　　人卉兄則同

손님과 주인은 집을 이미 잊었어라[484]　　賓主宅已忘

수심 어린 적막한 밤 어이 견디나　　　　寧堪愁寂夜

형제간에 즐거이 술잔 나눌 겨를도 없으니　未遑湛樂觴

---

482 마른……듯하리라 : 타지에 머물면서 오래도록 인왕산 청풍계(清楓溪)에 있는 매화를 찾지 않아 매화가 유감을 품은 듯하다는 말이다.

483 사람과……형이요 : 김창협도 삼연의 형이고 매화도 삼연의 형이라는 말이다. 이는 매화의 애칭이 매형(梅兄)이기 때문이다. 매형에 대해서는 129쪽 주255 참조.

484 손님과……잊었어라 : 어떤 뜻인지 자세하지 않으나, 아마도 김창협과 삼연 모두 객지에 나와 있으므로 이렇게 말한 것이 아닌가 한다.

제3수 其三

한 마리 학은 먼 하늘에서 울고	獨鶴叫遙天
이리저리 날리는 눈은 삼주에 내린다	弄雪下三洲
얼어붙은 여울은 운치 있는 소리 내고	氷灘有韻折
하얀 배는 밤에 띄울 만하여라	素舸夜可浮
아스라이 멀리 매화 핀 언덕에	迢迢有梅岸
바람 불어오는 새 누각 우뚝이 섰네	風檻聳新樓
고산485을 비교할 것 무어랴	孤山豈待較
고인 또한 이곳에서 놀았으리	古人亦此遊

제4수 其四

고풍스런 용모에 녹색 이끼 수염	古貌綠苔鬚
강철 같은 골상 우뚝이 솟았어라	鐵骨挺龍縱
교만한 온갖 자태 버려버리고	偃蹇萬態捐
심원한 태화486의 기운 모였구나	沕穆太和摠
따뜻한 물가에 봄기운 흐르니	暖津所流行
작고 흰 일천 꽃잎 점점이 수은 방울 같다	小白千點汞
강바람은 매화 향기 북돋지 못하고	江風莫助香
왕왕 옥 가지를 흔들어대네	往往縹枝動

---

485 고산(孤山) : 매화와 학을 처자식처럼 키우며 송나라 임포가 은거해 살던 곳으로 서호(西湖)에 있다. 《宋史 卷457 林逋列傳》

486 태화(太和) : 천지에 가득 찬 조화로운 원기(元氣)이다.

제5수 其五

맑은 사당 문과 뜰 엄숙한데	清祠肅扃除
소나무 몇 그루 드높이 서 있네	數松立兀兀
매화가 와서 함께 들길 청하니	梅來求入社
제향을 위해 향기 뿜누나	香爲俎豆發
차가운 꽃잎은 강의 눈을 끌어당기고	冷蕊吸江雪
성근 가지에는 산의 달이 걸렸어라	疎梢挂山月
선조의 유풍을 감히 실추시키랴	先風敢自墜
매화처럼 빙옥같이 정련하길 생각하네	氷玉思鍊骨

제6수 其六

만상은 흰색에서 시작하거늘	萬象始諸素
문식이 번성하자 자주색 황색을 좋아했네	文繁乃紫黃
옛사람들 이 하얀 매화 품평한 것 드무니	古人品題疎
이 감상의 흥취 그지없어라	玆賞氣味長
그대 볼지니 차갑고 온화한 용모로	君看冷穆容
일만 섬 향기를 품고 있다네	能含萬斛香
서산에서 고사리 캐는 선비처럼	西山採薇士
위대할사 맑고 아름다운 기풍을 떨치도다[487]	大哉淸徽揚

---

487 서산에서……떨치도다 : 매화의 고고한 모습을 주(周)나라의 곡식을 먹지 않고 수양산(首陽山)에서 절의를 지키며 고사리를 캐 먹다 굶어 죽은 백이(伯夷)와 숙제(叔齊)에 비긴 것이다. 이는 김창협의 시에 매화를 백이와 숙제에 비긴 말이 있기 때문에 언급한 것이다.

제7수 其七

시간은 흘러 한 해의 마지막	悠悠氣序窮
막막한 세상은 침침하구나	漠漠世氛昏
외로이 맑은 기운 지니고 섰으니	孤淸持以立
남은 섣달 몰아내 봄으로 바꿀 수 있겠네[488]	殘臘驅可翻
세상에서 깨어 있는 모습[489] 바로 나의 스승이니	蘇世是我師
강가 누각 한 화분이 존귀하여라	江樓一盆尊
먼지 낀 책 읽는 일도 우선 잠시 멈추니	塵編且暫拋
활발발한 기틀이 이에 보존되도다	活機於斯存

---

488 남은……있겠네 : 원문의 '번(翻)'은 곧 '변(變)'의 뜻이다. 양시(楊時)의 시에 "남은 섣달 몰아내 봄바람으로 바꾸려니, 찬 매화만이 있어 선봉이 되었어라.〔欲驅殘臘變春風, 只有寒梅作選鋒.〕"라고 하였다. 《龜山集 卷42 渚宮觀梅寄康侯》

489 세상에서 깨어 있는 모습 : 혼탁한 세상에 물들지 않고 홀로 고고히 자신의 기품을 지킨다는 말이다. 《초사(楚辭)》〈귤송(橘頌)〉에 "세상에서 깨어 있어 고고히 홀로 지조 지키며 휩쓸리지 않누나.〔蘇世獨立, 橫而不流兮.〕"라고 하였다.

광나루의 황씨정을 지나는 감회[490]

過廣津黃氏亭感懷

제1수

바람 부는 시내 언덕에 파도마냥 눈 들이치니	風颸川原雪似波
광나루 서쪽에 이른 추위 매서워라	廣陵西去早寒多
아득히 먼 강 언덕은 붉은 누각 감추었고	微茫遠岸韜朱閣
굽어 도는 긴 여울을 흰 노새가 건너누나	曲折長灘度白騾
하늘가 드넓게 펼쳐진 풍광 따르니 눈이 트이고	霽目天邊隨汗漫
말 위에서 노래 읊조리니 근심이 사라진다	清愁鞍上起吟哦
지난날 옥이 선 듯하던 사람 어디 있는가	他年玉立人何在
색소헌 남쪽에서 눈물 훔치며 지난다오	索笑軒南把淚過

제2수 其二

얼음 낀 강 조심조심 건너다 잠시 마음 머물러	凌兢氷渡暫時心
말 세우고 강 하늘 아래서 호쾌히 한 번 읊노라	立馬江天一浩吟
높은 누각 드리운 주렴에 매화 감춰져 있고	高閣下簾梅影秘
빈 배 정박한 강가에 잉어 깊이 헤엄치네	虛船著岸鯉魚深
광릉의 풍취는 이처럼 서늘한데	廣陵風味凉如此

---

490 광나루의⋯⋯감회 : 황씨정(黃氏亭)은 김창협(金昌協)의 문인인 황주하(黃柱河, 1672~1696)의 색소암(索笑庵) 정자이다. 김창협으로부터 각별한 총애를 받던 황주하는 1696년(숙종22) 7월에 25세의 나이로 죽었다. 《農巖集 卷5 黃遠伯江榭見盆梅有感》 《保晚齋集 卷13 索笑庵黃公墓誌》

황자의 소식은 이제 끊어졌어라   黃子音塵闕至今

고개 돌려 담박한 얼굴 드러낸 높은 산 바라보니   回望崟山顔色淡

저녁 바람 타고 잔설이 높은 숲에 떨어진다   晩風殘雪落高林

삼연집

제7권

詩시

시詩

정월 초하루에 석실서원에서 모여 유숙하다 기묘년(1699, 숙종25)

元日石室書院會宿 己卯

침상 나란히 하고 짧은 촛불 아래 새벽녘까지 읊조리노라니

連床短燭徹晨吟

황홀하게 마치 예와 지금의 경계 생긴 듯해라[1]   忽忽其如限古今

흘러가는 세월 배나 아쉬워함은 응당 늙은이의 태도거니와

倍惜年光應老態

가슴속 회포 논하자면 여전히 아이의 마음이라   若論懷抱尙童心

강기슭으로 비틀비틀 걸어가 이른 아침 기러기 소리 듣고

欹行江岸聞鴻早

학당을 배회하며 흠뻑 내리는 빗소리를 듣노라   徙倚黌堂聽雨深

---

1 황홀하게……듯해라 : 깊은 밤 석실서원에서 형제들이 모여 밤새 읊조리고 있으니 지금의 늙은 모습과 예전 젊고 어릴 때 모여서 함께 읊조리던 모습이 몽환적으로 겹쳐지되 구분되는 모습을 묘사한 것이다. '고금(古今)'을 이와 같이 쓴 용례는 본권의 〈적성잡영(赤城雜詠)〉 제3수에도 보인다.

오늘 밤은 마을마다 술을 구하기가 쉽나니　　　　此夜村村求酒易
벗들이 흥에 겨워 서로 찾도다　　　　　　　　　故人牽興又相尋

또 읊다

又賦

촛불 심지 돋워가며 침상을 둘러앉으니 　　剪燭環床坐

또다시 묵은해를 보내는 것만 같아라 　　渾如復餞年

또렷한 정신으로 다 읊조리기도 전에 　　神淸吟未了

새하얀 머리털에 마음은 적적하다 　　髮白意蕭然

강물 위 갈매기 저편으로 비는 내리고 　　雨色江鷗外

구유의 말 앞으로 여울은 소리 내며 흘러가네 　　灘聲櫪馬前

신춘의 첫 모임에 　　新春第一會

흥에 겨워 각자 시를 짓도다 　　興到各成篇

석실서원

石室書院

학당이 고요하여 항상 안타까웠더니	每憐黌舍靜
겨울 지나 경 읽는 소리 들리는구나	冬後有經聲
강석은 수시로 털었거니와	講席隨時拂
호롱불은 몇 날 밤을 갈았던고	籬燈幾夜更
목마른 듯 도를 구할 이 누구런가	誰能求道渴
시로 이름나려는 자들이 많도다	多欲以詩鳴
우리 조카 걱정할 겨를도 없이	未暇憂吾姪
자신을 돌아봄에 화들짝 두려워라	循躬惕若驚

사우당에서 밤에 모여 운자를 불러 함께 시를 짓다[2]
四友堂夜會 呼韻共賦

성시에서 머무름이 곡할 만하거니	城市留堪哭
처자식을 마주함에 수심 어리도다	妻兒對亦愁
그저 하늘가에서 그리워하기만 하니	徒然天際想
누가 함께 죽림에서 노닐런가[3]	誰與竹林遊
이불과 베개는 그대의 집에 있고	衾枕君家是
질나발과 젓대는 오늘 밤에 구하여라[4]	壎箎此夜求
춘풍이 바야흐로 가득 불어오니	春風方浩浩
화수의 모임[5] 자리 응당 빽빽하리라	花樹會應稠

---

2 사우당(四友堂)에서……짓다 : 사우당은 삼연의 족제(族弟)인 김성후(金盛後, 1655~1713)의 집이다. 그가 평소 즐겼던 거문고·바둑·시·술을 네 벗이라 하여 붙인 이름이다. 서십자각(西十字閣) 부근에 있었다.《本集 卷30 戶曹正郎金公墓表》

3 누가……노닐런가 : 진(晉)나라 때 속세를 피해 죽림에서 모여 청담(淸談)을 나누고 거문고와 술을 즐기며 세월을 보내던 죽림칠현(竹林七賢) 가운데 완적(阮籍)과 완함(阮咸)은 숙질(叔姪)의 인척 관계였다.《晉書 卷49 阮籍列傳》삼연이 자신과 함께 속세를 피해 초야에서 노닐 인척이 누구인지 물은 것이다.

4 이불과……구하여라 : 형제간의 우애를 다진다는 말이다. 후한(後漢) 때 강굉(姜肱)이 아우인 강중해(姜仲海), 강계강(姜季江)과 우애가 지극하여 잠을 잘 때 반드시 한 이불을 덮고 잤다고 한다.《後漢書 卷53 姜肱列傳》또 당(唐)나라 현종(玄宗)은 형제들과 우애가 깊어 태자로 있을 적에 큰 이불과 긴 베개를 만들어 아우들과 함께 썼다고 한다.《新唐書 卷81 三宗諸子列傳》형이 질나발을 불고 아우가 젓대를 부는 것도 형제간의 우애를 상징한다.《詩經 小雅 何人斯》

5 화수(花樹)의 모임 : 친족끼리 화목한 모임을 말한다. 당나라 시인 잠삼(岑參)이

좌습유(左拾遺)에 제수되어 장안(長安)에 갔을 때, 원외랑(員外郎)으로 있는 위씨(韋氏) 집안의 친족들이 꽃나무 밑에서 매번 술자리를 벌이고 단란한 모임을 갖는 것을 보고 시를 지어 찬양한 데서 인용한 것이다. 후세에 친족 간의 모임을 '화수회'라고 부른 것도 여기서 유래한 것이다. 《岑參集 卷4 韋員外家花樹歌》

석교에서 소를 타고 벽계로 향하며[6]

自石郊騎牛向檗溪

도성에서 사는 취미 본래 없는 데다	素昧京居趣
불평한 마음까지 있음에랴	況復有不平
푸른 들판 배회하며 걷다 보니	低徊靑郊步
문득 산으로 돌아갈 마음 드는구나	率爾還山情
산으로 돌아가는 소의 고삐 느슨하니	歸牛有緩轡
올라탐에 온갖 인연 가벼워진다	騎著萬緣輕
길가의 아이는 나를 가리키기도 하고	路兒或指點
구름 낀 산은 기뻐하며 맞이하네	雲山自歡迎
소매 앞으로 골짝 바람 불어오고	襟前谷風來
눈에는 차령[7]이 가로질렀네	眼中車嶺橫
구불구불 이어진 골짝 길 험하고	威遲澗道澀
굽이굽이 진창 잔도 돌아 있어라	曲折泥棧縈
쇠뿔을 두드리며 드높이 노래하니	扣角動高詠
제철 맞은 새들이 숲에서 나와 지저귄다	時禽出林鳴
양지바른 언덕의 풀 어여쁘고	陽阿草可憐
비늘처럼 줄을 지어 여린 나물 돋았구나	鱗次細茱生

---

6 석교(石郊)에서……향하며 : 석교는 삼연의 아우 김창업(金昌業)의 집이 있는 곳
이다. 《삼연선생연보(三淵先生年譜)》에 의거하면 이 시는 2월에 지은 것이다.

7 차령(車嶺) : 양주에 있는 차유령(車踰嶺)이다. '수레너미고개'라고도 한다.

봄 풍광은 비록 미미하지만   春光雖淺被

깊은 산으로 가는 길이 날 흥겹게 하네   我興在深征

벽계는 그윽하기만 하고   檗溪一向幽

띠집은 반 정도 완성되었다   茅齋半垂成

채마밭은 졸졸 물 댈 만하고   涓涓圃可灌

보리 심은 땅 푸실푸실 갈 만하여라   釋釋麥須耕

화전 농사 때 놓치기 쉬우니   斫畬易後時

벌목하는 소리 놀라서 듣는다   驚聞伐木聲

아득하다 녹문의 계책[8]   茫然鹿門計

처자식은 지금 도성에 있다네   妻子方在城

8　녹문의 계책 : 가족들을 이끌고 산중에 들어가 은거하려는 계책이다. 후한(後漢)
때의 은자(隱者) 방덕공(龐德公)이 남군(南郡)의 양양(襄陽)에 살고 있었는데, 형주
자사(荊州刺史) 유표(劉表)가 초빙하자 나아가지 않고 가솔을 모두 거느리고 녹문산
(鹿門山)에 들어가 다시는 세상에 나오지 않았다고 한다. 《後漢書 卷83 逸民列傳 龐公》

눈바람에 문을 닫고
風雪閉戶

며칠 동안 따뜻한 날씨 좋았더니	數日憐暄煦
깊은 산에 갑자기 비 내리다 해가 비치네	深山倏雨暘
봄인데도 꽃 소식은 감감무소식	煙花春昧昧
바람에 버들개지 같은 눈만 펑펑 내린다	風絮雪茫茫
초가지붕에서 나오는 새들 적고	鳥出茅簷少
바위 계곡에 구름은 바삐 흘러가누나	雲過石峽忙
때에 맞추어 동정을 보존하니	對時存動靜
책상 앞에서 생각이 그윽하다	幽意一書床

강화도 세심재에서 '지'자 운을 얻어[9]

沁州洗心齋 得池字

바닷가 고을 아득히 내리는 비	海國茫茫雨
개자 못 하나 맑아라	晴來湛一池
한가로운 재각엔 하얀 해 뜨고	閒齋有白日
고운 새는 높은 가지에 있구나	好鳥自高枝
속세의 바깥으로 먼 산 푸르고	事外遙山綠
눈에 보이나니 여린 풀 뻗어난다	眠中細草滋
유유자적 빈객과 주인의 마음	蕭然賓主意
절로 이는 흥에 오언시를 짓네	漫興五言詩

9　강화도……얻어 : 세심재(洗心齋)는 강화부(江華府) 안에 있던 재각(齋閣)이다.
《삼연선생연보(三淵先生年譜)》에 따르면, 삼연은 이해 3월과 4월에 각각 강화 유수(江
華留守)로 있는 형 김창집(金昌集)과 모친을 문안하기 위해 강화도에 다녀왔다.

성 상사의 〈송단에서 밤에 읊다〉 시에 화답하다[10] 성 상사는
성경이다

和成上舍 璟 松壇夜吟

작은 재각의 맑은 봄밤에   小齋湛春夜

그대 이끌고 걸음 옮길 제   携君步移時

바다의 달 차츰차츰 다가와   海月冉冉來

비틀린 솔의 가지에 비스듬히 걸리더니   側挂虬松枝

빛이 푸른 잎에서 새어 나와   光從翠葉漏

눈앞의 연못에 찰랑거린다   激灩目下池

---

10 성……화답하다 : 성경(成璟, 1641~?)은 본관은 창녕(昌寧), 자는 숙옥(叔玉)이
다. 1666년(현종7) 진사시에 합격하였다. 김창협(金昌協)의 《농암집(農巖集)》 권6에
〈세심재에서 '지' 자 운으로 진사 성경과 함께 짓다〔洗心齋 用池字 與成進士璟同賦〕〉가
있는 것으로 볼 때, 이 시 역시 삼연이 강화도에 있을 때 지은 것이다.

충렬사[11]
忠烈祠

창궐하는 오랑캐 기병 북쪽에서 밀려오던 때	憑陵虜騎北來時
이야기 꺼내자 부로들을 슬프게 하네	提起猶令父老悲
충렬사 한 사당 외려 크고 장하니	忠烈一祠還大壯
산하 작은 나라가 전부 비루하지는 않도다	山河小國未全卑
각자 황망한 중에 곰 발바닥과 생선 판별하니[12]	熊魚各自忙中判
끝내 함께 죽은 뒤에 사당에 제향되었어라	俎豆終同沒後爲
유수가 할 일의 선후를 논할진대	若說居留先後務
향화가 성지보다 급선무임을 알아야 하리[13]	須知香火急城池

---

11 충렬사(忠烈祠) : 병자호란 당시 강화도가 청나라 군대에게 함락되었을 때 순절한 삼연의 선조 김상용(金尙容)을 비롯해 이상길(李尙吉), 이시직(李時稷), 심현(沈誢), 구원일(具元一) 등을 제향한 사당이다. 1641년(인조19) 강화 유생들의 발의로 창건되었고, 1658년(효종9)에 사액을 받았다.

12 각자……판별하니 : 충렬사에 제향된 여러 열사(烈士)들이 모두 적군이 밀어닥치는 급박한 상황 속에서도 의리를 판별하여 의리대로 행했다는 말이다. 곰 발바닥과 생선은 모두 진미(珍味)인데, 이를 판별한다는 것은 생명과 의리를 둘 다 취할 수 없는 경우에 생명을 버리고 의리를 취함을 말한다. 《맹자》〈고자 상(告子上)〉에 "생선도 내가 원하는 것이고 곰 발바닥도 내가 원하는 것이지만, 이 두 가지를 모두 얻을 수 없다면 생선을 버리고 곰 발바닥을 취하겠다. 삶도 내가 원하는 것이고 의리도 내가 원하는 것이지만, 이 두 가지를 모두 얻을 수 없다면 삶을 버리고 의리를 취하겠다.〔魚我所欲也, 熊掌亦我所欲也, 二者不可得兼, 舍魚而取熊掌者也. 生亦我所欲也, 義亦我所欲也, 二者不可得兼, 舍生而取義者也.〕"라고 하였다.

13 향화가……하리 : 충렬사의 제사를 잘 이어가서 의리를 고취시키는 것이 성벽의 수비를 견고히 하는 것보다 급선무라는 말이다.

남문루

南門樓

제1수

전추의 세월 동안 이 남문루 우러르니	千秋瞻挹此南樓
상국의 의관을 옛날에 수습지 못했어라[14]	相國衣冠昔未收
갑자가 다시 돌아옴에 정신은 밝게 빛나고	甲子重回神赫赫
강화성 아직 남았으되 한은 하염없구나	金湯猶在恨悠悠
슬픔 솟구치는 저녁 성곽 안개는 붉고	悲騰暮郭煙光紫
눈물 흐르는 봄날 하늘 햇빛은 시름겹다	淚入春天日色愁
문헌가의 후예인 성자가 들러	文獻後人成子過
성문 곁에 우뚝한 비석 세우기를 함께 도모하였네[15]	共謀城側屹龜頭

'수(愁)'는 어떤 본에는 '유(幽)'로 되어 있다.

제2수 其二

| 남한산성과 강화도가 차례로 함락될 제 | 南漢江都陷後先 |

---

14 상국의……못했어라 : 병자호란이 일어나 강화성이 청나라 군대에 함락될 때 삼연의 선조 김상용(金尙容)이 남문루에서 화약 상자에 불을 붙이고 자결하여 시신을 수습하지 못한 일을 가리킨다.

15 문헌가의……도모하였네 : 삼연이 강화도에 올 때 함께 왔던 성경(成璟)과 함께 김상용의 순절을 기념하는 비석을 세울 일을 추진했다는 말이다. 성해응(成海應)의 《연경재전집(研經齋全集)》 권48 〈성씨세보 하(成氏世譜下)〉에, 성경이 강화 유수(江華留守) 김창집(金昌集)에게 비석을 세워 기념할 것을 권유했다는 기록이 보인다.

형제가 나란히 세운 절조 해와 달처럼 빛났어라　　弟兄雙節日星懸

항복 문서 손으로 찢고서[16] 성이 함락되자 곡하고　　降書碎手城摧哭

치솟는 화염에 몸 던지고서 우화등선하였네　　　　高焰投身羽化儒

순숙한 의리는 형제가 상을 나란히 하고 평소 강마한 것이요

　　　　　　　　　　　　　　　　　　義熟連床講有素

부절처럼 합치된 마음은 자리 바꾸더라도 똑같이 행동했으리

　　　　　　　　　　　　　　　　　　心符易地處皆然

자손들이 만약 춘추의 의리를 모른다면　　　　諸孫若昧春秋義

이는 호란 당시 두 선조의 의리를 모두 잊는 것이로다

　　　　　　　　　　　　　　　　　　便是全忘二祖年

16　항복……찢고서 : 김상용의 동생인 김상헌(金尙憲)이 남한산성에서 호종(扈從)
할 때 청나라에 항복하는 문서가 작성되자 손으로 찢어버리고 반대했던 일을 가리킨다.

갠 날씨를 기뻐하며

喜晴

오늘 날이 맑게 개니	今日仍澄霽
아름다운 봄 풍광이 앞에 펼쳐지누나	年華美在斯
깊은 숲 비둘기 소리 뜰까지 들리고	幽鳩聲入院
향기로운 풀 기운 못에 스민다	芳草氣熏池
한낮 고요하여 손이 머물기 좋고	晝靜留賓好
바람은 잔잔하여 책 펼치기 그만이라	風恬散帙宜
되레 걱정은 꽃과 버들에 미혹되어	還愁花柳攪
도에 둔 뜻이 시 짓느라 줄어드는 것이로다	道意困于詩

세심재에서 밤에 읊다

洗心齋夜吟

차츰차츰 산에 달 떠오르는 것 보니	稍見來山月
바다 운무 걷힘을 멀리서 알겠네	遙知斂海雲
넘치는 맑은 기운에 잠 못 이루고	餘淸不成睡
드높은 흥취는 으뜸이어라	高興復超群
이슬 머금은 못의 꽃 깨끗하고	受露池華淨
바람 맞은 솔 그림자 어지럽다	承風松影紛
아함[17]의 청아한 노랫소리	阿咸有淸唱
상쾌하게 난간에 기대 듣노라	寥朗倚軒聞

---

17 아함(阿咸) : 조카를 뜻하는 말이다. 죽림칠현(竹林七賢)의 한 사람인 완적(阮籍)
의 조카 완함(阮咸)이 재명(才名)이 있었는데, 후세에는 조카를 아함이라 하였다.

적석사 가는 길에[18]
積石寺途中

가람이 멀리 눈 안에 들어오니	招提遙入眼
감흥이 말 앞에 생겨난다	感興馬前生
보이나니 일천 길로 솟은 적석산이요	積石看千仞
기다리나니 높이 걸린 범종 울림이라	高鐘待一聲
승려들 얼마간 아직도 남아 있고	僧猶多少在
길은 예나 지금이나 비껴 있구나	路自古今橫
고개 반쯤 자주 쉬어가는 곳	半嶺頻休所
푸른 안개가 고목을 휘감았네	蒼煙老樹縈

18 적석사(積石寺) 가는 길에 : 강화도 내가면 고천리의 고려산에 있는 절 이름이다. 삼국 시대 고구려 장수왕이 창건한 절로 본래 이름은 적련사(赤蓮寺)였으나 후에 적석 사로 바뀌었다. 임진왜란 때 소실되었다가 이후 인조와 숙종 대에 걸쳐 여러 차례 중건 되었다.

절의 서대에서 낙조를 바라보며[19]

寺西臺觀日落

제1수

구름 헤치고 정상 오르는 것 노곤한 일이다만	披雲上嶺亦云疲
우연[20] 가는 해를 공경히 전송하는데 감히 늦으랴	寅餞虞淵敢自遲
형세는 현거에 닥쳐 뭇 어둠 급히 내리고[21]	勢迫懸車群晦急
광채는 늘어선 섬에 일렁여 일만 붉음 불어난다[22]	光搖列島萬紅滋

오래도록 바위에 기대 장차 무언가 잃어버릴 듯한 마음 드는데

迢迢倚石將如失

뉘엿뉘엿 지는 해는 허공을 작별하며 누군가를 사모하는 듯하구나

冉冉辭空欲戀誰

---

19 절의……바라보며 : 현재에도 적석사는 낙조의 명소로 꼽히고 있다.

20 우연(虞淵) : 전설상의 해가 지는 곳이다. 《회남자(淮南子)》〈천문훈(天文訓)〉에 "해가 우연에 이르는 것을 황혼이라고 한다.〔日至于虞淵, 是謂黃昏.〕"라고 하였다.

21 형세는……내리고 : 해가 지면서 땅거미가 급히 지며 점점 어두워가는 것을 형용한 것이다. 현거(懸車)는 치사(致仕)하고 물러나 고향으로 돌아감을 의미하는 말이다. 한(漢)나라 때 설광덕(薛廣德)이 연로하여 벼슬에서 물러날 적에 황제가 그에게 안거 (安車)와 사마(駟馬) 등을 하사하였는데, 고향 패군(沛郡)에 이르자 태수(太守)가 군 (郡)의 경계 지점에까지 나와서 영접하고 온 고을 사람들이 기뻐하였다. 이에 하사받은 안거를 매달아 놓고 자손에게 전하여 영광으로 여겼다고 한다. 《漢書 卷71 薛廣德傳》 여기에서는 낮에 자신의 일을 다 하고 지는 해를 비유한 것이다.

22 광채는……불어난다 : 바다에 늘어선 많은 섬들이 석양의 붉은빛에 물드는 모습을 형용한 것이다.

내일 어찌 동쪽에서 찬란히 돋지 않으랴만   明日豈無東旭煥

백발이 엄자에 비치는 것에 감회 깊어라[23]   感深華髮映崦嵫

제2수 其二

장난삼아 매곡과 함지 비교하니[24]   戲將昧谷較咸池

가는 곳마다 기이한 경관이 일시에 흥을 일으키네   隨處奇觀興一時

자맥질하나니 용들이 불 품은 못이요[25]   蕩瀁群龍含火澤

오르내리나니 약목의 구름 누운 가지라[26]   低昂若木臥雲枝

붉은 파도 자취는 밀려 나가는 긴 조수와 함께하고   紅波迹共長潮落

---

23 백발이……깊어라 : 지는 해를 바라보면서 자신의 늙어감에도 감회가 깊어진다는 말이다. 엄자(崦嵫)는 옛날에 해가 들어가는 곳으로 생각했던 산의 이름으로, 만년 또는 노년을 비유하는 말로도 쓰인다.

24 장난삼아……비교하니 : 장소를 옮겨가며 여러 방면에서 어디가 낙조의 광경이 더 좋은지 따져본다는 말이다. 매곡(昧谷)과 함지(咸池)는 모두 해가 지는 곳이다. 《서경》〈우서(虞書) 요전(堯典)〉에 "화중(和仲)에게 나누어 명하여 서쪽에 머물게 하니, '매곡'이라는 곳이다. 들어가는 해를 공경히 전송하여 가을 수확을 고르게 하니, 밤은 중간이고 별은 허수(虛宿)이다.〔分命和仲宅西, 曰昧谷. 寅餞納日, 平秩西成, 宵中星虛.〕"라고 하였고, 《회남자》〈천문훈〉에 "해는 양곡에서 떠올라 함지에서 목욕한다.〔日出於暘谷, 浴於咸池.〕"라고 하였다.

25 자맥질하나니……못이요 : 해가 용들에 의해 못으로 옮겨져 그곳에 머문다는 말로 해가 지는 것을 비유한 것이다. 천제(天帝) 제준(帝俊)의 아내인 희화(羲和)가 동해 밖 희화국(羲和國)에서 새벽마다 여섯 마리의 용이 끄는 수레에 태양을 싣고, 용을 몰아 허공을 달려 서쪽의 우연(虞淵)에 이르러 멈춘다고 한다. 《山海經》

26 오르내리나니……가지라 : 해가 져서 약목(若木)의 가지에 머문다는 말이다. 회야(灰野)의 산에 잎은 푸르고 꽃은 붉은 나무가 있는데 약목이라고 부르며 해가 들어가는 곳이라고 한다. 《山海經》

황도의 태양 빛은 조각달 차츰 떠오르며 사라져간다　黃道光磨片月窺
어둑어둑 금까마귀[27] 날개 잠긴 뒤에는　　　　　黯黯金鴉沉翅後
수양산[28]이 하늘가에 언뜻 보이누나　　　　　　首陽山影閃天涯

27　금까마귀 : 태양을 뜻한다. 당(唐)나라 한유(韓愈)의 〈혜 스님을 보내며〔送惠師〕〉 시에 "금까마귀가 솟아오르니 육합이 맑고 새롭다.〔金鴉旣騰蒼, 六合俄淸新.〕"라고 하였는데, 그 주에 "금까마귀는 태양이다."라고 하였다.

28　수양산(首陽山) : 황해도 해주의 수양산이다.

서루에서 달을 바라보며

西樓望月

우연[29] 가는 해 전송하고 서글피 시름겨웠더니	餞了虞淵悵若愁
하산하자 밝은 달이 서루에 떴어라	下山明月在西樓
광채 머금은 향해에 마니주가 빛나니	光含香海磨尼炯
이슬에 씻긴 푸른 연꽃이 색계에 떠오름이라[30]	露濯青蓮色界浮
꽃비 가득 내리던 뜰은 봄날 절로 개고	花雨滿庭春自霽
범종이 울리던 종각은 밤에 되려 그윽하다	鯨鐘吼閣夜還幽
삼경에 거니노라니 현실인가 꿈인가	三更散步疑眞夢
앞서 유람과 나중 유람[31]을 구분할 수 없구나	莫辨前遊與後遊

29 우연 : 270쪽 주20 참조.

30 광채⋯⋯떠오름이라 : 불교적인 표현을 빌려 하늘에 뜬 달의 빛나고 깨끗한 모습을 형용한 것이다. 향해는 향수해(香水海)의 준말로, 불교의 불국토를 나타내는 화장세계 (華藏世界)에서 수미산을 둘러싸고 있는 무수한 각각의 바다를 뜻하는데 여기에서는 달빛이 비추는 세상을 가리킨 것이다. 《華嚴經 華藏世界品》원문의 '마니(磨尼)'는 보통 '마니(摩尼)'로 표기하지만 통용자로 쓴 것으로 보아 그대로 두었다. 마니 또는 마니주는 보주(寶珠)의 뜻이다. 색계는 불교에서 세계를 셋으로 나눌 때 욕계(慾界)와 무색계(無色界) 사이에 있는 세계로 천신(天神)들이 머무르는 곳이기도 하다. 여기에서는 하늘을 가리킨 것이다.

31 앞서⋯⋯유람 : 《삼연선생연보(三淵先生年譜)》에 의거하면, 삼연은 18세 때인 1670년(현종11) 겨울에 강화 유수(江華留守)로 부임한 중부(仲父) 김수흥(金壽興)의 임소에 문안차 온 사실이 있다.

새벽에 바라보며
曉望

일어나 바라보니 짙은 놀이 바다 어구 물들이고	起望繁霞射海門
밤사이 무탈한 둥근 해는 어제 모습대로 떠올랐네	夜來無恙日輪存
낮과 밤 이와 같이 잠깐 사이 어두웠다 밝아지고	光陰如許俄幽顯
하늘과 물은 예로부터 서로 해를 삼키고 뱉었다	天水由來互吐呑
수많은 섬 산 모두 푸르러 풀빛 뚜렷하고	萬嶠皆青分草色
한 돛단배 홀로 검어 구름 날아가는 곳 향하누나	一帆孤黑向雲飜
눈에 들어오는 변함없는 항하의 물[32]	眼中未改恒河水
삼십 년 전에 이 난간에 기대 바라보았지	三十年前倚此軒

---

32 눈에……물 : 새벽에 강화도에서 바라보는 바다의 풍경이 자신이 어릴 때 보았던 것과 변한 것 없이 그대로라는 말이다. 항하(恒河)는 인도 갠지스강의 한역(漢譯) 표기이다. 인도의 파사익왕(波斯匿王)이 육신이 점점 늙어가고 변하여 없어지는 것을 걱정하니, 석가모니가 육신은 생멸(生滅)하지만 본성은 생멸하지 않는다는 것을 항하를 들어 설명하면서 "대왕께서 언제 항하의 물을 보았습니까?"라고 묻자, 파사익왕이 "제가 세 살 때 어머니께서 나를 데리고 기바천(耆婆天)을 참배하러 가는 도중에 이 강을 건넜는데, 당시에 항하임을 알았습니다."라고 하였다. 석가모니가 "당신이 지금 머리가 세고 얼굴이 쭈그러진 것을 가슴 아파하는데, 그 얼굴은 반드시 어릴 때보다 쭈그러졌을 것이나, 당신이 지금 이 항하를 볼 때와 옛날 어렸을 적 볼 때 그 보는 성품에 어리거나 늙은 것이 있습니까? 쭈그러진 것은 변하는 것이고, 쭈그러지지 않은 것은 불변하는 것이니, 변하는 것은 사라지지만 저 불변하는 것은 본래 생멸이 없습니다."라고 하였다. 《楞嚴經 卷2》

옛날 머물던 곳에 감회가 일어

感舊棲

추억건대 내가 이곳에서 독서하던 날	憶我讀書日
바야흐로 아악[33]의 나이 때였지	年方阿岳時
구름 헤치고 천 리 길 말 타고 와서	排雲千里轡
눈에 비쳐가며 한겨울 장막 속에 글 읽었어라	映雪一冬帷
그때 자취 참으로 꿈만 같고	蹤迹眞如夢
총명은 쇠한 지가 오래라	聰明久矣衰
《남화경》을 백천 번이나 외웠거늘	南華百千誦
지금은 그저 시나 지을 줄 아네	今日僅能詩

---

33 아악(阿岳) : 아악은 김창협(金昌協)의 아들이자 삼연의 조카인 김숭겸(金崇謙, 1682~1700)의 아명(兒名)이다. 《杞園集 年譜 卷1》

다시 읊다
又賦

열여덟 소년 시절 독서하던 절간에	少年十八讀書寺
삼십 년 오랜 세월 지나 지금 다시 왔어라	三十年久今又至
절 문 들어와 지난날 자취에 감개한 마음 한량 있으랴	
	入門何限慨前迹
종소리 듣고 나도 모르게 가만히 눈물 흘린다	聞鐘不覺潛下淚
천책 장로³⁴도 세상 떠나고 없는데	天策長老亦亡矣
오늘 밤 제단 불공 바로 그대 위한 것이라	今夜壇薦正爲爾
날리는 꽃잎 허공에 나부껴 바람 타고 번³⁵으로 들어오고	
	雨花飄空風入幡
이경에 달빛은 감원³⁶ 안을 비추네	二更月照紺園裏
크게 울리는 범패 소리에 잠 못 이루는데	梵樂轟轟睡不成
만감이 황홀하여 마음 가누기 어렵다	萬感怳惚難爲情
남아 있는 그 시절 승려 앞에다 한번 불러보니	試喚殘僧到面前
두 사람 다 어쩌다가 이리 늙어버렸누	各怪容鬢兩蒼然

---

34 천책 장로 : 삼연이 독서하던 절의 주지승이었던 듯하다. 본집 습유(拾遺) 권6에
〈천책 장로를 애도하며〔哀天策長老〕〉시가 있다.

35 번(幡) : 절에서 법당을 장엄하는 깃발이다. 부처와 보살의 성덕(盛德)을 나타낸다.

36 감원(紺園) : 사찰의 이칭이다. 감방(紺坊), 감전(紺殿), 감우(紺宇), 감궁(紺宮)
등으로도 표기된다. 부처의 모발이 감유리색(紺琉璃色)이고 불국토의 색상 역시 감청
색(紺靑色)인 것에서 유래하였다.

대화가 깊어가자 입 벌리고 웃게 되고   話深轉成開口笑

혼이 깨어나 순식간에 독서하던 그 시절로 돌아가네

                                  魂醒頓還負笈年

북풍에 등불 하나 밝힌 도솔천 같은 절에서   北風孤燈兜率天

《남화경》 한 권의 〈소요유(逍遙遊)〉편 가지고   南華一卷逍遙篇

긴 행랑에 불공 끝나거나 새벽녘 이불 속에 있다가 長廊齋罷或晨衾

많이도 서루에 가서 기둥에 기대 읊조렸지   多向西樓倚柱吟

뜰 앞의 늙은 잣나무 가지 얼마나 부러졌나   庭前老栢幾枝摧

난간 밖 큰 바다는 만고에 깊어라   檻外滄溟萬古深

마니산은 남쪽에 있고 보문사는 서쪽에 있으니 摩尼在南普門西

과거와 같은 마음으로 오늘 높은 곳에 올라 내려본다

                                  此日登臨過去心

악이 조카[37]와 춘아[38]가 날 따라왔는데   隨來岳姪與春兒

악이는 나이가 바야흐로 그 시절 나와 같네   岳也年方如我時

호탕한 봄 유람에 노소가 함께하니   春遊澹蕩老少同

사일대 높은 곳에서 엄자산 굽어본다[39]   射日臺高俯崦嵫

붉은 동이와 금색 기둥[40] 보며 박수 치지 말아라 紅盆金柱休拍手

---

37 악이 조카 : 275쪽 주33 참조.

38 춘아(春兒) : 삼연의 아들 가운데 한 사람의 아명(兒名)인 듯하다.

39 사일대(射日臺)……굽어본다 : 사일대는 고유명사인지 아니면 해를 쏠 듯이 높은 곳이라는 뜻인지 확정할 수 없어 우선 원문 그대로 두었다. 엄자산은 271쪽 주23 참조. 높은 곳에 올라 해가 지는 것을 구경했다는 말이다.

40 붉은……기둥 : 태양의 빨갛게 둥근 모습과 기둥 모양으로 퍼져 나가는 금빛 광채를 비유한 말이다. 당(唐)나라 양거원(楊巨源)의 《항주로 돌아가는 장효표 교서를 전

나는 듯 빠른 세월이 사람 속여 백발 되기 쉽나니 　　飛光欺人易白首
늙고 마는 인생 모든 일에 때가 있건만 　　　　　　人生一老各有時
독서하여 이룬 것 없음이 나의 슬픔이라 　　　　　讀書無成我所悲
애들아 애들아 힘쓸지어다 　　　　　　　　　　兒曹兒曹其勉之

송하며〔送章孝標校書歸杭州〕》에 "햇빛의 금색 기둥이 붉은 동이에서 나오네.〔日光金
柱出紅盆〕"라고 하였다.

산을 내려오며

下山

산허리에 와서 승려와 비로소 작별하니	僧至山腰始解携
공문을 이별하는 마음인 양 바다 구름만 자욱해라	空門別意海雲迷
드높은 절 종소리 나뭇가지 타고 내 귀에 전해지고	鐘高樹杪猶吾耳
파릇한 풀 돋은 인간 속세 말발굽에서 펼쳐진다	草綠人間自馬蹄
과거의 마음 공하니 어찌 얻을 수 있으랴[41]	過去心空何可得
다시 올 기약 아득하니 슬픔을 못 이기겠네	重來期邈不勝悽
까마귀 달아나고 토끼 내달리는 우연의 저녁[42]	烏奔兎走虞淵夕
알괘라 동분서주 덧없는 인생을	已悟浮生東復西

41 과거의……있으랴 : 보통은 과거의 추억을 회상하고 그것을 곱씹지만, 마음이란 것은 본래 존재하지 않는 공한 것이므로 절에서 지내며 마음에 담은 풍광이나 감상들도 다시 얻을 수 없다는 말이다. 《금강경(金剛經)》〈일체동관분(一體同觀分)〉에 "여래가 설한 모든 마음이 다 마음이 아니요, 그 이름이 마음이니라. 왜 그런가 하면 수보리야. 과거의 마음도 얻을 수 없으며, 현재의 마음도 얻을 수 없으며, 미래의 마음도 없을 수 없기 때문이니라.〔如來說諸心, 皆爲非心, 是名爲心. 所以者何? 須菩提. 過去心不可得, 現在心不可得, 未來心不可得.〕"라고 하였다.

42 까마귀……저녁 : 해가 지고 달이 떠오르는 황혼이라는 뜻이다. 옛날 신화에 해 안에 까마귀가 살고 달 안에 토끼가 산다고 여겼다. 좌태충(左太沖)의 〈오도부(吳都賦)〉에 "하늘에 올라 해와 달 속의 까마귀와 토끼를 잡는다.〔籠烏冤於日月〕"라고 하였다. 《文選 卷5》 우연(虞淵)에 대해서는 270쪽 주20 참조.

고향으로 돌아가는 성 상사를 전송하며[43]

送成上舍還鄉

꽃잎 휘날리는 금헌[44]에 갠 하늘 차가운데 　　　　花拂琴軒霽色寒

술 한 동이 기울인 후 떠나는 그대 바라본다 　　　　一樽傾後望行鞍

바다 고을에 사람 만날 일 드문 것이야 진즉 알았거니와

　　　　　　　　　　　　　　　　　　　　已知海國逢人罕

봄날에 객을 보내기란 어렵기도 한 일 　　　　又見春天送客難

포구 버들은 안개와 어우러져 한껏 아름답고 　　　　浦柳煙和方自媚

못의 부평초는 바람 세차 모여 있질 못하네 　　　　池萍風急不成團

세심재(洗心齋)에서 함께 본 달에 우리 마음 있으니

　　　　　　　　　　　　　　　　　　　　懸情故有心齋月

연성[45] 돌아가거든 일어나 밤에 볼지라 　　　　歸去蓮城起夜看

---

43 고향으로……전송하며 : 성 상사는 강화도 여행에 함께한 성경(成璟)이다. 263쪽 주10 참조. 성경은 당시 안산(安山)에 살고 있었다.《研經齋全集 卷48 成氏世譜下》

44 금헌(琴軒) : 금각(琴閣), 금당(琴堂)이라고도 하며 지방 수령이 정무를 보는 동헌(東軒)을 가리킨다. 공자의 제자 복자천(宓子賤)이 선보(單父) 고을의 수령이 되었을 때 거문고만 연주할 뿐, 마루 아래로 내려오는 일이 없었는데도 고을이 잘 다스려졌다는 고사에서 유래하였다.《呂氏春秋 察賢》여기에서는 강화 유수(江華留守)로 있는 삼연의 형 김창집(金昌集)의 유수부(留守府)를 가리킨 것이다.

45 연성(蓮城) : 안산의 다른 이름이다.

갑곶[46]

甲津

제1수

겨울 성엣장 든든한 것은 논할 것도 없고	冬澌贔屭不須論
바야흐로 이렇듯 봄날 따뜻한 날씨에 물보라 뒤치거늘[47]	
	方此春和雪浪翻
이상타 용호[48]는 어떻게 여길 건넜나	尙怪龍胡何以渡
알괘라 천험의 요새 끝내 허언인 것을	可知天塹竟虛言
산하에는 웅장하게 새로 지은 성 보이거니와	山河又見新城壯
물고기들은 옛날 억울하게 죽은 귀신의 한 품고 있구나	
	魚鼈猶含舊鬼寃
장구나 외는 보잘것없는 유자 원대한 책략 없었으니	
	章句小儒無遠略
배 기다리며 애오라지 사조당[49] 난간에 기대노라	待船聊倚射潮軒

---

46 갑곶 : 강화부(江華府) 동쪽 10리 지점에 있다. 병자호란 당시 1637년(인조15) 1월에 청나라 군사가 이곳으로 넘어와 강화도를 공략하였다.

47 겨울……뒤치거늘 : 병자호란 당시 조선군은 성엣장이 얼어 배의 운용도 어렵고 그렇다고 걸어서 건널 수도 없으며, 성엣장이 없다 하더라도 수많은 군대를 실어 날라야 하는 배의 운용 자체를 청나라 군사들이 익숙하지 않다고 안심하여 방비를 소홀히 하였다.

48 용호(龍胡) : 청나라 장수 용골대(龍骨大)를 가리키는 말이다.

49 사조당(射潮堂) : 신후재(申厚載)가 강화 유수(江華留守)로 있으면서 외침에 대비하기 위해 지은 건물이다. 《星湖全集 卷60 漢城府判尹申公墓碣銘》

제2수 其二

심주의 요충지가 옥련환 모양이니[50]　　　　　　沁州形勝玉連環

통진[51]과 맞닿아 이어진 장쾌한 수로 관문이로다　　控絡通津壯水關

층층 놀 같은 누각 위에 무기고 얹혀 있고　　　　樓似層霞騰武庫

언월 모양 성곽은 문산[52] 끌어안고 있구나　　　　城爲偃月抱文山

평상시엔 배들이 목구멍 같은 물길[53] 다니고　　　尋常舟楫咽喉內

유사시엔 창 든 군사들이 성가퀴 틈새에서 방비하네　緩急戈鋋睥睨間

두루 고하노니 돈대의 장사들이여　　　　　　　遍告墩臺諸壯士

태평 시절이라고 한가하게 낮잠 버릇 들지 말지니라　時淸莫習晝眠閒

제3수 其三

나루 따라 장대하게 귀신같은 공력 펼쳐 지으니　沿津布設壯神功

진해 운문[54]의 형세 웅장하구나　　　　　　　鎭海雲門勢更雄

용들 항복시키는 일 총섭에게 귀속되고[55]　　　降伏群龍歸摠攝

50　심주(沁州)의……모양이니 : 심주는 강화도의 이칭이다. 옥련환이라고 한 것은 강화도만을 두고 지칭한 것은 아니고, 강화도와 김포반도가 비슷한 모양으로 수로를 사이에 두고 두 개의 옥이 서로 맞물려 연결된 옥련환 모양처럼 생긴 것을 두고 한 말이다.

51　통진(通津) : 김포의 옛 이름이다.

52　문산(文山) : 갑곶 맞은편 통진 지역에 있는 문수산(文殊山)이다.

53　목구멍 같은 물길 : 강화도와 김포반도 사이로 나 있는 수로를 비유한 말이다.

54　진해 운문 : 진해사(鎭海寺)를 가리킨다. 운문은 사찰을 뜻하는 말이다. 신후재가 강화 유수(江華留守)로 있으면서 외침에 대비하기 위해 지은 절이다. 1691년(숙종17)에 짓기 시작하여 이듬해 완공하고 금위영(禁衛營)이 관리하였으며 창고를 세워 군량미와 군기를 보관하고 승려들에게 지키도록 하였다. 《星湖全集 卷60 漢城府判尹申公墓碣銘》《江都志 佛寺》지금은 그 터에 해운사(海雲寺)가 있다.

백치 성첩 유지함에 진공을 빌렸네[56]	維持百雉借眞空
파도는 승루[57] 아래 가까이 들이치고	波濤密邇僧樓下
금고[58]는 승려들 꿈속에 예사로 들려라	金鼓尋常佛夢中
물 건너 문수산은 읍하는 모양새이니	隔水文殊山似揖
범종 소리 저녁 조수 바람 타고 날아 건넌다	梵鐘飛越晚潮風

제4수 其四

옛날 신라 고려 때부터 요충지였거늘	粤自羅麗形勝地
고금에 사람들 견해 서로 판이했어라	古今人見互低高
청성은 이곳 중시하여 여러 계책 둘렀고[59]	淸城重此紆多筭
북저는 시국 가볍게 보고서 한 터럭처럼 여겼지[60]	北渚輕時等一毛

---

55 용들……귀속되고 : 용은 바다를 통해 들어오는 외적들을 비유한 것이다. 진해사에 총섭사(摠攝使)를 두어 승려들을 통솔하게 하였다. 《江都志 佛寺》

56 백치……빌렸네 : 치(雉)는 성벽의 높이와 길이의 단위로, 높이 1장(丈), 길이 3장(丈)을 보통 1치로 친다. 진공(眞空)을 빌렸다는 것은 성곽 관리를 위해 승려들의 힘을 빌렸다는 말이다.

57 승루(僧樓) : 진해사 경내에 있어 바다를 내려다보고 있었던 복파루(伏波樓)를 가리킨 것이다.

58 금고(金鼓) : 금고는 절에서 예불할 때 치는 쇠북의 뜻도 있고, 전쟁 시에 진격과 퇴각을 명하는 징과 북이라는 뜻도 있다. 여기에서는 법구(法具)로서의 쇠북의 의미보다는 승려들이 항시 군사적 움직임에 준비하고 있다는 의미로 후자의 뜻일 듯하다.

59 청성(淸城)은……둘렀고 : 청성은 숙종 때의 청성부원군(淸城府院君) 김석주(金錫胄)이다. 강화도 방어를 위해 병조 판서 김석주가 주도하여 준비하고 축성을 시작해 1679년(숙종5)에 48개의 돈대를 완성하였다. 《承政院日記 肅宗 4年 9月 28日, 5年 5月 25日》《息庵遺稿 卷17 江都巡審後書啓 · 江都設墩處所別單 · 墩臺畢築巡審後書啓》

60 북저(北渚)는……여겼지 : 북저는 병자호란 당시 팔도 도체찰사(八道都體察使)

부서진 진 구태의연 지키는 것 효과적인 방법 아니요

株守破津非活法

새로운 성첩 둘러쌓는 것 공연한 수고일 수도 있었네

帶縈新壘或虛勞

돈대 완성된 뒤에도 이러쿵저러쿵 말 많거니와　墩臺完後猶多說

차항[61]에 갯벌 단단해 배 모이기 용이해라　汉港泥堅易集艘

제5수 其五

동산의 공훈은 아이들 천거한 데서 드러났으니　東山勳著薦兒曹

앉아서 진나라 채찍이 먼 물결 범하는 것 막았도다[62]

坐遏秦鞭犯遠濤

일은 혹 찡그리는 얼굴 따라 하다 많이들 낭패 보는 것 같고

및 영의정으로 있던 김류(金瑬)의 호이다. 당시 정국의 책임자인 김류가 강화도의 중요
성을 경시하였다는 말이다. 한편 김류의 아들 김경징(金慶徵)은 병자호란 때 강화도의
수비를 책임지는 검찰사(檢察使)였는데, 방비를 소홀히 하여 강화도가 함락된 죄로
사사되었다.

61 차항(汉港) : 물길이 갈라지는 곳에 있는 항구를 뜻한다.

62 동산(東山)의……막았도다 : 동산은 동진(東晉)의 사안(謝安)을 가리킨다. 사안
은 벼슬에서 물러나 40세에 이를 때까지 20여 년 동안 동산에서 은거한 적이 있다.
이 구절은 사안이 자신의 동생 사석(謝石) 및 조카 사현(謝玄)을 천거하여 함께 전장에
데리고 나가 전진(前秦)의 부견(符堅)이 100만 대군으로 침공하는 것을 비수(淝水)에
서 대파하여 나라를 위기에서 구원한 일을 말한 것이다. 사안은 진중(陣中)에서 동요하
는 군심을 진정시키기 위해 장막 안에 앉아 손님과 태연하게 바둑을 두면서 조카 사현이
승전보를 전해오기를 기다렸다. 보통 자신의 친인척을 천거하여 중용하는 것은 혐의쩍
은 일이지만 사안은 자신의 친인척을 기용하여 큰 공적을 이루었으므로, 친인척을 기용
하는 일을 말할 때 이 고사가 자주 인용된다. 《晉書 卷79 謝安列傳》

事或效嚬多敗闕

사람은 오직 세도 부리기 좋아하여 평소 교만 방자했어라[63]

人惟樂勢素驕豪

두 성[64]이 한 번에 나란히 양을 끄는 치욕[65] 당하니　兩城一倂牽羊辱

세 굴에서 토끼가 도망치는 것 언제 보았나[66]　　三窟何曾見兎逃

---

63 일은……방자했어라 : 사안이 자신의 친인척을 기용하여 국난(國難)을 극복했던 것과는 달리 김류와 김경징은 이와 반대였다는 말이다. 얼굴 찡그리는 것을 따라 한다는 것은 자기 분수를 고려하지 않고 무조건 남을 흉내 내는 것을 비유한 말이다. 《장자(莊子)》〈천운(天運)〉에 "옛날에 미녀 서시(西施)가 가슴이 아파서 얼굴을 찡그리자, 그 마을에 사는 추한 사람이 보고 아름답게 여겨 역시 가슴을 움켜쥐고 얼굴을 찡그리니, 그 마을에 사는 부자는 문을 닫고 밖으로 나오지 않았고, 가난한 자는 처자를 거느리고 달아나버렸다."라고 한 데서 유래한 표현이다. 곧 김류가 사안의 일을 따라 하여 아들 김경징을 기용해 강화도 수비를 맡겼지만 도리어 일을 그르쳐버렸다는 뜻이다. 세도 부리기를 좋아하여 교만 방자했다는 것은 김경징이 강화도를 수비하면서 자신의 위세만 믿고 안일하게 처신하다가 청나라 군사들이 강화도로 건너오게 만들었다는 뜻이다.

64 두 성 : 강화성과 남한산성이다.

65 양을 끄는 치욕 : 적에게 항복하는 치욕이다. 춘추 시대에 정(鄭)나라 임금이 초(楚)나라 왕에게 항복하였는데, 그때 모습을 표현하기를 "정백이 윗옷을 벗어 살을 드러내고 양을 끌고서 영접하였다.〔鄭伯肉袒牽羊以逆〕"라고 하였다.《春秋左氏傳 宣公12年》

66 세……보았나 :《전국책(戰國策)》〈제책(齊策)〉에 "교활한 토끼는 세 개의 굴을 파놓고서 죽음을 면할 방도를 강구한다.〔狡兎有三窟, 僅得免其死耳.〕"라고 하였는데, 여기에서는 이와 반대로 병자호란 때 계책이 부족하여 강화도와 남한산성으로 각각 피신했지만 모두 청나라 군대에 함몰된 것을 말한 것이다.

한스럽다 우리 동방에 수감⁶⁷이 없었으니   可恨吾東無水鑑

백사의 문하에 이 공이 드높았구나⁶⁸   白沙門下此公高

67 수감(水鑑) : 물처럼 밝고 분명하게 비추어본다는 뜻으로, 여기에서는 정확한 감식안을 가리킨다.

68 백사(白沙)의……드높았구나 : 백사는 이항복(李恒福)의 호이다. 김류는 이항복의 문인이었다. 곧 사람들이 분명하게 알아보지 못하고 김류를 높이 쳤다는 뜻이다.

다시 읊다

又賦

제1수

오랑캐가 어느 곳에서 물을 건넜나	胡從何處濟
말 세우고 조수 흔적 살펴보노라	立馬見潮痕
튼튼한 방비책 다하고자 할진댄	欲悉周防策
이해의 근원을 찾아봐야지	須探利害源
사람은 지난날 요새 지키지 못한 것 알거니와	人知前失險
일에는 후세에 말하기 어려운 점 있도다	事有後難言
순환하여 무상한 저 하늘의 뜻	回薄玄天意
아득한 가운데 돈대들 늘어섰네	微茫且列墩

제2수 其二

성곽의 견고함이 진실로 쇠와 같거늘	城堅信如鐵
무슨 일로 나는 깊이 읊조리며 고심하나	何事我沉吟
사람 부족한 근심이 첫째요	人乏憂爲上
군량 떨어진 염려도 깊다네	糧空慮亦深
배는 주인과 길손이 다 사용하고	船通主客用
강은 위험할 때도 있고 평온할 때도 있구나	江帶險夷心
육식하는 이들[69]은 계책을 어찌 낼 것인가	肉食謀安出

---

69 육식하는 이들 : 벼슬아치를 뜻한다. 《춘추좌씨전(春秋左氏傳)》 장공(莊公) 10년

| 시련과 우환이 이제부터 많거늘 | 艱虞浩自今 |

제3수 其三

위나라의 보배는 본디 험고함 아니요[70]	寶魏元非險
진나라 망하게 할 자는 바로 호로다[71]	亡秦可是胡
사람들 계책 많이들 협소하고	人謀多局促
하늘이 준 운수는 참으로 시련과 우환이었어라	天數足艱虞
두어라 지난 정축년 일[72]	已矣前丁丑
아득하다 옛 심도[73]여	悠哉古沁都

에 제(齊)나라 군대가 노(魯)나라를 공격하자 장공이 응전하려 할 때 조귀(曹劌)가 알현을 청하려 하니 그 마을 사람들이 "육식하는 자들이 잘 알아서 할 텐데, 또 무엇 때문에 끼어드는가.〔肉食者謀之, 又何間焉.〕"라고 말하니, "육식하는 높은 분들은 식견이 낮아서 원대한 계책이 없다.〔肉食者鄙, 未能遠謀.〕"라고 대답하였다.

70 위나라의……아니요 : 나라를 지켜낼 진정한 보배는 험고한 지형과 요새가 아니라 덕을 닦는 데 있다는 말이다. 전국 시대 위(魏)나라 무후(武侯)가 배를 타고 서하(西河)의 중류(中流)를 내려가다가 오기(吳起)를 돌아보고는 산천이 험고한 것이야말로 위나라의 보배라고 자랑하자, 오기가 "사람의 덕에 달려 있지, 산천의 험고함에 달려 있는 것이 아닙니다. 만약 통치자가 덕을 닦지 않으면 이 배 안에 있는 사람들 모두가 적국의 사람이 될 것입니다."라고 대답하였다. 《史記 卷65 孫子吳起列傳》

71 진나라……호로다 : 나라를 망하게 하는 것은 외적이라기보다 내부를 살피지 않기 때문이라는 말이다. 연(燕)나라 방사(方士) 노생(盧生)이 진시황(秦始皇)에게 "진나라를 망칠 자는 호이다.〔亡秦者胡也〕"라고 말하자, 진시황은 '호(胡)'를 북쪽의 오랑캐〔北胡〕로 알고 몽염(蒙恬)에게 만리장성을 쌓게 하였다. 그러나 진나라는 북쪽 오랑캐에게 멸망한 것이 아니라 만리장성 등의 가혹한 공역으로 각지에서 반란이 일어나 진시황이 죽은 뒤 그의 작은아들 호해(胡亥)가 임금이 되었을 때 망하였다. 《史記 卷6 秦始皇本紀》

72 정축년 일 : 강화도가 청나라 군대에 함락된 1637년(인조15)이다.

안개 낀 조수는 온갖 변화 머금고서 煙潮含萬變

아침저녁 층층 돈대 모퉁이에 들이치누나 晨夕撼層隅

제4수 其四

배 안에서는 호란 이야기하노라니 戰伐舟中語

오랑캐 누린내가 강기슭에 풍겨오네 腥羶岸上聞

봄바람에 따스한 햇살 비치는데 東風方淑景

북방 기운에 오랫동안 시름겨운 짙은 구름 北氣久愁雲

나라는 영영 사라지지 않을 치욕 받았으니 國有終天恥

나는 옛일 조문하는 글을 지으리라 吾其弔古文

차마 못 떠나고 배회하는 마음 다할 줄이 있으랴 遲回豈有極

안개 서린 물가에서 또 말에 기대섰도다 倚馬且煙濆

제5수 其五

성엣장 떠다니는 나루를 정월에 건너니 澌津正月涉

얼음 조각 다가오는 형세 어떠한가 倚薄勢何如

푸른 용 껍질이 땅에 펼쳐진 듯 布地蒼龍甲

백마 끄는 수레 소리 하늘에 진동하는 듯 轟天白馬車

배 멈추고 멀리 성엣장 예봉 피하고 船停遙避銳

조수 사이로 잠시 빈틈 타고 간다 潮間暫乘虛

하늘이 용호[74]에게 행운을 내렸으니 天賜龍胡幸

---

73 심도(沁都) : 강화도의 이칭이다.

74 용호(龍胡) : 281쪽 주48 참조.

방어하는 자의 소홀함만 말하기는 어려워라　　　　難言禦者疎

제6수 其六

육십 년 전 타고 남은 것　　　　　　　　　　六十年前燼

무너진 성지 차츰 보수해가네　　　　　　　　城池稍葺頹

백성들 바야흐로 생취75 넉넉하고　　　　　　民方生聚足

해는 또 병자년과 정축년76 돌아왔구나　　　　歲又丙丁廻

돌림병이 사람들 씨 말려버렸으니　　　　　　癘疫靡遺子

군비(軍備)에 이보다 큰 슬픔 없어라　　　　　兵戈莫此哀

성첩 방비할 계책이 까마득하니　　　　　　　茫然巡堞計

성 쌓는 것은 부질없는 수고로다　　　　　　版築漫勞哉

제7수 其七

금과 비단 공물 바친 육십 년　　　　　　　　金繒六十載

근심이 백두산에 있도다77　　　　　　　　　憂在白頭山

---

75 생취(生聚) : 인구가 불어나고 재물이 비축된다는 뜻인데, 오랑캐에 대한 설욕의
어감도 담겨 있다. 춘추 시대 오왕(吳王) 부차(夫差)가 월왕(越王) 구천(句踐)을 부초
(夫椒)에서 패배시키고 그의 화의를 받아들이자, 오원(伍員, 오자서)이 사람들에게
"월나라가 10년 동안 인구를 불리고 재력을 축적할 것이며, 또 10년 동안 백성을 훈련시
켜 강병(強兵)을 양성할 것이니, 20년만 지나면 오나라는 그들에 의해 망하고 말 것이
다.〔越十年生聚, 十年敎訓, 二十年之外, 吳其爲沼乎.〕"라고 말한 고사가 있다. 《春秋左
氏傳 哀公 元年》

76 병자년과 정축년 : 삼연의 시점에서는 이 시를 짓기 이삼 년 전인 1696년과 1697년
이다.

77 근심이 백두산에 있도다 : 이 무렵 백두산과 압록강 등에서 국경 문제로 청나라와

지도에 표시된 국경 여기저기 넘어오고	越界圖形遍
사냥하는 기병이 강 건넜다 돌아가기도 하네	凌河獵騎還
참으로 국가 안위에 관계된 일이니	安危定有事
응당 원근에 관문 정비해야지	遠近合修關
하늘이 내려준 험고한 지형 없는 것 아니건만	不是無天險
조정에서 등한시하는구나	朝家且等閒

조선 사이에 외교 문제가 자주 발생하고 있었다. 대표적으로 1685년(숙종11)에는 백두산 부근에서 청나라 사람이 조선인의 습격을 받은 문제로 청나라 예부(禮部)에서 자문(咨文)을 보내 칙사가 조선에 와서 숙종과 함께 동석하여 죄인을 심리하고 처결하는 굴욕을 겪었다. 이듬해에 조선에서 청나라에 사신을 보내 예물을 바쳤는데, 청나라 예부에서는 예물도 받지 않고 무례한 말투로 꾸짖기까지 하여 조정에서 큰 치욕으로 여겼다.《肅宗實錄 11年 10月 22日, 11月 25日·29日, 12月 1日·12年 閏4月 29日》《燃藜室記述 別集 卷5 使臣》이후에도 국경에서의 마찰이 지속되어 결국 1712년(숙종38)에 백두산에서 청나라와 조선 사신이 만나 정계비(定界碑)를 세우게 되었다.

천마산을 유람하러 가는 둘째 형님을 전송하고[78]

送仲氏遊天磨山

제1수

뜻밖에도 한 마리 말이 금릉[79] 향하니	差池一騎向金陵
둘째 형님 천마산에 홀로 오를 수 있겠네	仲氏天磨可獨登
뒤에 나온 지란[80]은 흥겨운 모임 참여하건만	後出芝蘭參興會
일찍이 함께했던 홍안은 날아오르지 못하여라[81]	曾聯鴻鴈失飛騰
봄바람 호탕하게 승천포[82]에 부는데	春風浩蕩昇天浦
길벗은 쓸쓸히도 적석사 승려로구나[83]	道伴凋空積石僧
오늘 이별하고서 이곳에 돌아와	此日分張還此地

---

78 천마산을……전송하고 : 천마산은 개성 송악산(松嶽山) 북쪽에 있는 산이다. 이해 3월에 김창협(金昌協)은 강화도에 있는 모친을 문안했다가 동생 김창즙(金昌緝) 및 자질(子姪)들과 함께 개성과 천마산 등을 유람하였다. 《農巖集 卷36 附錄 年譜》

79 금릉(金陵) : 김포의 별칭이다.

80 뒤에 나온 지란 : 김창협의 개성 유람에 함께한 자질들을 가리킨 것이다. 진(晉)나라 때 사안(謝安)이 여러 자질들에게 어떤 자제가 되고 싶으냐고 묻자, 그의 조카인 사현(謝玄)이 "비유하건대 지란과 옥수(玉樹)가 뜰에서 자라게 하고 싶습니다."라고 했던 데서 온 말이다. 《晉書 卷79 謝玄列傳》

81 일찍이……못하여라 : 강화도를 유람할 때는 함께했던 삼연이 이번 개성 유람에는 참여하지 못한다는 말이다. 홍안은 형제를 뜻한다. 기러기가 줄지어 나는 것처럼 형제가 함께하는 모양에서 유래한 표현이다.

82 승천포(昇天浦) : 강화도 북쪽에 있는 포구 이름이다.

83 길벗은……승려로구나 : 승천포에서 김창협을 전송하고 다시 강화도로 돌아올 때는 적석사의 승려만이 함께했다는 말이다.

하염없이 읊조리며 바라봄에 감회가 늘어난다　　　百回吟望感仍增

제2수 其二

홍겹게 함께한 체악이 한창 아름다울 때　　　興聯棣蕚方爲美

전에 가본 적 없던 금강산 여기저기 두루 다녔어라[84]　搜遍蓬萊未始遊

한때에 만나서 손잡고 갔더니　　　邂逅一時携手適

십 년 세월 쓸쓸히 매달린 뒤웅박처럼 머물렀네[85]　蕭條十載繫匏留

붉은 샘 푸른 암벽 응당 그대로 있겠거니와　　　紅泉翠壁應仍在

고운 햇살 솔솔 부는 바람 얻을 수 있으려나　　　麗日和風可得不

가장 기억나는 것은 영통[86]의 초입 정취　　　最憶靈通初入趣

계곡 꽃 다투어 떨어져 맑은 물결에 가득했지　　　澗花爭擲滿晴流

84　홍겹게……다녔어라 : 체악은 김창협과 삼연 형제를 비유한 말이다. 체악은 아가
위 꽃을 받치고 있는 꽃받침을 말하는데, 꽃과 꽃받침은 한 가지에서 나왔다 해서 형제
간의 우애를 뜻한다. 《시경》〈소아(小雅) 상체(常棣)〉에 "아가위 꽃이여, 꽃받침이
화사하지 않은가. 무릇 지금 사람들은, 형제만 한 이가 없느니라.〔常棣之華, 鄂不韡韡.
凡今之人, 莫如兄弟.〕"라고 한 데서 온 말이다. 1671년(현종12) 김창협이 21세이고
삼연이 19세였을 때 함께 개성의 천마산을 비롯해 금강산 등을 유람한 적이 있다.

85　십……머물렀네 : '매달린 뒤웅박'이란 여기저기 다니지 못하고 한곳에 머물러 허
송세월하는 신세를 비유하는 말이다. 공자가 일찍이 조(趙)나라의 중모재(中牟宰) 필
힐(佛肸)의 부름을 받고 그곳으로 가려고 하자, 자로(子路)가 좋지 않은 사람에게 왜
가시려 하느냐고 물었는데, 공자가 "내가 어찌 뒤웅박과 같으랴? 어찌 한곳에 매달린
채 먹기를 구하지 않을 수 있겠느냐?〔吾豈匏瓜也哉? 焉能繫而不食?〕"라고 한 데서
온 말이다. 《論語 陽貨》'십 년 세월'은 삼연의 부친 김수항(金壽恒)이 기사환국(己巳換
局)으로 사사(賜死)된 1689년(숙종15)부터 이해까지의 10년을 뜻한다.

86　영통(靈通) : 개풍군 오관산(五冠山) 기슭의 영통동(靈通洞)이다. 이곳에 화담
(花潭), 영통사(靈通寺) 등의 명승이 많다.

이른 새벽 양천을 지나며
早過陽川

길 가다 양천 이르러 나루 물어보려는데	行到陽川欲問津
일어났다 사라지는 옅은 이내 자욱이 깔렸네	淡霞興沒布氳氤
푸른 산 다투어 모습 드러내는 잠두봉[87]의 새벽이요	青山競出蠶頭曙
푸른 물결 멀리서 뒤치는 연미[88]의 봄날이라	碧浪遙翻燕尾春
말 위에서는 갈아입은 옷에 경쾌한 바람 생겨나고	馬上輕風生換服
비 온 뒤라 먼지 일어나지 않고 평탄한 길 만났어라	雨餘平路值無塵
바야흐로 생각하노니 지난날 천마산 유람할 제	方思往賞天磨者
예닐곱 사람 흩어져 화담으로 들어갔지	散入花潭六七人

---

87 잠두봉 : 양화진(楊花津)의 동쪽 언덕에 있는 봉우리 이름이다.

88 연미 : 한강의 끝부분으로 강화도 월곶리와 김포 보구곶 사이가 제비 꼬리처럼 갈라진다고 해서 붙은 이름이며, 월곶리 강안에 연미정(燕尾亭)이 있다.

다시 읊다
又賦

이미 금릉[89]과 거리도 멀어지고	已去金陵遠
유유히 흐르는 한강에 임하였어라	行臨漢水悠
경쾌한 배에는 붉은 햇살 비추고	船輕紅日照
작은 고을에는 옅은 안개 떠오른다	縣小淡煙浮
신선 자취는 양화 나루에 남아 있고[90]	仙迹留楊渡
군대 공적은 행주에 있구나[91]	軍功在杏洲
목련 노 두드리며 흥 돋우었더니	蘭橈方鼓興
드넓은 나루에서 다시 근심 생겨나네	津闊更生愁

89 금릉(金陵) : 292쪽 주79 참조.

90 신선……있고 : 양화 나루 근처에 있는 선유봉(仙遊峰)을 가리킨 것으로, 지금의
선유도이다. 신선들이 놀던 곳이라 하여 지어진 이름이다.

91 군대……있구나 : 임진왜란 당시 승첩(勝捷)이 있었던 행주산성을 가리킨 것이다.

강을 건너며
渡江

강 건너자 다시 흥이 나지 않으니	渡江無復興
그저 발걸음 더뎌지려 하네	惟欲步遲遲
하루를 잠시 도성에 머무르니	一日暫城闕
일평생 어찌하여 갈림길 헤매나	百年寧路歧
청산에 몇 이랑 밭 갈며 살 계획 있으니	靑山數畝計
백발로 다섯 번 탄식하는 시 읊노라[92]	白首五噫詩
소싯적에 꽃구경하던 골목에	少小看花陌
풍악 울리던 일도 사라졌구나	笙歌事亦衰

---

92 백발로……읊노라 : 후한(後漢) 때 사람 양홍(梁鴻)이 은거하기 위해 도성을 지나
가면서, 다섯 번의 탄식이 들어가는 오희(五噫)의 노래를 부르기를 "저 북망산에 오름이
여, 아! 경사를 돌아봄이여, 아! 궁실의 높고 높음이여, 아! 사람의 수고로움이여,
아! 멀고멀어 끝이 없음이여, 아![陟彼北芒兮, 噫! 顧覽帝京兮, 噫! 宮室崔嵬兮, 噫!
人之劬勞兮, 噫! 遼遼未央兮, 噫!]"라고 하였다. 《後漢書 卷83 逸民列傳 梁鴻》

말을 먹이며

秣馬

촌가의 자리 빌려	借得村家席
애오라지 강기슭 굽어보노라	聊爲江岸臨
울타리 너머 돛단배 바라보고	看帆籬落外
살구꽃 그늘 아래 밥 말아 먹는다	澆飯杏花陰
말 타고 바삐 가는 와중에도 휴식하고	鞍馬忙猶息
풍광 만나면 곧바로 시 읊조리네	風煙遇卽吟
잠두봉 승경 넉넉하니	蠶頭饒勝槩
취헌의 마음 보는 듯해라[93]	如見翠軒心

---

93 잠두봉……듯해라 : 옛날 읍취헌(挹翠軒) 박은(朴誾, 1479~1504)이 잠두봉을 보
며 노닐던 마음이 느껴진다는 말이다. 시로 명성이 있었던 박은은 1502년(연산군8)
이행(李荇), 남곤(南袞)과 함께 서호(西湖)의 잠두봉 아래에서 뱃놀이하며 〈잠두록
(蠶頭錄)〉을 짓고 〈제잠두록후(題蠶頭錄後)〉라는 유명한 시를 남겼다.

윤 사위의 묘에 곡하다[94]

哭尹壻墓

제1수

매번 성산 들를 때마다 눈물 흐르더니	每過成山淚
방춘화시라 더욱 금할 수 없구나	芳時更不禁
외로운 무덤 풀빛만 가득하고	孤墳只草色
수많은 한으로 봄 그늘지려 하네	萬恨欲春陰
틈으로 내달리는 사마[95]처럼 삼 년 세월 쏜살같고	隙駟三年速
멀리 돛단배 흘러가는 강물 깊어라	遙帆逝水深
동상[96]이 애당초 꿈만 같으니	東床初若夢

---

94 윤……곡하다 : 윤 사위는 삼연의 사위인 윤세량(尹世亮)이다. 김창협(金昌協)의 《농암진적(農巖眞蹟)》에 1697년(숙종23) 4월 4일 김시좌(金時佐)에게 보낸 편지에 윤세량의 죽음을 애석해하는 내용이 있고, 본시 안에서도 죽은 지 3년이 흘렀다고 말하고 있으므로 윤세량의 몰년은 1697년이다.

95 틈으로 내달리는 사마 : 쏜살같이 빨리 흐르는 세월을 비유하는 말이다. 《예기(禮記)》〈삼년문(三年間)〉에 "삼년상이 스물다섯 달이면 끝나는 것을 마치 사마가 좁은 틈새를 지나는 것같이 여긴다.〔三年之喪, 二十五月而畢, 若駟之過隙.〕"라고 하였다.

96 동상(東床) : 사위가 됨을 뜻하는 말이다. 진(晉)나라 때 태위(太尉) 치감(郗鑑)이 왕도(王導) 집안의 자제들이 뛰어나다는 소문을 듣고 왕도의 집에 문생(門生)을 보내 사윗감을 구하게 하였다. 그 문생이 자제들을 두루 살펴보고 돌아가서 말하기를 "왕씨의 젊은이들이 모두 훌륭했습니다. 그러나 자신들 중에서 사위를 고른다는 소식을 듣고 다른 사람들은 모두 스스로 몸가짐을 단정히 하고 있었는데, 오직 한 사람은 동쪽 평상[東床]에서 큰 배를 드러내놓고 밥을 먹으면서 홀로 그런 소식을 듣지 못한 것처럼 하였습니다."라고 하자, 치감이 그를 훌륭한 사윗감으로 여겨 마침내 사위로 삼았는데,

다시 꿈속에서 서로 만날 수 있으려나　　　　　可復夢相尋

제2수 其二

말 타고 지나가다 재차 머물렀건만	再度駐征鞭
외로운 무덤 끝내 적막하여라	孤墳終寂然
잠두봉은 풍수[97] 안이요	蠶頭風水內
마렵[98]은 풀과 꽃 곁이라	馬鬣草花邊
지하에는 봄 풍광 없거니와	地下無春色
인간세상에는 소년 넘쳐난다	人間足少年
무덤 앞으로 말 타고 노니는 이들 지나가니	墓門遊騎度
많이들 서호(西湖)에 띄우는 배로 향하누나	多向汜湖船

그가 바로 왕희지(王羲之)였다는 고사에서 온 말이다. 《晉書 卷80 王羲之列傳》

97 풍수 : 여기에서는 묏자리의 국내(局內)를 가리킨 말이다.

98 마렵 : 봉분을 뜻하는 말이다. 《예기》〈단궁 상(檀弓上)〉에 자하(子夏)가 말하기를 "옛날에 공자가 말씀하시기를 '나는 봉분하는 것을 마치 마루처럼 쌓아 올린 자를 보았고……도끼날처럼 하는 자도 보았다. 나는 도끼날처럼 하는 자를 좇겠다.'라고 하셨으니, 이것을 마렵봉이라고 하는 것이다.〔昔者夫子言之曰, 吾見封之若堂者矣,……見若斧者矣, 從若斧者焉, 馬鬣封之謂也.〕"라고 하였다. 말의 갈기 부분은 살이 적으며 좁고 가느다랗다. 그러므로 위로 올리는 흙이 적고 수수한 모양을 마렵봉이라 한다.

병으로 산에 돌아가지 못하고 두 편의 율시를 지어 서글픈
마음을 싣고 아울러 양겸(養謙)이의 병으로 힘든 마음을
위안하다

病未歸山 吟成兩律 以寄惆悵 兼慰養兒病悰

제1수

나는 강화도에서 돌아와 말을 쉬고 있고	我自沁州歸歇馬
너는 벽계 계곡 머무르며 집안일 살피누나	爾留檗谷把持家
서신 옴에 부자 함께 병듦이 가련하고	書來父子憐同病
늦봄에 경향에는 꽃 아름답게 피었네	春晚京鄉好是花
산침의 공부에는 《소문》이 있어야 하고[99]	山枕工夫須素問
골짝 밭에 심어 키우기엔 참깨가 그만이라	峽田經紀可胡麻
어느 때나 녹문[100]에 함께 은거할 수 있으려나	鹿門偕隱何時得
두로도 나처럼 여러 번 탄식했지[101]	杜老同吾屢發嗟

---

99 산침의……하고 : 산침은 베갯머리를 뜻한다. 옛날에는 베개를 만들 때 나무나 사기 등을 이용하여 가운데는 옴폭 파이고 양 끝이 산처럼 올라온 모양이었으므로 산침이라고 하였다. 《소문(素問)》은 음양오행(陰陽五行), 침구(鍼灸), 맥(脈) 등에 관하여 황제(黃帝)와 그 신하인 명의(名醫) 기백(岐伯)의 문답 형식으로 쓰인 중국의 의서(醫書)이다. 이 구절은 병으로 아파 누워 있을 때 의서를 본다는 말이다.

100 녹문(鹿門) : 후한(後漢) 말엽에 은자 방덕공(龐德公)이 가솔들을 모두 거느리고 은거한 양양(襄陽)의 산 이름이다. 《後漢書 卷83 逸民列傳 龐公》

101 두로(杜老)도……탄식했지 : 두로는 두보(杜甫)이다. 두보는 그의 시에서 자주 방덕공처럼 녹문산에 은거하지 못하는 현실을 탄식하였다. 예컨대 〈겨울에 이백을 그리워하며[冬日有懷李白]〉에서는 "흥을 타고 떠나지 못한 탓에 녹문의 기약만 부질없이

제2수 其二

이 봄도 흘러 흘러 지금 다 지나가려 하니	冉冉一春今向盡
한평생 어긋나지 않는 일 무엇 있겠나	百年何事不蹉跎
그윽한 기약 이룰 날 아득하니 산고사리 시들고	幽期緬矣山薇老
농사철도 어느덧 곡우가 지났구나	農節居然穀雨過
마음은 도성 머무는 것 싫어하면서도 혹처럼 달려 있고[102]	
	心厭京居猶附贅
몸은 외물에 부려지는 것 그르게 여기면서도 매번 분주하여라	
	身非物役每奔波
두견새가 원래부터 새장 밖에 있나니	子規元在樊籠外
종일토록 돌아가자 외치는데 어찌할거나[103]	終日呼歸其若何

남았네.〔未因乘興去, 空有鹿門期.〕"라고 하였고, 〈견흥(遣興)〉에서는 "둘째 아들 기자는 훌륭한 남아인데……녹문에 함께 들어가지도 못하고 기러기 발에 편지 묶어 보내기도 어렵구나.〔驥子好男兒,……鹿門携不遂, 雁足繫難期.〕"라고 하였다.

102 혹처럼 달려 있고 : 쓸데없이 매여 있다는 말이다. 《장자(莊子)》〈대종사(大宗師)〉에 "삶을 군더더기로 붙어 있는 혹과 사마귀처럼 여기고, 죽음을 곪은 종기가 터지는 것으로 여긴다.〔以生爲附贅縣疣, 以死爲決疣潰癰.〕"라고 한 데서 온 말이다.

103 두견새가……어찌할거나 : 촉(蜀)나라 망제(望帝)가 임금 자리를 내주고 도망칠 때 두견새가 울었는데, 그 뒤로 촉 땅 사람들이 두견새의 울음소리를 들을 때면 망제를 생각한 나머지 비감에 사로잡히면서 마치 "어째서 빨리 돌아가지 않느냐.〔不如歸去〕"라고 울어대는 것처럼 들었다는 고사가 있다. 《蜀王本紀》

세심재에서 흥이 나는 대로 읊다
洗心齋漫詠

온갖 근심 결국 병이 되니	千愁仍一病
병든 몸 일으킴에 봄바람 누릴 시기도 놓쳤구나	病起失春風
시든 꽃 너머에서 객 전송하고	送客殘花外
큰 바다 가운데에서 산골 그리워하네	思山大海中
오늘 낮 해가 긴 것 가만히 알겠고	靜知今日永
어제 유람 흘러간 지난 일 됨을 깊이 느끼노라	深感昨遊空
홀로 네모난 못 오래도록 맴돌자니	獨遶方塘久
꾀꼬리 소리가 푸른 떨기 속에서 흘러나온다	鶯聲出綠叢

도성으로 가는 홍세태를 병중에 전송하면서 '화' 자 운을 쓰니 바로 세심재에서 분운(分韻)한 것이다

病中送洪世泰之京 韻用花字 乃心齋所分也

제1수

그대 만난 며칠 동안	逢君多少日
배꽃 피었다 지네	開落見梨花
바다 고을 바람은 잦아들기 어렵고	海國風難定
못가 누각 달은 쉬이 기운다	池軒月易斜
십 년 세월 시사는 적막하고	十年詩社冷
내일 떠나는 뱃노래 더디리	明日棹歌賖
병중에 울적함이 넘쳐나니	病裏饒悁鬱
이별의 정회 어찌 다할쏜가	離懷詎有涯

제2수 其二

늙어감에 새로운 흥취 없더니	老去無新興
그대 와서 옛 유람[104] 말하네	君來道舊遊
단구는 항시 마음에 잊히지 않는데	丹丘常耿耿
푸른 바다 이렇듯 아득하여라	碧海此悠悠
부평초 신세 어디에 안착할까	萍水浮何著

---

104 옛 유람 : 1688년(숙종14)에 삼연 형제와 홍세태(洪世泰) 등이 청풍과 단양 등지를 유람했던 것을 가리킨다.

바람에 흩날리는 꽃잎처럼 수습할 수 없구나   風花散不收

한루의 세 나무 읊었으니   寒樓三樹賦

각자 지은 짧은 시 기억하는가[105]   各記小詩不

---

105 한루의……기억하는가 : 이 구절은 어떤 사정이 있는지 미상이다. 다만 홍세태와 단양에서 유람했던 날을 추억하는 것이 이 시의 흐름이므로 아마도 한루는 제천 청풍의 한벽루(寒碧樓)를 가리키는 것이 아닌가 한다. 세 나무는 더욱 뜻을 알기 어려운데, 본시의 제1수에서 배꽃으로 뜻을 일으켰고, 본집 습유 권3의 단양 유람 때 지은 〈초5일 (初五日)〉시 세 수에서 모두 똑같이 "한벽루 앞의 한 그루 배나무〔寒碧樓前一樹梨〕"로 시작하여 세 차례 반복하고 있는 것이 연관이 있지 않나 추측한다. 한편 홍세태의 《유하 집(柳下集)》권1의 단양 유람 때 지은 〈도담에서 돌아와 한벽루에 와서 삼연을 그리며 〔自島潭歸到碧樓憶三淵〕〉시의 마지막 구에도 "배꽃이 눈처럼 어지러이 떨어진다.〔梨 花如雪落紛紛〕"라고 하여 역시 배꽃을 언급하고 있다. 이 부분은 확정하기 어려우므로 우선 원문의 글자 그대로 번역하였다.

오랫동안 귀에 통증이 있어 귀머거리가 되게 생겼는데 바람
쐬는 것이 두려운 까닭에 마음대로 밖에 거닐지도 못하고
있어 장난스레 율시 한 편을 읊조려 번민을 떨쳐보았다
久患耳痛 將成聾廢 畏風之故 亦不得恣意逍遙 戲吟一律以遣悶

푸른 잎 붉은 꽃 어우러져 눈에 들어오는데	綠葉紅芳遞眼中
문 닫고 그저 내 귀나 돌보련다	閉門惟欲養吾聰
산 달 아래 우짖는 두우 소리 들어도 근심 생기지 않고[106]	
	愁空杜宇啼山月
바닷바람 피해 원거 날아와도 그림자 고요하여라[107]	影靜鶢鶋避海風
무엇보다 밤새도록 항상 통증 생기는데	最是通宵常作痛
늘그막에 귀머거리 된들 해로울 건 없지	不妨臨老便成聾

---

106 산……않고 : 보통은 두우, 즉 두견새의 처절한 울음소리를 듣고 근심이 생기는
법인데 자신은 귀가 잘 들리지 않아 그 울음소리를 듣지 못하므로 근심이 생길 일이
없다는 말이다. 당나라 이백(李白)의 〈촉도난(蜀道難)〉에 "또 두견새 울음소리 들리
니, 달빛 아래 빈산에 시름겨워라.[又聞子規啼, 夜月愁空山.]"라고 하였고, 두보(杜甫)
의 〈귀머거리[耳聾]〉 시에 "새가 울어도 저녁에 시름이 생기지 않도다.[雀噪晚愁空]"라
고 하였다.

107 바닷바람……고요하여라 : 그림자가 고요하다는 것은 곧 삼연이 움직이지 않는
다는 뜻으로 원거같이 희귀한 새가 와도 바람 쐬는 것이 두려워 밖에 나가보지 않는다는
말이다. 원거는 망아지 크기의 희귀한 큰 바닷새 이름이다. 원거가 노(魯)나라 교외로
날아들자, 임금이 그 새를 정중히 모셔다가 종묘에서 향연을 베풀면서 순(舜) 임금의
소악(韶樂)을 연주하고 소·양·돼지고기의 요리로 대접하니, 그 새는 눈이 부시고
근심과 슬픔이 교차하여 고기 한 점도 먹지 못한 채 3일 만에 죽었다고 한다. 《莊子
至樂》《國語 魯語上》

《음부경》의 잘 본다는 말은 나를 기만하는 줄 알겠으니

陰符善視知欺我

책상의 책들 오랫동안 팽개쳐 두었다네   床上群書久輟功

《음부경》에 "귀머거리는 잘 본다."라고 하였으므로 결구에서 언급하였다.

같이 병을 앓고 있는 박씨에게 장난삼아 주다
戱贈朴同病

빙그레 웃으며 처음 만난 곳에서	莞爾初逢處
신령스러운 누소뿔로 뜻 이미 전했네[108]	靈犀意已傳
바야흐로 사물은 반드시 짝이 있음을 알겠으니	方知物必對
참으로 동병상련하는 이가 있구나	信有病相憐
시끄러운 속세 밖에서 고요히 지내고	寂寂群囂表
네 개의 눈[109] 앞에서 단란히 모였어라	團團四眼前
바라건대 함께 바둑 한 판 두면서	願携棋一局
한 해 같이 긴긴 하루 소일하기를	消破日如年

그가 바둑을 잘 둔다고 들었기에 한 말이다.

---

108 신령스러운……전했네 : 마음이 통하였다는 말이다. 무소의 뿔에는 실과 같은 흰 무늬가 두 뿔을 관통하여 두 뿔이 서로 감응한다고 한다. 이로 인해 서로 마음이 통하는 것을 의미하는 말로 쓰이게 되었다. 이상은(李商隱)의 시 〈무제(無題)〉에 "몸에 채색 봉황의 한 쌍 날개는 없지만, 마음에는 신령한 무소 뿔처럼 통하는 점 있도다.〔身無彩鳳雙飛翼, 心有靈犀一點通.〕"라고 하였다.

109 네 개의 눈 : 무엇을 가리키는지 미상이다. 다만 이 시가 희작(戱作)의 성격을 띠고 있으므로 혹 두 사람이 만난 자리에 다른 두 사람이 더 있었다는 말인지도 모르겠다.

신통굴[110]
神通窟

텅 비고 큰 석굴 하나	一石嵌空大
그 안의 삼 분의 이 불당이라네	龍堂占二分
비스듬한 처마는 흰 햇살 끌어들이고	簷斜延白景
작은 감실은 그윽한 구름에 휩싸였다	龕小障幽雲
바리때 씻는 샘 멀리 있지 않고	洗鉢泉非遠
향불 더해진 벽은 그을음 있구나	添香壁著熏
가장 사랑스럽기는 나한상 오래되어	最憐羅漢古
고색창연 반나마 이끼 낀 것일세	蒼貌半苔文

---

110 신통굴(神通窟) : 강화군 삼산면에 있는 보문사(普門寺) 석실(石室)의 다른 이름이다. 나한전(羅漢殿)이라고도 한다. 석모도(席毛島)의 주봉인 낙가산(洛迦山) 중턱에 있다. 석실 한가운데에는 석가여래상을 안치하고 그 좌우에 십팔 나한상이 배치되어 있다. 전설에 따르면 신라 선덕여왕 때 어부가 바다에서 스물두 개의 불상을 건져 안치한 후 정성을 드렸더니 모든 소원이 이루어졌다고 한다.

둘째 형님의 시운에 차운하다[111]
次仲氏韻

제1수

하얗게 넘실대는 정오의 조수 처음 밀려오더니　　午潮初進白漫漫

차츰 배를 향해 다가와 푸른 섬 산에 부딪혀 솟구친다

　　　　　　　　　　　　　　　　　　稍向船來涌翠巒

신선 산이 속세를 피해 있는 것은 예로부터 그렇거니와

　　　　　　　　　　　　　　　　僊嶠逃塵應自古

절집이 바다 언덕에 올라 있는 것은 흔치 않은 일이라

　　　　　　　　　　　　　　　　僧家登岸以爲難

숲이 굴을 감싸니 그으윽한 빛 간직했고　　松楠護窟幽光蘊

교신이 누각 앞에 있으니 저녁 기운 뭉쳤네[112]　　蛟蜃當樓晩氣團

앉아서 청구 땅 거대하지 않음을 깨닫노니　　坐覺靑丘非巨物

빈껍데기와 하나의 물거품처럼 보노라　　等將殘殼一漚看

111　둘째……차운하다 : 차운한 시는 김창협(金昌協)의 《농암집(農巖集)》 권6 〈보문암(普門菴)〉이다.

112　교신(蛟蜃)이……뭉쳤네 : 여기에서 교신은 바닷속에서 뜨거운 숨을 내뿜어 신기루를 만들어내는 교룡을 가리킨다. 황혼 녘의 짙은 기운을 교룡이 뿜어낸 것이라 상상한 것이다. 《본초강목(本草綱目)》에 "신(蜃)은 교룡의 일종인데 그 모습이 뱀과 같으면서 크고 용처럼 뿔이 있다.……기운을 토하여 누대와 성곽의 형상을 만드는데 비가 오려고 할 때 보인다. 그것을 신루(蜃樓)라고 하고 해시(海市)라고도 한다.〔蛟之屬有蜃, 其狀亦是蛇而大, 有角如龍狀.……能吁氣成樓臺城郭之狀, 將雨卽見, 名蜃樓, 亦曰海市.〕"라고 하였다.

제2수 其二

하늘 저편 능가산[113]과 멀리서 이웃 되니 天外楞伽逈作隣

허공에 들이치는 파도가 사방으로 속세 단절했네 空波四面斷來塵

높은 감실에 앉은 부처는 용들을 조복(調伏)받고 高龕坐佛群龍伏

그늘진 구멍에 고인 샘물은 한 줄기 기운 신령하다[114] 陰竇停泉一氣神

띠를 산문에 둠은 운석 때문이요[115] 帶鎭山門因韻釋

113 능가산 : 석가모니가 《능가경(楞伽經)》을 설법한 곳으로, 오늘날의 스리랑카에 있는 산으로 여겨진다. 삼연이 찾은 보문암 역시 바다 한가운데의 섬에 있으므로 능가산에 비긴 것이다.

114 그늘진……신령하다 : 이하곤(李夏坤)의 《두타초(頭陀草)》 12책 〈유보문암기(遊普門庵記)〉에 신통굴(神通窟) 안으로 몇 발자국 들어가면 동쪽에 작은 샘이 있는데 바위 사이에서 차갑게 흘러나오며 흰 빛깔에 매우 달고 영험함이 있다고 하였다.

115 띠를……때문이요 : 보문암의 승려와 교분을 나눈 것을 소식(蘇軾)과 불인 선사(佛印禪師) 요원(了元)의 고사에 빗댄 것이다. 송(宋)나라 때 소식과 불인 선사는 서로 교분이 깊었는데, 하루는 소식이 불인 선사를 방문하자 불인 선사가 말하기를 "한림학사(翰林學士)가 왕림하셨는데, 앉을 곳이 없으니 어찌한단 말이오."라고 하였다. 소식이 장난삼아 "잠시 화상(和尙)의 몸을 빌려서 선상(禪牀)으로 삼고 싶소."라고 하니, 불인 선사가 말하기를 "이 산승이 한마디 기봉(機鋒)을 굴리는 말을 할 것인데, 공이 즉시 답을 하면 산승이 공의 요청을 따르겠거니와 공이 답을 하지 못하면 이 산승의 요청에 따라서 공의 옥대(玉帶)를 풀어 산문(山門)을 지키게 하겠소."라고 하였다. 소식이 이를 승낙하자 불인 선사가 "산승의 몸은 본래 사대(四大)가 공허(空虛)한데, 학사는 어디에 앉으려오?"라고 물었다. 소식이 얼른 답을 하지 못하자 불인 선사가 시자(侍者)를 불러 "이 옥대를 가져다가 산문을 지키도록 하라."라고 하므로, 소식이 마침내 웃으면서 옥대를 내주었다. 《東坡詩集註 卷21 以玉帶施元長老元以衲裙相報》《叢林盛事》 운석(韻釋)은 통상 시 짓는 승려를 지칭하지만, 여기에서는 그렇게 보기 어려울 듯하다. 전후 시들의 문맥상 여기에서 운석은 곧 흡연(翕然)을 가리키는바, 흡연을 시승(詩僧)

옷을 바닷가에 남김은 정다운 사람 있어서라[116]　　　衣留海上亦情人

부들방석을 가까스로 오늘 밤 빌렸으나　　　　　　　蒲團劣得今宵借

내일이면 근심스레 뗏목 위의 몸 되리라[117]　　　　明日愁爲在筏身

이라 말할 근거는 부족하고 본 구절의 문맥상으로도 그러하다. 여기에서 운석은 운치 있는 승려, 풍류 넘치는 승려의 의미로 보아야 마땅하다. 이러한 용례는 금석문(金石文)인 〈공주 계룡산 갑사 사적비명(公州鷄龍山甲寺寺蹟碑銘)〉에서 비문의 청탁을 위해 산에서 막 나온 승려를 "흰 수염을 막 자르고 납의(衲衣)는 새로 해 입었으며 긴 옷자락을 땅에 끌고 염주를 가슴에 늘어뜨리고 있었다. 그 고결하고 출중한 모습이 마치 두 마리의 늙은 학과도 같았으니 참으로 풍류 넘치는 승려들이었다.〔霜髭初剪, 雲衲新磨, 長裾曳地, 念珞垂膺, 昂昂如雙老鶴, 眞韻釋也.〕"라고 한 것에서도 알 수 있다.

116 옷을……있어서라 : 보문암의 승려와 교분을 나눈 것을 당(唐)나라 때 한유(韓愈)와 태전 선사(太顚禪師)의 고사에 빗댄 것이다. 한유가 조주 자사(潮州刺史)로 좌천되어 그곳의 축융봉(祝融峯)에서 도를 닦고 있던 태전 선사를 만나보고는 그의 도력과 인품에 매료되어 깊은 교분을 쌓았는데, 조주에서 원주(袁州)로 자리를 옮겨 갈 때 그와 작별하면서 자신의 의복을 남겨 주었다.《昌黎先生集 卷18 與孟簡尙書書》

117 부들방석을……되리라 : 부들방석은 승려들이 좌선할 때 앉는 방석이다. 머물고 싶은 보문암에 잠시 인연이 닿아 머물게 되었으나 내일이면 다시 배를 타고 떠날 수밖에 없는 슬픈 심정을 말한 것이다.

둘째 형님의 시운에 차운하여 흡 스님에게 주다[118]
次仲氏韻 贈翕師

작은 섬이 두 흡공[119] 머물기에 무슨 방해되랴	小島何妨兩翕公
미천과 사해가 담소를 나누도다[120]	彌天四海笑談中
백운산의 형제는 전후로 만났고	白雲兄弟逢前後
황벽계의 심회는 같고 다른 자취로세[121]	黃蘗襟期迹異同

---

118 둘째……주다 : 이 시의 배경은 김창협(金昌協)의 《농암집(農巖集)》권6의 시제 (詩題)에 자세하다. 시제의 일부를 제시하면 다음과 같다. 〈지난 기미년(1679, 숙종5) 에 나는 영평(永平) 백운산(白雲山) 기슭에 있었다. 하루는 백씨(伯氏)와 함께 소를 타고 보문암을 찾았는데, 마침 흡연(翕然)이라는 이름의 승려가 승도 10여 명과 함께 정진회(精進會)를 열고 있었다. 나는 그때 밤새도록 들리던 선송(禪誦) 소리가 마음에 들어 오래도록 잊지 못하였다. 지금 백씨를 따라 강도(江都)에 왔다가 우연히 해상(海上)의 보문암이 경치가 매우 아름답다는 소리를 듣게 되었다. 그래서 백씨와 함께 배를 타고 찾아와보니 흡연 대사도 마침 이곳에 있었다. 20년 만에 예기치 못한 곳에서 그를 다시 만난 데다 암자의 이름도 보문암이니, 참으로 기이한 일이다.……〔曾於己未 余在 永平白雲山下 一日 與伯氏騎牛訪普門菴 有僧名翕然 方與其徒十數人 爲精進會 徹夜聞 禪誦聲 心欣然 久而不忘 今者從伯氏于江都 偶聞海中有普門菴 境界勝絶 同舟來訪 則翕 師又適在焉 二十年間 邂逅再晤於所不期之地 而菴名又皆普門 良可異也……〕〉

119 두 흡공 : 흡연과 김창흡 자신을 가리킨 것이다.

120 미천과……나누도다 : 미천은 하늘에 가득하다는 뜻으로 고승(高僧)을 가리키 고, 사해는 온 천하에 뻗었다는 뜻으로 재사(才士)를 가리킨다. 진(晉)나라 고승 도안 (道安)이 형주(荊州)에 와서 저명한 문학가인 습착치(習鑿齒)를 만나 "나는 미천 석도 안(彌天釋道安)이요."라고 자신을 소개하자, 습착치 역시 "나는 사해 습착치(四海習鑿 齒)요."라고 재치 있게 답변하며 서로 친해진 고사가 전한다. 《晉書 卷82 習鑿齒列傳》

121 황벽계의……자취로세 : 황벽계는 당시 삼연이 머물렀던 양주의 지명이다. 승려

강 건너는 뗏목 버릴 때 차안은 없고	津筏捨時無此岸
물결 꽃 사라진 곳 무슨 바람 불랴[122]	浪花空處更何風
선창을 한 번 열자 서방이 탁 트이니	禪牕一拓西方豁
손바닥 안에 들어오는 산하는 모두 동쪽이어라[123]	掌內山河摠是東

만형님과 둘째 형님이 20년 전 백운산방(白雲山房)에서 스님을 만났다가 다시 이곳에서 해후하였기 때문에 발한 것이다.

처럼 이곳저곳을 떠돌며 지내는 삼연의 자취가 흡연 대사와 같은 점도 있지만 서로 유가와 불가로 다르기도 함을 말한 것이다.

122 강……불랴 : 이 두 구절은 흡연의 경지를 표현한 듯하다. 불가에서는 깨달음의 과정을 강을 건너는 것에 비유하여 생사(生死)를 거듭하는 사바세계를 차안(此岸)이라고 하고, 생사를 초월한 열반의 세계를 피안(彼岸)이라고 한다. 또 차안에서 피안에 도달한 뒤에는 목적을 이루기 위한 수단이었던 뗏목은 버리는 것이다. 이와 같은 의미로 파도에서 생기는 물거품을 뜻하는 물결 꽃은 무상한 번뇌를 가리킨 듯하다. 곧 번뇌가 사라진 곳에 번뇌를 일으킬 작용도 사라진다는 뜻이다.

123 선창을……동쪽이어라 : 서쪽은 바다로 탁 트여 있고 동쪽은 육지가 있는 보문암의 전경을 말한 것이다.

작은 누대

小樓

제1수

승려들 전하는 말이	僧有相傳說
옛 관음도량이라 하네	觀音古道場
한 수병에서 샘물 똑똑 떨어지고	一瓶泉滴滴
일천 눈으로 망망대해 바라보누나	千眼海茫茫
나뭇가지 끝에 자그맣게 누대 보이고	樹杪開樓小
물결 가운데 긴 범패 소리 흘려보낸다	波心送梵長
봉우리 몇 개를 만약 살 수 있다면	數峰如可買
이곳에서 배회하길 길이 바라노라	長願此徊翔

제2수 其二

청정한 지역 오랫동안 이름 없던 것은	淨界無名久
객 받아들이는 일 드물었기 때문이라	當由納客疎
누대 너머 바다는 밝게 펼쳐지고	海明樓外界
굴 안에는 샘물이 맑게 솟는다	泉潔窟中居
만년에 이곳에 몸 의탁할 만하거늘	晚境堪棲影
다른 산에서 부질없이 글 읽고 있어라	他山浪讀書

옷을 남긴 진중한 뜻[124]   留衣珍重意

노승은 어찌 생각하시는지   老釋謂何如

124 옷을……뜻 : 311쪽 주116 참조.

다시 읊다
又賦

서호의 영축을 꿈에서 자주 보았더니	西湖靈竺曾勞夢
남해의 관음이 이곳에 머무르네[125]	南海觀音日此停
하나의 푸르른 둥근 봉우리 길이 부처 호위하고	一碧圓峰長護佛
몇 가닥 들려오는 그윽한 계곡물은 바다로 내달린다	數聲幽澗亦趨溟
구름 비낀 골짝에서 멀리 떠가는 돛단배 다 세어보고	
	遙帆數盡雲橫洞
비에 씻긴 창가에서 작은 폭포 돌아보노라	小瀑看廻雨洒欞
승려와 함께 머무르며 여름 보내고 싶어지니	便欲淹留共僧夏
계단 두른 고목은 일백 년을 푸르다	環階老樹百年靑

---

125 서호(西湖)의……머무르네 : 서호의 영축은 어디를 가리키는지 미상이나 혹 중
국 서호의 영은사(靈隱寺)와 천축사(天竺寺)를 병칭한 것이 아닌가 한다. 영은사와
천축사는 서호의 승경 가운데 하나로 가도(賈島), 이백(李白) 등 많은 시인이 시로
읊은 곳이다. 남해의 관음이 이곳에 머무른다는 것은 강화도 보문암이 있는 산 이름이
관세음보살이 상주(常住)한다는 남쪽 바다의 낙가산(洛迦山)과 같기 때문이다. 관세음
보살의 상주처를 보통 보타낙가(普陀洛迦)라고 하는데, 이는 범어(梵語) 포탈라카
(potalaka)를 음역한 것이다. 곧 이 구절은 관음보살이 상주하는 듯한 강화도 낙가산
보문암의 승경이 서호의 영은사, 천축사와 흡사하다는 말이 아닌가 한다.

새벽 풍광
曉景

새벽 조수 밀려올 때 석계[126]가 우니	晨潮來趁石雞鳴
파도가 범한 하늘 흰빛으로 물든다[127]	浪犯諸天白色平
구름은 굴속에서 못 기운과 섞이고	雲自窟中交澤氣
승려는 자라 등[128]에서 범종 소리 띄우네	僧從鼇脊汎鐘聲
아직 남은 몇 점 새벽 별 다 젖지 않았고[129]	殘星三五非全濕
서남쪽으로 늘어선 섬은 곧 태청[130]이어라	列嶼西南便太淸
세계의 근진이 모두 이와 같나니	世界根塵渾若此
《해룡경》을 굳이 이야기할 것 없어라[131]	不須談了海龍經

126 석계(石雞) : 조수에 호응하여 우는 닭을 가리킨다. 《신이경(神異經)》에는 "부상산(扶桑山)에 옥계(玉雞)가 있는데 옥계가 울면 금계(金雞)가 울고, 금계가 울면 석계가 울고, 석계가 울면 천하의 닭들이 다 울고 조수가 호응한다."라고 하였고, 《여지지(輿地志)》에는 "애주(愛州) 이풍현(移風縣)에 조계(潮雞)가 있는데 울음소리가 길고 청아하여 마치 취각(吹角)과 같다. 매번 조수가 밀려오면 운다."라고 하였다. 《淵鑑類函 卷425 鳥部8》명(明)나라 양신(楊愼)이 석계는 바로 조계라고 하였다. 《藝林伐山》

127 파도가……물든다 : 하얀 파도가 하늘에 뒤치는 모양을 형용한 것이다.

128 자라 등 : 사찰이 섬에 있음을 비유한 것이다. 옛날 발해(渤海) 동쪽의 다섯 신산(神山)이 파도에 떠밀리자 상제가 다섯 마리의 자라로 하여금 등으로 떠받치게 했다는 전설이 있다. 《列子 湯問》

129 아직……않았고 : 밀려와 하늘에 뒤치는 조수에 의해 별들이 젖어 다 꺼진 것 같은데 아직 몇 점의 새벽 별이 드문드문 남아 있다는 말이다.

130 태청(太淸) : 도교에서 말하는 최고의 선경(仙境) 가운데 하나이다.

131 세계의……없어라 : 근진은 불교 용어인 육근(六根)과 육진(六塵)의 통칭이다.

육근은 여섯 가지의 감각 기관인 안(眼), 이(耳), 비(鼻), 설(舌), 신(身), 의(意)이고
육진은 이 감각기관에 의해 일어나는 감각인 색(色), 성(聲), 향(香), 미(味), 촉(觸),
법(法)이다. 《해룡경》은 부처가 용왕의 청을 받고 용궁에 가서 설법하는 내용이 담긴
《해룡왕경(海龍王經)》이다. 《해룡왕경》 안에는 화려한 용궁의 세계도 묘사되어 있다.
여기에서는 내 앞에서 감각되는 세계의 실상이 모두 내 앞에 펼쳐진 이 고요하고 한적한
풍광과 같을 뿐 굳이 화려한 용궁 세계를 이야기할 필요가 없다는 말이다.

흡 스님과 이별하며

別翕師

고승이 바다 바라보는 곳	高僧看海處
암굴은 구름과 소나무에 가려져 있네	巖窟翳雲松
천인석[132]은 달빛을 받고	受月千人石
여덟 살 용녀는 구슬 바친다[133]	呈珠八歲龍
옛 우물 맛보러 객 찾아오고	客來嘗古井
새벽 종소리 울려 산 진동하누나	山動發晨鐘
하룻밤 자고 배 타고 돌아가려니	一宿將廻棹
안개 낀 물결에 생각이 만 겹이라	煙濤意萬重

---

132 천인석(千人石) : 강화군 보문암에는 천 명이 앉아 설법을 들을 수 있을 만큼
넓은 천인대(千人臺)가 있다. 현재는 그 자리에 와불전(臥佛殿)과 오백 나한상이 조성
되어 있다.

133 여덟……바친다 : 보문암이 바닷가에 있으므로 《법화경(法華經)》에 나오는 용녀
의 이야기를 들어 말한 것이다. 《법화경》〈제바달다품(提婆達多品)〉에 사가라 용왕(娑
伽羅龍王)의 여덟 살 먹은 딸이 깨달음을 얻어 부처님께 보주(寶珠)를 바치고 성불하는
이야기가 나온다.

배를 돌려 황청포로 향하며[134]

廻船向黃淸浦

흥취 풍만해 꼭 정해진 대로 할 것 없나니	興圓無適莫
오고 감에 오로지 조수 흐름 따르도다	來往一隨潮
산 내려와도 안개의 푸른빛이요	下嶺猶空翠
물결 가운데 바람 순조롭구나	中流更順飆
갠 모래사장 염호는 자그맣고	晴沙鹽戶小
저녁 기운 속 수루는 멀어라	晚氣戍樓遙
장사의 홍하주에	壯士紅霞酒
풍류 속에 노를 젓는다	風流佐轉橈

정포 만호(井浦萬戶)가 술 한 병을 가지고 왔기에 결구에서 언급하였다.

---

134 배를……향하며 : 황청포(黃淸浦)는 석모도 맞은편에 있는 강화도의 포구이다.
계룡돈대와 삼암돈대 사이에 있다.

세심재에서 시름을 달래며

洗心齋遣悶

관가 정원에서 때때로 시름 달래니	官園時散悶
멀리 아득한 곳 바라보며 읊조리노라	吟望迥悠悠
바람 그친 하늘에 솔개 춤추고	鳶舞天風息
햇살 흐르는 바다에 꾀꼬리 우짖네	鶯啼海日流
일천 봉우리의 벌목 소리 듣지 못하고	千峰違伐木
온 식구는 배를 탄 것만 같구나[135]	百口似乘舟
호탕함 속에 인연 따라온 발자취[136]	浩蕩隨緣迹
내 지금 심주에 누워 있다네	吾今臥沁州

---

135 일천……같구나 : 이 당시 삼연의 만형 김창집(金昌集)이 강화 유수(江華留守)로 있었고 삼연의 모친 또한 강화도에 머물고 있었으므로, 삼연과 그 형제들이 강화도로 문안 오는 일이 잦았다. 《삼연선생연보(三淵先生年譜)》에 따르면 삼연 역시 이해 3월, 4월, 5월에 강화도를 다녀왔다. 벌목 소리를 듣지 못한다는 것은 곧 삼연이 자신이 머무는 산중을 떠나 강화도로 왔음을 말한 것이고, 배를 탄 것 같다는 말은 온 가족이 강화도 섬 안에 모였으므로 한 말이다.

136 호탕함……발자취 : 두보(杜甫)의 〈위 좌승에게 받들어 올리다[奉贈韋左丞丈]〉에 산수 속에서 유유자적하는 자신의 모습을 비유하여 "호탕한 연파(煙波) 사이에 흰 갈매기가 숨거든, 만 리 밖에서 누가 길들일 수 있으랴.〔白鷗沒浩蕩, 萬里誰能馴.〕"라고 하였는데, 삼연이 지금 이 구절에서 쓴 '호탕' 역시 이 뜻과 같다고 봐야 할 것이다.

정해당에서 지난날을 애도하며[137]

靜海堂悼往

죽은 아우[138]의 시 안에	亡弟詩中語
정해당 자주 나왔지[139]	頻頻靜海堂
질나발과 젓대가 가까이 있는 듯한데[140]	壎箎疑密邇
섬 산 다니던 자취 아득하기만 하네	島嶠迹微茫
애석하다 하늘이 수명 더 주지 않으니	惜未天年假
살아 있었다면 응당 많은 발전 있었으리	留應地步長
강화 정원에서 속절없이 그리워하노니	沁園空滯思
꽃과 새는 세월 속에 늙어가누나[141]	花鳥老年光

---

137 정해당(靜海堂)에서 지난날을 애도하며 : 정해당은 강화부 동헌 남쪽에 있던 건물이다.

138 죽은 아우 : 젊은 나이에 요절한 삼연의 동생 김창립(金昌立, 1666~1683)이다.

139 정해당 자주 나왔지 : 삼연이 산정(刪定)한 김창립의 《택재유타(澤齋遺唾)》에서 〈심사(尋寺)〉 이하 38수는 1682년(숙종8) 김창립의 나이 17세 때 강화 유수로 있던 장인 이민서(李敏敍)를 찾아가 3개월 동안 머물며 지은 시들이다. 이 시들에 정해당이 직접적으로 거론되지는 않으나 작중에 김창립이 머물고 있는 거처를 '당(堂)', '헌(軒)', '려(廬)', '재(齋)' 등으로 다양하게 일컫고 있는데 이들 가운데 정해당을 가리키는 말이 많은 듯하다.

140 질나발과……듯한데 : 질나발과 젓대는 형제간의 우애를 비유하는 말이다. 《시경》〈소아(小雅) 하인사(何人斯)〉에 "형이 질나발을 불고, 아우가 젓대를 분다.〔伯氏吹壎, 仲氏吹篪.〕"라고 한 데서 온 말이다. 곧 옛날 김창립이 머물던 정해당에 있으니 마치 김창립이 가까이 있어 함께 우애를 나눌 수 있을 것처럼 여겨진다는 말이다.

141 꽃과……늙어가누나 : 두보(杜甫)의 〈강가에서 바다 같은 형세의 물을 만나다

(江上値水如海勢)〉에 "사람됨이 좋은 시구를 몹시도 좋아하여, 시구가 사람을 놀라게
할 정도가 아니면 죽어도 짓기를 멈추지 않았노라. 늘그막에 짓는 시편은 모두 속절없는
흥뿐이니, 봄날의 꽃과 새들은 깊이 시름하지 말라.〔爲人性僻耽佳句, 語不驚人死不休.
老去詩篇渾漫與, 春來花鳥莫深愁.〕"라고 하였는데, 이는 꽃과 새들이 더 이상 두보를
보고 자신들을 시로 읊을까 걱정할 필요가 없다는 뜻이다. 곧, 예전에 훌륭한 시를
짓던 김창립은 죽고 없고 김창립이 읊었던 꽃과 새만이 세월 속에 늙어가고 있다는
말이다.

만형을 모시고 도성으로 돌아오다[142]
陪伯氏還都

붉은 해 내리쬐는 양천 들판	赤日陽川野
보리는 너무 누레 시들었어라	芸黃大麥傷
바람 모래는 드넓은 대지에 불고	風沙隨地闊
물고기와 새는 긴 강에 보인다	魚鳥見江長
도성 돌아가는 길 느릿하니	實是還都倦
나룻배 바삐 부를 것 없지	休令喚渡忙
외려 어여뻐라 북한산 그림자	猶憐華岳影
완연히 물 가운데 비치는구나	宛在水中央

---

142 만형을……돌아오다 : 《삼연선생연보(三淵先生年譜)》에 따르면 이해 5월에 있었던 일이다.

전라도 관찰사로 나가는 사홍을 전송하며[143]
送士興出按湖南

서쪽 계곡 그늘진 숲 서리 내리려 하고	西澗陰森欲雨霜
사경의 맑은 달은 연못에서 일렁인다	四更淸月動池塘
등불 앞에서 가을밤 짧은 것도 몰랐는데	燈前不覺秋宵短
베갯머리에서 이별의 말 길게 듣노라	枕上猶聞別語長
어렸을 땐 무슨 마음으로 이별 대수롭지 않았나	少日何心輕解手
중년 되고 보니 온갖 감회로 눈물이 치마 쉬이 적신다	
	中年百感易沾裳
예전에 이 누각에서 책상 맞대고 독서할 제	曾從此閣連床讀
주나라 시의 무성한 감당[144] 많이도 익혔지	多講周詩蔽芾棠

---

143 전라도……전송하며 : 사홍(士興)은 삼연의 족질(族姪) 김시걸(金時傑, 1653~1701)
의 자이다. 김시걸은 이해 윤7월 24일에 하직(下直)하고 떠났다.

144 주나라……감당 : 《시경》〈소남(召南) 감당(甘棠)〉을 가리킨다. 이 시는 주(周)
나라 문왕(文王) 때 남국(南國)의 백성들이 소공(召公)의 선정(善政)에 감사하면서
그가 머물고 쉬던 감당나무를 소중히 여기는 마음을 노래한 것으로, "무성한 감당나무
베지 말고 꺾지 말라. 소백이 쉬던 곳이니라.〔蔽芾甘棠, 勿翦勿敗, 召伯所憩.〕"라고
하였다. 김시걸이 관찰사로 나가 선정을 베풀기를 권면한 것이다.

변 경흥에 대한 만사[145] 변 경흥은 변시백이다

邊慶興 是伯 挽

제1수

나라 위해 목숨 바친 이름난 선조 있으니	殉國惟名祖
공에게 열사의 풍모 그대로 있었네	公仍烈士風
충성과 절조는 대대로 독실함을 알겠고	忠貞知世篤
의기와 정의에서 내가 궁해질 것 알았도다[146]	氣誼見吾窮
넓은 바다 가운데서 큰 화를 겪을 제	大禍滄溟裏

---

145 변……만사 : 경흥 부사(慶興府使)로 있던 변시백(邊是伯)에 대한 만사이다. 변시백의 자세한 행력은 미상이다. 《승정원일기》이해 4월 1일 기사에 병세가 위중한 경흥 부사 변시백의 파출(罷黜)에 대한 함경도 관찰사의 서목(書目)이 보인다. 《선원속보(璿源續譜)》에 이정방(李庭芳)의 딸 전주 이씨의 남편으로 변시백(邊是白)이 있고 이 사람의 관직이 부사로 기재되어 있는데 이 인물과 동일인인지도 모르겠다.

146 의기와……알았도다 : 변시백의 충만한 의기와 정의를 보고 삼연 자신의 의기와 정의가 부족하여 곤궁하게 될 것을 알았다는 말이다. 춘추 시대 위(魏)나라의 재상 맹간자(孟簡子)가 죄를 지어 제(齊)나라로 망명하였는데, 관중(管仲)이 그에게 망명하면서 몇 사람과 함께 왔는지를 물었고, 맹간자는 세 사람과 함께 왔다고 답하였다. 관중이 그들이 어떤 사람들인지 물으니, 맹간자는 "한 사람은 아버지가 죽었을 때 장례치를 형편이 못 되어 내가 장례를 치러주었고, 한 사람은 어머니가 죽었을 때 장례치를 형편이 못 되어 내가 장례를 치러주었고, 한 사람은 형이 옥에 갇혀 있을 때 내가 나오게 도와주었소."라고 하였다. 그러자 관중은 "나는 봄바람처럼 남에게 덕을 불어주지 못했고, 여름에 내리는 비처럼 남에게 덕을 적셔주지 못했으니, 나는 반드시 곤궁해질 것이다.〔吾不能以春風風人, 吾不能以夏雨雨人, 吾窮必矣.〕"라고 하였다. 《說苑 貴德》이는 당시 삼연의 부친 김수항(金壽恒)이 진도(珍島)에서 사사(賜死)된 정황도 반영된 것이다.

위태로운 시기에 깊은 은혜 입었어라[147]　　　深恩火色中

벽파 잔물결[148]에서 정분 논할 제　　　論情碧波淺

평생의 진심에 목메었어라　　　咽結百年衷

제2수 其二

붓 던지고도 시와 예의 기풍 있었거니[149]　　　投筆猶詩禮

공명 이루려는 중에 귀밑머리 쉬이 세었어라　　　功名鬢易皤

낭거는 공연히 드높기만 하고　　　狼居空崒屼

붕로에서 외려 뜻을 잃었네[150]　　　鵬路轉蹉跎

---

147 넓은……입었어라 : 김수항이 진도에서 사사된 1689년(숙종15)에 변시백은 진도 군수(珍島郡守)로 있었다. 당시 김수항의 시신을 수습하고 이송하는 데 변시백이 많은 도움을 주었다. 《三淵先生年譜》

148 벽파 잔물결 : 벽파는 글자 그대로 푸른 물결일 수도 있고, 진도의 벽파정(碧波亭)을 지칭한 것일 수도 있다.

149 붓……있었거니 : 붓을 던진다는 것은 문(文)을 버리고 무(武)로 출신(出身)한 다는 말이다. 후한(後漢)의 반초(班超)가 집이 가난해 관청의 고용인이 되어 서사(書寫) 품을 팔아 부모를 봉양하고 살며 매우 고생하였다. 하루는 붓을 던지고 탄식하기를 "장건(張騫)이 이역(異域)에서 공을 세워 후(侯)에 봉해졌는데, 어찌 오랫동안 글씨나 쓰고 있으리오."라고 하고는 붓을 내던지고 장수의 길로 나갔다. 그 뒤에 반초는 서역으로 사신 가서 50여 국이 한나라에 조공하도록 하여 서역 도호(西域都護)가 되고 정원후(定遠侯)에 봉해졌다. 《後漢書 卷77 班超列傳》 시와 예는 보통 가정에서 전수받은 유자(儒者)의 학문을 뜻한다. 공자(孔子)의 아들 이(鯉)가 뜰에서 공자 앞을 빠른 걸음으로 지나다가 공자로부터 시(詩)와 예(禮)를 배웠느냐는 질문을 받고 또 왜 그것을 배워야 하는지에 대해 듣고서 물러 나와 시와 예를 배웠던 일에서 유래한 말이다. 《論語 季氏》

150 낭거(狼居)는……잃었네 : 무관이 되어 공명을 이루려 하였으나 뜻을 이루지 못한 채 죽었다는 말이다. 낭거는 오늘날의 몽골 국경에 위치한 낭거서산(狼居胥山)이다. 한(漢)나라 때 곽거병(霍去病)이 이곳에서 흉노와 싸워 크게 이기고 산에 올라 하늘에

벼슬판 바깥에는 궁박한 벗이 있고	局外窮交在
인간세상에는 빚진 장수 많구나[151]	人間債帥多
쓸쓸히 옥문에서 정체되었으니[152]	蕭條玉門滯
살아서나 죽어서나 그 한이 어떠할까	生死恨如何

제3수 其三

변변찮게 푸른 교외에서 곡하고	薄有靑郊哭
끝내 백마 타고 분상하지 못했어라	終乖白馬奔
은혜를 잊음이 이 지경에 이르니	忘恩乃至此
만사 지으며 다시 무슨 말을 하리오	臨挽復何言

제사를 지내고 돌아왔다. 《漢書 卷6 武帝本紀》 붕로는 봉새가 날아가는 길로, 영웅이 큰 포부를 펼치는 것을 비유하는 말이다. 《장자(莊子)》〈소요유(逍遙遊)〉에 "봉새가 남쪽 바다로 옮겨 갈 때에는 물결을 치는 것이 3천 리요, 회오리바람을 타고 9만 리를 올라가 여섯 달을 가서야 쉰다.〔鵬之徙於南冥也, 水擊三千里, 搏扶搖而上者九萬里, 去以六月息者也.〕"라고 한 데서 온 말이다.

151 벼슬판……많구나 : 변시백에게 삼연 자신과 같이 아무런 세력도 없이 벼슬판 바깥에서 궁박하게 지내는 벗이 있고, 벼슬판 안에는 부정한 방법으로 출세의 길을 달리는 이들이 많다는 말이다. 빚을 진 장수는 뇌물을 바치고 부정한 방법으로 벼슬을 얻은 장수를 뜻한다. 당(唐)나라는 대종(代宗) 이후 정치가 부패하여 장수가 뇌물을 바쳐야 벼슬을 얻었는데, 돈이 없는 자가 부잣집에서 돈을 꾸어 뇌물로 바치고 벼슬을 얻은 뒤에 백성에게 수탈하여 그 이자를 갑절로 갚았던 데서 생긴 말이다. 《新唐書 卷171 高瑀列傳》

152 옥문에서 정체되었으니 : 변시백이 제대로 뜻을 펴지 못하고 변경의 장수로 지내다 세상을 떠났다는 말이다. 옥문은 중국 서쪽 변경 관문인 옥문관이다. 후한 명제(明帝) 때 반초(班超)가 서역을 평정한 뒤 살아서 옥문관에 들어가기를 바랄 뿐이라고 상소한 일이 있다. 《後漢書 卷77 班超列傳》

눈 펑펑 내리는데 장례에 누가 가보나   大雪誰看葬

먼 산에서 홀로 문을 닫고 있도다   遙山獨閉門

몸에 두른 한 폭의 베옷   紆身一段布

복받친 눈물로 자국 생겼네   感淚著成痕

사우당 매화

愁坐無聊中 四友詩伯頻來慰寂寞 時聆金玉 半是詠梅新作 諷之 尤令愁
眉揚淸 雖欲不詩得乎 玆承授簡 欣然一染而投之

시름 속에 앉아 무료한 가운데 사우 시백이 자주 와서 적막함을 위안
하며 때때로 금옥처럼 훌륭한 시편들을 들려주었는데 반 정도는 매
화를 읊은 신작이었다. 그 시들을 외워보니 시름 어린 눈썹에 맑은
기운이 더욱 드날렸다. 비록 시를 짓지 않고자 하나 그럴 수 있겠는
가. 이에 나에게 준 간찰을 받들어 기쁘게 한 번 붓을 적셔 시를
짓는다[153]

다시 삼청동에 눈 내리는 시절 만나니	再遇三淸雪
사우당 매화 소식 자주 듣누나	頻聞四友梅
수많은 시름 씻어낼 수 있으니	愁煩能洗發
누추한 방 안에서도 배회하도다	室陋尙徘徊
저녁 무렵 산에서 소나무 바라보며 앉고	山晩看松坐

---

153 시름……짓는다 : 사우 시백(四友詩伯)은 곧 사우당의 주인이자 삼연의 족제(族
弟)인 김성후(金盛後)를 가리킨다. 시백은 시단(詩壇)의 영수(領袖)라는 뜻인데, 사우
당에서 삼연의 형제를 비롯해 홍세태(洪世泰) 등과 모여 자주 시회를 가졌으므로 이렇
게 일컬은 듯하다. 간찰을 받든다는 것은 시를 지어보라는 상대의 청을 받든다는 말이
다. 한(漢)나라의 양효왕(梁孝王) 유무(劉武)가 양원(梁園)이란 자신의 원림(園林)에
서 세모(歲暮)에 사마상여(司馬相如), 매승(枚乘), 추양(鄒陽) 등을 초대하여 주연을
열었는데, 눈이 오자 흥에 겨워 먼저 《시경》의 시를 읊고는 간찰을 주면서 사마상여에
게 시를 짓게 하였다는 고사에서 온 표현이다. 《文選 卷30 雪賦》

텅 빈 시내에서 객을 전송하고 돌아오네   溪虛送客廻

홍애에 깊이 누운 뜻[154]   洪崖深臥意

조만간 백 편의 시로 지어오겠지   早晩百篇來

154 홍애에……뜻 : 한(漢)나라 때 매복(梅福)이 남창위(南昌尉)로 있다가 이내 그만두고는 처자식을 버리고 홀로 홍애산(洪崖山)에 들어가서 신선이 되었다는 고사가 있다. 매화를 말하고 있으므로 매씨인 매복의 고사를 들어 말한 것이다.《漢書 卷67 梅福傳》

마음 가는 대로 읊으며 시름을 달래다

漫吟遣悶

열흘 동안 삼청동 있으면서	十日三淸洞
근심으로 옷깃 풀지 못하네	憂衣未解衿
피곤한 와중에도 무릎 펴지 못하고	疲餘猶斂膝
바쁜 가운데 잠깐잠깐 마음 챙긴다	忙裏乍求心
어둑한 창가 밝혀오는 높이 뜬 달빛	暗牖知高月
퇴락한 처마에 힐끗 보이는 먼 산봉우리	頹簷覘遠岑
인생살이 노고와 편안이 반반이면	人生半勞逸
욕계에서 부침하는 것 면하리로다[155]	慾界免浮沉

---

155 인생살이……면하리로다 : 욕계(慾界)는 불교에서 중생계를 삼계(三界)로 나눌 때 가장 아래 단계이다. 삼계는 욕계, 색계(色界), 무색계(無色界)이다. 욕계는 음욕(婬慾), 정욕(情慾), 색욕(色慾), 식욕(食慾) 등의 다양한 욕구가 존재하는 세계이고, 색계는 음욕과 식욕이 전혀 없이 청정한 형질만 존재하는 세계이고, 무색계는 형질 자체도 존재하지 않는 세계이다. 이 구절은 온갖 욕망이 들끓고 그것을 향해 치달리며 온통 수고롭기만 한 인간세계에 살면서 각종 수고로움에서 완전히 벗어날 수는 없지만, 욕망의 구렁텅이에 빠져 허우적대지 않고 노고와 편안함을 반반씩 조절해가며 살고자 하는 삼연의 뜻을 나타낸 것이다.

삼청동의 밤

余以病憂囚坐三淸洞者十餘日 其無悰可知 滄浪自柳下來訪 話到良夜
頹簷破壁 燈火淸寂 推戶相送 則皎然雪一澗矣 通宵耿耿 以至明發 吟得
二律 輒寄柳下淸案 要和

내가 병과 근심으로 삼청동에 10여 일을 갇혀 앉아 있었으니 즐거울
일이라고는 없음을 알 만하였다. 창랑이 유하에서 찾아와 밤 깊도록
이야기를 나누었는데 퇴락한 처마와 부서진 벽 안에서 맑고 고요하
게 등불을 켜고 있다가 문을 밀어젖히고 전송하려고 보니 온 골짝에
하얗게 눈이 내렸다. 밤새 말똥말똥 날 밝을 때까지 잠을 자지 않고
율시 두 편을 읊어 애오라지 유하의 맑은 책상에 부치며 화답을
청한다[156]

단구의 여음 지금 고요하니	丹丘餘韻闃如今
오래되었어라 우리가 음률에 의탁하지 않음이[157]	久矣吾人不託音
천고를 다하는 긴 이야기 등불 아래 나누고	燈下話長千古盡
이경의 깊은 밤 처마 앞에 싸락눈 쌓였다	簷前霰集二更深
산천은 잠깐 사이 창백한 색으로 덮이고	山川蒼白須臾色

---

156 내가……청한다 : 창랑(滄浪)은 홍세태(洪世泰)의 호이고, 유하(柳下)는 백악
산 기슭에 있던 그의 정자 이름이다.

157 단구의……않음이 : 1688년(숙종14)에 삼연 형제와 홍세태 등이 청풍과 단양 등
지를 유람하면서 시를 읊은 이후로 삼연과 홍세태가 오랫동안 시를 수창하지 않고 있다
는 말이다.

글 짓고 술 마시는 중에 지난날의 마음 명멸하누나   文酒盈虛過去心
희끗한 터럭 가지고 늙음을 자주 한탄 말지니   莫把霜毛頻嘆老
삼청동 봉우리에 생학도 없다네[158]   三淸笙鶴亦虛岑

---

158 희끗한……없다네 : 생학(笙鶴)은 신선이 타고 다니는 학이다. 생황으로 봉황
울음소리를 내며 이락(伊洛)에서 노닐던 왕자교(王子喬)가 도사 부구공(浮丘公)을 따
라 숭고산(崇高山)에 올라가 30여 년 동안 신선술을 닦고는 구지산(緱氏山) 봉우리에
서 학을 타고 승천했다는 고사에서 온 표현이다. 《列仙傳 王子喬》

다시 읊다

又賦

퇴락한 처마 북쪽에 우뚝이 서서　　　　逈立頹簷北

초연히 눈을 맞고 있어라　　　　　　　超然冒雪身

소나무 사이 신선이 섰는가　　　　　　松間疑羽客

유하에 사는 시인이 분명타　　　　　　柳下著詩人

모든 집 잠든 맑은 풍광 아끼고　　　　清惜千家睡

한 기운¹⁵⁹ 허령한 신묘함을 알겠어라　虛知一氣神

산음은 이미 진부한 말¹⁶⁰　　　　　山陰已陳語

내 앞에 펼쳐진 풍광 읊음에 새로워라　卽事詠來新

159　한 기운 : 천지 만물의 본체가 되는 가장 근원적인 기운이다.

160　산음은……말 : 눈이 내렸을 때의 흥취를 말할 때 예로부터 자주 인용하는 왕휘지
(王徽之)의 고사가 진부하다는 말이다. 진(晉)나라 왕휘지가 산음에 살았는데, 눈이
개어 달빛이 환한 밤에 홀로 술을 마시다가 문득 섬계(剡溪)에 사는 벗 대규(戴逵)가
보고 싶어 즉시 조각배를 타고 밤새도록 찾아갔다가 정작 문 앞에 이르러 대규를 만나
보지 않고 그냥 돌아왔다. 이에 어떤 사람이 그 까닭을 묻자 "나는 애초 흥을 타고
갔다가 흥이 다해 돌아가는 것이니, 굳이 그를 만날 필요가 있겠는가.〔吾本乘興而行,
興盡而返, 何必見戴?〕"라고 하였다. 《世說新語 卷下之上 任誕》

삼가 백부께서 화음에 있으면서 보여주신 시운에 차운하다[161]

伏次伯父在華陰下示韻

제1수

매화 한 그루가 산집에 숨겨져 있으니	寒梅一樹秘山局
학발로 서로 이웃하여[162] 함께 지극히 맑아라	鶴髮相隣共至淸
다시금 동봉 불러 흥취 논하실 제	更喚東峰論臭味
성근 가지 새벽달이 창 반쯤 밝으리[163]	疎梢曉月半牕明

제2수 其二

번다한 일들로 온갖 근심 끊이지 않으니	袞袞千愁仍百冗
언제 한 걸음이라도 도성 문 벗어난 적 있으랴	何曾一步出城門
산림과 아녀는 많이 상충되니	山林兒女多相妨
주진 마을 혼사를 아득히 생각하네[164]	緬憶朱陳洞裏婚

---

161 삼가……차운하다 : 차운한 시는 김수증(金壽增)의 《곡운집(谷雲集)》 권2 〈화음에 큰 눈이 내려 입으로 읊어 벽계의 조카에게 부쳐 보내다[華陰大雪口占寄贈檗溪姪]〉이다.

162 학발로 서로 이웃하여 : 흰 매화와 머리가 센 김수증을 가리킨 것이다.

163 다시금……밝으리 : 동봉(東峰)은 매월당(梅月堂) 김시습(金時習)의 또 다른 호이다. 김수증은 자신이 거처한 화악산 계곡에 유지당(有知堂)이라는 사당을 짓고 제갈량(諸葛亮)과 김시습의 초상을 모시고 사모하였다. 《農巖集 卷24 有知堂記》 참고로 김시습의 《매월당집(梅月堂集)》 권14 〈옛날 노닐던 것을 생각하며[念舊遊]〉에 "창 반쯤 밝은 달빛이 매화를 비춘다.[半窓明月照梅花]"라고 하였다.

164 산림과……생각하네 : 김수증의 원시에 "멀리서 생각건대 도성에 눈보라 치는 속에서, 추위 무릅쓰며 상평의 혼사 돌보고 있으리.〔遙想洛陽風雪裏, 冒寒經理向平婚.〕"라고 하였다. 상평은 한(漢)나라 때 고사(高士)인 상장(向長)인데, 그는 은거하며 벼슬하지 않다가 자녀들의 혼사를 모두 치른 뒤 어디에도 구속받지 않고 명산대천을 마음껏 유람하다가 생을 마쳤다.《後漢書 卷83 向長傳》이를 통해 당시 삼연이 자녀의 혼사를 돌보느라 도성에 체류하고 있었음을 알 수 있다. 그리고 본 구절의 '산림과 아녀'는 주희(朱熹)의 시 중 "산림과 아녀 중에 무엇이 존귀한가.〔山林兒女定誰尊〕"라는 구절에서 가져온 것이고, 주희의 시는 다시 소식(蘇軾)의 시에 "한번 아녀에 더럽혀지고 나서, 비로소 산림이 존귀함을 알았네.〔一遭兒女汚, 始覺山林尊.〕"라고 한 데서 온 것이다. 이는 모두 이록(利祿)을 탐하는 자들이 부녀(婦女) 때문에 잘못되는 경우가 많음을 말한 것이다.《晦庵集 卷9 承事卓丈置酒白雲山居飮餞致政儲丈叔通因出佳句諸公皆和 熹輒亦繼韻聊發坐中一笑》《東坡全書 卷27 弔徐德占》본 구절의 뜻과 연관시켜 보면, 유언호(兪彦鎬)의《연석(燕石)》6책 〈부인 묘지명(夫人墓誌銘)〉이나 송시열(宋時烈)의《송자대전(宋子大全)》권187 〈숙인 조씨 묘지명(淑人曹氏墓誌銘)〉에서 모두 산림에 은거하려는 남편의 뜻을 거스르지 않고 잘 따르는 부인을 이야기하면서 이 표현을 언급하고 있으며, 이유태(李惟泰)의《초려집(草廬集)》권14 〈송영보에게 준 편지〔與 宋英甫書〕〉에서는 산림과 아녀를 모두 다 얻을 수 있는 경우는 없다고 말하고 있는 것으로 볼 때, 처자식을 데리고 잘 살기 위해 도회에 사는 바람과 산림에 은거하여 초연히 살아가려는 바람은 병존하기 어려움을 나타내는 뜻으로도 이해할 수 있다. 곧 자녀의 혼사 때문에 산림에서 머물지 못하고 도성에서 머물며 복잡한 일을 처리하고 있는 삼연의 고충을 나타낸 것이다. 주진 마을의 혼사란, 중국 서주(徐州) 고풍현(古灃縣) 깊은 산중에 주씨(朱氏)와 진씨(陳氏) 두 성씨만이 살면서 대대로 두 집안끼리 통혼(通婚)하며 정의가 두텁게 살았다는 일을 말한 것이다.《白氏長慶集 卷10 朱陳村》이 역시 번잡한 도성에 올 필요 없이 옛날 주씨와 진씨의 마을처럼 깊은 산중에서 세의(世誼)가 통하는 가문끼리 혼인하며 세상에 나오고 싶지 않은 삼연의 심정을 말한 것이다. 삼연이 돌본 자녀의 혼사는 시기적으로 둘째 딸의 혼사가 아닌가 한다.

조정이 집의 매화를 읊다 조정이는 조정만이다
趙定而 正萬 家詠梅

제1수

찬 매화가 대암[165] 밑에 피니	寒梅大巖底
흰 꽃잎 담박하게 아리따워라	素萼淡嬋娟
본디 임하의 풍기 지니고	風氣元林下
다시 촛불 앞에서 정신 발산하네	精神更燭前
객이 와도 담소할 생각 잊고	客來忘笑語
술잔 와도 잠시 수작할 뿐	觴至暫周旋
이렇듯 맑고 고상한 벗 있으니	有此淸高友
그대는 잠도 적게 자리라	宜君少睡眠

제2수 其二

한가하고 바쁜 사정 제각각이거니와	閒忙各心迹
꽃 아래 이르는 사람 드물구나	花下到人稀

---

165 대암 : 단순히 큰 바위를 가리키는 것일 수도 있으나, 육상궁(毓祥宮) 위쪽에 있던 대은암(大隱巖)을 가리킬 가능성도 있다. 조정만(趙正萬)의 집이 정확히 어디였는지는 알 수 없으나 조정만의 고조인 조원(趙瑗)의 집이 바로 그 부근에 있었다. 조원이 살았던 운강대(雲江臺)의 석각(石刻)이 현재도 청운동 경복고등학교 교내에 있으며, 증조인 조희일(趙希逸)의 집인 양정재(養正齋)는 현재 청와대 경내에 있었다. 오늘날 효자동이란 이름 역시 조원의 두 아들이 임진왜란 때 어머니를 지키다가 죽은 것에서 유래한 것이다. 효자동과 청운동은 임천 조씨(林川趙氏)의 세거지이다.

적막한 방 안에 바람 휘감고 　　　　　　　　寂默含風室

맑고 그윽한 사립에 눈 쌓였구나 　　　　　　淸幽擁雪扉

촛불 앞에서 애오라지 해후했더니 　　　　　燭前聊邂逅

읊조린 뒤에 이내 흩어져 날아가네 　　　　吟後便分飛

이 모두 매화와 인연이 박한 탓이니 　　　　摠是梅緣薄

내가 급히 돌아갔다 말하지 말라 　　　　　　休言我遽歸

적성잡영¹⁶⁶

赤城雜詠

제1수

피로하여 생각 쉬고 머물다	疲來思歇處
병든 몸 억지로 일으켜 눈 헤치고 가노라	强疾雪中行
능침들 둘러 길은 멀리 뻗었고	路繞諸陵緬
말에 올라타 읊조림 경쾌하다	吟憑一騎輕
송계는 맑은 소리 내며 흐르고	松溪淸有韻
사령은 얼어붙은 기운 풀리지 않네¹⁶⁷	莎嶺沍難平
절에 언제나 당도하려나	抵寺論遲速
저녁 무렵 갈까마귀 날 제 풍경 소리를 들으리	昏鴉得磬聲

제2수 其二

꽁꽁 언 길에 말라붙은 나무 둘러 있고	凍路紆枯樹
능침 깊숙한 곳에 쌓인 음기 많구나	陵深多積陰

---

166 적성잡영 : 《삼연선생연보(三淵先生年譜)》에 이해 겨울에 적성사(赤城寺)에서 독서했다고 되어 있는데, 정확히 어디에 있었던 절인지는 미상이다. 다만 제2수의 천마산, 제3수의 지동 등이 모두 지금의 남양주에 있고 현재 남양주 진건읍의 옛 이름이 적성동(赤城洞)이므로 이 부근에 있던 절로 추정된다.

167 송계는……않네 : 제9수에도 송계가 나오는데 문맥상 고유지명일 가능성이 높다. 지금 이 구절에서도 송계와 사령이 고유명사일 가능성이 높으므로 우선 그대로 풀지 않고 번역하였다.

골짝 바람은 병든 폐를 침노하고	壑風乘病肺
계곡 눈은 맑은 마음 비춘다	溪雪映清心
게으른 말 더뎌 점점 날은 저무는데	馬怠看看夕
멀리서 오는 승려 나를 바삐 찾네	僧遙冉冉尋
천마산이 흰 구름 헤치고 솟았으니	天磨披素出
갠 몇 봉우리 선명하여라	了了數晴岑

제3수 其三

책 상자 짊어지고 지동 찾으니	負笈尋芝洞
어릴 때 여러 번 이곳에 왔었지[168]	兒時屢此行
쏜살같은 시간 속에 성쇠 지나가고	駸駸衰盛際
황홀하게 옛적 어릴 때와 지금의 마음 교차하누나	忽忽古今情
선생의 기상은 서적에서 찾을 수 있고	氣味猶黃卷
선생의 출처는 적성에 남아 있네	行藏且赤城
나무꾼의 노래 토원[169] 곁에 들리니	樵歌兎院側
만감 이는 중에 차가운 공기 뚫는 말 울음소리	萬感馬寒鳴

제4수 其四

| 절간에 특별한 승경은 없고 | 招提無特勝 |
| 깊숙한 곳에 있어 박달과 솔 좋아라 | 地邃足檀松 |

---

168 책……왔었지 : 삼연은 어릴 때 남양주 풍양의 영지동(靈芝洞)에 우거하고 있던 이단상(李端相)의 문하에서 수학하였다.

169 토원(兎院) : 남양주에 있던 지명으로 도제원(道濟院)이라고도 한다.

누운 방아에는 구름이 눈과 머물고	偃磑雲和雪
그늘진 처마는 해가 봉우리에 가렸다	陰簷日礙峰
탑은 영겁의 세월을 머물 것이요	塔留應浩刼
승려는 늦겨울에 선정에 들었어라	僧定亦殘冬
숲속에서 적적하게 있노라니	寂寂中林事
사미가 범 발자국 보았다고 말하네	沙彌報虎蹤

제5수 其五

작은 시내 건너 동쪽 절	東寺隔溪小
해송이 빽빽이 몇 그루 있구나	海松森數株
흰 연기 보니 죽과 밥 짓는지 알겠고	白煙知粥飯
녹지 않은 눈 속에 부도 보인다	殘雪見浮圖
그윽한 정을 가진 그대[170] 덕분에	賴爾含幽在
나 혼자 적적하지 않을 수 있네	令吾免興孤
때때로 와서 설악을 이야기하니	時來談雪岳
징로를 잠깐 만난 듯하여라[171]	澄老且須臾

제6수 其六

| 짧은 해 아스라이 숨으니 | 短景迢迢匿 |

---

170 그대 : 동쪽 절에 있는 승려를 가리킨 것이다.

171 징로(澄老)를……듯하여라 : 이 구절의 자세한 의미는 알기 어렵다. 다만 문맥상
징로는 설악산에 거주하는 노승으로 보고, 지금 동쪽 절에 거주하는 승려가 징로와
잘 아는 승려인 것으로 추측하여 번역하였다.

먼 산에 황혼도 사라져간다	遙山盡紫光
까마귀들은 저녁 어스름 속으로 돌아오고	烏鴉歸暮氣
사슴과 멧돼지는 깊이 몸을 감추누나	鹿豕有深藏
적막 속에 어제와 오늘 보내고	寂寞爲今昨
깊은 산엔 눈과 서리만 쌓였네	陰岑只雪霜
경전 공부했다 말았다	研經功斷續
산보하노라니 뜻은 되레 유장해라	散步意還長

제7수 其七

매일 아침저녁 소요하며	逍遙每晨夕
눈 들어보니 일천 봉우리라	擧眼卽千峰
늙은 나무는 다리 남쪽에서 눈을 맞고	老樹橋南雪
추운 날씨 속 까마귀는 밥 먹은 뒤 치는 종소리[172]에 날아간다	
	寒鴉飯後鐘
바짝 다가온 섣달을 보며 외로운 정회 느끼고	孤情看臘逼
게으른 승려 마주하는 것이 하는 일의 전부로다	萬事對僧慵

---

172 밥……종소리 : 절에서 밥 먹은 뒤 치는 종을 가리킨다. 이는 다음의 고사에서 유래한 말이다. 당(唐)나라 왕파(王播)가 어린 시절 가난하여 양주(揚州) 혜소사(惠昭寺) 목란원(木蘭院)에서 잿밥을 얻어먹고 있으니 중이 싫증을 내어 마침내는 재(齋)가 파한 뒤에야 종을 쳤다. 그리고 20년 뒤에 왕파가 양주 태수(揚州太守)가 되어 지난날 지은 '밥 먹으러 가자 사람들 이미 동서로 흩어졌으니, 스님이 밥 먹은 뒤 종 친 것이 부끄럽구나.〔上堂已散各西東, 慙愧闍黎飯後鍾.〕'라는 글귀를 찾아보니 중들이 소중히 대우하여 푸른 비단으로 감싸놓았다. 그래서 왕파는 마지막 구를 지어 달기를 '이십 년 만에 오니 티끌이 얼굴에 부딪쳐, 지금에야 비로소 벽사롱을 얻었구나.〔二十年來塵撲面, 而今始得碧紗籠.〕'' 하였다. 《唐摭言 起自寒苦》

마침내 이렇듯 나를 숨겨버리니   遂此聲光晦

황량한 오솔길엔 오가는 손도 끊어졌네   荒蹊斷過從

제8수 其八

대환[173] 속에는 멈추어 있는 물건 없거니와   大幻無停物

가장 오래 수고로운 것은 사람이로다   長勤最是人

올 적에는 얼굴에 눈발 불더니   來時吹面雪

절에 앉은 뒤로 어느덧 봄 되었어라   坐後轉頭春

도처에서 경영한 일 어그러졌으니   在在經營錯

차츰차츰 성리의 참된 뜻 탐구해야지   看看性理眞

명산을 꿈꾸지 말지니   名山休費夢

들의 절이 몸을 숨기기 좋다네   野寺好藏身

제9수 其九

깊고 적막한 산에 이 뜻 두니   此意山深寂

한가로이 자유로운 사람이로다   蕭然自在人

추운 날씨 탓에 골짝 다닐 의욕 없고   寒天搜壑懶

쇠한 시력 탓에 책 덮기 자주 하네   衰眼掩書頻

경계에 집착하면 무엇인들 허망치 않으랴   著境誰非妄

---

173 대환(大幻) : 일체 현상을 실체가 없는 허깨비 같은 환술의 경계로 보는 불교적
관점을 빌려 세상을 표현한 말이다. 대주혜해(大珠慧海) 선사가 "마음을 이름하여 큰
환술사라 하고, 몸을 큰 환술의 성이라 하고, 이름과 상을 큰 환술의 의식이라 한다.
항하의 모래알같이 무수한 세계가 모두 환술의 일이다.〔心名大幻師, 身爲大幻城, 名相
爲大幻衣食, 河沙世界, 無有幻外事.〕"라고 하였다. 《禪家龜鑑》

인연대로 따르면 참됨에 가까우리   隨緣庶近眞

송계[174]에서 항아리에 담은 곡식 대주니   松溪瓶粟繼

승려는 날더러 가난하지 않다 하는구나   僧謂我非貧

제10수 其十

마음과 눈이 그윽하고 특별한 곳에 거하니   心目居幽別

청량하고 밝은 경물의 변화 드러나누나   虛明物候呈

따스한 처마 밑에서 승려는 선정을 깨고   簷暄僧脫定

한낮의 뜰에 새는 울음소리 퍼뜨린다   院晝鳥宣鳴

산을 찾은 뜻 호탕하고   浩蕩尋山意

나무 베는 소리 높고 낮아라   高低伐木聲

지팡이 짚고 한번 동쪽 시내 나가니   移筇試東澗

향기로운 나물 어느 것이 먼저 싹 텄을꼬   芳茮孰先萌

제11수 其十一

절간 좁은 것 이미 생각해   已謂招提陋

판자 뒷방에 내 머무르노라   吾仍板後房

부들로 만든 방석은 다리 펼 만하고   蒲團堪展股

종이 바른 지게문은 근근이 빛이 드네   紙戶劣容光

늙은 승려는 새벽에 함께 기침하고   皓釋晨同咳

고양이는 밤에 침상에 딱 붙어 있구나   烏圓夜逼床

---

174   송계(松溪) : 이때의 송계는 아마도 삼연의 아우 김창업(金昌業)이 거주했던 송계를 가리키는 듯하다. 지금의 성북구 장위동에 해당한다.

어이하면 예불을 하게 하여   何由使禮佛

객이 훌륭한 향내를 맡게 할 수 있을까   客得嗅名香

제12수 其十二

금년에 공부 과정 빠뜨려   今年闕功課

섣달 끄트머리에도 〈서명〉[175]만 보고 있네   殿臘只西銘

비로소 하늘이 큼을 깨닫고   始覺天爲大

이어 나의 존재 가장 신령함을 어여삐 여기노라   仍憐我最靈

좁은 구역도 드넓게 개척됨을 보고   狹區看展拓

미욱한 자식도 부모에게 돌아가 문안할 수 있도다[176]   迷子得歸寧

스스로 돌아보건대 근심 걱정 넘쳐나니   自顧饒憂戚

장차 옥처럼 완성되기를 바랄 수 있으려나[177]   其將覬玉成

제13수 其十三

간절한 노파심은   懇切老婆意

완악한 이들 한번 깨어나게 하려 함이라[178]   群頑要一醒

---

175 서명(西銘) : 북송(北宋)의 장재(張載)가 지은 글로, 천지와 나와의 일체감을 통해 그 안에 살고 있는 사람들에게 따뜻한 인간애를 지닐 것을 설파하는 사상을 담고 있다. 《古文眞寶 後集 西銘》

176 좁은……있도다 : 〈서명〉에 담긴 천인합일(天人合一)의 이치를 체득하면 얻게 되는 효과를 말한 구절인 듯하다.

177 스스로……있으려나 : 〈서명〉에 "빈궁과 근심 걱정은 너를 옥처럼 다듬어 완성시키려는 것이다.〔貧賤憂戚, 庸玉汝於成也.〕"라고 하였다.

178 간절한……함이라 : 삼연이 읽고 있는 〈서명〉에 그러한 뜻이 담겨 있다는 말이

하늘과 사람은 두 가지 이치 아니고	天人非二致
상세함과 간략함은 여러 경전 살펴야지[179]	詳略當諸經
암흑 속에서 오래도록 길 감을 한스러워하지 않고	不恨冥行久
저녁에 편안히 죽음을 끝내 기약하노라[180]	終期夕死寧
웅얼웅얼 외다 살짝 노곤하여	喃喃微覺倦
천천히 일어나 차가운 별빛 아래 거닌다	徐起步寒星

제14수 其十四

〈정완〉의 새 의미를	訂頑新意味
어제 홀로 헤아려보고서	昨日獨商量
더욱 승려 보기를 친밀히 하려 했더니	轉欲看僧密
어이하여 객 전송하느라 바쁜지[181]	如何送客忙

다. 〈서명〉은 후에 주희(朱熹)가 고친 제목으로 본래 제목은 완악함을 바로잡는다는 뜻의 〈정완(訂頑)〉이었다.

179 상세함……살펴야지 : 〈서명〉에서 말한 천인합일의 뜻을 각각의 경전에서 상세하게 혹은 간략하게 말한 것들에서 근원을 찾아 궁구해야 한다는 말이다.

180 암흑……기약하노라 : 비록 지금 도리를 깨우치지 못하고 몽매한 상태에 오래 머물고 있으나 계속 노력하고 공부하여 도리를 깨닫겠다는 말이다. 《논어》〈이인(里仁)〉에 "아침에 도를 들으면 저녁에 죽어도 좋다.〔朝聞道, 夕死可矣.〕"라고 하였다. 특히 주희는 이 구절에 "도는 사물의 당연한 이치이니, 진실로 그것을 들을 수 있다면 살아서는 하늘의 이치에 순하고 죽어서는 편안하여 다시 여한이 없을 것이다.〔道者, 事物當然之理, 苟得聞之, 則生順死安, 無復遺恨矣.〕"라고 주석을 달았는데, 이는 〈서명〉에 "살아 있으면 내 하늘을 순히 섬기고, 죽으면 내 편안하다.〔存吾順事, 沒吾寧也.〕"라고 한 것과 같은 맥락이다.

181 정완의……바쁜지 : 사해동포(四海同胞)의 의미가 담겨 있는 〈서명〉을 보고서 나와 도를 달리하는 승려와 더욱 친밀히 지내려고 했는데, 마침 절을 떠나는 사람을

재 지내고 치는 종에 식사 때마다 탄식하고[182]　　齋鐘嗟每飯

벽의 등불은 남은 불빛 환하네[183]　　壁火耿餘光

서글피 한참을 생각하다가　　恨恨移時念

새벽 오솔길 서리를 짚신 신고 밟노라　　晨蹊葛屨霜

　　두 유생이 절에서 머물다가 오래지 않아 이별하고 떠났으므로 감회가 일었다.

제15수 其十五

양춘 풍광 보이지 않으나　　不見陽春脚

가만히 골짝 반쯤 녹은 줄 알겠네　　潛知半壑融

고목은 응당 진액을 머금었고　　含津應老樹

살랑 부는 바람에도 눈 쓸려나간다　　除雪只微風

맑게 재 지낸 뒤 새 한 마리 날아들고　　一鳥清齋後

옅은 아지랑이 속에 승려들 있구나　　諸僧淡靄中

나무통 샘물이 일 없은 지 오래이니　　槽泉謝事久

때때로 가서 물결 통하나 보도다[184]　　時至見流通

전송하느라 바쁘게 되었다는 말이다. 절을 떠나는 유생을 전송하느라 황망한 모습을 〈서명〉의 의미와 연결하여 다소 희작(戲作)처럼 말한 것이다.

182 재……탄식하고 : 343쪽 주172 참조. 여기에서는 함께 절밥을 같이 먹던 유생들이 떠나고 없어 탄식한다는 의미를 담았다.

183 벽의……환하네 : 남은 불빛이라 표현한 것은, 유생들과 함께 벽의 등불로 책을 보다가 지금은 자기 혼자 있게 되었음을 말한 것이다.

184 양춘……보도다 : 겨우내 얼어서 물이 흘러들지 않던 나무통 샘물에 가서 물이 녹아 다시 흐르는지 본다는 말이다.

제16수 其十六

이 이치는 소리도 냄새도 없거늘	此理無聲臭
선생은 어떻게 융회(融會)하였나	先生何以融
응당 정을 주장하기를 오래 했기 때문이요	應緣主靜久
묵묵히 하늘과 절로 통한 것이로다	默自與天通
정취는 연봉 아래에 멀고	韻遠蓮峰下
사색은 풀빛 가운데 현묘해라[185]	思玄草色中
이에 바야흐로 붓 들고 그리니	於焉方下筆
한 폭 종이에 홍몽[186]이 생생하다	一幅活鴻濛

이상은 〈태극도(太極圖)〉를 읊은 것이다.

---

185 정취는……현묘해라 : 옛날 진단(陳摶)이 화산(華山)에 은거하여 사색하며 우주의 원리를 그려내었다는 말이다. 연봉(蓮峰)은 중국 화산의 다른 이름으로 송(宋)나라 때 진단이 은거했던 곳이다. 진단이 그린 〈선천도(先天圖)〉가 전수되어 여러 사람을 거쳐 주돈이(周敦頤)에 이르렀고, 주돈이가 이를 〈태극도(太極圖)〉로 이름을 바꾸고 《태극도설(太極圖說)》을 지어 우주 생성의 원리를 해설하였다.

186 홍몽(鴻濛) : 우주가 형성되기 이전부터 있어온 천지의 원기, 혹은 그와 같은 혼돈 상태를 가리키는 말이다.

다시 읊다

又賦

제1수

절집 비록 촌스러워도 우선 배회하노라니	招提雖野且相羊
그윽한 뜻 많이도 느린 걸음 따라 자라난다	幽意多從緩步長
나무통에 떨어지는 차가운 시냇물은 높은 봉우리에서 흘러나오고	
	冷澗落槽源絶巘
노송 쪼는 이름 모를 새소리 회랑을 울리누나	怪禽啄檜響回廊
한가로이 곧 지는 해는 느릿하기 여름날 같고	閒來短景舒如夏
늙어가며 사그라들던 마음 아주 잠깐 반짝이네	老去冥心暫有光
우스워라 노승은 바쁜 일도 없으면서	哂爾禪翁無事劇
한적하게 요양하느라 예불도 폐했구나	養閒仍廢禮空王

제2수 其二

어이하여 날마다 절간에 기대려 하는고	如何日欲倚禪扉
아지랑이 낀 포근한 산 차츰 운무 생긴다	嵐嶺看看暖有霏
눈은 비스듬한 벼랑에서 절반쯤 녹아 젖어들고	雪自斜崖滲至半
샘물은 파인 나무 따라 호연히 돌아가누나	泉循刳木浩然歸
불공 올리는 시각은 연루[187]에 더해지고	僧齋時刻添蓮漏

---

187 연루(蓮漏) : 진(晉)나라의 고승 혜원(惠遠)이 만들었다는 연꽃 모양의 물시계
이다.

나그네 침상 온도는 종이옷을 줄인다[188]　　旅榻寒暄減紙衣
옥동[189]의 붉은 매화 꽃봉오리 틔웠을 터이니　玉洞紅梅應拆蕾
아이들 떠올리며 다시 그리워라　　念中兒女復依依

제3수 其三
회랑의 판자 뒤에 작은 부들방석 깔고서　回廊板後小蒲團
기거하며 며칠의 편안함 겨우 얻었네　棲息剛儞數日安
백 년 인생 절반 지나니 도를 찾기 급하고　百歲平分探道急
온갖 인연 다 사라지니 시 보내기 어렵다　萬緣融盡遣詩難
선상은 적막한데 산새 내려앉고　禪床寂寂山禽下
나무꾼 도끼 소리 쩡쩡 산의 눈은 녹았어라　樵斧丁丁嶺雪乾
온종일 솔 감상하는 것이 나의 경계이니　盡日看松吾境界
새로운 시어 더하려고 쓸데없이 배회하네　欲添新語費盤桓

제4수 其四
늙어가는 나이 닥쳐오는 섣달 두 상황 다 쓸쓸하니　年侵臘逼兩蕭條
나그네 심사로 서성이며 즐겁지가 않아라　羈思徊徨不自聊
계곡 가득 먹구름은 도성 가로막았고　滿谷玄雲京洛阻
산 먹어 들어가는 석양은 먼 강화도에서 비친다　銜山落日沁州遙
기판 소리 듣고서 우는 까마귀 잠시 머물고　啼烏暫止依齋磬

---

188 나그네……줄인다 : 종이옷은 솜 대신 종이를 넣어 만든 방한의(防寒衣)이다.
곧 날이 풀려서 종이옷이 줄어간다는 말이다.
189 옥동 : 인왕산 기슭의 옥류동(玉流洞)을 가리킨다.

눈 쌓인 다리를 어린 사슴이 살금살금 건너네　　稚鹿潛行度雪橋

이 모두가 그윽한 절간에서 쉬이 감회 불어나게 하는데

　　　　　　　　　　　　　　　　　　摠爲幽居滋感易

내 여기 온 지는 아직 며칠 되지도 않았어라　　我來曾不幾晨朝

제5수 其五

근심 때문에 모지라진 머리털 동곳 꽂기도 힘든데　緣愁短髮不盈簪

고검과 서책[190]에 모두 마음 져버렸어라　　　古劍遺書摠負心

손가락 위로 세월은 순식간에 스쳐 지나고　　指上光陰殊倏忽

눈앞의 은원은 끝내 녹아 없어지리　　　　眼前恩怨竟銷沉

평소에 골육끼리 언제 모인 적 있었나　　　平居骨肉何曾聚

쇠미한 세상 구름 긴 숲 깊이 들어갈 만하건만[191]　衰世雲林可以深

상자가 마음 쓰이던 일은 혼사뿐이었는데　　向子關情婚嫁耳

나는 이 일 끝내고도 여전히 미적거리누나[192]　吾人了此尙沉吟

190　고검과 서책 : 남아로서 뜻을 이루지 못했다는 말이다. 검은 무(武)를, 서책은 문(文)을 상징한다. 당(唐)나라 맹호연(孟浩然)의 〈낙양에서 월로 가다(自洛之越)〉에 "분주하게 다닌 삼십 년에, 서책과 검 둘 다 이룬 것 없어라.〔遑遑三十載, 書劍兩無成.〕" 라고 하였고, 고적(高適)의 시에 "동산에 한 번 은거하여 흘려보낸 삼십 년 봄, 서책과 칼이 풍진 속에 늙어갈 줄 알았으랴.〔一臥東山三十春, 豈知書劍老風塵.〕"라고 하였다.

191　쇠미한……만하건만 : 가족들을 모두 이끌고 깊은 산중에 은거해 살고 싶은 마음을 나타낸 것이다. 이는 후한(後漢) 때 은자 방덕공(龐德公)의 은거를 말한 것이다. 187쪽 주387 참조.

192　상자(向子)가……미적거리누나 : 자식의 혼사를 끝내고도 모든 세속 인연을 버리고 홀홀 떠나지 못하고 있다는 말이다. 상자는 후한(後漢) 때 상장(向長)이다. 상장은 젊어서부터 벼슬하지 않고 은거하면서 말하기를 "자식들을 시집 장가 보내고 나면

제6수 其六

적막한 경상에서 노곤해 잠이 들려 하니	經床闃寂懶將眠
머문 날 많지도 않은데 의기소침해지네	住日無多意悄然
나는 돌아갈 집을 여관처럼 여기는데	我以還家爲逆旅
승려는 과객이 해가 다하면 돌아가리라 여기누나	僧將過客等殘年
따뜻한 날[193] 새 둘러싼 정원에는 은은한 종소리 그치고	
	暄禽遠院微鐘歇
엷은 싸락눈 깃든 숲에는 석양이 고와라	弱霰棲林返景妍
정다운 다리 남쪽 두 그루 고목	款款橋南老雙樹
녹음 지는 훗날에 다시 인연 맺어보리라	綠陰他日更修緣

집안일은 끊어버리고 다시 상관하지 않겠다.〔男女嫁娶旣畢, 敕斷家事勿相關.〕"라고 했는데, 자녀의 성혼을 다 마치고는 과연 친구들과 함께 오악(五嶽) 등의 명산을 두루 유람하고 끝내 신선이 되었다고 한다. 《後漢書 卷83 逸民列傳 向長》

193 따뜻한 날 : 원문의 '훤(暄)'은 '훤(喧)'의 오자가 아닌가 의심되지만, 우선은 그대로 두었다.

다시 읊다

又賦

제1수

눈 내린 골짝 꽁꽁 언 샘물 산은 적막한데	雪壑氷泉山寂然
승려는 추운 날씨에 각자 문 닫고 잠들었네	僧寒各自掩扃眠
오경에 옆방에서 독서 소리 들려오니	五更覺有隣房讀
달빛 속에 거닐며 소년 시절 추억한다	月裏徘徊憶少年

제2수 其二

금단 소식 오기 전에 머리 먼저 쇠었고[194]	金丹消息頭先白
수사[195]의 연원 찾아가는 길도 멀어라	洙泗淵源路亦遙

---

194 금단(金丹)……쇠었고 : 금단은 도교에서 복용하면 장생불사한다는 단약(丹藥)
이다. 주희(朱熹)가 젊은 시절 운당포(篔簹鋪)에서 쉬다가 벽에 "빛나는 영지여, 한
해에 세 번이나 피었네. 나는 홀로 무엇을 하였기에, 뜻이 있으나 이룬 게 없는가.〔煌煌
靈芝, 一年三秀. 予獨何爲, 有志不就?〕"라고 한 혜강(嵇康)의 〈유분시(幽憤詩)〉가 적
힌 것을 보고는 자신의 뜻과 같다고 비통해하였다. 주희는 40여 년이 지난 뒤 다시
그곳에 들러서 "덧없는 백 년 세월 그 얼마나 되랴. 영지는 세 번 피어 무엇 하려는가.
만년에도 금단 소식 없으니, 운당포 벽 위의 시가 거듭 한탄스럽네.〔鼎鼎百年能幾時?
靈芝三秀欲何爲? 金丹歲晚無消息, 重歎篔簹壁上詩.〕"라는 시를 지었다.《朱子大全 卷
84 題袁機仲所校同契後》이 구절 역시 주희의 시상과 마찬가지로 소년 시절 찾아와
공부했던 적성사를 노년에 다시 찾은 삼연의 심회가 담겨 있다.
195 수사(洙泗) : 수사는 노(魯)나라에 있던 수수(洙水)와 사수(泗水)를 말하는데,
공자가 이곳에서 제자들을 모아놓고 학문을 강론하였으므로 뒤에 공자의 학문을 뜻하는
말로 쓰였다.

야외 절집에 몸 맡긴 것 좋은 계책 아니니　　野寺投身非得計
창가로 소나무 사이 달빛이 무료한 날 비추누나　　一牕松月照無聊

제3수 其三

산언덕 판잣집이 여러 번 겨울 겪으니　　　山阿板屋屢經冬
서글프다 오로봉 그윽한 기약이여[196]　　　　惆悵幽期五老峰
농월대[197] 앞의 다함없는 눈은　　　　　　　弄月臺前無盡雪
바람 만나 시내 건너 소나무로 날리겠네　　遇風飄洒隔溪松

제4수 其四

광릉[198] 숲속 깊이 범 숨어 있는데　　　　　　　虎託光陵松栢陰
눈 내려 둥근 발자국 깊이 찍혔다　　　　　　　雪天圓迹著來深
서쪽에서 온 용맹한 착호사(捉虎士)는 개처럼 보아　西來猛士看如狗
우레 같은 탄환 한 발에 숲이 피로 물드네　　　一放雷丸血染林

196　산언덕……기약이여 : 오로봉(五老峰)은 설악산의 봉우리 이름이다. 현재는 오봉산(五峰山)으로 불린다. 삼연은 이 시를 짓기 한 해 전에 설악산 오로봉 근처 곡백담(曲百潭)에 백연정사(百淵精舍)를 완성하였다. 첫 구를 '판잣집에서'로 볼 수도 있으나, 정황상 '판잣집이'로 보는 것이 옳다. 삼연은 1692년(숙종18) 8월 처음으로 설악산 곡백담에 들어갔다가 11월에 나왔으며, 이후 다시 가지 못하다가 백연정사를 지었다. 곧 예전에 설악산에 지어둔 판잣집이 자신이 다시 찾아가지 못한 채 여러 번의 겨울을 지나왔고 오로봉 근처에 백연정사를 완성하고 그곳에서 아주 은거할 계획을 세웠으나 이런저런 일로 아직 들어가지 못하고 있는 서글픈 심정을 말한 것이다.

197　농월대(弄月臺) : 설악산에 있는 지명이다. 본집 습유 권27 〈설악일기(雪岳日記)〉에 보인다.

198　광릉(光陵) : 남양주 진전읍에 있는 세조(世祖)와 정희왕후(貞熹王后)의 능이다.

제5수 其五

포악한 범 두 마리 잡혀 곳곳에서 칭송하니   惡虎雙摧處處謳
포군의 큰 공로 제후에 봉함이 마땅해라   砲軍功大合封侯
나무하는 아이는 울창한 숲을 구름 헤치고 깊이 들어가고

                                                              樵兒萬木穿雲遠
절집에서는 삼경에 달빛 받으며 노닌다   僧院三更帶月遊

제6수 其六

짧은 소매 호기로운 군사 의주에서 와   短袖豪軍自義州
연기 보고 와서 밥 달라 하며 절간에서 쉬누나   尋煙索飯寺門休
솔숲에 이미 앞서 범 잡은 소식 전해지니   松林已有先聲到
푸른 절벽에 착 붙은 범이 비로소 근심하네   粘著蒼崖虎始愁

목식동의 섣달그믐
木食洞除夕

어머님 계신 아득히 먼 바다[199] 　　　慈親所在海悠悠
섬에는 눈 내리고 나루는 얼어붙어 바라봄에 근심스럽나

　　　　　　　　　　　　　　　　　島雪津氷望可愁

날을 아끼는 정회[200]는 이날 밤 깊어지고 　　愛日情懷深此夜
해 보내는 등불은 끝내 다른 고을에서 켰어라 餞年燈火竟他州
당 둘러 형제들 늘어서서 색동옷[201] 입고 모실 터인데

　　　　　　　　　　　　　　　　　環堂列有斑衣侍

측백 숲 지키며 나 혼자서 피눈물 흘리면서 머무르네 守栢孤將淚血留
상전벽해 변해가는 세상 모진 목숨으로 늙어가는데 荏苒滄桑頑喘老
저 하늘은 어이 이리 급하게 세월 흐르게 하는가 彼蒼何遽歲星周

199 　어머님……바다 : 당시 삼연의 모친은 강화 유수(江華留守)로 있는 김창집(金昌集)을 따라 강화도에 머물고 있었다.

200 　날을 아끼는 정회 : 효자가 부모를 섬길 시일이 얼마 남지 않았음을 안타까워하는 마음을 뜻한다. 한(漢)나라 양웅(揚雄)의 《법언(法言)》에 "오래 할 수 없는 것이란 어버이를 섬기는 것을 이르니, 효자는 부모를 봉양하는 동안 하루하루 날을 아낀다.〔不可得而久者, 事親之謂也, 孝子愛日.〕"라고 하였다. 《法言 孝至》

201 　색동옷 : 부모를 기쁘게 해드리는 효자를 상징한다. 춘추 시대 초(楚)나라의 은사(隱士)인 노래자(老萊子)가 나이 70이 되어서도 어버이의 마음을 기쁘게 해드리려고 색동옷을 입고 춤을 추었다는 고사가 전한다. 《初學記 卷17 孝子傳》

이덕재의 거문고에 제하다[202] 경진년(1700, 숙종26)
題李德載琴 庚辰

아름다운 난초는 골짝 안에 있고[203]   猗蘭在中谷

불탄 나무는 바로 옛 마음이어라[204]   焦樹卽古心

구태여 손가락 현란하게 움직일 것 없나니   莫須用煩指

성글고 범범한 것이 바로 희음[205]이라네   疎汎是希音

---

202 이덕재의 거문고에 제하다 : 이덕재(李德載, 1683~1739)는 본관은 전의(全義), 자는 후경(厚卿)으로 삼연의 사위이다.

203 아름다운……있고 : 이덕재가 연주하는 거문고가 옛날 공자가 연주하던 거문고 의 기운이 있다는 말이다. 《악부시집(樂府詩集)》 권58 〈금곡가사(琴曲歌辭) 의란조 (猗蘭操)〉에 "〈의란조〉는 공자가 지은 것이다. 공자가 천하 제후들을 다 만나보았으나 공자를 써줄 사람이 없었으므로, 위나라로부터 노나라로 돌아오다가 깊은 골짜기에서 향기로운 난초가 홀로 무성한 것을 보고 탄식하여 이르기를 '난초는 의당 왕자의 향이 되어야 하는데, 지금 홀로 무성하여 잡초들과 섞여 있구나.'라고 하고, 이에 수레를 멈추고 거문고를 가져다 타면서 스스로 때를 만나지 못한 것을 상심하여 자신을 향기로 운 난초에 의탁한 것이다."라고 하였다.

204 불탄……마음이어라 : 이덕재가 연주하는 거문고가 옛날 채옹(蔡邕)이 연주하던 거문고의 기운이 있다는 말이다. 《후한서(後漢書)》 권90하 〈채옹열전(蔡邕列傳)〉에 "오나라 사람 중에 오동나무로 불을 피워서 밥을 짓는 이가 있었다. 채옹이 불타는 소리를 듣고 좋은 재목인 것을 알게 되었다. 채옹이 그것을 달라고 해서 거문고를 만들 었는데, 과연 소리가 아름다웠다. 그 나무 끝에 불탄 흔적이 있어 초미금(焦尾琴)이라 하였다."라고 하였다.

205 희음(希音) : 보통 사람은 듣지 못하는 희귀한 소리라는 뜻이다. 《노자(老子)》 41장에 "큰 소리는 소리가 들리지 않으며, 큰 형상은 그 모양을 볼 수 없다.〔大音希聲, 大象無形.〕"라고 한 데서 유래하였다.

거문고 끌어안고 송월암으로 향하니   抱向送月巖

푸른 물 참으로 깊고 고요하구나   淵淵綠水深

명행의 처에 대한 만사[206]

明行妻挽

제1수

남편은 푸른 노을의 뜻[207] 지녔고	夫子靑霞意
아내는 백옥처럼 아름다웠네	中閨白玉徽
한 소리로 오리 잡는 일[208] 읊고	同聲鳧弋詠
신혼에 녹거[209] 타고 돌아왔어라	新嫁鹿車歸

---

206 명행의……만사 : 김명행(金明行, 1678~1718)은 삼연의 족손(族孫)이며 김시택(金時澤)의 아들이다. 자는 학고(學古), 호는 현원자(玄元子)이다. 여기에서 말한 처는 김명행의 첫 번째 부인 한산 이씨(韓山李氏)로, 동래 부사(東萊府使)를 지낸 이명준(李明俊)의 딸이다. 《鳳麓集 卷4 先君墓表》

207 푸른 노을의 뜻 : 드높은 의지를 뜻한다. 남조 시대 제(齊)나라 시인 강엄(江淹)의 〈한부(恨賦)〉에 "푸른 노을의 기이한 뜻이 울창하였으나 긴 밤의 어두움으로 들어갔네.〔鬱靑霞之奇意, 入脩夜之不暘.〕"라고 하였는데, 이선(李善)은 "푸른 노을의 기이한 뜻은 의지가 높은 것이다.〔靑霞奇意. 志意高也.〕"라고 주석하였다.

208 오리 잡는 일 : 아내가 남편을 잘 인도하는 뜻이 있다. 《시경》〈정풍(鄭風) 여왈계명(女曰鷄鳴)〉에 "여자가 닭이 울었다 하거늘, 남자는 아침이 아직 어둡다 하네. 여자가 말하길 '그대 일어나 밤을 보세요. 샛별이 한창 반짝이고 있으니, 어서 일어나 나가서 오리와 기러기를 잡아 오세요.' 하였다.〔女曰鷄鳴, 士曰昧旦. 子興視夜, 明星有爛. 將翱將翔, 弋鳧與雁.〕"라고 하였다.

209 녹거(鹿車) : 아내가 남편의 뜻을 따라 부인의 도를 잘 실천하는 뜻이 있다. 후한(後漢)의 포선(鮑宣)이 자기 스승의 딸인 환소군(桓少君)에게 장가들었는데, 부잣집에서 자라난 그의 처가 혼수품을 많이 장만한 것을 보고는 "나는 실로 빈천해서 그런 예를 감히 당할 수가 없소."라고 하니, 환소군이 그 말에 순종하여 시어(侍御)와 복식(服飾) 등을 모두 친정에 돌려보낸 뒤에 짧은 베옷으로 갈아입고서 남편과 함께 녹거를

손 씻고 정갈하게 국과 탕 만들고[210]	洗手羹湯潔
얼굴에 화장 바르는 일 드물었도다	沾顏粉黛稀
청아한 마음 이와 같으니	淸心有如此
호수에 뜬 달에서 넘치는 덕의 광채 상상하노라	湖月想餘輝

제2수 其二

말세에 비녀와 귀고리 화려하게 장식하는 풍습	末流簪珥習
이웃집 혼례 보고서 참으로 고개 돌리네	隣嫁苦回頭
이 며느리는 집안일 잊을 수 있으려나	是婦忘家得
시부모는 애통함 참을 수 있겠는가	尊章忍慟不
새 무덤이 호숫가에 있으니	新墳湖上是
《열녀전》에서 이러한 사람 찾겠네	列女傳中求
응당 아름다운 비석 세워 현양해야 하리니	合有貞珉表
교만하고 어리석은 그대들 부끄러움 느끼리라	驕嚚爾見羞

끌며 향리로 돌아온 고사가 전한다. 녹거는 사슴 한 마리를 겨우 실을 만한 수레라는
뜻으로, 소거(小車)와 같은 말이다. 《後漢書 卷84 列女列傳 鮑宣妻》
210 손……만들고 : 새색시의 모습을 형용한 말이다. 당(唐)나라 왕건(王建)의 〈신
가랑사(新嫁娘詞)〉에 "시집온 지 사흘 지나 부엌에 가서, 손을 씻고 국과 탕을 끓였네.
시어머니 식성 아직 모르니, 먼저 시누이에게 맛보게 했네.〔三日入廚下, 洗手作羹湯.
未諳姑食性, 先見小姑嘗.〕"라고 하였다. 《王司馬集 卷7》

족손 건행을 애도하며

哀族孫健行

제1수

너의 부친이 충신을 쌓았고	若翁積忠信
너에게 문아한 행실 있어	在汝文雅爲
장차 크게 입신양명 기약했더니	將期立揚大
어이 이리 급하게도 세상을 떠나느냐	何遽至於斯

제2수 其二

우리 종족은 또한 드러났다 할 수 있으나	吾宗亦云顯
반쪽은 여전히 마비된 듯했는데	半體尙偏枯
창성함을 장차 기다리는 듯하더니	昌明若將待
갑자기 봉황의 새끼[211] 나타났어라	頓有鳳凰雛

제3수 其三

고요하고 우아하여 응당 졸렬함을 지키고[212]	恬雅宜守拙
단정하고 공손하여 태만한 모습 없었도다	端恭不懈儀
서책을 친한 벗으로 삼았으니	竹素爲親友

---

211 봉황의 새끼 : 훌륭한 자식을 일컫는 말이다.
212 졸렬함을 지키고 : 자신의 소박한 본성을 지키면서 거짓을 행하거나 명리(名利)를 다투지 않는다는 말이다.

언제 함부로 장난치며 놀았던 적 있던가　　　　何曾浪戲嬉

제4수 其四

아침노을 같은 기운 얼굴에 가득하고　　　　朝霞滿一面

고운 모습 완연히 눈썹과 눈 사이 아름다웠네　　丰彩婉淸揚

꽃을 보며 마을에 서 있더니　　　　看花里中立

명성이 동상에 우뚝했어라[213]　　　　聲價聳東床

제5수 其五

새집에서 즐거이 거처하니　　　　新居處堂樂

제비 춤추며 처마 기둥에 날아들었네　　燕舞入簷楹

서쪽 방의 푸른 이내 속에　　　　西房翠嵐裏

너의 맑은 독서 소리 좋기도 했지　　宜爾讀書淸

제6수 其六

합근[214]하던 자리도 잠깐　　　　斯須合卺席

바람이 초에 불어 푸른 연기 흩어졌구나　　風燭散青煙

슬프고 슬프다 상복 입은 며느리　　哀哀麻鬄婦

검게 윤기 나는 머리를 어깨까지 드리웠네　　綠髮髢被肩

213　명성이 동상에 우뚝했어라 : 훌륭한 사윗감이었다는 말이다. 298쪽 주96 참조.
214　합근(合卺) : 바가지를 합한다는 뜻으로, 혼례 때 신랑과 신부가 술잔을 세 번
교환하면서 끝잔은 한 개의 박을 둘로 나눈 잔으로 하여 두 사람이 하나가 되었음을
뜻하는 예식이다.

제7수 其七

병상에서도 정신 맑게 깨어 있었고　　　　　　惺惺在床容

임종 때 남긴 말 부드러웠네　　　　　　　　　婉婉臨纊語

깨끗하고 밝은 모습 어찌 차마 잊으랴　　　　　精明可忍忘

너를 잃고 바야흐로 너를 기특히 여기노라　　失汝方奇汝

제8수 其八

창자 끊어진 원숭이[215]는 밤새도록 울고　　　斷猿夜徹曉

슬픈 고니[216]는 낮에 하늘에서 울부짖네　　　哀鵠晝號天

당도한 부음이 마치 나를 베는 듯하니　　　　聲來如刺我

북산 앞에서 애간장이 녹는다　　　　　　　　消膽北山前

제9수 其九

강화도에서 문집 만들 때[217]　　　　　　　　沁州文集役

---

215 창자 끊어진 원숭이 : 자식의 죽음을 슬퍼하는 부모를 상징한다. 진(晉)나라 환온 (桓溫)이 삼협(三峽)을 지날 때 그 부하 중의 한 사람이 원숭이 새끼를 잡아 가지고 배에 싣고 가니, 그 어미가 계속 배를 뒤따라오다가 배 안으로 뛰어들어 와서는 곧바로 죽었다. 그 배를 갈라보니 창자가 마디마디 끊어져 있었다는 고사가 있다. 《世說新語 黜免》

216 슬픈 고니 : 남편을 잃은 과부를 상징한다. 노(魯)나라의 과부였던 도영(陶嬰)에 게 청혼이 들어오자 도영이 이를 거절하면서 "슬프다 황곡이 일찍이 홀로 되어 7년 동안 짝을 구하지 않았네.〔悲黃鵠之早寡兮七年不雙〕"로 시작하는 황곡가(黃鵠歌)를 불러 자신의 수절하려는 뜻을 드러내었다. 《列女傳》

217 강화도에서……때 : 김창집(金昌集)이 강화 유수(江華留守)로 있던 이해 8월에 강화도에서 인역(印役)을 시작하여 12월에 부친 김수항의 문집인 《문곡집(文谷集)》을

부지런한 교정에서 너의 마음 보았지　　　　勤校見汝情

영전에 문집 한 부 두나니　　　　　　　　靈筵一部置

장첩(粧帖) 완성된 것을 혼백이 아마도 기뻐하리라　魂豈喜粧成

제10수 其十

양산에 옥을 묻은 곳²¹⁸　　　　　　　　　楊山埋玉處

빗발이 어지러이 날리네　　　　　　　　　白雨散紛紛

해가²¹⁹를 지어 전송하려니　　　　　　　欲作薤歌送

왕숙탄 드넓어 가없어라　　　　　　　　王灘浩無濱

간행하였다.

218　옥을 묻은 곳 : 뛰어난 자질을 가진 사람을 묻는다는 의미이다. 진(晉)나라 유량(庾亮)이 땅에 묻힐 즈음에 하충(何充)이 "옥수를 땅속에 묻으니, 사람의 슬픈 정을 어찌 억제할 수 있으리오.〔埋玉樹箸土中, 使人情何能已已?〕"라고 하였다. 《世說新語傷逝》

219　해가(薤歌) : 부추 위에 맺힌 이슬처럼 덧없이 지는 인생을 슬퍼하는 노래로, 만가(挽歌)를 뜻한다. 한고조(漢高祖)에게 반기를 들다 패망한 전횡(田橫)의 죽음을 두고 그 무리가 지은 만가 2장 중 1장에 "부추 위에 맺힌 이슬 어이 쉽게 마르나. 이슬은 말라도 내일이면 다시 내리지만, 사람은 죽어 한번 가면 언제나 돌아오나.〔薤上朝露何易晞, 露晞明朝更復落, 人死一去何時歸.〕"라고 한 데서 유래하였다. 《古今注 音樂》

건행의 발인이 지나 홀로 앉아 참담한 심정으로
過健行發引 獨坐慘懷

제1수

이웃에서 부르던 해로가[220] 소리 멀어지더니	薤露隣歌遠
남은 소리가 북쪽 봉우리에 있구나	餘聲在北峰
비 뿌리는 하늘에 달이 얼핏 모습 드러내고	雨天微露月
바람 부는 뜰에 종은 스스로 울린다	風院自鳴鐘
홀로 앉아 정신 참담하기만 하니	獨坐神猶慘
어떻게 단잠을 잘 수 있으랴	誰家睡正濃
인간세상 자식들 일이란 것이	人間兒女事
노래와 곡이 본래 따르는 법[221]	歌哭本相從

제2수 其二

아들 두는 것이 집집마다 바람이지만	有子家家願
얻어서 기뻐하다 이내 잃고 슬퍼하네	得懽俄失悲
요절하는 이 많은 것이 오늘날 심하니	多殤今日甚
완전한 복 누린 이 예로부터 누구런가	完福古來誰
증자(曾子)는 서하에서 눈을 조문했고[222]	曾弔西河目

---

220 해로가(薤露歌) : 365쪽 주219 참조.

221 인간세상……법 : 자식을 기르면서 즐거운 일과 슬픈 일을 겪는다는 말이다.

222 증자(曾子)는……조문했고 : 공자의 제자인 자하(子夏)는 공자 사후에 서하(西

한유(韓愈)는 동야에게 시 지어주었지[223]	韓爲東野詩
구름 낀 산에 있는 노승은	雲山老僧在
애당초 곰 꿈[224]을 꿀 일 없거니	初不夢熊羆

河) 지방에서 학문을 강론하였다. 그러던 중 자하가 아들을 잃고 너무나 애통한 나머지 눈이 멀자 증자가 조문 가서 "너는 세 가지 죄가 있다. 네가 서하에 사는데 서하 사람들이 너를 부자(夫子)보다 나은 줄 의심하니 첫 번째 죄이고, 너의 부모가 죽었을 때에는 이렇게 애통해하였다는 말을 듣지 못하였으니 두 번째 죄이고, 네가 자식이 죽은 일로 눈이 멀었으니 세 번째 죄이다."라고 책망하였다. 《禮記 檀弓上》

223 한유(韓愈)는……지어주었지 : 한유는 자신의 벗 맹교(孟郊)가 아들 셋을 낳았으나 모두 태어난 지 며칠 만에 죽자 〈아들 잃은 맹동야에게[孟東野失子]〉라는 시를 지어 위로하였다. 시의 대략은 다음과 같다. 맹교가 자식을 연이어 잃고 슬퍼하자, 이를 딱하게 여긴 지신(地神)이 신령한 거북을 천제(天帝)에게 보내 따지게 하였다. 그러자 천제가 천지인(天地人)은 서로 상관없이 사물이 지닌 분수대로 사는 것이고, 자식의 유무(有無)를 가지고 화복(禍福)을 판단할 수 없으며, 자식이 있다 하여 기뻐하지 말고 자식이 없다 하여 탄식하지 말라는 요지로 말해주었다. 거북이 천제의 말을 듣고는 맹교의 꿈에 검은 의관(衣冠)의 사자 모습으로 나타나 그 말을 전해주니, 맹교가 슬픔을 거두고 기뻐하였다.

224 곰 꿈 : 아들을 낳는 태몽을 뜻한다. 《시경》〈소아 사간(斯干)〉에 "태인이 꿈을 풀이하니, 곰과 큰곰이 꿈에 나타나면 아들을 낳을 조짐이고, 뱀이 꿈에 나타나면 딸을 낳을 조짐이네.[大人占之, 維熊維羆, 男子之祥, 有虺有蛇, 女子之祥.]"라고 하였다.

산금헌에서 마음 가는 대로 짓다[225]
散襟軒漫題

세상일 근심하며 곡하니 　　　　　　　　　愁哭實中事
맑았다 흐렸다 하는 성곽 밖 산이로다[226] 　　陰晴郭外山
날이 얼마 지나지 않아 　　　　　　　　　　經過未有日
홀연 그사이에 땅을 파고 집을 올렸네 　　　疏鑿忽其間
바위에는 모두 농사에 관한 말 새겼고 　　　石面皆農語
못가에는 또 낚시하는 물굽이 있도다 　　　池頭又釣灣
바람 부는 집에 올라 누워보니 　　　　　　風軒登卽臥
참으로 회포와 얼굴 풀 만하여라[227] 　　　眞可散襟顔

---

225 산금헌에서……짓다 : 산금헌은 삼연의 동생 김창업(金昌業)이 살던 석교(石郊)에 있던 건물이다. 노가재(老稼齋) 동쪽에 있었다. 《檜巢集 卷2 散襟軒》

226 세상일……산이로다 : 이 구절은 시의 문맥상 삼연 자신에 대한 것이라기보다 김창업에 대한 것일 듯하다. 김창업은 부친이 사사된 후 슬피 통곡하며 세상일을 멀리하고 석교의 노가재에 은거하면서 산발한 채로 지내며 농사와 원예에 힘을 쏟았다. 《渼湖集 卷19 從祖老稼齋公行狀》

227 참으로……만하여라 : 도잠(陶潛)의 〈경술년 9월에 서쪽 논에서 이른 벼를 수확하다[庚戌歲九月中於西田穫早稻]〉 시에 "씻고 처마 아래에서 쉬면서 술 마시며 회포 풀고 얼굴 펴네.[盥濯息簷下, 斗酒散襟顔.]"라고 하였다. 《陶淵明集 卷3》

저녁 경치
暮景

송교는 차츰 어둑해지고 　　　　　　漸次松橋黑

못은 짙은 안개에 휩싸였네 　　　　　陂塘暝靄中

연꽃 향은 가까워졌다 멀어졌다 　　　荷香猶近遠

물고기는 여기저기에서 팔딱팔딱 　　魚擲定西東

막 이슬에 젖은 채마밭 거닐고 　　　步圃初滋露

바람 잠깐 부는 난간에 기대노라 　　憑軒暫至風

찌는 무더위 도성에 가득한데 　　　　炎蒸滿城闕

이곳에 와서 싹 사라졌어라 　　　　　看到此間空

윤달경에 대한 만사[228] 윤달경은 윤세헌이다

尹達卿 世憲 挽

그대 세상 떠나고 퇴락한 집만 남았는데	死去惟頹屋
관 어루만지며 조문하러 오는 이 드물다	人來撫柩稀
맛난 생강이 어찌 여각이 되었는가[229]	薑滋豈餘閣
눈물 자국은 아직도 상복에 남았어라	淚染尙縗衣
상복 입던 자리에는 어린 자식 울고 있고	服位兒啼弱
책 읽던 헌함에는 혼불 날아다니네	書軒鬼燐飛

---

228 윤달경에 대한 만사 : 윤세헌(尹世憲)의 자세한 행력은 미상이다. 삼연의 딸이 윤세량(尹世亮)과 혼인하였는데, 윤세량의 형이 바로 윤세헌이다. 《萬家譜》

229 맛난……되었는가 : 윤세헌이 거상(居喪) 중에 세상을 떠나 거상 때 먹던 음식을 윤세헌의 제전(祭奠)으로 올리게 되었다는 말이다. 윤세헌의 부친인 윤평(尹坪)은 두 해 전인 1698년(숙종24)에 세상을 떠났다. 본집 권6에 〈윤 첨정에 대한 만사〉가 있다. 생강은 거상 중에 병이 났을 때 먹는 음식이다. 《예기》〈단궁 상(檀弓上)〉에 "증자가 이르기를 '거상 중에 병이 나면 고기를 먹고 술을 마시되 반드시 초목의 맛난 것을 곁들여야 한다.'라고 하였으니, 그것은 생강과 계피를 말한 것이다.〔曾子曰, 喪有疾, 食肉飮酒, 必有草木之滋焉, 以爲薑桂之謂也.〕"라고 하였다. 여각(餘閣)은 찬장에 남아 있는 음식이라는 뜻으로, 사람이 막 죽어 경황이 없어 새로 음식을 장만하지 못하고 우선 급하게 올리는 음식을 말한다. 《예기》〈단궁 상〉에 "사람이 막 죽었을 때 올리는 전물(奠物)은 찬장에 남아 있는 음식을 올리면 될 것이다.〔始死之奠, 其餘閣也歟.〕"라고 하였는데, 그 주에 "각(閣)이란 음식물을 놓아두는 찬장으로, 살았을 때 찬장 위에 남겨 두었던 포(脯), 해(醢)로 제전을 올린다는 것이다."라고 하였다.

백문[230]으로 상여가 나가니   白門旌翣出

과부는 이제 의지할 곳 없겠구나   孀女始無依

---

[230] 백문(白門) : 서남방은 금기(金氣)이고 금기의 색은 백색이므로 도성의 서남방에 있는 문을 가리킨다.

이덕재의 부인에 대한 만사[231] 이덕재는 이의현이다

李德哉 宜顯 內室挽

옛사람이 청복을 꼽을 적에	古人選淸福
훌륭한 자식과 며느리 꼽더니	佳兒與佳婦
상공[232]에게는 이러한 자식과 며느리 있어	相公則有之
그 즐거움 세상에 짝할 바 없었어라	其樂世無偶
두 마리 아름다운 봉황새 화락하게 울며	和鳴雙彩鳳
화순하게 머리 숙이고	婉婉以低首
곱고 빼어난 옥가락지 옥귀고리	瑤環更娟秀
슬하에서 함께 웃었도다[233]	供笑膝左右
옥같이 정결한 마음으로 동온하정(冬溫夏淸)[234] 살피고	溫淸映玉心

---

231 이덕재의 부인에 대한 만사 : 이의현(李宜顯, 1669~1745)은 본관은 용인(龍仁), 자는 덕재(德哉), 호는 도곡(陶谷), 시호는 문간(文簡)으로 삼연의 문인이다. 이의현의 부인은 첫 번째 부인인 함종 어씨(咸從魚氏, 1667~1700)로, 강원도 관찰사를 지낸 어진익(魚震翼)의 딸이다. 이 만사는 대체로 시아버지인 이세백(李世白, 1635~1703)의 입장에서 서술한 것이다.

232 상공(相公) : 이의현의 부친으로 좌의정을 지낸 이세백이다.

233 두……웃었도다 : 봉황새는 이의현 부부를 비유한 것이고, 옥가락지와 옥귀고리는 이의현 부부의 자식들을 비유한 것이다. 곧 아들 내외와 손자들이 이세백의 슬하에서 즐겁게 지냈다는 말이다. 한유(韓愈)의 〈전중소감마군묘명(殿中少監馬君墓銘)〉에 "어린 아들은 아름답고 예쁘며 조용하고 빼어나서 옥가락지나 옥귀고리 같고 난초의 싹이 돋아난 것과 같으니, 그 집안의 아들에 걸맞았다.〔幼子娟好靜秀, 瑤環瑜珥, 蘭苕其芽, 稱其家兒也.〕"라고 하였다. 《韓昌黎文集注釋 卷7》

234 동온하정(冬溫夏淸) : 자식이 부모를 정성껏 모시는 것을 말한다. 《예기》〈곡례

이십 년 오랜 세월 한결같은 자세로 임하니	秉一廿年久
깊은 성심은 창야235에서 드러나고	深誠見唱喏
늘그막에 수수의 봉양236 받기 기다렸네	晚頤待瀡瀡
정은 배 속에서 낳은 친자식 같았고	情如腹裏屬
은혜는 눈앞에서 두텁게 주었거늘	恩仍目前厚
어찌 알았으랴 순식간에	何知一息間
옥벽이 산산이 부서져 손바닥 뒤쳐 흩어질 줄	璧碎在翻手
박한 명을 어이하랴	命脆可奈何
이지러진 복이 다시 완전해질 수 있겠는가	福缺更完否
높고 높은 황각237의 존귀한 몸	巍巍黃閣尊
부귀를 내 가졌어라	富貴吾所有
어이하면 이 재물 팔아다	何由賣此物

상(曲禮上)〉의 "겨울에는 따뜻하게 해 드리고 여름에는 시원하게 해 드려야 하며, 저녁에는 잠자리를 보살펴 드리고 아침에는 문안 인사를 올려야 한다.〔冬溫而夏凊, 昏定而晨省.〕"라는 말에서 나온 것이다.

235 창야(唱喏) : 남자가 손으로 읍을 하는 동시에 입으로 소리를 내어 공경을 표하는 것으로, 자식이 새벽에 부모를 문안함을 뜻한다. 《가례(家禮)》 권1 〈통례(通禮) 사마씨거가잡의(司馬氏居家雜儀)〉에 "이른 새벽에 부모나 시부모의 처소를 찾아가 살피고 문안한다.〔昧爽, 適父母舅姑之所省問.〕"라고 하였는데, 그 주석에 "장부는 창야하고 부인은 만복을 받으시라고 말한다.〔丈夫唱喏, 婦人道萬福.〕"라고 하였다.

236 수수의 봉양 : 수수는 녹말을 음식물에 섞어 부드럽고 걸쭉하게 만든 음식으로, 부모에게 맛있는 음식을 봉양한다는 뜻이다. 《예기》 〈내칙(內則)〉에 "쌀뜨물로 부드럽게 하고 기름기로 기름지게 하여, 부모나 시부모님이 맛보신 뒤에 물러난다.〔瀡瀡以滑之, 脂膏以膏之, 父母舅姑, 必嘗之而後, 退.〕"라고 하였다.

237 황각(黃閣) : 정승이 집무하는 청사를 말한다. 한나라 때 승상의 청사 문을 황색으로 칠하여 궁궐과 구분했던 것에서 유래되었다.

너에게 몇 년 수명 사줄 수 있을까	贖爾數年壽
너와 함께 옛 거처로 돌아가	携持返舊棲
기꺼이 낚시하는 한 늙은이 되었나니[238]	甘作一釣叟
이에 험난함을 만난 날[239]에	因思遇坎日
곤궁함을 기쁘게 서로 지키리라 생각하였지	窮約喜相守
앵두는 작은 정원에 붉고	櫻桃小園紅
호수 빛깔은 우물과 절구 갖춘 촌사에 담박하게 펼쳐지니	
	湖色澹井臼
생선국을 옥 같은 손으로 끓이고	魚羹玉手調
줄풀쌀을 하얗게 가루 내어 반죽했네	菰米雪粉溲
충심으로 봉양함이 진실로 사람 감동시켜	忠養良感人
아름다운 이름 촌 노파의 입에 퍼져나갔는데	美播村婆口
눈앞에 벌어지는 일 쓸쓸하기만 하니[240]	卽事便落索
가슴 아프고 목메는 일이 조만간 있게 되었도다	酸噎在卯酉
밥상 내오는 일 차츰 늦어지고	傳餐稍落晚

---

238 너와……되었나니 : 이세백은 1689년(숙종15) 도승지가 되었을 때 송시열(宋時烈)을 유배하라는 왕명을 받들지 않아 파직된 후 고양(高陽)의 촌사(村舍)로 돌아갔다가 이듬해 2월 광주(廣州) 저도촌(楮島村)으로 이사하여 물고기를 잡고 낚시하면서 1694년(숙종20) 갑술환국(甲戌換局) 전까지 은거하였다. 《雲沙集 附錄 卷1 年譜》

239 험난함을 만난 날 : 험난한 정국을 만났다는 말이다. 《한서(漢書)》 권48 〈가의전(賈誼傳)〉에 "흐름을 타면 그대로 가고, 험난한 곳을 만나면 멈춰 선다.〔乘流則逝, 遇坎則止.〕"라고 하였다.

240 눈앞에……하니 : 함종 어씨는 평소부터 건강이 좋지 않아 자주 병을 앓았는데 연이은 출산과 자식들의 요절로 비통함이 쌓여 더욱 쇠약해져 마침내 병으로 사망하였다. 《陶谷集 卷24 亡室贈貞敬夫人魚氏行狀》

조복에는 때가 쌓이려 하니   朝衣欲滋垢

갖가지 자잘한 집안일들을   種種囊篋細

장차 누구에게 물어야 하나   其將問誰某

비녀와 귀고리에 남은 자취 사라져가고   簪珥曖餘景

내당(內堂)은 마침내 텅 빈 창만 남으니   下室竟虛牖

어린 손자들 오랫동안 안기지 못해   孩孫久忘抱

어미 찾는 소리 차마 듣지 못하겠어라   未忍聞索母

조재241가 닥치는 줄도 몰랐는데   不知祖載迫

금세 세유242 두르고 내달리니   旋繞繐帷走

갈기갈기 마치 칼날에 베인 듯   萬端若刀觸

한 번의 애통함에 바로 뼈가 썩는구나   一痛定骨朽

평소 마련해둔 복진당   平生復眞堂

도장하니 아아 북쪽 언덕이로다243   倒葬嗟北皐

묘혈에 나아가보지 못하겠으니   臨穴又未克

어질고 효성스러운 네가 어찌 나를 저버렸느냐   仁孝豈余負

---

241 조재(祖載) : 장지(葬地)로 출발하기 전에 영구(靈柩)를 수레 위에 싣고 제전(祭
奠)을 올리는 것을 말한다.

242 세유(繐帷) : 영구(靈柩) 앞에 치는 휘장이다.

243 평소⋯⋯언덕이로다 : 복진당(復眞堂)은 살아생전에 미리 마련해두는 무덤인 수
장(壽藏)을 가리킨다. 당(唐)나라 때 요욱(姚勖)이 손수 수장을 만안산(萬安山)에 만
들어놓고 광중은 적거혈(寂居穴)이라 하고 봉분은 복진당이라 한 데서 유래하였다.
《新唐書 卷124 姚勖傳》도장(倒葬)은 조상의 묘 윗자리에 자손의 묘를 쓰는 것을 뜻한
다. 이는 대체로 꺼리는 일이므로 실제 며느리를 도장했다기보다 이세백이 생전에 자신
이 묻히기 위해 마련한 수장에 며느리를 장사 지냈다는 말인 듯하다.

부질없이 우사의 그림²⁴⁴을 어루만지노니   空撫雩沙圖

홀로 누워 만가를 부른 뒤로다   獨臥薤歌後

---

244 우사의 그림 : 이세백은 저도촌에 머물 때 거처하던 곳의 이름을 우사정사(雩沙精 舍)라 짓고 자호(自號)하였다. 《雩沙集 附錄 卷1 年譜》 아마도 저도의 우사정사를 그려 둔 그림을 보면서 옛날 며느리와 함께 지내던 때를 회상했다는 말인 듯하다.

중원날 종형인 담양 부사 댁에 모였는데 춘행의 혼례를 치른
뒤 술과 음식을 차린 자리였고 종형이 바야흐로 임소로
돌아가야 했으므로 전별 자리이기도 했다. 술자리에서
시령(詩令)을 행하면서 '추' 자 운을 얻었다 종형은 김성최이다

中元日 會于宗兄 盛最 潭府伯宅中 有酒食 云是春行嘉禮之餘 而兄方還
官 又是餞席也 酒所行令 得秋字

제1수

새끼 양과 기러기 놓인 자리에 여존이 가득하니[245]	羔鴈餘尊溢
맛 좋은 물고기는 강화도[246]에서 나온 것이구나	嘉魚出沁州
손님을 맞이하는 삼대[247] 단정하고	迎賓儼三世
제비 늙어가는 새 가을이로다[248]	燕老屬新秋
형제들은 모여서 기쁨 다 쏟아내고	棣萼傾懽盡
오동나무는 절기에 빠르게 반응한다[249]	梧桐感序遒

---

245 새끼……가득하니 : 김춘행(金春行)의 혼례연에 종족의 어른들이 많이 모였다는
말이다. 새끼 양과 기러기는 모두 혼례 때 예물로 사용하던 것이다. 여존(餘尊)은 직계
친족 이외의 존장을 말한다.

246 강화도 : 특별히 강화도를 언급한 것은, 당시 삼연의 맏형인 김창집(金昌集)이
강화 유수(江華留守)로 있었고, 이해 강화도에서 부친 김수항(金壽恒)의 문집을 간행
하기도 했던 것과 연관이 있을 듯하다.

247 삼대 : 김성최와 아들 김시좌(金時佐), 손자 김춘행을 가리킨 것이다.

248 제비……가을이로다 : 제비는 봄에 왔다가 가을에 떠나는 철새이므로 가을이 온
것을 두고 제비가 늙었다고 표현한 것이다.

249 오동나무는……반응한다 : 입추(立秋)가 되었다는 말이다. 입추가 되면 오동나

어릴 적 모습대로 시 담론하노라니 　　譚詩少時態

머리가 눈처럼 하얗게 센 것도 이내 잊어버리네 　　便忘雪盈頭

제2수 其二

화수의 모임[250] 자주 가지니 　　花樹頻爲會

지난날과는 상전벽해처럼 바뀌었어라 　　滄桑以往前

모진 몸 아직도 살아남았으니 　　頑軀猶見在

술잔 잡은 오늘이 어떤 해인가 　　把酒此何年

눈앞의 아이 장대하니 　　目下兒童大

술잔 속에 흐느낀 눈물 진다 　　杯心感淚懸

더디고 더디게 가는 다섯 마리 말[251] 　　遲遲五馬役

권태로이 남쪽 하늘 향하겠네 　　倦矣向南天

제3수 其三

풍만하고 무소뿔같이 빼어나며[252] 　　豐盈犀角秀

문채 나는 봉황 깃털처럼 기이하구나 　　文彩鳳毛奇

무의 잎새가 가장 먼저 떨어지므로 "오동의 잎새가 하나 떨어지면, 천하 사람이 다
가을임을 안다.〔梧桐一葉落, 天下盡知秋.〕"라는 말이 있었다.《詩傳名物集覽 卷12 梧
桐生矣》

250 화수의 모임 : 257쪽 주5 참조.

251 다섯 마리 말 : 한(漢)나라 때 태수(太守)가 다섯 필의 말이 끄는 수레를 타고
부임하였던 데에서 유래하여 지방 수령을 뜻한다.

252 풍만하고 무소뿔같이 빼어나며 : 풍만은 아래턱이 풍만한 모습이고, 무소뿔은 이
마가 튀어나온 모습이다. 모두 현명한 사람의 모습이다.《國語 鄭語》

너희들이 모두 이와 같으니	爾輩摠如許
우리 종족 쇠하지 않으리로다	吾宗其不衰
돈후하고 화목한 의리 가장 우선시하고	最先敦睦義
짧고 긴 시 짓는 것 여사로 해야지	餘事短長詩
주미는 왕가의 물건이니	塵尾王家物
내가 태워 없애리라[253]	吾將燒去之

---

253 주미(塵尾)는……없애리라 : 주미는 사슴 꼬리로 만든 먼지떨이로, 진(晉)나라 때 노장(老莊)의 청담(淸談)을 하던 사람들이 지니던 물건이다. 대표적으로 진나라 때 왕연(王衍)이 옥 손잡이가 달린 주미를 항상 손에 들고 청담을 펼쳤다. 《世說新語 容止》 본집 습유 권8의 〈장 자 운을 얻어 신겸(信謙) 조카에게 보이다〔得長字示信姪〕〉 에서 삼연이 고요히 서책을 탐구하면서 이치와 의리를 탐구할 것을 권하며 "응당 옥 손잡이 주미는 던져버려야 하고, 자라낭을 어찌 아끼랴.〔應抛玉塵尾, 肯愛紫羅囊?〕"라 고 하였는데, 본 구절의 뜻 역시 이와 동일할 듯하다. 곧 쓸데없는 현학(玄學)을 일삼지 말고 실제적인 공부에 집중하라는 말이다. 자라낭은 자색의 비단 향낭(香囊)으로, 마음 을 빼앗는 노리개를 뜻한다.

질녀 오씨 부인을 곡하다[254]

哭姪女吳氏婦

제1수

아스라한 백운산	迢迢白雲山
맑고 맑은 구름이 골짝에 있네[255]	澹澹雲在谷
찬란하고 빼어난 기운이 구슬 같은 이슬방울로 변해	光英化珠露
저 바위 못에 푸른 물결로 일렁이도다	漾彼石潭綠
우리 형이 은거하여 뜻 구하던 곳[256]	吾兄隱求所
맑은 놀이 서재를 적셨어라	晴靄潤書屋
소나무 창가에서 문득 불 켜고 보니	松牕忽取火
땅에 뉘인 딸이 옥과 같았지	寢地女如玉
참으로 빛나는 영기 타고나	信是炳靈來
미간에 맑고 아름다운 기운 맺혀 있었네	眉間結清淑

---

254 질녀……곡하다 : 질녀 오씨 부인(1679~1700)은 오진주(吳晉周)에게 시집갔던 김창협(金昌協)의 딸로, 이름은 운(雲)이고 자는 여덕(女德)이다. 《農巖集 卷27 亡女 吳氏婦墓誌銘》

255 아스라한……있네 : 이때의 구름은 실제 구름과 질녀를 중의적으로 나타내고 있다. 김창협은 부친 김수항(金壽恒)이 유배 중인 상황에서 영평(永平)의 백운산에 물러나 은거하던 중 딸을 낳고 당시의 뜻을 부쳐 이름을 '운(雲)'이라고 지었다. 《農巖集 卷27 亡女吳氏婦墓誌銘》

256 우리……곳 : 김창협이 영평 백운산에 머물던 집의 이름이 은구암(隱求菴)이다. 이는 《논어》〈계씨(季氏)〉에 "은거하여 자신이 뜻한 바를 찾는다.〔隱居以求其志〕"라고 한 구절의 뜻을 가져온 것이다.

하늘에서 아름다운 이름 내려주셨으니[257]   自天錫嘉名

네가 맑은 복 누리길 기원했도다   祈汝仍淸福

나는 태화의 지팡이[258] 짚고서   吾拄太華策

당에 이르러 기쁘게 눈 씻고 보았지   及堂欣拭目

기특하게 사랑하던 것이 일찍부터 이 아이였는데   奇愛夙自玆

갑자기 바람 앞의 등불처럼 사그라짐을 보는구나   奄見滅風燭

지난 이십 년 세월 떠올리며   原反二十秋

백운을 돌아보면서 곡하노라   回望白雲哭

제2수 其二

전대에는 두원개[259] 있고   前有杜元凱

257 하늘에서……내려주셨으니 : 김창협이 하늘에 있는 구름에서 딸의 이름을 따왔
다는 말이다. 《초사(楚辭)》〈이소(離騷)〉에 "황고께서 나의 출생한 때를 관찰하여 헤
아리셔서 비로소 내게 아름다운 이름을 내리셨다.〔皇覽揆余于初度兮, 肇錫余以嘉名.〕"
라고 한 구절의 말을 사용한 것이다.

258 태화(太華)의 지팡이 : 태화는 질녀가 태어날 당시 삼연이 머물던 철원 용화산(龍
華山)을 가리킨다. 삼연은 당시 7월부터 용화산의 삼부연(三釜淵)에 복거(卜居)하고
있었으며 질녀는 12월에 태어났다. 삼연이 용화산을 태화산이라고 칭한 것은 본집 습유
권1의 〈관폭(觀瀑)〉에 "태화의 삼연에 용이 예부터 서리니〔太華三淵龍舊盤〕"라고 한
것 및 당시 머물던 곳의 경치를 습유 권1에서 〈태화오곡영(太華五曲詠)〉으로 읊은
것에서 확인할 수 있다.

259 두원개(杜元凱) : 진(晉)나라 두예(杜預, 222~284)로, 자가 원개이다. 박학달
통(博學達通)하였으며 특히 《춘추좌씨전(春秋左氏傳)》을 몹시 즐겨 스스로 '좌전벽
(左傳癖)'이 있다고 하였다. 저서에 《좌씨경전집해(左氏經傳集解)》, 《석례(釋例)》,
《춘추장력(春秋長曆)》 등이 있다. 학문에 탐닉하는 모습을 들어 김창협을 비유한
것이다.

후대에는 우리 둘째 형님 있으니 　　　　　　　　後有我仲氏

삼분오전(三墳五典)²⁶⁰에 홀로 탐닉해 　　　　　墳典獨成癖

천고에 게으른 선비²⁶¹ 되기 충분했네 　　　　千古足懶士

백 명의 아들이 어찌 감당하랴 　　　　　　　百男豈承當

한 명의 딸이 뜻밖에도 형님 닮으니 　　　　一女偶肖似

침잠하여 마음으로 전해 받음에 　　　　　　沉潛以心傳

분명히 깨달아 기쁘게 마음에 새기고 들었어라²⁶² 　朗悟悅心耳

여인의 단장 문득 버린 듯하였고 　　　　　鉛華忽若遺

맛있는 음식도 입에 달지 않았으니 　　　　芻豢乃非旨

방대한 옛 역사의 숨은 사실 찾아내고 　　起伏鬱古史

착종된 명리의 막힌 구멍 뚫었도다 　　　穿穴綜名理

부지런히 그 안으로 들어가 　　　　　　　亹亹入其中

260 삼분오전(三墳五典) : 삼분은 삼황(三皇)의 책이고, 오전은 오제(五帝)의 책이다. 흔히 옛 전적을 의미하는 말로 쓰인다.

261 게으른 선비 : 여기에서는 실제로 학문에 게으른 선비라기보다 외부적인 활동이나 출사(出仕) 없이 방 안에 틀어박혀서 책장만 넘기며 글만 읽고 있다는 의미로 쓰인 듯하다.

262 백……들었어라 : 오씨 부인은 어릴 때부터 재능이 있어 11세에 이미 문리(文理)가 나 《통감강목(通鑑綱目)》을 막힘없이 읽었고 날마다 문을 닫고 독서하면서 침식을 잊을 정도였으므로, 김창협이 기특해하면서 글 배우는 것을 금하지 않고 직접 《논어》와 《서경》을 가르쳐주었다. 또 김창협의 아들 김숭겸(金崇謙)이 아직 어린 나이였으므로 김창협은 자신의 딸과 고금의 치란(治亂)과 성현(聖賢)의 언행을 함께 논하면서 낙으로 삼았고, 딸이 시집간 후에 김숭겸이 장성하여 다른 학도들까지 와서 함께 김창협과 강론하며 즐거운 시간을 보냈음에도 언제나 집안에 들어와서는 딸이 없는 상황을 서글퍼했다. 《農巖集 卷27 亡女吳氏婦墓誌銘》

부모 자식 간의 형체도 잊었더니[263]	忘形乃父子
백 년 인생 강론을 마치지 못했거늘	百年未了講
너를 불러도 일어나지 않는구나	喚汝今不起
외로이 책장 덮으니	兀兀掩黃卷
다시는 지음(知音)이 없으리로다	無復賞音矣

제3수 其三

남자 되지 못한 것 부모가 한스러워하니	爺孃恨不男
네 바람도 어찌 그렇지 않을쏘냐	爾願寧不然
남자 되었더라면 무엇을 즐겼을까	爲男亦奚樂
비범한 뜻을 내 어여삐 여기노라[264]	奇志竊自憐
높고 높은 종과 솥의 존귀함[265]	巍巍鐘鼎尊
손 휘저으며 뜬구름처럼 여기고	揮手等浮煙
산속에 흰 띠집 짓고서	山居白茅室
수많은 도서 끼고 살고자 했네	萬軸擁簡編

---

263 부모……잊었더니 : 김창협과 오씨 부인이 부모 자식이라는 관계를 뛰어넘어 동학(同學)처럼 학문을 강론했다는 말이다. 형체를 잊는다는 것은 외형적인 예법이나 나이 등의 관계를 잊는다는 말이다. 《장자(莊子)》〈양왕(讓王)〉에 "뜻을 기르는 자는 형체를 잊는다.〔養志者忘形〕"라고 한 데서 온 말이다.

264 남자……여기노라 : 오씨 부인은 생전에 형제들에게 "내가 남자가 되었더라면 다른 소원은 없고 오직 깊은 산중에 집을 짓고 수백 수천 권의 책을 쌓아 두고는 그 속에서 초연히 늙고 싶다."라고 하였다. 《農巖集 卷27 亡女吳氏婦墓誌銘》

265 종과 솥의 존귀함 : 종과 솥은 국가에 큰 공을 세우면 그 공적을 새겨 후세에 전하던 물건이다. 여기에서는 출사하여 공훈을 세워 존귀한 지위에 오른다는 뜻으로 쓰였다.

구름 바라보며 길게 휘파람 불면서	望雲以長嘯
이처럼 세상 인연 떨쳐버리려 했거늘	如是遣世緣
서글피 부러워해도 끝내 어이하랴	慨羨竟無那
비녀 귀고리 찬 여인 몸으로 태어난 것을	身爲簪珥纏
금잉어가 질동이에 갇혔어도	金鯉落瓦盆
깊은 못 잊는 날 없나니	何日忘深淵
농암 옛 거처 돌아보면서	眷言農巖棲
부질없이 색동옷 입고 춤추고 싶어 했어라[266]	虛擬舞彩旋
청령뢰 뒤에 있고	淸泠瀨在後
명월기 앞에 있으니[267]	明月磯在前
아리따운 웃음과 패옥 소리	巧笑與珮玉
혼령이 비로소 너울너울 날아가도다	魂往始翩翩

제4수 其四

나는 사동산이	吾慙謝東山
도온을 얻은 것에 부끄러웠는데[268]	得有道韞焉

---

266 색동옷……했어라 : 부모에게 효도함을 뜻하는 말로 자주 쓰인다. 춘추 시대 초
(楚)나라 은사(隱士)인 노래자(老萊子)는 효성으로 어버이를 섬기어, 일흔 살의 나이
에도 색동옷을 입고 어린아이의 놀이를 하여 어버이를 기쁘게 한 고사에서 유래하였다.
《初學記 卷17 孝子傳》여기에서는 부친과 함께 학문을 강론하며 지내던 날들을 그리워
하는 의미까지 포함되었다.

267 청령뢰……있으니 : 청령뢰와 명월기는 모두 영평 백운산의 김창협의 거처에 있
는 지명이다.

268 나는……부끄러웠는데 : 진(晉)나라 때 사안(謝安)은 재능 있는 질녀 사도온(謝

아름다워라 너의 임하의 풍기[269]	佳爾林下風
훌쩍 지란(芝蘭)과 옥수(玉樹) 넘어섰어라[270]	夐出蘭玉前
다만 집안에 우환 있던 까닭에	直以憂患故
평소 단란하게 모인 적 드물었는데	尋常罕團圓
삼주[271]에서 우연히 해후하여	三洲偶邂逅
안채에서 모일 제 눈이 하늘에 가득하니	內集雪滿天
어지러이 날리는 눈발은 바람결의 버들개지 같고[272]	飄蕭風絮亂

道韞)이 있었는데, 오씨 부인이 태어나기 전까지 자신에게는 그런 질녀가 없어 사안에게 부끄러웠다는 말이다. 사안은 일찍이 동산(東山)에 은거한 적이 있으므로 사동산이라고도 불렀다. 사도온은 총명하고 글재주가 있었다. 《晉書 卷96 列女傳 王凝之妻謝氏》 《世說新語 言語》

269 임하(林下)의 풍기 : 임하는 그윽하고 고요한 곳을 가리키는 말로, 한아(閑雅)하고 기품 있는 여인의 모습을 비유할 때도 쓰이며 특히 사도온에게 이런 평가가 있었다. 사도온을 어떤 이가 평하기를 "정신이 초일하고 명랑하여 임하의 풍기가 있다.〔神情散朗, 故有林下風氣.〕"라고 하였다. 《晉書 卷96 列女傳 王凝之妻謝氏》

270 훌쩍……넘어섰어라 : 지란과 옥수는 훌륭한 자제를 가리킨다. 사안이 자제들에게 어떤 자제가 되겠느냐고 묻자, 그의 조카 사현(謝玄)이 대답하기를 "비유하자면 지란과 옥수가 뜰 안에 자라게 하고 싶습니다.〔譬如芝蘭玉樹, 欲使其生於階庭耳.〕"라고 한 말에서 유래하였다. 《世說新語 言語》 여기에서는 특히 아들보다 더 훌륭한 재능을 지닌 딸로서의 의미가 있다.

271 삼주(三洲) : 미호(渼湖)의 석실서원(石室書院) 부근을 가리킨다.

272 안채에서……같고 : 이 구절은 사도온의 고사를 연상시키는 구절이다. 《세설신어(世說新語)》〈언어(言語)〉에 "사태부(사안)가 찬 눈이 내리는 날 가족들과 안채에 모여 있을 때 아녀들과 문의를 강론했다. 이윽고 눈발이 쏟아지자, 공이 기뻐하며 '흰 눈이 어지러이 날리는 모양이 무엇과 같으냐?'라고 물으니, 조카 호아가 '공중에 소금을 뿌리는 것과 비슷합니다.'라고 했다. 질녀 사도온이 '버들솜이 바람에 날린다는 표현만 못합니다.'라고 하니, 공이 크게 기뻐했다.〔謝太傅寒雪日內集, 與兒女講論文義, 俄而

아득히 옥 나무[273] 연이어졌지	泱漭瓊樹連
언사(言辭)에 기탁한 뜻 청신하며 아름다웠고	辭寄見淸婉
심사는 우리 둘 다 쓸쓸했으니	襟情兩蕭然
역사 담론할 제 밤은 깊어만 가고	譚史夜轉深
매화 가지 끝에 달이 걸렸지	梅梢月又懸
지금까지도 그날 밤 소중하기만 한데	到今惜斯夜
아아 세월은 흐르는 물처럼 훌쩍 흐르니	嗚呼遽逝川
바람 부는 여울 어찌 쉼이 있으랴	風灘豈有歇
매화와 달은 해마다 피고 뜨누나	梅月自年年

제5수 其五

오랑은 성품 진솔하여	吳郞性眞率
신중하고 묵묵하게 몸가짐 가졌네	沉默也自持
방 안에서 유란조[274] 연주하더니	房中幽蘭操
아름다운 소리 적막하게 그쳤어라	愔愔閟玉徽
어찌 쇠를 자를 이들 없으랴만	豈無斷金輩
엿봄을 허락한 적 없도다[275]	曾未許相窺

雪驟, 公欣然曰: "白雪紛紛何所似?" 兄子胡兒曰: "撒鹽空中皆可擬." 兄女曰: "未若柳絮因風起." 公大笑樂.]라고 하였다.

273 옥 나무 : 눈 덮인 나무를 형용한 말이다. 남조(南朝) 송(宋)나라 사혜련(謝惠連)의 〈설부(雪賦)〉에서 눈이 하얗게 덮인 풍경을 형용하여 "뜰에는 옥섬돌이 늘어섰고 숲에는 옥 나무가 솟았다.〔庭列瑤階, 林挺瓊樹.〕"라고 하였다. 《文選 卷7》

274 유란조(幽蘭操) : 의란조(猗蘭操)와 같은 말이다. 358쪽 주203 참조.

275 어찌……없도다 : 쇠를 자를 이는 의기투합한 벗을 가리키는 말이다. 《주역》〈계

동이 두드림에 대한 설은 애초 있었거니와	鼓盆始有說
내 지금 마음으로 서로 허여한 사람 잃었구나[276]	吾今喪心期
평소 진실한 맹세 있었고	平生信誓在
금옥과도 같은 훌륭한 규계 받았네	金玉荷良規
불후의 사업 간절하게 권했고	丁寧不朽業
함께 은거하는 시 읊었어라[277]	詠歎偕隱詩
네 마리 말 이끄는 수레 내달리는 근심 컸고[278]	憂大駟馬馳

사전 상(繫辭傳上)〉에 "두 사람이 마음을 함께하면 그 예리함이 쇠를 자를 만하고, 마음을 함께한 말은 그 향기가 난초와 같다.〔二人同心, 其利斷金, 同心之言, 其臭如蘭.〕"라고 하였다. 이 구절은 오진주와 절친한 벗들의 관계조차도 오씨 부부 사이의 친밀함에는 비할 수 없었다는 말이다.

276 동이……잃었구나 : 동이를 두드린다는 것은 아내를 잃었다는 말이다. 장주(莊周)가 상처(喪妻)했을 때 친구 혜자(惠子)가 조문하러 가니, 장주가 곡하는 대신 두 다리를 뻗고 동이를 두드리면서 노래하고 있었다. 혜자가 너무하는 것이 아니냐고 따지자, 장주는 삶과 죽음이란 춘하추동의 사계절이 운행하는 것과 같은 것으로, 이제 천지 사이의 큰 거실에서 잠자며 안식을 취하고 있을 것이라고 답하였다.《莊子 至樂》이 구절은 아내가 죽음을 맞이한 일은 천지자연의 조화이므로 어쩔 수 없다는 사실을 잘 알고 있지만, 지금 오진주는 단순히 한 사람의 아내를 잃은 것이 아니라 마음으로 서로 허여한 지음(知音)을 잃은 것과 같은 심정이라는 말이다.

277 평소……읊었어라 : 오씨 부인은 생전에 남편 오진주에게 "만일 산중에 들어가서 산다면 저는 밭갈이하는 곳에 밥을 내가고 누에를 치며 당신의 옷과 먹을 것을 대겠습니다."라고 하였고, 늘 남편에게 때맞추어 학문에 힘써서 경술(經術)과 문장으로 입신(立身)하도록 권면하면서 "죽을 때까지 이름이 나지 않는 것을 군자들은 병통으로 여깁니다."라고 하였다.《農巖集 卷27 亡女吳氏婦墓誌銘》

278 네……컸고 : 세상의 부귀영화를 탐하다가 뜻을 잃는 근심이다. 진(秦)나라 말기에 동원공(東園公), 기리계(綺里季), 하황공(夏黃公), 녹리선생(甪里先生) 등 이른바 사호(四皓)가 폭정을 피해 상산(商山)에 들어가서 영지(靈芝)를 캐 먹으며 노래하기를

녹거 타고 전원으로 돌아가는 즐거움 깊었네[279]	樂深鹿車歸
꽃다운 이름은 기남자인가 싶으니	榮名誤奇男
규문 안에서 이와 같을 이 누구런가	閨閤似此誰
쓸쓸히 광릉에서 곡하니	蕭條廣陵哭
거문고 줄 끊어져 긴 슬픔 맺히도다	絃絶結長悲

제6수 其六

이 세상 총총히 왔다 떠나니	忽忽來而去
떠나가서 다시 어디 머무르려나	去矣復何留
쓸쓸히 세상 머물던 날에	蕭然在世日
화장하며 꾸밀 생각 하지 않았지	不爲粧奩謀
실오라기 하나 걸치지 않은 것 같고[280]	一絲如不挂
매미가 높은 숲에서 허물 벗은 듯	蟬蛻高林秋
얽매임 적은지라 기운 맑음을 알겠으니	累輕知氣淸
목숨 짧은 것 진실로 까닭 있도다[281]	數局良有由

"색깔도 찬란한 영지버섯, 배고픔을 충분히 달랠 수 있지. 요순의 시대는 멀기만 하니, 우리는 장차 어디로 돌아갈까. 네 마리 말이 이끄는 드높은 덮개 수레 타는 고관대작들 보게나! 근심이 또 얼마나 많은가. 부귀하면서 사람들을 두려워하기보단, 빈천해도 내 뜻대로 사는 것이 더 낫도다.〔曄曄紫芝, 可以療飢. 唐虞世遠, 吾將何歸? 駟馬高蓋, 其憂甚大! 富貴之畏人, 不如貧賤之肆志.〕"라고 하였다. 《高士傳 卷中》

279 녹거……깊었네 : 360쪽 주209 참조.

280 실오라기……같고 : 선가(禪家)에서 자주 쓰는 말로, '촌사불괘(寸絲不掛)'라고 쓰기도 한다. 이는 실오라기 하나 걸치지 않은 듯 마음이 아무런 속박을 받지 않고 자유자재하다는 말이다. 《雲門廣錄》

281 얽매임……있도다 : 맑은 기운을 받으면 수명이 짧다는 말이다. 송(宋)나라 정호

깊은 마음은 만고에 홀로 드러나고	深心獨萬古
남긴 글의 자취는 거두지 않았도다[282]	竹素迹未收
동관[283]은 맑은 창가에 버려져 있고	彤管委晴牎
붉은 비단[284]은 빈 누각에 걸려 있구나	絳紗懸虛樓
낭랑한 음성 아직 들리는 듯	琅琅尙餘響
반짝이는 눈동자 완연히 보이는 듯	哲哲宛在眸
포대 싸인 어린 자식 눈썹과 눈이 가는데	繃孩細眉目

(程顥)의 아들 정단각(程端愨)은 자질이 영민하고 품성이 뛰어났으나 5세에 죽었는데 정호가 그의 묘지(墓誌)에서 "동정은 음양의 근본인데, 더구나 오행(五行)이 번갈아 운행하면 더욱 들쭉날쭉하여 가지런하지 않다. 생명을 받은 부류는 잡되게 섞인 경우가 많고, 정일한 경우는 간혹 만나는 것이 당연하다. 간혹 만나는 것도 어려우니, 수명이 간혹 길지 못한 것도 당연하다. 우리 아이는 정일한 기운을 받아 수명이 짧은 것인가. 천리가 그러한 것이니, 내가 무슨 말을 하겠는가.〔夫動靜者陰陽之本, 況五氣交運, 則益參差不齊矣. 賦生之類, 宜其雜揉者衆, 而精一者間或値焉. 以其間値之難, 則其數或不能長, 亦宜矣. 吾兒其得氣之精一而數之局者歟? 天理然矣, 吾何言哉?〕"라고 하였다. 《二程文集 卷4 程邵公墓誌》

282 깊은……않았도다 : 사람이 죽어 그 맑고 빛나는 마음은 홀로 드러나고, 사람이 죽어 그 육신과 자취를 모두 거두어 돌아갔으나, 평소 시문 등으로 남긴 글은 남았다는 말이다.

283 동관(彤管) : 옛날 주(周)나라 때 여사(女史)가 쓰던, 자루가 붉은 붓이다. 이것으로 궁중의 정령(政令)이나 후비(后妃)에 관한 일을 기록하였다. 《詩經 邶風 靜女》 여사는 기록과 문서를 맡아보던 여관(女官)이다. 오씨 부인이 옛날 여사와 같은 학식이 있었음을 나타낸 말이다.

284 붉은 비단 : 이 역시 오씨 부인이 학식이 있었음을 나타낸 말이다. 진(晉)나라 위영(韋逞)의 모친 송씨(宋氏)가 아무도 모르는 주관(周官)의 의례(儀禮)에 밝았기 때문에, 나라에서 그의 집에 학당을 세우고 붉은 비단 장막을 치고서 사람들을 가르치게 하였다. 《晉書 卷96 列女傳 韋逞母宋氏》

우는 소리 봉황의 울음 같도다	啼作鳳啾啾
귀하고 소중한 독서의 종자를	珍重讀書種
이 아이에게 맡긴 것 아니겠는가	其尙寄此不

제7수 其七

아 네가 생전에 슬프게 여기던 것	嗟爾所嘗悲
죽은 뒤에도 이름 알려지지 않는 것이었는데	沒世名不聞
규중은 깊숙하기만 하니	閨中亦旣邃
어떻게 아름다운 이름 드날리랴	何以揚厥芬
문장은 크게 명운 주관하는지라	文章大司命
의탁하는 바에 따라 현양과 침체 나뉘니285	所託顯沉分
차라리 부친보다 먼저 죽어	寧先阿爺沒
세상에 드문 문장 얻고저286	以得間世文
이 바람이 실로 기특하였는데	玆願實奇特
이미 이루었으니 다시 무얼 바라랴	已遂復奚云
얼마 안 있어 무덤에 아름다운 비석 세워지니	無何琬琰表

---

285 문장은……나뉘니 : 어떤 문장에 자신의 이름이 실리느냐에 따라 세상에 드러나 알려질 수도 있고, 침체되어 민몰될 수도 있다는 말이다.

286 차라리……얻고저 : 오씨 부인은 생전에 부친 김창협이 일찍 죽은 일가 여인을 위해 묘문(墓文)을 지어준 것을 보고 "이 사람은 우리 부친의 문장을 얻어 그 이름이 길이 전해질 것이니, 죽음이 불행하지 않겠다."라고 하였고, 자신의 남편에게 "나는 여자라 한스럽게도 세상에 드러난 공덕이 없으니, 차라리 일찍 죽어서 우리 아버지의 몇 줄 글을 얻어 비석에 새겼으면 좋겠다."라는 말을 하기도 했다.《農巖集 卷27 亡女吳氏婦墓誌銘》

참으로 혼령을 고무시키겠어라   定有鼓舞魂

내 시는 그저 슬픔 실어 보내는 것일 뿐   吾詩只遣哀

상여와 함께 나부끼도다   旌翣寄飄翻

슬프다 부추 위에 맺힌 이슬[287]이여   哀哉薤上露

떠나가는구나 하늘 위 구름이여   逝矣空中雲

287 부추······이슬 : 365쪽 주219 참조.

사담[288]

沙潭

이군[289]이 도성 있을 때	李君在洛下
사담을 자랑하였지	沙潭入誇談
영롱한 모습을 귀로 가득 들었더니	玲瓏有盈耳
직접 와봄에 마치 다시 찾아온 듯하구나	及來如再探
아름다울사 굶주림 즐기는 곳[290]	美哉樂飢所
밭은 기름지고 샘물은 달아라	田膏又泉甘
못과 대 반쯤 지어졌으니	池臺半規畫
어렴풋이 계곡 동남쪽이로다	隱約澗東南
높은 벼랑 위에 초당을 지으려 했으니	憑虛擬草堂
작은 산의 솔과 녹나무를 마주했네	小山對松楠
샘물 흐르는 나무 홈통 비스듬히 둘러	斜帶刳木泉
물이 곧장 구름 머금은 못으로 떨어지누나	直臨涵雲潭
높은 품격은 용금[291]이 빼어나고	高標湧金秀

---

288 사담(沙潭) : 삼연은 이해 8월에 문경과 속리산을 거쳐 괴산의 화양서원(華陽書院)과 선유동(仙游洞) 계곡을 유람하였다. 《三淵先生年譜》이 시는 이때 지은 것으로 보인다. 사담은 괴산군 청천면 사담리의 속리산 기슭에 있는 계곡 이름이다.

289 이군 : 누구인지 미상이다.

290 굶주림 즐기는 곳 : 안빈낙도(安貧樂道)하면서 은거하는 곳이다. 《시경》〈진풍(陳風) 형문(衡門)〉에 "형문의 아래여, 쉬면서 노닐 만하도다. 샘물이 졸졸 흐름이여, 굶주림을 즐길 만하도다.〔衡門之下, 可以棲遲. 泌之洋洋, 可以樂飢.〕"라고 하였다.

291 용금(湧金) : 이는 금이 솟아나듯 빼어나다는 말인지, 아니면 다음 구절처럼 실제

멀리 보이는 형세에는 공림이 끼여 있다[292]　　　遠勢空林參

지나가는 승려는 푸른 비탈길에서 쉬고　　　　僧過憩翠磴

날아가는 새는 맑은 이내 속으로 들어가네　　　鳥飛入晴嵐

선명한 광채는 위아래로 일렁이고　　　　　　清暉蕩上下

기둥은 쪽빛처럼 푸르구나　　　　　　　　　軒楹碧如藍

오래도록 이 풍광 누리면 그 느낌 어떠한가　　其久如之何

잠시 머무르는데도 흥 이기지 못하거늘　　　　暫住興不堪

저 멀리 나의 오로봉 거처[293]　　　　　　　緬余五老居

농월대[294]에 암자 있도다　　　　　　　　　弄月斯有菴

풍격이 이곳과 대략 동등하니　　　　　　　　標格略相當

이 둘 말고 더 꼽을 곳 없어라　　　　　　　可兩無與三

각기 남쪽과 북쪽 승경 차지하니　　　　　　各擅南北勝

깊이 은거하여 선한 남자 될지로다　　　　　冥棲作善男

다만 걱정은 너무도 기이한 경치 속에　　　　但恐境太奇

사람이 숲에 부끄러움 끼칠까 하는 것이라네[295]　人自貽林慚

고유명사를 가리키는 말인지 확실하지 않아 우선 원문대로 두었다. 참고로 중국 절강성 항주시 성문 옆에 파놓은 인공 연못의 이름이 용금지(湧金池)이다.

292　멀리……있다 : 사담리에 예전부터 공림사(空林寺)가 있었으므로 아마도 공림사를 가리키는 것일 듯하다. 즉 멀리 보이는 풍광에 공림사가 보인다는 뜻일 듯하다.

293　오로봉 거처 : 355쪽 주196 참조.

294　농월대 : 355쪽 주197 참조.

295　사람이……것이라네 : 남제(南齊) 공치규(孔稚圭)의 〈북산이문(北山移文)〉에 "숲은 끝없이 부끄러워하고, 시냇물은 한없이 수치스러워한다.〔林慚無盡, 澗愧不歇.〕"라고 하였다. 본래는 은자(隱者)가 산을 떠나 변절한 것을 자연도 부끄러워한다는 말인데, 여기에서는 아름다운 경치에 사람이 한참 못 미친다는 뜻으로 쓰였다.

공림 골짝 어귀에서 시내를 따라 병천으로 길을 잡다[296]
自空林洞口 沿溪作瓶泉行

짙푸른 속리산 길	蒼蒼俗離道
삼십 년 전 한 번 걷고서[297]	一踐三十年
마음에 항상 잊히지 않아	於心有耿耿
자나 깨나 마음속에 왕래했어라	寤寐往來焉
공림의 쌍수 남쪽[298]	空林雙樹南
이군의 사담 가	李君沙潭邊
오솔길 도착하니 바로 내 걷던 길	蹊徑到卽是
경관 살펴봄에 참으로 황홀하다	撫境實恍然
긴 시내엔 푸른 바위 많고	長溪多碧石

296 공림……잡다 : 공림이 정확히 어디인지는 알 수 없으나, 앞 시 〈사담〉에 공림사(空林寺)가 있는 것으로 볼 때 그 근방의 지명이었던 듯하다. 병천(瓶泉)은 문경시 농암면 내서리 계곡 안의 지명으로 본래 이름은 병천(屛川)이다. 두 산이 병풍처럼 펼쳐져 있고 바위와 시내의 승경이 훌륭하다. 계곡물이 바위 가운데를 통과해 아래의 못으로 흘러드는데 물이 떨어지는 부분에 큰 바위가 덮여 있어 그 모습이 마치 병의 입구와 비슷하므로 송요좌(宋堯佐)가 병천(瓶泉)이라고 이름을 바꾸고 병천정사(瓶泉精舍)를 지었다. 송요좌가 병천정사의 건축을 시작한 것은 1703년(숙종29)이니, 삼연이 찾았을 당시는 아직 건축물이 없던 때이다. 《閒靜堂集 卷9 瓶泉記略》

297 짙푸른……걷고서 : 삼연은 21세 때인 1673년(현종14) 가을, 고모를 뵈러 가는 길에 속리산 등을 유람하였다.

298 공림의 쌍수 남쪽 : 쌍수는 미상이다. 혹 석가모니가 열반한 사라쌍수(娑羅雙樹)를 줄인 말이고 이는 사찰을 뜻하기도 하므로 공림사를 가리킨 것일 수도 있다.

빠르게 흐르는 물은 고목 휘감는데	流迅老樹纏
등나무 덩굴 뒤엉켜 덮여 있고	藤蘿與之翳
서리 맞은 넝쿨 매달려 길까지 닿았네	霜蔓拂道懸
말 위에서 다래 열매 따노니	馬上摘猴桃
지난 유람할 때도 가을이었는데	前遊亦秋天
어쩌다 또 오늘은	如何又今日
흰 머리털이 내 머리 반을 덮었는지	霜毛半余顚
산림이 어찌 있다 없다 하랴	山林豈有無
세상일에 매여 전전하였나니	世故自推遷
불가에서는 항하의 비유 들고	空門喩恒河
공자께서는 흐르는 시내 살피셨도다[299]	孔聖撫逝川
아득하여 헤아릴 수 없거니와	悠哉莫能度
이번 길에 느낌 일어 탄식하노라	感嘆此征鞭

299 산림이……살피셨도다 : 항하의 비유는 불가에서 시간이 끊임없이 흘러 변화하지만 그 안의 본체는 생멸(生滅)이 없이 불변함에 대해 말했다는 것이다. 항하의 비유에 대해서는 274쪽 주32 참조. 뒤의 구절은 《논어》〈자한(子罕)〉에 공자가 시냇가에서 "흘러가는 것이 이와 같구나. 밤낮을 쉬지 않고 흘러가는구나.〔逝者如斯夫, 不舍晝夜.〕" 라고 한 말을 가리킨다. 성리학에서는 이 구절을 쉬지 않고 운행하는 도체(道體)의 본연을 표현한 말로 이해하지만, 보통은 세월의 흐름을 나타내는 말로 본다. 여기에서는 후자의 의미이다. 곧 항하가 불변하듯이 산림도 항시 그 모습 그대로이지만, 흐르는 시냇물처럼 흘러가는 시간 속에 삼연 자신은 세상일에 부침하며 늙었다는 말이다.

용화 들판에서 속리산을 바라보며[300]
龍華野望俗離

예전에는 속리산 안을 보고 　　　　　　　昔見俗離內

지금은 속리산 밖을 보네 　　　　　　　　今見俗離外

두 번의 유람으로 경관을 비로소 두루 보아 　兩遊覽始周

크고 작은 융치[301]를 섭렵했도다 　　　　融峙括小大

용화의 들판은 손바닥처럼 평평한데 　　　龍華野如掌

시내 하나가 띠처럼 둘렀네 　　　　　　　一溪與紆帶

부드러운 말고삐와 높은 나막신 재어볼 제 　柔轡較危屐

마음 내키는 대로 함이 가장 좋도다[302] 　　意適斯爲最

한가로이 일만 봉우리 따르니 　　　　　　身閒萬峰隨

전송하고 맞이함에 얼굴 보였다 등 보였다 하는구나[303] 迸逆遞面背

300　용화(龍華)……바라보며 : 용화는 사담 아래에 있는 지명으로, 오늘날의 상주시 화북면 운홍리에 해당한다.

301　융치(融峙) : '융(融)'은 흐르는 물을 뜻하고, '치(峙)'는 솟은 봉우리를 뜻한다. 진(晉)나라 손작(孫綽)의 〈유천태산부(遊天台山賦)〉에 "융해하여 하천이 되고, 응결하여 산이 된다.〔融而爲川瀆, 結而爲山阜.〕"라고 하였는데, 이 구절을 활용한 글들에서 '결(結)'을 '치(峙)'로 대체하기도 한다.

302　부드러운……좋도다 : 용화 들판을 지나면서 말을 타고 천천히 가든 나막신을 신고 가든 마음 내키는 대로 가는 것이 가장 좋다는 말이다.

303　전송하고……하는구나 : 길을 가면서 삼연을 맞이하는 듯한 봉우리의 앞면이 보였다가 다시 봉우리를 뒤로하면서 삼연을 전송하는 듯한 봉우리의 뒷면이 보인다는 말이다.

가을 하늘에는 바위산 우뚝 솟았고 霜空聳石骨

단풍과 계수가 장식하고 있네 楓桂乃藻繪

밝은 옥돌[304] 기이한 광채 찬란하고 明玕煥奇彩

자줏빛 덮개[305] 상서로운 운기(雲氣) 번뜩이도다 紫蓋閃祥靄

아득히 높은 문장대 迢迢文壯臺

기상이 티끌세상 벗어났네 氣象非埃塿

호탕하게 노래하며 올라보고 싶으나 浩歌欲攀上

너무 지나치게 마음대로 노니는 듯하구나 汗漫無乃太

장차 버려두고 문득 다시 나아가려니 將捨輒復趁

소나무 전나무 사이로 숨었다 나타났다 하네 隱現間松檜

밤티에서 과협[306]을 보니 栗峙見過峽

장대할사 꿈틀대는 기운 모여 있구나 大哉蜿蟺會

---

304 밝은 옥돌 : 원문의 '명간(明玕)'은 보통 대나무의 대칭으로 많이 쓰이지만, 여기에서는 글자 그대로 옥돌의 의미가 되어 속리산의 바위 암석을 형용한 듯하다.

305 자줏빛 덮개 : 황기자개(黃旗紫蓋)라고 하여 황색 깃발과 자줏빛 덮개 모양의 운기(雲氣)는 제왕이 출현할 상서로운 징조로 여겨졌다. 여기에서는 구름안개를 가리킨 것이다.

306 과협(過峽) : 풍수 용어로, 봉우리와 봉우리를 잇는 산줄기의 잘록한 부분을 가리킨다.

병천[307]

瓶泉

병천 첫 번째 굽이	瓶泉第一曲
바위 오래되고 시내 깨끗하니	石古而川潔
오래된 바위는 태소[308] 뭉쳐 있고	石古太素凝
깨끗한 시내는 백 길 관통하누나[309]	川潔百仞徹
설악산 떠나온 이래	自別雪岳來
오직 이곳이 기뻐할 만하니	惟此又可悅
명아주 지팡이 짚고 성근 솔숲 들어가자	杖藜入疎松
노새 울음소리 암혈에 메아리친다	嘶騾響巖穴
삐쭉삐쭉 바위들 가릴 것 없어[310]	盤陀不可選
앉는 곳마다 경관 특별한데	逐坐境每別
북쪽 바위는 고요히 사색할 만하니[311]	北巖可凝思

---

307 병천(瓶泉) : 394쪽 주296 참조.

308 태소(太素) : 만물의 가장 원시적인 물질을 뜻한다. 《열자(列子)》〈천서(天瑞)〉
에 "태소란 물질의 시초이다.〔太素者, 質之始也.〕"라고 하였다.

309 백 길 관통하누나 : 시내가 흘러 못으로 떨어지는 부분에 큰 바위가 덮고 있는데
그 모습을 가리킨 듯하다. 394쪽 주296 참조.

310 삐쭉삐쭉……없어 : 가릴 것이 없다는 것은 어느 것 하나 버릴 것 없이 모두가
훌륭하다는 말이다. 《시경》〈패풍(邶風) 백주(柏舟)〉에 "위의가 성대하여 가릴 것이
없도다.〔威儀棣棣, 不可選也.〕"라고 한 말과 같다.

311 북쪽……만하니 : 실제로 송요좌(宋堯佐)는 병천의 북쪽 언덕에 영롱정(玲瓏亭)
을 지으면서 병천정사의 건립을 시작하였다. 《閒靜堂集 卷9 瓶泉記略》

겹겹 절벽은 줄지어 붙었어라	重壁帖成列
아롱진 이끼 혹 벗겨지려 하고	苔駁或崩剝
절정의 단풍 다시 빛 발하는데	楓爛復彩繢
바위에 서서 돌아가는 구름 전송하고	企石送歸雲
높이 자란 덩굴을 잡아 묶노라	高蘿攬成結
속리산 아득히 다가오고	俗離來超忽
멀리 푸른 봉우리에 안개 눈발 움직이니	遙翠動煙雪
둘러봄에 아름다운 이곳	俯仰斯爲美
차가운 시냇물 절로 콸콸 흐른다	寒流自決決
흥 쏟아내며 가는 곳마다 눈 뗄 수 없고	興注適不瞬
일렁이는 풍광 말로 형용키 어려운데	景漾難容說
홍경의 품평 묘하였고[312]	弘景妙品題
강락의 탐방 훌륭했지[313]	康樂善搜閱

---

312 홍경(弘景)의 품평 묘하였고 : 남조(南朝) 양(梁)나라의 도홍경(陶弘景)은 벼슬을 사직한 뒤에 구곡산(句曲山)에 은거하였는데, 무제(武帝)가 즉위하여 나라에 큰일이 있을 때마다 그에게 자문을 구하였으므로 산중재상(山中宰相)이라고 불렸으며, 산수를 읊은 좋은 시를 많이 남겼다. 대표적으로 〈조서로 산중에 무엇이 있느냐고 물으시기에 시를 읊어 답하다[詔問山中何所有賦詩以答]〉에 "산중에는 무엇이 있는가. 산 위에는 흰 구름이 많아라. 그저 나 혼자 즐길 뿐, 그대에게 줄 수 없도다.[山中何所有, 嶺上多白雲. 只可自怡悅, 不堪持贈君.]"라고 한 시가 유명하다. 《南史 卷76 隱逸列傳陶弘景》《古詩記 卷99》

313 강락(康樂)의 탐방 훌륭했지 : 강락은 남조 송(宋)나라 때의 문장가인 사령운(謝靈運)의 봉호이다. 산수 유람을 좋아하여 영가 태수(永嘉太守)로 있을 적에 이름난 산을 빠짐없이 돌아다닌 것으로 유명하며, 정교하고 섬세한 시어로 산수의 아름다움을 읊어 중국 산수시(山水詩)의 비조(鼻祖)로 일컫는다. 《宋書 卷67 謝靈運列傳》

너에게 단하[314]의 이름 내려주노니   錫爾丹霞號

길이 머물며 사라지지 말지어다   長留庶不滅

314 단하(丹霞) : 신선이 마신다는 붉은 안개이다. 병천의 물에 이 이름을 내려준 것이다.

용유동[315]
龍遊洞

용유동 바위 절로 기이하니	龍遊自奇巖
용이 서로 치고받던 곳이라	龍所挈攫於
처음으로 와서 마음과 눈 밝아지니	始至心目朗
암석은 모두 서리와 눈발처럼 희구나	石皆霜雪如
물살 쏟아지는 곳 자세히 살펴봄에	細觀所噴薄
휘감아 도는 바위 모양 특별하니	回軋石貌殊
영롱한 물결이 일백 구멍에서 쏟아져	玲瓏百竅注
옥두꺼비가 머금고 뱉는 듯해라	含吐玉蟾蜍
딱 트인 곳에 하담이 있는데	展拓有下潭
십 묘 남짓 둥그니	圓可十畝餘
맑디맑은 거울 같은 물은 눈썹 비추고	澄澄鑑燭眉
살랑살랑 이는 바람 옷자락에 분다	漾漾風吹裾
안개 서리는 푸른 소나무 씻어내고	煙霜淨松翠
햇살은 텅 빈 시내 따라 흐르는데	日影隨溪虛
용의 소식 적막한 채	寂寥龍消息
피라미만 가볍게 떠다니누나	輕浮見鯈魚

---

315 용유동 : 속리산 줄기에 이어진 청화산(青華山)과 도장산(道藏山) 사이의 계곡으로 쌍룡계곡(雙龍溪谷)과 이어져 있다.

골짝의 모든 풍광 다 감상하고서   淺深賞已殫

한가로이 태초에 의탁하노라[316]   蕭條寄太初

대용추
大龍湫

기이하다 대용추여	奇哉大龍湫
시냇물 몹시도 세차게 달려	水勢極奔漾
일만 길 검푸른 빛 쌓이고	積蓄萬仞黛
흰 무지개처럼 은은히 흘러드네[317]	隱隱來白虹
좁은 가마솥 같은 물웅덩이로 돌아 깊이 들어오니	釜仄轉深入
깊고 캄캄한 수심 끝이 있을까	窅黑其何窮
사방으로 산을 바짝 둘렀고	環擁四山急
뒤쪽으로는 빼곡한 봉우리 솟았어라	負勢起攢峰
좁은 입구는 맞이하는 듯 열려 있고	隘口訝開闢
쭉 뻗어 깔린 바위는 애초에 꿰맴이 없으니[318]	亘石初無縫

---

317 일만……흘러드네 : 검푸른 빛은 용추의 축적된 물 빛깔을 말한 것이고, 흰 무지개는 용추로 흘러드는 물길을 말한 것이다. 이는 유종원(柳宗元)의 〈황계를 유람한 기문[游黃溪記]〉에 "시냇물이 모이고 모여 검푸른 빛깔이 윤택한 기름마냥 축적되어 있으며, 흘러드는 물결은 흰 무지개와 같은데 수심이 깊어 소리가 없다.[溪水積焉, 黛蓄膏渟, 來若白虹, 沈沈無聲.]"라고 한 표현을 모방한 것이다.

318 쭉……없으니 : 대용추 바닥에 깔려 있는 암석이 인위적으로 연결해놓은 듯한 것이 아니라, 자연적으로 된 하나의 쭉 뻗은 큰 바위로 이루어져 있다는 말이다. 원문의 '긍석(亘石)'은 유종원의 〈석간기(石澗記)〉에 "물 밑바닥은 쭉 뻗어 깔린 바위로 이루어져 양쪽 기슭까지 이어졌는데, 마치 침상 같기도 하고 마루 같기도 하고 자리를 펼친 것 같기도 하고 내실 같기도 하였다.[亘石爲底, 達于兩涯, 若床若堂, 若陳筵席, 若限閾奧.]"라고 한 표현에서 유래한 것으로 보았다.

우 임금이 이곳을 트고 파지 않았다면[319]   疏鑿不經禹

아마도 용이 뚫어 놓았으려나   決裂豈其龍

만고의 세월 속에 절로 굴혈이 생겨   萬古自窟穴

암석에 통로 열리자 벽수가 통하니   巖開碧水通

뇌우는 더운 여름날 퍼붓고   雷雨度炎天

서리 내린 벼랑에는 솔바람 소리 들린다   霜崖韻松風

굽어봄에 정신이 아찔하니   俯臨神猶慘

어찌 오래도록 차분히 머무를 수 있겠나   焉得久從容

석양이 못으로 내리쬐니   落景射下潭

떠나려 할 제 일렁이는 깊은 물결 눈에 밟혀라   將去戀沖瀜

---

319 우 임금이……않았다면 : 옛날 우 임금이 치수 사업에 힘을 써서 천하의 물길을
뚫어 소통시켰다는 통념이 있으므로 이런 말을 한 것이다. 《書經 夏書 禹貢》

촌백성 노천경의 집에 묵고서
宿村氓盧千景家

계곡 다니느라 쌓인 피로로	溪行有餘疲
나그네 잠들어 산촌 절구 소리 듣지 못하다	客睡昧山杵
후드득 내리는 사경 빗소리에	颼颼四更雨
얼핏 깨어 내 누운 곳 어딘가 분간 못 했네	微覺疑臥處
관솔불 오래도록 환히 타오르고	松火久炯炯
질솥 앞의 주인과 대화 나누니	土銼主人語
세상 무엇을 신경 쓰리오	商量在何物
처자는 제 살 곳 얻어 기뻐하누나	婦子喜得所
사립문 닫지 않은 채 한산하고	蕭散未掩扃
기장은 반만 수확한 채 고요하니	寂歷半穫黍
닭 울어도 옛 뜻에 어둡고	雞鳴暧古意
단풍 떨어지는 것 보고 가을이 온 것을 분명히 아네[320]	楓落明秋序
시냇가 가보니 말에 이미 안장 얹혀	臨澗馬已鞁

---

320 닭⋯⋯아네 : 세상과 멀리 떨어진 깊은 산골의 순박한 백성이라는 말이다. 닭이 운다는 것은 옛 고전에 비유하는 뜻이 많은데, 예컨대 《시경》〈정풍(鄭風) 여왈계명(女曰鷄鳴)〉에서는 부부가 서로 경계하고 권면하며 안일함에 빠지지 않기를 말하였고, 《맹자》〈진심 상(盡心上)〉에서는 닭이 우는 것을 보고 일어나 어떤 사람은 선을 행하기 좋아하고 어떤 사람은 이익을 탐하기를 좋아한다고 하면서 닭이 울면 일어나서 부지런히 선을 추구할 것을 말하였다. 그러나 산골의 순박한 백성은 이러한 옛 뜻은 잘 모른다는 말이다. 또한 산골에 절기를 계산할 책력(冊曆)이 없으므로 경물의 변화를 보고서 절서를 가늠한다는 말이다.

길 물으며 비로소 다시 돌아가노니	問津始廻去
닭고기와 기장밥[321] 참으로 날 감동시켰고	雞黍良感余
우물 절구 갖춘 산중 거처 가진 그대 부러워할 만하도다	井臼堪羨汝
눈을 들어 다시 주위를 돌아봄에	遊目復周顧
사방 빽빽이 둘러싼 산이 이와 같으니	四山鬱如許
시끄러움 피하기엔 도장이 그만이라	避喧道藏最
몇 겹이나 속세와 떨어졌구나	云隔數重阻

　도장(道藏)은 동명(洞名)이니 속세를 피해 살 만하였다.

321　닭고기와 기장밥 : 손님 접대를 뜻한다. 《논어》〈미자(微子)〉에 "삼태기를 멘 장인(丈人)이 공자의 제자 자로(子路)를 자기 집에 초청하여 닭을 잡고 기장밥을 지어 대접하였다.〔殺鷄爲黍而食之〕"라고 하였다.

화양서원을 참배하고[322]

謁華陽書院

사문의 운수 쇠미한 때	斯文屬末運
위대한 현인이 비로소 책임 맡으니	鉅人始承當
광대무변한 간기[323] 모여	磅礴間氣鍾
우연히 동쪽 변방에 내려왔도다	邂逅降偏方
산처럼 서서 우러를수록 높고	山立仰逾尊
사자가 포효하듯 메아리 길게 퍼지니	獅吼響亦長
드높을사 사계(沙溪) 노선생의 문이요	巍巍沙老門
드넓을사 율곡 어르신의 담장이로다[324]	恢恢栗翁墙
깊은 조예를 어찌 얕은 식견으로 헤아리랴만	深造豈淺測
용처[325]를 문장에서 살피나니	用處觀文章

---

322 화양서원(華陽書院)을 참배하고 : 화양서원은 1695년(숙종21)에 송시열(宋時烈)을 제향하기 위해 괴산에 설립한 서원이다.

323 간기(間氣) : 영웅과 위인을 탄생시키는 기운이다. 영웅과 위인들은 위로 천지신명의 정기(精氣)에 응하여 특수한 기운을 받아서 태어나되, 세대를 격하여[間世] 드물게 출현하는 데서 온 말이다.

324 드높을사……담장이로다 : 사계는 송시열의 스승인 김장생(金長生, 1548~1631)의 호이고, 율곡은 김장생의 스승인 이이(李珥, 1536~1584)의 호이다. 문과 담장은 스승의 문하를 가리킨다. 《논어》〈자장(子張)〉에 "부자의 담장은 여러 길이 되므로 그 문을 통해 들어가지 못하면 종묘의 아름다움과 백관의 많음을 볼 수가 없다.[夫子之墻數仞, 不得其門而入, 不見宗廟之美, 百官之富.]"라고 한 데서 온 말이다.

325 용처(用處) : 혼연하게 완전한 본체(本體)가 행동이나 문장 등을 통해 겉으로

큰 격조 우뚝하게 솟았고	大標建嶠岑
큰 파도 걸림 없이 출렁이도다	洪波任激揚
용문의 풍격326 가지런하고	龍門風格整
초려의 출처 빛나니	草廬出處光
구원에서 현회가 반반이었으되327	丘園半顯晦
진퇴에 무상함 없으셨네	進退非無常
하늘 열려 실로 용이 일어났건만	天開實龍作
도가 쇠미해 끝내 기린 사라지니328	道消竟麟亡
아아 어찌 이런 일이 있는가	嗚呼寧有此
큰 집 무너져 들보 찍혀 나가누나	欹廈斧虹樑

드러난 부분을 말한다.

326 용문의 풍격 : 용문은 중국 황하(黃河)의 상류(上流)에 있는 산으로, 양쪽 강 연안에 깎아지른 듯한 절벽이 문처럼 마주 보고 있기 때문에 붙은 이름이다. 아래로 흐르는 물길이 매우 거세고 빠른 것으로 유명하며, 이 산 사이로 흐르는 여울목에는 기둥 모양의 바위산인 지주가 우뚝 서 있는데 보통 세속에 휩쓸리지 않고 꿋꿋하게 자신의 절조를 지키는 군자를 비유하는 말로 쓰인다. 송시열의 〈화양동우후(華陽洞雨後)〉 시에 "비록 용문산 어구를 뚫을지언정 지주산을 넘어뜨리긴 어려우리.〔縱破龍門口, 難傾砥柱山.〕"라고 하기도 하였다. 《宋子大全 卷3》

327 구원에서 현회가 반반이었으되 : 송시열이 산림에 있는 동안 알맞은 때를 만나 도를 드러내어 펼치기도 했고, 때를 만나지 못해 도를 감추기도 했다는 말이다. 구원은 황폐한 초야를 뜻하는데 은거하는 자가 머무는 곳을 가리킨다. 《주역》〈비괘(賁卦) 육오(六五)〉에 "구원을 꾸민다.〔賁于丘園〕"라고 하였는데, 순상(荀爽)의 주에 "바른 자리를 잃고 산림에 있으면서 언덕배기를 일구어 채마밭을 만드니, 은사(隱士)의 형상 이다."라고 하였다. 현회는 세상에 드러남과 드러나지 않음이다.

328 하늘……사라지니 : 성군(聖君)이 나왔으나 현신(賢臣)이 때를 만나지 못하고 죽었다는 말이다.

짙은 흙비 구름이 영릉[329]에 끼고	沉霾寧陵雲
후드득 서리가 초산[330]에 내리니	淅瀝楚山霜
이 사람 없어서는 안 되거늘	斯人不可無
이 세상 날로 기강 무너지네	斯世日頹綱
진영(眞影)의 먹빛 엷고	繪眞墨彩淡
서원의 들판 황량한데	黌宇野色荒
그 기상 찾아볼 데 없거니와	氣象無髣髴
그 법도 유독 잊기 어려워라	典刑獨難忘
깊은 골짝에서 진보할 것 생각하며	深洞思進步
휘감은 시내 따라 배회하노라	繞流以徊徨

329 영릉(寧陵) : 송시열을 우대했던 효종(孝宗)의 능이다.

330 초산(楚山) : 정읍(井邑)의 옛 이름이다. 송시열은 제주(濟州)에 위리안치되었다가 국문을 받기 위해 서울로 압송되던 도중 정읍에서 사사(賜死)되었다.

화양동에 들어와
入華陽洞

계곡 들어와 내 옷깃 여미고	入谷斂余衿
말에서 내려 다시 동쪽으로 향하노라	下馬轉以東
층층 절벽은 백 길 높이로 우뚝한데	層壁百仞峻
나란히 서서 내달리는 물줄기 가로막네	列峙距奔漾
금빛 푸른빛 운근[331] 깨끗하고	金碧淨雲根
늠름한 삼나무 소나무 빼어나다	凜然秀杉松
미처 놀랄 겨를도 없이	錯愕有未暇
걸음 옮기자 바위 모습 바뀌네	移步換巖容
샘물 근원 검푸르고 차가우니	泉源更紺寒
연화봉에서 내려온 듯[332]	似自蓮花峰
쇄락한 기운 경내에 있으니	洒落有玆境
범속한 발걸음 함부로 들여 부끄러워라	凌踐愧凡蹤
가득한 암석 사이에서 장수[333]함은	藏修萬石間

---

331 운근(雲根) : 벼랑이나 바위를 뜻하는 말이다. 두보(杜甫)의 시에 "충주 고을은 삼협의 안에 있는지라, 마을 인가가 운근 아래 모여 있네.〔忠州三峽內, 井邑聚雲根.〕"라는 표현이 나오는데, 그 주(註)에 "오악(五岳)의 구름이 바위에 부딪혀 일어나기 때문에, 구름의 뿌리라고 한 것이다."라고 하였다. 《杜少陵詩集 卷14 題忠州龍興寺所居院壁》

332 샘물……듯 : 화양동의 물이 중국 염계(濂溪)의 물 같다는 말이다. 송(宋)나라의 주돈이(周敦頤)는 염계에서 살았는데, 염계는 여산(廬山) 연화봉(蓮花峯) 아래에서 발원하여 검푸르고 차가웠다. 《朱子大全 권52 道統一 周子》

바로 우옹에서부터 시작하였네   自其乃尤翁

혼백이 이곳 즐기고 그리워할 터인데   魂魄樂思此

제향하는 사당은 끝내 들판 가운데 있도다   俎豆竟野中

아 너희 봉액³³⁴ 무리들은   嗟爾縫掖徒

어떻게 존숭해야 하는지 모르는구나   不知所奉崇

---

333 장수(藏修) : 학업에 전념한다는 뜻이다. 《예기》〈학기(學記)〉에 나오는 말로, 장(藏)은 늘 학문에 대한 생각을 품고 있는 것이고, 수(修)는 방치하지 않고 늘 익히는 것이다.

334 봉액(縫掖) : 옆이 넓게 터진 옷으로, 선비들이 입던 도포(道袍)이다.

고택을 방문했는데 서실만이 남아[335]
訪故宅 只有書室見存

산은 비고 둘러친 담장 무너졌는데   山空環堵廢

몇 칸짜리 서실만 남아 있구나   數椽只書廬

푸른 이끼는 빗장까지 타고 올라   蒼蘚上扃鐍

소장한 책 엿볼 수 없어라   莫窺所藏書

처마 따라 돌며 선생 모습 상상하노라니   循簷想謦欬

흐느낀 눈물 벌써 옷깃에 가득하다   感淚已盈裾

이제야 찾아온 내 게으름 한스러우니   來參恨余怠

장자께서 예전에 여기 머무셨도다   長者住有初

바위 시내 참으로 아름다우니   巖流良美矣

분수 따르기에 어찌 이 거처 좋지 않으랴   隨分豈此居

붉고 푸른 화초 시들어갈 때에   蹉跎紅綠時

남기신 자취 찾으며 바람 쐬고 읊조리노라   撫存風詠於

배회하며 물어보려니   徘徊欲有詢

만나는 이들 모두 나무꾼과 어부로세   所逢摠樵漁

바람과 샘물 소리 떠들썩하게 그치지 않고   風泉聒未休

바위는 희고 서리 맞은 나무는 성글다   石白霜木疎

늙은 매화 홀로 고고하여   老梅獨昂藏

---

335 고택을……남아 : 성해응(成海應)의 《연경재전집(研經齋全集)》 외집(外集) 권31
〈화양동지(華陽洞志)〉에는 제목이 '초당서실(艸堂書室)'로 되어 있다.

엄숙히 고택 지키는 듯하구나	儼若護扃除
외로운 향기 속에 한 해도 저무는데	孤芳歲云暮
적막한 푸른 병풍바위에는 아무도 없네	寥落翠屛虛
아득하다 선생의 풍모여	悠哉先生風
오래도록 감상함에 풍광 넉넉하여라	延賞景有餘

암벽 위의 이미 허물어진 집[336]

壁上閣已廢

높은 산과 깊은 못[337]	高山與深澤
이곳에서 존립하기 어려움을 바라보는 자는 알리라	望者知難立
거기에 또 깎아지른 듯 높은 곳에	復有嶄絶處
허공 속에 놓인 계단 보이네	憑虛示階級
암벽이 선 것과 본디 일체요	壁立固同體
감이 중첩됨을 또한 익숙히 익히도다[338]	坎荐亦便習

336 암벽……집 : 성해응(成海應)의 《연경재전집(研經齋全集)》 외집(外集) 권31 〈화양동지(華陽洞志)〉에는 제목이 '암서재(巖棲齋)'로 되어 있다.

337 높은……못 : 무도한 세상을 떠나 군자가 은거해 사는 곳을 가리킨다. 《대대례기(大戴禮記)》 권5에 증자(曾子)가 말하기를 "이 때문에 군자가 높은 산 위와 깊은 못 웅덩이에 은거해 살면서 상수리와 밤과 명아주와 콩잎을 모아서 먹고 직접 농사지으면서 열 집 되는 작은 마을에서 늙어간다.〔是故君子錯在高山之上深澤之汚, 聚橡栗藜藿而食之, 耕稼以老十室之邑.〕"라고 하였다.

338 암벽이……익히도다 : 높은 암벽과 깊은 못 웅덩이가 모두 송시열의 기상과 같다는 말이다. 벽립만인(壁立萬仞)이라 하여 만 길의 절벽이 온갖 풍상에도 변하지 않고 의연하게 선 모습은 보통 험난한 세파에도 굴하지 않고 의연히 절조를 지키는 기상을 상징한다. 또한 《주역》의 감괘(坎卦 ䷜)는 물을 상징하는 감(坎 ☵)이 중첩된 괘인데, 감은 곧 험난함을 상징한다. 《주역정의(周易正義)》의 소(疏)에서 감괘의 '습감(習坎)'을 설명하면서 "'감'은 바로 험하고 빠진다는 말이고, '습'은 익숙히 익힌다는 뜻이다. 험난한 일은 익숙히 익힘을 거치지 않으면 행할 수 없다. 그러므로 모름지기 '감'을 익숙히 익혀야 일이 비로소 쓰일 수 있다.〔坎, 是險陷之名. 習者, 便習之義. 險難之事, 非經便習, 不可以行, 故須便習於坎, 事乃得用.〕"라고 하였다.

여기에서 선생의 기상 살피니	於焉觀氣象
아득하여 잡을 수 없어라	邈乎不可挹
산이 무너진 지[339] 얼마 되지 않았건만	山頹無幾何
서까래와 난간 수리하지 않는구나	榱檻莫修葺
지금은 텅 빈 터 되어	秖今便空基
처량하게 새와 짐승이 운다	凄其鳥獸泣
시내 따라 지팡이 짚고 가보려는데	循澗試余策
내딛기도 전에 발도 마음도 무거워지네	未躓足心澁
우인을 만약 따를 수 있다면	羽人如可仍
매미가 허물 벗음에 떨어진 곡식이면 충분하리[340]	蟬蛻足遺粒
꼿꼿이 앉아 심의[341] 입으신 모습 상상하니	危坐想深衣

339 산이 무너진 지 : 위인의 죽음을 뜻하는 말로, 여기서는 송시열의 죽음을 가리킨다. 공자가 아침 일찍 일어나 뒷짐을 지고 지팡이를 끌고 문 앞에 한가로이 노닐며 노래하기를 "태산이 무너지고 대들보가 부러지고 철인(哲人)이 죽겠구나.〔泰山其頹乎, 梁木其摧乎, 哲人其萎乎.〕"라고 했는데, 그 후 곧 세상을 떠난 데서 유래한 말이다. 《禮記 檀弓上》

340 우인(羽人)을……충분하리 : 속세를 멀리 벗어나 송시열의 발자취를 따라서 이곳에서 살 수 있다면 다른 것은 필요 없이 땅에 떨어진 곡식을 먹는 것만으로도 충분하다는 말이다. 우인은 날개가 달릴 듯 하늘을 날아다니는 선인(仙人)으로 송시열을 비유한 것이다. 《초사(楚辭)》〈원유(遠遊)〉에 "단구에서 우인을 따르니 죽지 않는 고장에서 머물도다.〔仍羽人於丹丘兮, 留不死之舊鄕.〕"라고 하였다. 매미가 허물을 벗는다는 것은 속세를 벗어난다는 뜻이다. 떨어진 곡식이면 충분하다는 것은 부귀영화가 필요 없이 자신의 뜻을 따라 은거하면서 좋지 않은 음식도 감내한다는 말이다. 초(楚)나라의 은사(隱士)인 노래자(老萊子)가 초왕의 초빙을 거절하고 아내를 따라 강남(江南)으로 떠나 머물면서 "새와 짐승의 털로 길쌈하여 옷을 만들 수 있고, 떨어진 곡식으로 밥을 먹기에 충분하다.〔鳥獸之毛可績而衣, 其遺粒足食也.〕"라고 하였다. 《高士傳上 老萊子》

엄숙히 만 길 급한 절벽에 임한 듯하네	儼臨萬仞急
못에 달 비치니 새벽 휘장 걷고	潭月曉幔捲
솔바람과 함께 밤에 거문고 타도다	松風夜絃入
백원과 흉금을 함께하고	百原共襟韻
운곡과 호흡을 통하누나[342]	雲谷通呼吸
진디등에 벌레 같은 소인배들 세상에 가득하거니와	蟻蠓滿世間
붕붕거리며 날아서 어찌 여기에 미치랴	甍甍豈此及

---

341 심의(深衣) : 조선 시대 유학자들이 입던 옷으로 머리의 복건과 함께 착용하였다. 흰 비단으로 소매를 넓게 하여 옷깃, 소매 끝, 옷단에 검은색 선을 둘렀다. 허리에는 띠를 두르고 오색의 띠를 늘어뜨렸다.

342 백원(百原)과……통하누나 : 송시열의 기상이 송나라 때 소옹(邵雍)이나 주희(朱熹)와 통한다는 말이다. 백원은 하남성(河南省) 휘현(輝縣) 서북에 있는 산 이름으로, 소옹이 젊었을 때 은거하여 성정(性情)을 수양하고 학문을 닦던 곳이다. 운곡은 복건(福建) 건양현(建陽縣) 서쪽에 있는 산 이름으로, 주희가 여기에 초당을 짓고 기거하였다.

환장암[343]

煥章菴

암자가 여러 승경 총괄하니[344]	招提摠諸勝
처마와 들창에 갠 햇살 맑아라	簷牖澹晴暉
그윽한 암벽은 뒤편에 아늑하고	幽壁背窈窕
좋은 바위는 아래에 늘어서 둘렀다	美石下列圍
아름다울사 도림령[345]	佳哉道林嶺
눈을 듦에 푸른 산허리 마주하도다	擧目對翠微
가을볕은 서리 내린 벼랑에 내리쬐고	秋陽曝霜崖
흰 구름은 시내 건너 날아가누나	白雲度澗飛
걸으며 쉬며 마음에 맞는 곳 얻어 상쾌하니	流憩得所愜
일어나려고 하면 다시 마음에 밟히네	欲起復依依

343 환장암 : 민정중(閔鼎重)이 1669년(현종10) 청나라에 사신으로 갔다가 명나라 마지막 황제 의종(毅宗, 숭정제)의 '비례부동(非禮不動)' 친필을 얻어 와서 송시열에게 주자, 송시열이 1674년(현종15) 화양 계곡 벼랑에 네 글자를 모각(模刻)하고, 친필 원본을 보관하기 위해 원래 벼랑 옆에 승려들이 지키던 서재에 이름을 붙인 것이다. 구한말에 의병 운동의 본거지가 되자 일본군에 의해 소실되었고, 현재는 그 자리에 채운암(彩雲菴)이 들어서 있다.

344 암자가……총괄하니 : 환장암 주위로 여러 승경이 둘러 있다는 말이다. 환장암은 화양구곡(華陽九曲)의 중앙에 위치하여 주위로 금사담(金沙潭), 암서재(巖棲齋), 첨성대(瞻星臺) 등의 승경을 안고 있다.

345 도림령 : 이와 같은 지명은 찾을 수 없다. 위치상 도명산(道明山)을 가리킨 것이 아닌가 한다.

명산에 대지팡이 짚고 찾아옴은	名山費椶竹
이곳이 실로 보기 드문 곳이기 때문이로다	斯實所見稀
맑고 깨끗한 승려는	釋子雅淳潔
기품 뛰어나 배고픔도 잊을 수 있네	韻勝能忘饑
선생께서 너를 취하셨으니	先生有取爾
문과 담장에서 내침을 면하였도다[346]	免夫門墻揮
객이 올 때마다 묵을 자리 내어주고	客至每借榻
밤 고요할 제 혹 사립문 두드리노라	夜靜或扣扉
산중에 한 마리 닭이 없어	山中無隻雞
맑은 서재에서 차조와 고비 함께하네	清齋共朮薇
밝은 창 아래 주자의 글	明牕紫陽編
자세히 보노라니 천기가 발동한다	細注發天機
게다가 환장의 아름다운 편액 있으니	煥章況嘉額
어이하면 아주 돌아와 이곳에 의탁할까	何由永歸依

346 문과……면하였도다 : 유가의 입장에서는 이단(異端)인 불가의 승려이지만 기품이 뛰어나 송시열의 선택을 받았다는 말이다. 한유(韓愈)의 〈승려인 문창 대사를 전송하며[送浮屠文暢師序]〉에서 이단을 추구하는 사람에 대해 양웅(揚雄)의 말을 인용하면서 "그런 사람이 내 집 문이나 담장에 있다면 쫓아버리고, 오랑캐 땅에 있다면 나아오게 하겠다.[在門墻則揮之, 在夷狄則進之.]"라고 한 표현을 원용한 것이다.

시내 남쪽 푸른 벼랑에 새긴 숭정황제의 어필

崇禎皇帝御筆 刻在溪南蒼壁

공경히 생각건대 숭정제는	欽惟崇禎帝
만방이 슬퍼하고 사모하는 분이라	萬方所悲慕
사직 위해 죽으셨으니[347]	能爲社稷死
어찌 평소 기른 심법 없었으랴	豈無心法素
유묵의 찬연한 네 글자	遺墨煥四字
공자의 가르침이 이 구절에 요약되었네	孔訓約此句
차분히 맑은 벼루에 붓 적셔	從容淸燕硯
파도 같은 글씨를 마음 기울여 적으셨도다	波點宸情注
이 일이 꽃과 새 희롱함[348]과 다르거늘	事異花鳥戲
어이하여 하늘의 운수 막혀버렸나	如何窘天步
신주[349]가 크건만	神州亦云大
이 유묵 머물 곳 없단 말인가	乃無此可寓

---

347 사직 위해 죽으셨으니 : 명나라 마지막 황제인 숭정제는 이자성(李自成)의 농민
반란군이 북경을 점령하자 황궁 옆의 만세산(萬歲山)에 올라가 목을 매어 자결하였다.

348 꽃과 새 희롱함 : 북송(北宋)의 멸망 원인을 제공한 휘종(徽宗)의 일을 가리킨
듯하다. 휘종은 정사에 집중하기보다 문예에 탐닉하고 정원 조성을 위해 민력(民力)을
소진하여 결국 금(金)나라의 침공을 받고 아들 흠종(欽宗)과 함께 포로로 잡혀갔다.
휘종은 화조도(花鳥圖)에 능하였다.

349 신주(神州) : 중국을 가리킨다. 전국 시대(戰國時代)에 추연(鄒衍)이 중국을 적
현신주(赤縣神州)라고 표현한 데서 유래하였다.

떠돌아 연경 저자에 떨어졌다가 　　　　　飄落燕市間

삭풍에 말려 돌고 돌아서 　　　　　　　朔風卷回互

화양의 한 노인 곁에 　　　　　　　　　華陽一老傍

영원히 견고한 금석문으로 의탁했구나 　永託金石固

바위 처마는 천연으로 이루어진 것이라 　巖簷自天成

영겁토록 바람과 이슬 맞지 않으리 　　　竟刦不風露

조선이 대명의 사사로운 보살핌 받았으니 朝鮮大明私

지극한 은혜가 초목에도 사무쳤어라 　　至恩浹草樹

누군들 효묘의 사람 아니랴만 　　　　　誰非孝廟人

노신이 폐부와 같은 신하였도다 　　　　老臣自肺腑

긴 시냇물은 조종으로 나아가니[350] 　　長溪進朝宗

깊은 골짝에 엄숙히 황제의 글씨 만났어라 深洞儼際遇

대의에 감격해 　　　　　　　　　　　大義所感激

산승이 지금까지 부지런히 지키는데 　　山僧迄勤護

눈물 머금고 말하기를 동주[351]께서 　　含淚說洞主

일찍이 여기에서 자주 절 올렸다 하네 　曾此拜跪屢

조심조심 위태로운 돌다리 　　　　　　凌兢石梁厲

객을 인도하여 예전처럼 건너누나 　　　導客仍故渡

은갈고리 같은 필체[352] 공경히 맑은 마음으로 우러르니　銀鉤聳淸瞻

---

350 긴……나아가니 : 조종(祖宗)은 모든 물의 조종이 되는 바다를 가리킨다. 이 구절은 모든 강물은 만 굽이를 돌더라도 반드시 동쪽의 바다로 흘러간다는 '만절필동(萬折必東)'의 뜻을 말한 것이다. '만절필동'은 곧 명나라에 대한 의리를 상징한다.

351 동주(洞主) : 화양동에 은거하였던 송시열을 가리킨다. 송시열은 화양동주(華陽洞主)라는 호를 쓰기도 하였다.

쇄락한 기운이 숲의 안개 걷어낸다　　　　　　　　洒落卷林霧

빽빽이 많은 신령 호위하니　　　　　　　　　　　森爾百神衛

아득히 더러운 속진에 물들지 않았어라　　　　　迥非外塵汙

지극한 정성으로 은연중에 계합하니　　　　　　冥會係至誠

이 일은 분부함이 있는 것이로다[353]　　　　　　茲事有分付

산중에 홀로 이 뜻이 남았고　　　　　　　　　山中獨此意

세상일은 해가 저무는 것 같구나[354]　　　　　　世事日云暮

이곳을 지나는 자 누구인가　　　　　　　　　經過更有誰

내 지팡이가 잠시 머무네　　　　　　　　　　我策亦暫住

352 은갈고리 같은 필체 : 유려한 필체를 뜻한다. 진(晉)나라 색정(索靖)이 초서의 필법을 논하면서 "멋지게 휘도는 것이 마치 은갈고리 같다.〔婉若銀鉤〕"라고 한 데서 온 말이다. 《晉書 卷60 索靖傳》

353 지극한……것이로다 : 존주(尊周)의 의리를 지극한 정성으로 내세웠던 송시열에게 감응하여 숭정제의 글씨가 여기에까지 오게 되었으며, 이 일은 숭정제의 부촉(咐囑)이 있는 것이라는 말이다.

354 산중에……같구나 : 명나라를 향한 의리를 세상에서는 이미 어쩔 수 없다는 듯 이어나가지 못하고 있는데, 화양동 산중에만 그 뜻이 남았다는 말이다.

파곳의 큰 반석[355]

葩串大盤石

시내 따라 부지런히 앞으로 나아가니	沿溪信鼉鼉
지나가는 곳마다 맑고 그윽하다	所歷悉淸幽
그래도 파곳에 당도하기 전에는	未及抵葩串
내 지팡이 쉴 수 없어라	我策不容休
부지런히 수풀을 헤쳐나가다 보니	披拂亦旣勤
탁 트인 상류 나타나누나	豁爾見上游
산속 수백 보 넓이 열린 공간에	山開數百步
하얀 암석 하나로 연결되어 둘렀네	皓石一勢周
열여덟 아홉 개 호상은[356]	胡牀十八九
너비와 길이를 설명하기 부족해라	未足喩廣脩
반듯하지 않은 바위 층계가 있어	盤陀亦有級
물길이 바위 따라 멈췄다 쏟아졌다 하는구나	停瀉水自由
발처럼 드리운 물은 혹 맑고 투명한데	簾垂或澄映
수맥 갈라지며 굽어져 부드럽게 흐른다	脈散更紆柔
거울처럼 잔잔하게 깊은 웅덩이에 모인 물	止鑑在歸泓

---

355 파곳의 큰 반석 : 파곳은 화양구곡(華陽九曲)의 제9곡으로 하얀 옥반(玉盤)과
같은 큰 암반이 있다.

356 열여덟……호상(胡牀)은 : 호상은 교상(交床)이라고도 하는 의자의 일종으로,
간편하게 접을 수 있도록 윗부분을 노끈으로 얽어 만들었다. 이 구절은 당(唐)나라
유종원(柳宗元)의 〈석간기(石澗記)〉에서 바위의 크기를 설명하면서 나오는 표현이다.

변화하며 흐르는 모습은 길 달리한 물줄기에서 살핀다　變態觀殊流

양치질하고 장난도 치며 즐길 거리 넉넉한데　　　漱弄有餘玩

혼자서만 흥을 내니 비로소 수심 생기려 하네　　興孤始欲愁

동수357께서 지난날 걷고 쉬고 할 때에　　　　洞叟昔流憩

우리 형님 짝하여 모시며 유람하였지358　　　吾兄偶陪遊

이곳을 품평하여 남긴 말들 있는데　　　　品題亦云云

감상했던 그때로부터 몇 해나 지났나　　　賞廢歲幾遒

먼 그리움은 긴 바람을 거슬러 뻗어가고　遙懷溯長風

아래를 굽어보니 물살은 유유히 흘러간다　俯視水悠悠

애오라지 바위 위에서 밥을 먹는데　　　聊爲石上飯

한 잔의 술이 없구나　　　　　　　　未有一觴浮

우연히 아름다운 경치 만났거니　　　邂逅景氣佳

단풍과 계수의 가을을 어이하리오359　奈何楓桂秋

산에 해 저물어 내 말 움직이니　　山晚我馬動

쓸쓸히 숲 귀퉁이로 향하노라　　　颼颼向林陬

357　동수(洞叟) : 화양동에 은거했던 송시열을 가리킨다.

358　우리……유람하였지 : 삼연의 형 김창협(金昌協)은 1688년(숙종14)에 권상하(權尙夏)와 함께 화양동에서 송시열을 배알하고 화양동과 인근 승경을 유람한 뒤 〈화양제승기(華陽諸勝記)〉를 지었다.

359　우연히……어이하리오 : 아름다운 가을 경치를 만났으니 여러 사람과 함께 즐겨야 하는데 지금은 삼연 혼자뿐이라 어이할 도리가 없다는 말이다.

새벽에 선유동 상류를 건너[360]

早涉仙遊洞上流

신선 같은 유람을 지난밤 꿈꾼 듯한데	仙遊似夕夢
새벽에 말 타고 가려니 서글픔 하염없네	晨騎悵悠悠
꼬불꼬불 송령 잠깐 사이 지나니	松嶺暫鬱紆
굽이굽이 돌아가는 물줄기 나타난다	繚轉見回流
깊고도 넓은 하얀 동천	呀然洞天白
완연히 어제 꿈에서 놀던 곳이라	宛是昨所遊
잠깐 이별했다 홀연 다시 만나니	乍離忽復合
홀로 웃으며 근심 떨치누나	孤笑以破愁
연담의 풍경 또 새롭건만	燕潭又新境
아쉬워라 말에서 내려 쉬지 못하네	惜未下馬休
선유동 기이한 풍광 찾느라 마음 바쁜 듯하고	搜奇意如忙
애당초 꾼 꿈의 광경 그리워하던 정신이 여기 머문다	戀初神亦留
여행길 점점 다채로워지는데	徒旅稍映蔚
빽빽한 단풍 숲속으로 걸음 옮겨 들어가네	去入楓林稠
텅 빈 시내에 사람들 말소리 끊어지고	溪虛人語靜
서리 내린 조도는 그윽하여라	霜落鳥道幽
엷게 그늘진 산의 자태 담박하고	微陰澹山容

---

360 새벽에……건너 : 선유동은 충북 괴산군 청천면 송면리에서 동북쪽으로 1~2km
에 걸쳐 있는 계곡이다. 선유구곡(仙遊九曲)이라고 부른다.

낙엽은 맑은 못으로 내려앉는다 　　　　　　黃葉下澄湫

석양의 햇살이 산을 밝게 빛내려 하는데 　　　高舂景將晰

높은 봉우리에는 이내가 아직 떠 있구나 　　穹岫嵐猶浮

두려운 것은 뛰어난 풍광 끝나는 것이지 　　所畏勝處窮

먹구름 빗방울은 걱정되지 않아라 　　　　　不爲陰雨憂

긴 여로에 굶주리고 목말랐더니 　　　　　　長途載飢渴

사흘 만에 비로소 여유롭게 즐기네 　　　　三日始優游

모를레라 산음 길³⁶¹도 　　　　　　　　　未知山陰道

이곳처럼 맑고 아름다울지 　　　　　　　　清美等此不

361　산음 길 : 진(晉)나라 왕휘지(王徽之)가 벗 대규(戴逵)를 찾아 늘 산음 길을 다니며 "산음 길을 따라 걷노라면 산천의 경치가 절로 어우러져 구경하느라 겨를이 없게 만든다.〔從山陰道上行, 山川自相映發, 使人應接不暇.〕"라고 하였다. 《世說新語 言語2》

송림
松林

동쪽으로 가자 골짝 기운 깨끗하니	東行峽氣潔
대체로 흰 모래 쌓인 곳이라	大抵白沙堆
땅은 건조해 개간할 수 없고	土燥謝菑畬
인가 멀어 누대는 적다	人遠少樓臺
이 때문에 많은 소나무 장수하여	萬松所以壽
오래도록 시들고 꺾이지 않누나	終古不凋摧
녹음은 산등성이 걸쳐 뻗었고	積翠亘岡巒
아름드리나무는 굽은 산언덕에 가득하다	連抱充陬隈
소슬하니 천목의 기운이요	蕭蕭天目氣
고고하니 조래의 재목일세362	落落徂徠材
마부가 도끼로 베어갈 만하다 하며	僕夫語斧斤
채찍 들어 돌아보며 서성이누나	擧策顧徘徊
서리 내린 새벽에 바람이 상쾌한 소리 만들어내니	霜晨來爽籟

---

362 소슬하니……재목일세 : 천목(天目)은 중국 절강성(浙江省) 임안현(臨安縣) 서
북쪽에 있는 산이다. 기이한 봉우리와 죽림(竹林)이 많아 절강의 명승지이며 도교에서
는 36소동천(小洞天) 가운데 하나로 친다. 조래(徂徠)는 산동성(山東省) 태안현(泰安
縣)에 있는 산이다. 《시경》〈노송(魯頌) 비궁(閟宮)〉에서 이미 "조래산의 소나무와
신보산의 잣나무를 자르고 헤아리며 재어보고 자질하니, 소나무 서까래 크기도 하여
정침이 몹시 우뚝하네.〔徂徠之松, 新甫之栢, 是斷是度, 是尋是尺, 松桷有舃, 路寢孔
碩.〕"라고 노래하였으며, 튼튼하고 큰 소나무 재목이 많이 나는 곳이다.

나의 생각은 아득해진다   我思其悠哉

천추의 도 거사와   千秋陶居士

함께 이곳에 오기를 생각하노라[363]   思欲與同來

---

363 천추의……생각하노라 : 도 거사는 동진(東晉) 때의 은사(隱士)이자 문학가인
도잠(陶潛)이다. 참고로 삼연의 이 구절과 비슷하게 두보(杜甫)는 그의 시에서 "어찌하
면 도잠이나 사영운(謝靈運) 같은 솜씨 지닌 이를 얻어, 나와 함께 시 짓게 하고 노닐게
할 수 있을까.〔焉得思如陶謝手, 令渠述作與同遊?〕"라고 하였다.《杜少陵詩集 卷10 江
上值水如海勢聊短述》

불한령[364]

不寒嶺

어둑어둑 묘시의 안개 속에	翳翳卯時煙
철점[365]은 거친 수풀 가운데 있네	鐵店依榛荒
걸음이 불한령에 이르러	行抵不寒嶺
울타리 곁에서 길을 묻노라	詰道笆籬傍
좁은 지름길이 보리 언덕에 비껴 있으나	邪徑迤麥坂
내버려두고 부드럽게 말고삐 당긴다[366]	捨之挈柔韁
수많은 솔이 긴 산비탈 끼고 섰는데	萬松夾脩岅
아 내 검은 말은 병들어 누렇게 변했어라	嗟我馬玄黃
기이한 풍광 너무도 지나치게 찾으니	搜奇亦太濫
충청도와 경상도가 이 고개에서 교차한다네	湖嶺交此崗
굽어보니 마치 깊은 구덩이 같고	俯視若深阬
돌아보니 푸른빛 쌓여 있도다	回望積蒼蒼
장대한 대야산은	熊熊大冶山
청주의 경계 가르고 있네	有截清州疆
금과 은의 비밀스러운 기운 쌓였으니	金銀蓄氣秘

---

364 불한령 : 충북 괴산군 청천면 관평리와 경북 문경시 가은읍 완장리를 동서로 연결하는 고개이다.

365 철점(鐵店) : 광석을 채취하여 쇠를 불려 만드는 곳이다.

366 좁은……당긴다 : 빠른 지름길이 있지만 가파르고 험한 길이라 그리로 가지 않고 넓은 길로 천천히 말을 몰아간다는 말이다.

아침 햇살에 자줏빛 광채 새어 나온다 　　　　　朝日洩紫光
무슨 수로 납³⁶⁷을 캐려나 　　　　　　　　采鉛竟何術
넝쿨 잡고 오르려 해도 겨를 없어라 　　　　　捫蘿適未遑
산천은 눈에 가득 들어오는데 　　　　　　　　山川滿目中
세상일에 얽매여 슬픔과 한탄만 길구나 　　　世故慨恨長
십 년 만에 한 번 마음껏 노닐건만³⁶⁸ 　　　十年一浪游
끝내 나의 걸음은 분주하여라 　　　　　　　　終是我行忙

---

367 납 : 도가에서 연단(煉丹)을 만드는 원료 중 하나이다.

368 십……노닐건만 : 1689년(숙종15)에 부친 김수항(金壽恒)이 사사(賜死)된 이후 마음 편하게 오랫동안 유람을 다니지 못했다는 말이다.

외선유동[369]
外仙遊洞

야인은 묘한 경치 가벼이 보고	野人輕妙境
흰 바위 아무렇게 밟고 다니네	凌踏白石行
외선유동 어디냐 물어보아도	問以外僊遊
왕왕 이름조차 모르는구나	往往不知名
산승이 홀로 견식이 있어	山僧獨了了
석장 들어 오솔길 알려주누나	擧錫蹊逕呈
무성하게 선 늙은 상수리 남쪽	童童老櫟南
가을 풀 펼쳐진 곳 말을 쉬도다	歇鞍秋草平
맑고도 깨끗한 시내가 열리니	披得白水淨
나지막이 푸른 병풍바위 둘러 있구나	繚以短翠屛
당을 세운 듯 층층 계단 엄연하고	堂設儼重級
구유에 물 떨어지듯 작은 소리 은근하다	槽瀉殷細鳴
아득히 상류에서 하류까지 길게 뻗어	悠然顚委長
꺾어 돌며 맑은 못에 떨어지누나	斗折下潭明
시내 따라 걷다 보니 발 피곤한데	隨流足力煩
일어났다 앉았다 경치는 넘쳐나네	興止景猶盈
북쪽으로 다섯 봉우리 꼭대기에는	維北五峰頂

---

369 외선유동(外仙遊洞) : 대야산을 끼고 있는 선유동 계곡에서 괴산 쪽은 외선유동,
문경 쪽은 내선유동이라 한다.

자욱하게 놀이 높이 휘감았구나 　　　　晻藹高霞縈

경지[370]는 산 위에 숨겨져 있고 　　　　瓊芝山上秘

송이는 길옆에 돋아 있도다 　　　　　　松芝路傍生

밥 먹으며 송이를 불에 구워서 　　　　開飯火松芝

돌샘의 맑은 물로 목에 넘기네 　　　　送以石泉淸

신선이 된 것처럼 몹시 황홀해 　　　　神僊殊恍惚

애오라지 이렇게 속세 마음 떨친다 　　聊此遣世情

---

370 경지(瓊芝) : 옥지(玉芝)라고도 하며 먹으면 장생하는 선약(仙藥)이다.

희양산을 바라보니 산 전체가 하나의 봉우리였다[371]

望曦陽山 都是一峰

가을걷이하는 이들 남쪽에 가득하니	秋穫滿南紀
이 사람들 만나 산길 물어보노라	遇斯問山程
손가락으로 가리키며 가깝다 말하는데	指點亦云邇
우러러 바라봄에 홀연 다시 놀란다	瞻仰忽復驚
둥글고 푸르게 우뚝한 한 봉우리	圓碧屹一峰
봉우리 하나 그대로 큰 산을 이루었네	峰乃大岳成
영남의 온 땅 다 진압하는 듯	如壓嶺南盡
기울어진 하늘 기둥[372] 지탱하는 듯	似撑天柱傾
성대한 기세 이처럼 장대하니	磅礴乃爾壯
애당초 태초에 어떻게 만들었나	鴻濛始何營
금골은 거칠고 조잡한 기운 벗었고	金骨脫渣礦
빼어나게 우뚝 솟아 태청[373] 이웃했어라	秀極隣太淸
꿈틀꿈틀 서린 기운 다함이 없고	未盡蜿蟺氣
층층 높은 푸른 하늘에 샘솟는구나	層靄湧靑冥

---

371 희양산을……봉우리였다 : 희양산은 소백산맥에 속하는 산으로, 경북 문경시 가은읍과 충북 괴산군 연풍면에 걸쳐 있다.

372 기울어진 하늘 기둥 : 전설상에 공공씨(共工氏)가 축융(祝融)과 싸워서 지고 분한 마음에 머리로 부주산(不周山)을 들이받아 하늘을 지탱하던 기둥이 부러졌다고 한다. 《補史記 三皇本紀》

373 태청(太淸) : 도교에서 하늘을 가리키는 말이다.

황학은 우러르며 미치지 못하고	黃鶴仰不逮
주조[374]는 날개를 접는다	朱鳥側其翎
금강산 높고 낮게 모인 봉우리	金剛磈碥湊
한갓 일만 이천이라는 이름만 차지했고	徒擅萬二名
인수봉은 도성에 장대하지만	仁壽壯神京
이곳에 비하면 어린아이 격	比此猶孩嬰
우뚝이 홀로 서서 누가 짝하랴	獨立更誰伴
굳센 기운은 맑은 가을에 늠름하여라	勁氣凜秋晴
나약한 사람 이 산 보고 뜻 세울 바 알지니	懦夫知所立
어찌 머리를 숙이고 걸으랴	寧可低首行
홀연 생각하길 장검에 기대	忽思長劍倚
쇠한 흥을 산처럼 드높이 일으키고저	衰興抗峥嶸

---

374 주조(朱鳥) : 봉황, 난새, 주작, 기러기 등 가리키는 대상이 많으나 여기에서는
기러기가 적절할 듯하다.

환적암[375]

幻寂菴

큰절은 수희하기 충분하고[376]	大寺足隨喜
작은 암자는 그윽하고 고요한 자리 차지했네	小菴擅幽寂
백운암[377]이 최고이지만	白雲爲上乘
아득할사 바위 벼랑에 막혔어라	逈哉限石壁
순서대로 환적암에 이르니	循序至幻寂
기쁘게도 이름난 승려 만났네	喜與名僧覿
오묘한 경계 전혀 오염됨 없고	境妙了無染
부엌은 말끔하게 청초하여라	井竈見淸歷
외로운 풍경 소리 산과 시내로 달려가고	孤磬赴泓崢
홀로 밝힌 등불은 자욱한 안개 뚫는다	一燈破羃歷
작은 뜰에 푸른 봉우리 둥글고	庭小碧峰圓
빽빽한 측백에 이슬비 똑똑 떨어지누나	栢森微雨滴

---

375 환적암 : 희양산 봉암사(鳳巖寺)에 소속되어 있던 암자이다.

376 큰절은 수희(隨喜)하기 충분하고 : 큰절은 희양산 암자들의 본사(本寺)인 봉암사를 가리킨 것이다. 수희는 해석하는 사람에 따라 불상을 참배하면서 환희심이 일어난다는 뜻으로 보기도 하고, 처하는 곳마다 승경을 관람하게 된다는 뜻으로 보기도 하는데, 모두 절을 유람하고 참배한다는 의미이다. 두보(杜甫)의 〈도솔사를 바라보며[望兜率寺]〉 시에 "이제 응당 깨끗하게 손을 씻고서 급고원에서 수희하리로다.[時應淸盥罷, 隨喜給孤園.]"라고 하였다.

377 백운암 : 봉암사에 소속된 암자로 희양산 높은 곳에 있다.

화엄의 뜻 풀어내지 못하고   未繹華嚴義
선의 기봉은 앉음에 이미 잠잠하다[378]   禪機坐已闃
가고 머무름은 자취로 말한 것   去住以迹言
이미 마쳤거늘 내 어디로 갈까[379]   已了吾何適

---

378 화엄의……잠잠하다 : 경전 공부와 참선이 모두 제대로 되지 않는다는 말이다.

379 가고……갈까 : 불교적으로 말하면 가고 머문다는 것은 무상(無常)하고 허깨비
망상 같은 자취의 측면에서 말한 것인데, 이 허깨비 같은 망상을 타파하여 가고 머문다
는 관념의 집착에서 벗어나면 애당초 어디로 가고 어디에 머물고 할 것이 없다는 말이
다. 이는 허깨비 같은 망상이 공적(空寂)해진다는 '환적'의 의미와 상통한다.

탄금대를 바라보며[380]

望彈琴臺

험한 길 점점 암석 사라지니	險途漸無石
돌 비탈 돌아 다시 동쪽 향하네	磴轉復東向
산기슭에서 조령은 끊어지고	山址鳥嶺截
들판 쪽으로 달천이 아득히 흐른다	野面㺚川曠
아침 내내 구불구불 험한 길 고생했더니	終朝困羊腸
평탄한 길 내달림에 정신이 비로소 시원해라	坦驅神始暢
서리 내린 언덕엔 가을걷이 반쯤 끝났고	霜原穫已半
탁 트인 공간 속에 어부 노래 들려온다	空闊來漁唱
빽빽이 언덕의 단풍은 기울었고	森森側岸楓
탄금대도 시야에 들어오누나	琴臺亦在望
신선의 자취 어디 있을까	仙眞迹有無
전쟁이 벌어진 일 비장하여라	戰伐事悲壯
거문고 소리는 멀리 부는 바람 거슬러 퍼져가고	玉徽溯遙風
전쟁 징과 북 소리는 부서지는 물결에 실려간다	金鼓憑頹浪
만사는 참으로 돌고 도는데	萬事良回薄
백 년 인생 짐짓 나풀대누나	百齡故蕩漾

---

380 탄금대를 바라보며 : 탄금대는 충북 충주의 남한강과 달천(㺚川)이 합류하는 지점에 자리한 나지막한 산언덕이다. 신라 때의 악성(樂聖)인 우륵(于勒)이 이곳에서 거문고를 탔다고 하여 붙여진 이름이다. 임진왜란 때에는 신립(申砬)의 군대가 이곳에서 배수진을 치고 왜적과 싸우다가 대패하였다.

배 띄워 가는 일 감회 있나니	有懷汎舟役
단구의 흥취 아득히 날려라³⁸¹	丹丘興悠颺
일천 편 많은 시 꽃과 새 읊고	千篇花鳥繁
이곳을 지나며 노 두드렸지	歷玆方鼓榜
이미 다 지난 일 지금은 홀로 왔거니	事往此孤征
누구를 위하여 읊조릴거나	吟嘯爲誰放
과거의 기쁨 오늘의 슬픔 논할 것 없이	毋論懽慽殊
산천의 모습도 당최 아리송해	殆迷山川狀
강물 내려다보면서 센머리 어루만지며	臨流撫霜鬢
늙어 까먹는 것 많음을 다시 탄식하노라	復嗟老多忘

---

381 배……날려라 : 충주의 탄금대를 지나다 보니 과거에 배를 타고 이곳을 거쳐 청풍(淸風)과 단양(丹陽) 등지를 유람했던 흥취가 되살아난다는 말이다. 삼연은 1688년(숙종14) 3월에 김창협(金昌協) 등과 함께 청풍과 단양 등지를 유람하였다. 단구(丹丘)는 신선이 사는 곳인데 단양의 별칭이다.

월탄382

月灘

출렁이는 월탄 서쪽	泛泛月灘西
충탑383이 백여 척이로다	層塔百餘尺
이곳에 고금 풍광 모두 있으니	古今盡於此

382 월탄(月灘) : 충주 서쪽 15리에 있는 월락탄(月落灘)이다. 현재는 월락탄의 지명이 남아 있지 않으나 아래 〈동여도(東輿圖)〉를 참조하면, 탄금대에서 여주 방향으로 흐르는 남한강 구간에 해당한다. 대체로 오늘날 충주 탑평리에서 목계리 사이의 구간 어디쯤으로 생각된다.

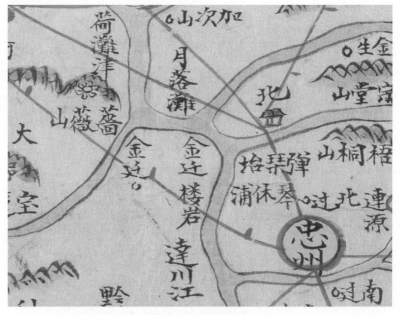

〈동여도(東輿圖)〉의 충주 월락탄 부분

383 충탑 : 충주 탑평리에 있는 통일신라 시대의 7층 석탑을 가리키는 듯하다.

많은 길손 번갈아 왕래하도다	來往遞多客
아 우리 형제 이곳을 노닐었나니[384]	嗟我棠棣遊
마치도 엊그제 일과 같구나	俛仰若晨夕
아지랑이 낀 물결 바라볼 수 없거니와	煙波不可望
미끄러지듯 흐르는 물결에 어이 자취 남으랴	滑流豈滯迹
옥강과 하담[385]	玉江與荷潭
걸음 옮기자 강 언덕 평탄해지네	移步岸勢易
푸른 마름 예전처럼 물가에 펼쳐졌고	綠蘋舊齊葉
갈대꽃은 하얗게 시들었어라	搖落葦花白
아득히 단구에서 생황 노래 들려오니	笙歌丹丘緬
좁은 백문에서 근심스레 울도다[386]	愁哭白門窄
쓸쓸함이 이처럼 심하니	蕭瑟乃爾甚
나그네 마음 또 어디로 갈까	旅思亦何適
해 저물 제 돌아오는 기러기	日暮有歸鴻
서리 내린 못에서 기럭기럭 우는구나[387]	嗷嗷叫霜澤

384 아……노닐었나니 : 437쪽 주381 참조.

385 옥강과 하담 : 모두 월탄 주변의 지명이다.

386 좁은……울도다 : 서남방은 금기(金氣)이고 금기의 색은 흰색이므로 서남방을 칭하는 말이다.《淮南子 墜形訓》지난날 단양에서 형제가 단란하게 놀던 것을 추억하면서 부친이 돌아가신 후 쓸쓸한 심경으로 충주 서쪽의 월탄을 다시 찾은 심경을 말한 것이다.

387 해……우는구나 :《시경》〈소아(小雅) 홍안(鴻鴈)〉에 "기러기 날아가며 기럭기럭 슬피 우네.〔鴻鴈于飛, 哀鳴嗷嗷.〕"라고 하였는데, 이는 살 곳을 잃고 사방으로 정처 없이 떠도는 사람을 비유한 것이다. 따라서 이 구절은 삼연의 심정을 기러기에 가탁한 것이다.

이낙보에 대한 만사[388]

李樂甫挽

제1수

말세에 온통 험난함뿐인데	末路都嶢險
오직 그대 길하고 상서로웠도다	惟君秉吉祥
애석하다 천지의 기강이여[389]	惜哉天地紀
슬프다 봉과 기린 같은 이 죽음이여	哀此鳳麟亡
많은 몸으로도 대속할 수 없으니[390]	莫以多身贖
끝내 강한 이수[391]에게 빼앗겼구나	終輸二竪強

---

388 이낙보(李樂甫)에 대한 만사 : 이낙보는 이하조(李賀朝, 1664~1700)이다. 본관은 연안(延安), 자는 낙보, 호는 삼수헌(三秀軒)이며, 저서에 《삼수헌고(三秀軒稿)》가 있다. 김창협(金昌協)의 처남이다.

389 애석하다 천지의 기강이여 : 세상의 기강이 되는 선인(善人)이 죽은 것이 애석하다는 말이다. 후한(後漢) 때 왕윤(王允)이 당대의 석학인 채옹(蔡邕)을 죽이자 마일제(馬日磾)가 "왕공(王公)은 후사가 없을 것이다. 선인은 나라의 기강이고 예악 제도는 나라의 전고(典故)인데, 기강을 없애고 전고를 폐하니 어찌 장구할 수 있겠는가.〔王公其無後乎! 善人, 國之紀也. 制作, 國之典也. 滅紀廢典, 其能久乎?〕"라고 개탄하였다. 《後漢書 卷90下 蔡邕列傳》

390 많은……없으니 : 어진 사람의 죽음을 다른 사람이 대신할 수 없다는 말이다. 진 목공(秦穆公)이 죽으면서 정신이 혼미하여 나라의 어진 사람이었던 자거씨(子車氏)의 세 아들 엄식(奄息), 중행(仲行), 침호(鍼虎)를 순장(殉葬)하라고 명하자, 진나라 사람들이 이를 슬프게 여기면서 시를 읊기를 "저 푸른 하늘이여. 우리 좋은 사람을 죽이는구나. 만일 대속할 수 있다면, 모든 사람이 제 몸을 백 번이라도 바치리라.〔彼蒼者天, 殲我良人. 如可贖兮, 人百其身.〕"라고 하였다. 《詩經 秦風 黃鳥》

사람들 장차 선을 행하기를 게을리하리니　　　　人將爲善倦

눈에 승냥이만 가득 들어오겠네[392]　　　　　滿目足豺狼

제2수 其二

독실하고 돈후한 서경의 의기 가졌으니[393]　　　篤厚西京意

겸허한 기상 심장했도다　　　　　　　　　　沖謙氣味長

문단에서 외려 크게 수립하였더니　　　　　　詞壇猶大樹

영화로운 벼슬길 굳게 담장 따랐어라[394]　　　榮路固循墻

---

391 이수(二竪) : 고칠 수 없는 질병을 뜻한다. 춘추 시대 진 경공(晉景公)이 병이 들어 진(秦)나라의 명의(名醫)를 청하였는데, 그가 오기 전에 경공의 꿈에 두 수자(竪子)가 서로 말하기를 "내일 명의가 오면 우리를 처치할 것이다. 그러나 우리가 고(膏)의 밑과 황(肓)의 위로 들어가면 명의도 어찌하지 못할 것이다."라고 하였다. 다음 날 명의가 와서 진찰하고는 "병이 고황(膏肓)의 사이에 들어갔으니 치료할 수 없습니다."라고 하였다. 《春秋左氏傳 成公 10年》

392 눈에……들어오겠네 : 어진 사람이 일찍 죽은 것을 보고 사람들이 선을 행하려 하지 않아 짐승처럼 예법을 모르는 사람들만 넘쳐날 것이라는 말이다. 승냥이는 예법과 인정을 모르는 무뢰배를 뜻한다.

393 독실하고……가졌으니 : 이하조의 묘도 문자들을 보면 모두 공통적으로 그의 행실이 어질고 순후하였음을 말하고 있다. 서경은 장안(長安)으로, 장안에 도읍했던 서한(西漢, 전한)을 가리킨다. 서한은 문제(文帝) 이후로 효제(孝悌)를 권면하여 교화가 크게 행해져 백성들의 풍속이 독실하고 돈후해졌다. 서한의 기풍을 말할 때 보통 독실 돈후를 꼽는다. 《漢書 卷23 刑法志 第3》

394 문단에서……따랐어라 : 이하조는 젊었을 때 지은 문장이 이미 사람들을 놀라게 하였으나, 사마시(司馬試)에 합격한 이후 과거 공부에 매달리지 않고 학업에 몰두하면서 벼슬에 뜻을 두지 않았고, 후에 음직으로 출사하여 낮은 관직만을 역임하였다. 담장을 따른다는 것은 높은 벼슬을 사양하고 조심히 처세한다는 말이다. 공자의 선조인 정고보(正考父)의 솥에 "대부 때에는 고개를 수그리고, 하경(下卿) 때에는 등을 구부리

소 잡는 칼을 대략 시험하고[395]	草草牛刀試
봉의 깃털 깊이 숨겼네[396]	冥冥鳳羽藏
뉘 알랴 참으로 나라 다스릴 인재요	誰知眞國器
순량[397]에 그치지 않았음을	不只是循良

제3수 其三

시비 따지지 않고 다 용납함을 부끄럽게도 근후하고 관대한 것이라	
하고	牢籠慚長厚
입 닫고 침묵하는 것을 질박하고 돈후한 것이라 꾸미네	含默託厖敦

고, 상경(上卿) 때에는 몸을 굽히고서, 길 한복판을 피해 담장을 따라 빠른 걸음으로 피한다면 아무도 나를 감히 업신여기지 못하리라.〔一命而傴, 再命而僂, 三命而俯, 循牆 而走, 亦莫余敢侮.〕라는 내용이 새겨져 있었다. 《春秋左氏傳 昭公 7年》

395 소……시험하고 : 소 잡는 칼은 큰 재능을 가지고 작은 고을을 다스리는 데 썼다 는 말로, 이하조가 지방 수령을 맡아 자신의 재주를 조금 폈다는 뜻이다. 공자의 제자 자유(子游)가 무성(武城)의 읍재(邑宰)가 되어 예악을 가르쳐 고을 사람들이 모두 현 악(弦樂)에 맞추어 노래를 불렀는데, 공자가 무성에 가서 그 소리를 듣고는 빙그레 웃으며 "닭을 잡는 데에 어찌 소 잡는 칼을 쓰느냐.〔割鷄焉用牛刀?〕"라고 한 데서 온 말이다. 《論語 陽貨》 이하조는 부평 현감(富平縣監)을 맡아 맑고 깨끗한 절조로 은혜로 운 정사를 너그럽게 펼쳤다는 평가를 받았다. 《芝村集 卷27 亡弟行錄》

396 봉의……숨겼네 : 자신의 뛰어난 재주를 완전히 감추고 드러내지 않았다는 말이 다. 후한 때 장승(張升)이 붕당 싸움을 피하여 벼슬을 버리고 고향으로 돌아오다가 길에서 친구를 만나 서로 부둥켜안고 우니, 어떤 노인이 이를 보고 말하기를 "용이 비늘을 감추지 못하고 봉황이 날개를 감추지 못했으니, 이 높이 쳐진 그물 속에서 가면 장차 어디로 갈 것인가.〔夫龍不隱鱗, 鳳不藏羽, 網羅高懸, 去將安所?〕"라고 한 데서 온 표현이다. 《後漢書 卷113 逸民傳 陳留老父》

397 순량(循良) : 법을 지키고 이치를 따르는 관리인 순리(循吏)와 현능(賢能)한 실 력을 갖춘 관리인 양리(良吏)를 합쳐서 이르는 말이다.

세상 돌아보며 그 위선 미워하였나니	閱世憎其僞
그대의 선함은 근본 있음을 알겠어라	知君善有根
유하의 절개 잡아 지키고[398]	能持柳下介
태구처럼 혼융하려 하지 않았네[399]	不欲太丘渾
윤상에 강개한 뜻이 있으니	慷慨倫常際
이에 옳고 그름을 분명히 하였도다	於焉黑白存

제4수 其四

| 사세 동안 교유한 정 담박하니[400] | 四世交情淡 |
| 일평생 함께 모인 날 드물었네 | 百年團日稀 |

---

398 유하(柳下)의……지키고 : 유하는 춘추 시대 노(魯)나라의 대부인 유하혜(柳下惠)이다. 《맹자》〈진심 상(盡心上)〉에 "유하혜는 삼공의 작위를 얻기 위하여 그 절개를 바꾸지 않았다.[柳下惠不以三公易其介]"라고 하였는데, 이는 시비와 의리를 분명하게 따지고 구분하여 자신의 절개를 더럽히는 일은 절대로 하지 않았다는 말이다.

399 태구(太丘)처럼……않았네 : 태구는 후한 때 태구 수령을 지냈던 영천(潁川) 사람 진식(陳寔)이다. 진식은 성품이 원만하고 모든 사람과 널리 친하였는데, 허소(許劭)가 영천에 와서 다른 사람들은 모두 만났지만 진식은 만나지 않으면서 말하기를 "태구는 도가 넓으니, 넓으면 두루 화합하기 어렵다.[太丘道廣, 廣則難周.]"라고 하였다. 또 권세를 잡고 국정을 농단하던 환관 장양(張讓)의 부친상에 명사(名士)들은 한 사람도 가지 않았는데, 진식만은 홀로 가서 조문하여 후에 당고(黨錮)의 화(禍)가 일어나 명사들이 모두 처벌받았으나 진식은 죽음을 면하였다. 《後漢書 卷62 陳寔列傳·卷68 許劭列傳》

400 사세(四世)……담박하니 : 이하조와 삼연의 집안이 대대로 군자의 교분을 맺었다는 말이다. 《장자(莊子)》〈산목(山木)〉에 "군자의 사귐은 담박하기가 물과 같고, 소인의 사귐은 달기가 단술과 같다. 군자는 담박함으로 친밀함을 이어가고, 소인은 단것으로 관계가 끊어진다.[君子之交淡若水, 小人之交甘若醴. 君子淡以親, 小人甘以絶.]"라고 하였다.

붓과 벼루 함께한 날 적었고	薄言同筆硯
소식이 막힌 날은 많았어라	多是間音徽
진국술에 취함은 골수에 젖어드는 것 같았고[401]	醇醉猶淪髓
난초 향 스며들어 옷에 오래 남았도다[402]	蘭熏久在衣
경박함이 끝내 나의 병통인데	輕儇終我病
활줄과 가죽[403] 우러를 곳 없게 되었구나	無地仰絃韋

제5수 其五

심주에서 촛불 밝히고 이별할 때[404]	沁州臨別燭
새벽 햇살 얼굴에 빛났지	顔面耿晨暉

---

401 진국술에⋯⋯같았고 : 이하조의 인품에 깊이 감화되었다는 말이다. 삼국 시대 오(吳)나라 정보(程普)가 주유(周瑜)의 너그러운 인품에 감복하여 말하기를 "주공근과 사귀다 보면 마치 진국술을 마신 것과도 같이 나도 모르게 절로 취한다.〔與周公瑾交, 若飮 醇醪, 不覺自醉.〕"라고 하였다. '공근(公瑾)'은 주유의 자이다. 《三國志 卷9 吳志 注》

402 난초⋯⋯남았도다 : 이 역시 이하조의 인품에 감화되었다는 말이다. 《공자가어 (孔子家語)》권4 〈육본(六本)〉에 "선한 사람과 함께 지내는 것은 마치 지란이 있는 방에 들어간 것과 같아 오래되면 그 향기를 맡지 못하니, 바로 자신이 그 향기와 동화되 었기 때문이다.〔與善人居, 如入芝蘭之室, 久而不聞其香, 卽與之化矣.〕"라고 하였다.

403 활줄과 가죽 : 자신의 단점을 고칠 수 있는 대상을 말한다. 전국 시대 위(魏)나라 서문표(西門豹)는 급한 성격을 고치기 위해 무두질한 가죽을 허리에 차고 다니고, 춘추 시대 진(晉)나라 동안우(董安于)는 느슨한 성격을 고치기 위해 활줄을 허리에 차고 다녔다는 고사가 있다. 《韓非子 卷8 觀行》

404 심주(沁州)에서⋯⋯때 : 심주는 강화도이다. 이하조와 삼연이 강화도에서 만난 자 세한 정황은 확인되지 않으나, 이하조는 1698년(숙종24) 6월부터 강화도와 바로 인접한 부평 현감이었다. 이 시를 지은 1700년과 그 이전인 1699년에 삼연은 모친을 뵙고 부친의 문집 간행을 감독하는 등의 일로 강화도를 자주 오갔으므로 그 기회에 만난 듯하다.

토구[405]가 늦었음에 탄식 미치고   嘆及菟裘晚

흰 눈 펄펄 내림[406]에 근심 이어지네   愁連雨雪霏

벽성은 상책이 아니요   碧城非上策

지동에 초의 있도다[407]   芝洞有初衣

그 당시 다정하게 나누던 토론   款款伊時討

오호라 끝내 죽어서 돌아왔구나[408]   嗚呼竟死歸

---

405 토구(菟裘) : 벼슬에서 물러나 은거한다는 뜻이다. 토구는 노나라의 지명이다. 노나라 은공(隱公)이 "내가 장차 토구 땅에 집을 짓고 그곳에서 늙으리라."라고 한 데서 유래하였다. 《春秋左氏傳 隱公 11年》

406 흰……내림 : 직책에서 물러나 고향으로 돌아가는 때를 뜻한다. 《시경》〈소아(小雅) 채미(采薇)〉에 "옛날 내가 출정 나갈 때에는, 버들이 가벼이 한들거리더니, 지금 내가 돌아올 때에는, 흰 눈이 펄펄 내리도다.〔昔我往矣, 楊柳依依; 今我來思, 雨雪霏霏.〕"라고 하였다.

407 벽성(碧城)은……있도다 : 벽성은 해주(海州)의 별칭이다. 이하조는 생애 마지막에 형 이희조(李喜朝)의 임소인 해주를 다녀오고 '서행록(西行錄)'이라는 제명(題名) 하에 해주에서 지은 시를 묶었다. 지동은 부친 이단상(李端相)이 은거했고 이후 이하조 형제가 살았던 양주의 영지동(靈芝洞)이다. 초의(初衣)는 벼슬하기 전에 입던 옷을 가리킨다. 아마도 이하조와 삼연이 해주와 영지동 가운데 어디가 벼슬에서 물러나 은거하기 좋은 곳인지 토론했던 듯하다.

408 오호라……돌아왔구나 : 이하조의 장지는 처음에 영지동에 마련되었다. 《芝村集 卷27 亡弟行錄》

허 사문에 대한 만사[409] 허 사문은 허윤이다

許斯文 炌 挽

창해를 부친으로 두었으니	滄海以爲父
사랑할 만한 사람[410]이요 속된 사람 아니로다	可兒非俗兒
대의에 입각한 높은 담론 펼치고	高談依大義
청명한 시절 생각하며 크게 탄식하였네	浩歎入淸時
우주에 이름을 어디 쓸거나[411]	宇宙名何用
강호의 장지가 예 있구나[412]	江湖葬在斯
낚시터에서 지난날 서로 만났더니	漁磯昨相遇
문득 한 자 물결 흘러감을 보도다[413]	奄見尺波移

---

409 허……만사 : 허윤(許炌, ?~1700)은 본관이 양천(陽川)이고 허격(許格, 1607~ 1690)의 아들이다. 허격은 호를 창해(滄海)라고 하는데, 병자호란 때 화의(和議)가 성립되자 벼슬에 뜻을 버리고 가솔을 데리고 단양에 은거한 인물이며, 일평생 존주(尊周)의 의리를 굳게 지켰다. 삼연의 증조부인 김상헌(金尙憲)과도 종유하였다. 본집 권3에 〈허창해와 수명정에 올라[與許滄海登水明亭]〉 시가 있다. 이 만사는 대체적으로 이런 의리의 관점에서 말한 부분이 많다. 《本庵集 卷10 滄海處士許公行狀》

410 사랑할 만한 사람 : 동진(東晉) 때 환온(桓溫)이 왕돈(王敦)의 무덤 곁을 지나다가 무덤을 바라보면서 "사랑할 만한 사람이로다. 사랑할 만한 사람이로다.[可兒可兒]"라고 한 데서 온 표현이다. 《世說新語 賞譽》

411 우주에……쓸거나 : 천하가 오랑캐의 것이 되었으므로 세상에 나가 이름을 드러낼 필요가 없다는 말이다.

412 강호의……있구나 : 세상에 나가지 않고 강호의 선비로 은거하며 지내다가 강호에 묻혔다는 말이다.

413 문득……보도다 : '한 자 물결'은 덧없이 순식간에 흘러가서 다시 돌아오지 않는

것과 같은 인생의 짧음을 비유하는 말이다. 진(晉)나라 육기(陸機)의 〈장가행(長歌行)〉에 "짧은 시간도 해 그림자가 멈추는 일은 없고, 한 자의 물결도 어찌 부질없이 돌아오겠는가.〔寸陰無停晷, 尺波豈徒旋?〕"라고 하였다. 《文選 卷28 長歌行》

화담서원을 참배하고[414]

謁花潭書院

동방의 학문이 실로 거칠었는데	東方實鹵莽
빼어나게 출중한 선비 하나 있었네	一有英邁士
어릴 때부터 하늘의 이치 통하고	玄通自髫齡
복희(伏羲) 소옹(邵雍)의 뜻에 오묘하게 합치했어라[415]	妙契羲邵旨
육육궁 두루 노닐고	周遊六六宮
탑상에 꿇어앉아 수렴하였네[416]	斂以一榻跪
애초 처함이 편안했기에 활용이 깊고[417]	資深始居安

[414] 화담서원(花潭書院)을 참배하고 : 화담서원은 개성(開城)의 화곡서원(花谷書院)으로, 화담 서경덕(徐敬德)을 배향한 곳이다. 삼연이 화담서원을 방문한 것은 이해 9월의 일이다. 당시 맏형 김창집(金昌集)이 개성 유수로 있었다.《三淵先生年譜》

[415] 복희(伏羲)……합치했어라 : 복희는 처음으로 역(易)의 8괘와 64괘를 그렸다고 일컬어지는 전설상의 성인이다. 복희의 역을 선천역(先天易)이라고 한다. 소옹은 송(宋)나라 때 학자로 선천역에 바탕을 둔 선천상수학(先天象數學)을 크게 이루었다. 서경덕이 선천 역학에 조예가 깊었으므로 한 말이다.

[416] 육육궁(六六宮)……수렴하였네 : 서경덕이 역의 이치를 두루 다 통달하고 책상에서 이를 수렴하여 학문을 완성하였다는 말이다. 육육궁은 삼십육궁(三十六宮)과 같은 말로 역의 64괘 전체를 가리킨다. 소옹의 〈관물음(觀物吟)〉에 "삼십육궁이 모두 다 봄빛이로다.〔三十六宮都是春〕"라고 하였다. 8괘 중에 건(乾), 곤(坤), 감(坎), 이(離)의 네 괘는 상하가 대칭이므로 뒤집어도 모양이 변하지 않고, 나머지 네 괘는 달라지는데 진(震)은 간(艮)이 되고 손(巽)은 태(兌)가 된다. 그러므로 진(震)과 간(艮)을 하나로, 손(巽)과 태(兌)를 하나로 보아 8괘를 6괘로 칠 경우 6 곱하기 6은 36이 되므로 36궁이 되는 것이다.

산천을 즐기며 배고픔을 잊었도다	忘飢卽林水
천마산에서 흘러나온 기슭	天磨有餘麓
그윽하고 아름다운 작은 산 솟았네	窈窕小山峙
금빛 못에는 맑고 푸른 물 모이고	金潭匯澄碧
들판 풍광은 이곳에서 그치는구나	野色限於此
이곳을 고반⁴¹⁸의 장소로 삼아	玆爲考槃所
호연히 즐기며 여생 보냈어라	浩然以樂死
서원은 옛 거처 그대로 쓴 것이니	黌院舊窩仍
들르는 사람마다 우러르도다	有過輒仰止
가을 기운에 내 옷깃 엄숙히 여미니	霜天肅余衿
가파르게 깎아지른 바위에 늙은 단풍 붉어라	石瘦老楓紫
시냇가에서 표주박으로 차가운 물 뜨던 모습 상상하고	臨川想寒瓢
그늘진 언덕에서 그윽한 발자취 찾도다	蔭丘撫幽履
드높은 봉분은 흰 구름 위에 있고	墳高白雲上
오래된 비석은 푸른 넝쿨 속에 있네	碑古綠蘿裏
배회하기를 멈추지 못하겠으니	低徊未云已

---

417 애초……깊고 : 《맹자》〈이루 하(離婁下)〉에 "군자가 학문에 깊이 나아가기를 도로써 하는 것은 자득하고자 해서이니, 자득하면 사물에 처하는 것이 편안하고, 사물에 처하는 것이 편안하면 활용하는 바가 깊고, 활용하는 바가 깊으면 일상 속 좌우의 가까운 곳에서 취해도 그 근원을 만나게 된다.〔君子深造之以道, 欲其自得之也. 自得之, 則居之安, 居之安, 則資之深, 資之深, 則取之左右逢其原.〕"라고 하였다.

418 고반(考槃) : 《시경》〈위풍(衛風) 고반〉에 "고반이 시냇가에 있으니, 현인의 마음이 넉넉하도다.〔考槃在澗, 碩人之寬.〕"라고 하였다. 고반의 글자 풀이는 여러 설이 있으나 공통적으로 군자의 은거지를 뜻한다.

아담한 물가에 자주 발걸음 가는구나 小磯屢臨趾
청허함은 조짐 없는 가운데 담박하고[419] 淸虛澹無眹
졸졸 흐르는 소리와 싱그러운 모습은 눈과 귀에 모여든다[420]

澄泠會眼耳
서사정[421]에 기약 남겨두어 存期逝斯亭
나그네는 천 리 길 왔어라 有客亦千里

419 청허함은……담박하고 : 이 구절은 문맥상 화담서원의 풍광과 기운을 읊은 구절인데, 그 단어들이 눈여겨볼 지점이 있다. 먼저 청허(淸虛)는 서경덕의 기일원론(氣一元論)에서 사용하는 단어이다. 서경덕은 삼라만상을 구성하고 있는 것은 '기(氣)'이고 그 존재 방식을 근원적으로 규정하고 운용하는 것은 '이(理)'라는 주희(朱熹) 이래의 이기이원론(理氣二元論)을 따르지 않고, '기'가 모든 삼라만상의 근원이고 '이'는 근원인 선천의 '기'가 변화하여 후천의 '기'가 될 때 따라서 생겨나는 것이라고 보는 기일원론을 주장하였다. 이때 근원인 선천의 기를 태허(太虛)라고 하며 이 태허의 성격을 말할 때 서경덕은 '담일청허(澹一淸虛)'라고 표현한다. 그런데 이는 이이(李珥)를 비롯하여 대다수 성리학자들로부터 많은 비판을 받았다. 조짐이 없다는 것은 정이(程頤)가 도의 본체인 무극태극(無極太極)을 설명하면서 "지극히 고요하여 아무런 조짐이 없다.〔沖漠無眹〕"라고 한 말에서 가져온 것으로, 주희는 이 말에 대해 "사물이 아직 있지 않을 때에 이 '이'가 이미 갖추어져 있다.〔未有事物之時, 此理已具.〕"라고 설명하였다. 곧 이 구절은 조짐이 없이 모든 '이'가 구비되어 있는 태극의 기반 위에서 청허하고 담박한 '기'가 존재한다고 말한 것으로, 서경덕의 말을 쓰되 이기이원론의 입장에서 재해석한 것이다. 《花潭集 卷2 鬼神死生論》《栗谷全書 卷9 答朴和叔》《近思錄 卷1 道體》

420 졸졸……모여든다 : 당(唐)나라 유종원(柳宗元)의 〈고모담 서쪽의 작은 언덕을 유람한 기문〔鈷鉧潭西小丘記〕〉에 "맑고 싱그러운 모습은 눈 안에 들어오고, 졸졸 흐르는 시냇물 소리는 귓속으로 들어온다.〔淸冷之狀與目謀, 潛潛之聲與耳謀.〕"라고 한 구절을 원용한 것이다.

421 서사정(逝斯亭) : 화담 못가의 바위에 있는 정자이다. 공자가 흐르는 시냇물을 보고 "흘러가는 것이 이와 같구나. 밤낮을 그치지 않는다.〔逝者如斯夫. 不舍晝夜.〕"라고 한 말에서 이름을 취하였다. 《論語 子罕》

못 속의 물고기를 가만히 헤아리노니	靜數潭中魚
내가 그대 아닌 줄 어찌 알랴[422]	寧知我非子
선생은 아득히 먼 옛사람	先生其緬矣
남은 완상은 이 이치로다[423]	餘玩則斯理

422 못……알랴 : 장자(莊子)가 친구 혜자(惠子)와 함께 호수(濠水)의 다리에서 물고기를 보다가 "물고기가 나와서 유유히 헤엄치고 있으니, 이것이 바로 물고기의 즐거움일세."라고 하니, 혜자가 말하기를 "그대는 물고기가 아닌데 어떻게 물고기의 즐거움을 아는가."라고 하였고, 장자가 다시 "그대는 내가 아닌데 어떻게 내가 물고기의 즐거움을 알지 못한다는 것을 아는가?"라고 하였다. 그러자 혜자가 "나는 그대가 아니니〔我非子〕그대를 모르네. 그대도 본래 물고기가 아니니 그대가 물고기의 즐거움을 알지 못하는 것이 분명하네."라고 하니, 장자는 "다시 원점으로 되돌아가 보세. 방금 그대가 내게 어찌 물고기의 즐거움을 아느냐고 물은 것은 내가 물고기의 즐거움을 아는 것을 이미 그대가 알았기 때문이네."라고 하였다. 《莊子 秋水》 이 일화는 사물에 대한 인식은 관점에 따라 차이가 있음을 말한 것이다. 삼연은 장자와 혜자가 물고기를 보면서 나눈 대화의 구절을 빌려오되, 지금 화담에서 물고기를 보고 있는 자신이 화담이 아닐 줄 어떻게 아느냐고 단장취의한 것이다.

423 선생은……이치로다 : 서경덕은 이미 먼 과거의 사람이라 함께 만나 노닐 수 없으므로, 화담에서 남은 놀거리는 물고기를 보면서 《장자》에 나온 이치를 헤아려보는 것이라는 말이다.

대흥사[424]
大興寺

지난날 내가 대흥사 왔을 때[425]	昔我到大興
봄 숲에 온갖 꽃 붉었는데	春林百花紅
지금 내가 대흥사 옴에	今我到大興
서리 내린 벼랑에 단풍 떨어지니	霜崖隕丹楓
시절은 돌고 돌건만	時節則回換
아이는 늙어 지팡이 짚고 거니누나	杖屨老兒童
삼엄한 무기고 기운	森嚴武庫氣
어이하여 깊은 청산에 있는가[426]	胡乃翠微中
여기에 요새 차린 것 까닭 있으니	設險蓋有由
나라를 천룡[427]이 수호함이라	護國唯天龍
튼튼한 성은 절벽 활용했고	金湯用絶墼
무기들은 절간에 두었어라	戈鋌寄禪宮
솔숲 속에 작은 마을 펼쳐지는데	松林羅狹巷
촌 아낙 흩어져 물 긷고 절구 찧으니	村女散汲舂

---

424 대흥사 : 개성 천마산에 있는 고찰이다.

425 지난날……때 : 삼연은 1671년(현종12) 19세 되던 때에 개성 일대를 유람하였다.

426 삼엄한……있는가 : 대흥사가 있는 대흥동(大興洞)에 대흥산성이 있으므로 한 말이다.

427 천룡(天龍) : 불교 용어로, 하늘의 천신들과 용을 아울러 일컫는 말이다. 대흥사의 승려들이 산성의 부역에 참여하고 있으므로 한 말이다.

어렴풋이 도원⁴²⁸은 깊숙이 있고	依俙桃源幽
높고 낮은 동관⁴²⁹은 웅장해	參錯潼關雄
마침내 다시 찾아온 이로 하여금	遂令再到人
바위 계곡 달라진 모습 의아케 하네⁴³⁰	巖壑訝異同
진여는 정과 염을 포함하고	眞如帶淨染
만법은 애당초 공한 적 없나니	萬法未始空
흥성과 쇠퇴 슬픔과 기쁨	興廢與悲歡
세상 속에서 숱한 일들 어찌 다함 있으랴⁴³¹	世故莽何窮
과거 현재 미래의 시간은 잠깐 사이에 흘러가니	俛仰去來今
승려는 날더러 쇠약한 늙은이라 하누나	僧謂我衰翁

---

428 도원(桃源) : 무릉도원(武陵桃源)이다. 옛날 무릉의 어부가 복사꽃이 흘러 내려 오는 물길을 따라가 보니 선경(仙境)이 나왔는데, 그곳에서 진(秦)나라의 난리를 피해 들어온 사람들이 바깥세상과 단절하고 살아가고 있었다고 한다. 《陶淵明集 卷5 桃花源記》

429 동관(潼關) : 당(唐)나라 때 수도인 장안(長安) 근처에 있던 관문이다. 고려의 수도인 개성 부근에 있던 대흥산성을 동관에 비긴 것이다.

430 바위……하네 : 대흥산성은 1676년(숙종2)에 축조되었다. 삼연이 과거에 유람하 던 때와는 달리 산성도 생기고 그 안에 마을도 생겼으므로 이렇게 말한 것이다.

431 진여(眞如)는……있으랴 : 온갖 좋은 일과 나쁜 일을 겪으며 수많은 감정 속에 휩싸여 힘들게 지내왔지만, 그것 자체가 그대로 완전한 세상사의 진면목이자 본연이라 는 말이다. 진여는 불교에서 삼라만상의 차별 없는 평등한 실체를 가리키는 말이다. 보통 진여는 맑고 흠 없는 것으로 받아들여지지만, 삼연의 말은 진정한 진리는 정법(淨 法)과 염법(染法), 곧 번뇌와 망상을 여읜 청정무구함과 번뇌와 망상으로 물든 무명(無 明)이 서로 다른 것이 아니라 하나의 완전한 실상이라는 뜻이다. 만법은 공(空)한 적이 없다는 것도 보통 만법의 실체는 공하다고 받아들여지지만, 이때의 공은 아무것도 없다 는 뜻의 공이 아니라 어떤 경계에도 머무름 없이 자유자재한 상태의 법공(法空)을 말하 는 것으로, 색즉시공(色卽是空)과 공즉시색(空卽是色)의 의미와 상통한다.

종이 울리자 유람 벗들 휴식하고	鐘鳴遊侶息
어두운 안개는 한 봉우리에 머무는데	暝靄留一峰
사찰 누각 남쪽을 배회하노니	徘徊寺樓南
석문432의 솔은 그대로 있으려나	有無石門松
아쉬워라 큰 반석은	惜哉大盤石
먼지 두껍게 끼어 영롱함 잃었구나	垢厚失玲瓏

---

432 석문 : 대흥사 바로 앞에 있는 석문담(石門潭)을 가리키는 듯하다. 김육(金堉)의
〈천성일록(天聖日錄)〉에 "대흥사를 나와 스무 걸음도 채 못 되는 곳에 절벽을 가로지른
반석이 있는데, 수백 명이 앉을 만큼 넓고 아래로 석문담이라는 깨끗한 못이 있다.
석문담 위에는 두 개의 바위가 있는데, 길을 끼고 양쪽에 있어 마치 문과 같다."라고
하였다. 《潛谷遺稿 卷14》

박연

朴淵

긴 시냇물이 절벽에 이르러서	長溪到絶壁
뿜어져 내려 윗못 아랫못 되네	噴作上下淵
성거산과 천마산	聖居與天磨
그 사이 자리해 일만 봉우리 둘렀어라	分野萬峰纒
흰 성가퀴 이어지지 않는 곳⁴³³	粉堞所不續
날리는 물살이 흰 구름 뚫네	飛流白雲穿
돌 비탈 오르자 비로소 와들와들 떨려	緣磴始凌兢
소나무 끌어안고 다시 머뭇거리노라	抱松復徊遭
용은 천년 오랜 세월 잠겨 있고	龍潛千歲舊
폭포는 일만 사람 앞에 떨어진다	瀑落萬人前
물결 휘날려 혹 먼 물가에 떨어지고	飄灑或遠濺
직하하는 폭포수는 바위 높이 걸렸어라	端直自高懸
범사대⁴³⁴에 지팡이 놓아두고서	委策泛槎臺
탄성 지르며 자리를 옮겨 앉네	叫奇又坐遷
자연의 조화 감탄할 만하고	造化堪一歎
일평생 완상하기 충분하여라	賞玩足百年
저녁 되어 산에 석양빛 물드니	山夕有餘照

---

433 흰……곳 : 박연폭포는 대흥산성의 북문을 나와 북쪽에 있다.

434 범사대(泛槎臺) : 범사정이라고도 하며 박연폭포 아래의 못가에 있는 정자이다.

붉고 푸른 기운이 허공의 안개에 번뜩인다 　　　紫翠閃虛煙
비 계속 내리던 여름날 회상하고 　　　　　　　回頭積雨夏
둥근 달 떠오르는 하늘에 마음 간다 　　　　　送神圓月天
아쉬워라 소나무 사이 젓대 울려서 　　　　　惜無松間笛
드높이 세찬 폭포수와 어우러짐 없는 것이 　　高吹激湍湲

관음굴[435]
觀音窟

벼랑의 절 본디 기이한 풍광 많으니　　　　崖寺故多奇

시내 너머에서부터 마음 그윽해진다　　　　隔溪已幽意

동서로 뻗은 고모담[436]은　　　　　　　　東西鈷鉧潭

운흥사[437] 비추어 띠처럼 둘렀어라　　　　映帶雲興寺

구불구불 산길에 지팡이 처음 닿으니　　　　逶迤杖始及

묘한 곳에 위치한 굴 살펴보노라　　　　　妙處觀位置

골짝 메운 돌계단은 허공에 놓였고　　　　塡壑砌虛無

암굴[438]에 기댄 들창은 푸른 숲에 싸였다　倚广牖蒼翠

울창한 단풍 노송 사이에　　　　　　　　悄蒨楓栝間

샘물은 돌구유로 떨어지누나　　　　　　　泉向石槽墜

관음 불상 얼굴에 이끼 꼈으니　　　　　　觀音面有苔

---

435 관음굴 : 개성 천마산과 성거산 사이 대흥동(大興洞)에 있는 관음사의 암굴이다.
굴 안에 관음상이 있다.

436 고모담(鈷鉧潭) : 박연폭포가 떨어져 만든 못이다. '고모담(姑姆潭)'이나 '고모담
(姑母潭)'으로도 표기한다.

437 운흥사(雲興寺) : 천마산에 있는 사찰이다.

438 암굴 : 원문의 '엄(广)'은 일반적으로 이 글자를 해석하는 '집'의 뜻이 아니다. 《설
문해자(說文解字)》에 이 글자를 "엄을 말미암아 집을 짓는 것이다.〔因广爲屋〕"라고 하
였는데, 이는 곧 암굴 자체를 집으로 삼는다는 뜻이며 이때 '엄(广)'은 바위 언덕이나
암굴을 뜻하는 '엄(厂)'의 뜻이다. 이는 본집 전체의 용례를 검토해보아도 암굴의 뜻이
됨이 분명하다.

억겁토록 온갖 일 겪음이로다　　　　　　　塵劫自萬事

지난번 유람한 해 오래전이나　　　　　　　昔遊年雖久

휘영청 시내 달빛 기억한다네　　　　　　　溪月朗可記

태종대[439]에서 종소리 듣고서　　　　　　　聞鐘太宗臺

구름 낀 암굴 곁으로 돌아와 잠들었어라　　歸傍雲竇睡

이토록 오랜 세월 지나 다시 오니　　　　　再來荓如許

자취 사라진 중에 한두 개 남아 있구나　　　翳迹存一二

텅 빈 뜨락 탑 그림자 곧게 뻗었고　　　　　庭虛塔陰直

서늘한 골짝 꽃비 그쳤네　　　　　　　　　洞凉花雨闋

아쉽게 절을 떠나와 투숙하니　　　　　　　依遲別寺投

나그네 같은 이내 인생 탄식하노라　　　　　感歎是身寄

덩굴진 돌 비탈에서 둥지 깃드는 새 만나니　蘿磴遇棲鳥

근심스럽게도 하늘은 벌써 어둑하구나　　　暝色悄已至

생각건대 지난날 해송 숲이　　　　　　　　惟昔海松林

이 길에 가장 울창했어라　　　　　　　　　此路最森邃

439　태종대(太宗臺) : 개성 성거산의 지명으로 시내가 감아 도는 곳에 있는 큰 입석이다.

적멸사[440]

寂滅寺

성시에는 시끄러움과 고요함 뒤섞였는데	城市半喧靜
상류에는 빽빽한 숲뿐이어라	上源唯密林
나옹담[441] 지나자	歷夫懶翁潭
비로소 그윽하고 깊어지려 하네	始欲窈而深
대가마는 무성한 수풀 속에 놓아두고	筍輿委蒙密
명아줏대 지팡이 짚고서 높고 험한 산 오른다	藜杖就崎嶔
산에는 가을 들어 낙엽 쌓였고	山秋霜葉積
여라는 빈 봉우리에 걸려 있구나	女蘿挂空岑
절 지키는 백 길 높이 노송나무는	護寺百丈栝
고려 때에 시들어버렸네	麗代見銷沉
오랜 세월 속에 저 혼자 썩어가니	年久復自朽
고승의 마음 누가 알런가[442]	誰見古僧心

---

440 적멸사(寂滅寺) : 개성 천마산에 있는 절의 이름이다. 대흥사(大興寺)에서 2리 떨어진 곳에 있으며 고려 때 나옹 선사(懶翁禪師)가 지은 것이라고 한다. 김창협(金昌協)은 적멸암(寂滅菴)이라고 표기하였으며, 1671년(현종12)에 찾았을 때에는 허물어져 빈터만 남아 있다고 하였다. 《農巖集 卷23 游松京記》

441 나옹담(懶翁潭) : 대흥사 서쪽에 있으며 나옹 선사가 노닐던 곳이라 한다. 《崧岳集 卷2 天磨山翫月樓記》

442 고승의……알런가 : 고승은 나옹 선사를 가리킨다. 김창협은 적멸암의 담장 밖에 있는 나무를 삼나무라고 하며 세상에서 이 나무를 나옹 선사가 심은 것이라고 한다고 하였다. 삼연이 말한 노송나무와 같은 나무일 듯하다. 《農巖集 卷23 游松京記》

그윽한 이끼는 마른 우물 넘보려 하고   幽苔眢井窺

시든 풀은 작은 단에 임하였어라   衰草小壇臨

층층 봉우리는 부처들 같으니   層峰似諸佛

이 경치 참으로 소슬하도다   斯境信蕭森

어둑해져가는 것이 산에 해 짐을 알겠고   曖然覺山暮

경상에는 이름 모를 새 내려앉았네   經牀來怪禽

범자 새겨진 담장[443]에 눈길 쏟다가   注目梵字墻

일어나려다 다시 깊이 읊조리노라   將起復沉吟

---

443 범자 새겨진 담장 : 적멸암의 낮은 담장은 깨진 기와를 이용하여 범자를 만들어놓았는데 먹으로 쓴 글자를 방불케 했다고 한다. 《農巖集 卷23 游松京記》

만경대[444]

萬景臺

천마산은 내산 외산 있고	天磨有表裏
그 가운데 만경대 있는데	中爲萬景臺
만 가지 다른 풍광 이곳에 하나로 모여드니	萬殊歸一統

444 만경대(萬景臺) : 개성 천마산의 최고봉이다. 만경대(萬鏡臺)라고도 한다.

국립중앙박물관 소장 강세황(姜世晃)의 《송도기행첩(松都紀行帖)》 만경대 부분

거두어 모아 포괄함이 있도다 收攬有綜該

봉우리마다 높은 기세 다투는데 峰峰競負勢

보현봉 홀로 우뚝하니 普賢特崔嵬

푸른 연꽃 어지러이 피어 紛披靑蓮朶

마치 도솔천에 온 것 같구나[445] 似從兜率來

높고 낮은 봉우리 차츰 낮아지다 低昂以次降

다른 산이 둘러싼 곳에서 형세 그치니 勢止他山陪

바윗길 따라 돌며 만경대 다하지 않으니 循巖臺不盡

걸음 앞으로 옮길 때마다 흉금 넓어지네 每進覺胸恢

푸른 하늘에 숨결 가닿고 靑冥送呼吸

대지 굽어봄에 티끌 같으니 大地俯埃埃

아득하여 어찌 끝이 있을까 蒼蒼豈有極

실로 두터운 바람 탄 것이로다[446] 實有厚風培

나의 자질 비루함 어찌 알랴 寧知質菲薄

상쾌하게 구해[447] 벗어나려 하노니 爽欲超九垓

공활한 하늘은 내 눈앞에 펼쳐지고 寥廓眼中物

---

445 푸른……같구나 : 사찰과 암자가 산재해 있다는 말이다. 사찰을 다른 말로 청련우(靑蓮宇), 청련사(靑蓮舍), 청련타(靑蓮朶)라고 한다.

446 실로……것이로다 :《장자(莊子)》〈소요유(逍遙遊)〉에 "바람이 쌓인 것이 두텁지 않으면 붕새의 큰 날개를 떠메기에 힘이 부족하다. 그러므로 9만 리를 올라가야 바람이 그만큼 아래에 있게 되고, 그제야 붕새는 바람을 탈 수 있다.〔風之積也不厚, 則其負大翼也無力, 故九萬里則風斯在下矣, 而後乃今培風.〕"라고 하였는데, 이 구절의 표현을 빌려 삼연 자신이 드높은 곳에 올랐음을 비유한 것이다.

447 구해(九垓) : 중앙 및 팔방(八方)을 합친 것으로, 곧 온 천하를 뜻한다.

거대한 바다는 겨우 한 잔 물 같구나	大瀛僅如杯
멀리 탁 트인 중원 청주 땅 보이고	遙爲靑州拆
가까이로 돌아드는 벽란도 보이니	近是碧瀾廻
파도와 이내는 서로 뒤엉키고	潮嵐有吐呑
푸른 산 맑은 물 서로 끝닿는다	靑白互際涯
궁구해보건대 당초 융해하고 솟구칠 때[448]	求其融峙初
요동치고 부딪히며 오묘하게 생겨났나니	蕩軋妙有開
높은 벼랑에 붙어 있는 굴 껍데기	高崖著蠔甲
이 물건 유래가 아득하도다	玆器來悠哉
인생은 참으로 수고스러운데	人生良自勤
원회[449]는 순식간에 순환하니	元會驟交回
일평생 명예 구하는 짓	求名百年間
바위에 기대 비로소 한 번 비웃누나	倚石始一哈
이때에 하늘은 깨끗하고	是時天宇淨
가을 햇살은 산 높은 곳 이끼 비추는데	霜日照高苔
하늘 높이 기러기는 기럭기럭 울며 날아가고	冥鴻嗷嗷去
석림에는 서글픈 바람이 휘감는다[450]	石林颯以哀

448 융해하고 솟구칠 때 : 396쪽 주301 참조.

449 원회(元會) : 우주의 순환하는 시간을 가리킨다. 북송(北宋) 소옹(邵雍)의 원회
운세(元會運世)에 의거하면 천지는 12만 9600년이라는 1원(元) 안에서 봄, 여름, 가을,
겨울의 개벽(開闢)이 진행된다. 1원은 12회(會)로 나누어지므로 1회는 1만 800년이다.
《皇極經世書 卷1 觀物篇6》

450 하늘……휘감는다 : 맑은 정취 속에서 홀로 외롭고 슬픈 감정을 느끼는 삼연의
심정이 표현된 것이다. 439쪽 주387 참조.

지족암 허물어지고 　　　　　　　知足圮道場

읍취헌 신선 재주도 썩었거니[451] 　　挹翠朽僊才

허깨비 놀음 죄다 이와 같거늘 　　　幻化一如此

광사의 회포 가진 이 누구런가[452] 　　誰爲曠士懷

451 지족암……썩었거니 : 지족암은 만경대 아래에 있는 암자이고, 읍취헌은 조선 전기의 문장가인 박은(朴誾, 1479~1504)의 호이다. 한때 위용 있던 사람과 사물도 시간 속에 모두 부질없이 사라져갔다는 말이다. 박은의 《읍취헌유고(挹翠軒遺稿)》에 지족암을 포함하여 천마산을 유람하고 읊은 시들이 있다.

452 광사(曠士)의……누구런가 : 광사는 흉금이 방달(放達)하여 걸림 없는 선비를 뜻한다. 두보(杜甫)의 〈여러 공과 함께 자은사탑에 올라[同諸公登慈恩寺塔]〉에 "스스로 광사의 흉금 가진 사람이 아니라면, 이곳에 올라 도리어 온갖 근심 생기리.[自非曠士懷, 登玆翻百憂.]"라고 하였다. 이는 높은 곳에 올라 멀리 바라봄은 근심을 쏟아내기 위함인데, 높고 험준한 곳에 오르면 보통 사람은 오히려 두려운 마음이 생겨 근심만 하게 되므로, 걸림 없는 광사라야 근심이 없을 수 있다는 말이다. 삼연은 이 뜻을 차용하여 허깨비같이 부질없는 인생을 생각하면서 근심이 생기지 않을 사람이 누구인지 물은 것이다.

적조암에서 명행에게 보여주다[453]

寂照菴示明行

암자에 새벽달 떠 있으니	招提有曉月
짝을 불러 일어나 배회하도다	呼侶起徘徊
높다란 바위에서 배회하노니	徘徊在危石
암자 모퉁이를 빙 두르는구나	繚繞紺園隈
이슬 맺힌 깊은 덩굴 매달려 있고	深藤積露懸
깊이 숨어 있는 샘물은 나무 홈통 둘러 흘러오네	刳木暗泉回
청량한 기운 오직 높은 산중에 있으니	虛明惟上頭
늘어선 봉우리 엄연하게 우뚝하구나	列峰儼崔嵬
금련이 옥승을 가리는데	金蓮礙玉繩
성글고 빽빽한 천광이 펼쳐진다[454]	疎密天光開
맑고 밝은 기운 거슬러 움켜쥘 만하고	澄灝溯可把
보옥(寶玉)의 따스한 기운 가슴속으로 흘러드네	琬琰流入懷
인간세상 깊이 잠들었으니	人寰有深睡

---

453 적조암에서 명행에게 보여주다 : 적조암은 천마산의 보현봉과 문수봉 두 봉우리
의 아래에 있는 암자이다. 《農巖集 卷23 游松京記》

454 금련이……펼쳐진다 : 금련은 금빛 연꽃 같은 산봉우리를 형용한 말인 듯하다.
이와 같이 쓴 용례가 본집 권8 〈말 위에서 삼각산을 보며[馬上見三角]〉에 보인다. 옥승
은 북두(北斗) 제5성의 북쪽에 있는 천을(天乙)·태을(太乙)의 두 소성(小星)을 가리
킨다. 즉 산봉우리에 별이 가려져 있으나 그 별빛이 거리에 따라 성글기도 하고 빽빽하
기도 하면서 하늘에 펼쳐진다는 말이다.

사방 둘러봐도 아득하여라	四顧亦悠哉
본디 맑고 묘한 경계는	由來淸妙境
불가에 맡겨 두어서는 안 되네	非可屬如來
성품의 근원 본디 진실하며 고요하니	性源本眞靜
야기455 함양하여 북돋위야 하도다	夜氣待涵培
역을 배우기엔 지금 늦었고	學易今晚矣
영대456는 씻어본 적이 없어라	曾未洗靈臺
바라건대 문수암457을 빌려서	願借文殊菴
그대와 함께 눈 쌓인 벼랑에 누웠으면	同君臥雪崖

---

455 야기(夜氣) : 밤사이에 생겨나는 천지의 맑은 기운이다. 외물을 접하기 이전의 청명한 새벽에는 이런 기운이 남아 있다가 낮에 불선한 행위를 하여 점점 사라지게 되므로 유가에서는 야기를 보존하여 잘 기르는 것을 중요하게 여긴다. 《孟子 告子上》
456 영대(靈臺) : 사람의 마음을 가리킨다.
457 문수암(文殊菴) : 적조암 부근에 있는 암자이다. 《農巖集 卷23 游松京記》

문수곡에서 조카들과 시를 읊으며 '초'자 운을 얻다
文殊谷 與姪輩同賦 得樵字

용궁과 무고에서 시끌벅적함 반이었더니[458]	龍宮武庫半喧囂
농쪽 숲 걸어 늘어가자 경지 비로소 빼어나네	步入東林境始超
폭포수는 개울물 되어 푸른 이끼 끼어 있고	瀑作涓流蒼蘚活
서리는 옆 절벽에 머물러 붉은 단풍 시든다	霜留側壁紫楓凋
문수가 어느 때 부처인지 모르겠거니와	文殊不識何年佛
벽계 노인은 이 계곡 나무꾼 되리로다	檗老堪爲是谷樵
지척의 연암을 한번 찾아가는 것 잊고서	咫尺蓮菴忘一訪
고고한 마음 그저 멀리 구름 바라보노라	高情只自望雲遙

---

458 용궁과······반이었더니 : 사람들이 많이 유람하는 사찰과 산성에서는 시끄러움이
많았다는 말이다. 《해용왕경(海龍王經)》에서 용왕이 석가모니를 초청해 용궁을 장엄
하고 법당을 만들어 설법을 들었던 데서 유래하여 용궁이 사찰의 대칭으로 사용된다.
무고(武庫)는 대홍산성(大興山城)을 가리킨 것이다.

만월대[459]

滿月臺

어슴푸레 일만 집 연기 피어오르고	黯黯萬家煙
송악에도 저녁 그늘 드리웠구나	松岳又夕陰
말은 울며 황폐한 만월대 향하니	馬嘶向荒臺
적막함 속에 높은 대 올라서도다	寥落且登臨
옥섬돌은 높고 낮고	玉砌有高下
거둥길은 풀이 잠식했어라	輦路草交侵
아득한 오백 년 세월	悠悠五百年
가을마다 서리 이슬 깊게 내리네	每秋霜露深
많고 많은 일들 사서에 남아 있고	萬事在青史
성곽은 쓸쓸히 마주 섰어라	城郭對蕭森
해 질 제 돌아가는 기러기 멀리 날고	日沒歸鴻遠
까마귀는 옛 상림[460]에서 운다	烏啼舊上林
사방 돌아봄에 눈물 떨어지려 하니	四顧淚欲落
모를레라 내 무슨 마음일런고	不知我何心

---

459 만월대(滿月臺) : 개성 송악산 남쪽 기슭에 있는 고려의 궁궐터이다.

460 상림(上林) : 궁궐에 딸린 원림(園林)이다.

다시 읊다

又賦

제1수

천마산 구름과 달 기이한 유람 끝내고	天磨雲月罷奇遊
내려와 송도 들어오니 비로소 근심 생기려 하네	降入松都始欲愁
산 뒤덮은 무덤들은 만대가 함께하고[461]	丘墓蔽山同萬代
국도 뒤덮은 기장과 벼[462] 또 늦가을 맞았어라	黍禾埋國又窮秋
공훈 세운 유강의 동궁[463] 썩어가고	庚姜勳伐彤弓朽
문장 뛰어난 가목의 채색 붓[464] 멈추었도다	稼牧文章彩筆休

461 만대가 함께하고 : 만고의 사람들이 죽어 똑같이 산에 묻혔다는 말이다.

462 기장과 벼 : 멸망한 고려를 비유한 말이다. 은(殷)나라가 멸망한 뒤 기자(箕子)가 주(周)나라에 조회하러 가는 길에 은나라 국도의 옛터를 지나다가 궁궐은 폐허가 되고 그 자리에 보리와 기장과 벼만 무성한 것을 보고 〈맥수가(麥秀歌)〉를 지어 불렀는데, 그 노래에 "보리가 자라서 이미 이삭 패었고, 벼와 기장 무성하고 윤택하도다. 저 교활한 아이는 나와 잘 지내지 못했도다.[麥秀漸漸兮, 禾黍油油. 彼狡童兮, 不與我好兮.]"라고 하였다. 《史記 卷38 宋微子世家》

463 유강의 동궁(彤弓) : 유강은 고려의 많은 신하들 가운데서도 공훈이 혁혁한 유금 필(庾黔弼)과 강감찬(姜邯贊)을 병칭한 말이다. 유금필은 고려의 개국 공신으로 여러 차례 후백제(後百濟)의 군대를 패퇴시켜 후백제를 멸망시키는 데 큰 공을 세웠다. 강감 찬은 고려 현종 때 사람으로 귀주대첩(龜州大捷)에서 거란의 대군을 무찔러 나라를 지켰다. 두 사람 모두 고려 태조를 제향하는 숭의전(崇義殿)에 배향되었다. 동궁은 붉은색을 칠해 장식한 활로 천자가 전공을 세운 신하에게 하사하는 활이다.

464 가목의 채색 붓 : 가목은 고려 말에 학문과 문장으로 이름이 났던 가정(稼亭) 이곡(李穀)과 그의 아들 목은(牧隱) 이색(李穡)을 병칭한 말이다. 채색 붓은 뛰어난

생각하노니 전대의 사람 아무 일 없던 날에   反憶前人無事日

계림의 누런 잎 읊조렸었지⁴⁶⁵   鷄林黃葉到吟謳

제2수 其二

푸른 산 아무 힘 없이 그저 둘러 있으니   蒼山無力但周遭

오래 묵은 물건이 어찌 다시 호걸 일으키랴   宿物何能更作豪

당과 계단 애당초 임금 궁궐 짓느라 생겼고   堂陛初因千乘設

못과 대에서 백성들 노고 알 만하도다   池臺足見庶民勞

반딧불 나는 거둥길 가을 안개 차갑고   螢飛輦道秋煙冷

사슴 내려온 구정⁴⁶⁶에 밤 달 높게 떴구나   鹿下毬庭夜月高

이미 적막한 이곳에 외려 일 있나니   已是寂寥猶有事

목동과 나무꾼은 술병 든 사람들 만나네   牧樵人遇挈壺曹

제3수 其三

황폐한 만월대에 우는 말이 돌아가는 나무꾼 뒤로하니

문장력을 상징한다. 중국 남조(南朝) 때의 강엄(江淹)이 어릴 적에 자칭 곽박(郭璞)이
란 사람이 채색 붓을 주는 꿈을 꾸고부터 문장이 크게 진보하였는데, 만년에 그가 다시
붓을 회수해가는 꿈을 꾼 뒤로는 좋은 문장이 나오지 않았다 한다. 《太平御覽 卷605》

465 전대의……읊조렸었지 : 고려 태조 왕건(王建)이 아직 고려를 세우기 전에 최치
원(崔致遠)이 서신을 보내 "계림의 잎은 누렇고 곡령의 솔은 푸르다.〔鷄林黃葉, 鵠嶺靑
松.〕"라고 하여 신라의 멸망과 고려의 건국을 예언하였다. 계림은 신라를 가리키고,
곡령은 개성의 송악산을 가리킨다. 《三國史記 卷46 崔致遠列傳》

466 구정(毬庭) : 격구(擊毬) 하는 뜰이다. 고려 때 격구가 성행하여 궁궐과 귀족들의
집에 구정을 갖춘 곳이 많았다. 궁궐 뜰을 지칭하기도 한다.

저녁나절 올라봄에 마음 즐겁지 않아라　　　　向晚登臨不自聊

가을 낙엽 어지러이 날리는데 청목은 오래되었고　霜葉亂飛靑木古

골짝 음지 텅 비어 트였는데 자하는 사그라졌구나[467]　洞陰寥朗紫霞消

수풀 속 사당 백로 깃은 겨울 여름 할 것 없고[468]　叢祠鷺羽無冬夏

무너진 성가퀴 까마귀는 아침저녁으로 울도다　　敗堞烏啼以暮朝

격구 말과 등불 든 승려[469] 한량없이 떠들썩했으니　毬馬燈僧無限鬧

지금까지도 왁자한 소리 남은 듯하여라　　　　至今猶似有餘嚻

---

467 가을……사그라졌구나 : 이 구절은 푸르던 나무에 낙엽이 떨어지고 안개 걷힌 골짝이 공활함을 나타내는 표면적 의미로 이해할 수도 있으나, 망한 고려의 쇠미한 기운을 표현하기도 한다. 중의적 비유로 이 구절을 해석하면 청목은 곧 만월대가 자리한 송악산을 가리킨다. 신라 말엽에 중국 상인 왕창근(王昌瑾)이 철원에 와서 백발노인에게서 거울 하나를 샀는데 그 거울에 글씨가 새겨져 있었고, 그 구절 가운데 "사년에는 두 용이 나타날 것인데, 하나는 청목 안에 몸을 감춘다.〔於巳年中二龍見, 一則藏身靑木中.〕"라는 말이 있었다. 이때 청목은 송(松)이므로 송악산을 가리키는 것이었다. 《三國史記 卷50 弓裔列傳》 또한 자하는 만월대 뒤편 송악산 아래에 있는 자하동(紫霞洞)을 가리킨다. 곧 그 자하동에 상서로운 기운의 붉은 안개가 사라짐을 말한 것이다.

468 수풀……없고 : 수풀 속 사당에서 계절에 관계없이 굿을 지내고 있다는 말이다. 《시경》〈진풍(陳風) 완구(宛丘)〉에 "둥둥 북을 침이여, 완구의 아래에서 하도다. 겨울도 없고 여름도 없이, 백로 깃을 꽂고 있도다.〔坎其擊鼓, 宛丘之下. 無冬無夏, 値其鷺羽.〕"라고 하였다. 백로 깃은 곧 백로의 깃털로 만든 일산(日傘)으로, 춤추는 자가 잡고서 지휘하는 것이다.

469 등불 든 승려 : 고려 때 성행했던 연등회(燃燈會)에서 등을 든 승려를 가리킨 듯하다.

숭양서원[470]

嵩陽書院

제1수

포은 선생께서는 돌아가시지 않은 듯하니	圃隱先生如不死
고택 그대로 사당 지어 길과 뜰 그윽하다	祠仍故宅巷園幽
몇 칸 연실[471]에서 깊이 생각 잠기셨고	幾間燕室嘗深念
칠 푼의 도형[472]에 아직도 시름 쌓였구나	七分圖形尙滯愁
땅에 가득한 보리와 벼[473]는 죽은 뒤의 일이요	滿地麥禾身後事
서리 흠뻑 맞은 솔과 측백[474] 사당 앞에 있도다	飽霜松栢廟前留
사문은 시종 시절 의리를 따르나니	斯文源末隨時節
성인 기자가 동쪽 온 것도 주나라 피한 것이라[475]	箕聖東來亦避周

---

470 숭양서원(嵩陽書院) : 개성에 있는 서원이다. 1573년(선조6)에 유수 남응운(南應雲)이 포은(圃隱) 정몽주(鄭夢周)와 화담(花潭) 서경덕(徐敬德)을 추모하고자 선죽교 위쪽에 문충당(文忠堂)을 창건하면서 비롯되었다. 1575년에 '숭양'이라고 사액하여 서원으로 승격시켰으며, 이후에 김상헌(金尙憲), 김육(金堉), 조익(趙翼) 등을 추가로 배향하였다. 숭양서원(崧陽書院)이라고도 표기한다.

471 연실(燕室) : 사사로이 쉬는 방이다.

472 칠 푼의 도형 : 초상화를 가리킨다. 아무리 잘 그린 그림도 실물과 완전히 똑같을 수는 없고 칠 푼 정도만을 닮을 뿐이라는 뜻에서 초상화를 가리키는 말이 되었다. 《二程全書 附錄 祭文》

473 보리와 벼 : 469쪽 주462 참조.

474 솔과 측백 : 정몽주의 절개를 비유한 것이다. 《논어》 〈자한(子罕)〉에 "한 해가 다하여 날씨가 추워진 뒤에야 소나무와 측백나무가 다른 나무보다 뒤늦게 시드는 것을 안다.〔歲寒然後, 知松栢之後凋也.〕"라고 하였다.

제2수 其二

선생의 명망은 중원까지 퍼졌으니	先生聲望在神州
동쪽에 가득 서린 간기⁴⁷⁶ 사라지지 않도다	間氣東蟠鬱未收
몽매한 이들 학문으로 깨우치니 기자가 살아난 것이요	
	學啓群蒙箕子活
한 번 죽어야 할 때 목숨 버리니 저연⁴⁷⁷은 부끄러워라	
	時來一死褚淵羞
나라는 천명 따라 국운의 지속 다르거니와	國隨性命看遲速
선생의 이름은 천지와 함께 영속을 다투겠네	名與乾坤較促脩

475 사문(斯文)은……것이라 : 은나라가 망한 뒤 은나라 주왕(紂王)의 숙부이자 당대의 현인이었던 기자(箕子)가 주(周)나라 무왕(武王)으로부터 조선(朝鮮)에 봉해져 동쪽으로 왔다는 설이 있다. 곧 주나라가 들어선 것은 천명의 관점에서 볼 때는 바른 일이지만 기자의 입장에서는 시절 의리를 따라 주나라를 피해 절조를 지킨 것이고, 마찬가지로 조선이 들어선 것은 천명을 따른 일이지만 정몽주는 시절 의리를 따라 목숨을 바쳤다는 말이다. 시절 의리란, 곧 자신이 처한 시기에 맞는 의리로 기자는 꼭 죽어야 할 의리는 없으나 주나라를 피함으로써 의리를 지킨 것이고, 정몽주는 죽어야 할 의리에 처했다는 말이다.

476 간기(間氣) : 41쪽 주55 참조.

477 저연(褚淵) : 남조(南朝) 송대(宋代) 명제(明帝)의 두터운 신임을 받았던 인물로, 명제가 죽을 때 저연을 중서령(中書令)과 호군장군(護軍將軍)으로 삼아 상서령(尙書令) 원찬(袁粲)과 고명(顧命)을 받들고 어린 임금을 보좌하라는 유조(遺詔)를 내렸다. 뒤에 소도성(蕭道成)이 송나라를 멸망시키고 제(齊)나라를 세우려 하자, 원찬과 유병(劉秉) 등은 그에 불복하였으나 저연은 소도성을 적극 도와 그로 인해 제나라에서 영화를 누렸다. 《南齊書 卷23 褚淵列傳》

왕조 다르나 사당 같이하는 우리 선조[478] 있으니   異代同祠還我祖

정산[479]과 송악 유구하게 푸르도다   鼎山松岳碧悠悠

---

478 우리 선조 : 숭양서원에 배향된 삼연의 증조부 김상헌이다.

479 정산(鼎山) : 삼각산(북한산)을 가리킨다. 삼각산은 산의 모양이 마치 솥을 엎어 놓은 듯하므로 복정산(覆鼎山)이라고도 칭한다.

숭겸을 곡하다[480]

哭崇謙

제1수

오호라 바다 섬에서	嗚呼海島中
유언으로 겸이와 아이들 말씀하시며	末音謙諸兒
간곡히 집안 학문 부탁하여	丁寧文獻託
죽어야 할 목숨 살아가게 하셨네[481]	乃令一死遲
그럭저럭 엎어진 둥지의 알 보전하여[482]	苟完覆巢卵
황량한 산중에서 삶을 꾸리니	荒峽作生涯
서리 눈 내린 속에서 상수리 열매 찾고[483]	求橡霜雪下
관솔불로 누더기옷 비추었어라	松火燎鶉衣

---

480 숭겸을 곡하다 : 김숭겸(金崇謙, 1682~1700)은 삼연의 형 김창협(金昌協)의 아들이다. 본관은 안동(安東), 자는 군산(君山), 호는 관복암(觀復菴)이다. 저서에 《관복암시고(觀復菴詩稿)》가 있다.

481 오호라……하셨네 : 삼연의 부친 김수항(金壽恒)이 진도(珍島)에서 사사(賜死)될 때 아들들에게 손자들이 집안의 학문을 계속 이어나갈 수 있도록 잘 키우라는 유언을 남겨 부친을 잃고 살아갈 의지가 없는 아들들이 책임을 가지고 계속 살아가게 했다는 말이다.

482 그럭저럭……보전하여 : 멸문(滅門)의 화가 닥친 가운데서도 아이들을 잘 보전했다는 말이다. 한(漢) 나라 공융(孔融)이 사형을 당할 때 8세와 9세 된 두 아들의 목숨만은 살려주기를 원했는데, 이때 두 아들이 "아버님께서는 엎어진 둥지 밑에 알이 보전된 것을 보신 적이 있습니까?〔大人豈見覆巢之下, 復有完卵乎?〕"라고 말했던 고사가 있다. 《世說新語 言語》

483 상수리 열매 찾고 : 414쪽 주337 참조.

고단한 인생 십여 년 세월[484]	伶俜一紀來
자식 키우느라 노심초사 애쓰니	鬻子勤閔斯
어린 아들이 또한 문리 있어	弱羽亦文理
익히고 익혀 장차 높이 날려 했도다	習習將高飛
그런데 재앙이 이처럼 혹독하니	夭椓乃爾酷
아 남은 자식 없어라[485]	噫其無子遺
아름다운 이름 내려준 것[486] 헛수고 되니	徒勞錫佳名
높은 사당 우러르며 통곡하도다	慟哭仰危祠
재앙이 어디서 왔는지 아득하니	蒼茫禍所從
하늘이여 나는 알지 못하겠구나	天乎余莫知

제2수 其二

| 훤칠한 천리마요 | 昂昂千里駒 |
| 조야의 오화 문양이라[487] | 照夜五花文 |

---

484 십여 년 세월 : 김수항이 사사된 1689년(숙종15)으로부터 10여 년이 지났음을 말한 것이다.

485 아……없어라 : 김창협에게는 김숭겸이 유일한 아들이었다.

486 아름다운……것 : 381쪽 주257 참조.

487 조야(照夜)의 오화(五花) 문양이라 : 조야는 당(唐)나라 현종(玄宗)이 아끼던 준마(駿馬)의 이름이며, 오화는 다섯 개의 꽃잎 모양으로 이루어진 명마의 털 무늬이다. 두보(杜甫)의 〈위풍 녹사 댁에서 조 장군이 그린 말 그림을 보고서〔韋諷錄事宅觀曹將軍畫馬圖引〕〉에 "일찍이 선제의 조야백을 그렸을 적에, 열흘 동안 용지에서 천둥벽력 쳤었네.〔曾貌先帝照夜白, 龍池十日飛霹靂.〕"라고 하였고, 〈백정절(柏貞節) 자질(子姪) 형제의 산거 벽에 쓰다〔題柏大兄弟山居屋壁〕〉에 "한가로이 천 리 내닫는 발굽이여, 하나하나 오화 문양의 털이로구나.〔蕭蕭千里足, 箇箇五花紋.〕"라고 하였다. 《杜少

한 번 울자 많은 말들 근심하니	嘶來萬竅愁
섭영[488]은 청운을 돌아보도다	躡影顧靑雲
천금의 값을 사람들이 따졌는데	千金衆論價
집안에서는 들은 적 없어라[489]	其家未始聞
뜰아래 평범한 물건이었으니	尋常庭下物
눈 안에 그저 기쁘게 들어왔네	在眼只欣欣
갑작스레 준골을 곡하니	遽然哭駿骨
쇠미한 집안 텅 비었구나	虛廓見衰門

제3수 其三

청전에 기이한 새 있어	靑田有奇翎
스스로 태선이라 이름하니[490]	自名爲胎仙
배고프면 자줏빛 바위 이끼 쪼아먹고	飢啄紫巖苔
권태로우면 옥 같은 대의 안개 속에 깃들였도다	倦棲瓊臺煙
기골 맑은데 도리어 장수하여[491]	骨淸反多壽

陵詩集 卷13・卷21》

488 섭영(躡影) : 해 그림자를 쫓을 정도로 신속히 내달린다는 뜻으로, 진시황(秦始皇)이 가졌던 일곱 준마 가운데 하나이기도 하다. 《文選 卷34 七啓》《古今注 鳥獸》

489 천금의……없어라 : 김숭겸의 명성이 세상 사람들에게 널리 알려졌으나, 집안에서는 얌전히 행동하여 그런 명성을 들어본 적이 없다는 말이다.

490 청전(靑田)에……이름하니 : 청전은 중국 절강성(浙江省) 청전현(靑田縣) 서북쪽에 있는 산으로, 학의 서식처로 유명하다. 태선은 선금(仙禽)인 학의 별칭이다.

491 기골……장수하여 : 보통 맑은 기운을 가지면 수명이 짧으므로 이렇게 말한 것이다. 389쪽 주281 참조.

붉은 이마로 천년 세월 굳세더니	頂丹壯千年
때때로 혼탁한 인간세상 놀러 오면	時來濁界遊
왕왕 그럴 수 없었어라	往往不能然
애석하다 우리 집안에서 길러져	惜哉吾家養
맑은 울음 일찍부터 하늘에 울렸으니	淸唳早聞天
응당 그 소리 감추고서	應宜閟其聲
임천에서 진중하게 늙었어야 했거늘	珍重老林泉

제4수 其四

천년 세월 속에도 완전한 재주 드물고	千年少全才
인간 백 년 인생에도 혹 늦게 재주 이루거늘	百年或晩成
어이하여 너는 탁월한 자질로	夫何爾卓犖
어린 나이에 명성 크게 울렸던고	弱齡大其鳴
빼어나고 씩씩한 기골 지녔고	俊健自風骨
침울을 성령에 발휘했으니[492]	沉鬱用性靈

---

492 침울을 성령에 발휘했으니 : 김숭겸의 문장이 침울했다는 말이다. 침울은 문장의 기운이 침잠되고 함축적인 뜻이 많음을 나타내는 말로, 보통 두보(杜甫)의 시를 특징하는 표현이다. 송(宋)나라 엄우(嚴羽)의 《창랑시화(滄浪詩話)》에 "자미는 태백의 표일함을 할 수 없었고, 태백은 자미의 침울함을 할 수 없었다.〔子美不能爲太白之飄逸, 太白不能爲子美之沉鬱.〕"라고 하였고, 명(明)나라 고병(高棅)의 《당시품휘(唐詩品彙)》〈총서(總敍)〉에 "개원과 천보 연간에는 이 한림의 표일함과 두 공부의 침울함이 있었으니……이는 성당 시기 문인들 중에서도 성대한 이들이다.〔開元天寶間, 則有李翰林之飄逸, 杜工部之沈鬱……此盛唐之盛者也.〕"라고 하였다. 자미(子美)는 두보의 자(字)이고, 공부는 두보가 역임했던 검교 공부 원외랑(檢校工部員外郎)의 약칭이다. 태백은 이백(李白)의 자이고, 한림은 이백이 역임한 한림공봉(翰林供奉)의 약칭이다.

두초당[493]을 스승 삼아	師門杜草堂
번번이 기주(夔州) 이후의 소리[494] 발하였어라	輒爲夔後聲
문 열자마자 엄연히 당오[495]였으니	闖來儼堂奧
탈가(稅駕)[496]한 후에 무슨 길 가랴	稅後何路程
오직 작품 쌓이기만 기다렸을 뿐	惟俟篇什積
다시 정밀히 연마할 것 없었네	不容更鍊精
창연하게 고고하고 걸림 없던 말	蒼然傲兀語
세상 근심은 가생과 같았고[497]	憂世又賈生
홍안의 젊은 나이로 마른 등걸 더위잡으니	紅顔攀枯株

493 두초당(杜草堂) : 성도(成都)의 완화계(浣花溪) 가에 초당을 짓고 살았던 두보의 별칭이다.

494 기주(夔州) 이후의 소리 : '기주 이후'란 두보가 기주(夔州)로 간 뒤라는 뜻으로, 두보가 안사(安史)의 난을 피해 기주로 거처를 옮긴 이후 시들이 더욱 공교했던 것을 가리킨다. 김숭겸의 시가 두보의 기주로 옮겨 간 이후의 시들과 같았다는 말이다.

495 당오(堂奧) : 높은 경지에 올랐다는 말이다. 《순자(荀子)》〈대략(大略)〉의 주(註)에 "당오는 마루에 오른 뒤에 안방에 들어간다는 승당도오(升堂覩奧)의 뜻이다."라고 하였다.

496 탈가(稅駕) : 수레의 멍에를 내려놓는다는 뜻으로, 목적지에 도달하여 편히 쉰다는 말이다.

497 창연하게……같았고 : 창연에 여러 뜻이 있으나 전체 문맥상 여기에서는 김숭겸이 어린 나이에 비해 예스럽고 원숙한 느낌이 있었다는 뜻이다. 가생은 한 문제(漢文帝) 때의 문신인 가의(賈誼)이다. 문제 당시에 모두 천하가 이미 다스려졌다고 여겼으나 가의는 홀로 그렇지 않다고 여기고, 당시의 사세(事勢)를 두고 통곡할 만한 것 한 가지, 눈물을 흘릴 만한 것 두 가지, 길이 탄식할 만한 것 여섯 가지를 열거하여 상소하였다. 《漢書 卷48 賈誼傳》 김숭겸은 어린 나이에도 불구하고 조야(朝野)의 시사(時事)를 항상 생각하면서 가슴속에 불평한 기운이 맺혀 우울하고, 아름다운 풍광을 감상하는 모임에서도 우울하고 강개한 심사를 드러내곤 하였다. 《觀復菴詩稿 序》

뽕나무 느릅나무에 저녁 구름 비꼈도다[498]   桑楡暮雲橫

유빈에 우현(羽弦)을 급히 타서   蕤賓急羽奏

빽빽한 숲에 응당 서리 떨어지니[499]   密翠應霜零

서둘러 세상 떠난 것 이 때문인가   遄化豈坐是

알 수 없어라 귀신의 마음[500]   漠漠鬼神情

---

498 홍안의……비꼈도다 : 김숭겸이 연소한 나이임에도 노숙한 기운이 넘쳤다는 말이다. 마른 등걸을 더위잡는다는 것은 《세설신어(世說新語)》〈배조(排調)〉에서 사람들이 위태로운 상황을 표현하는 말을 지어내는 도중에 은중감(殷仲堪)이 "백 세 노인이 마른 나뭇가지 더위잡는다.〔百歲老翁攀枯枝〕"라고 한 표현을 차용한 것으로, 본래는 위기 상황을 나타내는 것이지만 여기에서는 노숙함을 표현한 것이다. 이 표현을 늙음을 나타내는 데 쓴 것은, 본집 습유(拾遺) 권12 〈금성읍류(金城泣柳)〉에 "백 세에 마른 나무 더위잡으니 이미 늙은 노인이라.〔百歲攀枯已老叟〕"라고 한 예가 보인다. 뽕나무와 느릅나무는 《후한서(後漢書)》권17 〈풍이열전(馮異列傳)〉에서 광무제(光武帝)가 처음에는 적군에게 대패했다가 나중에 다시 적군을 격파한 풍이에게 글을 내리면서 "동우에서 잃었다가 상유에서 수습하였다고 이를 만하다.〔可謂失之東隅, 收之桑楡.〕"라고 한 표현을 차용한 것이다. 동우는 해가 뜨는 곳이고, 상유는 해가 질 때 뽕나무와 느릅나무의 가지 끝에 걸리는 것으로 만년(晩年)을 뜻한다. 본래는 사람이 만년에 일을 성취하는 것을 나타내지만, 여기에서는 김숭겸이 연소한 나이에 이미 노숙한 성취를 이룸을 나타낸 것이다.

499 유빈(蕤賓)에……떨어지니 : 김숭겸이 한창나이에 너무 일찍 노숙한 성취를 이루었다는 말이다. 유빈은 12율의 하나로 율력(律曆)에서는 한여름인 음력 5월에 해당한다. 《열자(列子)》〈탕문(湯問)〉에 정(鄭)나라의 사문(師文)이 거문고를 잘 타는 악관인 사양(師襄)의 제자가 되어 오랫동안 진보가 없다가 어느 날 터득한 것이 있어 더운 여름날에 우현을 퉁겨 황종(黃鍾) 가락을 타니, 눈과 서리가 뒤섞여 내리면서 냇물과 못물이 얼어붙었다고 한다. 우현은 수음(水音)으로 겨울에 속하며, 황종은 한겨울인 음력 11월의 음률이다.

500 알……마음 : 너무 이른 성취를 보았기에 귀신이 김숭겸을 데려갔는지 알 수 없다는 말이다. 《주역》〈겸괘(謙卦)〉 단사(彖辭)에 "귀신은 가득 차면 해를 끼치고 겸손하

제5수 其五

그리워라 우리 탁이[501]	懷哉我卓爾
다시 눈으로 볼 수 없으니	不復眼中見
아양이 오랫동안 사라졌다가	峩洋久冥漠
죽림에서 완전함 얻었도다[502]	竹林得宛轉
사단의 옛 깃발과 북을	詞壇舊旗鼓
다시 정비해 후미에서 씩씩하게 드니[503]	重整壯爾殿
삼한은 내달리기 좁았기에	馳驟隘三韓
저울질하여 명사들 모았네[504]	銓衡集群彦

면 복을 준다.〔鬼神害盈而福謙〕"라고 하였다.

501 탁이(卓爾) : 18세에 요절한 삼연의 동생 김창립(金昌立, 1666~1683)의 자이다.

502 아양(峩洋)이……얻었도다 : 삼연의 문학적 동지이자 지음(知音)이었던 동생 김창립이 죽고 난 후 더 이상 그런 사람이 없었는데, 조카인 김숭겸이 그런 역할을 해주었다는 말이다. 아양은 높은 산과 넘실대는 물이라는 뜻으로, 지음을 상징한다. 거문고의 명인 백아(白牙)가 산을 생각하며 거문고를 타면 종자기(鐘子期)가 "좋구나. 우뚝 솟은 것이 태산 같도다.〔善哉! 峩峩兮若泰山.〕"라고 하고, 물을 생각하며 거문고를 타면 종자기가 "좋구나. 물이 넘실넘실하는 것이 강하 같도다.〔善哉! 洋洋兮若江河.〕"라고 한 데서 온 말이다.《列子 湯問》죽림에서 완전함을 얻었다는 것은 숙부가 훌륭한 조카를 얻었다는 말이다. 257쪽 주3 참조.

503 사단의……드니 : 김숭겸이 연소한 나이로 사단(詞壇)의 말석에 있으면서 시사(詩詞)의 바른 법도를 다시 정비하여 일으켰다는 말이다. 원문의 '전(殿)'은 군대의 가장 후미를 뜻한다. 의미로 볼 때 후미에 있었다는 것은 김창립이 죽은 이후라는 뜻도 가능하다.

504 삼한은……모았네 : 우리나라에 국한되지 않고 널리 뛰어난 문인들의 문풍을 학습했다는 말이다. 김숭겸은 우리나라의 읍취헌(挹翠軒) 박은(朴誾)과 소재(蘇齋) 노수신(盧守愼), 당(唐)의 두보(杜甫), 송(宋)의 황정견(黃庭堅)과 진사도(陳師道) 등의 문풍을 두루 익혔다.《觀復菴詩稿 序》

이는 그 기조가 같은 이들로	斯其氣調同
저마다 뛰어나고 오묘한 재주 날렸으니	各以英妙擅
풍아가 지난 옛날 산정된 이후	風雅粵刪後
당송이 서로 정변 되었도다505	唐宋互正變
세상 사람들 안목은 절로 자신들의 기준이 있거니와	世眼自高下
우리 집에서 백대의 문장 선별하니	家庭百代選
은미하게 마음속에 있는 것을	微在寸心端
또렷하게 벌써 앞에 펼쳤어라506	犁然已當面
담소하며 풍월 읊으면서	風月見談笑
온갖 근심 너를 보고 떨쳤더니	百愁對爾遣
지금 또다시 나의 상대507 죽은지라	今又我質亡

505 풍아(風雅)가……되었도다 : 풍아가 산정되었다는 것은 곧 공자가 산정한 《시경》을 가리킨다. 정변은 《시경》의 국풍(國風)과 아(雅)에 나오는 작품들을 가르는 하나의 기준으로, 왕도(王道)의 올바른 교화를 입어 순정한 내용이 담긴 것을 정(正)이라 하고, 시대가 내려와 풍속이 변질되어 순정하지 못한 내용이 들어간 것을 변(變)이라고 한다. 시의 본류라고 할 수 있는 《시경》 이후로 당나라의 시는 정풍, 송나라의 시는 변풍이라는 말이다.

506 은미하게……펼쳤어라 : 삼연이 마음속으로 은미하게 생각하는 것을 말하기도 전에 김숭겸이 이미 그 뜻을 알아 펼쳐냈다는 말이다.

507 나의 상대 : 자신의 뜻과 마음을 분명하게 알아주는 지기(知己)를 가리킨다. 원문의 '질(質)'은 '상대'라는 뜻이다. 초(楚)나라 영(郢) 땅 사람이 흰 흙을 파리 날개만큼 얇게 바르고 장석(匠石)에게 그 흙을 깎아내게 하였다. 장석이 바람을 일으킬 정도로 도끼를 놀려 그 흙을 깎아내었는데 흙만 깎여나가고 코는 다치지 않았으며 영 땅 사람 역시 꼼짝하지 않고 가만히 서 있었다. 송(宋)나라 원공(元公)이 그 말을 듣고 장석을 불러 원공에게도 똑같이 해보라고 하니 장석이 말하기를 "신이 그전에는 그렇게 깎을 수 있었습니다. 그러나 지금은 신의 상대가 죽은 지 오래되었습니다.〔臣則嘗能斲之,

은밀한 뜻을 누구에게 펼칠까 　　　　密意向誰薦

택재[508]가 무너졌던 당시 　　　　當時澤齋壞

붓과 벼루 일찍 묻었어야 했도다 　　　　早宜埋筆硯

제6수 其六

오악은 적현에 펼쳐져 있고[509] 　　　　五岳羅赤縣

팔풍은 중도에 모여 있으니[510] 　　　　八風會中都

사람이 태어나 이곳 유람하지 못하면 　　　　人生不此遊

장부가 된 귀한 의미 없도다 　　　　無所貴丈夫

연명은 자줏빛 영지 읊으며 　　　　淵明紫芝吟

강 건너에서 한이 넘쳤더니[511] 　　　　隔江恨有餘

雖然, 臣之質死久矣.〕"라고 하였다. 《莊子 徐无鬼》

508 택재(澤齋) : 김창립의 당호이다.

509 오악은……있고 : 오악은 중국의 태산(泰山), 화산(華山), 형산(衡山), 항산(恒山), 숭산(嵩山)이다. 적현은 419쪽 주349 참조.

510 팔풍은……있으니 : 팔풍은 팔방의 바람이라는 뜻으로 여기에서는 팔방의 문물을 가리킨다. 중도는 중국의 낙양(洛陽)과 장안(長安)을 가리킨다. 도잠(陶潛)의 시 〈양 장사에게 주다〔贈羊長史〕〉에 "성현의 자취 남아 있고, 일마다 중도에 있네.〔賢聖留餘跡, 事事在中都.〕"라고 하였는데, 그 주에 중도는 낙양과 장안이라고 하였다. 《陶淵明集 卷2》

511 연명은……넘쳤더니 : 도잠은 중원 문물의 중심인 관중(關中) 지방으로 벼슬하러 가는 양송령(羊松齡)을 전송하면서 〈양 장사에게 주다〉를 지었는데, 그 시에서 자신은 관중을 가보지 못하는 것을 탄식하며 "어찌 가서 유람할 생각 잊었겠는가. 관문가 하수를 넘을 수 없어라.……길을 가다 만일 상산 지나가거든, 나를 위해 잠시 머무르게나. 기리계(綺里季)와 녹리선생(甪里先生) 공손히 문후할 제, 그 정신 지금 어떠하려나. 자줏빛 영지는 누가 다시 캐는지. 깊은 골짝 오래도록 거칠었겠지.〔豈忘游心目?

아이가 다시 길게 개탄하면서	兒童復永慨
기특한 뜻으로 오랑캐 땅에 사는 것 누추하게 여겼네	奇志陋夷居
그리하여 문장 지을 흥취도 시들해지고	文章興亦懶
명성은 압록강 넘지 못했는데	名短鴨江隅
누린내는 문물 더럽혀	腥羶汚文物
음악 살펴봄에 어찌할 바를 모르겠어라[512]	觀樂又失圖
구만 리 날아오를 날개[513] 빙빙 맴돌고	低徊九萬翼
사방으로 쏠 화살[514] 당겼다 놓았다 하니	闊狹四方弧
우주는 몇 번이나 상전벽해 거쳤나	宇宙幾滄桑
풍운[515]은 빠르게 변화하누나	風雲驟慘舒
금년에 화성이 두성으로 들어가[516]	今年火入斗

關河不可踰.……路若經商山, 爲我少躊躇. 多謝綺與甪, 精爽今何如? 紫芝誰復採? 深谷久應蕪.]"라고 하였다. 상산(商山)은 진(秦)나라의 학정을 피해 기리계, 녹리선생, 동원공(東園公), 하황공(夏黃公)이 은거하여 자줏빛 영지를 캐 먹으며 지냈던 곳이다. 《陶淵明集 卷2》

512 누린내는……모르겠어라 : 중원 땅을 오랑캐인 청(淸)나라가 차지하여 중원의 문물이 더럽혀져 음률이 바름을 잃었다는 말이다.

513 구만……날개 : 김숭겸을 비유한 것이다. 327쪽 주150 참조.

514 사방으로 쏠 화살 : 남아의 뜻을 가리킨다. 《예기(禮記)》〈사의(射儀)〉에 "남자가 태어나면 뽕나무 활과 쑥대 화살 여섯 개로 천지와 사방을 쏘니, 천지와 사방은 남자가 일할 곳이기 때문이다.〔男子生, 桑弧蓬矢六, 以射天地四方, 天地四方者, 男子之所有事也.〕"라고 하였다.

515 풍운(風雲) : 변화무상한 시세(時勢)를 뜻한다.

516 화성이 두성으로 들어가 : 화성은 형혹성(熒惑星)이고 두성은 남두성(南斗星)이다. 옛날 천문학에서 형혹성이 남두성으로 들어가면 임금에게 변고가 생길 징조로 여겼다.

아마도 노호[517]에게 일이 있을 듯한데 應象倘老胡

글과 수레가 황하 맑아지길 기다리니[518] 文軌待河清

하늘의 뜻 혹 없지 않으리라 天意或不無

오호라 그런데 너는 문득 죽어 嗚呼汝輒死

잠시를 머무르지 않았구나 曾不少踟躕

제7수 其七

천마산 박연의 기이함은 天磨朴淵奇

여산(盧山) 안탕산(鴈蕩山)[519]이 우리 동방에 떨어짐이라 盧鴈落吾東

너는 채색 붓[520] 들고 가서 汝以彩筆往

그 웅장함 맞서려 하였지 欲與敵其雄

시 완성되자 어둑하게 구름 끼고 우레 치며 詩成慘雲雷

대낮에 못의 용 포효하였고 白日吼潭龍

---

517 노호(老胡) : 청(淸)나라를 가리킨다. 청나라를 세운 건주여진(建州女眞)의 추장 누르하치를 조선에서 항상 '노을가적(老乙加赤)'이라고 불러 생긴 명칭이다. 《光海君日記 4年 2月 6日》

518 글과……기다리니 : 중국에서 오랑캐가 물러가고 다시 한족(漢族)이 들어설 것이라는 말이다. 글과 수레는 문명 제도를 가리킨다. 《중용장구(中庸章句)》 제28장에 "지금 천하에서 수레는 바퀴의 궤도가 같으며, 글은 문자가 같다.〔今天下, 車同軌, 書同文.〕"라고 한 데서 온 표현이다. 《책부원귀(冊府元龜)》 〈제왕부(帝王部) 징응(徵應)〉에 "황하는 천 년에 한 번 맑아지는데, 황하가 맑아지면 성인이 탄생한다."라고 하였다.

519 여산(盧山) 안탕산(鴈蕩山) : 여산은 중국 강서성(江西省) 구강현(九江縣) 남쪽에 있으며, 안탕산은 중국 절강성(浙江省) 동남쪽에 있는 산이다. 모두 기이한 봉우리와 폭포가 유명하다.

520 채색 붓 : 485쪽 주520 참조.

술 가득 따라 박생[521]에게 올리자 沉觴酹朴生

잠잠하던 석문[522]에 바람 불었어라 虛籟石門風

높은 곳에 올라 다시 멀리 바라보자 登高復遠目

어둑한 안개가 높은 허공에 이어지니 暝靄連鴻濛

정신으로 읍취헌과 사귀어 神交挹翠軒

시율의 흐름이 같았도다 詩律步驟同

지은 시구가 어린아이 말 아닌지라 不作小兒語

둘 다 늙은이라 해도 무방했으니[523] 何妨兩稱翁

지족암 배회하고 徊徨知足菴

보현봉 높이 올랐네[524] 凌厲普賢峰

산 내려오자마자 세상 영영 떠나니 下山便長逝

그 자취 구름 속 소나무에 걸려 있구나 其迹挂雲松

《금강경》의 육여[525]를 외노니 金剛六如誦

---

521 박생 : 박연폭포가 있는 곳에서 옛날 박 진사라는 사람이 못 속에 사는 용녀(龍女)
와 백년가약을 맺고 사라졌다는 전설이 있다.

522 석문 : 454쪽 주432 참조.

523 둘……무방했으니 : 김숭겸과 박은(朴誾) 모두 젊은 나이에 죽었지만 노성한 시
구를 남겼으므로 이렇게 말한 것이다.

524 지족암……올랐네 : 박은이 방문하고 시를 남겼던 지족암과 보현봉에 김숭겸 역
시 방문하고 시를 남겼다는 말이다. 464쪽 주451 참조. 보현봉에 대한 박은의 시는
《읍취헌유고(挹翠軒遺稿)》권1〈보현봉에 올라 택지의 시에 차운하다〔登普賢峯用擇之
韻〕〉이다.

525 금강경의 육여(六如) : 불교에서 일체의 세상만사를 허깨비 같고 무상하다고 보
고 그것을 비유한 말이다. 《금강경》〈응화비진분(應化非眞分)〉에 "일체의 유위법(有爲
法)은 꿈과 같고 허깨비와 같고 물거품과 같고 그림자와 같고 이슬과 같고 또한 번개와

누가 내 흉금 확 틔워주려나 　　　　　　　　　　誰遣豁我胸

제8수 其八

떠났구나 낙양의 시사(詩社) 　　　　　　　　　　離矣洛陽社

갔느냐 미호의 정자로 　　　　　　　　　　　　　往否渼湖亭

하늘 드높은데 향촉 희미하고 　　　　　　　　　　天高香燭微

방은 텅 빈 채 통곡과 눈물만 가득하다 　　　　　室虛聲淚盈

혼령은 날아 끝내 어디 머무는가 　　　　　　　　魂飄竟何安

아득한 태청[526]이리 　　　　　　　　　　　　　冉冉應太清

누이[527]와 행여 서로 만난다면 　　　　　　　　阿姊倘相邀

백운산은 바로 생전 함께 지내던 곳 　　　　　　白雲乃生平

도연명 〈귀거래사〉 　　　　　　　　　　　　　淵明歸去來

두보 〈북정〉 시 　　　　　　　　　　　　　　杜子將北征

같이 읊으며 농암 들러 　　　　　　　　　　　　齊吟過農巖

복숭아나무에서 둘이 걷던 일 추억하리라 　　　桃樹憶雙行

월기[528]의 달그림자 희미한데 　　　　　　　　稀疎月磯影

패옥 같은 바람 소리[529] 내지 말지니 　　　　莫作風珮聲

같나니, 응당 이와 같이 볼 것이니라.”라고 하였다.

526　태청(太清) : 317쪽 주130 참조.

527　누이 : 380쪽 주254 참조.

528　월기(月磯) : 384쪽 주267 참조.

529　패옥 같은 바람 소리 : 백운산에 풍패동(風珮洞)이 있으므로 연유하여 한 말이다. 김창협이 지은 〈영령정기(泠泠亭記)〉를 보면, 부친 김수항이 백운산에서 옛날 이의건 (李義健)의 낚시터를 발견하고 좋아하여 풍패동이라 이름 지었다고 하였다. 이는 진

쓸쓸히 홀로 걷는 늙은 백발 부친   踽踽衰白親
슬픔 떨치며 이곳에서 방황하리라   遣哀此屏營

제9수 其九

우리 형님 이미 상유의 나이[530]   吾兄已桑楡
온종일 백운산 속에 묻혀 지내는 사람   早晚白雲人
너 역시 흘러가는 흥취 권태로웠나니[531]   汝亦所之倦
어찌 시로 한평생 끝내려 했으랴   豈以詩終身
서리 내리자 물이 골짝으로 흘러   霜降水歸壑
차츰차츰 수사[532]의 물가로 나아가니   稍稍洙泗濱
성인 문하의 찬란한 광자   斐然聖門狂
증점(曾點)이 너의 이웃이었어라[533]   點也爾其隣

(晉)나라 갈홍(葛洪)의 〈세약지(洗藥池)〉에 "골짜기 그늘진 곳 늘 시원하고, 바람은
패옥 소리인 양 맑고 맑네.〔洞陰泠泠, 風珮淸淸.〕"라고 한 말을 취한 것이다. 《農巖集
卷24》

530 상유(桑楡)의 나이 : 480쪽 주498 참조.

531 흘러가는 흥취 권태로웠나니 : 눈앞에 벌어지는 일들에 반응하여 일어났다가 이
내 사라지고 마는 감정들을 부질없게 느꼈다는 뜻이다. 왕희지(王羲之)의 〈난정기(蘭
亭記)〉에 "비록 세상일에 대해 나아가고 버림이 만 가지로 다르고 고요함과 시끄러움이
같지 않으나, 자신이 만난 기쁜 상황에 잠시 득의하게 되어서는 흔연히 자득하여 장차
늙음이 닥치는지도 모르다가 흘러가는 흥취가 이미 권태로움을 느껴 감정이 일을 따라
변하게 되면 감개한 마음이 뒤따라 일어난다.〔雖趣舍萬殊, 靜躁不同, 當其欣於所遇,
暫得於己, 快然自得, 曾不知老之將至, 及其所之旣倦, 情隨事遷, 感慨係之矣.〕"라고 하
였다.

532 수사(洙泗) : 354쪽 주195 참조.

533 찬란한……이웃이었어라 : 광자(狂者)는 포부가 커서 진취적이되 실천은 다소

한번 웃고서 향기로운 꽃 떨어뜨리고[534]	一笑落華芬
떳떳한 도로 돌이켜 깊고 순후해지니	反經其淵醇
얼음 호리병에 가을 달빛 담긴 것 같아[535]	氷壺貯秋月
애당초 찌꺼기와 먼지 없었도다	初不帶滓塵
솔개와 물고기[536]를 마음에 완상하고	鳶魚以玩心
산과 우레로 정신 길렀으니[537]	山雷且頤神

따르지 못하는 사람이다. 《논어》〈자로(子路)〉에 "중도를 행하는 사람을 얻어서 함께 하지 못할 바에는 반드시 광자나 견자와 함께할 것이다. 광자는 진취적이고 견자는 절조를 지키면서 하지 않는 바가 있다.〔不得中行而與之, 必也狂狷乎. 狂者進取, 狷者有 所不爲也.〕"라고 하였다. 찬란하다는 것은 문장을 이루었다는 말이다. 《논어》〈공야장 (公冶長)〉에 "우리 당의 소자들이 뜻은 크나 일에는 소략하여 찬란하게 문장을 이루었 을 뿐이요, 이것을 마름질할 줄은 모른다.〔吾黨之小子狂簡, 斐然成章, 不知所以裁之.〕" 라고 하였다. 《맹자》〈진심 하(盡心下)〉에서 맹자는 증점을 광자에 포함시켰다.

534 향기로운 꽃 떨어뜨리고 : 문사의 화려한 수식을 제거하고 평담한 경계로 돌아왔 다는 말이다. 송(宋)나라 갈입방(葛立方)의 《운어양추(韻語陽秋)》에 "대체로 평담함 에 나아가고자 하면 마땅히 화려한 가운데에서 그 향기로운 꽃을 떨어뜨린 연후에 평담 한 경계로 나아갈 수 있다.〔大抵欲造平澹, 當自組麗中來, 落其華芬, 然後可造平澹之 境.〕"라고 하였다.

535 얼음……같아 : 티 없이 고결한 정신을 뜻한다. 송나라의 등적(鄧迪)이 주희(朱 熹)의 스승인 이동(李侗)의 사람됨에 대하여 말하기를 "얼음으로 만든 호리병에 가을 달빛이 비친 것처럼 한 점 티 없이 맑으니 우리들이 미칠 바가 아니다.〔愿中如氷壺秋月, 瑩徹無瑕, 非吾曹所及.〕"라고 하였다. 《宋史 卷428 李侗列傳》

536 솔개와 물고기 : 하늘이 만물을 생육하는 이치가 자연물에 그대로 드러난 현상을 의미한다. 《중용장구》 제12장에 "《시경》에 이르기를 '솔개는 날아서 하늘에 이르고, 물고기는 못에서 뛴다.'라고 하였으니, 이는 천지의 도가 높은 하늘이나 낮은 못이나 모두 똑같이 행해지고 있음을 말한 것이다.〔詩云鳶飛戾天, 魚躍于淵, 言其上下察也.〕" 라고 하였다.

537 산과……길렀으니 : 마음을 가다듬어 정신을 수양했다는 말이다. 《주역》〈이괘

인간세상 아비와 아들 된 즐거움	人間父子樂
임하에서 도의가 참되었도다	林下道義眞
장차 너무 기이한 것 일삼지 않으려 했는데[538]	將非事太奇
짐짓 하늘이 어질지 못하니	故有天不仁
적막하게 시혼으로 끝나버려	寂寥竟詩魂
맹교(孟郊) 가도(賈島)와 함께 영락했구나[539]	郊島與沉淪

(頤卦)〉는 산(山)을 뜻하는 간괘(艮卦)와 우레〔雷〕를 뜻하는 진괘(震卦)의 결합이고, 또한 이(頤)는 '턱'이라는 뜻인데, 턱을 움직여 음식물을 씹어 몸을 기르기 때문에 정신을 기른다는 의미가 파생되었다.

538 장차……했는데 : 기이하고 특별한 어구를 짓는 것이 우선 가치인 시학(詩學)보다 평담하고 참된 도학(道學)으로 돌이키려 했다는 말이다.

539 적막하게……영락했구나 : 김숭겸이 부친과 함께 은거하여 지내면서 더 큰 성취를 이루려 하였으나 요절하여 끝내 그 성취가 남은 것은 시뿐이라는 말이다. 시혼은 시인의 죽은 혼을 뜻한다. 맹교와 가도는 모두 당나라 때의 시인으로, 시적인 성취가 뛰어났으나 그 삶이 빈한하고 불우하였다.

사흥에 대한 만사⁵⁴⁰ 신사년(1701, 숙종27)

士興挽 辛巳

지난날 풍림⁵⁴¹ 푸르렀고	昨日楓林靑
오늘은 풍림 붉어라	今日楓林紅
풍림 푸르러 무성할 제 골짝 새 울고	楓靑蔚蔚谷鳥呼
풍림 붉어 우수수 낙엽 질 제 차가운 가을바람에 놀라네	
	楓紅摵摵驚霜風
《황정경》《음부경》《참동계》⁵⁴²	黃庭陰符參同契
〈주로〉〈상릉〉〈사비옹〉⁵⁴³	朱鷺上陵思悲翁
왕자교(王子喬) 적송자(赤松子) 차츰 눈앞에 다가오고⁵⁴⁴	

---

540 사흥(士興)에 대한 만사 : 사흥은 삼연의 족질(族姪) 김시걸(金時傑, 1653~1701)의 자이다. 본관은 안동(安東), 호는 난곡(蘭谷)이다. 1684년(숙종10) 정시에 을과로 급제하였고 승지, 대사간 등의 벼슬을 역임하였다.

541 풍림(楓林) : 이 만사에서 풍림은 삼연 집안의 족회(族會)가 열리던 장소인 인왕산 청운동 기슭의 청풍계(淸楓溪)를 뜻한다.

542 황정경 음부경 참동계 : 모두 도가(道家) 계통의 양생서(養生書)이다.

543 주로 상릉 사비옹 : 모두 한대(漢代) 악부(樂府) 요가(鐃歌) 18곡에 속하는 가요이다.

544 왕자교(王子喬)……다가오고 : 왕자교와 적송자는 모두 전설 속에 나오는 신선의 이름이다. 이는 앞 구절의 '도가 양생서'의 뜻과 연결되는 것으로, 김시걸이 속세를 벗어나 양생하여 신선이 되려는 고상한 뜻을 지녔음을 말한 것이다. 김시걸은 젊은 시절 충남 보령에 있는 모도(茅島)의 전장(田庄)에서 동생 김시보(金時保)와 지내면서 삼신대(三神臺)라는 누대를 지었는데, 이는 한나라 때 모영(茅盈), 모고(茅固), 모충(茅衷) 삼형제가 구곡산(句曲山)에서 득도하여 신선이 되어 이후 구곡산을 모산이라고

	喬松冉冉來眼前
한나라 위나라 점점 해동에 있게 되었어라[545]	漢魏駸駸在海東
소싯적 지향 드높고 의취도 넓었으니	少年志高意復廣
풍림에서 강마하지 않은 일 무엇이던가	何事不講楓林中
청풍계에서 술 마시며 며칠이나 취했던가	青楓樽酒幾日醉
갑작스레 붉은 명정이 단풍에 기댄 것 보이누나	奄見丹旌倚丹楓
삼지[546]의 물 지금 오열하고 있으니	三池今作嗚咽水
흘러 서해 이르러 비로소 울음 그치네	流到西溟鳴始窮
조휘곡[547]에서 눈물 뚝뚝 흘리며	滴滴朝暉谷
사흥을 묻으니 풍류 사라졌도다	士興埋矣風流空

부른 뜻을 취한 것이다. 《弽雲稿 冊8 先考家狀》《茅山志 卷5》

545 한나라……되었어라 : 이는 앞 구절의 '한대 악부'의 뜻과 연결되는 것으로, 김시걸의 문장이 한위(漢魏) 악부에 뜻을 두었음을 말한 것이다. 김시걸은 젊은 시절 시문을 연마하여 점점 한위 시대 문장에 가까워졌다. 《弽雲稿 冊8 先考家狀》

546 삼지(三池) : 청풍계 안에 계곡물을 이용하여 조성한 조심지(照心池), 함벽지(涵璧池), 척금지(滌衿池) 세 개의 연못이다. 각각 단차가 있어 위에서부터 물이 차면 아래로 흘러넘치도록 설계되어 있었다.

547 조휘곡(朝暉谷) : 홍주(洪州)에 있는 실제 지명으로 김시걸의 장지(葬地)이다.

정관재 부인에 대한 만사[548]

靜觀齋夫人挽

옛날 내가 물 뿌리고 청소하는 일[549] 한 것	昔我供灑掃
정관재 선생 문하에서였도나	靜觀先生門
가르침 받고 음식 먹음을	教誨與飲食
실로 선생 내외 은혜 입었어라	實被內外恩
훌륭하시다 나란히 아름다운 덕	猗歟齊德美
거문고와 비파가 구원에 있었네[550]	琴瑟在丘園
산이 무너지는 애통함[551] 당한 뒤로	自抱山頹慟
드높은 곤의[552]를 더욱 우러렀도다	愈仰壼儀尊

---

548 정관재(靜觀齋)……만사 : 정관재 부인은 정관재 이단상(李端相)의 부인 전의 이씨(全義李氏, 1629~1701)이다. 우의정을 지낸 이행원(李行遠)의 딸이다.

549 물……일 : '쇄소응대(灑掃應對)', 곧 어린 사람들이 해야 할 직분인 물 뿌리고 청소하고 응대하는 소학(小學)의 일을 가리킨다. 여기에서는 이단상의 문하에서 제자로 있었다는 말이다.

550 거문고와……있었네 : 덕 있는 부부가 전원에서 함께 즐겁게 지냈다는 말이다. 《시경》〈주남(周南) 관저(關雎)〉에 "차분하고 얌전한 착한 아가씨, 거문고와 비파 뜯으며 친해지도다.〔窈窕淑女, 琴瑟友之.〕"라고 하였다. 구원(丘園)은 황폐한 초야로서 은거하는 자가 머무는 곳이다. 《주역》〈비괘(賁卦) 육오(六五)〉에 "구원을 꾸민다.〔賁于丘園〕"라고 하였는데, 순상(荀爽)의 주에 "바른 자리를 잃고 산림에 있으면서 언덕배기를 일구어 채마밭을 만드니, 은사(隱士)의 형상이다."라고 하였다.

551 산이 무너지는 애통함 : 이단상의 죽음을 뜻한다. 415쪽 주339 참조.

552 곤의(壼儀) : 부녀자의 올바른 범절을 갖춘 이단상의 부인을 뜻한다. '곤(壼)'은 '규곤(閨壼)'으로 여인이 거처하는 내실(內室)이다.

이난의 뒤를 따라 어울리면서 　　　　　　　　周旋二難後

좋은 정분이 훈지에 통하였어라[553] 　　　　　　情好通篪壎

의로운 가르침 높음을 깊이 알았나니[554] 　　　深知義訓高

상고컨대 오직 옛날 현숙한 부인들이 이에 해당했도다 　考則惟古媛

명문가가 하늘과 한 자 다섯 치 거리라[555] 　　名家尺五天

대대로 금자[556]가 성대하였네 　　　　　　　　奕葉金紫繁

계수나무 숲은 땔나무로 쓰고[557] 　　　　　　桂林卽爨薪

---

553 이난(二難)의……통하였어라 : 이단상의 두 아들인 이희조(李喜朝), 이하조(李賀朝) 형제와 삼연, 김창협(金昌協) 형제가 서로 좋은 교분을 맺었다는 말이다. 이난은 우열을 가리기 어려울 정도로 뛰어난 형제를 가리키는 말인 난형난제(難兄難弟)의 다른 표현으로, 이희조와 이하조 형제를 가리킨다. 후한(後漢)의 원방(元方) 진기(陳紀)와 아우 계방(季方) 진심(陳諶)이 훌륭하여 서로 우열을 가릴 수 없었던 데서 생겨난 표현이다. 《世說新語 德行》 훈지는 형제를 뜻하는 표현이다. 257쪽 주4 참조.

554 의로운……알았나니 : 이희조와 이하조 형제가 어진 모친의 가르침을 받아 훌륭한 사람으로 성장했음을 알았다는 말이다.

555 명문가가……거리라 : 이단상의 가문이 임금을 가까이에서 모신 명문가라는 뜻이다. 당나라 때 위씨(韋氏)와 두씨(杜氏) 집안이 모두 임금을 가까이에서 모시며 영화를 누리고 도성 가까이에 살았으므로 당시 사람들이 "위씨와 두씨의 마을이 하늘과의 거리가 한 자 다섯 치로다.〔韋曲杜鄠, 去天尺五.〕"라고 하였다. 《類說 卷29》

556 금자(金紫) : 금 인장과 자줏빛 인끈이라는 뜻으로, 고관대작을 가리킨다.

557 계수나무……쓰고 : 이단상의 집안에 과거 급제자가 넘쳐나 매우 흔했다는 말이다. 이단상의 집안은 몇 대에 걸쳐 연이어 문장으로 크게 명성을 떨쳤는데, 이단상 대에 와서는 문과에 급제한 사람이 7명이나 되었다. 계수나무는 과거에 급제한 것을 뜻한다. 진 무제(晉武帝) 때 극선(郤詵)이 현량 대책(賢良對策)에서 장원하였는데, 소감을 묻는 무제의 질문에 "계수나무 숲의 가지 하나요, 곤륜산의 옥돌 한 조각입니다.〔桂林之一枝, 崑山之片玉.〕"라고 답한 데서 유래하였다. 《晉書 卷52 郤詵列傳》 삼연은 이러한 계수나무 가지를 땔나무로 쓸 정도로 흔했다는 뜻으로 쓴 것이다. 이러한

옥서는 당과 담장에 이어졌도다[558]	玉署連堂垣
오로지 자애로운 마음으로 심려 몹시 깊었나니	慈專慮苦深
요직에 오르는 것 생각에 두지 않았어라[559]	顯要非思存
담담하게 생정 사양하고	淡然謝牲鼎
그저 어헌에 몸을 맡겼도다[560]	聊爾寄魚軒
재앙 없음을 한 몸의 복으로 여기고	無災爲私福

표현은 다시 《전국책(戰國策)》〈초책(楚策)〉에서 자신이 떠나는 것을 만류하는 초(楚)나라 임금에게 소진(蘇秦)이 "초나라 음식은 옥보다 귀하고 땔감은 계수나무보다 귀하며, 또 알자 만나기는 귀신 만나기만큼 어렵고 왕을 만나기란 천제 만나기만큼 어렵습니다. 지금 저에게 이곳에 남아 옥을 먹고 계수나무를 때며 귀신을 통하여 천제를 뵈라는 말씀이군요.〔楚國之食貴於玉, 薪貴於桂, 謁者難得見如鬼, 王難得見如天帝. 今令臣食玉炊桂, 因鬼見帝.〕"라고 한 말을 뒤집어 활용한 것이다.

558 옥서(玉署)는……이어졌도다 : 옥서는 보통 한림원(翰林院), 조선의 관서로는 홍문관의 별칭이며, 그 밖에 관서의 미칭(美稱)으로 쓰이기도 한다. 이 역시 청현직(淸顯職)을 맡은 사람이 집안에 가득했다는 말이다.

559 오로지……않았어라 : 이단상의 부인이 자식들을 자애로움으로 기르면서 자식들이 높은 벼슬에 오르는 것을 바라지 않았다는 말이다. 이단상이 죽은 뒤, 이희조와 이하조는 모두 문학과 행실이 뛰어나 명망이 있었으나 이희조는 과거 공부를 그만두고 은거하였으며 이하조는 사마시에 합격한 뒤 더 이상 과거에 응시하지 않았는데, 이는 모두 모친의 가르침을 받은 것이었다고 한다. 《農巖集 卷27 貞夫人全義李氏墓誌銘》

560 담담하게……맡겼도다 : 생정은 삼생오정(三牲五鼎)의 준말이다. 삼생은 소, 양, 돼지의 세 가지 희생(犧牲)이고 오정은 소, 양, 돼지, 물고기, 고라니의 다섯 가지 고기를 다섯 솥에 담는 것으로, 모두 부유한 귀족의 호사스러운 음식을 뜻한다. 어헌은 어피(魚皮)로 장식한 수레로, 귀족 부인이 타는 수레이다. 이 구절은 이단상의 부인이 자식들의 부임지를 따라다니면서 청렴하게 생활했다는 말이다. 이단상의 부인은 두 아들이 일곱 고을의 수령을 지내는 데 따라다니면서도 끼니를 제공받는 일 외에는 일절 관아의 물건을 들이지 않아 사람들이 부인의 청렴한 처신에 감탄하였다. 《農巖集 卷27 貞夫人全義李氏墓誌銘》

모자가 떨어지지 말자고 항상 말했네	莫離實恒言
하늘이 지극한 마음 헤아려	天意亮至心
끝내 북당의 원추리에 경사 있었도다[561]	終慶北堂萱
그러나 어찌 알았으랴 둥지 지키던 갈까귀[562]	寧知護巢鴉
끝내 창자 끊어진 원숭이 될 줄[563]	竟作斷腸猿
끊어진 창자 이을 방도 없으니	腸斷續無方
차라리 잠듦은[564] 괴로움과 원통함 지나쳤기 때문이라	尙寐失煩冤
저승길에서 참으로 다시 단란히 만났거니와	冥塗定團圓
혼자 남은 아들 아침저녁 거적 위에서 슬피 제전(祭奠) 올리도다	
	哀苦獨晨昏
바람 부는 뜰에 나무는 가만히 있지 못하고[565]	風庭不定樹

561 끝내……있었도다 : 북당의 원추리는 집안의 어머니가 거처하는 곳을 뜻한다. 《시경》〈위풍(衛風) 백혜(伯兮)〉에 "어이하면 원추리를 얻어, 북당에 심을까.〔焉得諼草, 言樹之背?〕"라고 한 데서 유래한 말이다. 경사가 있었다는 것은 이 당시 부인 역시 칠순을 넘겨 장수하였고, 자식들 역시 모친의 바람처럼 큰 재앙을 만나지 않고 함께 단란하게 지냈다는 말이다.

562 둥지 지키던 갈까귀 : 자식들을 보호하는 어머니를 뜻한다. 두보(杜甫)의 〈다시 하씨에게 들러〔重過何氏〕〉에 "개는 예전에 묵었던 손님 맞이하고, 갈까귀는 둥지에서 떨어지는 새끼 보호한다.〔犬迎曾宿客, 鴉護落巢兒.〕"라고 하였다.

563 끝내……줄 : 이단상의 부인이 세상을 떠나기 한 해 전 아들 이하조가 먼저 세상을 떠난 것을 가리킨다. 32쪽 주35 참조.

564 차라리 잠듦은 : 이단상의 부인이 죽었다는 말이다. 《시경》〈왕풍(王風) 토원(兎爰)〉에 "내가 태어난 뒤에 이 온갖 근심을 만났으니, 차라리 잠들어 움직이지 말았으면.〔我生之後, 逢此百罹, 尙寐無吪.〕"이라고 하였다.

565 바람……못하고 : 부모를 잃은 슬픔을 뜻한다. 공자가 주(周)나라 구오자(丘吾子)에게 슬피 통곡하는 이유를 묻자 "나무가 가만히 있고자 하나 바람이 그치지 않고,

서리 내린 계곡은 옛날 다북쑥 캐던 곳이어라[566]	霜澗舊采蘩
잠깐 영지동에 빈소 차렸다가	薄言靈芝殯
이체를 수원에 옮길 날이 닥쳤구나[567]	夷體迫壽原
우연히도 청오의 말에	邂逅青烏說
지척에 진룡이 걸터앉았다 하네	咫尺眞龍蹲
가릉에서 의관 묻었던 묘를 열어	嘉陵啓衣冠
태극정(太極亭)에서 건곤이 만나도다[568]	極亭會乾坤

자식이 봉양하고자 하나 어버이가 기다려주시지 않는다. 한번 가면 오지 않는 것은 세월이요, 다시 뵐 수 없는 것은 어버이이다.〔夫樹欲靜而風不停, 子欲養而親不待. 往而不來者年也, 不可再見者親也.〕"라고 대답하고는 강물에 몸을 던져 죽었다고 한다. 《孔子家語 卷2 致思》

566 서리……곳이어라 : 이희조가 어머니가 제수로 쓰는 다북쑥을 캐던 곳을 보며 어머니를 그리워한다는 말이다. 《시경》〈소남(召南) 채번(采蘩)〉에 "이에 다북쑥 캐기를 계곡 물가에서 하도다. 이것을 쓰기를 공후의 사당에서 하도다.〔于以采蘩, 于澗之中. 于以用之, 公侯之宮.〕"라고 하였다. 이 시는 제후의 부인이 제수로 쓸 다북쑥을 캐는 모습을 읊은 것이다.

567 이체(夷體)를……닥쳤구나 : 이체는 사람의 시신이 부패하여 무너지는 것을 뜻하고, 수원은 무덤을 가리킨다. 남조(南朝) 송(宋)나라의 안연년(顏延年)이 지은 〈송문황제원황후애책문(宋文皇帝元皇后哀策文)〉에 "도성 안엔 삶의 광채가 사라졌고, 무덤 안에서는 시신이 부패해가도다.〔滅綵清都, 夷體壽原.〕"라고 하였다. 《文選 卷58》

568 우연히도……만나도다 : 처음 이단상이 죽었을 때 가평(嘉平, 加平)에 장사 지냈고 33년이 지나 풍수가의 말을 듣고 양주(楊州)의 영지동(靈芝洞)으로 이장하려고 하였는데, 그때 마침 이단상의 부인이 세상을 떠나 영지동의 새 묏자리에 부부를 합장한 사실을 가리킨다. 《農巖集 卷27 貞夫人全義李氏墓誌銘》 청오(青烏)는 전설상의 술사(術士)의 이름으로 보통 풍수지리가를 뜻한다. 진룡(眞龍)은 살아 있어서 혈(穴)을 맺을 수 있는 산줄기를 말한다. 가릉(嘉陵)은 가평의 이칭이다. 태극정은 이단상이 영지동에 세운 정자 이름이다.

신도는 유감이 없게 되었거니와 　　　　　　神道則無憾

산 사람은 덕스러운 음성 어찌 잊으랴 　　　德音焉可諼

문도들이 무덤 다지는 일에 　　　　　　　門徒斬板役

인정머리 없게도 병들었다고 못 간 것 부끄러워라 　病余愧未敦

〈시구〉 장[569] 슬피 읊조리고 　　　　　　悲吟鳲鳩章

부추에 맺힌 이슬의 뜻 잘라 취한다[570] 　　斷取薤露翻

만사 봉해 무릎을 꿇고 보내니 　　　　　　緘辭跪送之

자욱한 안개 낀 산 밑에서 통곡하노라 　　慟哭蒼煙根

---

569 시구(鳲鳩) 장 : 《시경》〈조풍(曹風)〉의 편명으로, 뻐꾸기가 새끼를 차별하지 않
고 공평하게 잘 키운 것을 읊은 시이다. 이단상과 부인의 은애(恩愛)를 생각한 것이다.

570 부추에……취한다 : 만사를 지었다는 말이다. 365쪽 주219 참조.

이 판서에 대한 만사[571] 이 판서는 이세화이다. 맏형을 대신해 짓다

李判書 世華 挽 代伯氏

해와 달이 뜬구름에 막힌 초기에[572]　　　　　兩曜浮雲隔塞初

몸을 노끼와 솥에 던져 혈서를 쓰셨어라[573]　　身投鈇鼎血爲書

삼충의 자취와 다르고 은나라 인자와 비슷하니[574]　三忠迹異殷仁似

571　이……만사 : 이세화(李世華, 1630~1701)는 본관은 부평(富平), 자는 군실(君實), 호는 쌍백당(雙栢堂)·칠정(七井), 시호는 충숙(忠肅)이다. 정언, 경상도 관찰사, 대사간, 이조 판서 등을 역임하였다. 숙종이 인현왕후(仁顯王后)를 폐비하려 하자 사람들과 함께 반대하는 소를 올렸다가 그 이름이 소장의 앞 열에 있었으므로 숙종의 노여움을 사서 친국을 받고 유배당하였다. 이후 유배에서 풀려 은거하다가 1694년 갑술환국(甲戌換局) 후 인현왕후 복위도감 제조(復位都監提調)로 복귀하였다. 저서에 《쌍백당집》이 있다.

572　해와……초기에 : 해와 달은 숙종과 인현왕후, 뜬구름은 정권을 잡은 남인을 비유한 말이다.

573　몸을……쓰셨어라 : 도끼와 솥은 모두 죄인을 다스리던 형구(刑具)를 가리킨다. 인현왕후 폐위에 반대하며 형벌을 두려워하지 않고 피를 토하는 소장을 썼다는 말이다.

574　삼충(三忠)의……비슷하니 : 삼충은 촉한(蜀漢)의 제갈량(諸葛亮), 남송(南宋)의 악비(岳飛)와 문천상(文天祥)이다. 이들은 모두 외침에 저항하며 목숨을 바쳐 나라를 지키려 한 인물이다. 은나라 인자는 기자(箕子), 미자(微子), 비간(比干)으로 이들을 삼인(三仁)이라 한다. 이들은 은나라 말기 주왕(紂王)이 폭정을 일삼자 간언하였는데 받여들여지지 않으니 기자는 미친 척하고 노예가 되었고, 미자는 나라를 떠났고, 비간은 맹렬히 간언하다가 살해당하였다.《論語 微子》외세와 싸우며 충성을 바친 삼충보다는 임금에게 간한 삼인과 비슷하다는 말이다. 삼충과 삼인을 말한 것은 인현왕후가 폐위될 때 상소의 대표로 지목되어 친국을 받은 사람이 이세화, 오두인(吳斗寅), 박태보(朴泰輔) 세 사람이기 때문이다.

한 원로를 하늘이 남겨주어 노나라 궁전 같았도다[575]

一老天存魯殿如

험난한 일 속에서 누가 화복을 신경 쓰지 않으랴만　險處誰能輕禍福

완인이 우연히 곰 발바닥과 물고기 스스로 얻었네[576]　完人偶自得熊魚

청명한 시절에 홀연 달빛 수레 타고 하늘의 빈객 되러 가니

清時月馭賓天忽

남은 인생 아쉬워하지 않고 수레 호종하였구나[577]　不惜餘年扈後車

---

575 한……같았도다 : 《시경》〈소아(小雅) 시월지교(十月之交)〉에 "한 원로를 아껴 남겨주어서 우리 임금을 지키게 하지 않는다.〔不憖遺一老, 俾守我王.〕"라고 한 표현을 반대로 말한 것이다. 이는 인현왕후 폐위 반대 상소를 올렸다가 친국을 당한 이세화, 오두인, 박태보 세 사람 가운데 오두인과 박태보는 혹독한 국문의 여독으로 죽고 이세화만 살아남았기 때문에 한 말이다. 노나라 궁전은 영광전(靈光殿)이다. 후한(後漢)의 왕연수(王延壽)가 지은 〈노영광전부(魯靈光殿賦)〉에 "서경의 미앙과 건장 등 궁전을 비롯해서 모든 궁궐이 파괴되어 허물어졌는데도, 영광전만은 우뚝 솟아 홀로 남아 있다.〔自西京未央建章之殿, 皆見隳壞, 而靈光巋然獨存.〕"라고 하였다. 《文選 卷11》

576 완인(完人)이……얻었네 : 완인은 덕행(德行)이 완전하여 혼란한 세상 속에서 절의를 잃지 않으면서도 목숨도 보존한 사람을 가리킨다. 곰 발바닥과 물고기는 맛있는 요리로, 곧 의리와 목숨을 상징한다. 《맹자》〈고자 상(告子上)〉에 "물고기도 내가 원하는 것이고 곰 발바닥도 내가 원하는 것이지만, 이 두 가지를 모두 얻을 수 없다면 물고기를 버리고 곰 발바닥을 취하겠다. 삶도 내가 원하는 것이고 의리도 내가 원하는 것이지만, 이 두 가지를 모두 얻을 수 없다면 삶을 버리고 의리를 취하겠다.〔魚我所欲也, 熊掌亦我所欲也, 二者不可得兼, 舍魚而取熊掌者也. 生亦我所欲也, 義亦我所欲也, 二者不可得兼, 舍生而取義者也.〕"라고 하였다. 이세화가 목숨과 의리 사이에서 목숨을 버리고 의리를 선택해 인현왕후 폐위를 반대하는 상소에 참여하였지만, 우연히 목숨과 의리 모두를 보전한 완인이 되었다는 말이다.

577 청명한……호종하였구나 : 청명한 시절은 갑술환국 이후 인현왕후가 복위되고 서인이 다시 정권을 잡은 시기를 뜻한다. 달빛 수레를 타고 하늘의 빈객이 되었다는

것은 인현왕후가 죽었다는 말이다. 인현왕후는 이해 8월 14일에 죽었고 바로 다음 날인 15일에 이세화가 사망하였다.

인현왕후에 대한 만사 맏형을 대신해 짓다

仁顯王后挽詞 代伯氏

제1수

경명이 여강(驪江) 근원에 열리니[578]	景命啓驪源
사문이 성대하게 덕을 모음이로다[579]	斯文會德殷
잉태함에 해와 달이 떠오른 듯하고	肧胎騰日月
비녀 귀고리 차고 화훈[580]에게 출가하였네	簪珥出華勛
주강을 사랑하는 효성 드러내고[581]	孝著周姜媚
마후의 부지런한 자애 보이셨어라[582]	慈看馬后勤

---

578 경명(景命)이……열리니 : 왕후가 될 인물이 여흥 민씨(驪興閔氏)의 집안에 태어났다는 말이다. 경명은 하늘의 큰 명으로, 제왕의 자리를 받을 명을 뜻한다. 《시경》 〈대아(大雅) 기취(旣醉)〉에 "군자가 만년토록 경명이 계속 따르리로다.〔君子萬年, 景命有僕.〕"라고 하였다.

579 사문이……모음이로다 : 인현왕후의 부친인 민유중(閔維重)이 큰 덕을 쌓아 왕후가 될 딸이 태어났다는 말이다. 민유중은 송시열(宋時烈)의 제자이자 송준길(宋浚吉)의 사위이다.

580 화훈(華勛) : 순 임금의 호인 중화(重華)와 요 임금의 호인 방훈(放勳)의 병칭으로, 성군(聖君)을 뜻한다. 《書經 虞書 堯典·舜典》

581 주강(周姜)을……드러내고 : 인현왕후가 궁중에 들어와 시어머니인 명성대비(明聖大妃)를 효성으로 잘 모셨다는 말이다. 주강은 주(周)나라 문왕(文王)의 모친인 태임(太姙)의 시어머니이다. 《시경》 〈대아(大雅) 사재(思齊)〉에 "엄숙한 태임이 문왕의 어머니시니, 주강(周姜)을 사랑하사 주나라 왕실의 며느리가 되셨네.〔思齊太任, 文王之母, 思媚周姜, 京室之婦.〕"라고 하였다.

582 마후(馬后)의……보이셨어라 : 인현왕후가 장 희빈(張禧嬪)의 친자인 경종(景

단아하고 정숙한 덕으로 시종일관하니   端貞應一德

막히고 형통함이 아침저녁이었도다⁵⁸³   否泰自朝曛

제2수 其二

송나라에 인종 같은 성군 있었으되   宋有仁宗聖

요화궁의 일 보고 지금 사람들 부끄러움 느끼네⁵⁸⁴   瑤華事愧今

손순함은 땅의 도 어그러뜨리는 것 아니니⁵⁸⁵   巽非虧地道

회복함에서 바로 하늘의 마음 드러났도다⁵⁸⁶   復乃見天心

빛나는 옥찬을 처음 올리고   玉瓚光初薦

宗)을 자애로움으로 잘 길렀다는 말이다. 마후는 후한(後漢) 명제(明帝)의 황후인 명덕
마황후(明德馬皇后)이다. 명덕마황후는 복파장군(伏波將軍) 마원(馬援)의 딸로, 13세
에 태자궁(太子宮)에 들어와 아들을 두지 못해 뒷날의 장제(章帝)를 양자로 들여 친자
식처럼 길렀다. 《後漢書 皇后紀上 明德馬皇后》

583 막히고 형통함이 아침저녁이었도다 : 인현왕후가 순일한 덕을 지니고 있었으므
로 아침저녁이 순식간에 바뀌듯이 폐비의 막힌 운수에서 복위의 형통한 운수를 맞았다
는 말이다.

584 송나라에……느끼네 : 송나라 인종(仁宗)의 곽 황후(郭皇后)가 인종의 총애를 받는
상 미인(尙美人)의 뺨을 때리려다 잘못하여 인종의 목에 상처를 낸 탓에 폐위되어 정비(淨
妃)로 강등되고 요화궁에 거처하였는데, 다음 해에 인종이 전날의 일을 후회하여 곽씨를
다시 불러들였으나 궁에 들어오기 전에 병이 들어 갑자기 죽었으므로 이를 애통하게 여겨
황후의 호칭을 추복하고 예장(禮葬)을 치러주었다. 《宋史 卷242 后妃列傳 仁宗郭皇后》

585 손순함은……아니니 : 땅의 도는 곧 왕비의 도를 뜻한다. 인현왕후가 손순(遜順)
한 자세로 내전(內殿)에서 처하면서 중도에 곤혹을 겪기도 하였으나, 이는 왕후의 도가
어그러진 것이 아니라는 말이다.

586 회복함에서……드러났도다 : 숙종이 자신의 잘못을 뉘우치고 다시 인현왕후를
복위시켜 올바른 도를 지킨 인현왕후를 아낀 마음이 드러났다는 말이다.

엄연한 황상이 다시 임했어라[587]　　　　　黃裳儼再臨

갠 하늘에 이윽고 달 떨어지니　　　　　晴空俄落月

계전[588]에 긴 그늘 맺혔구나　　　　　桂殿結長陰

제3수 其三

환경전[589] 침소에서 병마에 시달리다　　　　　沉綿歡慶寢

한 해를 넘겨 이 지경에 이르시다니　　　　　閱歲至於斯

산천에 기도한 덕 보지 못하니　　　　　莫賴山川禱

완과 편작(扁鵲)[590] 지식이 무슨 소용이랴　　　　　寧容緩扁知

춘추에는 왕의 토죄 있고[591]　　　　　春秋王有討

기약이나 한 것처럼 장례 날짜 닥쳤네　　　　　日月葬如期

온 백성 통곡이 동해 쏟아붓는 듯하니　　　　　普慟傾東海

587 빛나는……임했어라 : 옥찬(玉瓚)은 종묘 제사 때 사용하는 울창주(鬱鬯酒)인 황류(黃流)를 담는 술잔으로, 자루가 옥으로 되어 있고 몸체가 황금으로 장식된 옥찬이다. 《詩經 大雅 旱麓》 황상(黃裳)은 황색 치마이다. 황색은 중색(中色)이고 치마는 아래에 입는 옷으로, 중도(中道)를 지키며 아래에 거하면서 분수를 지키는 부인의 도리를 뜻한다. 《周易 坤卦 六五》 이는 인현왕후가 처음 왕후가 되어 종묘의 제사를 잘 받들었고, 다시 복위하여 부인의 도리를 잘 지켰다는 말이다.

588 계전(桂殿) : 후비가 거처하는 깊은 내전을 뜻한다.

589 환경전(歡慶殿) : 창경궁의 침전이다.

590 완(緩)과 편작(扁鵲) : 완은 진(秦)나라 때 명의이고, 편작은 주나라 때 명의이다.

591 춘추에는……있고 : 《춘추》에서 왕이 난신적자(亂臣賊子)를 토벌하듯이 인현왕후의 죽음에 관련된 이들이 처벌을 받았다는 말이다. 인현왕후가 죽은 뒤 그 죽음과 관련하여 장 희빈 등이 왕비를 저주한 일이 발각되어 희빈 장씨가 자진하고, 이 일에 관련된 무녀, 궁녀, 장씨 일가 등이 처형되었다. 《肅宗實錄 27年 9月 23日, 肅宗大王行狀》

슬픔의 파도 어찌 다할 때 있으랴 　　　　哀波豈歇時

제4수 其四

부우[592]의 장지를 성상께서 정하시고	鮒隅惟聖卜
비석의 글 또한 직접 지으셨도다	琬琰亦宸辭
종사[593]에 인정과 예문(禮文) 극진히 하고	終事情文盡
후대에까지 전할 영예는 사책에 드리워지리	來芳竹帛垂
인은 태상의 의론으로 돌아가고[594]	仁歸太常議
검소함은 대농의 지출을 줄였어라[595]	儉損大農支
유언에 백성 걱정하는 말 남기시니	末命憂民在
이것이 우리의 영원한 슬픔 되도다	斯爲沒世悲

592 부우(鮒隅) : 중국 상고 시대 임금인 전욱(顓頊)과 그의 구빈(九嬪)을 장사 지낸 산 이름이다. 《山海經》 여기에서는 인현왕후의 능을 가리킨다.

593 종사(終事) : 임금이나 왕후가 죽은 뒤의 그의 생애와 업적을 마무리하여 기리는 일로, 능묘를 만들고 어제(御製)나 실록(實錄)을 편찬하는 등의 일을 가리킨다.

594 인(仁)은……돌아가고 : 왕후가 평소 인으로 온 나라를 교화한 행적이 있어 봉상시(奉常寺)에서 시호를 의론하여 정할 때 이러한 행적을 반영하여 '인현(仁顯)'이라는 시호를 올렸다는 말이다. 태상(太常)은 제향(祭享)과 증시(贈諡)에 관한 일을 맡아보던 봉상시의 옛 이름이다.

595 검소함은……줄였어라 : 인현왕후의 장례를 검소하게 치렀다는 말이다. 대농(大農)은 세금과 재물을 관장하는 대사농(大司農)으로, 호조(戶曹)의 옛 이름이다. 숙종이 지은 인현왕후의 행록에 "계해년(1683) 명성대비의 국상에 유교(遺敎)로 인하여 상제(喪制)를 절검(節儉)하는 데 따르지 않은 것이 없어서 백성이 크게 힘입은 바가 있었다. 오늘의 민력(民力)이 지난날에 비할 바가 아닌데, 나의 병이 거의 일어나지 못하게 되었으니, 만약 이 전례(前例)에 따른다면 죽는 사람의 마음이 또한 편안할 것이다."라고 한 인현왕후의 유언이 기록되어 있다. 《肅宗實錄 27年 11月 23日》

제5수 其五

닭이 새벽 알리며 우니	旣鳴雞報曉
청필[596]하며 높은 하늘 가시는구나	淸蹕亦雲霄
예로[597]가 길 돌아 나가니	鷖輅逶迤出
앵봉[598]을 멀리 가리키도다	鶯峰指點遙
성상께서는 궁궐에서 참담하시고	天容慘當宁
관료들은 비 오듯 눈물 흘리며 가슴 친다	雨泣擗群僚
일찍 물러 나오던 것은 벼슬 초기의 일이니	夙退初年事
적불로 조회하던 것 길이 그리워하노라[599]	長懷翟茀朝

596 청필(淸蹕) : '청(淸)'은 길을 깨끗이 치우는 것이고, '필(蹕)'은 사람들을 물리는 것이다. 곧 왕이나 왕후의 거둥을 뜻한다.

597 예로(鷖輅) : '예(鷖)'는 검푸른 빛깔의 비단이다. 곧 이 비단으로 장식한 상여를 가리킨다.

598 앵봉(鶯峰) : 인현왕후의 명릉(明陵)이 있는 서오릉의 산 이름이다.

599 일찍……그리워하노라 : 김창집(金昌集)이 막 벼슬하던 때에 인현왕후가 왕후로 책봉되어 그 모습을 지켜봤다는 말이다. 《시경》 〈위풍(衛風) 석인(碩人)〉에 "사모가 건장하며, 붉은 말 재갈 선명도 한데, 적불을 타고 가 조회하니, 대부들은 일찍 물러가, 군주를 수고롭게 말지어다.〔四牡有驕, 朱幩鑣鑣, 翟茀以朝, 大夫夙退, 無使君勞.〕"라고 하였다. 적불(翟茀)은 꿩 깃으로 장식한 왕후의 수레를 뜻한다. 이는 조정의 신하들이 일찍 조정에서 물러 나와 임금과 후비가 서로 화락하게 지낼 수 있게 하라고 권하는 내용이다.

지은이 김창흡(金昌翕)

1653(효종4)~1722(경종2). 본관은 안동(安東), 자는 자익(子益), 호는 낙송자(洛誦
子)·삼연(三淵), 시호는 문강(文康)이다. 영의정 김수항(金壽恒)의 6남 중 3남으로
태어났으며 위로 영의정을 지낸 노론(老論)의 영수 김창집(金昌集), 학문과 문학으로
이름을 떨친 김창협(金昌協)을 형으로 두었다. 아우 김창업(金昌業)·김창즙(金昌
緝)·김창립(金昌立) 등도 모두 당대에 명성이 있었다. 이단상(李端相), 조성기(趙聖
期) 등에게 수학하였으며, 21세(16/3, 현종14)에 진사시에 합격하였으나 숙종대의 환
국정치(換局政治)로 부친이 유배와 사사를 당하자 출사에 완전히 뜻을 접고 양주의
벽계(檗溪)와 설악산 등지를 오가며 은거의 삶을 살았다.

형 김창협과 더불어 학문과 시문으로 당대에 명성이 높았고 당대 학자와 문인들은 물론
후대까지 지대한 영향을 미치며 기호 학단(畿湖學團)에 깊은 궤적을 남겼다. 노론의
명문가로 소론(少論) 및 중인(中人)들과도 활발히 교류하였으며 불가의 승려들과도
교유하였다. 문학적으로는《시경(詩經)》과 한위악부(漢魏樂府),《문선(文選)》과《장
자(莊子)》및 불전(佛典)과 소품문(小品文)에 이르기까지 다양한 장르를 두루 궁구하
여, 형식과 격례(格例)에 얽매이는 구태의연한 문학적 관습을 배격하고 실상을 문학
속에 참되게 담아내었다. 이러한 그의 문학적 실험과 성과는 후대 조선 문단의 다양성에
풍부한 토양이 되었다. 학문적으로는 낙학(洛學)의 종주인 형 김창협의 학문적 특성과
대체적인 궤를 같이하되 세밀하고 구체적인 각론에 있어서는 면밀한 검토와 주장, 그리
고 다양한 학자들과의 토론을 전개하며 자신만의 학문관을 구축하면서 역시 낙학의
종주로 자리매김하였다. 벼슬에 나아가 실제 정치 무대에서 활동한 적은 없으나 노론
명문가의 자제로 재야에서 학문과 문학 양방면 모두 뚜렷하고 지대한 영향력을 행사하
면서 당대의 거두가 된 문인 학자이다.

옮긴이 이승현(李承炫)

1979년 경북 포항에서 태어났다. 성균관대학교 대학원에서 박사과정을 수료하였으며,
한국고전번역원 고전번역교육원 연수과정을 졸업하였다. 한국고전번역원 연구원으로
재직하며 번역 및 편찬에 참여하였고, 현재 성균관대학교 대동문화연구원에서 권역별거
점번역연구소협동번역사업에 참여하고 있다. 번역서로《창계집》,《명고전집》,《승정원
일기》,《동천유고》,《고산유고》,《역주 당송팔대가문초 구양수》,《이계집》, 교점서로
《교감표점 승정원일기 인조41》,《교감표점 창계집》, 편찬서로《한국문집총간편람》,
《한국문집총간해제8·9》, 논문으로〈초의 의순의 시문학 연구〉,〈기리총화 연구〉,〈김
시습의 장량찬의 이면〉,〈서형수의 명고전집 시고를 통해 본 원텍스트 훼손〉 등이 있다.

권역별거점연구소협동번역사업 연구진

연구책임자	이영호(성균관대학교 HK 교수)
공동연구원	안대회(성균관대학교 한문학과 교수)
	진재교(성균관대학교 한문교육과 교수)
책임연구원	이상아
	이성민
	이승현
	서한석
	김내일
연구원	서혜준
번역	이승현
교열	이상하(前 한국고전번역교육원 교수)

삼연집 3

김창흡 지음 | 이승현 옮김

2024년 12월 31일 초판 1쇄 발행

편집·발행 성균관대학교 출판부 | 등록 1975. 5. 21. 제1975-9호

주소 (03063) 서울시 종로구 성균관로 25-2

전화 760-1253~4 | 팩스 762-7452 | 홈페이지 press.skku.edu

조판 김은하 | 인쇄 및 제본 영신사

ⓒ 한국고전번역원·성균관대학교 대동문화연구원, 2024

Institute for the Translation of Korean Classics · Daedong Institute for Korean Studies

값 25,000원

ISBN 979-11-5550-651-6 94810

    979-11-5550-613-4 (세트)